U0528660

人民文学出版社

李昌宪 著

司马光传

图书在版编目(CIP)数据

司马光传/李昌宪著.—北京：人民文学出版社,2023（2024.6重印）
ISBN 978-7-02-017121-7

Ⅰ.①司… Ⅱ.①李… Ⅲ.①司马光（1019—1086）—传记 Ⅳ.①K825.81

中国版本图书馆 CIP 数据核字（2022）第 064996 号

责任编辑　胡文骏
装帧设计　刘　远
责任印制　王重艺

出版发行　人民文学出版社
社　　址　北京市朝内大街 166 号
邮政编码　100705

印　　刷　河北环京美印刷有限公司
经　　销　全国新华书店等

字　　数　333 千字
开　　本　890 毫米×1290 毫米　1/32
印　　张　14.375　插页 5
印　　数　6001—9000
版　　次　2023 年 5 月北京第 1 版
印　　次　2024 年 6 月第 2 次印刷

书　　号　978-7-02-017121-7
定　　价　52.00 元

如有印装质量问题，请与本社图书销售中心调换。电话:010-65233595

温国公司马光

（南薰殿旧藏《至圣先贤半身像册》）

〔明〕仇英绘《独乐园图》(局部)

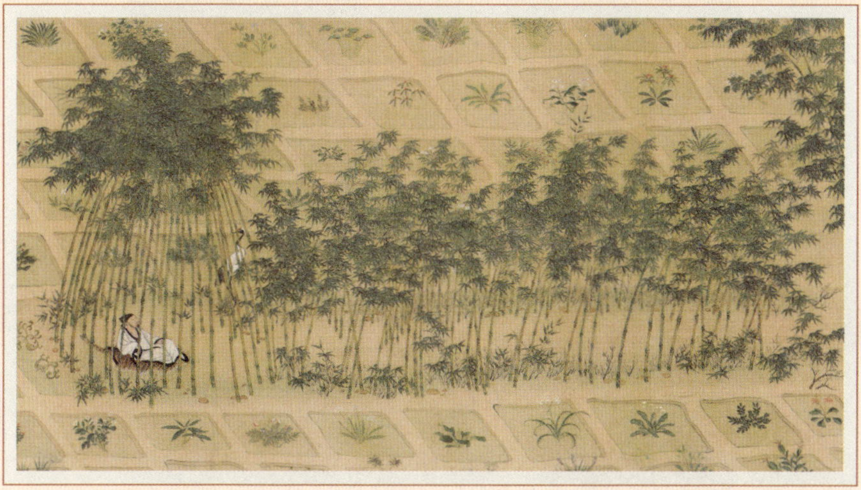

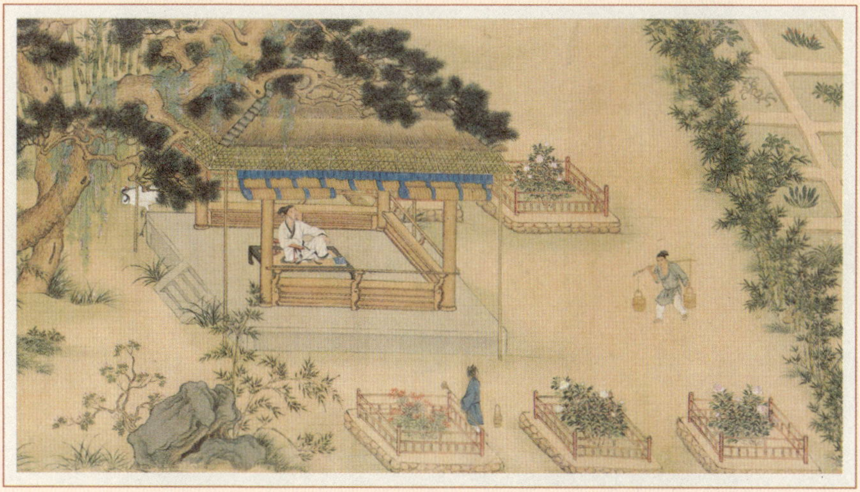

明人绘《司马光归隐图》

# 目 录

引 子 ... 1
　一　缔结澶渊盟约，赢得发展机遇 ... 1
　二　兴官室祷祠之役，虚国帑生民之财 ... 8

第一章　清白相承人家，志度渊远父子 ... 16
　一　"吾本寒家" ... 16
　二　莅官端悫自守，为政兴利除弊 ... 18
　三　宝元、庆历间的名臣 ... 21
　四　文雅夙成的少年 ... 24
　五　释褐与初仕 ... 31

第二章　盛世之下的内忧外患 ... 34
　一　仁宗天圣、宝元间的改革 ... 34
　二　宝元、庆历间的宋夏战争 ... 41
　三　庆历新政 ... 50

第三章　回翔内外，涵养器业 ... 63
　一　游宦苏杭，代父建言 ... 63
　二　守丧与复出 ... 66

1

三　息肩簿领，优游馆序　74
  四　返乡省亲，勖勉诸侄　78
  五　执礼论乐，搏击奸佞　80
  六　师友英豪，声誉渐起　82
  七　初从恩相，通判郓州　85
  八　再托后车，出为并倅　87
  九　屈野之役，进筑受挫　92
  十　陈力就列，三辞清要　95
  十一　努力人事，两谏灾祥　97
  十二　伤旧交物故，讽新知偏失　99

## 第四章　谏院五载　102
  一　首陈"三德"，极论治本　103
  二　进"五规"之状，揭改革之纲　106
  三　度材而授任，量能而施职　109
  四　精将士之选，严阶级之法　111
  五　不避强，不凌弱；内有备，外修好　113
  六　析国穷民贫之因，陈财政改革之法　115
  七　严于执法，刑期无刑　123
  八　取士之法，德行为先　125
  九　进贤退不肖，治乱之大本　127
  十　出任谏院之长，促成皇权交接　131
  十一　调停两宫，于国有功　135
  十二　尊无二上，至孝在诚　139
  十三　辞谏院之职，获"四友"之誉　144

## 第五章　仁宗后期的改革　149
  一　解盐通商　150

  二 改里正衙前为乡户衙前  152
  三 河北现钱入籴和茶叶通商  156
  四 仁宗后期的方田均税  158
  五 裁冗兵、减恩荫  161

## 第六章 反对熙丰变法  164
  一 初任内翰  165
  二 在撼韩风波中  166
  三 在役法的讨论中  168
  四 反对招纳横山之众  169
  五 在阿云案上的分歧  173
  六 修二股河的异同  176
  七 理财之争  179
  八 青苗之争  184
  九 迩英之争  189
  十 对"三不足"发难  193
  十一 坚辞枢副  196
  十二 三致意王安石  201
  十三 愤然离京  204
  十四 在永兴军  208

## 第七章 新法全面展开  216
  一 重复取赋的役法改革  216
  二 误国殃民的青苗法  224
  三 无益于国,有害于民的市易法  227
  四 神宗时期的开疆拓土  235

## 第八章　西洛十五载(一):优游议论　246
一　初到洛中　246
二　山林间阃之乐与洛社士夫雅兴　251
三　与学者名士的交谊　257
四　朴儒之道与诚一之德　267

## 第九章　西洛十五载(二):《资治通鉴》的编纂　272
一　《资治通鉴》的酝酿　272
二　《资治通鉴》的筹备　274
三　《资治通鉴》的成书　276
四　君子乐其道　279
五　《资治通鉴》的派生书　281
六　司马光的史学成就　283
七　《资治通鉴》历史地位和影响　292

## 第十章　西洛十五载(三):旨在国家和平、社会稳定的思想　296
### 第一节　治国思想　297
一　以礼治国,宽猛相济　297
二　立身主于为民,为政在顺民心　300
三　维护和平,华夷两安　303
四　与民共利,从谏如流　309
五　任人唯贤,人存政举　313
六　信赏必罚,亲疏如一　317
七　交邻以信,华夷如一　320
八　开源节流,富国安民　322
### 第二节　伦理道德思想　327
一　以礼治家,瑕瑜互见　327

二　崇俭戒奢,劳谦终吉　　　　　　　　　　335

　第三节　社会历史观　　　　　　　　　　　　　337
　　一　群居御患,制礼明分　　　　　　　　　　337
　　二　本仁祖义,王霸无异　　　　　　　　　　339
　　三　民生有欲,义以制利　　　　　　　　　　342
　　四　国之治乱,尽在人君　　　　　　　　　　344

　第四节　哲学思想　　　　　　　　　　　　　　346
　　一　穷造化之原,立虚气之说　　　　　　　　346
　　二　论中和之道,述和合之旨　　　　　　　　349
　　三　敬天爱民,慎修人事　　　　　　　　　　354
　　四　其微不出吾书,其诞吾不之信　　　　　　358
　　五　善恶相混之性,格致正诚之道　　　　　　363
　　六　循理求知,行贵于知　　　　　　　　　　368
　　七　平实之朴儒,道学之偏师　　　　　　　　371

第十一章　西洛十五载(四):司马相公　　　　　　377

第十二章　元祐更化　　　　　　　　　　　　　　386
　一　首开言路　　　　　　　　　　　　　　　　386
　二　母改子政,何惮不为　　　　　　　　　　　389
　三　驱逐"三奸"　　　　　　　　　　　　　　392
　四　渐废保甲　　　　　　　　　　　　　　　　394
　五　去重复取赋之弊,用差雇并行之法　　　　　396
　六　罢青苗,复常平　　　　　　　　　　　　　400
　七　力主和戎,以安中国　　　　　　　　　　　403
　八　弛张政典　　　　　　　　　　　　　　　　408
　九　其生也荣,其死也哀　　　　　　　　　　　411

| | |
|---|---|
| 尾声 | 417 |
| 余论 | 424 |
| **附录** | |
| 司马光简谱 | 427 |
| 主要参考文献 | 449 |

# 引 子

宋真宗天禧三年(公元1019年)的十月十八日,时任淮南路光州光山县(今河南光山县)知县的司马池添了个男孩,他以出生之地给孩子取名为光。这个小男孩就是日后宋代政坛上一位风云际会的政治家,神宗朝熙丰变法的反对派领袖,哲宗即位之初的宰相司马光。司马光还是中国古代伟大的历史学家,他编纂了不朽的史学名著《资治通鉴》,以此与《史记》作者司马迁齐名,学界尊之,以"两司马"相称。

天禧三年,距后周显德七年(公元960年)正月赵匡胤陈桥兵变建立宋朝已整整六十年,经历了太祖、太宗、真宗三朝。让我们先来看看,司马光出生前的六十年,宋朝的内部和外部究竟是怎样一个环境。

## 一 缔结澶渊盟约,赢得发展机遇

宋太祖建立宋朝后,延续五代时期打击地方割据势力的政策,立即展开对各割据势力的军事行动,在他在位十六年的时间内,依次平定了南楚、荆南、后蜀、南唐、南汉等地方政权。其弟宋太宗即位后,以短短四年的时间,通过和平和军事的手段,依次收复了漳泉、吴越、北汉等地方政权割据的地区,结束了五代十国分裂割据的局面,完成了主要是汉民族居住区域的统一。

宋初,在北部长城内外,存在着北方少数民族建立的辽和割据西北的银(治今陕西榆林市横山区党岔镇附近大寨梁)、夏(治今陕西靖边县红墩界镇白城子村)、麟(今陕西神木市)、府(今陕西府谷县)、丰州(约在今陕西府谷县西北二百里处的窟野河流域)、灵(今宁夏灵武市西南)、盐(今陕西定边县)等地的地方势力。宋太祖对辽采取的是保境息民、友好交往的方针,对其他少数民族割据政权则采取羁縻笼络的方针,允许世袭,用其守边,以牵制辽朝。据说,宋太祖曾单独召见过宰相赵普。他出示了一幅幽州(今北京市西南)地图给赵普看,询问赵普夺取幽燕的方略。赵普看后说:"此图必出自曹翰之手。"太祖说:"是的,那么曹翰可收复幽燕之地吗?"赵普答道:"曹翰可以收复幽燕,但是谁来守呢?"太祖说:"用曹翰来守。"赵普进一步问道:"曹翰死后,谁能胜任?"太祖沉默了很久,说了一句:"卿可谓远虑矣!"自此绝口不言伐燕之事。又说,太祖曾向近臣透露过设置封桩库的动机,他说:"石晋苟利于己,割幽蓟以赂契丹,使一方之人独限外境,朕甚悯之!欲俟斯库所蓄满三五十万,即遣使与契丹约,苟能归我土地民庶,则当尽此金帛充其赎直。如曰不可,朕将散滞财,募勇士,俾图攻取耳。"[①]赎取幽燕土地人民的事,后因太祖去世,未能实现。太祖曾谆谆告诫太宗:"今之勍敌,正在契丹。"太祖征战一生,对于宋辽双方的实力是有清醒认识的,在位十六年,坚持保境息民和平友好的方针,对收复幽燕始终持审慎的态度,主张以赎买的方式实现收复,是令人玩味的。不仅北方,对西南地区,太祖接受唐代的教训,也无意对外扩

---

① [宋]李焘《长编》卷六太平兴国三年十月乙亥。

张。在平定后蜀后,太祖拒绝采纳收复唐代越巂郡(今四川峨边县、冕宁县、西昌市等地)的建议,并当场取出地图观看,亲自以玉斧沿大渡河画线,说:"自此以外,朕不取。"并在大渡河滨建了一座亭,命名为划玉亭,作为纪念,以示后世。

但是,太宗即位后,就将太祖的告诫置之脑后。太平兴国四年(公元979年),在平定了盘踞在河东的北汉割据政权后,太宗欲一鼓作气,乘胜收复燕云十六州。结果高梁河一战,宋军大败,死者万余人,溃不成军,太宗急乘驴车逃走。雍熙三年(公元986年),又以契丹新丧,主少国疑,太宗欲乘衅北伐。结果东路军争功,违诏冒进,涿州(今河北涿州市)岐沟一战,宋军大败,溺死于拒马河、沙河者不可胜计,河水为之不流,弃戈甲如丘山。西路军失援撤退。复地尽失,名将杨业战死。这一战,太宗颜面尽失,对于自己的失策,太宗深悔不已,他对群臣说:"卿等共视朕,自今复作如此事否?"终太宗之世,非但未能从辽手中收复汉唐故疆,端拱二年(公元989年),还丢失了易州(今河北易县)。太宗后期至真宗初年,宋辽两国持续交恶,这一时期,辽军转守为攻,河北、山东等地百姓再也无法过上安宁的生活。咸平二年(公元999年),辽军深入至河北腹地冀州(今河北衡水市冀州区),真宗不得不御驾亲征,远赴澶州(今河南濮阳市),宋军已明显处于被动挨打的态势之中。

宋初,延续五代打击地方割据势力的政策,继续对内地方镇实施削藩,但太祖末年,却将此项政策推行至边镇。灵武节度使冯继业和建宁留后杨重勋世有灵州、麟州,为宋"绥御蕃族,为西北边扞蔽"。太祖后期,先后将二人调至内地的同州(今陕西大荔县)、宿州(今安徽宿州市)。宋自撤北部边疆藩篱,由此削弱了自身对辽、夏的牵制力量。太宗继续延用其失误策略,太平兴国七年(公元982

年),因银夏地方政权李继捧无力调和族内矛盾,撤销银夏节度,接管了该地区,由此引发李继迁的反叛。太宗征讨十余年,至至道三年(公元997年),不得不承认李继迁对银夏地区的割据。至真宗咸平六年(公元1003年)李继迁又相继攻占灵州、西凉府(治今甘肃武威市)等地,实际拥有灵、盐、会(今甘肃靖远县)、银、夏、绥(今陕西绥德县)、宥(今内蒙古鄂托克旗城川镇古城)、静(今陕西米脂县北)、西凉九州府之地,势力由此扩张至河西走廊地区。太宗末年,辽、夏犄角攻宋,三方鼎立之势实际已经形成,终于酿成与北宋一代相始终的心腹大患。

景德元年(公元1004年)闰九月,辽主与太后率军南下,大举攻宋,在宋军的抗击下,辽军未能攻克宋河北定州(今河北定州市)、瀛州(今河北河间市)、大名府(今河北大名县东北)等重镇。十一月,顿兵于澶州城下,主将萧挞览中弩箭阵亡,辽军深入至宋方腹地,战局有恶化的可能。宋辽间的和谈条件成熟,宋以岁币形式每年给辽银十万两、绢二十万匹,达成和议,这就是历史上所言的澶渊之盟。同年,李继迁在夺取西凉府的战役中接受六谷都首领潘罗支诈降,中流矢身亡,其子德明继位。三年,西夏奉表称臣,由此也结束了宋夏双方的敌对状态。

自太宗太平兴国四年(公元979年)至真宗景德三年(公元1006年)的二十余年间,宋朝两度北伐失败,辽朝三次南下受阻,历史表明宋辽之间的力量对比处于一种战略均势状态。谁也不能征服对方,谁也无力统一中国。以李继迁为首的银夏地方割据势力,盘踞在党项羌聚居区,宋朝也无力征服,眼睁睁地看其坐大,将势力扩张至灵、盐、会及河西走廊地区。因此,明智的选择是结束战争状态,休养生息,等待时机,静观其变。自唐天宝十四载(公元755年)安史之乱以来,二百五十年的时间里,中国内忧外患一直没有停息,"上下厌苦于兵,俱欲休息"①。真宗在辽军严重受挫的情况下,顺应人心,缔结澶渊之盟,并承认李继迁的割据状态,从而结束了二百五十年的战乱状态,迎来了一个和平发展的新时期。

澶渊之盟后,河北地区,农桑失业,地多闲田,戍兵增倍的现象不见了。三年后,河北沿边地区,从东到西,"旷土尽垦辟,苗稼丰茂,民无差扰,物价甚贱"②。景德三年(公元1006年),真宗接受银夏李德明奉表称臣,双方结束敌对状态。"尔后边事宁牧,垂三十年,关右之人无科率转饷之劳,安耕织生养之业,公私富实,朝野欢娱"③。苏轼于仁宗末年曾任职陕西,他后来回忆说:"往者宝元(公元1038—1040年)以前,秦人之富强可知也。中户不可以亩计而计以顷,上户不可以顷计而计以赋,耕于野者不愿为公侯,藏于民家者多于府库也。"④同样反映出,真仁之际陕西地区社会经济的富庶殷实。

由战时转入和平时期后,真宗在安置战乱以来流离失所的人民重新回到土地上,做了大量的工作。社会稳定了,人民获得休养生息的时机。澶渊之盟后的第三年,仅一年的时间,全国新增33.3万户,安置流亡移动户口4150户。战后,宋朝人口激增。太祖末年,仅309万户,太宗末年,达413余万户,而真宗末年,已达867.7万户,1993万口。在大约相同的时间里,太宗时期户口仅比太祖时增长了33.7%,而真宗时期的户口则比太宗时增长了110%。真宗重视农业,采取了一系列措施,推动农业生产的发

---

① [宋]秦观《淮海集》卷一八《边防中》,四库全书本。
② 《长编》卷六七景德四年十一月。
③ [宋]赵汝愚《宋名臣奏议》卷一三七刘述《上神宗论不可伐夷》。
④ [宋]苏轼《苏东坡全集》卷七二《上韩魏公论场务书》。

展。战后河北农具与耕牛都缺,而淮南路民间使用踏犁代替耕牛,可缓解此问题。于是,真宗令转运司取样仿造,征求河北农民的意见,可用则予推广。又命各路提点刑狱使者兼劝农使,颁发《四时纂要》《齐民要术》等农书,以推广农业技术,提高农业生产。又派遣使者携带珍宝赴占城(今越南南方)、中印土(今印度)换取耐旱的占城稻和多籽而粒大的西天绿豆,种植于皇宫后苑,并推广到全国各地。由战时转入和平时期后,真宗一朝出现了一个垦荒开田的新局面,太祖在位17年垦田2.95亿亩,太宗在位21年垦田3.13亿亩,真宗在位25年垦田达5.25亿亩。在大约相同的时间里,太宗时期的垦田数仅比太祖时期增加了0.18亿亩,增幅仅为6%。而真宗时期则比太宗时期增加了2.12亿亩,增幅高达68%。

总之,自景德以后,天下无事,呈现了百姓康乐、户口蕃庶、田野日辟,一片欣欣向荣的景象。真宗时,轻徭薄赋,废除了全国各地的农器税。当时虽也曾有经费不足的问题,但真宗不同意由地方政府筹划,他认为这样不免要役使百姓,而是动用国家战略储备内库的钱物解决。战争结束后,沿边驻军减少,兵员解甲归田,军队规模有所削减。这样军费开支有所减少,国家财政负担有所减轻。真宗本着"茶盐之利,要使国用赡足,民心和悦……务要茶园、盐亭户不至辛苦,客旅便于兴贩,百姓得好茶盐食用"的精神,在景德后,一改其父严厉的食盐官营的政策,允许商贾携带缗钱、金银、粟帛至京师,换取食盐,贩运至江淮、两浙、荆湖、京西大部、关中地区,实行有限通商。祥符中,不顾财政部门的反对,降低淮南盐、酒价格。他说:"苟便于民,何顾岁计也。"通过这一系列的改革措施,让利于民,活跃了社会经济,也充实了国库。后世人回顾说,景德、祥符间,百姓富庶,"当是之时,人人乐业,庐里之中,鼓乐之音,远近相闻,熙熙然,殆不知帝力也"①。宋人认为"真宗自澶渊之役却狄之后,天下富庶,其源盖出于此"②。

澶渊之盟为宋代经济的发展、社会的繁荣奠定了基础。宋辽和平维持了一百二十年,"两朝太平之久,戴白之老,不识兵革"③。北宋名臣韩琦认为,宋无调兵于民之事,无杜甫《石壕吏》那样的诗篇,宋代百姓"虽税敛良厚,而终身保骨肉相聚之乐,父子兄弟夫妇免生离死别之苦"④。这绝不是件小事,而是一件了不起的大事,仅此一点,就足以说明澶渊之盟的历史功绩了。

景德以后宋朝每年给辽岁币三十万两匹,庆历以后又增至五十万两匹,但这对于宋朝而言,只不过是两浙地区一两个州所缴纳的赋税而已。庆历二年(公元1042年),范仲淹说,"臣前知越州,每岁纳税绢十二万,和买绢二十万,一郡之入,余三十万,倪以啖戎,是费一郡之入,而息天下之弊也"。同一时期,北宋名臣富弼也说,"自此,河湟百姓几四十年不识干戈。岁遗差优,然不足以当用兵之费百一二焉。则知澶渊之盟,未为失策"⑤。熙宁中,宋在陕西绥德进筑罗兀一堡,历时半年多,所费"钱、粮、银、绸、绢共千二百万贯匹"。南宋朱弁曾说,"熙河用兵岁费四百余万缗",而"北边自增岁赐以来,绵絮、金币不过七十万,是一岁开边五倍之"⑥。由此可见,范、富二臣所言未为虚妄。

---

① [宋]晁说之《景迂生集》卷一《元符三年应诏封事》。
② [宋]江少虞《宋朝事实类苑》卷四。
③ [宋]徐梦莘《三朝北盟会编》卷八宣和四年六月六日癸巳,上海古籍出版社1987年版。
④ [宋]罗大经《鹤林玉露》卷一〇,笔记小说大观本。
⑤ 《长编》卷一三五庆历二年正月壬戌、卷一五〇庆历四年六月。
⑥ 《长编》卷二三一熙宁五年三月甲申、[宋]朱弁《曲洧旧闻》卷六,笔记小说大观本。

澶渊之盟后,宋辽恢复边界榷场贸易。宋于榷场贸易中获得了巨额利润,基本上弥补了付出岁币的损失。当时人说,宋"岁获四十余万",又说贸易获利每年高达"百有五十万",宋朝岁币之费,实"皆出于榷场岁得之息,取之于虏而复以予虏,中国初无毫发损也"①。

## 二 兴宫室祷祠之役,虚国帑生民之财

澶渊之盟后,宋辽恢复和平友好的关系,国家无事,又连岁丰收,时局发展完全符合预期。真宗对此非常的满意,因此他也非常敬重寇准,若不是寇准,是断不会出现天下太平的局面的。一天,朝会后,寇准先退,真宗目送寇准离开朝堂。这一切被知枢密院事王钦若看在眼里,他心中妒火中烧,便上前,问真宗:"陛下敬畏寇准,是因为他有社稷之功吗?"真宗说:"是的。"王钦若说:"臣未想到陛下出此言,澶渊之役,陛下不以为耻,而谓准有社稷之功,这是为何呀?"真宗愣住了,说:"此话怎讲?"王钦若说:"城下之盟,虽春秋时小国犹以为耻。今陛下以万乘之尊而与契丹签订澶渊之盟,此是城下之盟啊,是何等的耻辱!"真宗听后不乐,不能作答。当初,讨论真宗亲征之事未有定论时,有人问寇准为何主张皇帝亲征,寇准说:"我唯有一腔热血可洒!"于是,进谗言的人说,寇准无爱君之心,并且对真宗说:"陛下听说过赌博吗?赌徒钱快输完的时候,竟然罄其所有下注,俗称之为孤注。陛下就是寇准的孤注。孤注一掷,这是非常危险的啊!"真宗听信了王钦若等人的谗言,渐渐疏远了寇准,

---

① [宋]徐梦莘《三朝北盟会编》卷一八五绍兴八年十一月十九日辛丑、卷八宣和四年六月。

景德三年(公元1006年)二月,终于免去了寇准的相职,不久外放,出任知陕州(今河南三门峡市)。真宗后期,身旁有五个奸臣,时人称之为"五鬼",王钦若就是五鬼之首。

自从王钦若将澶渊之盟贬低为城下之盟后,真宗常耿耿于怀,怏怏不乐。一天,他问王钦若:"现今将如何办呢?"王钦若揣知真宗决不想开战,就故意说:"陛下用兵攻取幽蓟,方可洗刷此耻。"真宗说:"河北百姓刚刚获得休养生息之机,我不忍再驱逐他们奔赴疆场送死。卿可再考虑其次。"王钦若说:"陛下如不肯用兵,则应举办大功业,这样还庶几可以镇服四方,夸示戎夷。"真宗问:"何种举措才算大功业呢?"王钦若说:"那只有封禅了。但是,封禅必须有天降祥瑞这种希世绝伦之事,方可举行。"停顿了片刻,王钦若又说:"祥瑞怎能想有就有,前代出现的祥瑞,往往也是人制造出来的。如果君主深信而崇奉,昭示天下,那与天降祥瑞也没什么差异。陛下以为河图洛书,果真有此事吗?圣人以神道设教罢了。"真宗迟疑了很久才同意。真宗同意封禅,也是多方促成的,其中也可能考虑到以契丹敬重天地的习俗压制契丹。"契丹其主称天,其后称地,一岁祭天不知其几。猎而手接飞雁,鸨自投地,皆称为天赐,祭告而夸耀之",真宗欲借封禅,标榜君权神授,"以动敌人之听闻,庶几足以潜消其窥觊之志"①。

大中祥符元年(公元1008年)正月某一天,真宗召见宰相王旦、知枢密院事王钦若等,说:"去年十一月十七日夜将半,朕方就寝,室内忽然明亮,正惊视时,一会,见一神人星冠绛袍,告朕道:'应于正殿建黄箓道场一月,到时会降天书《大中祥符》三篇,勿泄天机。'朕惶恐起立,神却忽然不见了,朕立即将此话记录下来。自十二月朔,

---

① 《宋史》卷八《真宗三·赞》。

朕即蔬食斋戒,建道场,结彩坛九级,又雕木为轿,以黄金珠宝装饰,恭候神灵,虽一月有余,也未敢停止。刚观皇城司奏,左承天门屋之南角,有黄帛挂在鸱吻之上。朕悄悄派宦官去察看,回奏说,那黄帛长二丈多,上面捆了一物如书卷,以青线缠了三道,封处隐隐约约有字。朕细细想想,应是神人所谓天降之书。"王旦等大臣恭贺道:"天书如期而降,是上天对陛下赫赫治绩的表彰。"于是,君臣步行至承天门,焚香望拜,迎天书至道场。启封后,帛上有文字:"赵受命,兴于宋,付于恒,居其器,守于正。世七百,九九定。"黄帛内有书信三封,始称赞真宗能以至孝至道继承皇业,次告诫真宗以清净简俭治国,终叮咛皇业永固世代相延之意。读毕,藏于金匮之中。数日后,祥云覆盖宫殿。四月,真宗颁诏,在皇城西北天波门外修建昭应宫以供奉天书。

真宗虔敬事天,上天也应答如响,五月以后,休征吉兆,纷至沓来。自昭应宫动工后,初三,泰山下甘美的泉水涌出。初六,锡山苍龙现身。十七日,真宗又梦见神人相告,下月当再赐天书于泰山。二十四日,泰山老虎,屡屡与人相遇,但未尝伤人,相率避入徂徕山,令人惊诧。祭告王母池的使节启程第三日,池水已呈紫色。六月初八,泰山醴泉亭北一幅黄帛拖挂在草地上,上有真宗御名。天书隆重迎回后,择日宣读展示。当时,阴雨连绵多日,仪式举行中,顿时转晴,天空辽阔,万里无云,后苑上空有五色云飘浮。宣读天书时,黄气如凤停驻在殿上。九月,新制天书法物呈上时,居然有群鹤在供奉法物的辇上飞翔。泰山上的玉女池,素来壅堵混浊,但刚在山下安顿下后勤营所,池水便大涨,且清澈甘甜可口,上山员工的饮用水问题解决了。

十月,真宗赴泰山封禅,灵异祥瑞更是络绎不绝。泰山芝草再生。玉册玉牒至翔銮驿时,有神光升于昊天玉册上。真宗登泰山时,五色云升于泰山之巅。封禅前一晚,山上大风猛烈,帐篷尽裂。但黎明时分,真宗上山后,天气温和,罗绮不动。圜台祥光瑞云交相辉映。真宗在圜台祭享上帝时,五色云绕坛,月显黄晕。礼毕返回谷口,又显日晕,黄气纷郁。真宗又祭祀皇地祇于社首山。前一夕,天气阴暗,风势猛烈,不能点烛。及行礼,风顿止,天宇澄清,烛焰凝然不动。石匣封毕,紫气弥漫,笼罩祭坛,黄气如帛,缠绕着天书匣。御驾还宫,日重轮,五色云又显现。一切昭示,真宗是位受天明命受天庇佑的有德明君。不宁唯是,在真宗封禅期间,黄河泛滥,但正在中道,不近两岸,堤防比常年省工费约数百万。河北报契丹防边人马收到牒报后悉数撤走。全国各地,纷纷汇报,自颁诏封禅以来,诸州进奉使、蛮夷入贡及公私往来,昼夜相继。人户安居,乡邑肃静。商旅不绝,物价至贱。京师至泰山,道路繁忙,绝无抢窃事件发生,治安空前良好。甚至影响远及海外,祥符中,远在印度的注辇国王发觉近十年来,海无风涛,不明就里。后从海商口中得知,是中国有圣人,东封西祀,故遣使入贡。一副天人感应、海晏河清、万民拥戴、四夷宾服、万方来朝的盛世气象。

封禅之后,真宗一发不可收,祭祀大典,层出不穷,"如病狂然"。大中祥符四年(公元1011年)正月,真宗以"郊天而不祀地,失对偶之义",既然已封禅了泰山,那么后土之祭就不可废缺,于是又远赴陕西宝鼎县(今山西万荣县西南宝鼎)祭祠汾阴。五年十月,真宗又再度梦见景德时的那位神人。神人传达了玉皇委派赵氏始祖即天尊会见真宗之命,第二天夜里五鼓时分,天尊果然如期降临,道:"我是赵氏始祖,再降人世为轩辕黄帝,生于寿丘(今山东曲阜市东)。后唐时复下降,生于赵氏之族。皇帝好自为之,抚育苍生,无怠前志。"一月后,真宗尊天尊为圣祖上灵高道九天司命保生天尊大帝,以玉清昭应宫玉皇后殿为圣祖正殿。诏告天下,圣祖名玄朗,不得冒犯。改兖州曲阜县为仙源县,建景灵宫太极观于寿丘,以奉圣祖及圣祖母。六年五月,以大舟载回在建安军(今江苏仪征市)铸造的玉皇、圣祖、太祖、太宗四像。升建安军为真州。七年正月,谒亳州(今安徽亳州市)太清宫,尊老子为太上老君混元上德皇帝。祥符中,还册封五岳,遣使致祭,并在京城修筑五岳观。

澶渊之盟后,为了满足虚骄之心,真宗通过伪造天书祥瑞,装神弄鬼,自欺欺人,上演了一出长达十年之久、波及全国的轰轰烈烈的君权神授的闹剧。作为自称轩辕黄帝的后裔、受天明命的华夏君主,真宗及赵宋统治的合法性、正统性自然是无可置疑的了。真宗相信通过这一系列空前绝后的造神和祭祀活动,也从心理上压倒了契丹。

这里不得不提起咸平时宰相李沆和参知政事王旦几段充满睿智、意味深长的对话。

沆为相,王旦参知政事。当时西北用兵,政务繁忙,往往无法按时吃饭。旦叹曰:"我辈安能坐致太平,得优游无事耶?"沆曰:"少有忧勤,足为警戒。他日四方宁谧,朝廷未必无事。"后契丹和亲,旦问:"何如?"沆曰:"善则善矣。然边患既息,恐人主渐生侈心耳。"旦未以为然。沆又日取四方水旱盗贼奏之,旦以为细事不足烦上听,沆曰:"人主少年,当使知四方艰难。不然,血气方刚,不留意声色犬马,则土木、甲兵、祷祠之事作矣。吾老不及见此,此参政他日之忧也。"①李沆去世后,真宗因契丹、西夏相继媾和,天下太平,果然封岱祠汾,大营宫观,所作所为,不幸被李沆言中。

福兮祸所伏,大中祥符元年(公元1008年),是真宗政治的一个

---

① 《宋史》卷二八二《李沆传》。

转折点,从此以后,宋朝逐渐步入一个盛世之下的危机时期。四年,由于东封西祀,大兴宫观,国家经费已出现了困难。当时,三司使丁谓向真宗汇报国家财政状况,说:"圣恩宽大,东封及汾阴,赏赐亿万,加上免除诸路租赋和人头税,恐怕财政经费不足。"宋朝国家财政,大约太宗一朝及真宗初年用度能够自给,但是大中祥符、天禧以后,国库储备已逐渐空乏,经费窘迫,已显捉襟见肘之态。真宗去世后十余年,一位年仅二十一岁的青年名士苏舜卿在上书中说,真宗皇帝"勤俭十余年,天下富庶,帑府流衍,无所贮藏,乃作斯宫(玉清昭应宫)。及其毕功,而海内为之虚竭"。二三十年之后,仁宗明道、景祐之时,"天灾流行,继而西事暴兴,五六年不能定。夫当仁宗四十二年,号为本朝至平极盛之世,而财用始大乏"①。于是,朝野人心思变,宋朝由此进入一个变革时期。

澶渊之盟后,宋与辽、夏虽然通好,但西、北两地边防部队裁撤甚少,与战时无大差异,这是宋人每每诟病之处。太祖时,委派郭进、李汉超、何继筠、贺惟忠、李谦溥、姚内斌、董遵诲、王彦升、马仁瑀、韩令坤、武守琪、赵赞等一大批久经沙场的名将守西、北二边,均十余年不予调动,立边功者厚加赏赐。但名位不高,位皆不至观察使,各人所领之兵不过数千人。允许其便宜行事,不加遥控。地方商税农赋归其使用,国家专卖所得全部运至军中,听从其进行贸易,并免征其税,以此招募勇士。因此边将富于财,得以养死力为间谍,辽、夏一动一静,无不预先获悉。加之对外友好,因此,终太祖之世,西、北二边边境宁谧。太宗以后,对内控制加强,世守边地的朔方冯继业、银夏李继捧举族迁至内地,太祖精选的边将也多已凋零殆尽,此时宋朝君臣唯以消极防御、添置兵员为守边之策。故六十年间兵

---

① [宋]苏舜卿《苏学士集》卷十一《火疏》、[宋]叶适《水心集》卷四《财总论二》。

力一增再增,太祖末年全国兵力37.8万,太宗末年增至66.6万,真宗末年已高达91.2万。"竭天下之力而不能给"①,冗兵成了国家财政困难的又一个原因。

真宗时,入仕之途增多,官员队伍日益庞大,已陷入员多阙少无法注拟(选举官员的制度)的困境。大中祥符二年(公元1009年),下级官员选人待阙者,有两千余人。执政陈尧叟提议停止注拟,真宗反对,他认为一年注拟四次尚不能解决,如果暂停,问题将更严重。陈尧叟又提出恢复裁减掉的编制,每州复置六曹官,这样百州可任命六百名官员。但是即便如此,也只能解决一小部分待阙官员的问题。仁宗庆历三年(公元1043年),范仲淹推行庆历新政时,在《答手诏条陈十事》中,提出"抑侥幸"的改革主张,在文中,他揭示了真宗时冗官形成的原因。他说,先秦时,诸侯国,世子可以继承封国。汉代有爵位的公卿去世后,可以立一子为后,未闻其他儿子袭爵之事。大臣有赐一子为官的,未闻每年自荐子弟的。祖宗朝,也是如此。自从真宗开始,表示与臣下共享太平之意,授其子弟为官的事渐宽渐多。中高级官员从高到低,每逢皇帝的生日和三年一次的南郊祭天大典,可以各奏一子任京官、试衔、斋郎。除此之外,高级官员还可以每年奏荐一名子弟进入仕途。这样算下来,如果"任学士已上官经二十年者,则一家兄弟子孙出京官二十人,仍接次升朝"②,真宗时,入仕之途,竟如此之滥。

总之,自真宗祥符以来,冗官、冗兵、冗费,困扰北宋一代的"三冗"之弊,已初见端倪。西、北二边辽、夏两勃敌,时时觊觎,潜在的威胁依然存在,宋西北边境无山河之险,不得不布重兵守边,这些都

---

① 《宋史》卷一八七《兵七》。
② 《长编》卷一四三庆历三年九月丁卯。

极大地消耗了宋朝进入和平发展时期后带来的和平红利。盛世之下,潜伏着危机。自此之后,宋朝历代有识之士,都为打破这困局而苦思焦虑,出谋划策,推行改革。司马光就生活在这样一个时代,长期的和平,保证了社会经济的持续繁荣发展,同时各种社会矛盾也日益尖锐激化,司马光积极投身于这一时代洪流之中,殚精竭虑,为宋代社会经济的发展,为赵宋王朝的长治久安,贡献了毕生的精力,鞠躬尽瘁,死而后已。

# 第一章 清白相承人家,志度渊远父子

## 一 "吾本寒家"

司马光,是宋代陕西路陕州夏县(今山西夏县)人。若要寻根溯源,则夏县司马氏的先世是河内(今河南沁阳市)人,是西晋安平献王司马孚的后代。司马孚是西晋奠基人司马懿之弟,其裔孙征东大将军司马阳葬于陕州安邑县涑水乡高堠里,从此子孙就定居于此。后魏时,分安邑设夏县,司马氏遂世为夏县人。司马光的学生马永卿曾为夏县令,据他所言,司马光的故居就在鸣条山下,可能就是今山西夏县坡底村一带。时移世易,司马氏家族家道中衰,唐五代以来,家境并不宽裕,仅以自给。司马光在撰写其两位远房堂伯司马沂、司马浩行状与墓表时写道:

> 自唐以来,仕宦陵夷,降在畎亩。然累世兄弟未尝异居,故家之食口甚众,而生业素薄,无以赡之。……君(沂)于是治田畴,缮园圃,修阑笠,完囷仓,虽有佣保,必以身先之,使莫敢不尽力者。夜则侧板而枕之,寐不熟辄寤。当是时,田不加广而

## 第一章 清白相承人家,志度渊远父子

家用饶,又未尝为商贾奇邪之业,一出于田畜而已。诸父兄皆醉饱安佚,而君无故不亲酒肉,遇乡人之匮乏者,或解衣以济之。①

府君讳浩……于宗族恩尤笃。司马氏累世聚居,食口众而田园寡,府君竭力营衣食以赠之,均一无私,孀妇孤儿,皆获其所。凡数十年,始终无私毫怨言。家贫,祖墓迫隘,尊卑长幼前后积若干丧,久未之葬。府君履行祖墓之西,相地为新墓,称家之有无,一旦悉举而葬之。②

不过,这个家族在乡里仍有相当的声望。五代时,司马光的高祖司马林、曾祖司马政因时局动荡,政治黑暗,均不从政,但"皆以气节闻于乡里",受到乡人的尊敬。堂伯司马浩在乡里也是位有影响的人物。乡里的田地一直靠引涑水灌溉,年代久远,河岸越来越深峭,涑水不能引导上岸,田地日渐硗瘠,以致所获不足以完粮纳税。于是,司马浩率领乡里人言于县官,于涑水下游"筑塌"以提高水位,使涑水"复行田间,为民用,至于今赖之"。由此可见,四百余年来司马氏家族已由帝王之胄沦落为诗书耕读的乡绅之家。

不过,宋初司马氏家族已有人进入仕途。司马光祖父司马炫,考中进士,官至耀州富平县(今陕西富平县)令。而真正使涑水司马氏家族成为名门望族的则是司马光的父亲司马池。

---

① [宋]司马光《传家集》卷七九《故处士赠都官郎中司马君行状》,四库全书本。
② 《传家集》卷七九《赠卫尉少卿司马府君墓表》。

## 二 莅官端悫自守，为政兴利除弊

司马池（公元979—1041年），字和中。其为人"方严重默，见于龆龀。志度渊远，人莫窥其际。读书研求精意，不喜肤末为文。根于正道，不为雕琢。而亿事度物，烛见冥远"。司马池少年丧父，父亲遗留下财产数千贯，他一毫不留，全部交给了叔父，以作家族公用。而自己则发愤读书，决心凭借自己的能力去博取功名，自立于社会之中。在快二十岁的时候，有人建议变更解盐的运输路线。他们认为从蒲坂（今山西永济市）横渡窦津，穿过大阳（今山西平陆县茅津），经底柱，此路线迂远而且险恶，建议开崤山道，自闻喜（今山西闻喜县）翻山而至垣曲（今山西垣曲县），这可比旧线减省运费十之六七。大家都认为这个建议提得好。这时司马池没有随波逐流，经过深思熟虑，他提出了自己的看法，道出了自己的疑虑，他说："解池盐流通到全国各地，运输是个大问题，前人未必不知道新线近便，他们舍近求远，恐怕是新线有严重的危害吧！"大家都不以为然。不久，山洪暴发，盐车、人、牛全被冲入河中。事实证明，司马池的分析是对的，考虑问题很周全，大家都由衷地佩服这位年轻人。

司马池是个孝子，咸平五年（公元1002年），司马池赴京应考。可是就在殿试前夕，母亲病故了。司马池的好友怕影响他的考试，将家书藏匿起来，谁知司马池那天莫名其妙地烦躁不安，整夜不能入睡，心想："母亲平素多病，家中莫非有异常之事了？"第二天，司马池赴皇宫应试，一路上心事重重，至宫门处，徘徊不前，犹豫不决，他将心事告诉了好友，好友见此情状，不得不告诉他，但只是说他母亲有病，司马池一听，放声大哭，当即放弃考试赶回家乡。

第一章 清白相承人家,志度渊远父子

景德二年(公元1005年),司马池进士及第,出任河南府永宁县(今河南洛宁县)主簿。司马池初任,廉洁自律,"齑盐不充,身常乘驴",政绩斐然可观,"以勤俭爱民闻"。县令陈中孚是个势利小人,以为司马池是其副手,态度非常傲慢。有一次,司马池因公事去见他,他竟然以上司自居南面而坐,也不起身施礼。司马池走上前去将县令拉到主席上,自己则在客席上坐下,两人东西相对而坐,讨论公务,一点也不让步。司马池对这样的上司,"不阿意以随其曲,不求疵以彰其过"①,赢得了大家的尊重。

永宁任后,司马池相继出任睦州建德县(今浙江建德市)、益州郫县(今四川成都市郫都区)县尉。在郫县任上,发生了这样一件事:县城里忽然谣言四起,说是当地驻军将要发动兵变,又说境内少数民族已经暴动。谣言传开后,富室争着埋藏珍宝,逃至郊外山中。县城内一时人心浮动,惶惶不可终日。在这种情况下,知县间邱梦阳借故到成都躲避,主簿也称病不出,司马池代理县政。时正值正月十五元宵节,司马池不顾县里大小官吏的阻挠,下令大开城门,让四乡农民进城观灯,尽情玩乐,欢度了三个通宵。结果,人心稳定,谣言不禁自止。大中祥符(公元1008—1016年)任满时,由于司马池的出色表现,他获得了包括益州路转运使薛田所撰在内的十三封推荐书,天禧时,司马池晋升为郑州(今河南郑州市)防御判官。不久,改任光州光山县(今河南光山县)知县。

在光山县任上,司马池又一次显示了他的才干。时宫中大兴土木建造宫观,向各州征调竹木。光州下令三日内完成限额。司马池认为光山不产大竹,须到湖北蕲(今湖北蕲春县蕲州镇西北)、黄(今湖北黄冈市)二州购买,三天之内无法运至。于是,与百姓重新约定

---

① [清]《光绪夏县志》卷一〇《艺文志·宋天章阁待制司马府君碑铭》。

日期,期限到不缴者处罚。由于问题处理得合情合理,结果光山县上缴竹木比哪一个县都早。时翰林学士盛度知光州,他对司马池非常赏识。任期未满,司马池就奉调入京,受到皇太子即后来的仁宗皇帝接见。约在天禧五年(公元1021年),司马池以秘书省著作佐郎出监寿州安丰县(今安徽寿县南、霍邱县东)酒税。不久,调任遂州小溪县(今四川遂宁市)知县。在任上,司马池"正版籍,均赋役",为地方兴利除弊,以至几十年后小溪人还怀念他,保存着他的画像。遂州"田为山崖,难计顷亩",司马池能受到百姓如此爱戴,亦可见其付出了多少精力,为百姓带来了多少实惠。任满还朝,司马池被知河南府(今河南洛阳市)刘烨聘为知司录参军事。在任一年有余,河南府通判一职空缺,又被推荐出任通判。才数日,司马池又被调入京城任群牧判官。

群牧司是负责国家马政的,责任重大,因而由主管国家军政事务的枢密使兼管。任群牧判官者卸任后,不是升任开封府、三司的推、判官,就是出任一路转运使或提点刑狱,是人人追逐竞争的要职。但是,司马池毫不动心,在朝廷三令五申、一再地敦促之下,才赴京就职。司马池出任群牧判官是枢密使曹利用听取公论后选拔任用的。当时曹的权势熏灼,天下人阿谀奉承都唯恐不及,而司马池"端悫自守,非公事未尝私造"①。不仅如此,司马池还敢犯颜直谏。有一次,曹利用委托司马池收缴大臣所欠马款,司马池说:"命令不能执行,是由于上级带头违犯。您所欠尚多,不先缴纳,如何催促他人?"利用惊讶地说:"经办人对我说已经缴纳了啊!"说完,立即命人将欠款缴足。其他人见此情势,在几天内也将欠款缴出。后来曹利用恃功骄傲,又得罪了宦官,被陷害而死。有十几人也因身为

---

① [清]《光绪夏县志》卷一〇《艺文志·宋天章阁待制司马府君碑铭》。

"曹党"获罪放逐,司马池因其与曹无私交而未受牵连,同僚称赞司马池有先见之明。司马池答道:"前在洛阳被召进京,以为是做御史,御史非我所乐为,故辞。如知曹公推举任群牧判官,辅佐他,我就立即赴任了。"对曹的失势,他表示痛惜,未说过一句曹的短处。曹利用出事后,其党羽怕受牵连治罪,不少人反戈一击,纷纷揭发曹利用。而这时司马池却"扬言于朝,称利用枉"。司马池做得光明正大,朝廷始终未予追究,士大夫益发佩服他行为处事的高尚。

刘太后的亲信宦官皇甫继明兼领估马司,自称买马有盈利,要求升官。这件事交给了群牧司核实,账查完后并未见盈利。自枢密使以下畏惧皇甫继明的权势,都想迎合他,只有司马池不同意,皇甫继明怀恨在心。不久,司马池被任命为开封府推官,但终因继明同党的阻挠,司马池被外放,改任知耀州(今陕西铜川市耀州区)。数年之中,又相继任利州(今四川广元市)路转运使、知凤翔府(今陕西宝鸡市凤翔区)等职。

## 三 宝元、庆历间的名臣

明道二年(公元1033年)三月,刘太后去世,已经二十三岁的赵祯(宋仁宗)开始亲政。不久,即召司马池知谏院。知谏院是个重要的职务,对朝政阙失、百官任免不当,"皆得谏正",容易获罪,但也是宋代官员晋升高级职务乃至荣任宰执的终南捷径。司马池接到任命后,再三恳辞。仁宗对此感触很深,对宰相说:"人皆嗜进,而池独嗜退,亦难能也!"司马池恳辞是有所考虑的。他认为承担谏职,只能有两种抉择:一种是犯颜直谏,以尽臣节。一种是吐刚茹柔,欺软怕硬,培植声望,以获高官。这样不是招致杀身之祸,便是丧失名节,很难两全。深知司马池的好友庞籍,也认为他恳辞谏职,是深思熟虑后的明智的选择。

这时发生的仁宗废郭皇后事件,多少对司马池恳辞谏职也有点影响。天圣二年(公元1024年),仁宗十五岁时,刘太后为仁宗操办了婚事。张才人与郭后是同时入宫的,仁宗喜爱张才人,而太后坚持立郭氏为后,仁宗无可奈何,于是日渐疏远郭后。郭后却满不在乎,依仗太后权势,在宫中颇为骄横。太后也无视仁宗的情感,禁止后宫其他妃嫔媵嫱接近仁宗。数年后,张才人病逝,仁宗心中自然郁塞不舒。太后去世后,当了十二年皇帝却一直不能自作主张的仁宗,有点"自纵"了。宫中尚美人、杨美人骤然有宠,郭后颇为嫉妒,屡屡为此争吵。一天,尚氏当着仁宗的面,出言不逊,冒犯了郭后。郭后作为后宫之主,不能忍受这样的污辱,出身将门的她猛地站起,扇了尚美人一个耳光。仁宗急忙起身解救。郭后仍然不依不饶,不料一下却打到了夹在中间的仁宗,尖利的指甲在仁宗的颈上抓了几道痕。仁宗大怒,产生了废后的想法。当初仁宗调整宰执班子时,曾在郭后面前夸奖过首相吕夷简,认为他是宰执中唯一不依附太后的人。但郭后不这样认为,她说:"他独不附太后吗?只不过多机巧,善应变罢了。"吕夷简因此罢相。谁知这话后来传到了吕夷简的耳中,故而吕夷简也赞成仁宗的想法,认为郭后九年无子当废。废后的事遭到了御史台、谏院一致反对,台谏众官扣殿门大呼求见,又赴议事的政事堂与宰执辩论,还准备召集百官与宰执们在大殿上"廷争"。结果朝廷以"台谏伏阁请对,非太平美事",有失体统,撤了领头的御史中丞孔道辅、右司谏范仲淹的职,将其外放到泰州(今江苏泰州市)、睦州(今浙江建德市)为官,立即押送出京。宫内后妃,郭、尚二人废为女冠,杨宫外安置,郭后最后死于道观之中。

司马池恳辞谏职后不久,亦即景祐元年二月(公元1034年),被授予直史馆,再知凤翔府。直史馆是馆职的一种,馆职与殿阁之职统称为职,或职名,是宋朝一种选拔、培养官员的制度。宋朝从官员中精选优秀的饱学之士,进入馆阁深造,"高以备顾问,其次与论议,典校雠"。作为精英智囊,对国务建言献策。由此,馆阁学士的身份,不同寻常,既是帝王今日的师友,又是日后的公卿大臣。因此,宋代文官以获得馆职为荣,认为是仕途上的终南捷径。司马池获得直史馆一职,表明他已成为侍从官。由此可见,仁宗对他辞职一事并未介意,对司马池依然是很眷顾的。

在凤翔时,有件疑难案件上报后很快被大理寺驳回,办案官员惊恐万状,引咎自责。这时,司马池说:"我是行政主官,一切政事都经我手,这不是各位的过失。"于是将责任独自承担了下来。幸好不久诏书颁下,此事不再追究,一场轩然大波骤然平息。但从这件事上人们看出了司马池的道德品质。

不久,司马池再次调入京城,判三司盐铁勾院。司马池"退让"的品德给仁宗留下了深刻的印象,仁宗一直想重用他,不久,又擢升他为侍御史知杂事。知杂事负责台中日常事务,是御史台中仅次于御史中丞的官职。

宝元元年(公元1038年),司马池在历任三司户部、度支、盐铁副使后,宰相拟出司马池职务、级别变动的意见,提请仁宗批示。仁宗看后说:"是曾辞群牧、谏院者,真名节之士!"于是擢授天章阁待制,出任河中府(今山西永济市蒲州镇)、同州(今陕西大荔县)、杭州(今浙江杭州市)等地的知州。获得待制之职,表明司马池已跻身于高级官员的行列。

司马池生性质朴平易,不擅长处理繁杂的事务。为人正派,不搞吃喝玩乐、私人应酬。他秉公办事,在杭州任上得罪了一批人,被转运使江钧、张从举弹劾。江、张二人罗列了司马池违旨、决事不当等十余项罪名,司马池受到降知虢州(今河南灵宝市)的处分。就在江、张二人上报司马池罪状时,他们的部属因盗窃官物、走私漏税等罪相继系于州狱,案件涉及江、张二人。有人劝司马池趁机报复,司马池坚决不同意。司马池光明磊落的行为,赢得了人们的赞誉,被称为具有长者的风范。

庆历元年(公元1041年)十二月,司马池在晋州(今山西临汾市)知州任上去世,享年六十三岁。

司马池是"宝元、庆历间名臣",仕宦三十余年,为人"奉身俭洁,而临财无吝","安于静退,恬于荣利"。"奉上官不回曲,于朋友尽规切。知人之善,面则励之,背则扬之。为政大抵以正纲纪、塞侥幸、抑权豪、恤孤弱为心","以公制物,而政无私谒"①。司马池的为人处世之道、莅官临政之方深深地影响着司马光,对司马光思想、品德的形成,起着潜移默化的作用。

## 四 文雅夙成的少年

真宗天禧三年(公元1019年)十月十八日,司马光出生于光州光山县的官舍,父母因此就以光作为他的名字②。在明代光山的县学里有口井,相传司马光出生时,汲此井之水洗浴,后人为了纪念此事,就名此井为司马光井,并在井旁建起涑水书院以祠奉司马光。

---

① 《传家集·附录·司马文正公神道碑》以及《光绪夏县志》卷一○《宋天章阁待制司马府君碑铭》。
② 按:《成都文类》卷三五张行成《司马温公祠堂记》载:"故谏议大夫司马君池以某年作尉郫邑,越明年某月生公于官廨,字之曰岷,以山称也。"与诸文献记载异,且与池履历不合,置此备考。

司马光出生后,一直跟随父亲游宦四方。三岁左右,司马光随父来到寿州(今安徽凤台县)安丰县,此时司马池由光山调任安丰县征收酒税。淮南在北宋是富庶之区,这里"土壤膏沃,有茶盐丝帛之利。人性轻扬,善商贾,廛里饶富,多高赀之家",给儿时的司马光留下了美好的印象。他后来在送友人赴任淮南时,不禁写下了"弱岁家淮南,常爱风土美。悠然送君行,思逐高秋起"①这样深情的诗句。尽管在安丰时,司马光年齿尚幼,但是,父兄已对他寄托着殷切的期望。那时安丰县有位才子姓丁名浦江,"以年少气俊,诵书属文,闻于县中",司马光父兄都希望他将来能像丁浦江一样聪明有出息。

不久,司马光又随父入川,来到小溪县。很多年后,司马光回忆起在遂州小溪县的那段生活,回想起父亲的政绩和百姓对他的爱戴,还不禁潸然泪下。他在送友人赴遂州的诗中写道:"闻道西州遗画像,使我涕泪空沾衣。"②父亲为民除害、为国分忧的事迹给幼小的司马光留下了终生难忘的印象。

司马池在小溪县任满后,来到洛阳任职。此时,司马光已有六七岁了。洛阳是唐、宋两代的陪都,是历史悠久的名城,地理位置居天下之中,因而又是一个繁华的都市,在这里司马光得到健康的成长。

有一次,司马光玩青核桃,姐姐给他剥皮,怎么也剥不开。姐姐走后,一个丫环用开水烫了烫核桃,一会儿就剥开了。姐姐回来后问他是谁剥开的,司马光谎称是自己。目睹实情的司马池严厉地训斥了儿子,他说:"小孩子怎么能撒谎!"这事对司马光影响很大,从此

---

① 《宋史》卷八八《地理四》以及《传家集》卷二《送崔尉尧封之官巢县》。
② 《传家集》卷二《送张兵部知遂州》。

以后，司马光再也没有说过假话，诚实成了司马光服膺一生的信条。

司马光幼年时，在许多方面表现出少年老成之态。有一次，司马光和一群小朋友在花园里玩耍，有个小朋友太顽皮了，竟爬上了一口装满水的大缸，一不小心，掉进缸里。孩子们一看，闯大祸了，一时间纷纷逃走。这时，司马光见义勇为，急中生智，拾起一块大石头，猛地一下把缸砸破，水从缺口处流出，掉进缸里的小孩得救了。据说这个故事当时被画成画儿，一再翻印，在东京开封、西京洛阳一带广为传播。在洛阳的生活是美好的，也是极有意义的，多少年后，司马光在诗中写下了对这段美好生活的幸福回忆："彩服昔为儿，随亲宦洛师。至今余梦想，常记旧游嬉。"[①]

六岁那年，司马光开始接受系统、严格的家庭教育，父兄开始教他读书识字。那个时代的孩子启蒙时，首先教识数，从一、十到百、千、万，再教东、西、南、北等表示方向的字，男孩子此时就开始练字了。接下来就是学习《孝经》《论语》，均须熟读。六岁的孩子，哪能懂得如此深奥的大道理，所以，司马光是"虽诵之不能知其义"。但是，司马光对史学颖悟有独特的天赋。七岁那年，他听人家讲《左传》，听后就能领会其中的大义，回家后，还能给人讲解。从此以后，司马光对《左传》产生了浓厚的兴趣，以至于爱不释手，不知饥渴寒暑，达到了忘我的境界。司马光与史学结下了不解之缘，日后他编纂《资治通鉴》等史学著作应萌发于此。爱好、颖悟和对国家的忠诚，成了他史学事业一生源源不断的动力。

司马光在学习上有自己的优势，也有不足之处，他"记诵不如人"，与叔伯兄弟们一块读书，其他人都已背好功课出去做游戏了，而他却还未背得。这时，司马光总是独自留下，放下帷幕，专心致志

---

① 《传家集》卷一三《送王璋同年河南府司录》。

地继续反反复复地背诵,直到背得滚瓜烂熟为止。他认为只有多下功夫,才能把知识真正学到手,做到终生不忘。司马光幼时有位小朋友叫庞之道,长司马光数岁,"性明颖""敏于为学""于文辞不待力学而自能。读书初如不措意,已尽得其精要,前辈见之皆惊叹"。三十多年后,司马光回忆起来,犹钦佩不已,他说:"光年不相远,自视如土瓦之望珠玉。"①看来司马光在接受知识上有点"鲁钝"。

那时,男孩子到了八岁要背诵《尚书》,九岁开始读《春秋》及诸史,教师要为他讲解书中的大义,"使晓义理"。十岁,男孩子便要离家外出读书,寄宿于外,学习《诗》《礼》《传》,要懂得仁义礼智信。再往后可以读《孟子》《荀子》《扬子》,博观群书,如《礼记》《学记》《大学》《中庸》《乐记》之类。而异端邪说非圣贤之书则禁止阅读,以防"惑乱其志"。"观书皆通,始可学文辞"。司马光也是这样一步一步地接受儒家正统思想文化教育的。故后来司马光回忆说,十二三岁时"始得稍闻圣人之道"。司马光学习勤奋刻苦,肯动脑筋,钻研得很深。平时他充分利用骑在马上、半夜未眠的时间去背诵,去思考。"朝诵之,夕思之",以勤补拙,持之以恒,数易寒暑,到十五岁那年,学问已相当渊博了。儒家的经典著作,他"无所不通"。又写得一手好文章,正像宋代大文豪苏轼后来所评价的那样:"文辞醇深,有西汉风。"

司马光所受的家庭教育是很严格的。男女七岁开始"不同席,不共食"。"八岁,出入门户,及即席饮食,必后长者,始教之以谦让。""女子不出中门"②,只能在后院走动。父亲司马池作风简朴,待人诚恳,据司马光回忆,司马池很好客,"客至未尝不置酒,或三行、

---

① 《传家集》卷七八《大理寺丞庞之道墓志铭》。
② [宋]司马光《书仪》卷四《居家杂仪》。

五行,多不过七行。酒沽于市,果止于梨、栗、枣、柿之类,肴止于脯醢、菜羹,器用瓷漆"①。不过当时社会风气就是如此简朴,客人也不见怪。"会数而礼勤,物薄而情厚",风俗是很淳厚的。

　　受良好家风的影响,也出于天性吧,司马光从小就养成了俭朴的生活习惯。他自幼不喜华靡奢侈,儿时起就不爱穿着打扮,大人如给他穿饰金绣银的华美之服,他"辄羞赧弃去之"。二十岁那年,司马光考中进士。在专为新科进士举办的闻喜宴上,众人个个循例都戴上了花朵,唯独司马光没有戴。同年劝他:"这是主上的恩赐,不可违背。"他才戴了一朵。司马光一辈子恶衣菲食,他认为衣足以防寒,食足以充饥,就可以了。晚年,他给儿子司马康写了一篇家训,文章一开头便语重心长地告诉儿子说:"吾本寒家,世以清白相承。"希望儿子也能以俭素为美。他谆谆告诫:"一切美德都是由俭朴而来的。一个人生活俭朴,他的欲望就少了,欲望少了,就不会为物质利益所引诱。士大夫如果能做到这一点,他就可以安稳地生活,不受豪门的盘剥、欺压,保全性命。奢侈是最大的罪恶,一个人如贪图享受的话,他的欲望就多了。士大夫如果是这样,就要违反原则,贪污受贿。老百姓如果是这样,就会追求各种享受,大肆挥霍,走上盗窃犯罪的道路,最后落得个家破人亡的下场。历史上,'以俭立名,以侈自败'的经验教训太多了。"他要求儿子学习古人,以俭为美德。司马光就是这样的淡泊宁静,不以名利地位萦怀。宋朝文武官员到一定品级后,子弟、亲戚可以荫补为官。有一年,司马光也遇到了这样的机会,但他却推让给了他的两位堂兄。直到十五岁那年,司马光才受补为郊社斋郎。

　　十五岁这一年,对于司马光来说是极不平凡的一年,幼而学,壮

---

① 《传家集》卷六七《训俭示康》。

而行。随父亲在凤翔(今陕西凤翔县)的司马光开始壮游天下,寻师访友。他只身来到华州(今陕西渭南市华州区),去拜见当时一位他所敬仰的前辈孙之翰先生。孙之翰对唐史的研究有很深的造诣,"自壮至于白首",写成《唐史记》一部,为皇家图书馆所收藏①。这次拜见,司马光向孙先生请益了什么?我们不得而知。或许是史学的教育作用,或许还有史书各种体裁的优劣得失?从司马光首次游学拜访的学者是唐史专家,就可以看出,在司马光的心中,史学占有的地位是何等之高了。他后来能编纂成《资治通鉴》,并非偶然。

景祐四年(公元1037年),十九岁的司马光已形成自己的性格特征和学术思想。这从他当年所写的两篇铭文可以看得出来。

其一是《铁界方铭》:

质重精刚,端平直方。进退无私,法度攸资。燥湿不渝,寒暑不殊。立身践道,是则是效。

其二是《勇箴》:

何为而正?致诚则正。何为而勇?蹈正则勇。孟贲之材,心动则回。临义不疑,呜呼勇哉!②

司马光以铁界方自喻,表明了他不管风云如何变幻,都会贯彻儒家标榜的道义,矢志不移。他认为真正的勇敢来自正义,来自道义,来自浩然之气。只有"蹈正""致诚""临义不疑",才能称得上"勇"。"孟贲之材,心动则回",是不能称之为勇士的。在这里,司马

---

① 《传家集》卷七三《书孙之翰〈唐史记〉后》。

② 《传家集》卷六六。

光首次提出了他哲学思想的基本范畴"诚"。

在司马光青少年时代,有两个人影响了他的一生。一位是庞籍。天圣中,司马池奉调入京为群牧判官。在群牧司,司马池与同僚庞籍交谊极厚。两人"道同志合,出处如一。分义之美,近古所希"。两家所居相近,因而,庞籍时常到司马池家中做客,每次司马光都"获执几杖,侍见于前"。在庞籍眼中司马光"文雅夙成,而有清直之气",因而非常喜欢他,每每"抚鬐诲导,俾之就学""爱均子姓"。在司马池病逝后的数十年中,庞籍像父亲一样关心司马光,保护他,提拔他。嘉祐八年(公元1063年),庞籍病逝。此时司马光已为天子近臣天章阁待制、知谏院,他在祭文中写道,"近日所蒙,莫非公力"①,道的全是实情。

另一位是张存。景祐四年(公元1037年),司马池同年张存自河北奉调入京,为户部副使,与司马池同省为官。张存为官,"以精敏廉直为朝廷所知"。又"性孝友",蜀州(今四川崇州市)任满回乡,带回的"蜀中奇缯"不拿回自己房中,全放在堂上,请父母兄弟姊妹任意挑选。他常说:"兄弟如手足,不可分离,妻妾乃外人,为何因外人而断手足呢!"宗族中贫困者尽管支派疏远,也无不加以接济。孤儿寡妇则为之婚嫁。他为人庄重,即使在家中,也是衣冠整齐,否则是不见儿孙们的。与儿孙交谈,即使到半夜,也不许他们坐下。家庭之中,严肃整饬如官府一样,事无大小均有条理。一辈子无论是与客交谈,还是出席宴会,都是"垂足危坐",即使到了夜间,也"未尝倾倚有倦怠之色"。张存家与司马池家一样都是恪守儒家伦理道德的典型士大夫家庭,加之有年谊与同僚之情,因而常来他家做客。来时司马光就立侍左右,虽未尝与张存交谈一语,但张存一见中意,"许以成人,不卜不

---

① 《传家集》卷五八《又谢庞参政启》、卷八〇《祭庞颖公文》。

谋（媒），遂妻以子"，将三女许配给司马光为妻。张存对司马光的信赖，使司马光终生难忘。司马光认为"知己之恩，重于姻戚"[①]。

## 五　释褐与初仕

司马光十五岁那年，以恩荫获得郊社斋郎的官衔。数年后，又晋升为将作监主簿。在宋代，这通常是官宦人家子弟安身立命的坦途。平流进取，亦可取得不太低的官位，过着安逸而平庸的生活。司马光是位有志气的青年，仰仗父亲，对他来说毕竟是件不太光彩的事情，因此他未肯出仕，而是继续居家攻读。宝元元年（公元1038年），司马光二十岁。弱冠之年，司马光一举成名，考中进士甲科第六名。不久，又与张存三女完婚。"洞房花烛夜，金榜题名时"，中国古代青年人梦寐以求的理想，司马光一下全部实现了。宋代与唐代一样，特重进士科。考上进士高科，即意味着"荣进素定"，往往不十年即为卿相，前程是光明而远大的。因而，在社会上以至"贩鬻给役之徒皆知以为美尚"，是极受人尊重的。荣誉和地位是崇高的，但如果仅仅满足于此，沾沾自喜，则是可鄙的。司马光认为："得之者矜夸满志，焜耀于物，如谓天下莫己若也，亦何惑哉！贤者居世，会当蹈仁履义，以德自显，区区外名，岂足恃邪！"[②]在司马光看来，考中进士还算不得成功，按照儒家纲常名教，造福于国家，造福于社会，才是人生的最高理想。

司马光是这样想的，也是这样做的。同年，司马光受命出任华

---

① 《传家集》卷八〇《祭张尚书文》。
② 《传家集》卷七〇《送郎景微序》。

州判官。在华州，家人常常见他在卧室里，猛地站起来，穿上官服，手执笏板，正襟危坐，无人识其用意，后来他的助手和学生范祖禹得便问及，司马光答道："我当时忽然想起天下大事了。"是啊，当一个人虑及天下安危这样重大的事情时，态度怎可不肃然起敬呢！司马光从年轻时起，就以天下为己任，是一位有强烈责任心与使命感的人。

此时，司马池正在同州任上。同州与华州是同属陕西路的毗邻的两个州，司马光得以常常因公赴同州，就便探望父亲。时司马光的同年、并同出庞籍门下的石扬休正任同州判官。石扬休，四川眉山人，十八岁就"声振西蜀"，司马光儿时已闻其名。石扬休后来官至知制诰。宋代的知制诰即唐代的中书舍人，也就是国务秘书，是侍从近臣。石扬休为人"望之俨然，以律度自居，即之恂恂，温厚善谈笑，令人心醉不能舍去"。尽管年龄比司马光大二十三岁，尽管二十余年来两人"迭有进退"，但两人"穷通相遇如一日"[①]。同州有座龙兴寺，是他们常去游玩的地方。龙兴寺是隋文帝故居，寺内有隋代名臣李德林撰写的碑文，又有唐代著名画家吴道子所作壁画。壁画为未竟之作，据说吴道子期望后代高手能补完它。评点评点未竟之作，读读布满苔渍的隋碑，这对于好古而敏求的两位新进士来说是多么惬意的事啊！数年之后，司马光回忆起这段往事，情不自禁地写下了节奏明快的诗篇[②]：

昔年三月浪，鳞翼化云雷。竹箭流俱上，芙蓉幕对开（指二人初仕入同、华二州幕府，为节度判官）。瀵泉（此指同州）扬沸

---

[①] 《传家集》卷七九《石昌言哀辞》。
[②] 《传家集》卷九《石昌言学士宰中牟日为诗见寄久未之答今冬罢武成幕来京师此诗谢之》。

渭,泰华(此指华州)耸崔嵬。捧檄容归省,飞觞复屡陪。芬芳袭芝室,嘉庆侍兰阶。吴壁评残笔,隋碑读渍苔。清阴依玉树,和气乐春台。……

此时的司马光可谓生逢盛世,春风得意。

# 第二章　盛世之下的内忧外患

## 一　仁宗天圣、宝元间的改革

司马光的青少年时期,正是仁宗前期,与司马光平稳顺畅的生活不同,此时朝野上下正出现一股对真宗政治反思变革的思潮。

翻开《长编》天圣元年(公元1023年)正月,一篇对财政困于冗费的评估赫然在目,令人触目惊心:

> 自宋兴,而吴蜀、江南、荆湖、南粤皆号富强,相继降附,太祖、太宗因其蓄藏,守以恭俭简易。方是时,天下生齿尚寡,而养兵未甚蕃,任官未甚冗,佛老之徒未甚炽,外无夷狄金缯之遗,百姓亦各安其生,不为巧伪放侈,故上下给足,府库羡溢。承平既久,户口岁增,兵籍益广,吏员益众,佛老、外藩耗蠹中国,县官(国家)之费数倍昔时,百姓亦稍纵侈,而上下始困于财矣。

乾兴元年(公元1022年)二月,真宗去世,仁宗即位。明年,仁宗改元天圣。改元之初,宋廷即对当时国家局势做出了如此不容乐观的评估。对于国家的财政困境和百姓生活的艰难,国家财政主官提出了改革的建议。

权三司使李咨认为,"天下赋调有常,今西北寝兵二十年,而边馈如故,他用寖广,戍兵虽未可减,其末作浮费非本务者,宜一切裁损,以宽敛厚下"。

盐铁判官俞献卿也说:"天下谷帛日益耗,物价日益高,欲民力之不屈,不可得也。今天下谷帛之直,比祥符初增数倍矣。人皆谓稻苗未立而和籴,桑叶未吐而买,自荆湖、江、淮间,民愁无聊。转运使务刻剥以增其数,岁益一岁,又非时调率营造,一切费用皆出于民,是以物价益高,民力积困也。陛下试以景德中西戎内附、北敌通好最盛之时一岁之用,较之天禧五年,凡官吏之要冗,财用之盈缩,力役之多寡,释道之增减,较之可知其利害也。况自天禧以来,日侈一日,又甚于前。夫卮不盈者漏在下,木不茂者蠹在内,陛下宜知其有损于彼无益于此,与公卿大臣朝夕图议而救正之。"①

仁宗采纳了他们的建议,随即设置了改革机构——计置司。计置司围绕着开源节流,改善国家财政状况,进行了一系列的改革。

计置司成立后,率先提出了改革茶法的方案。宋朝建国以来,除川陕、广南茶行通商法,听民自由买卖外,其余各地均实行国家专卖法。宋代东南地区淮南、江南、两浙、荆湖、福建各路是茶的主要产地,国家通过控制茶农的茶,转卖给茶商,以此获取巨额利润。景德中最高,达三百六十余万缗。不过,这项国家大宗财政收入,却逐渐落入豪商大贾之手。真宗时,与辽、夏达成和议,但西北二边驻军并未削减多少。为了提供边防驻军的粮草等军备物资,国家召商人运送粮草至边地,根据路程的远近,加价酬劳,加价部分谓之虚估,以资鼓励,商人凭证券领取茶叶。商人由此获得丰厚的利润,都踊跃参

---

① 《长编》卷一〇〇天圣元年正月壬午。

与。由于边塞急于储备边防物资,参与的商人越来越多,虚估也就越来越高,茶也越来越贱。商人中有许多是边地土豪,不懂得茶利之厚,急于得钱,就将茶券贱卖给茶商或京城里管理茶券的大商,"虚估之利,皆入豪商巨贾"。商人因利薄不再往边地运送物资,边备日愈不足,国家的茶法也遭到严重的破坏。结果是,商人运送的边防物资才值五十万,而东南茶利三百六十余万,尽归豪商巨贾。天圣元年(公元1023年)三月,仍由国家专卖,但改行贴射、见钱法,去虚估之弊,"茶与边籴,各以实钱出纳"。推行贴射法后,豪商大贾不能操控其间,"所省及增收计为缗钱六百五十余万,异时边储有不足以给一岁者,至是,多者有四年,少者有二年之畜,而东南茶亦无滞积之弊"①。天圣初,陕西沿边等路每每因粮草不足告急,京师府库也常缺缗钱,仅够发放官吏、士兵的月俸。自变法以来,京师积钱多,边备不闻告乏。中间蕃部作乱,调发兵马,仰给有司,无不足之患。这样看来,改革还是颇有成效的。不过,改革是有反复的,三年,"豪商不便,依托权贵,以动朝廷"②,结果贴射、见钱法被废除。但景祐三年(公元1036年)经修改让利运输商后,又重新推行。

宋代盐利是较茶利更大的工商业财政收入。宋代盐的主产区,一是淮南沿海的海盐,一是陕西解州(今山西运城市盐湖区解州镇)的池盐。宋代全国解盐的行销,分为东盐、西盐、南盐三大区③。西

---

① 《长编》卷一〇二天圣二年七月壬辰。
② 《长编》卷一一八景祐三年正月戊子。
③ 按:东盐区包括东京开封府、西京河南府(今河南洛阳市)、南京应天府(今河南商丘市)及京东路的兖、郓、曹、济、濮、单州和广济军,京西路的滑、郑、颍、陈、汝、许、孟州,陕西路的河中府、陕、解、虢州和庆成军,河东路的晋、绛、慈、隰州,淮南路的宿、亳州,河北路怀、卫州及澶州在黄河以北的各县,共二十八府州军。南盐区包括京西路的襄、邓、蔡、隋、唐、金、商、房、均、郢州,光化、信阳两军。西盐区包括陕西路的京兆、凤翔两府,同、华、耀、乾、泾、原、邠、宁、仪、渭、鄜、坊、丹、延、环、庆、秦、陇、凤、阶、成州,保安、镇戎两军,及澶州在黄河以北的各县,共三十七府州军。另外,陕西路沿边地区的秦、延、环、庆、渭、原六州,保安、镇戎、德顺三军,又募人入中刍粟,偿以盐。

盐、南盐区,允许"商贾贩鬻",官府征收其商税。东盐区运输、出售则全由官府运营,"禁人私鬻"。

天圣八年(公元1030年),宋朝开始改革解盐的营销政策。改革的建议由一名低级文官王景提出,他针对东盐区专卖政策,提出批评,认为:"池盐之利,唐代以来几半天下之赋。"而宋代以来,"县官榷盐,得利微而为害博,两池积盐为阜,其上生木合抱,数莫可较。请通商平估以售,少宽百姓之力"。王景的建议,遭到大臣的反对,但刘太后却极力主张通行,由此引发了宋廷对解盐专卖政策激烈的讨论:

> (太后)谓大臣曰:"闻外间多苦盐恶,信否?"对曰:"惟御膳及宫中盐善尔,外间皆食土盐。"太后曰:"不然,御膳多土,不可食。"或议通商何如,大臣皆以为,如是则县官必多所耗。太后曰:"虽弃数千万亦可,耗之何害?"大臣乃不敢复言。

刘太后出身贫寒,深知民间疾苦,毅然置财政巨额亏损于不顾,立即任命翰林学士盛度、御史中丞王随与三司研究解盐通商利弊。经讨论,盛度等提出了拥护全面通商的方案,从五个方面胪列了通商的优越性:

> 方禁商时,官伐木造船以给辇运,而兵力罢劳不堪其命,今无复其弊,一利也。
> 始以陆运,既差贴头,又役车户,贫人惧役,连岁逋逃。今悉罢之,二利也。
> 又,船运河流,有沉溺之患,纲吏侵盗,杂以泥砂、硝石,其味苦恶,疾生重膇。今皆得食真盐,三利也。

国之钱币,谓之货泉,盖欲使之通流,而富室大家,多藏镪不出,故民用益蹙。今得商人六十余万,颇助经费,四利也。

　　岁减盐官、兵卒、畦夫、佣作之给,五利也。①

盛度等陈述的通商五利,揭露了禁榷政策的弊病,官卖食盐最大的危害在于,加重了军民百姓的徭役负担,破坏了农业、工商业的正常秩序,阻碍了农业、工商业的发展。其次,影响了货币的正常流通,在一定程度上,造成了社会上的"钱荒"现象,也影响了国家的财政收入。最后,官营盐业,无法保证食盐的质量,上至太后,下至百姓,都食用苦恶不堪、致人足部严重肿胀的土盐。

在刘太后力主之下,解盐东盐区和西盐、南盐区一样实行通商政策,解盐全面实行通商政策后,包括河中府、解州在内的受益的"各郡之民皆作感圣恩斋"②,为太后及仁宗祈福。并刻石留念,立"宋皇放商盐颂碑"于解池旁。这块具有意义的石碑碑文留传至今,拓片保存在中国国家图书馆内。

解盐全面通商后,国家收入较前减少。以天圣九年(公元1031年)至宝元元年(公元1038年)的新法收入,与乾兴元年(公元1022年)至天圣八年(公元1030年)旧法收入相比,在大约相同的时间里,推行新法,盐利减少了236万缗。但解盐生产运营良好,在放行解盐的头3年,产盐近276万斤,所贮可支10年。景祐元年(公元1034年),仁宗亲政,肯定了解盐通商新法,视为"成规","宣付史馆"。解盐通商新法推行了整整10年时间,到康定元年(公元1040年),宋夏战争爆发,宋廷急需军费,解盐复行禁榷。

---

① 《长编》卷一○九天圣八年十月壬辰。
② [宋]司马光《涑水记闻》卷四。

至于东南盐法,仁宗天圣、明道时则基本沿用了真宗后期的盐法,在禁榷的基础上,有限度地实行通商,天圣六年(公元1028年),在京榷货务收到末盐交引钱180.3万贯。这一时期,任东南六路发运副使的张纶,通过免除通(今江苏南通市)、泰(今江苏泰州市)、楚(今江苏淮安市)三州盐户的积年欠负,并提供生产工具,提高盐的收购价格,扭亏为盈,国家每年增加数十万缗收入。又在杭(今浙江杭州市)、秀(今浙江嘉兴市)、海(今江苏连云港市)三州设置盐场,岁增收入350万。明道二年(公元1033年),南方大旱,江淮灾荒,运河浅涸,盐运停顿,海盐积压,盐民贫困,远地盐荒,宋于此时决定由地方政府组织官运,将海盐运至淮南、两浙、江南、荆湖,商人在京师榷货务缴纳钱、粟,换取交引,至上述各地取盐贩卖。淮南的通、泰、楚、海、真(今江苏仪征市)、扬(今江苏扬州市)、涟水(今江苏涟水县)、高邮(今江苏高邮市)各州军,只能在城卖盐。其他各地允许到县、镇卖盐,但不能到乡村。这次通商的地域辽阔,但限制在城镇进行,加之海盐运输由官府控制,商人获利不大,交易量小,故至景祐二年(公元1035年),只允许商人在京师缴纳实钱换取东南盐。康定元年(公元1040年)宋夏战争爆发,宋廷招募商人运送刍粟至陕西沿边,可加数换取东南盐。同年,河北丰收,谷价低廉,宋廷决定趁此时机储备军粮200万石,又招募商人以河北谷物换取东南盐。

这一时期,宋廷还兴利除弊,做了一些有利于国计民生的举措。如天圣时修成一百八十里长的泰州捍海堰,防止了海涛冲毁民田,两千六百余户流亡在外的农民回乡归业。堰旁置闸,按时启闭,漕船通行无阻,岁省堰卒十余万。又修成运河线上的扬州邵伯闸,更是件利国利民的大事。景祐时,选官行视京东西、陕西等地"水泉可导灌民田"处,选派官员赴河北等州教民种水田。

真宗自祥符天书降后,大修宫观祷祠,大办庆祝活动,国家府库消耗殆尽。天圣节流,首当其冲,就是大省斋醮宴赐。自二月起,刘太后下令撤销自祥符天书降后京城所建玉清昭应宫、景灵宫、会灵观、祥源观,以及兖州景灵宫、太极观的清卫卒,分配至各军。所设天庆、天祺、天贶、先天、降圣节及真宗诞节、本命、三元节,各宫观轮流斋醮,不再同时举办。斋醮次数减少六成,规模减半。全国只允许八十五个重要州府举办天庆等五节,可举办宴会,其余各州悉罢。经办封祀、宫观事宜、祥符中增设的礼仪院也一并撤去。仁宗及太后生日,武臣殿直以上,年幼未能胜任朝拜者,不再赐服。此后,玉清昭应宫失火烧毁,刘太后接受臣僚意见,将此灾变视为上天垂示的警戒,不再重建。又削减各路每年应造兵器一半的额度。以两川绫锦、罗绮、透背、花纱之类贡品的三分之二换为绸绢,以供军需,数年后完全停止上供。禁止民间编织锦背、绣背及遍地密花透背等奢侈品。皇家作坊所造玳瑁物品亦停。放宫女二百人出宫。

　　但节用的效果远不如人意,"虚用冗费,难以悉数"。宫中需索,绕过中书、枢密院,内降诏书不止。景祐元年(公元1034年),三司度支判官谢绛言:"近来宫中需求越来越多,赐予也超过标准。宫中费用,去年总计缗钱45万,自今春至四月,已达20万。"宫中如此,负责国家财政的三司也常常超预算开支。宝元元年(公元1038年),苏舜卿在上书中说:"三司计度经费,二十倍于祖宗时。"尽管国家年度经费涨幅惊人,但还是入不敷出。景祐四年(公元1037年),管理国家战略预备物资的内藏库负责人向仁宗汇报:"自天禧三年十二月开始,每年借缗钱60万给三司。当时诏书再三告诫三司,不得再行借贷。但是,自明道二年距今才4年,而所借钱帛凡917.3万有余。请以天禧诏书申饬三司。"究其原因,在于自天圣以来,屡次要求各部门节省用度,但至今未闻有所施行。"十数年来,下令及所行事,或有名而无实,或始是而终非,或横议所移,或奸谋所破"①。仁宗是慈仁、优柔之主,他不能破"权幸所挠",无法做到令行禁止,政令通畅。造成财政困难的最大原因,在于冗兵。景祐元年(公元1034年),三司使陈琳上疏论冗兵,他说:"兵在精不在众。河北、陕西军储屡屡告乏,却还在不停地招募。屯住边地的军队与屯住内地的相比,一兵之费可供三兵。过去国家只需支付养万名兵员的军费,而今则要翻上3倍。河北岁费粮草1020万,但河北每年的税收仅够支付其3/10。陕西岁费1500万,但每年税入也只能解决其支出的一半。其余全依赖朝廷财政。自咸平至今,西北二边所增马步军160个营,每岁耗费不止千万缗。天地生财有限,而费用则无止尽,这是国家财政困难的原因所在。"总之,仁宗在位20余年,冗费问题,有增无减,财政困难,依然故我。

## 二　宝元、庆历间的宋夏战争

到宝元元年(公元1038年),宋朝已度过三十四年的干戈不用、四边宁静的和平时期。亲政不久的仁宗此时热衷于制礼作乐,花了整整四年的时间制定了一部新乐,史称李照乐。对于盘踞在西北的赵元昊地方割据势力则掉以轻心,将边防战备置诸脑后。其实此时的赵元昊,已吞并了河西走廊,并打败了河湟地区的吐蕃族唃厮啰势力,在解除了后顾之忧后,多次侵扰宋沿边地区。真仁之际颇负盛名的将领刘平,曾是陕西环庆路副都部署,负责环庆一路边防事务,他后来在上书中说:"臣前在陕西,见元昊车服僭窃,势且叛矣,宜严备之。"②但宋廷对赵元

---

① 《宋史》卷三一六《吴奎传》。
② 《长编》卷一一五景祐元年八月庚申。

昊的战略企图存在着严重的误判,刘平的建言并未引起宋廷的重视。景祐二年(公元1035年)后,赵元昊已拥有夏、银、绥、宥、静、灵、盐、会、胜(今内蒙古准格尔旗十二连城乡)、甘(今甘肃张掖市)、凉(今甘肃武威市)、瓜(今甘肃瓜州县东双塔堡附近)、沙(今甘肃敦煌市)、肃州(今甘肃酒泉市肃州区)辽阔的疆域。凭借三十年来宋朝给予的岁赐、边境的互市贸易和三代的积蓄,实力是其祖李继迁无法比拟的,已足以与宋、辽相抗衡。于是宝元元年(公元1038年)赵元昊自称兀卒,即青天子,称宋主为黄天子,与仁宗分庭抗礼,平起平坐,由此引发了长达七年之久的宋夏战争。"渔阳鼙鼓动地来,惊破霓裳羽衣曲",宋朝自此由和平时期进入战争状态。

宝元、庆历间的宋夏战争是由元昊蓄意挑起的。早在景祐元年(公元1034年)上半年,元昊就数度发兵进攻宋河东路西北方向的府州(今陕西府谷县),由此破坏了其父赵德明维持了二十八年之久的宋夏和平共处的关系,揭开了宋夏战争的序幕。七月,宋庆州(今甘肃庆阳市)兵进入夏州界,攻破夏后桥新修诸堡。元昊迅即反攻,打败宋军,活捉宋环庆路都监。康定元年(公元1040年)正月,宋军再次攻克后桥。夏随即攻克宋鄜延路金明寨,活捉寨主李士彬父子。又连破安远、塞门、永平诸寨。包围宋边防重镇延州(今陕西延安市),设伏三川口(今陕西延安市西),活捉宋军大将鄜延、环庆副都部署刘平,鄜延副都部署石元孙等。庆历元年(公元1041年),元昊引诱宋军深入,设伏好水川,宋军主将任福战死,将校士卒死者万余,关右震动,以致"仁宗为之旰食,宋庠请修潼关以备冲突"。秋,西夏转战河东,攻陷丰州,宋人遂有弃河外之议。二年,西夏再次大举入侵,两军战于定川寨(今宁夏固原市西北),宋军又大败,主将葛怀敏战死。夏军乘势长驱直入,进抵渭州(今甘肃平凉市),在方圆六七百里内,焚荡庐舍,屠掠居民而去。分析宋夏战争初期三次大仗,宋军惨败,轻敌冒进是共同的原因。此外,三川口之仗,刘平无节制之权,都监黄德和部率先撤退,造成全军溃散的败局。好水川一仗战败,主将任福是鄜延、环庆副都部署,应陕西经略安抚副使韩琦之招,赴泾原议事,正遇敌情,临时受命,统辖的是"非素抚"的泾原军和刚刚招募而来的敢勇兵,"诸军将校都不识面,势不得不陷覆"。定川寨之仗,主将葛怀敏"猾懦不知兵",但"通时事,善候人情",是凭"崇饰厨传,善承迎",而得虚誉、误被拔擢的庸将,临战又违主帅韩琦节度,轻敌冒进,所以致败。

对于宝元、庆历之际宋方的边防、军备等状况,宋朝有识之士有深刻清醒的认识。他们一针见血地指出,自澶渊之盟后,三十余年来,"天下忘备,将不知兵,士不知战""将不素蓄,兵不素练,财无久积,小有边警,外无重兵"。这种状态,当时人叶清臣做了一个生动的形容:"若濩落大瓠,外示雄壮,而中间空洞,了无一物。脱不幸戎马猖突,腹内诸城,非可以计术守也。自元昊僭窃,因循至于延州之寇,中间一岁矣,而屯戍无术,资粮不充,穷年蓄兵,了不足用。连监牧马,未几已虚,使蚩蚩之氓无所倚而安者,此臣所以孜孜忧大瓠之穿也。"①名将张亢有切身体会,对宋军素质之差,说得更为具体。他说:"国家承平日久,失于训练,今每指挥艺精者不过百余人,其余皆疲弱不可用。且官军所恃者步人弩手尔。臣知渭州日,见广勇指挥,弩手三百五十人,其弩力及一石二斗者才九十余枝,其余止及七八斗,正欲阅习时易为力尔。臣以跳镫弩试之,皆不能张。阅习十余日,仅得百余人。又教以小坐法,亦十余日,又教以带甲小坐法,五十余日,始能服熟。"他深有感慨地说:"若安前弊而应新敌,其有必胜之理乎?"曾任庆州通判的景泰,对当时糟糕的边防也非常忧

---

① 《长编》卷一三一庆历元年三月丙辰、卷一二五宝元二年。

虑，他说："今主将率任军伍，无长策，而器械钝缺，士卒惰窳，城池不修，资粮无备，一旦有警，何以应敌？"而和平时期对内防范型的军政制度则削弱了宋军的战斗力。这首先表现在主帅无权威，无节制之权，指挥不灵。张亢说："旧制：诸路部署、钤辖、都监各不过三两员，余官虽高，止为一州部署、钤辖，不预本路事。今每路多至十四五员，少不减十员，皆兼路分事，权均势敌，不相统制，凡有议论，互执不同。"其次表现在，宋军"将不知兵，士不知战""缘边部署、钤辖下指挥使臣，每御敌皆临时分领兵马，而不经训练服习，将未知士之勇怯，士未知将之威惠"①。因此韩琦认为这是宋军"数至败衄"的原因所在。战时，西夏军之所以常能取胜，主要原因在于战略主动，其"种落散居，衣食自给，忽尔点集，并攻一路，故所统之众，动号十余万人"，相反，宋陕西四路之兵，总数近三十万，然采取消极防御的方针，"各分守城寨，故每岁战兵大率不过二万余人，坐食刍粮，不敢举动。岁岁设备，常如寇至，不知贼人之谋，果犯何路"②。这样，宋军以分散之兵，拒彼专一之势，众寡不敌，遂及于败。

康定元年，经韩琦提议，宋廷急调远在越州（今浙江绍兴市）的范仲淹赴陕西。未几，即与韩琦共同担负起防御西夏的重任。

范仲淹临危受命，到达陕西后，为了扭转战局，他提出严边城、实关内的防务主张，他主张在永兴军（今陕西西安市）、邠州（今陕西彬州市）、凤翔府（今陕西宝鸡市凤翔区）、同州、河中府、陕府、华州等关内重镇，各屯兵三二万人，边城则坚壁清野，不与西夏野战，复命鄜延、环庆、泾原、秦凤沿边各路做好进攻的准备，声张军势，分散西夏兵力，使夏军骑兵野战抄掠的优势无从发挥。改任陕西经略安

---

① 《长编》卷一二八康定元年七月癸亥，八月己未、癸巳。
② [宋]范仲淹《范文正奏议》卷下《奏陕西河北和守攻备四策·三陕西攻策》。

抚副使,兼知延州后,重组延州军队,精选出18000名士卒,组成6将,每将3000人,分部训练,据来敌多寡,轮番出战。一改过去"总管领万人,钤辖领5000人,都监领3000人。寇至御之,则官卑者先出"的荒谬规定,也扭转了"将不知兵,士不知战"的状况。

当时,远离陕西、身居庙堂之上的仁宗与宰辅们,脱离实际,主张深入夏境讨伐,而范仲淹则一而再,再而三,坚持不懈地反对。康定元年(公元1040年)五月,范仲淹在上书仁宗的奏章中说,臣"闻边臣多请五路入讨,臣窃计之,恐未可以轻举也。太宗朝以宿将精兵北伐西讨,艰难岁月,终未收复。缘大军之行,粮车甲乘,动弥百里。敌骑轻捷,邀击前后。乘风扬沙,一日数战。进不可前,退不可息,水泉不得饮,沙漠无所获,此所以无功而有患也。况今承平岁久,中原无宿将精兵,一旦兴深入之谋,系难制之敌,臣以谓国之安危未可知也。然则汉唐之时能拓疆万里者,盖当时授任与今不同。既委之以兵,又与之税赋,而不求速效,故养猛士,延谋客,日练月计,以待其隙,进不俟朝廷之命,退不关有司之责,观变乘胜,如李牧之守边,可谓善破敌矣。惟陛下深计而缓图之"。庆历元年(公元1041年)正月,他又上书,反对朝廷正月出兵,深入夏境的指令。他说:"正月内起兵,军马粮草,动逾万计,入山川险阻之地,塞外雨雪大寒,暴露僵仆,使贼乘之,所伤必众。"①康定元年秋,宋派遣朱观等六路偷袭夏境,以后又派遣王仲宝深入出击,或无功而返,或几至溃败,也证明了深入讨击的战术是不可取的。

范仲淹从实际出发,稳扎稳打,提出了先修复鄜延路沿边城寨,收复并巩固旧疆的主张,认为这样"比之入界劳敝,则有经久之利,

---

① [宋]赵汝愚《宋名臣奏议》卷一三《上仁宗乞严边城实关内》以及《长编》卷一三〇庆历元年正月丁巳。

45

而无仓卒之患"。此后宋在鄜延路相继修筑了承平、南安、长宁、安远、塞门、栲栳等十二寨。旧寨修复后,恢复了疆界,解除了夏军对宋军事重镇延州的威胁,安置了废寨流离失所的汉蕃之民,使其得以安心耕种放牧,重整家园,重新组建民兵、组织弓箭手。宋军由此可以进逼夏界,探听夏军动静消息。"彼或点集人马,朝夕便知。大至则闭垒以待隙,小至则扼险以制胜。彼或放散人马,亦朝夕便知。我则运致粮草以实其备。彼若归顺,我已先复旧疆。彼未归顺,我已压于贼境。横山一带在我目中,强者可袭,弱者思附"①。旧寨的修复,巩固了鄜延路的边防,将战线向前推进了近二百里,已接近西夏战略要地横山地区。

庆历元年(公元1041年)五月,范仲淹调任知庆州、兼管勾环庆路部署司事。到任后,他提出收复延安之西、庆州之东的金汤、白豹、后桥三寨。这三寨控制地面达百余里,揳入汉地,阻隔延、庆二州经过道路,使宋军兵势不接,策应未远。过去曾经夺回过,但旋即放弃,未派兵驻守,三寨对汉地的威胁依然如故。如果西夏大举入侵,这里必定会牵制宋军相当的兵力,因此必须拔掉这个钉子。此外,环州(今甘肃环县)之西,镇戎(今宁夏固原市)之东,芦泉一带的明珠、灭藏两族,阻隔两地经过道路,其北与西夏相接,两族在宋夏之间,首鼠两端,多怀观望。延州南安,距西夏绥州四十里,位于银、夏二州的要道之口,这一带被夏军控扼。宋军如要策应河东路的麟、府二州,受其阻隔,必须东渡黄河,进入河东路岚(今山西岚县)、石(今山西吕梁市离石区)二州,再西渡黄河,方能驰援麟、府。因此,明珠、灭藏两族必须平定,延、绥间的道路必须打通。只有这样才能使得鄜延、环庆、泾原三路声气相通,兵势连结,互相策应。二

---

① [宋]范仲淹《范文正集·补编》卷一《乞先修诸寨未宜进讨》。

年,范仲淹又提出修筑朝那(今宁夏固原市东南)之西、秦亭(今甘肃清水县秦亭镇)之东的水洛城(今甘肃庄浪县驻地),以通秦凤等四路,断西夏入秦亭之路的建议。他同时肯定了种世衡在清涧城屯田戍边的做法,认为是经久可行之策。

庆历三年(公元1043年)以后,在范仲淹、庞籍、王尧臣等人的建议、领导下,延州修复了龙安寨、栲栳、镰刀、南安、承平等寨及石觜、安定、安塞等堡;保安军(今陕西志丹县)新建顺宁寨;环州修筑细腰城;原州修筑佛空平、耳垛城堡、绥宁、靖安寨;镇戎军修筑定川、刘璠、同平寨;渭州笼竿城则升为德顺军(今宁夏隆德县东北),又改羊牧隆城为隆德寨,建水洛城与通边寨;秦州(今甘肃天水市)修陇城寨、达隆堡、夕阳镇;河东路麟州也修筑了东胜堡、金城堡、安定堡、宣威寨、建宁寨及清塞、百胜、中候、建宁、镇川五堡,火山军(今山西河曲县东南)修筑了下镇寨,对夏边防至此巩固。宋在弃守的旧疆以及宋夏双方犬牙交错的地区,东从麟府,西至秦凤,在长达数千里的边防地带,修筑了一大批堡寨,诸路应援,声气相接,常山蛇势初步形成,这为进攻西夏战略要地横山地区奠定了基础。

范仲淹认为浅攻进筑是战胜西夏可行而有效的战略战术。"国家用攻则宜取其近,而兵势不危。用守则必图久,而民力不匮"。这样方可"取文帝和乐之德,无孝武哀痛之悔"。庆历三年(公元1043年)二月,同任陕西四路都部署经略安抚兼缘边招讨使的范仲淹与韩琦提出了进图横山、断夏手足的战略思想。奏议中说:"臣等已议一二年间训兵三四万,使号令齐一,阵伍精熟,又能使熟户蕃兵与正军参用,则横山一带族帐可以图之。降我者使之纳质,厚其官赏,各令安居,籍为熟户。拒我者以精兵加之,不从则戮。我军鼓行山界,不为朝去暮还之计,元昊闻之,若举国而来,我则退守边寨,足以困彼之众。若遣偏师而来,我则据险以待之,蕃兵无粮,不能久聚,退散之后,我兵复进,使彼复集,每岁三五出。元昊诸厢之兵,多在河外,频来应敌,疲于奔命,则山界蕃部势穷援弱。且近于我,自求内附,因选酋豪以镇之,足以断元昊之手足矣。然乞朝廷以平定大计为意,当军行之时,不以小胜小衂黜陟将帅,则三五年间,可集大功。"①

庆历四年(公元1044年)六月,时任参知政事范仲淹与枢密副使的韩琦,在《奏陕西河北画一利害事陕西八事》奏章中,又提出浅攻进筑的建议。范仲淹认为征服横山蕃部,是断元昊手足、制服西夏的平定大计。他在《奏陕西河北和守攻备四策·三陕西攻策》中对此做了透彻的分析,他说:"元昊巢穴,实在河外。河外之兵懦而罕战,惟横山一带蕃部,东至麟府,西至原(今甘肃镇原县)渭,二千余里,人马精劲,惯习战斗,与汉界相附,每大举入寇,必为前锋。故西戎以山界蕃部为强兵,汉家以山界属户及弓箭手为善战,以此观之,各以边人为强,理固明矣。所以秦汉驱逐西戎,必先得山界之城。彼既远遁,然后以河为限,寇不深入。"②横山地区对于宋、夏双方具有如此之高的战略地位,故范仲淹认为制服西夏必须先攻占横山地区。

其实山界的战略地位,早在宝元二年(公元1039年)宋夏战争爆发之初,刘平已有精准的分析,他认为真宗初年,宋夏议和之时,"当时若止弃灵、夏、绥、银四州,限山为界,使德明远遁漠北,无今日之患。既以山界蕃汉人户并授之,而鄜延、环庆、泾原、秦陇岁宿兵数万"。又说,元昊"今倚山界洪(今陕西靖边县西南)、宥(治今内蒙古鄂托克旗东南城川镇)等州蕃部为肘腋,以其劲勇而善战斗,若失之,是断其左右臂。灵、夏、绥、银不产五谷,蕃部驰骋,不习山界道路,每岁供给资粮以赡之。若收复洪、宥,以山界凭高据险,下瞰

---

① 《长编》卷一三四庆历元年十一月、卷一三九庆历三年二月乙卯。
② [宋]范仲淹《范文正奏议》卷下。

沙漠,各列堡障,量以戍兵镇守,此天险也。彼灵、夏、绥、银,千里黄沙,本非华土,往年调发远戍,老师费粮,官私疲敝,以致小丑昌炽,此谋之不臧也"①。

庆历元年(公元1041年)九月,时任知秦州的韩琦也有同样的认识,他说:"臣今为陛下计者,莫若于鄜(今陕西富县)、庆、渭三州各更益兵三万人,拔用有勇略将帅三员统领训练,预先分定部曲,远设斥堠,于春秋西贼举动之时,先据要害,贼来则会驻扎之兵,观利整阵,并力击之,又于西贼未经点集之际,出三州已整之兵,浅入大掠,或破其和市,或招其种落,或更筑垒拓地,广招强人,别立经制,以助正军。属户有助贼者,即会兵密行破荡,诸族见此事势,自然无去就之意,渐可驱使。既不能为乱,则可以严青盐粟帛之禁,勿使与贼交通。朝廷节俭省费,倾内帑三分之一,分助边用。以金帛赐逐路帅臣,使行间觇贼,则动静先知。遇盛暑则那次边,就食粮草。如此则三二年间,贼力渐屈,平定有期,诚暂劳永逸之长算也。"②由此可见,当时亲身践历宋夏边防前线的有识之士,都以浅攻进筑为制服西夏的唯一的良策。

庆历四年(公元1044年),宋夏战争已历时七年,"元昊虽数胜,然死亡创痍者相半,人困于点集,财力不给,国中为'十不如'之谣以怨之"。宋也民力困敝,国库空乏,民变、兵变蜂起,双方国力均难以承受,举国上下弥漫着浓厚的厌战情绪,十月,双方缔结和约,结束战争,收复横山的规划也因此中止。八年(公元1048年),元昊死,西夏扩张之势中止。其子谅祚周岁立为夏国主,此后,在相当长的一段时间里,西夏国内主少国疑,主弱臣强,西夏国势由此衰弱。谅祚

---

① 《长编》卷一二五宝元二年。
② 《长编》卷一三三庆历元年九月辛酉。

在位的二十年里,宋夏之间大体维持着良好的关系。

## 三 庆历新政

庆历三年(公元1043年),西夏的攻势已被扼制,宋夏间的战局已经稳定,和谈正在进行中。此时摆在朝堂面前的当务之急就是"宽民役,完国用",修举法度,推行改革。但仁宗身边的宰执皆不孚众望,而范仲淹因在宋夏战争中的卓越贡献,已为朝野众望所归。四月,范仲淹自陕西四路马步军都部署兼经略安抚招讨等使出任枢密副使,八月,改任参知政事,九月,在仁宗一再敦促下,范仲淹开始推行因战争而中断的改革,以实现仁宗"致太平"的战略目标。他提出了十项改革任务:明黜陟、抑侥幸、精贡举、择官长、均公田、厚农桑、修武备、减徭役、覃恩信、重命令。这十项改革,涉及仁宗时政治、军事、经济、民生各方面。除军事方面推行的府兵制为中书、枢密院的同僚们一致反对而未实施外,其他九项建策自十月始至次年五月相继颁布施行。

第一项,明黜陟。高级文官旧法四年一迁官,今听旨取裁。一般文官在京任职,必须在任三周年方可磨勘(考核)改官,如是本人请求及外任,则须满五年。并须有监司及台省监寺清望官五人保举。监当、亲民、通判、知州,逐级晋升,也都须有举主。以此从制度上杜绝不限内外,不问劳逸,甚至居家待缺数载,到职之时,已满年限,一无勤效,例蒙迁改,"贤不肖并进,三年一迁,坐至卿监丞郎"的弊端,扭转公家之利,生民之病,政事之弊,纲纪之坏,漠不关心、人人因循、不复奋励的官场不良之风。官员中,有高才异行、异略嘉谋、政绩卓著者,可不受定期磨勘的限制,破格晋升。官员中,事状猥滥、老疾愚昧之人则另行处理。武臣磨勘年限,则比附文官定夺。

第二项,抑侥幸。真宗景德以后,优礼士大夫,推广恩泽,延及后代。规定中高级官员子弟可通过"恩荫"进入仕途。尤其是高级官员,每逢三年一次的祭天大礼和皇帝、太后生日可奏一子充京官。这样,高级官员若任官二十年,则一家兄弟子孙可有二十人出任京官,如再晋升为朝官,那滥竽充数者就非常可观,冗官问题积重难返。冗官至多,不能胜任,政务废弛,领俸禄者增多,百姓负担也更加沉重。为解决"恩荫"滥赏问题,范仲淹提出改革方案,高级官员遇祭天大礼许奏一子充京官,每年帝后生日,不得再提出申请。大约子及伯叔兄弟等近亲待遇如旧,远亲则降格,只能得无出身的斋郎、试衔。地方官员,转运使,到任超过一年后,方许荫补其子弟。方案公布后,史言,"自是任子之恩杀矣,然犹未大艾也"。

禁止高级文官为子弟、亲戚申请馆阁职位或在馆读书。进士前三名,一任回,无过犯,许送呈著述申请召试,优等,可补馆阁职位。馆职有阙,取有高级文官二三人推荐者补试。

第三项,精贡举。针对以辞赋、墨义取士旧制。新法先审查士人的履行,然后考试学问。加强学校的监管作用,州县均设立学校。士人必须在校学习满三百天,方可参加地方选拔人才的解试。进士科,试策、论、诗赋,废除死记硬背的贴经、墨义考试方式。九经科,改对大义,注重晓析经义。三史科,取其明史意,文理可采。明法科,试断案,以合律意、知法意、文理优,为上等。

第四项,择官长。国家治理好坏,各级地方政府是关键。为此,改革坚持精择、破格、久任的原则,由宰执选择各路转运使,转运使选择各州知州,知州选择各县知县,可以越级破格录用,不频繁调动。摒弃"比年以来,不加选择,非才贪浊老懦者,一切以例除"的选官模式。

第五项，均公田。真宗时，始行外官职田之制，欲借此使外官衣食得足，婚嫁丧葬之礼不废。然职田制度在施行过程中存在不足、不均之弊。新政加以完善，规定了各级外官职田之数，欲借此"责其廉节，督其善政"。

第六项，厚农桑。每年二月，各州军开河渠，筑堤堰陂塘，推行劝课之法，"以救水旱，丰稼穑，强国力"。此令在十一月和庆历四年（公元1044年）正月，两度颁诏推行，政绩显著的官员，给予转官、晋升差遣等奖励，提刑、运判今后并兼带本路劝农事务。

第七项，修武备。仿唐府兵制，于京城及其周边地区，招募五万人，三时务农，一时教战，以协助禁军。候京城地区府兵成军，则将府兵制推向全国各地。这样既可以大幅削减造成国家财政困难的巨额军费，又可以增强国防力量。

第八项，减徭役。人口少的州，两套行政机构，并为一套，撤并人口少的县、乡。以此减少在州县乡服役的农民，让更多的农民回乡务农，这样"人自耕作，可期富庶"。先从西京洛阳开始，次及北京大名（今河北邯郸市大名县），然后推向全国。

第九项，覃恩信。朝廷赦书所宣布予民的实惠，赦罪犯、宽赋敛、减徭役、除欠负、恤孤贫等，三司、转运司、州县必须切实贯彻执行，违者严惩不贷。前朝的欠负，一切免除。不属侵欺盗用、应赦欠负这项工作，随后指定专人与三司详定。

第十项，重命令。慎重立法，执法必严。改变朝令夕改，有令不行，执法不严的旧习。庆历四年五月，决定将现行编敕以后颁布的敕令，依律分类，颁行全国，以便查阅，防止在司法实践中出现刑名出入。

十月，首先贯彻落实择长官按察各路这一改革措施，两府的宰执们连续讨论数日，打破常例，破格用人，精选张昷之、王素、沈邈为河北、淮南、京东路都转运按察使。接着，又委派高易简、祖无择、王

第二章 盛世之下的内忧外患

鼎、宋选、杨畀、刘纬、周沆、李上交、高惟几、梁蒨、张固、王绰、王罕、曹颖叔等分赴各路,展开了对全国各地州县地方主官的按察,由此拉开改革的序幕。据说,自差诸路按察后,已出现"老病昏昧之人,望风知惧,近日致仕者渐多",州县吏治有所澄清的喜人景象。

庆历时的择长官,首先是精择转运按察使。据说,范仲淹在选择时,取班簿视之,不才者,"每见一人姓名,一笔勾之"。富弼说:"一笔勾之甚易,焉知一家哭矣!"范仲淹毅然决然地说:"一家哭,何如一路哭耶!"于是将不称职的转运使都撤换了下来。同样,诸路转运按察使对贪腐、昏昧官员的弹劾,也必然会造成贪腐、昏昧官员的"一家哭"。如杨纮,庆历中出任江南东路转运按察使,作风凌厉,对辖区内官员的考察严格,他常说:"不法之人,不可贷,去之,止不利一家尔,岂可使郡邑千万家俱受害邪!"此话传出后,闻者望风解去,或过期不敢到官。各级地方官员中,有不少"或大臣荐引之人,或权势侥幸之子",这就必然触一发而动全身,"下当怨怒,上连权势",一荣俱荣,一损俱损,触动到了盘根错节的权势集团的既得利益。于是,对范仲淹和各路转运按察使的攻击、诋毁,纷至沓来。杨纮与王鼎、王绰由于他们的严厉的工作作风,被称作"江东三虎"。沈邈、薛绅为京东转运使,欲调查了解境内吏民之情,用部属尚同、李孝先、徐九思、孔宗旦四人侦伺,"时谓之山东四伥"。与他们同一批的转运按察使,也多被指为"刻轹州郡,窘辱大臣"①。加之,"任子恩薄,磨勘法密,侥幸者不便。于是谤毁寖盛",但是,范仲淹、富弼等人坚守改革的信念并未动摇。

自改革之始,政坛上就有人造谣生事,攻击改革派结党营私。

---

① [宋]陈均《九朝编年备要》卷一二、《宋史》卷三〇五《杨纮传》、[宋]魏泰《东轩笔录》卷一三。

三年(公元1043年)三月,首相吕夷简罢,仁宗欲起用夏竦为枢密使,但立即遭到台谏官余靖、沈邈等抨击,认为夏竦在对夏战争中"畏懦苟且,不肯尽力",以致"元昊尝榜塞下,得竦首者予钱三千,为贼所轻如此,卒于败丧师徒",又"阴交内侍"、"奸邪",不得进京赴职。仁宗不得不改任支持改革的杜衍出任宰相兼枢密使,同时进用富弼、韩琦、范仲淹为执政,欧阳修等为谏官。当时一位支持改革的著名学者、人称徂徕先生的石介,认为这是件值得为之鼓吹的"盛事",于是作了首《庆历圣德诗》,诗中歌颂杜、范、富、韩等人为夔、契、周勃,直指夏竦为大奸。这就激化了夏竦与改革派的矛盾,本来夏竦就怀疑自己未能出任枢密使是范、富作梗。当时有位与胡瑗齐名的学者孙复敏感地意识到了问题的严重性,感慨地说:"子祸始于此矣!"范仲淹听说后也颇为冲动,拍着大腿说:"为此怪鬼辈坏了事也!"韩琦较理性,也说:"天下事不可如此,如此必坏。"果不其然,夏竦怀恨在心,与其党徒制造舆论,说杜衍、范仲淹等是同党。并指使宦官蓝元振上疏说:"范仲淹、欧阳修、尹洙、余靖,景祐时,蔡襄称之四贤。现在四贤受信任,又引蔡襄为同列,作为回报。他们以国家爵禄为私惠,结党营私,牢不可破。一人结党,只能发展十几人。如五六人合作,门下党羽可发展到五六十人。假如这五六十人递相提携,不过三二年,布满要路,则误朝迷国,谁敢有言?挟恨报仇,何施不可?陛下深处九重,如何察知?"不过,此时仁宗尚不信此谗言。

石介还曾写信给富弼,希望他能像商、周初年的伊尹、周公旦辅佐汤、成王那样,辅佐仁宗。此事大概在政坛上已经传开,夏竦认为这是一个打倒富弼的好机会。于是,他指使家中一名长于书法的奴婢,偷偷地模仿石介的笔法,经过一段时间的练习,奴婢的笔法已酷似石介的了,于是夏竦让奴婢将"伊周"二字改成"伊霍"。这一改,意味就大不一样了,伊尹在商代曾放逐过商王太甲,霍光在汉代曾

第二章 盛世之下的内忧外患

废立过昌邑王,改成"伊霍",就是说石介在唆使富弼废掉仁宗。夏竦进而还伪造了一篇石介为富弼起草的废立诏书,将富弼废仁宗的事坐实。这一下,范仲淹和富弼开始恐惧了。为什么呢?因为在古代皇帝最忌惮大臣专权和朋党,这样皇帝就被架空、蒙蔽了,皇位也就不稳了。如果皇帝已感受到相权威胁的话,那么,宰相就危险了。于是范、富二人不敢再居庙堂之上,主动请辞,要求到敌情尚存的西、北二边去视察指导。经过再三的请求,庆历四年六月,范仲淹获准以参知政事宣抚陕西、河东,八月,富弼获准以枢密副使宣抚河北。

虽然范、富二人已离开了朝堂,但改革派受到的打击,并未有中止。在范、富二人主持改革时,为了推行改革,引用了一批有名于时的青年才俊,御史中丞王拱辰等对此相当的抵触。名士苏舜卿是范仲淹引进的,他是杜衍的女婿,少年能文章,其议论多少触犯了权贵。正巧进奏院祭神,苏舜卿依照惯例用卖废纸的钱召妓设宴会宾客。王拱辰探听到后,暗示其部属上章弹劾,想以此动摇杜衍。案件交开封府查办,苏舜卿等以盗用公款、与妓女杂坐、孝服未除宴饮、诽谤周孔等获罪。苏舜卿除名勒停,处分最重,其余各人都降职外放。这是四年十一月的事。当时舆论认为这样处理过于刻薄,而王拱辰等得意扬扬,说:"我一网打尽了!"韩琦就此质问仁宗:"苏舜卿等公款吃喝,少年狂语,值得如此严惩吗?国家亟待处理的大事本来就不少,近臣与国家休戚与共,大事不言,而攻击这些青年才俊,此用意自有所在,恐不只是因为他们举止轻狂!"实际上是,宰执、侍从中有一批人,想以此打倒以范仲淹为首的改革派。

同月,仁宗下诏公开指责改革派,全面否定改革。诏书说:"太平之弊,浮薄躁进,相互欺瞒。呼朋引类,矫情揭私。党同伐异,以沽声誉。以至暗中招纳贿赂,明里声称荐贤。又奉命按察者,恣意苛刻,构织罪状,弹章纷至,以惩处方面大员。至于文士,类失纲常,诋斥前圣,放肆异论,以讪上为能,以行怪为美。自今委中书门下、御史台采察以闻。"诏下,范仲淹上表乞罢政事,知邠州(今陕西彬州市)。庆历五年正月,仁宗同意了范仲淹的辞职请求,同时引退的还有富弼、杜衍。

范、富退出宰执班子后,谗言更为流行,二人推行的改革措施也逐渐被废除。二月里,相继废除了京朝官用保任叙迁法和磨勘荫子孙新法。三月,废除了荫补选人考试新法。同月下诏,要求各路转运、提刑司停止差官按察体量官员,以免生事。十月,以各地按察"过为烦苛,吏不安职,至有晓谕州县,俾互相告论,有伤风化,无益事体"为由,取消转运使所带"按察之名",终止了"择长官"的改革。范仲淹领导的这场改革至此结束,首尾两年有余。

但是,对改革派的整肃、迫害,直至七年(公元1047年)还在进行。四月,内出诏书,指责薛绅在京东转运使任内,任用孔宗旦、尚同、徐程、李思道等为耳目,侦取州县细过,频频立案,陷害命官,降知陕州(今河南三门峡市陕州区)。宗旦等四人降任远小处职务。指责前江东转运使杨纮、判官王绰、提点刑狱王鼎,"皆亟疾,苛察相尚",今后均不得用为转运使、提刑。杨纮已降知衡州(今湖南衡阳市),王鼎降知深州(今河北深州市)。王绰服丧期满,降通判莱州(今山东莱州市)。

庆历七年,夏竦终于当上了枢密使,此时他仍欲报复,穷追不舍。正好不久前有个徐州狂人孔直温谋反,搜查其家,意外缴获了石介的书信。夏竦对石介一直怀恨在心,并且欲借此中伤富弼等。但石介两年前已死,夏竦则扬言石介并未死,而是富弼暗地里派他去联络契丹,自己作为内应,如此之类,请求开棺验尸。于是,诏书下达京东路,要求调查石介的生死存亡。杜衍此时已解相职出任知兖州(今山东济宁市兖州区),他以验介尸事征求官属意见,大家都不敢答话,只有掌书记龚鼎臣愿以阖族保介必死。提点刑狱吕居简也说:"如开棺后,棺是空的,石介果真逃亡至辽,杀其妻儿也不算残酷。不然,就是国家无故掘人冢墓,这何以示天下后世?况且石介死后,必定有亲族、门生会葬,以及敛棺安葬之人,如召问无异词,就责令一干人等立军令状具保,也足以满足诏书的要求。"于是,一众数百人具保石介已死,才不再开棺验尸。

庆历新政为何失败?主要原因是既得利益集团的阻挠、破坏。后人揭露得很透彻:"往年减省补荫,近臣之家贪恋厚恩,一味地想保住自己的利益。奏章交给近臣讨论,多是为自己考虑,说荫补之法已执行多年,一下革去不稳当。"①加之,朝廷高层多数人对改革持有异议。以苏舜卿案为例,翰林学士宋祁、知制诰张方平是支持御史中丞王拱辰严办的,想以此连累范仲淹。两位宰相,章得象不明确表态,贾昌朝暗中支持王拱辰。杜衍是苏岳丈,不便表态,只有枢密副使韩琦反对,孤掌难鸣。仁宗优柔寡断,持议不坚,更是新政伊始即匆匆收场的根本原因之所在。早在庆历三年新政发布之初,欧阳修就委婉地告诫过仁宗,他说:"臣伏闻范仲淹、富弼等,自被手诏之后,已有条陈事件,必须裁择施行。臣闻自古帝王致治,须待同心协力之人,相与维持,谓之千载一遇。今仲淹等遇陛下圣明,可谓难逢之会。陛下有仲淹等,亦可谓难得之臣。陛下既已倾心待之,仲淹等亦各尽心思报,上下如此,臣谓事无不济,但顾行之如何尔。况仲淹、弼是陛下特出圣意自选之人,初用之时,天下已皆相贺,然犹窃谓陛下既能选之,未知如何用之。及见近日特开天章,从容访问,亲写手诏,督责丁宁,然后中外喧然,既惊且喜。此二盛事,固已朝报京师,暮传四海,皆谓自来未曾如此责任大臣。天下之人延首拭目,以看陛下用此二人,果有何能,此二臣所报陛下,欲作何事。是

---

① 《长编》卷一八一至和二年九月辛巳。

陛下得失，在此一举，生民休戚，系此一时。以此而言，则仲淹等不可不尽心展效，陛下不宜不力主张而行，使上不玷知人之明，下不失四海之望。臣非不知陛下专心锐志，不自懈怠，而中外大臣忧国同心，必不相忌。然臣所虑者，仲淹等所言，必须先绝侥幸、因循、姑息之事，方能救今世之积弊。如此等事，皆外招小人之怨怒，不免浮议之纷纭，而奸邪未去之人，须时有谗沮，若稍听之，则事不成矣。臣谓当此事初，尤须上下协力。凡小人怨怒，仲淹等自以身当，浮议奸谗，陛下亦须力拒。待其久而渐定，自可日见成功。伏望圣慈留意，终始成之，则社稷之福，天下之幸也。"①仁宗的举棋不定，新政的结局，不幸均被欧阳修言中。

其实，自真宗后期以来，三冗一直困扰着宋朝。宝元元年(公元1038年)，宋夏战争爆发后，财政经济问题越发严重。改革前夕，欧阳修在上书中论证了改革的紧迫性，他说："天下官吏员数极多，朝廷无由遍知其贤愚善恶。审官、三班二部等处，只是具差除月日，人之能否都不可知。诸路转运使等，除有赃吏自败者，临时举行外，亦别无按察官吏之术，致使年老病患者，或懦弱不才者，或贪残害物者，此等之人，布在州县，并无黜陟。因循积弊，官滥者多，使天下州县不治者十有八九。今兵戎未息，赋役方烦，百姓嗷嗷，疮痍未复，救其疾苦，择吏为先。"在论证转运使应兼按察时，又说："伏念兵兴累年，天下困敝，饥荒疲瘵，既无力以振救，调敛科率，又无由而减省，徒有爱民之意，绝无施惠之方。若但能逐去冗官，不令贪暴，选用良吏，各使抚绥，惟此一事，及民最切。苟可为人之利，何惮选使之劳。"由此暴露了庆历初年吏治、财政、民生所处的窘迫之境，宋朝已到了非改革不可的时刻了。

---

① 《长编》卷一四四庆历三年十月甲辰。

范仲淹等人提出的十大改革任务,如能坚定不移地贯彻下去,对于宋朝,是能起到振衰起敝的作用的。反对派认为改革"更张无渐,规模阔大",不可行。其实改革实际仅推行数月,还谈不上"无渐"。其中,许多方面并未实际贯彻。比如"减徭役",为减少在州县乡各级服役的农民数,范仲淹提出在人口少的州,两套行政机构并为一套,并撤并人口少的县、乡。这项工作实际仅在西京洛阳贯彻了。西京河南府,当时不到7.6万户,却设了19个县,相比唐中期19.5万户设20县,显然是过多了。因而,在四年五月撤掉河南府颍阳、寿安、偃师、缑氏、河清5县,降为镇,并入他县。仅此而已,地方行政改革并未推广至全国各地,显然这项改革还处于试点阶段。"精贡举"这项改革,《宋登科记》是这样记载的,"庆历三年、四年、五年,并停贡举"。也就是说,改革尚停留在纸面上。庆历新政期间,宋朝未举行一场科举考试,既不能指责为"无渐",也不能指责为"阔大"。由此可见,反对派的指责完全是无中生有,当然也是别有用心的。

改革的必要性,不久就被后人证实了。新政规定因恩荫而获得选人、京官资格者,必须考试及格方能授予实职。庆历五年三月,欲废除这项规定。包拯上书反对,他说新政这项规定发布后,"天下士大夫之子弟莫不靡然向风,笃于为学。诏书所谓'非惟为国造士,是乃为臣立家',实诲人育材之本也。近闻有臣僚上言,欲议罢去,是未之熟思尔。且国家推恩之典,其弊尤甚,因循日久,训择未精。今诏命方行,遽欲厘革,则务学者日以怠惰。一旦俾临民莅政,懵然于其间,不知治道之所出,犹未能操刀而使之割也。或前条制有未尽事件,欲望只令有司再加详定,依旧施行"①。肯定了新政在限制名

――――――
① 《长编》卷一五五庆历五年三月己卯。

器滥授、增强官员素质方面所发挥的有益作用。

庆历六年四月,权御史中丞张方平结合自身经历,谈及仁宗时冗官问题,他说:"臣向在翰林为学士,见天圣中具员,两制两省官不及三十员,今已五十余员。及领御史中丞,见本台天圣班簿,京朝官不及二千员,今二千七百余员。又尝领三班院,见景祐中使臣不及四千员,今六千员。又领吏部流内铨,约在铨选人仅以万计。以此逐处率递用一年半阙,比罢任、候差待阙,五六年间未成一任。而又所养非所用,设有一烦重之地,不免旋须擢人。仍旧不革,恐数年间官滥不胜其弊。"

方平又言:"臣窃闻近有恩旨,将来圣节,自大卿监以上陈乞恩泽并依旧者。庆历四年范仲淹奏定臣僚任子弟之制,其间难行,如国子监、尚书省等事,并已冲改,只恩例见行。今自知杂御史以上,何勤于国,岁奏补京官一员。祖宗之时,未有此事。近岁积累侥幸,为此弊法。仲淹所请,略从裁损,考之理道,已是适宜。臣近曾具天圣、景祐中及见今文武官员数进呈,据今京官比景祐中已多七百余员,经久之图,何以处置?其臣僚恩例,乞且依新制为便。若朝廷议论,惟是之从,又不可以人废言也。"①明确表明,反对废除新法复用旧法。但是,从庆历八年(公元1048年)少卿监以上每岁仍奏荫子弟来看,张方平的意见并未被采纳。

当然,改革不是没有缺陷,比如四贤之一的余靖就认为在"均公田"方面,官员的职田标准就定得过高,他说:"今来所定顷亩,比于旧数三倍其多,贪吏因缘,其害甚大。"将户绝荒田作为公田,也不符合新法精神。何况今年"淮南、江浙经春少雨,麦田半损,蝗蝻复生。京西东、荆湖南北、广南处处盗贼未尽扑灭,陕西、河东輂运困苦。且庶民惶惶失其农业,而长吏以下各营其私,忧民之心有所未至,加之检括,宁不骚扰"②?庆历四年初,从全国范围来讲,多地旱

---

① 《长编》卷一五八庆历六年四月壬子。
② 《长编》卷一四五庆历三年十一月壬辰。

灾,战争并未结束,徭役沉重,盗贼蜂起,均公田的时机也尚不成熟。所以他希望均公田的工作缓两三年再说。

其实参与庆历改革的官员,都是奉公为国、任劳任怨、有奉献精神的仁人志士。江东三虎之一王绰,早年任刑部详覆官。有个廖均,挟当权者的权势想逃脱罪名,某副相想帮他,援引旧例送刑部,刑部官员无人敢反对。独王绰认为"敕一定而例有出入,今废敕用例,非有司所敢闻也"。副相虽然非常厌恶他,但最终也不能让王绰屈从。王绰曾担任边城雄州(今河北保定市雄县)通判。州城年久失修,知州担心违反宋辽签订的和约,不敢修。王绰认为今仅修葺罢了,并非扩建,不违反和约。动工后,辽果然派人询问,王绰如前所对,并故意款留辽使,直到完工才送辽使回国,辽也不敢再问。杜衍、富弼特别赏识他的才干。三虎之一的王鼎,因按察而降职知深州,任上正遇到邻州贝州(今河北邢台市清河县)发生王则兵变。深州卒谋杀将领响应。王鼎获悉后,做好军事布置,然后如平时一样设宴会友,叛党摸不清底细不敢动。王鼎不动声色,密捕十八人,并将其中尤为凶恶的为首分子斩首于市,结果深州"一境帖然"。孔宗旦,因按察而降为邕州(广西南宁市)司户参军。皇祐时,他预感到侬智高要谋反,报告知州,知州置之不理。结果不久侬智高起兵,并攻克了横州(今广西横州市)。孔宗旦送走了家人,他说:"吾有官守,不得去,无为俱死也。"不久,邕州城被攻破,孔宗旦被俘。侬智高想任命他伪职,他"叱贼且大骂,遂被害"。孔宗旦是四瞪(或作四伥)之一,在京东时,"人多恶之,其后立节如此"!由此可以看出他们都是立志报国、敢于担当的官吏。正因为他们敢于改革,触动权贵势力,因而仕途坎坷,但临难不苟,勇于为国捐躯。包拯曾抨击过当时政坛的恶劣风气,他说:"顷岁以来,凡有才名之士,必假险薄之名以中伤之。逮乎摈弃,卒不得用,议者迄今痛惜之。欲望圣慈,申命宰执,应臣僚中素有才行,先以非辜被谴,如杨纮、王鼎、王绰等,曾并叙用未复职任者,并乞复与甄擢,或委之繁剧,必有成效。如是则风化日益美,贤杰耸慕,积和之气,洽乎上下矣。"[1]包拯认为他们都是德才兼备之士,考其行迹,不为谬奖。

庆历新政,是北宋中期一场自我革新的政治运动,历时不长,也无甚成效。其兴也勃,其亡也忽。但毋庸讳言,其成败得失,必将影响着此后的政治人物及其改革。

---

[1] 《长编》卷一七〇皇祐三年六月丁酉。

## 第三章 回翔内外,涵养器业

### 一 游宦苏杭,代父建言

宝元二年(公元1039年)八月,司马池由同州调任杭州。司马光为了就便侍奉双亲,辞退升迁的机会,请求调任苏州。不久申请获准,司马光出任签书平江军(苏州)节度判官公事一职。康定元年(公元1040年)春,司马光离华赴苏,一路上心情是愉快的。古都洛阳的春天,铜驼陌上桃花如云,连日到北邙山上骑马射猎,一切充满了青春活力和少年意气。《洛阳少年行》生动地刻画了司马光风华正茂的矫健身影。

铜驼陌上桃花红,洛阳无处无春风。青丝结尾连钱骢,相从射猎北邙东。流鞭纵镝未云毕,青山团团载红日。云分电散无影迹,黄鸡未鸣已复出。①

---

① 《传家集》卷五。

稍事停留,司马光又启程了。他乘着茛宕(即汴河)古渠的春水,东行至古城睢阳(今河南商丘市睢阳区南)。睢阳,北宋时是南京应天府,也是一座历史名城。西汉文景时,曾是梁孝王的国都。孝王固守此城,抗拒吴楚七国叛军,使之不得西进。孝王以豪侈名世,但时至今日,一切俱往矣。只有一池南湖水,春来雁鹜飞了。

顺汴渠东南航行,就来到了宿州(今安徽宿州市)。同年好友吴充就在此任官。吴充,字冲卿。他熙宁九年(公元1076年)代王安石为相时,曾请召还司马光。好友的盛情难却,司马光在宿州稍作逗留。"樽罍且为乐,携手登高楼",两人一同登上宿州北楼,瞻望梁楚之郊。这里平畴万里,坦荡无垠,不禁令人联想起王粲《登楼赋》中的名句,"览斯宇之所处兮,实显敞而寡仇"。这里自古以来是群雄逐鹿的地方,唐末爆发的庞勋起义,这里就是主战场。"唐纲日寖衰,盗起如螟蟊。相携取萑蒲,袒臂提锄櫌。蟠薄数千里,焚劫无余留。"残酷的战争对社会经济的摧毁是无法估量的。所幸的是,今天这片土地又恢复了欣欣向荣的生机。"蓁蓁荆棘林,胧胧良田畴。耒耜趣时雨,黍稷丰岁秋。昔为车骑利,今睹桑麻收"①,完全是一片升平景象了。夕阳西下,驿程有期,司马光依依惜别,登上暮舟,又要奔赴前程去了。

苏州,宋代隶属于两浙路,而杭州则是两浙路的首府,两地相距不远,因此,司马光是有机会去看望父亲并协助他做一些工作的。这时,宋夏战争已经爆发。康定元年(公元1040年)初,元昊先发制人,进攻延州,歼灭宋军万余人,活捉宋军主将刘平、石元孙。宋廷和平忘战,平时疏于防范,此时惊慌失措,连连更换主帅,频频调整

---

① 《传家集》卷三《陪同年吴冲卿登宿州北楼望梁楚之郊访古》。

兵力,甚至下诏命远离延州的潼关也处于戒备状态,并开始强征陕西、河北百姓为民兵守边。又增添北方各路弓手,以加强地方治安。不仅如此,连远在南方的两浙也拟议大规模征发百姓充当弓手,"擐甲执兵,学习战阵,置指挥使、节级等名目",以军法从事。借口维持治安,逐渐地整编为正规军,戍守边防。宋代一路首府行政主官同时兼一路兵权。作为知杭州的司马池,他同时兼提举苏杭一路兵甲巡检公事和两浙西路兵马钤辖,领一路兵权,同时负责一路的治安,他对朝廷在两浙路也添置弓手一事持有异议,在这个问题上,父子的意见是一致的,司马光代父亲起草了《论两浙不宜添置弓手状》,第一次对时务发表了自己的政见。

司马光认为两浙路与他路不同,他列举了添置弓手不便的五点理由。第一,两浙从无大规模调发民兵之事,消息传出,"众情鼎沸,至欲毁体捐生,窜匿山泽",影响了社会的稳定。第二,吴越人素不习武,因此强盗比他路为少。如果强征为弓手,逃匿山林者必然要投奔到武装走私、贩卖私盐私茶的队伍中去,治安状态势必恶化。第三,本来地方"版籍差误,户口异同",征发弓手,正好给地方贪官污吏提供了敲诈民财的机会。这些人为"厚利所诱,死亦冒之",国家即使严惩不贷也无济于事。第四,以农民为兵,"徒烦教调,终无所成"。而且"虚有烦费而与不添置无异"。第五,历史上吴人"乐乱",宋朝建立八十年来,历代"敦化","暴乱之风,移变无迹",现在大规模征发,加强军事训练,只能"生奸回之心,启祸患之兆"①。

应当说,司马光这篇奏章是写得很有见地的。宋代各路都有民兵组织。一般来讲,沿边地区民兵战斗力较强,有的甚至超过正规军禁军,是保家卫国的一支重要武装力量。而内地民兵战斗力极

---

① 《传家集》卷一八。

弱，不堪一击，聊备一格而已。两种民兵从隶属上来讲也不相同，前者隶属于枢密院，后者则隶属于兵部。清人顾栋高对司马光的这份奏章评价极高，他说："观公此条奏，后日太平宰相规模，肇于此矣。治平中，与韩魏公争刺义勇，大指略同。公识虑精审，洞悉利害，盖自少年时而已具。大抵点习乡兵，教习战阵，无论两浙、陕西，均为有害无利，观公前后诸疏，可晓然矣。"①

杭州湖光山色美不胜收，西湖当然是必去的地方。司马光写下了《西湖》一首，描写了西湖秀丽的景色，诗中写道："佳丽三吴国，湖光荡日华。鱼惊动萍叶，燕喜掠杨花。云过山腰黑，风驱雨脚斜。烟波遥尽处，仿佛见渔家。"杭州广岩寺也是司马光寄情的地方。寺中有双竹，"相比而生，举林皆然。其尤异者，生枯树腹中，自其顶出，森然骈辣，树如龙蛇相萦，矫首砑然"②，是颇为奇异的景观。聂之美是司马光的世交契友，"相思不能已，欹枕梦君来"③，两人的友情是极为深厚的。此时，聂之美也在杭州，两人泛舟钱塘江上，身心自然融入了寥廓的江天之中。在苏州，司马光还结识了新友李子仪，此人德才兼备，司马光非常敬重他，认为自己是不能望其项背的。两年后，李子仪果然考中进士，在士大夫之中，享有很高的知名度。④

## 二　守丧与复出

正当司马光的政治才华锋芒初露之时，他的母亲聂氏不幸病

---

① ［清］顾栋高《司马温公年谱》卷一，中华书局本。
② 《传家集》卷六《西湖》《双竹》。
③ 《传家集》卷六《自都往余杭怀聂之美》。
④ 按：《司马文正公行状》云，司马光未赴苏州就任，但据《传家集》卷七〇《送李子仪序》所言，"宝元中，光从事在苏，子仪侨居州下，始得从之游"云云，则行状所言失实。

逝。聂氏,是秘阁校理聂震之女。聂震咸平中以历政无过、知书预校雠四部书,大中祥符时,又预修《册府元龟》,是位学富五车的儒臣。聂氏本人也是"才淑之誉,孝睦之行,著于闺门,而称于乡党焉"。司马光按儒家礼法立即辞去职务为母服丧。此时,司马池也降充知虢州。司马光离开两浙,护送母亲灵柩回到了家乡。不幸的事接连地发生,为母服丧未满,庆历元年(公元1041年)十二月,父亲又病逝于晋州任上。司马光"偕兄旦泣护旅梓,归于故乡",并请父亲生前好友庞籍为父撰写了墓碑。庆历二年(公元1042年)八月,将父母安葬于涑水南原晁村的祖坟上。"一朝捐彩服,五载泣粗缞"①,司马光在家乡为父母服丧五年。

司马光脱离了官场,但他并未脱离政治。在家乡,他目睹国家政策上的失误对陕西社会经济的破坏,给陕西人民带来的痛苦。当时的大害是康定时强籍乡弓手一事。康定元年(公元1040年),宋廷为了弥补战争中的兵员损失,决定强征陕西之民,三丁之内选一丁为乡弓手。起初出榜声明乡弓手只守护乡里,不刺面充正规军戍守边境。但告示还未收,朝廷就食言,将乡弓手全部刺为保捷军调赴前线。陕西内地之民"皆生长太平,不识金革。一旦调发为兵,自陕以西,闾阎之间,如人人有丧,户户被掠,号哭之声,弥天亘野。天地为之惨凄,日月为之无色。往往逃避于外,官中执其父母妻子,急加追捕,鬻卖田园,以充购赏。暨刺面之后,人员教头利其家富,百端诛剥。衣粮不足以自赡,须至取于私家。或屯戍在边,则更须千里供送。祖、父财产日销月铄,以至于尽"。司马光认为这些人"平生所习者,惟桑麻耒耜,至于甲胄弩槊,虽日加教阅,不免生疏。而又

---

① 《传家集》卷九《石昌言学士宰中牟日为诗见寄久未之答今冬罢武成幕来京师此诗谢之》。

资性戆愚,加之畏懦,临敌之际,得便即思退走,不惟自丧其身,兼更拽动大阵"①。非唯无补,而且有害。后来官府也知这些人无用,于是大批淘汰,允许解甲归田。但是,这些人已经懒散惯了,不肯再从事农业劳动,而且有的田产已空,也无家可归,于是流落四方,饥寒交迫,不知所终。这件事所造成的创伤,许多年后,在陕西的父老心中都难以平复。

此时,司马光的同年孟翱出任夏县县尉,孟翱是位"睿明强识"又恪尽职守的青年官员。他在夏县一年左右,对"封域之内,山泽之险夷,道途之远迩,邑落之疏密,无不历历详其名数。吏卒数百人,民逾万室,性行之善恶,家赀之丰约,居处之里,囷仓之数,皆能条例而诠次之"②。司马光日与之游,对地方政治的利弊得失有了更深入的了解。

按丧礼规定,子应为父母服丧三年。但宋代三年之丧,二十七个月即服毕。父母并丧,也不"通服五十四月"③。而且,在实际执行时,一般至二十四个月大祥时,即服丧满。因此,司马光至庆历三年(公元1043年)十一月,即服完父丧。这年冬,司马光离开家乡,来到延州④,投奔父亲的好友知延州庞籍。

在今陕西甘泉县南、富县之北,一个古名雕阴的地方,这里有座

---

① 《传家集》卷三四《乞罢陕西义勇第二上殿札子》。
② 《传家集》卷七〇《送孟翱宰宜君序》。
③ 《宋史》卷一二五《礼二十八·丁父母忧》。
④ 《传家集》卷六有《送何济川(涉)为庞公使庆阳席上探得冬字》,诗云:"幕府遥三舍,传车乘一封。忠深轻远道,醉后失严冬。圁水犹飞檄,芦关未灭烽。贤侯虽喜士,难得久从容。"又有《游延安宿马太博(承之)东馆》:"高馆寂无哗,安闲胜在家。暮烟凝塞上,墽火落天涯。坐久笔生冻,夜阑灯作花。主人意未尽,归路不为赊。"前诗明言"严冬",后诗又言"坐久笔生冻",因此,可断定司马光庆历三年冬已在延州。又,《传家集》卷六有《鄜州怀聂之美》,亦可做旁证。诗中有"别泪行三岁"一句,按司马光父康定元年九月降知虢州,司马池父子离开杭州应在此后不久。"行三岁",应是庆历三年。

相思亭。亭位于"大山之麓,二水之交,平皋之上"。往来行人仅知道亭名"相思",但不知为何而名。司马光在赴延安的途中,经过这里,此时宋夏战争尚未结束,征人戍卒川流不息地由此奔赴前线。司马光有感于"东山采薇之义,叙其情而愍其劳",写下了诗歌五首,以表达他一贯的反战思想,且释亭之名。其诗文如下:

岭上双流水,犹知会合时。行人过于此,那得不相思?

偃蹇登修阪,高侵云日间。几人征戍客,跋马望家山。

塞上春寒在,东风雪满须。河阳机上妇,知我苦辛无?

柳似妖娆舞,花如烂漫妆。那堪陇头水,呜咽断人肠。

空外游丝转,飘扬似妾心。别来今几日,仿佛近雁阴。①

诗的第一首,以景喻情。无情之水犹知会合,有情之人怎能不触景生情,而生相思之意?说明了相思亭名字的由来。二、三两首,写出征戍客至相思亭而产生的思念家山、妻子的情思。四、五两首,写思妇面对明媚的春光,空落无依的心情,写思妇身在家乡、魂随夫君的相思之苦。

在延安,司马光结识了庞籍的幕僚何涉,何涉字济川,南充(今四川南充市)人。涉博闻强识,多才多艺,为范仲淹、庞籍所赏识。"军中经画,涉预有力"。庆历四年秋,宋夏缔结和约,涉以亲老请归

---

① 《传家集》卷七。

养,通判眉州(今四川眉山市)。行前,两人有唱和之作,司马光写下了《奉同何济川迎吏未至秋暑方剧呈同舍》一诗,诗中写道:"稚金避老火,暑势尤骄盈。朱光烁厚地,万叶焦无声。夫子久倦游,得郡为亲荣。束装待驺吏,归期殊未成。"①看来司马光至庆历四年尚在延州。

不久,司马光出任签书武成军(今河南滑县东)判官公事。宋代黄河水患严重,频频决口。大约在庆历五年春,河水再次泛滥,滑州受灾严重,百姓家园多被淹没。司马光督役河上,安置灾民,很长一段时间就吃住在河堤之上,连同僚好友赴沧州远差,也不得送行。"堤徭春事起,行役未成归。索居如几日,河草已芳菲"。司马光的心情不免有些惆怅。但是救灾工作在大家努力下还是有成绩的,"遂令枯槁余,稍复苏阳春"②,因而有所损失,也是值得的。

滑州不是大郡要地,在处理完"牒诉文移"之余,尚有闲暇。时张锡、郭劝先后知滑州,两人均为仁宗朝翰林侍读学士,为人淳重清约,是儒雅之士,同僚诸友亦多为节操之士,大家志同道合,不免要寓情山水。冬季,司马光与幕府诸君同游河亭,远眺太行山雪,饮酒赋诗。后来司马光写诗追记此事:"畴昔追清景,狂吟忘苦寒。河冰塞津口,山雪照林端。健笔千篇富,醇醪一醉欢。困犹挥落尘,瞑不顾归鞍。"③少年豪放,生活是很惬意的。

夏日,公事已毕,也有好去处。"滑台古镇揭高牙,主人贤厚宾友嘉。公庭退休射堂饮,水沉绿李浮甘瓜。清言妙谕间诙谑,笑语往返何喧哗。"④射堂大概是州衙内休憩之所,公余之暇,饮饮滑台名酒暑

---

① 《传家集》卷二。
② 《传家集》卷三《河上督役怀器之寄呈公明叔度时器之鞫狱沧州》。
③ 《传家集》卷九《去岁与东郡幕府诸君同游河亭望太行雪饮酒赋诗今冬罢归京邑怅然有怀》。
④ 《传家集》卷四《春日书寄东郡诸同舍》。

酿,吃吃时鲜瓜果,高谈阔论之中不乏诙谐之语,生活是极富情趣的。

司马光在滑州时,同僚某有窃玉偷香之癖,与一营妓有染。有一次,该人与营妓私会于僧舍,司马光发现后,故意去惊吓他,营妓慌不择路翻墙而走,同僚考虑事情已无法隐瞒,就将实情和盘托出。司马光听后写了一首诗戏谑他:"年去年来来去忙,暂偷闲卧老僧床。惊回一觉游仙梦,又逐流莺过短墙。"①事后司马光为之保密,亦无人知晓。谑而不虐,事情处理得还是颇有分寸的。

司马光年轻时,也填词言情,有《阮郎归》一首传世,词曰:"渔舟容易入春山,仙家日月闲。绮窗纱幌映朱颜,相逢醉梦间。　　松露冷,海霞殷,匆匆整棹还。落花寂寂水潺潺,重寻此路难。"②词写得浓艳,而富有情思。

庆历五年夏,司马光以武成军判官代理滑州韦城县事。此时,司马光深感自己肩头的责任重大。"百里有民社,古为子男国。苟有爱物心,稚老皆蒙德。为身不为人,鄙哉陶彭泽。"陶潜为官一方,以诗书琴酒自娱,司马光是不以为然的。他认为作为县官,应当关心"饷妇陌头归,田夫桑荫饭。敕吏省追胥,勿令农事晚"③。体恤民情,保证农时,勿有扰民之举,让农民安心从事生产。时夏季将尽,而韦城数月无雨,谷苗槁死,仓库无粮。司马光率领全县官民备齐祭物去豢龙庙求雨,并亲自撰写了《祈雨文》,文中写道:"民实神主,神实民休。百姓不粒,谁供神役?邑长有罪,神当罚之。百姓无辜,神当爱之。天有甘泽,龙实司之。以时宣施,神实使之。槁者以荣,死者以生。旱气削除,化为丰登。然后自迩及远,粢盛牲酒,以承事神。永永无致,伏惟尚飨!"④二十五年后,司马光因公重过韦城,回

---

① [宋]陈师道《后山诗话》。
② [宋]吴处厚《青箱杂记》卷八。
③ 《传家集》卷五《和聂之美鸡泽官舍》。
④ 《传家集》卷八〇《豢龙庙祈雨文》。

想起此事,慨然有感,还写下了一首诗:"二十五年南北走,遗爱寂然民记否?昔日婴儿今壮夫,昔日壮夫今老叟。"①岁月流逝,人事沧桑,当年祈雨之事,恐怕今人多已淡忘了吧!

庆历年间,司马光游宦、服丧之余,在儒家仁政、礼治思想的指导下,如饥似渴地披阅史籍,探索地主阶级专政国家长治久安的途径,寻求社会历史发展的规律,写出了一大批颇具创见的史论,为日后从政、修史做好了准备,打下了坚实的思想基础。司马光在《管仲论》中对荀子"修礼者王,为政者强"②的思想,加以扬弃,提出"必以礼乐正天下,使纲纪文章粲然,有万世之安,岂直一时之功名而已邪"的观点,认为管仲的器局太小,其功绩是不值得称道的,首次表露了自己在治国思想方面的礼治思想。在《贾谊论》中,司马光认为:"治天下之具,孰先于礼义?安天下之本,孰先于嗣君?礼义不张,虽复四夷宾服,疆埸不耸,当如内忧何?储嗣失教,虽复诸侯微弱,四方无虞,其谁能守之?"在汉初政治中,同姓王隐患与匈奴之侵扰比,是居于第二位的问题。贾谊重内轻外,"可谓悖本末之统,谬缓急之序",不知治本,是申商之术,学非纯正,体现了司马光"守内虚外"的治国思想。在《廉颇论》中,司马光认为"国治兵强"是抵御外侮的根本保证,在这个意义上,他认为"世称蔺优于廉,非通论也"。对于敌国,要想灭亡它,必须时机成熟,在敌国有"可亡"之势的情况下,才可"从而仆之"。二论从一个方面揭示了司马光日后反对王安石变法的思想认识根源,从某种意义上讲,两人在思想路线上是根本对立的。在《邴吉论》中,司马光认为阴阳燮理是建立在盗贼禁、风俗和、刑罚当、衣食足等基础之上的,"邴吉为政之时,政治

---

① 《传家集》卷三《昔予尝权宰韦城今重过之二十五年矣慨然有怀》。
② [宋]司马光《资治通鉴》卷四,周赧王二十二年。

之不得,刑罚之失中,不肖之未去,忠贤之未进,可胜纪哉!释此不虑,而虑于牛喘以求阴阳,不亦疏乎?"体现了儒家重人事的传统思想。在《机权论》中,司马光阐述了自己的机权思想。他认为"取舍去就之间,不离于道,乃所谓权也。然则机者仁之端也,权者义之平也"。反对弃仁义而行机权。从这一点出发,他肯定了"伊尹放太甲,微子去商归周,周公诛管蔡,是皆知权者也"。他说:"夫数君子岂不知放君、畔宗、戮亲之为不善哉?诚以放君之责轻而沦丧大业之祸重,畔宗之讥薄而保存宗祀之孝深,戮亲之嫌小而倾覆周室之害大,故去彼而取此也。"由此可以窥知司马光力行"元祐更化"的道义本原。在《十哲论》《才德论》中,司马光认为"政事、言语、文学之高者,不足以当德行之卑者",主张才德"不能两全,宁舍才而取德"。在《三勤论》中,司马光不同意扬雄的观点,认为"吏者,民之司命,吏良则民斯逸矣。未有吏善而政恶者也,亦未有政善而吏恶者也""故为人君者,谨于择吏而已矣,佗奚足事哉"。体现了司马光强调"人治"的思想。在《四豪论》中,司马光提出了历史人物的评价标准,"夫人臣者,上以事君,中以利国,下以养民"。在《送李揆之序》中,司马光认为,"夫人非至圣必有短,非至愚必有长。至愚之难值,亦犹至圣之不世出也。故短长杂者,举世比肩是也"。继承了扬雄的"性三品"的思想观点。凡此种种,表明这一时期司马光的政治思想、历史观点等已基本形成。

但令人不解的是,这期间,司马光写了如此之多的政论,却未对庆历新政有所臧否,这或许与宋代的制度有关。此时司马光正处于服丧期中,庆历四年,司马光入参滑州幕职。以他的职位,对于政局是不能上书有所臧否的。多少年以后,司马光对人说:"光于范公无能为役。"他确实与范仲淹没有任何交往,也无资格参与庆历新政。

庆历五年六月十六日,司马光自宣德郎授行大理评事。是年冬,司马光奉调入京,实任大理评事之职。司马光要在京城这个全国的政治中心,最大的政治舞台上,展示自己的才华。"际日浮空涨海流,虫沙龙蜃各优游。津涯浩荡虽难测,不见惊澜曾覆舟"！青年司马光对自己充满了信心。大理评事是大理寺断狱官,司马光并不想滥用权力,制造冤狱,为自己追逐"毛利",而要以明恕之心,公正地量刑。临行前,州衙同僚空府而出,送行的车辆联翩而至,来到钱行的河堤之上,盛宴难再,僚友们都开怀畅饮,"不辞烂醉"。送行的人送了一程又一程,"追随不忍轻言别,回首城楼没晚烟"①,直到夜色渐浓才分袂上道。

### 三 息肩簿领,优游馆序

庆历五年(公元1045年)冬,司马光满怀期望,满怀理想,来到京城就任大理评事。但是,现实并不尽如人意,人有时也缺乏自知之明。大理评事的工作是复核全国各地的案件,"朝讯狱中囚,暮省案前文"②,整天都处于繁忙的事务之中。有时忙得连早饭也吃不成,头发乱蓬蓬的也顾不上梳理,更不要说悠闲地摘摘"霜髭"了。"官府无旬休,虑问乃游息"③。政府官员应当享受的"旬休",在大理寺也无法执行。人处在这样一种环境中,简直像樊笼里的飞鸟,鼎鬲中的游鱼。司马光忍受不了了,在给友人钱公辅的一首诗中写道:"簿领日沉迷,事役等胥靡"④。认为自己过的简直是一种刑徒式的生活。春天来了,"咫尺东园乐,无如簿领何。春风连夜恶,闻道落

---

① 《传家集》卷九《留别东郡诸僚友》。
② 《传家集》卷二《和钱君倚藤床十二韵》。
③ 《传家集》卷二《旬虑十七韵呈同舍》。
④ 《传家集》卷二《晚归书室呈钱君倚》。

花多"①。心情是颇为懊恼的。路过景灵宫,宫内"长杨委嫩绿,老柏净新翠"。但是也只能稍稍逗留,不过,就这样也算年华未有虚掷。半年过去了,司马光终于意识到自己不能胜任繁剧的事务。"贱生参府僚,勉强逾半岁。终非性所好,出入意如醉。讼庭敲扑喧,众草绝生意。不知有青春,倐忽已改燧"②。司马光性之所好是读书,而且是静夜读书。"夜阑闭户牖,青晕生昏灯。僮仆悉已眠,书几久欹凭。涉猎阅旧闻,暂使心魂澄。有如行役归,丘园恍重登。又如远别离,邂逅逢友朋"③。虽然读书也要烦神,但"一种劳精神,胸中异忧喜"。司马光向往着"菊畦亲灌浸,茶器自涓涤"式的闲适生活。更令人不愉快的是,庞籍担任枢密副使后,首列光名,召试馆职,也未获准。心情郁闷,向谁倾诉衷肠呢？司马光临窗执笔写下了《早春寄东郡旧同僚》一诗:"楼台带余雪,寒色未全收。久负入关意,空为同舍羞。清樽接胜友,飞盖从贤侯。应恨春来晚,烟林已数游。"④入京的头一年,司马光的处境并不太佳⑤。

---

① 《传家集》卷八《同僚有独游东园者小诗寄之三首》。
② 《传家集》卷二《二月中旬虑问过景灵宫门始见花卉呈钱君倚》。
③ 《传家集》卷二《夜坐》。
④ 《传家集》卷七。
⑤ 按:《传家集》卷二有《投梅圣俞》诗一首,为司马光得梅诗后作。其略云:"薄游困京师,旅食止脱粟。得官当入秦,行李未结束。先求(《增广司马温公全集》作'光来')圣俞门,执贽请所欲。九衢季冬月,风沙正惨黩。羸马惮远行,毛鬣寒瑟缩。旅拒不肯前,一步九刺蹙。饥童袖拥口,手足尽皲瘃。论诗久未出,窃骂怨满腹。归来面扬扬,气若饫粱肉。累累数十字,疏淡不满幅。自谓获至珍,呼儿谨藏蓄。长安十五驿,重复间川陆。置诗怀袖间,倦憩辄披读。高吟桑野阔,日暝即投宿。自可忘羁愁,行瞻灞陵曲。"言光赴任长安前,与梅论诗并乞诗事。又同卷《和江邻几六月十一日省宿书事》及《和张仲通学士苦暑思长安幕中望终南秋雪呈江邻几》有"忽思终南巅"与"回思幕中趣"等句,则司马光至京后似曾出任永兴军幕僚。庆历八年(公元1048年),光为馆阁校勘。宋制,馆职少有作通判者,当然更不可能为幕职。又光在大理寺时,梅尧臣有诗相赠。则光在长安,当是任职大理寺前后时事。故附注于此。

不久,情况发生了变化。"承乏东序,息肩簿领"①,调任国子直讲,对于爱读书的司马光来讲,这是一次再好不过的机会了。他在《谢校勘启》中说:"乃始修砺钱镈(铲锄),诛治荒秽,庶几勉狗宿昔之志。虽失之春芸,犹得之秋获,足为愈焉!"太学官的生活是清贫的,"旦夕唯盐齑",但"君子尚仁义,宝用为身资""财贫非道贫,已矣何嗟叹"②!在太学里,司马光与李子仪、邵亢等人志同道合,大家"日夕相从,讲道甚乐"③,精神是愉快的,也是富有的。在太学任职,无吏事相责,无森严的上下级关系,司马光深庆自己比陶潜幸运。在《和邵兴宗秋夜学舍宿直》这首诗里,司马光写道:

直舍逍遥度清夜,暂投逢掖(儒服)解儒冠。高楼影背星河转,疏竹气兼风露寒。篱下黄花新芯乱,门边碧柳旧株残。折腰把板今无有,勿似陶潜遽弃官。

庆历七年(公元1047年)十一月,贝州(今河北清河县)爆发军校王则发动的武装起义。王则利用当地盛行的宗教,宣称"释迦佛衰谢,弥勒佛当持世",秘密策划,准备搞乱整个河北。起义爆发后,王则迅速地控制了贝州城,活捉了知贝州以下许多官员。并自称东平郡王,建国号"安阳",年号"得胜",变正朔,以十二月为正月。百姓年十二以上、七十以下,脸上都刺上"义军破赵得胜"的口号。河北是宋王朝的北大门,与辽接壤,贝州是辽使往来必经之路,此事非同小可。此时,司马光作为一名低级官员,他是无权上书议论国政的,但是,作为统治阶级的一员,出于本能,也出于他终身服膺的儒家信

---

① 《传家集》卷五八《谢校勘启》。
② 《传家集》卷五《和之美二贫诗》。
③ 《传家集》卷七〇《送李之仪序》。

条,他主动向世伯、负责全国最高军政事务的枢密副使庞籍写了一封私信,提出了自己的平定方略。他建议立即"发近郡之兵,堑环其郛,勿攻勿战,使不得出。而又阴以重赏募人入城,焚其积聚,坏其所恃,使逃无所出,守无所资。然后命重臣素仁厚为士卒所信爱者,奉明诏以临之。谕以胁从之人,有能捕斩首恶若唱先出降者,待以不次之赏。其始虽与谋,而能翻然悔过从善者,亦除其罪,待以不死。或为恶不变,敢拒官军者,戮及妻子,无有所赦"。他认为尽快控制事态,及时分化瓦解,"如是不过旬月,逆卒之首,必函致于阙下矣"①!贝州起义,经六十六日被镇压下去。司马光的建议被采纳与否不得而知,但宋军在镇压过程中所采取的措施,大抵不出司马光建议的范围。

庆历八年,庞籍升为参知政事。十一月,他再度推荐司马光召试馆职。这次,庞籍的推荐获准通过。司马光召试学士院,合格后,授馆阁校勘。馆阁校勘是馆职中级别最低的一级。但它却一样是天子的侍从顾问。宋代文臣"一经此职,遂为名流",意味毕竟不一样了。司马光在《谢校勘启》中说:"倏去蓬蒿,颉颃霄汉。荣耀过分,不寒而栗。"在《祭庞颍公文》中说,"爰加振拔,俾出泥涂",道的都是实情。宋代馆阁为"储才之地",在馆供职者,不任吏责,以阅读、校雠皇家图书为事,通过优游议论、群居讲习、直庐秘阁以备应对等形式,渐知朝廷之治体,练熟国家之故事,以备国家异日之用。因此,对于勤奋好学的司马光来讲,这是一次比在太学任职更好的学习与提高的机会。司马光感激涕零地表示:"敢不夙夜刻励,寝寐训辞,进益所长,攻去所短,冀不忝前人之教诲,羞知己之称论,以负明诏之收擢而已,过此以往,不知所为!"②果然,司马光在进入馆阁

---

① 《传家集》卷五八《上庞枢密论贝州事宜书》。
② 《传家集》卷五八《又谢庞参政启》。

77

短短一年多的时间里,相继完成著述两种,这就是《古文孝经指解》和依据《集韵》《说文解字》及经传诸书写成的《名苑》。应当说成绩是相当可观的,也许他是要以此来回报庞籍的知遇之恩,不辜负国家对他的期望吧!

皇祐三年(公元1051年),司马光由馆阁校勘晋升为集贤校理,同时又兼史馆检讨,预修日历。司马光是位实事求是的史学家,临文不讳,善恶必书。他在编写《日历》时发现官方编写的《时政记》及《起居注》都不记载元昊称帝与契丹求割关南地之事,他请求查寻两事本末,交史馆讨论。但史馆修撰孙抃认为"国恶不书",否决了司马光的建议。

## 四　返乡省亲,勖勉诸侄

从庆历四年(公元1044年)终丧复出,至皇祐元年(公元1049年),司马光已有六年未返乡了,皇祐二年(公元1050年)春,司马光获准回到久别的故乡扫墓省亲,心情愉快自不待言。在离开都门的一刹那,司马光极目原野,欣喜若狂,再也控制不住自己的情感。他情不自禁地写下了《出都日途中成》这首诗:

贱生习山野,愚陋出于骨。虽为冠带拘,性非樊笼物。扬鞭出都门,旷若解徽绋。是时天风恶,灵沼波荡汩。龙鼍互骞腾,鸥群远浮没。川原浸疏豁,烟火稍萧瑟。草木虽未荣,春态先仿佛。桑稀林已斜,柳弱条可屈。蛛丝胃晴阳,鼠土壅新窟。徐驱款段马,放辔不呵咄。与尔同逍遥,红尘免蓬勃。

## 第三章 回翔内外,涵养器业

回到自己熟悉的大自然,心情是多么的舒畅。摆脱羁绊,浑身松脱,像鸟儿出了樊笼。早春二月,弱柳柔桑,春的消息已经来临。策马扬鞭,迎着狂风让马儿尽情地奔驰在空旷的原野之上,让情感尽情地宣泄!很久心情才平静下来。放辔缓行,逍遥自在,莫让尘土飞扬起来。在这里,我们仿佛又看到十年前那个奔放俊逸的洛阳少年。不过,三十毕竟不是二十。重经车辋谷,这里长达七里的上坡,过去轻轻松松一下子就上去了,如今行至中途,汗流如注,不得不坐下休息。司马光不禁长长地叹息道:"人逾三十只有老,后时过此知如何?云泉佳处须速去,登山筋力行蹉跎。"①

司马光这次回乡省亲,时间待得很长。除了到汾阴(今山西万荣县)去看望长兄司马旦之外,就一直待在乡里。祭扫祖坟,又建新居,整个夏天都是在乡间度过的。新居命名为南斋,修建得颇为宽敞。"森罗对草树,晓暮清阴寒。汛扫布几簟,气体粗可安。"那年夏天炎热异常,禾苗枯萎,河流干涸,若不是建了南斋还真无法过呢!南斋里"图书虽非多,亦足备览观。圣贤述事业,细大无不完。高出万古表,远穷四海端。于中苟得趣,自可忘寝餐",司马光在乡间还是与经史为伴。回到家乡,侄儿们一个个都已长大了,但都尚无表字。十四个孩子,司马光一一依其名起了字。司马京,字亢宗。"京"的意思是"大"。孟子说,仁、义、忠、信,自觉地提高这方面的修养,这是上天赐予你的爵位,以至完美无缺,公卿、大夫,功名利禄,这些"人爵",自然而然,你就会享有,也就能光宗耀祖。司马育,字和之。达到"中和"的境界,天地就各在其位了,万物就生长发育了,何况于个人的安身立命呢?司马齐,字居德。"齐"的含义是"中"。孔子说,中庸是道德的极致了。以中庸作为你的品德,何往而不利

---

① 《传家集》卷二《重经车辋谷》。

呢？在这里，司马光寄托了自己的理想，也寄托了对孩子们的希望。"况今有道世，谷禄正可干。勖哉二三子，及时张羽翰。力学致显位，拖玉簪华冠。毋为玩博弈，趣取一笑欢。壮年不再来，急景如流丸！"①也就是这一年，司马康出生了。司马康是司马光亲兄旦之子。司马光二子童、唐夭折后，康过继给司马光为子②。

## 五 执礼论乐，搏击奸佞

休假回京后，司马光调任同知太常礼院。礼院是太常寺的一个下属机构，负责礼乐的修改及祀典、神祇、爵号与封袭、继嗣等事的研究与确定。

司马光刚刚到礼院供职，就遇到了一件事。大宦官麦允言死了，时议赠麦允言司徒、安武节度使，仁宗仍嫌不尽意，又以麦允言参与平定贝州兵变有功，诏特给军容仪仗队安葬。九月十四日，司马光上书仁宗，认为麦允言不过是一名宦官，侍候皇帝的奴才，无元勋大劳，不应当赠三公，赐给一品官享用的仪仗。这样只能增加其罪过，破坏了国家的礼法制度。

张贵妃深受仁宗宠爱。爱屋及乌，仁宗曲从贵妃的请求，五六年间，将其伯父张尧佐由一名小州知州晋升为"位亚执政"的三司使。这违反了宋朝外戚不得干政的家法，招来了众臣的反对。在舆论的压力下，同年闰十一月，仁宗任命张尧佐为宣徽南院使、淮康节度使、景灵宫使、同群牧制置使。这些职务除了最后一位是实职外，

---

① 《传家集》卷二《新迁书斋颇为清旷偶书呈全董二秀才并示侄良富》。
② [宋]苏轼《西楼帖·与堂兄三首》，转引自颜中其《司马康为司马光兄亲子》，《古籍整理研究学刊》1988年第3期。

其他基本上属荣誉性的虚衔,但是地位崇高,前两职即使从相位上退下来的人也多半得不到,因而仍然招致群臣的反对。仁宗很是恼怒,责令宰相警告百官,并做出了台谏上殿奏事必须事先获准的限制。在此情势下,大臣都噤不敢言了,可是,司马光于十二月竟上书论列张尧佐除宣徽等使不当。首先,他认为仁宗拒谏已造成"阴雾冥冥,跬步相失,寒冰著木,终日不解"①的异常自然现象。其次,仁宗这样做加重了张尧佐的罪过,对张尧佐也不利。最后,自今以后,事有大于此者,众臣不会再行进谏,这于朝廷不利。司马光请仁宗三思。在司马光等人的反对下,张尧佐辞去宣徽、景灵二使。不久,离开京城,到地方任职。

皇祐四年(公元1052年),使相夏竦病逝。由于夏竦是仁宗为太子时的老师,故仁宗亲自吊问,赠夏竦太师、中书令,并赐谥文正。夏竦学问渊博,文辞典丽,治郡有方,才术过人,曾一度出任枢密使。但他为人性贪,急于进取,宋夏战争中,作为主帅,谋求入相,不肯尽力,致夏人有"夏竦何曾竦"之讥。加之喜弄权术,倾侧反复;家庭不睦,致互相告讦,世目为奸邪。司马光连上两状,认为根据谥法,道德博闻谓之文,恪尽职守谓之正。以夏竦一生立言行事而言,是不配获得"文正"这个谥法中最高的谥号的。仁宗这样做破坏了谥法所确立的原则,将造成恶劣的影响。迫于舆论的压力,仁宗最后不得不改谥夏竦文庄。

北宋前期,不以言罪人,有一个宽松的政治氛围。士大夫能坚守祖宗家法和儒家的道德规范,皇帝也比较能容纳不同的意见,因而才没有出现前代那样的宦官、外戚、权臣专权之祸。

"国之大事,惟祀与戎。"在中国古代,制礼作乐是非常重要的大

---

① 《传家集》卷一八《论张尧佐除宣徽使状》。

事,但是自东周以来,礼崩乐坏,加之秦火,古乐失传,自汉儒以来,大体创意求法而为之。宋建国之初,沿用后周王朴所定之律,太祖以雅乐声高,不合中和之音,令和岘改定。仁宗初年,天下无事,欲制礼作乐,歌舞升平,先后两次制定雅乐,即李照乐、阮逸乐,但二乐均未获得朝野的公认,郊庙时,仍沿用和岘乐。皇祐二年(公元1050年),改正雅乐之事又重新提出,时成都人房庶应召赴京。房庶认为传世的《汉书》有脱文,以致造成了后世律由尺生之误,后世雅乐不合古乐,究其原因,也出于此。他认为律应当起于黄钟,起于量。但是,按他所言制成的律与李照的相同,房庶不得不承认自己的观点有问题。但房庶的观点得到了范镇的支持。司马光认为,范镇尺由律生的观点是对的,不过古代的律,包括度、量、衡,均已失传,古律因而无法恢复。在这种情况下,就应当采用以尺生律之法来定雅乐。因为量有虚实,衡有低昂,皆易差而难精,唯有度无二者之弊,因度求律是当今条件下最审慎可取的了。司马光和范镇两人从皇祐二年起争论雅乐的制作,到四年(公元1052年)也未能统一认识。范镇自以为得古法,但司马光始终持否定的态度,由于当时已无人懂得钟律之学,因而也无法判定其是非。司马光与范镇为了辨明是非,在雅乐的问题上争论了三十余年,两人各执己见,谁也说服不了谁,但两人的关系一直很融洽,是莫逆之交。皇祐时,同在馆阁,决于同舍,同舍不能决,遂弈棋以决。司马光不胜,才定范镇之法为对。

## 六　师友英豪,声誉渐起

京师是人文荟萃之地,在京数年,司马光寻师访友,新交故知,优游议论,生活极其充实。

## 第三章 回翔内外,涵养器业

吴育论事,"所讥切皆当世之病,所区画皆应事之宜"①,他是司马光"自幼及长"就仰慕的一位前辈,也是好友吴充的兄长。司马光早就想亲聆言教,因而中第之后就衷文贽见。吴育也欣然赐诗,以"道为根柢言为华"相勉励。后来,司马光游宦四方,无由谒见,来京后,吴育正任参知政事、枢密副使,司马光极想瞻望这位前辈,但是又畏人之言。庆历七年(公元1047年)春,吴育罢政,出任知许州(今河南许昌市),司马光多年的愿望终于实现,他献上了近作五卷请吴育指正。司马光拜见的又一位名流是宋祁。宋祁是一代文豪,当时影响很大,为"后进之衡鉴"②。此时宋祁为翰林侍读学士、史馆修撰,正领衔编修《唐书》,当然更是司马光所仰慕与需要多多请教的了。

这一时期,除了庞籍之子庞之道及邵亢、邵必、李子仪等旧交外,司马光在京城里又结识了许多新朋友,如梅尧臣、江休复、钱公辅、宋敏求、宋敏修、韩维等等,都是当时的社会精英,他们志同道合,亲密无间,都是司马光的直友、诤友、多闻之友。司马光初入京时,任大理评事,他不能适应审讯这样繁剧的工作,听不得拷问囚徒时的鞭笞声和囚徒的呻吟声,情绪低落、厌倦异常。梅尧臣看在眼里,写下了《次韵和司马学士虑囚》③一诗,在诗中,梅尧臣诚恳地希望司马光"缧囚往虑问,勤恤意不息""愿言保兢慎,切勿厌此役"。因为其中常有"讳误""非罪"之人,这些人"一遭纤微衅,鉴垢莫磨拭"。评事一职的责任实在不轻,可不能掉以轻心啊!

在这段时间里,司马光还结识了宋代著名的学者、教育家胡瑗。胡瑗对司马光很器重,嘉祐(公元1056—1063年)初,胡瑗年事

---

① 《传家集》卷六〇《上许州吴给事书》。
② 《传家集》卷五八《上宋侍读书》。
③ [宋]梅尧臣《宛陵集》卷五八,四库全书本。

已高,体弱多病,就离京返乡了。返乡后,胡瑗还时常有诗文相赠,对司马光褒奖有加,期望甚殷。司马光在《酬胡侍讲先生见寄》一诗中写道:"先生喜诱掖,贻诗极褒赏。谁云岁杪寒,面热汗沾渍。非不悦子道,驽钝力难致。常恐负吹嘘,终为重言累。"①

皇祐时,司马光在社会上已有一定的知名度了。四年(公元1052年)四月,一名叫清辨的僧侣,不远千里,从秀州(今浙江嘉兴市)来京师请司马光为他新修的一座高敞的法堂写篇纪念性的文章。司马光一再推辞不得,写下了《秀州真如院法堂记》一文。当时社会上的僧侣们"以淫怪诬罔之辞,以骇俗人,而取世资,厚自丰殖,不知餍极",司马光对这种丑陋的社会现象进行严厉的抨击,他指出这完全违背了佛教的本旨。司马光认为"佛盖西域之贤者。其为人也,清俭而寡欲,慈惠而爱物,故服敝补之衣,食蔬粝之食,岩居野处,斥妻屏子,所以自奉甚约而惮于烦人也。虽草木虫鱼不敢妄杀,盖欲与物并生而不相害也。凡此之道,皆以涓洁其身,不为物累。盖中国於陵仲子、焦光之徒近之矣"。司马光在文末希望僧侣清辨能"深思于本源,而勿放荡于末流",如果以新修的讲堂来"明佛之道"②,抵制恶劣的社会风气,那么这座讲堂就修建得有意义了。

庆历至皇祐间,对于司马光一生来讲是一个很重要的阶段。在京城这个政治中心,尤其是在馆阁供职,司马光获得了进一步的深造和发展,"缣素轫盈,率多未见。英豪坌集,叨与并游"③。京官数载,司马光学业日益精进,政治更趋成熟,获得了较高的声誉。范仲淹晚年一次同荐三人,这三人就是王安石、司马光、吕公著,他们后来成为神、哲两朝的名相,对北宋后期的政治有着巨大而深远的影响。

---

① 《传家集》卷二。
② 《传家集》卷七一。
③ 《传家集》卷五八《谢检讨启》。

## 七　初从恩相,通判郓州

皇祐五年(公元1053年)闰七月,司马光的恩公庞籍从首相职位退下,出任知郓州(今山东东平县)兼京东西路安抚使。他邀请司马光做自己的助手通判郓州。这次庞籍是被贬出朝的。但司马光并不介意,他欣然从命,随庞籍来到郓州任上。可能是贬职的缘故吧,这次离京赴任,一点也不从容。好友邵必贬到泉州(今福建泉州市),司马光连饯行的宴会也未能终席就匆匆返家收拾行装启程了。

宋代安抚使兼一路兵民之政,但民政往往委托通判代行其职,因而司马光的职责是很繁重的。一到郓州,庞籍就让他兼典州学之事,负责一州文教工作。这年秋后,郓州"旷冬无雪,宿麦将枯。旧廪既罄,新场无望。老稚遑遑,滨于沟壑"[1],旱情异常严重。司马光又代表庞籍向境内黄石公的神灵祈求雨雪。第二年阳春三月,又远赴许昌,驱驰于羁旅途中。尽管一路上"竹林近水半边绿,桃树连村一片红",一派田园风光。但是不能与幕府诸君清明同饮,佳节寂寥,亦令人伤怀不已。刚到郓州的头一年里,不长于吏事的司马光显得左支右绌,颇为狼狈。为了不辜负恩公,他竭尽全力地工作。在《和吴冲卿崇文宿直睹壁上题名见寄并寄邵不疑》这首诗中,司马光写道:"去秋随相车,沿牒来东方。……行行到官下,日积簿领忙。文书拥笔端,胥史森如墙。况当三伏深,沾汗尤淋浪。细蝇绕眉睫,驱赫不可攘。涔涔头目昏,始觉冠带妨。诚知才智微,吏治非所长。惧贻知己羞,敢不益自强!"[2]

---

[1] 《传家集》卷八〇《祭黄石公文》。
[2] 《传家集》卷二。

通判的本职工作之一是监察一州县级以上官员,每年要到各县巡视一番。司马光认为监察工作如果没有发现真正的"贤者",而把营求者推举出来,那就是严重的失职。东阿县(今山东东阿县南旧城)张主簿徇公爱民,但有"风雨而老之叹",未能免俗,也给司马光写了封信,司马光在复信中,告诉这位张主簿,自己是了解他的政绩的,希望他少安毋躁,勉修所能,维持了考察工作的严肃性。

地方工作尽管比馆阁里繁杂,但郓州毕竟旁近曲阜,是深受儒风熏陶的地方,民俗淳厚。经过一段时间的努力,司马光逐渐适应了通判这项工作,还忙里偷闲最终完成了《古文孝经》的校勘。他喜爱上了郓州这个地方,甚至产生了终焉之志。在《奉和始平公忆东平》诗里,司马光写道:

千岩秀色拥晴川,万顷陂光上下天。委地鱼盐随处市,蔽空桑柘不容田。讼庭虚静官曹乐,儒服宽长邑里贤。不为从知方负羽,独乘鱼艇老风烟。

庞籍是庆历以来对西夏战争中成长起来的儒帅,与范仲淹、韩琦等共同摸索制定出一套正确的对西夏战略并加以实施。他"习知夷狄情,能断大事"[①],放在郓州,实际上是投闲置散。至和二年(公元1055年)六月,庞籍调任知并州(今山西太原市)兼河东路经略安抚使、马步军都部署。肩负起防御辽、西夏西北二敌的重任。司马光也随从庞籍改任并州通判。

---

① 《传家集》卷七六《太子太保庞公墓志铭》。

## 八 再托后车,出为并倅

至和二年(公元1055年)冬,司马光携带妻儿及家人登上了赴任的旅程。北国严寒,山路崎岖,一家人顶风冒雪,艰难跋涉,历尽艰险,来到了高寒的边塞重镇并州。其艰苦的程度是中原人难以想象的,司马光后来把他的感受写成了一首题为《苦寒行》的七言古诗[1]:

穷冬北上太行岭,霰雪纠结风峥嵘。熊潜豹伏飞鸟绝,一径仅可通人行。僮饥马羸石磴滑,战栗流汗皆成冰。妻愁儿号强相逐,万险历尽方到并。并州从来号惨烈,今日乃信非虚名。阴烟苦雾朝不散,旭日不复能精明。跨鞍揽辔趋上府,发拳须磔指欲零。炭炉炙砚汤涉笔,重复画字终难成。谁言醇醪能独立,壶腹迸裂无由倾。石脂装火近不热,蓬勃气入头颅腥。仰惭鸿雁得自适,随阳南去何溟溟。又惭鼥鸟识时节,岩穴足以潜微形。我来盖欲报恩分,契阔非狥利与荣。古人有为知己死,只恐冻骨埋边庭。中朝故人岂念我,重裘厚履飘华缨。传闻此北更寒极,不知彼民何以生。

并州是这样的严寒,生活又是这样的诸多不便。司马光初来乍到很不适应。此时他真羡慕大雁啊,大雁真会选择环境,此时已追逐温暖飞到了遥远的南方。他又深感不如燕子,连小小的燕子也知道时节,藏身于岩穴之中。自古以来,士为知己者死。在司马光的

---

[1] 《传家集》卷五。

篇什之中,我们常常看到他以邹湛自比。邹湛是魏晋时人,少以才学知名,深为羊祜所器重,后至通显。在司马光的心目中,恩相庞籍就是他的羊祜。司马光来到苦寒的边塞,为的是报答恩相的栽培。

并州的春天来得很晚。阳春三月,京城已是百花盛开、春光明媚,而在并州柳条还未萌出黄色的嫩芽。游人去柳溪游玩,争飞乱眼的还是雪花。尽管来并州已经数月了,但司马光还未从低沉的情绪中摆脱出来。

薄宦无益,浮生可叹。大鹏还是蝉儿,是命中注定的,努力也是枉然。司马光此时心如死灰,他的心境恶劣极了。是啊,年近不惑,还浮沉于常调①之中,怎能不产生老大迟暮之感呢?司马光是个有理想、有抱负的人,他曾经立下过豪言壮语:"男儿努力平生志,肯使功名落草莱!"②希望能获得一个施展自己才华的机会以报效国家。司马光不是一个自暴自弃的人,韶华易逝,只能激发自己加倍去努力,他很快就从颓唐之中振作起来。《初见白发慨然感怀》③一诗就体现了司马光这种自强不息的精神。

> 万物壮必老,性理之自然。我年垂四十,安得无华颠。所悲道业寡,汩没无佗贤。深惧岁月颓,宿心空弃捐。视此足自儆,拔之乃违天。留为鉴中铭,晨夕思乾乾。

边塞的春天来得晚,然而一旦来了也是轰轰烈烈、热热闹闹的。极目远眺,百花满川。红梨花盛开时,比酴醿花还香,比海棠还

---

① 按:宋代知州军以下职任谓之常调,一路监司及省府推判官以上职任谓之出常调。
② 《传家集》卷八《和子渊除夜》。
③ 《传家集》卷二。

浓艳。田家的杏树繁花似锦,压弯了枝头,红艳艳的一片,又胜过了鲜艳夺目的桃李。春回大地,万象更新,司马光的精神也焕然一新。他同将士们一起投入紧张的军事训练之中,并且满怀激情地写下了《从始平公城西大阅》①这首歌颂庞籍和河东将士的诗篇:

  沧溟浴日照春台,组练光中玉帐开。汾水腾凌金鼓震,西山宛转斾旌回。逍遥静散晴空雨,叱咤横飞迥野雷。坐镇四夷真汉相,武侯空复道英才。

  这是一支训练有素的军队,将士们衣甲鲜明,生气勃勃。演习的金鼓响起,地动山摇,汾水也为之翻腾。队伍行进在西山之上,旌旗随蜿蜒的山势而回旋出没。隐蔽起来如晴空之雨,无踪无迹;怒吼一声如霹雳回荡,震撼原野。司马光对恩公的帅才佩服得五体投地,他想:从此以后就是诸葛武侯也不能再自称是英才了吧!

  边塞的盛夏气候高爽,如同中原的清秋季节。旭日冉冉升起,红艳艳地照亮山城。凉烟随风飘荡,淡淡地笼罩着敌楼。兜铃中的烽火早已熄灭,边境上的敌骑也全无踪影。边塞的夏季还是很闲逸的。

  秋高马肥的季节,正是北敌入侵的时候。"剑客苍鹰队,将军白虎牙。分兵逻圁水,纵骑猎鸣沙。"宋军的巡逻队分番迭出,英勇的将士在执行着防秋的任务。布满落叶的关山,霜风中的阵阵金鼓声,增添了将士悲壮的情怀,也激发起司马光的保家卫国之情。司马光暗下决心:"未得西羌灭,终为大汉羞。惭非班定远,弃笔取封侯。"②他要像班超那样为国固圉守疆。

---

① 《传家集》卷七。
② 《传家集》卷七《塞上四首》。

边关千里,家书一封。每当北风吹起、征衣未至的时候,将士们的心都随大雁南去了。夜深人静的时分,从远处传来牧马人的歌声。这歌声是那样的高亢、舒展、悲凉、哀怨,司马光写下了《宿石堰闻牧马者歌》①,记下了边关将士们的心声:

> 大河之曲多宽闲,牧田枕倚长堤湾。乌栖鹊散堤树寂,析木声稀宵欲阑。牧儿跨马乘凉月,历历绕群高唱发。幽情逸气生自然,往往鸣鞘应疏节。歌辞难辨野风高,似述离忧嗟役劳。徘徊不断何妨近,仿佛微闻已复遥。长川冷浸秋云白,露草翻光凝碧色。星疏河淡夜初长,展转空亭奈孤客。洞箫音律京君明,可怜骨朽不更生。安得使传哀怨意,为我写之羌笛声。

可能是第二年的三月末吧,司马光又奉命来到河东路最北端的丰州(今陕西府谷县西北),这里曾是宋军抗击辽、西夏的最前哨。丰州是藏才族世代聚居的地方,宋初,在该地区实行羁縻政策,以其首领为丰州刺史,控扼西北,边鄙以宁。太宗初年,契丹入侵,被丰州击败,逐北至青冢,斩首二千余级,降者三千帐,获羊马兵仗以万计。但是,后来由于宋廷厉行削藩政策,形势逆转。庆历元年(公元1041年),竟被西夏攻陷,藏才族人民被西夏掳掠殆尽。宋夏缔约后,丰州归还宋方。宋一直规划重建丰州,司马光此行当与此有关。司马光站在丰州故城的废墟上,极目望去,白草黄沙,一直延伸至天尽头,其中只有白榆、杨柳与满川枯骨。面对这凄凉景象,司马光严厉质问:这是谁之过?后来人难道还不应汲取这惨痛的教训吗?嘉祐六年(公元1061年),宋廷决定重建丰州,差汉官知州事。

---

① 《传家集》卷三。

鉴于丰州蕃汉军民尽为西夏所掳,环城数十里杳无人烟,司马光建言,不妨先建堡寨,择有才略者为堡寨官,听其招募蕃汉之民,使垦辟近城之田,待民物繁庶,皆如其旧,然后升格建州。否则就要备置官吏,广屯兵马,多积粮草,调发内地之民,劳扰河东一路。这样符合实际情况的建议,不到实地考察是提不出来的。由此我们也可以看出司马光是一个非常讲求实效的人。

司马光在并州仍兼一州文教事务。数年前,韩琦知并州时,很重视州学,他重新选择校址,建起了新州学,并且在太学学规的基础上,参照洛阳、苏州等地州府学的学规,制定了一个符合并州情况的新学规。太学学规是依据宋代大教育家胡瑗"苏湖教法"制定的,重视因材施教,强调"明体达用"。这里的"体",是指"君臣父子仁义礼乐"之类的儒家道德准则。所谓"用",是指这些准则和实际学问的具体应用。为了使学规不被后人忘却,司马光接受庞籍的嘱托将学规刻于石上,并写下了《并州学规后序》,在序文中,司马光写道:"是规也存,虽屋不加多,食不加丰,生徒不加众,犹为学兴也。是规也亡,虽列屋万区,粮粖如陵,生徒如云,犹为学废也。后之人司是学者,可不慎与!"[①]在司马光看来,办好一所学校,精神因素比物质因素要重要得多,丢掉了"明体达用"这个原则,学校就丧失了灵魂,物质条件再好也无济于事,应当承认司马光的见解是非常精辟的,抓住了办学的根本。

嘉祐元年(公元1056年),司马光因公事到绛州(今山西新绛县),这里距家乡已不太远,司马光办完公事,就顺道回乡。由于是因公出差,司马光未在家乡过多停留,祭扫完祖坟后,连夏县也未去,就匆匆返回并州了。可能就是在并州时,司马光的孩子夭折

---

① 《传家集》卷六九。

了。中年丧子,对司马光的打击是很大的,以致二十年后,司马光还写下了读之令人鼻酸的《梦稚子》:"穷泉纤骨已成尘,幽草闲花二十春。昔日相逢犹是梦,今宵梦里更非真。"①孩子死后,夫人为他买了一妾,但是司马光始终正色相待,不与她多言一语。

司马光在回乡途中经过闻喜县,拜访了知县马中庸,回到并州后,司马光接到马知县的书信,马知县希望司马光能为县里新落成的文宣王庙写篇纪念性文字,盛情难却,司马光欣然命笔,撰成《闻喜县修文宣王庙记》。在此文中,司马光强调了儒学思想在中国社会发展过程中所起的重大历史作用,认为州县地方官在治理工作中应以仁义、孝慈、忠信、谦让教育人民,把这项工作放在首位,那种"以簿领鞭朴为急务,视孔子之祠及学校废为余事,置之曾不谁何"的州县官,不过是"真俗吏,无足道者"。一个好的州县官应当首先抓人民的思想教育,让人民明辨是非。这样做"为者逸而从者易,物遂性而功速成"。反之,那种凭"专任刑罚"进行治理者,"是掩民之耳目,而以陷阱俟之也,不仁孰大焉!"②应当说司马光的这种思想即使在今天,对于我们仍有借鉴意义。

## 九 屈野之役,进筑受挫

宋河东路西北的麟、府、丰三州,位于山陕黄河以西,它屏蔽河东,是宋抗击辽、西夏的战略要地。宋廷依据它的战略地位,将其划为一个战区,称之为麟府路,置麟府路军马司,总辖一路军政,隶属于河东路经略安抚司管辖。麟、府二州与西夏银、夏二州接壤,在李

---

① 《传家集》卷六九。
② 《传家集》卷七一。

继迁尚未反宋之前,麟府境内屈野河(今名窟野河)以西七十余里至一百余里之地皆属于宋方。李继迁反宋后,双方一直未划定疆界。直至大中祥符二年(公元1009年),双方才派遣沿边堡寨官及酋长分定疆界。仁宗初年,由于政策失误,将屈野河西之田全列为禁地,禁止宋方官民进入,西夏遂得以逐渐向东扩张,开辟耕地。不过此时夏未敢深入,所侵才十余里。屈野河西田地肥沃,收入丰厚,西夏东侵不已,经数十年的蚕食,至仁宗末年,西夏已公然声称以屈野河中央为界。当时的形势是,宋军以武力驱逐,则西夏人就拼死格斗。宋军一撤回麟州,西夏人就返回耕种。以外交途径交涉,则敷衍搪塞。召之议定疆界,则又不予理睬。春种秋获,无有止期。庞籍到任后,针对这种状况,提出了建议,他请求禁止陕西沿边和市,对夏实行经济制裁,迫使其就范。同时,又委派司马光赴麟州实地考察。

司马光到麟州后,征询本州官吏的意见,大家都认为屈野河以西直抵界首五六十里,并无堡寨与瞭望哨所,因此西夏人敢恣意地耕种田地。去年麟州已于河西建了一座小堡,以便瞭望,也曾向经略司申请再于堡西增置二堡。但是今春以来,敌骑布满河西,经略司指示候西夏人退去,再行定夺。现在敌骑已全部撤尽,自州城以西数十里内无一人一骑,若乘此时迅速于州西二十里左右增置二堡,每堡不过十日可成,等到西夏人知晓,再点集人马,新堡已整备就绪,西夏人也不能为害了。如果是这样,那么麟州再也不会受到侵犯,堡外之田西夏人也无法耕种。

司马光认为增筑堡寨是可取的。第一,它可以"为麟州耳目藩蔽",第二,麟府路远在山陕黄河之西,屯驻兵马的粮草须由河东运至,道路艰险,百姓疲于运输,官府苦于贵籴,河东一路财政为之匮乏。若筑堡河西,麟州以西六十里范围内,夏人不敢至,政府再鼓励垦荒。百姓能开垦麟州闲田的,免其赋役十分之五;百姓能开垦屈野河西的，长期免其赋役。这样耕者必众，国家虽无所得，但麟府路粮价必将低廉，这样可以逐渐减轻河东一路百姓的负担。

嘉祐二年(公元1057年)五月，庞籍接到司马光的报告后，立即上报朝廷，考虑到敌情瞬息万变，未等批复，就责成麟州修筑二堡，并要求麟州在行动时及时摸清敌人的动态，严加提防，谨慎行事。河东与延州毗邻，知延州吴育很快获悉并州的行动计划，他不赞成这样做。认为在疆界未明的情况下修筑堡寨必然要引起战争，受害的是麟府路。他告诫庞籍，并上报了朝廷。但是，这并没有引起庞籍与朝廷的重视。而管勾麟府路军马司的郭恩麻痹轻敌，在四日夜间率千余兵马渡河时，竟然载着酒食，不作战备，连后援策应部队也没有就出发了。谁知今年西夏军队与往年不同，撤走后不久，又有大批兵马重新结集在屈野河畔。宋军前哨在沙黍浪一带发现敌情，西夏兵马分布在十五里的范围之内。这时郭恩等想停止前进，但是随军的宦官、走马承受公事黄道元却不同意，竟然威胁郭恩，逼迫其前进。走马承受公事按说隶属于帅府，负责上奏边情，但实际上是宋廷安置在各帅府监视将帅行动的，因而黄道元才能如此蛮横地干预军政。当宋军行至忽里堆时，天已微明，这时才发现与西夏人相距仅数十步。在敌众我寡的形势下，宋军惨遭失败，郭恩、黄道元均被俘走，仅知麟州武戡走脱。

事情发生后，宋廷派员追查，责令帅府交出所有的文件，庞籍此时对自身和荣辱一点也未考虑，他只担心司马光的前途，在交文件时，他将与司马光有关的文件全部藏了起来。但是此事被来人觉察，于是庞籍受到指控，罪名是擅筑堡寨于边，造成军队严重损失，并藏匿与案件有关的文件。不久，庞籍被免去节度使，调任知青州(今山东青州市)。知麟州武戡由于弃军而逃，受到削职为民、编管江州(今江西九江市)的处分，麟州通判夏倚则降为边远地区的监当官。司马光赴京三次上书,请求承担全部责任,但由于庞籍的庇护,并未受到任何处分。但是,司马光在很长一段时间里心情是很抑郁的。忽里堆之败,完全是郭恩轻敌、宦官干预军政所致,非筑堡之过。若朝廷追究筑堡的责任则己为首谋,应当从重治罪。如今有关人员俱被处分,而自己却被开脱在外,这样不是成了一个卖友自脱的人了吗?一想到此,司马光"昼则投箸辍餐,夜则击席叹咤,终身慊慊,不可湔洗,若贮瓦石在于胸中,无时可吐"①。此时,司马光不禁想起了远方的好友聂之美,写下了短诗《寄聂之美》:"去岁双毛白,今春一齿零。人生浮似叶,客宦泛如萍。塞上貂裘弊,天涯海气腥。何当占箕颖,萧散并柴扃。"②聂之美此时贬官韶州(今广东韶关市)监管铸币,遭遇更为不幸。司马光深感宦海浮沉,仕途险恶,年未四十,齿危发白,还追求什么呢?不如效仿许由,隐居颍水之滨、箕山之下,做个自由自在的人。

数年之后,情况发生了变化。西夏坚持蚕食屈野河流域汉地的酋长受到西夏国王谅祚的猜忌,被谅祚杀死。宋夏双方就屈野河流域疆界进行谈判,宋以开放和市为条件,尽复西夏侵地六百里,在屈野河一带修筑起九座瞭望敌情的堡寨。

## 十　陈力就列,三辞清要

嘉祐二年(公元1057年)夏季,司马光奉调回京,以直秘阁判吏部南曹。吏部南曹是宋代低级文官调动时考核政绩、履历及签发委任状的机构,是一个闲慢的差使。不过,司马光任职未及一年就调任开封府推官,四年(公元1059年),再改判三司度支勾院。开封府

---

① 《传家集》卷五九《与夏秘丞(倚)书》。
② 《传家集》卷七。

推官是知开封府的主要助手,与判官一道负责刑狱诉讼、户口租赋之事。京城人物繁浩,推判官的担子自然不会轻了。三司度支司负责全国的财政预算,度支勾院则是审核其出纳账籍的具有监察性质的一个机构。这两个职务均是要职,责任重大、工作繁重。司马光获得这两个职务,意味着他不再是平平庸庸的常调官,而是一个有着光明前途的出常调官了。可是,司马光是个诚实的人,他很有自知之明,在接到两次任命后,立即连上三章请辞,他说:"今窃知已降敕命,授臣开封府推官,于臣之分,诚为荣幸,然臣……禀赋愚暗,不闲吏事,临繁处剧,实非所长,必虑不职,以烦司寇。"又说:"窃缘臣禀赋愚钝,素无才干,省、府职任,俱为繁剧,去此就彼,皆非所宜。若贪荣冒居,必致旷败。内省侥忝,诚不自安。"①请求外放为虢州(今河南灵宝市)、庆成军(今山西万荣县)、绛州、乾州(今陕西乾县)等地知州军,以便就近洒扫祖坟,或改任判登闻鼓院等在京闲慢司局。请求均未获准,省、府之职,司马光一直干到嘉祐五年(公元1060年)。这年,朝廷又任命司马光为同修起居注。同修起居注,即隋、唐中书门下省的起居舍人、起居郎。他负责记录天子的言行、群臣的进对与任免、制度的更革、气候的变化、户口的增减、州县的废置等,季终付之国史。同修起居注一般由馆职充当,任满往往升任知制诰、翰林学士,再入为宰执,是宋代士人的清华之选。对于这一新的任命,司马光更是推辞不迭,连上五章辞免。他在《辞修起居注第三状》中陈述道:"臣虽愚陋,岂不知非常之恩不可轻得,诏命之严不可屡违,所以冒犯雷霆,祈请不已者,诚以人臣之义,陈力就列,不能者止。臣自释褐从仕,佩服斯言,奉以周旋,不恨失坠。仕进本末,皆可覆按。向者承上庠之乏,充文馆之员,补奉常之属,给太史

---

① 《传家集》卷一九《乞虢州状》。

之役,未尝敢以片言避免烦浼朝廷,盖以解摘章句,校雠文字,考寻仪典,编次简牍,苟策励疲驽,庶几可以逃于罪戾,是以闻命之始,即时就职。至于修起居注,自祖宗以来,皆慎择馆阁之士,必得文采闳富,可以润色诏命者,然后为之。臣自幼及长,虽能粗诵习经传,涉猎史籍,至于属文,实非所长,虽欲力自切劘,求及等辈,性有常分,不可勉强。傥不自惟忖,贪冒荣宠,异时驱策有所不称,使四方之人环目讥笑,以为盛明之朝容有窃位之人,其为圣化之累,岂云细哉!如果则虽伏质横分,不足以补塞无状,此臣所以夙夜惶悸,欲止不能者也。"①宋代官员一般在接受任命时都要再三推辞,但大多不过是虚与委蛇、应付故事的客套而已,而司马光则不是这样,他的奏章可以说是"勤勤恳恳,叙心腹者"。司马光对朝廷是这样,对师友也是这样。在任省、府时,他曾写了一首《酬胡侍讲先生(瑗)见寄》,在诗中,司马光写道:"后王命天官,考绩弊群吏。属曹省阀阅,专职米盐事。贱生偶承乏,窃禄聊自庇。才力困不逮,惨惨日忧愦。赖依僚友贤,刓裂沛余地。自知虽寄名,不足系轩轾。"②司马光表里如一,诚信不欺,虽事关前程,亦不改素愿,于此可见一端。

## 十一　努力人事,两谏灾祥

嘉祐三年(公元1058年)六月,交趾进贡了两头形状怪异的野兽,交趾使臣称之为麟。怪兽形状如水牛,全身长满肉甲,鼻端有角,食新鲜的青草和瓜果,但必须先用木棍打它,它才肯吃。这是何物呢?谁也没见过。据广州的外商说这是山犀。但谁也无法确定,谁也不敢确定。因为如认错了,恐要为交趾耻笑,失天朝的体面。

---

① 《传家集》卷一九。
② 《传家集》卷二。

八月二十五日，仁宗下诏让馆阁饱学之士至崇政殿鉴别怪兽，司马光也在召见之列。司马光对朝野上下为交趾怪兽一事闹得沸沸扬扬，颇不以为然。他相继写了《交趾献奇兽赋》与《进交趾献奇兽赋表》。司马光认为麟是瑞兽，自古以来，人所罕见，儒经之中也仅有其名。目前已无法识别其真伪。即使真的是麒麟，那也不是它自然出现在中国的，因而也算不得祥瑞。万一是假的，那只会引起交趾的耻笑。如今举朝纠缠于真伪之中，实在是失策。还是古人说得好："不作无益害有益，功业才能成就；不贵异物贱用物，百姓才会富足。不珍奇远方之物，远方之人才会归化；只重视贤能之士，人民才能安居乐业。"①司马光认为正确的对策是以迎兽之劳，为迎士之用；以养兽之资，为养贤之资。立即接见交趾的使节，赐予金帛、诏书，谢其好意，归还"麒麟"。然后进用优秀人才，"修政治之实"，使家给人足，礼兴乐行，邻国归服，这样祥瑞才会自然而然地出现。一言解惑，涣然冰释。不久，宋廷接受司马光等人的意见，将"麒麟"退还给交趾，诏书中，仅以"异兽"相称，保全了宋朝的面子。

嘉祐六年（公元1061年）五月，根据司天监的预测，六月初一，日食将达六分半，以往历次日食现象发生后，如太阳被阴云所掩，或日食不如司天监所报严重，百官即上表祝贺，以为大庆。为了防止类似情况再发生，司马光于五月底写成《日食遇阴云不见乞不称贺状》。司马光认为太阳普照天下，它被阴云所掩，仅是局部地区的现象。若日食确实发生了，而被浮云所掩，京城虽然看不见，但全国必有地方看见。如果天象是这样，那是上天最严重的警告。为什么这样讲呢？司马光说："四方不见京师见者，祸尚浅也；四方见京师不见者，祸寖深也。日者人君之象，天意若曰人君为阴邪所蔽，灾孽明著，天下皆知其忧危，而朝廷独不知也。由是言之，人主尤宜侧身戒

---

① 《传家集》卷一七。

惧,忧念社稷。而群臣乃始相率称贺,岂得不谓之上下相蒙,诬罔天谴哉!又所食不满分数者,历官术数之不精,当治其罪,亦非所以为贺也。"①因此,司马光请求上述两种情况如果发生,请朝廷明诏禁止百官上表祝贺。届时日食仅四分,又为阴云所掩,仁宗并未举行庆贺,他接受了司马光等人的建议。

通过以上两件事,可以看出司马光是不信符瑞、重视人事的。他称道天命,不过是以此制约人君努力人事罢了。

## 十二 伤旧交物故,讽新知偏失

嘉祐四年(公元1059年),司马光的忘年之交石昌言暴病去世。事情来得很突然,逝世前几天,司马光还去看望过他,一点也看不出有病的样子。没过几天,有人告诉司马光,昌言昨夜得病甚急,司马光还未来得及探望,又有人来报信说,昌言已经去世。司马光简直不能置信。前年司马光从并州回京,石昌言在家中为之接风。今天站在中堂祭奠他,祭奠之处就是往日置酒的地方。睹物思人,触景伤情,司马光情不能已,在哀辞中写道:"冥冥不可求兮,杳杳不可追。独行过门兮,恍焉自疑。车马不见兮,远行何之?忽思长逝兮,涕下交颐。寒暑回薄兮,宿草离离。哭也有终兮,忘也无时!"②然而更大的不幸还在后面。嘉祐五年(公元1060年)四月前后,京城时疫流行,江休复、梅尧臣、韩宗彦三人一月之间相继殂逝。三人为当世之名流,与司马光俱为馆阁、三司之僚友。"平日之游,晨往夕来。"此

---

① 《传家集》卷二〇。
② 《传家集》卷七九《石昌言哀辞》。

时,司马光又怎能接受这样的事实!在《和吴冲卿三哀诗》里,司马光写道:"谁云指顾间,联翩化异物?吊缤哭未已,病枕气已竭。同为地下游,携手不相失。绅绂顿萧条,相逢但嗟咄。诵君三哀诗,终篇涕如雪。眉目尚昭晰,笑言犹仿佛。肃然来悲风,四望气萧瑟。"①

嘉祐四年(公元1059年),司马光改判度支勾院,而前不久,王安石也从江南东路提点刑狱任上调入京城为度支判官。两人仰慕已久,今又同官三司,自然是情好日密。司马光对王安石的道德文章都极为钦佩,认为王安石是"今之德行文辞为人信者",其"文辞闳富,当世少伦,四方士大夫素所推服",而自己仅"及安石一二"②。司马光堂兄司马沂的墓表就是此时请王安石撰写的。在这段时间里,二人屡有诗歌唱和之作,如《和王介甫巫山高》《和王介甫明妃曲》等。针对王安石宽慰王昭君的诗句"君不见咫尺长门闭阿娇,人生失意无南北"和"汉恩自浅胡自深,人生乐在相知心",司马光在和诗中写道:"万里寒沙草木稀,居延塞外使人归。旧来相识更无物,只有云边秋雁飞。愁坐泠泠调四弦,曲终掩面向胡天。侍儿不解汉家语,指下哀声犹可传。传遍胡人到中土,万一他年流乐府。妾身生死知不归,妾意终期寤人主。目前美丑良易知,咫尺掖庭犹可欺。君不见白头萧太傅,被谗仰药更无疑。"③诗篇塑造了一位哀而不伤,怨而不怒的王昭君。她要通过自己矢志不移的决心、艰苦卓绝的努力来感悟人生,避免失意、被谗悲剧的再度发生,司马光笔下的王昭君,心中的"汉恩"始终是深的。

王安石是位落拓不修边幅的人,习性疏懒,以致虱子遍体。司马光在《和王介甫烘虱》诗中,对他这个不良的生活习惯,以调侃的

---

① 《传家集》卷三。
② 《传家集》卷七九《故处士赠都官郎中司马君(沂)行状》、卷一九《辞修起居注第四状》。
③ 《传家集》卷五。

笔调，做了委婉的批评。诗中写道：

天生万物名品伙，嗟尔为生至么么。依人自活反食人，性喜覆藏便垢涴。晨朝生子暮生孙，不日蕃滋逾万个。透疏缘隙巧百端，通夕爬搔不能卧。我归彼出疲奔命，备北惊南厌搜逻。所擒至少所失多，舍置薰烧无术奈。加之炭上犹晏然，相顾未知亡族祸。大者洋洋迷所适，奔走未停身已堕。细者懦怯但深潜，干死缝中谁复课。黑者抱发亦忧疑，逃入幪头默相贺。腥烟腾起远袭人，袖拥鼻端时一唾。初虽快意终自咎，致尔歼夷非尔过。吾家箧笥本自贫，况复为人苦慵惰。体生鳞甲未能浴，衣不离身成脆破。朽缯坏絮为渊薮，如麦如麻寖肥大。虚肠不免须侵人，肯学夷齐甘死饿。醯酸蚋聚理固然，尔辈披攘我当坐。但思努力自洁清，群虱皆当远迩播。①

话能说到这种地步，可见司马光与王安石两人的关系非同一般，是怎样的亲密无间了。不过，司马光的这位朋友性情执拗。嘉祐四年或五年，四月里，三司院内牡丹盛开，三司使包拯请二位一同赏花。包拯举杯相劝，司马光素不喜酒，此时碍于上司的面子，也随和地饮了几杯。而王安石不管包拯如何劝，就是滴酒不沾。司马光由此意识到王安石是位意志坚定的人，别人是无法改变其思想与主张的。②

---

① 《传家集》卷三。
② 按：《邵氏闻见录》卷一〇云，此事为三人同官群牧司时事。检《续资治通鉴长编》，王安石至和元年（公元1054年）九月至嘉祐二年（公元1057年）正月间为群牧判官。而此时司马光正通判郓、并二州，包拯则因保举官员不当，由知庐州（今安徽合肥市）降知池州（今安徽池州市贵池区），两人均不在京城，不可能与王安石同饮。据同书，包拯嘉祐四年三月至六年四月为三司使，王安石嘉祐三年十月至五年十一月度支判官，而司马光嘉祐四五年判度支勾院，三人约在是时同官三司，则饮酒赏花当是此时之事。《邵氏闻见录》所记有误。

## 第四章 谏院五载

嘉祐六年(公元1061年)六月,司马光接到了新的任命,以起居舍人同知谏院。这次司马光并未像前几次受命为省府、修注之职那样一再推辞,而是愉快地接受了。这是为什么呢?臣子之义,陈力就列,不能者辞。司马光认为谏职非常适合自己。司马光在到任后的第一份奏议里表露了自己的思想和决心,他说:

> 臣伏蒙圣恩,不以臣无似,擢臣为谏官。臣自幼学先王之道,意欲有益于当时,是以虽在外方为他官,犹愿竭其愚心,陈国家之所急,况今立陛下之左右,以言事为职。陛下仁圣聪明,求谏不倦。群臣虽有狂狷愚妄,触犯忌讳,陛下皆含容宽贷,未尝加罪。诚微臣千载难逢之际,苟不以此时倾输胸腹之所有,以副陛下延纳之意,则不可以自比于人,死有余罪矣。①

司马光是一位以天下为己任的士大夫,从青年时代起就关心国家大事,立志报效祖国。出任谏职,获得了一个施展平生所学的机会。仁宗后期,即至和、嘉祐间,宋夏战争、侬智高之乱已经平息,天

---

① 《传家集》卷二○《陈三德上殿札子》。

下太平无事,改革康定以来无暇顾及的积弊已成为可能。当时士大夫多以"更张庶事以革宿弊"①为意,在这样的形势之下,司马光出任谏职,"其为任亦重矣"。司马光任谏官五年有余,前后所上奏议一百七十余道,真正做到了知无不言,言无不尽。"丹心终夜苦,白发诘朝生。恩与乾坤大,身如草木轻。何阶致明主,垂拱视升平。"②为了宋王朝的长治久安,司马光研精极虑、披肝沥胆,不愧是一位竭尽忠诚的诤臣。

## 一　首陈"三德",极论治本

宋代中期,社会积弊丛生。症结何在？首要问题是什么？司马光在接受谏职后,夙兴夜寐,在经过一个月左右时间的反复思考之后,首章奏上《陈三德上殿札子》。司马光认为"国之治乱,尽在人君"③,消除宋王朝的宿弊,关键在于仁宗。司马光认为一个称职的君主应具备"仁、明、武"三种美德,对于三者的内涵,司马光做了明确的界定。他说:"仁者非妪煦姑息之谓也,兴教化,修政治,养百姓,利万物,此人君之仁也。明者非烦苛伺察之谓也,知道义,识安危,别贤愚,辨是非,此人君之明也。武者非强亢暴戾之谓也,惟道所在,断之不疑,奸不能惑,佞不能移,此人君之武也。"并且进而阐述了三者之间的关系及重要性。他说:

故仁而不明,犹有良田而不能耕也。明而不武,犹视苗之

---

① 《长编》卷一九五嘉祐六年闰八月辛丑。
② 《传家集》卷八《秋夕不寐呈谏长乐道龙图》。
③ [宋]司马光:《稽古录》卷一六。

秽而不能耘也。武而不仁,犹知获而不知种也。三者兼备则国治强,阙一焉则衰,阙二焉则危,三者无一焉则亡。自生民以来,未之或改也。

司马光以这个标准来衡量仁宗,他认为仁宗"天性慈惠,慎微接下,子育元元,泛爱群生,虽古先圣王之仁,殆无以过"。但是,仁宗"自践祚以来,垂四十年,夙夜孜孜,以求至治,而朝廷纪纲犹有亏缺,闾里穷民犹有怨叹",这究竟是何缘故呢?司马光认为仁宗三德之中,仁有余,而明、武不足。他直言指陈道:"伏见陛下推心御物,端拱渊默,群臣各以其意有所敷奏,陛下不复询访利害,考察得失,一皆可之。诚使陛下左右前后股肱耳目之臣皆忠实正人,则如此至善矣。或出于不意,有一奸邪在焉,则岂可不为之寒心哉!夫善恶是非相与混淆,若待之如一,无所别白,或知其善而不能赏,知其恶而不能罚,则为善者日懈,为恶者日劝。善者懈,恶者劝,虽有尧舜禹汤文武之君,稷契伊吕周召之臣,以之求治,犹凿冰而取火,适楚而北行也。"因而,他希望仁宗能"以天授之至仁,廓日月之融光,奋乾刚之威断"[①],以致唐虞三代之治。

如果说司马光在《陈三德上殿札子》中所言尚委婉含蓄多泛泛而论的话,那么,在嘉祐七年(公元1062年)六月,以天章阁待制知谏院后,首上的《上谨习疏》[②]中,就表达得非常显豁透彻而确有所指了。当时的情况是仁宗"小大之政多谦让不决,委之臣下"。司马光认为唯辟作威,唯辟作福,威福之柄一旦落入奸邪之手,而习以为常,不可复收,那就危险了。不仅如此,国初确立的以转运使为主体的地方行政监察体制此时也遭到了破坏。太祖、太宗为了杜塞方镇

---

① 《传家集》卷二〇《陈三德上殿札子》。
② 《传家集》卷二四。

祸乱之源,将"节度使之权归于州,镇员之权归于县。又分天下为十余路,各置转运使以察州县百吏之臧否,复汉部刺史之职。使朝廷之令必行于转运使,转运使之令必行于州,州之令必行于县,县之令必于吏民"。但是,宋夏战争爆发后,国家"权置经略安抚使,总一路之兵,得以便宜从事,及西事已平,因而不废"。司马光认为如"河东一路,总二十二州军,向时节度使之权不能及矣。唐始置沿边八节度,亦如是而已。以其权任太重,故后世有跋扈之臣"。又譬如,将相大臣出典州郡时,往往"以贵倨自恃",藐视转运使的政令。司马光认为这也是不能容忍的。将相大臣在朝廷时,其名位自然远远高于转运使,但是一旦出任州郡,那就应当隶属于转运使。怎能以自己的地位压制转运使而不允许其过问州事呢?仁宗时,犯上作乱之事还远不止此。诸如胥吏喧哗而斥逐御史中丞,宦官悖慢而废退宰相,军人谩骂三司使,而这些法官以为非犯阶级,不敢行法等等,这些与唐末有什么两样?司马光认为仁宗对此种种现象熟视无睹,败坏了祖宗确立的国家统治秩序。

司马光认为"国家之治本于礼",社会的正常秩序应是"天子之令必行于诸侯,诸侯之令必行于卿大夫士,卿大夫士之令必行于庶人。使天下之势如身之使臂、臂之使指,莫不率从"。三代时,以礼教民,故能享国各数百年之久。即使至春秋时,强大如五霸,也不敢凌蔑周王室,而不得不采取挟天子以令诸侯的策略,这是因为他们深知人心尚在周室。晋平公时,六卿强横,公室力不能制,而此时人人已习以为常,其后遂有三家分晋之事。汉代尊君卑臣,提倡名节,以德行取士,以儒术育人。故王莽之乱,人心思汉,刘秀终因之以复汉室。东汉之末,曹操也始终有所顾忌而不敢废汉自立。但是自魏晋以来,国家忽视名节,鄙薄儒术,不行先王礼治,不用忠贞之士。结果社会风气日益败坏,叛君不以为耻,犯上不以为非,唯利是趋,不顾名节。及至唐代,遂有士卒废立节度使之事。朝廷姑息养奸,不能讨伐,偷安一时,于是习非成是,以为理所当然。不复论尊卑之序、是非之理。由于天下莫知礼义为何物,故而五代各朝年促祚短,败亡相继,生灵涂炭。司马光从正反两方面论证了礼治的历史作用后,充分地肯定了宋王朝结束战乱、实现统一、恢复国家统治秩序、"治平百年"的历史功绩。他认为"此乃旷世难成之业",是来之不易的。仁宗应当"战战栗栗,守而勿失"。因此,他希望仁宗能发扬"三德",对于群臣,察其邪正、辨其臧否,赏罚黜陟,断然行之。经略安抚使有事则置,无事则废,如不能废,但授以兵权,民事则委之州县。严惩无理而违抗转运使政令的州郡长吏。申明阶级之法,严惩怯懦不治之官,提拔御众严整之臣。应当承认有宋一代安抚使不如唐代节度使权力那样集中,最终没有步其后尘成为分裂割据的祸乱之源,转运使体制始终得以维系,形形色色的内乱始终未能构成对赵宋王朝的威胁,与司马光等清醒地维护祖宗之法是分不开的。

总之,司马光认为仁、明、武是帝王应有的品格,用人、刑赏是帝王应守而勿失的权柄。"治乱之原,安危之机,尽在于是。"[1]他对仁宗是如此开陈的,后来对英宗、神宗也是如此开陈的。念兹在兹,在司马光的心目中,这是确保王朝礼治的治国之要。

## 二 进"五规"之状,揭改革之纲

在首章奏《陈三德上殿札子》后不久,司马光又奏上了《进五规状》[2],

---

[1] 《传家集》卷二七《上皇帝疏》。

[2] 《传家集》卷二一。

## 第四章 谏院五载

他希望通过对历史的回顾和现实状况的揭露能引起仁宗的警觉,从而正视积弊,振作有为,除旧布新,确保宋王朝的长治久安。

在《进五规状》中,司马光开宗明义地指出天下重器,"得之至艰,守之至艰"。得之至艰这个道理好懂,司马光在文中着重地剖析了"守之至艰"的道理。他雄辩地指出天下统一以后,"群雄已服,众心已定,上下之分明,强弱之势殊",继守帝业者一般会误"以为子孙万世如泰山之不可摇",进而产生"骄惰之心"。骄者穷兵黩武,穷奢极侈,天怒人怨,以致土崩瓦解,秦、隋两朝就是如此。惰者沉酣宴安,虑不及远,善恶不分,是非颠倒,以致日趋灭亡,汉、唐末年就是如此。由此可见,守业也是一件很艰难的事。司马光进而以历史学家的眼光审视了东周以来一千七百余年的历史,指出其间天下和平统一仅有五百余年,而且,在这五百余年之中,还"时时小有祸乱,不可悉数"。由此可见,太平之世是多么难得而易失,因此更应当珍惜今天和平与安定的生活。大宋自消灭北汉以来,"八十余年,内外无事",这是三代以来少有的治平盛世,是一个了不起的历史功绩,也是一个难得的历史机遇。他希望仁宗能"援古以鉴今",为保守祖宗的基业,而"夙兴夜寐,兢兢业业"地寻求治国之道。

形式主义是北宋官僚政治的一大痼疾。司马光认为革新政治应当首先清除形式主义的工作作风,治理国家应当推行务实政治。"必先实而后文",若"实之不存,虽文之盛美无益也"。那么,实务政治应当包括哪些内容呢?司马光认为"安国家,利百姓,仁之实也;保基绪,传子孙,孝之实也;辨贵贱,立纲纪,礼之实也;和上下,亲远迩,乐之实也;决是非,明好恶,政之实也;诘奸邪,禁暴乱,刑之实也;察言行,试政事,求贤之实也;量材能,课功状,审官之实也;询安危,访治乱,纳谏之实也;选勇果,习战斗,治兵之实也"。在仁、孝、礼、乐、政、刑、求贤、审官、纳谏、治兵等十个方面提出了务实政治应达到的标准。但是现实状况远非如此,司马光尖锐地指出:"方今远方穷民转死沟壑,而屡赦有罪,巡门散钱,其于仁也,不亦远乎?本根不固,有识寒心,而道宫、佛庙修广御容,其于孝也,不亦远乎?统纪不明,名器紊乱,而雕绘文物,修饰容貌,其于礼也,不亦远乎?群心乖戾,元元愁苦,而断竹数黍,敲叩古器,其于乐也,不亦远乎?是非错缪,贤不肖混淆,而钩校簿书,访寻比例,其于政也,不亦远乎?奸暴不诛,冤结不理,而拘泥微文,纠摘细过,其于刑也,不亦远乎?行能之士,沉沦草野,而考校文辞,指决声病,其于求贤,不亦远乎?材任相违,职业废弛,而检勘出身,比类资序,其于审官,不亦远乎?久大之谋,弃而不省,浅近之言,应时施行,其于纳谏,不亦远乎?将帅不良,士卒不精,而广聚虚数,徒取外观,其于治兵,不亦远乎?"司马光认为"凡此十者,皆文具而实亡,本失而末在",长此以往,是非常危险的。他希望仁宗能"拨去浮文,悉敦信实。选任良吏,以子惠庶民;深谋远虑,以保安宗庙。张布纲纪,使下无觊心;和厚风俗,使人无离怨;别白是非,使万事得正;诛锄奸恶,使威令必行。取有益,罢无用,使野无遗贤;进有功,退不职,使朝无旷官;察谠言,考得失,使谋无不尽;择智将,练勇士,使征无不服"。如是这样,那么国家又怎会不"安若泰山"呢?"又何必以文采之饰、歌颂之声,眩耀愚俗之耳目哉"!机不可失,时不再来,司马光希望仁宗能深谋远虑、防微杜渐,不失时机地革新弊政。

  由此可见,《进五规状》是司马光就任谏官之际一篇纲领性的文章。它全面地提出了改革宋朝弊政的要求。当然,应当指出,司马光革除弊政所要达到的目的是"谨守祖宗之成法"。司马光认为"苟不黩之以逸欲,败之以逸谄,则世世相承,无有穷期"。他将祖宗基业比作一栋坚固的"巨室",作为子孙谨守之,就是"日省而月视,欹者扶之,敝者补之,如是则虽亘千万年无颓坏也"。

## 三 度材而授任,量能而施职

司马光初除谏官时一并上了三道札子,《言御臣上殿札子》[1]便是其中的第二道札子。在该札子中,司马光揭露了宋朝用人论资排辈之弊。他直言不讳地对仁宗说:"臣窃见国家所以御群臣之道,累日月以进秩,循资途而授任。苟日月积久,则不择其人之贤愚而置高位,资途相俦,则不问其人之能否而居重职。"在这种用人政策影响下,官员调动频繁,"远者三年,近者数月,辄已易去"。司马光认为"人之材性各有所宜,而官之职业各有所守",如此更来迭去,是根本不可能将工作做好的。

司马光认为用人应当摒弃论资排辈的陋法,树立"度材而授任,量能而施职"的思想。广求人才,不问出身、资格。任用专门人才,"使有德行者掌教化,有文学者待顾问,有政术者为守长,有勇略者为将帅,明于礼者典礼,明于法者主法",包括"医卜、百工"无不如此。司马光的这一思想在尔后的《论财利疏》中更有透彻的表述。

"国家采名不采实,诛文不诛意",在考核官员时采取形式主义的方法,是宋朝用人方面的又一项弊法。在这种错误的考核方式之下,一些"勤恪之臣悉心致力以治其职,群情未洽,绩效未著,在上者疑之,同列者嫉之,在下者怨之。当是时,朝廷或以众言而罚之,则勤恪者无不解体矣。奸邪之臣炫奇以哗众,养交以市誉,居官未久,声闻四达,蓄患积弊,以遗后人。当是之时,朝廷或以众言而赏之,则奸邪者无不争进矣"。司马光认为"以名行赏,则天下饰名以求

---
[1] 《传家集》卷二〇。

功;以文行罚,则天下巧文以逃罪。如是则为善者未必赏,为恶者未必诛",这就是仁宗长期以来孜孜以求治而无成效的原因。司马光认为"要道之本,正而已矣。平直真实者,正之主也"①。因此,他主张在考核官吏时,应当摒弃形式主义和文牍主义的工作作风,循名责实,赏罚严明。"有功则增秩加赏,而勿徙其官;无功则降黜废弃,而更求能者;有罪则流窜刑诛,而勿加宽贷"。那么,一切工作是没有做不好的。

用人专而任之久,有利于工作,这是显而易见的。那么,为什么长期以来任官不久的弊病不能革除呢?司马光认为原因有二:第一,官员"仕进资途等级太繁,若不践历,无由擢用"。第二,"岁月叙迁,有增无减,员少人多,无地可处"②。为了消除宋朝铨选、磨勘制度所造成的消极后果,司马光提出了改革人事制度的建议。建议主要有三点,第一,请求将职任差遣粗略地分为十二等,即宰相第一,两府第二,两制以上第三,三司副使、知杂御史第四,三司判官、转运使第五,提点刑狱第六,知州第七,通判第八,知县第九,幕职第十,令录第十一,判司簿尉第十二。"其余文武职任差遣,并以此比类"。同等之人,不复以资任相压,皆合为一等。如上等有阙,即于次等之中择才补充。第二,各类职务随才授任。提点刑狱以上皆无任期,知州、通判、知县四年一任,其余皆三年一任。未满任时,如称职有功,则加官益俸,赏赐奖谕,仍居旧任。待上等有阙,然后选择迁补。不称职者,则调离废黜。有罪者,则贬窜刑诛。第三,提点刑狱以上由仁宗与执政大臣亲自审查选择。知州以下由审官院、幕职以下由流内铨任免。司马光的建议奏上后,如石沉大海,并无回音,宋代因循苟且之习太深,"知之非艰,行之惟

---

① 《资治通鉴》卷二九汉元帝建昭二年。
② 《传家集》卷二一《乞分十二等以进退群臣上殿札子》。

艰",司马光不幸而言中。

## 四 精将士之选,严阶级之法

《言拣兵上殿札子》[①]是司马光初除谏官时所上的第三道札子。该札子反映了司马光关于军队建设的一个重要思想,即"养兵之术,务精不务多"。司马光的思想无疑是正确的,历史雄辩地证明了这一点。唐德宗的神策军尽募市井沽贩之人,结果泾原哗变,德宗有奉天之难。周世宗于高平战败之后,斩樊爱能、何徽,选练士卒,故能南征北伐,所向无敌。太祖时,战士不过数万人,但基本完成了统一大业。当今兵数比国初多出数倍,却出现了西夏频频犯塞,侬智高横行岭表,而宋兵败亡相继的惨状。

"士卒不精,故四夷昌炽",不仅如此,还由此引发一连串严重的问题,如财用不足,公私窘迫等等。这点并不难以理解。司马光说:"今以十口之家,衣食仅足。一旦顿增五口,必不能赡。若不顾囷中之粟、笥中之帛所余几何,而惟冗口是贪,能无穷匮乎?国家之势,何以异此!"又说:"臣恐边臣之请兵无穷,朝廷之募兵无已,仓库之粟帛有限,百姓之膏血有涯,不知国家长此沉瘵,何时当瘳乎?"司马光的疑虑并非多余,当时尽管距澶渊之盟已六十余年,但国家却"府库殚竭,仓廪空虚,水旱小愆,流殍满野"。舆论一致认为冗兵之费是造成"积贫"的一个最主要的原因。

基于上述认识,司马光力主精兵。他说:"夫兵少而精,则衣粮易供,公私充足,一人可以当十,遇敌必能取胜。兵多而不精,则衣

---

① 《传家集》卷二〇。

粮难赡,公私困匮,十人不足当一,遇敌必致败北。此利害之明,有如白黑,不为难知也。"

选择将帅是司马光关于军队建设的又一重要思想。为何出现冗兵这种现象呢？司马光认为与将帅不才有很大的关系。他说："此盖边鄙之臣庸愚怯懦,无他才略,但求添兵。在朝之臣,又恐所给之兵不副所求,他日边事或有败阙,归咎于己,是以不顾国家之匮乏,只知召募,取其虚数,不论疲软,无所施用。此群臣容身保位,苟且目前之术,非为朝廷深谋远虑、经久之画也。"① 因此,司马光认为要革除冗兵之患首先要精选将帅。

当时宋军规模不但空前庞大,而且兵员骄惰成性,素质也差。司马光在《言阶级札子》②中指出："近岁以来,中外主兵臣僚往往不识大体,好施小惠,以盗虚名。军中有犯阶级者,务行宽贷。是致军校大率不敢钤束长行,甘言悦色,曲加煦妪,以至懦怯。兵官亦为此态,遂使行伍之间骄恣悖慢,寖不可制。上畏其下,尊制于卑,所谓下陵上替者,无过于此。"司马光认为长此以往是极其危险的。他说："臣闻圣王刑期于无刑。今宽贷犯阶级之人,虽活一人之命,殊不知军法不立,渐成陵替之风,则所系乃亿兆人之命也!"如果联想到唐代姑息藩镇所造成的祸患,司马光所虑不应视为杞人之忧。

有鉴于此,司马光于英宗治平二年(公元1065年)建言,请朝廷允许"久历边任,或曾经战阵,知军中利害及戎狄情伪"的文武官员上书自荐,朝廷选择"其理道稍长者"召对,问以"治兵御戎之策",所陈可取,则记录备用。"然后选其中勇略殊众者,擢为将帅"。另外,再"选择士卒,留精去冗,申明阶级之法,抑扬骄惰之气"。司马

---

① 《传家集》卷三五《言招军札子》。
② 《传家集》卷三三。

光认为"诚能如此,行之不懈,数年之后,俟将帅得人,士卒用命,然后惟陛下之所欲为。虽北取幽蓟,西收银夏,恢复汉唐之疆土,亦不足为难。况但守今日之封略,制戎狄之侵侮,岂不沛然有余裕哉"①!

## 五　不避强,不凌弱;内有备,外修好

不避强,不凌弱;内有备,外修好。这是司马光处理外事与少数民族关系时的基本指导思想。司马光批评当时的"御戎狄之道,似未尽其宜。当其安靖附顺之时,则好与之计校末节,争竞细故。及其桀傲暴横之后,则又从而姑息,不能诛讨。是使寇敌益有轻中国之心,皆厌于柔服,而乐为背叛"②。嘉祐八年(公元1063年),仁宗去世后,西夏遣使致祭,延州高宜陪同使节入京,此人言谈轻率,举止傲慢,又侮辱西夏国王赵元昊,西夏使节在辞行前控告了他,但是宋廷对此掉以轻心,置之不理。结果西夏举国以为耻,遂大举入侵,胁迫沿边熟户八十余族至夏,又杀掠弓箭手数千人。宋不得不派遣使臣赍诏抚谕,平息事态。宋对沿边的少数民族"熟户蕃部"的态度也是如此。当其"平居无事,则扰之使乱;及其陆梁,又不能制。是使戎狄顺服王化,则侵苦不安;桀骜鸱张,则富饶炽大"③。边境多事,原因就在于此。司马光对此很不以为然。他认为国家正确的对策应是"诸侯傲狠不宾,则诛讨之;顺从柔服,则保全之。不避强,不

---

① 《传家集》卷三五《言西边上殿札子》。
② 《传家集》卷三五《言北边上殿札子》。
③ 《传家集》卷二二《论环州事宜状》。

凌弱,此王者所以为政于天下也"。①

司马光主张采取睦邻友好的方针,通过议和解决边境争端,反对轻启边衅。他认为宋辽两国自澶渊之盟以来近六十年一直保持友好的关系,"契丹所以事中国之礼未有阙"②,尽管宋方每年要付给辽国岁币数十万,并非得已。但是,"屈己之愧小,爱民之仁大",与两国人民安居乐业、和平共处的大局相比,则显然是次要的。对于契丹之民在界河捕鱼、贩盐及至白沟以南砍伐林木这样一类边界纠纷,司马光主张:"止可以文牒整会,道理晓谕,使其官司自行禁约,不可轻以矢刃相加。若再三晓谕不听,则闻于朝廷。虽专遣使臣至其王庭,与之辩论曲直,亦无伤也。若又不听,则莫若博求贤才,增修德政,俟公私富足,士马精强,然后奉辞以讨之,可以驱穹庐于幕北,复汉唐之土宇。与其争渔柳之胜负,不亦远哉!"③

司马光主张加强边备。除精选将帅、训练士卒、秣马厉兵这些措施之外,司马光还非常重视沿边弓箭手与熟户蕃部的作用。司马光认为"国家承平日久,人不习战,虽屯戍之兵,亦临敌难用。唯弓箭手及熟户蕃部皆生长边陲,习山川道路,知西人情伪,材气勇悍,不惧战斗,从来国家赖之,以为藩蔽"④。事实也正是如此,庆历中,西夏数路入侵,但却不敢骚扰环庆,原因就在于,环庆"以熟户盛壮为之藩蔽"⑤。正因为如此,所以仁英之际,西夏采取了诱胁熟户,追逐弓箭手、渐坏宋之藩篱的策略,使宋方失其所恃,入寇之时,可以通行无阻。这一时期,司马光再三开陈、反复强调这一点,正是当时

---

① 《传家集》卷三三《言备边札子》。
② 《传家集》卷二八《言赵滋第二札子》。
③ 《传家集》卷三五《言北边上殿札子》。
④ 《传家集》卷三三《言陈述古札子》。
⑤ 《传家集》卷三五《言孙长卿第二札子》。

西夏在边界斗争中采用这一形式的反映。

## 六 析国穷民贫之因,陈财政改革之法

宋夏战争与平定侬智高之乱结束后,宋王朝面临着民困库虚、社会凋敝、经济亟待恢复这样一个大课题。司马光敏锐地意识到了这个问题的严重性和潜伏着的危险。他满怀忧虑地说:"古之王者藏之于民,降而不能乃藏于仓廪府库,故上不足则取之于下,下不足则资之于上,此上下所以相保也。今民既困矣,而仓廪府库又虚,陛下倘不深以为忧而早为之谋,臣恐国家异日之患,不在于他,在于财力屈竭而已矣!"针对这种状况,司马光在这一时期写出了一系列与经济相关的奏章,提出了自己的经济改革方案,这就是随材用人而久任之,养其本原而徐取之,减浮冗而省用之和复置总计使,以宰相兼领。

什么叫"随材用人而久任之"? 司马光认为"人之材性,各有所宜。虽周、孔之材不能遍为人之所为,况其下乎? 固当就其所长而用之"。起草诏令,要求他为严助、司马相如。出任将帅,要求他为卫青、霍去病。出典州郡,要求他为龚遂、黄霸。治理京城,要求他为张敞、赵广汉。主管财政,要求他为孔仅、桑弘羊。世上哪有这样的全才? 司马光认为太祖、太宗时国家财政沛然有余,如今拮据匮乏,是不用"专晓钱谷之人"所致。建国之初,主管财政的三司使往往由诸卫将军或诸司使充任,三司判官则选用文臣中通晓经济者,在长期的工作实践之中加以观察、考验,依据工作实绩而决定其任免。太宗时的陈恕是宋朝公认的"能治财赋"的代表人物,其时"财用有余",成功的秘诀就在于,他"久从事于其职""领三司十余年"。

"至于副使、判官堪其事者,亦未数易"。"官久于其业而后明,功久于其事而后成",道理是再明白易晓不过的了。可仁宗时不然,三司副使、判官大多用擅长文字工作的人,而将这些职位作为提拔官员必须经历的一个环节,也不问任职者熟悉财政工作与否。尽管其中不乏熟悉财政之人,但是大多不以为意。于是乎"有以簿书为烦而不省"的,有"以钱谷为鄙而不问"的。加上调动频繁,官员视三司如驿站。司马光说,他在任判度支勾院的二年时间内,上自三司使,下至检法官,改易皆遍,甚至某些职务已经更换了数人。这样"虽有恪勤之人,夙夜尽心以治其职,人情稍通,纲纪粗立,则舍之而去。后来者意见各殊,则向之所为一皆废坏"。再者,由于任职不久,一般官员只图短期效益,必然会产生这样的心理:"吾居官不日而迁,不立效于目前以自显,顾养财以遗后之人使为功,吾何赖焉?"更何况那些"怠惰之人,因循苟且,惟思便身,不顾公家者乎?如此而望太仓有红腐之粟,水衡有贯朽之钱,臣未知其期也"。司马光认为"先朝以数路用人,文辞之士置之馆阁,晓钱谷者为三司判官,晓刑狱者为开封府推、判官",用人专而任之久,是改进一切工作的良法,更是改进财经工作的良法。为什么这样说?因为财经工作有它的特殊性,其周期特别长:"二十七年耕,然后有九年之食。今居官者不满三岁,安得有二十七年之效乎?"因此,司马光建议国家应精选朝臣中通晓财经工作的人,不问他的出身如何,从小事做起,有成效则提升为权发遣三司判官。三年后,成效显著,则提升为权三司判官。又三年,更有实效,则提升为正任三司判官。无实效者,则予黜退,不复重用。至于转运使,各路不再区分等级高低,使其久任。如有实效,则由权官改为正任,或由副使选为正使。无实效者,也黜退不予重用。三司副使空阙,则选拔成效卓著的三司判官及诸路转运使补充。三司使缺,也从副使中选拔。三司使也让其久任,如任内能改善国家财政状况,提高人民生活水平,则提高其品级与宰相等,而不调动其工作。财经工作的好坏,则完全由他负责。这样委任责成,权责分明,三司使必然要做永久性的规划。至于文学之士,其晋升使用自有途径,就不必让他为钱谷之吏,使之误以为国家不重用他。

什么叫"养其本原而徐取之"？司马光认为"善治财者,养其所自来,而收其所有余,故用之不竭而上下交足也。不善治财者反此。夫农工商贾者,财之所自来也。农尽力,则田善收而谷有余矣;工尽巧,则器斯坚而用有余矣;商贾流通,则有无交而货有余矣。彼有余而我取之,虽多不病矣"。

但是,当时那些自诩为"能治财者"并不是这样,他们采取的是急征暴敛、竭泽而渔的方式。司马光对于他们这种短视浅见的行为嗤之以鼻,认为这不过是"冻馁其民而丰积聚者也,扫土以市禄位而不恤后人者也,捃拾麻麦而丧丘山者也,保惜一钱而费万金者也,不操白刃而为寇攘者也,奸巧簿书而罔君上者也"。

在这种残酷的剥削之下,广大农民"苦身劳力,衣粗食粝,官之百赋出焉,百役归焉。岁丰则贱贸其谷,以应官私之求;岁凶则流离冻馁,先众人填沟壑"①,是四民之中最为困苦的了。他们不得不抛弃土地,背井离乡,远走他方。当社会成员只有十之二三的人从事农业之时,要想仓廪充实,那是完全不可能的。宋代农民身上有两副重担:一副是二税附加,它远远超过了正税本身。一副是差役,其中衙前尤重,往往导致农民倾家荡产。因而司马光主张实行轻徭薄赋的政策。"凡农租税之外,宜无有所预"。衙前则改差为募,以利润丰厚的场院弥补其损失。招募不足,则以坊郭上户充当。坊郭之民见的世面多,熟悉官场、江湖情弊,他们押送纲运,典领仓库,赔费远

---

① 《传家集》卷二五《论财利疏》。

比农民为少,因而也很少破产。其余轻役则仍让农民充当。治平元年(公元1064年),陕西下令每三人征一人为义勇民兵,刺手背。司马光对此激烈反对,他连上六章,认为组织内地农民为义勇,无益于边防,不仅如此,还给人民造成了严重的危害。农民一旦刺为义勇之后,"则终身拘缀,或欲远出干事籴贱贩贵,或遇水旱凶荒欲分房逐熟,或典卖田产欲浮游作客,皆虑官中非时点集,不敢东西"①。再者,差点训练之际,州县之吏与教头不免要借故敲诈勒索。因此,刺义勇实质上是农民于平时各种差役之外,又增添了一种差徭。农民不仅终身受苦,还要世世受害。因为各地的义勇都有编制,如有逃亡病死,州县就须替补,这样陕西之民就子子孙孙不免被刺为义勇。司马光说:"河北、陕西、河东,景祐(公元1034—1037年)以前本无义勇,州县各种差役均是上等有物力户人担当。而乡村下等人户,除二税之外,更无大的差徭。除非大灾之年,一般年成,农民都能温衣饱食,全家团聚、安居乐业。自宝元、庆历之间,西夏叛乱、契丹压境,于是才在三路乡村不问贫富户等,三丁取一,充乡弓手或强壮。两河形势相对缓和,乡弓手或强壮后来仅改编为义勇。陕西形势危急,就改编成正规军保捷指挥。因而陕西一路受害最重,农民田园荡尽,家家破产,至今二十余年,不能恢复元气。"可是,当时有的官员竟然说百姓乐意充当义勇,司马光不胜气愤地质问:"如果是这样,官府何必刺其手背,以防逃窜呢?庆历时强迫壮丁为保捷,今天又强迫壮丁为义勇,这对于陕西百姓不是雪上加霜吗?"司马光又至中书,与宰相韩琦辩论。韩琦对他保证,绝不会像庆历时那样将义勇编为正规军。但是,事态的发展恰如司马光所预料的那样,还未出十年,朝廷就强征陕西义勇运粮戍边。司马光考虑问题是具有

---

① 《传家集》卷三四《乞罢刺陕西义勇第四札子》。

预见性的。统治者是不会放弃每一个攫取的机会的,他们绝不放弃既得利益。司马光的反对尽管未能阻止朝廷强征壮丁,但是由此我们可以看出,司马光是反对强加给农民种种人身束缚的。

要做到公私仓廪俱丰实,司马光认为还要推行平籴之法及积谷不籍为家赀的政策。当时的情况很令人担忧,国家和民间都不注意蓄积,"官中仓廪大率无三年之储,乡村农民少有半年之食"。稍有水旱,则公私穷乏,无以相救。百姓流亡,盗贼四起。治平初,开封府界及京东地区大雨成灾,田园悉为洪流,出现了惨绝人寰的景象。当时宋廷欲开仓赈贷,可是军食尚且不足,哪有粮食救济灾民?欲强征储粮之户,又恐贫者未能赈济,富者又将乏食。且使今后民间不敢储备粮食,万一再有灾年,无处征粮。为此,司马光提出了平籴之法。他主张"谨视年之上下,故大熟则上籴,三而舍一,中熟则籴二,下熟则籴一。使民适足,价平则止。小饥则发小熟之所敛,中饥则发中熟之所敛,大饥则发大熟之所敛而粜之,所以取有余补不足也"①。他极力反对大灾之年国家低价强行收籴。并认为在一般年成里派人到处拦截搜括,无异于寇盗之抄劫。这样做,有谷之家越发不敢将粮食投放到市场,谷价也就益贵。三分天灾,七分人祸。在这里司马光深刻地揭示出了古代自然灾害发生后民不聊生的根本原因。因此,他希望朝廷能加强对各路转运使的考核,运用平籴之法,广为蓄积。同时鼓励农民多打粮食多种田,在评定户等时,不将储存的粮食纳入家庭财产内,储粮之家也就不会因此而增加差役负担。从而达到"重谷""劝农"的目的。

这一时期,司马光不仅提出了经济改革的方案,还亲自投身于经济改革之中。嘉祐六年(公元1061年),司马光受命同详定均税。

---

① 《传家集》卷三三《言蓄积札子》。

司马光修定的均税条例，下达到全国各地施行。为了鼓励均税官员努力贯彻条例，司马光还提请表彰前通判德州秦植，对他"优加酬奖"。因为该官员"均五县税，皆得平允，并无词讼"，这次均税工作取得了一定的成效，史称"遂革大姓渔并之弊"①。

对于手工业的发展，司马光也提出了建议。他认为手工业的发展是随着社会风气的转移而转移的。如果社会重视日用品而鄙视奢侈品和行滥之物，那么手工业的发展方向也会随之发生改变。社会风气受上层社会的影响很大，如果国家提倡朴素、反对奢侈，那么整个社会风气也会随之转变。对于官府手工业，司马光主张加强监督、加强考核、明确责任，在物品上刻上工人的姓名，考核的标准是"工致为上，华靡为下"，重质量不重数量。这样，"器用无不精矣"。

对于商业，司马光极力反对国家出面干预。他认为"米盐靡密之事皆非朝廷所当预者。张设科条，不可胜纪，或不如其旧，益为民患"。他认为商人是追逐利益的。国家出于一时的需要，变更法令，背信弃义，剥夺商人的利益，商人无利可图，必然弃业改行，国家是无法加以阻止的。商业萧条的后果是"茶盐弃捐，征税耗损"，国家利益也受到严重的损失。司马光希望朝廷财政大臣能像白圭、猗顿那样，懂得一点辩证法，"将取之，必予之；将敛之，必散之"。这样做，日计虽不足，但岁计却有余。由此可见，司马光是主张实行有利于社会经济发展的通商法的。事实证明他的主张是有见地的。

什么叫"减浮冗而省用之"？仁宗时，国家财政经费严重不足。司马光认为，太祖时，天下尚未统一，宋朝只有一百十一州，江南、两浙、西川等富饶之地，尽为敌国。当时，岁岁征伐，但却未尝听说经

---

① 《长编》卷一九四嘉祐六年七月壬辰，《宋史》卷三三〇《韩琦传》。

费不足。今天大宋拥有四百余州,天下太平无事,应当经费充足,百倍于前。但是情况正好相反,"以国初之狭隘艰难,财用宜不足而有余;今日之广大安宁,财用宜有余而不足"。司马光认为问题在于仁宗以"以祖宗之积,穷于赐予,困于浮费"。仁宗时,宗室、外戚、勋旧、重臣的第宅园圃、服食器用,竞以豪华相尚,"往往穷天下之珍怪,极一时之鲜明",费用不足,则请求无厌,乞贷不耻。甚则伪造诏令私取国库之财;假托公用侵吞国家之物。仁宗大度宽容,一概不予追究。此外,给大臣、后宫、公主的赏赐、俸禄也超出了国初数十倍。这样大肆挥霍,府库怎能不空虚?司马光义正词严地质问仁宗道:"夫府库金帛皆生民之膏血,州县之吏鞭挞其丁壮,冻馁其老弱,铢铢寸寸而诛之。今以富大之州终岁之积,输之京师,适足以供陛下一朝恩泽之赐、贵臣一日饮宴之费。陛下何独不忍于目前之群臣而忍之于天下之百姓乎?夫以陛下恭俭之德拟乎唐虞,而百姓困穷之弊钧于秦汉。秦汉竭天下之力以奉一身,陛下竭天下之力以资众人,其用心虽殊,其病民一也。此臣之所以尤戚戚者也!"

造成国家财政困难的原因还有很多,比如冗官、冗兵,社会风气日趋奢侈,官员贪污中饱等等。人口越来越多,而天下物资有限,这样就不可能不出现匮乏。官员经办事务偷工减料,"每有营造贸买,其所费财物十倍于前,而所收功利曾不一二",这样国家经费必然短缺。

至于百姓的贫困,除了上述原因之外,还要加上一条,那就是小吏的勒索。宋代小吏既无俸禄,又仕进无望,全靠索贿为生。因此,不管"词讼追呼、租税徭役、出纳会计,凡有毫厘之事关其手者,非赂遗则不行"。因此百姓破家荡产,并非完全是国家赋役造成的,他们的财产大半进了小吏之家。

为了解决国穷民贫这个社会难题,司马光向仁宗提出了三点建议:第一,停止滥赐。第二,提倡朴素之风。第三,减少冗官冗兵,肃清贪官污吏。他认为如果坚持不懈,"御府之财将朽蠹而无所容贮,太仓之粟将弥漫而不可盖藏,农夫弃粮于畎亩,商贾让财于道路矣"。扭转国穷民贫的状况是指日可期的。为此,他进行了不懈的努力。这一时期,他写了一系列的奏章,反对宰执无故加官晋爵,反对上元游幸,反对宫中宴饮过多,反对明堂迁官,反对滥批寺额,反对增修宫观,反对追赠嫔妃,反对另择吉地安葬仁宗,反对在仁宗陵建寺,反对英宗以仁宗遗留物厚赐群臣等等,这其中或多或少都是为了能节省国家的用度,减轻对人民的剥削。

宋代财权分散,国家财政主官三司使所管仅国家年度经费,作为国家战略预备物资的内库系统,则由皇帝直接控制而由宦官管理。鉴于仁宗赐予过滥、三司不能周知天下财赋之弊,司马光建议"复置总计使之官,使宰相领之",主张统一财权,将三司、内库所管经费财物统统归属于总计使。总计使量入为出,每岁应节约三分之一作为储备,以防不测。并且负责考察三司使副、判官、转运使及内库宦官的政绩而予奖惩。他认为"钱谷自古及今皆宰相之职"。那种以为宰相当论道经邦、燮理阴阳,而不当过问钱谷之事的人,是"不识治体"的"愚人"。若府库空虚,百姓愁怨,流亡四方,那这种"论道经邦、燮理阴阳"[①]还有何种意义?

这一时期,司马光就宋代财政经济问题发表了一系列的见解。他主张统一财政的管理,任用专业人员长期从事财政工作。对农民实行轻徭薄赋的政策,运用平籴之法,调动农民的生产积极性,保证公私仓廪俱丰实。他反对国家过多地干预商业经济活动,认为国家

---

① 《传家集》卷二五《论财利疏》。

应让利于民,眼光应远大一些。对于手工业,他主张应从加强考核、扭转社会风气入手,注重日用品的质量,严禁行滥之物,限制奢侈品的生产。在开源的同时,又注重节用。认为只有这样才能改变国穷民贫的状况。他希望仁宗能以身作则,在上流社会以致全社会的范围内,提倡朴素之风,矫正奢侈之俗。减少冗官、冗兵,肃清贪官污吏,杜塞侵吞国家资产的漏洞。仁宗末年,对社会经济做了若干程度不等的改革,茶、盐、酒、矾等征榷之物全面弛禁,实行通商之法,岁课以数十万、上百万的幅度下降。这是让利于民的表现,是有利于社会经济的正常发展的。这些都是与司马光等人的努力分不开的,尽管这些改革是不彻底的、动摇的,但毕竟是朝着良性的方向发展了。

## 七 严于执法,刑期无刑

宋朝惩五代刑罚严酷之弊,务行宽大,而其流弊则是法律未能起到"诘奸邪,禁暴乱"的作用。司马光本着儒家"刑期于无刑"的精神,对当时的滥赦疏决、饥民为盗减刑、重失入之罪等法令条文,提出了批评。

殴打、谋杀尊长,为恶逆大罪,当时这类案件不时发生。司马光认为这与当时法令条文有很大的关系。刑部法令规定,百姓犯恶逆以上罪者,州县长官酌情降官贬职。同时又规定刺史以上须附表自劾,听候朝廷处分。另外,宋朝对"吏有故出人罪者,率皆不问。或小有失入,则终身废弃"。由于朝廷务行宽政,因此,对于这类恶逆案件,地方官"专务掩蔽纵释,惟恐上闻。往往止从杖罪断遣,少肯处以正法"。结果,"不肖愚民犯谊侵礼,无所不至"①,社会风气大坏。司马光认为一个地方的社会风气不好,责任不完全在地方官。因此,他请求废除以上条文,并责成各路监司监察地方官,如有上述事件发生,以故出人罪论处。

仁宗好行赦宥,除了三年一次的郊祀赦宥外,每年还要定期赦宥一次。晚年,竟发展到一年二三次,而且徒罪以下,不问有罪无罪,一概赦免。赦宥之外,每年盛夏仁宗还要亲自审问在押犯,再释放一批。由于政策上的失误,仁宗时"猾吏贪纵,大为奸利。悍民暴横,侵侮善良。百千之中,败无一二。幸而发露,率皆亡匿。不过周岁必遇赦降,则晏然自出,复为平人。往往指望,谓之'热赦'。使愿悫之民,愤邑惴恐;凶狡之群,志满气扬"。这就违背了法律惩恶扬善的精神。因此,司马光认为"赦者害多而利少,非国家之善政"②,请今后南郊不再大赦。每年仅不定期地举行一次,使歹徒无法预知。每夏的疏决,徒罪以下依旧降一等,按杖罪处罚。并立为制度确定下来,以维护法律的严肃性。

司马光主张严于执法,但是他更注意思想教育,注意良好社会风尚的教化作用。他认为如"风化已失,流俗已成",则虽有"重赏不能劝也,严刑不能止也"③。同时,也注意改善诱发犯罪的外部环境。例如,在《言除盗札子》中,他一方面反对荒年"朝廷明降勒文,豫言偷盗斛斗因而盗财者与减等断放",认为这是"劝民为盗",意在活人,而杀人更多,"始于宽仁,而终于酷暴"。主张"敢劫夺人斛斗者,立加擒捕,依法施行"④,以儆效尤,以省刑狱。另一方面,他又主张政府采取轻徭薄赋、开仓赈贷、废除专卖等措施,给灾民一条活

---

① 《传家集》卷三〇《乞今后有犯恶逆不令长官自劾札子》。
② 《传家集》卷二〇《论赦及疏决状》。
③ 《传家集》卷二四《上谨习疏》。
④ 《传家集》卷三三。

路,"除恶于纤介,弭乱于未形"①。

## 八　取士之法,德行为先

用什么样的标准选拔人才,才能更好地维持地主阶级的统治,是宋王朝时刻关心的事。仁英之际,司马光等人继庆历新政之后再度提出了改革科举考试的要求。司马光认为"取士之道,当以德行为先,其次经术,其次政事,其次艺能。近世以来,专尚文辞。夫文辞者,乃艺能之一端耳,未足以尽天下之士也"②,明确地表示反对唐代以来以诗赋取士的思想主张。他认为"孝者,士之尊行;廉者,吏之首务"。汉代长期推行举孝廉的政策,从中网罗到许多人才。因此,他请求从进士科中拨三十个名额,设孝廉一科。知州府军监任内听举孝廉一人,节度州听举二人,转运使、提点刑狱任内听举三人。并须到任一年以上,方可奏举。由于知州、监司的任期均不长久,往往不可能在任内彻底了解士人的品行,因而也允许推荐本部以外平时了解之人。京城两制以上高级官员,听岁举一人。推荐信由贡院保管,在科举年,由贡院选拔推荐人数最多的,取三十人申报。由皇帝或宰相试其经义与时务策各一道,仅取立意正确,论证透彻,不问文辞华美与否。录取者授官与进士第一甲相同。如犯罪,视情节轻重,论推荐人之罪。

基于这个精神,司马光支持吕公著治平元年(公元1064年)提出的"今来科场,更不用诗赋"的建议,并且提出了补充意见,即在礼部试中,除论、策外,加试《周易》《尚书》《毛诗》《周礼》《仪礼》

---

① 《传家集》卷二二《论荒政上殿札子》。
② 《传家集》卷二〇《论举选状》。

《春秋》《论语》大义十道。在御试中,试论之外,加试时务策一道。这就要求应试者在记忆儒经注疏、旁征博引各家之说的基础上,融会贯通,阐明己意,做出评判,并且对当前政治和社会问题提出相应的对策。司马光希望这样做能推动"举人皆习经术,不尚浮华"。

基于这一精神,司马光主张当"选择通经术,晓大体之人"出试题。反对"专以上文下注为问"的弊法,更反对某些出题官出偏题怪题,"或离合句读,故相迷误。或取卷末经注字数,以为问目"①,认为这从根本上违反了设立科目的本意。

此外,司马光主张进士应分地区按比例录取。当时的情况是,国子监和开封府选送的举人录取率高出北方及广南、荆湖、梓夔诸路十倍甚至数十倍,造成这一现状的原因,司马光认为是"朝廷每次科场所差试官,率皆两制、三馆之人,其所好尚,即成风俗。在京举人追趋时好,易知体面,渊源渐染,文采自工。使僻远孤陋之人与之为敌,混同封弥,考较长短,势不侔矣"。宋代特重进士,"非进士及第者,不得美官;非善为赋诗论策者,不得及第;非游学京师者,不善为赋诗论策"。由于存在着这样一种导向,故而四方学子纷纷背井离乡,抛父母、别妻子,常年滞留在京城。其中有些还是在家乡受到过处分的,有些则隐瞒事实,不为父母守丧。这些人往往花钱买个国子监学籍,填上假籍贯,骗取京城选送名额,国家虽重禁不能止。司马光认为:"国家设官分职,以待贤能。大者道德器识,以弼谐教化。其次明察惠和,以拊循州县。其次方略勇果,以捍御外侮。小者刑狱、钱谷,以供给役使。岂可专取文艺之人,欲以备百官济万事邪?然则四方之人,虽于文艺或有所短,而其余所长有益于公家之

---

① 《传家集》卷二三《论诸科试官状》。

用者,盖亦多矣。安可尽加弃斥,使终身不仕邪?"①为了扭转这种局面,司马光主张分路取士,每十人中取一人。如不满十人,但在六人以上,也取一人。为保密起见,每路采用代号。这个建议显然不利于擅长诗赋的东南人,故引起了欧阳修的激烈反对。奏状呈上后,并未被采用。应当承认司马光推荐孝廉、以德行取士的方法,纯属不切实际的空想,在当时的社会条件下,是无法推广取代进士科的,如果推广,那只能造成选拔上更大的不公。他和宋代许多有识之士提出的以经义取代诗赋作为考试内容的建议,则成为进士科改革的发展方向,后来为王安石所吸取,并由此而对明清时期的科举制度产生了深远的影响。

## 九 进贤退不肖,治乱之大本

司马光认为知人、用人是治国安邦的关键,在《乞延访群臣第三札子》里,他说:"为国之要,在于审察人才,周知下情而已。审察人才之谓明,周知下情之谓聪。明则百官称其职,聪则万几当其理。百官称其职,万几当其理,治之极也。贤不肖混淆之谓昏,下情不上通之谓蔽。昏则百职隳旷,蔽则万几乖戾。百职隳旷,万几乖戾,乱之至也。治极则安,乱至则危,故聪明、昏蔽者,治乱之大本也。"②有鉴于此,司马光认为一个称职的谏官,"当为国家进贤退不肖"③。在谏院五年的时间里,司马光写了百余篇奏章,这些奏章或多或少都与这一主旨有关。

---

① 《传家集》卷三二《贡院乞逐路取人状》。
② 《传家集》卷三〇。
③ 《传家集》卷二三《乞优老上殿札子》。

宋初诸帝很注意与群臣保持密切的联系，因为这样"不惟考时政之得失，亦以观群臣之能否"①。为此，他们制定了一些很好的制度。比如，皇帝每日清晨在垂拱殿礼仪性地接见群臣后，再到崇政殿接见有工作要汇报的官员。仁宗末年，由于病情日趋沉重，只赴垂拱殿会会群臣就结束了。英宗即位后，忙于仁宗的丧事，竟然"将近旬月"不赴垂拱殿。司马光认为学士、待制及两省官是侍从近臣，皇帝应当与他们保持经常性的联系。如身体欠佳，天天会见太烦，可以两日会见一次。治平二年（公元1065年），他又请求英宗依祖宗旧制，在内殿接见，令两名朝臣转对。其他官员也许上书言事，道理切当者，再引对面询，确有可取，当即施行。并命其处理重难公事，以观其效，酌情进用。

学士、待制夜间轮流在崇文院值班，以备皇帝随时宣召，也是宋代一项很好的制度。宋初诸帝公余之暇，常常召见这些侍从近臣，优游议论，无所不谈。为此，司马光向英宗建议恢复学士论值崇文院制度，允许"侍从近臣，每日轮一员直资善堂，夜则宿于崇文院，以备非时宣召"。他认为这样英宗能有更多的机会接近儒臣，是很有好处的。因为英宗作为宗室受到种种条文限制，三十多年来，"与当世士大夫未甚相接，民间情伪未甚尽知"②，因此急需弥补。嘉祐八年（公元1063年），时神宗始为皇子，在英宗为其选择两位儒臣为师傅之时，司马光认为皇子是皇位继承人，师傅仅有两位是不够的，因而他提议"多置皇子官属，博选天下有学行之士以充之。使每日在皇子侧，与皇子居处燕游，讲论道义，耸善抑恶，辅成懿德。其左右前后侍御仆从，悉皆选小心端悫之人，使所属官司结罪保明，然后得入。仍专委伴读官提举觉察，若有佞邪谀巧之人诱导皇子为非礼之

---

① 《传家集》卷三六《乞令朝臣子转对札子》。
② 《传家集》卷三〇《乞延访群臣上殿札子》。

事者,委伴读官纠举施行,即时斥逐,不令在侧。若皇子自有过失,再三规诲不从者,亦听以闻"①。

司马光时时事事以进贤退不肖为务。治平二年(公元1065年),枢密使张昪七十二岁,多次提出辞职请求。司马光认为"使其人无可取,虽少壮何为?果有益于时,虽老何伤?"张昪"忠谨清直,不可干以私"②,如果目前尚无适当人选,就不妨让张昪继续留任。

司马光对小人深恶痛绝。由于这种人是"众人谓之贤而实不肖者",有极大的欺骗性与危害性,有必要予以彻底揭露。因此,司马光以搏击奸邪为己任。弹章所指,为政无状的前知寿州张叔詹被迫致仕,酷吏、新知莱州王述改授西京留台,倾邪险薄的荆湖南路提点刑狱张田改知湖州。司马光不畏权势,在短短五年的时间里,被他弹劾的有大臣张方平、程戡、贾黯,边帅施昌言、孙长卿,都漕陈述古。其锋芒所向,连英宗藩邸故人王广渊也略无假借,直斥之为"便佞干进"。他正言规劝英宗"洗濯其心,至公至正,审察善恶,明辨是非。忠信者虽有怨雠而必用,奸回者虽有私恩而必诛"③。在这方面,应效法汉文帝、周世宗。

宦官是中国古代社会恶势力的代表之一,鉴于宦官对汉、唐代所造成的危害,司马光与之进行了不懈的斗争。任谏官之初,他即上《论臣寮上殿屏人札子》,请仁宗坚守"自先帝以来,应两府、台谏官等上殿奏事,左右侍臣悉皆屏退"的老规矩,宦官此时只能在殿角板障门外踏道下祗候,如敢偷偷觇听"陛下德音及群臣敷奏之语",则定行治罪。宋朝规定宦官首领内侍省、入内内侍省押班"须年五十以上,方得为之",这是一项防范宦官势力恶性膨胀的重要措施。

---

① 《传家集》卷二八《乞令皇子伴读官提举皇子左右人札子》。
② 《传家集》卷二三《乞优老上殿札子》。
③ 《传家集》卷三三《言王广渊第二札子》。

可是仁宗、英宗随心所欲，竟要破格提拔年仅四十余岁的苏安静与张茂则，司马光两上奏章，坚请仁、英二帝"谨守祖宗法度"。宦官之中，勾当御药院等殿阁差遣与皇帝关系最为亲近，因而也最有权势。从防范的目的出发，宋初以来常选择谨信内臣任此类职务，并且只用小使臣供奉官以下的宦官。如晋升至大使臣内殿崇班，就调任外官。但是，仁宗时这项制度也遭到破坏。任勾当御药院等职务者，往往暗理官资，即应升至大使臣者，俸禄照加，但官阶须待其调任外官后再行授予，谓之寄资。司马光认为这样做失祖宗防微杜渐之意，深为不便。"请将应自来内臣暗理官资者，并除正官，授以外任。别择供奉官以下素知心腹、忠信谨悫之人，使勾当御药院"。并且，从今以后不得再搞暗理官资。北宋时，宦官的最高职务是入内内侍省都都知，为了防止任此职者窃弄威福之柄，治平元年（公元1064年），司马光坚请"自今日已后，除内臣常程差遣，依旧令都知司定差外，其勾当御药院、内东门、龙图天章阁、后苑、化成殿、延福宫等处及非时差管勾里外要切公事之人"[①]，并由英宗亲自选拔任命。坚持不懈地维护祖宗制定的规章制度，是司马光与宦官势力斗争的一个重要方面。另一方面，对于那些罪大恶极的宦官，司马光则又与之进行了无情的斗争。如宦官梁怀吉、张承照造成仁宗长女兖国公主家庭不睦，罪恶山积，司马光坚决请求不许他们从外地再返回公主宅中。宦官吴行章借口寿星观有真宗所画寿星像，便大肆扩建，兴造事端，造成浪费，司马光请求明正其罪。任守忠在仁、英两朝拨弄是非，离间仁宗及其皇后与英宗的关系，司马光列其十大罪状，累章弹劾，不遗余力地与之斗争，直至将其流放，维护了国家的稳定。

---

① 《传家集》卷二二、卷二九《言张茂则札子》、卷二八《论御药寄资札子》、卷三二《言内侍差遣上殿札子》。

# 第四章 谏院五载

## 十 出任谏院之长,促成皇权交接

嘉祐六年(公元1061年),仁宗已五十二岁,尚无皇子,建储之事一直也未有头绪。皇太子数十年虚位。这可是关系国家根本的大事。首相韩琦看在眼里,急在心上。可是他有什么办法呢?韩琦从嘉祐元年(公元1056年)任枢密使以来,就一直将此事放在心上。他建议在宫中建立书院,让宗室中的优秀子弟入内学习,注意观察、培养。仁宗接受了这个建议,建起了内学,但是始终不肯立嗣。三年,韩琦升为宰相,他又时常提起此事。仁宗总是笑着回答他,后宫嫔妃怀孕了,不久就要临产。可是直至六年,生下的五个孩子均是女孩。韩琦继续陈请,前后凡十余章,但是仁宗均不同意在宗室中择嗣,每次不是怒形于色,就是惨然不乐。中外臣僚上疏也均被留中不出。为了打破这一僵局,韩琦决定起用司马光为同知谏院,借助台谏的力量来解决皇嗣的问题。韩琦这样考虑是有缘故的。早在至和三年(公元1056年)仁宗中风之初,司马光就连上三章,力请早建皇嗣。那时他只不过是并州通判,要说是毫无言责的。但是为了赵宋王朝的万世基业和四海万民之命,他不顾忌讳,不顾个人安危,追随好友范镇,挺身而出,越职请命。

司马光果然不负韩琦的期望,七月任职,八月在《进五规状》中,就对仁宗迟迟不立嗣建储提出了严厉的批评,认为仁宗这样做只能使"本根不固,有识寒心",是最大的不孝。闰八月,他又上《乞建储上殿札子》①,专章奏请。他说:

---

① 《传家集》卷二二。

臣先于至和三年通判并州事日,三曾上言,乞陛下早定继嗣,以遏乱源。当是之时,臣疏远在外,犹不敢隐忠爱死,数陈社稷至计。况今日侍陛下左右,官以谏诤为名。窃惟国家至大至急之务,无先于此。若舍而不言,专以冗细之事烦渎圣听,厌塞职业,是臣怀奸以事陛下,罪不容于菹醢。伏望陛下取臣向时所进三状,少加省察,或有可取,乞断自圣志,早赐施行。如此则天地神祇、宗庙社稷、群臣百姓并受其福,惟在陛下一言而已。取进止。

司马光缴上札子后,又当面向仁宗陈请。仁宗自患病以来,一直沉默寡言,执政奏事,也仅首肯而已。他听了司马光的陈述后,沉思了很长时间,才开口问司马光:"你不是想选宗室为继嗣吗?这是忠臣之言,只是他人不敢提及罢了。"司马光说:"我原以为言此必死,未想到陛下竟能容纳。"仁宗说:"这有何关系,这种事古今均有。"说完,便让司马光把奏疏交至政事堂。司马光认为事关重大,这样处理过于草率,宰相们也决不敢受理,于是,便对仁宗说:"这样不妥,还是陛下亲自向宰相指示为好。"这天,他与仁宗还谈了江淮地区盐贼之事,此事应向宰相汇报。司马光到政事堂汇报完后,宰相韩琦是个有心人,便问司马光:"今天与陛下还谈了些什么?"司马光心想,建储是事关社稷的大事,不可不让韩琦知道,再说韩琦也可以规劝仁宗,就很含蓄地对韩琦说:"谈的是事关宗庙社稷的大事。"韩琦心里明白了,也就不再往下去问。

十天过去了,立嗣之事一点动静也没有。而此时在宗室之中却有很多谣言,流传四方,人心惶惶不安。韩琦心里很焦急,但宋代宰相与台谏官不能私下往来,韩琦无法与司马光直接取得联系。恰好此时仁宗任命司马光与好友御史陈洙一同研究行户政策的利弊,陈洙乘机将不久前在明堂大典上韩琦托他捎的话转告司马光,由于仁宗未将司马光的奏章批下政事堂,宰相无法向仁宗提起立嗣之事,韩琦要司马光先不要管行户之事。这样,在韩琦的授意之下,司马光又于九月再上建储札子,并且在面见仁宗时再次陈述利害,他说:"臣向者进说,陛下欣然无难意,谓即行矣。今寂无所闻,此必有小人言陛下春秋鼎盛,子孙当千亿,何遽为此不祥之事。小人无远虑,特欲仓卒之际援立所厚善者尔。唐自文宗以后,立嗣皆出于左右之意,至有称'定策国老''门生天子'者,此祸岂可胜言哉!"[①]司马光分析利害就是这样洞若观火,听了这一席话,仁宗震动了,他立即批示把奏疏送至政事堂。在政事堂,司马光见了韩琦等几位宰相,对他们说:"诸公不及今议,异日夜半禁中出寸纸以某人为嗣,则天下莫敢违。"韩琦等连连答应,说:"好,好,好,怎敢不尽力!"这时,知江州吕诲也上疏请立皇嗣。第二天,韩琦等携带着二人的奏疏面见仁宗,请求定夺。在韩琦等人的力请之下,仁宗终于在十月确定了皇嗣的人选,这就是赵宗实,他既是仁宗堂侄,又是皇后亲姨侄女婿。不过册立皇子需要有个过程,赵宗实当时尚在守父丧,故嘉祐六年(公元1061年)十月仅下诏要求他起复知宗正寺,主持赵氏宗祠。这个决定非常得体,既表明了意向,又可进可退,于不动声色之中解决了六年来悬而未决的皇位继承之事。这为日后政权的平稳交接、国家的稳定奠定了良好的基础。

但是,世上一帆风顺的事是极少的,皇位继承权关系到许多人的盛衰荣辱,就更不会是风平浪静的了。赵宗实在接到任命后,一再推辞,这固然有礼仪方面的原因,但更重要的是,他感到一夜之间

---

① 《长编》卷一九五嘉祐六年九月。

忽然得到天下这个莫大的权力和财富,不知是福还是祸,前途难卜。起初他以守丧为辞,守丧结束后,他又称疾坚辞。原来这时宫内外均有人反对立宗实为嗣,嫔妃们总希望有朝一日生个皇子继承皇位,宦官当然喜欢立个幼主,便于自己操纵。当时宦官总头目任守忠就是这样一个"居中建议,欲援立昏弱以徼大利"的小人。当时百官之中也有不少人持有异议,据说三司使蔡襄就是一位。仁宗在这些人的影响之下动摇起来,又见宗实坚辞不受,心里也极不痛快,甚至已形于颜色,打算收回成命了。而此时一般人也避嫌疑,不敢再进言劝说。嘉祐七年七月,此时距初命宗实为宗正已十个月,距其终丧也半年有余了,事态还是毫无进展。司马光此时作为谏官之长,感到责无旁贷,于是他又上《乞召皇侄就职上殿札子》,在札子中,他首先肯定了仁宗的决断是英明的,因为"王者以大庇生民为仁,安固基业为孝,仁孝之道,莫大于此",仁宗一举两得,是符合天下人的利益的。又肯定了宗实不同于常人贪恋爵禄,"其智识操行必贤于人,益足彰陛下知人之明"。就这样,在司马光等人的劝说下,仁宗才又回心转意。事实上,选择宗实为宗正,天下已知他必将被立为皇子。事态发展到这一步,已不能中止,中止必将引发权力斗争,导致天下大乱。因此,宰相韩琦、副相欧阳修决定面请仁宗收回宗实宗正之命,直接立他为皇子,仁宗也同意这样做。八月初五日,命下。九日,宗实改名为曙。但是,赵曙仍然坚卧不起。二十七日,司马光再上《请早令皇子入内札子》,请仁宗责以礼法,赵曙既为人子,"礼当朝夕定省,备人子之职,不宜久处外宅"[①]。而赵曙也在宫僚的劝说之下,明白自己此时已成骑虎之势,这才接受皇子的名义,随即入宫。嘉祐八年三月底,仁宗逝世,享年五十四岁。四月初

---

① 《宋史》卷四六八《任守忠传》以及《传家集》卷二六。

一，赵曙即皇帝位。赵宋王朝的皇权实现了平稳的交接。

## 十一　调停两宫，于国有功

英宗即位后，头三天表现出来的政治才干赢得了群臣的拥戴，大家暗暗称庆，以为仁宗选择得人。不料好景不长，第四天晚，英宗忽然得病，连声大呼："有人要杀我！"至第八天，英宗病情加剧，以致"号呼狂走，不能成礼"，须人抱持。英宗病因是何不得而知，但与太后母子感情不融洽有一定的关系。虽然英宗嗣立是太后"定议"的，但太后内心实因谗间不喜欢这个过继儿子。在英宗不能主持国务的情况下，当天群臣请太后垂帘听政，权同处分军国事。"权"也就是临时代理之意，英宗身体一有好转，太后就应还政。仁宗逝世后仅数日，宫内出现这种严重情势，确实"危于累卵"，"若非君臣同心，内外协力"，那么政局必将发生剧烈的动荡。不过，英宗的病情很快得到了控制。十四日，就已接见了辽、夏两方的使节。四月二十四日，是仁宗大祥日，英宗病情有所好转，已能亲自行礼。为了消除两宫之间的隔阂，二十七日，司马光进呈了《上皇帝疏》，在疏中，他对英宗晓以大义："大行皇帝春秋未甚高，以宗庙社稷之重，昭然远览，确然独断，知陛下仁孝聪明，可守大业，擢于宗族之中，建为嗣子，授以天下，其恩德隆厚，逾于天地。"希望英宗能"思念先朝，欲报之德，奉事皇太后孝谨，抚诸公主慈爱"[1]，将矛盾消化于无形之中，忠厚之心，拳拳之意，溢于言表。二十八日，服除，英宗接受了群臣的请求，同意听政。同时太后也接受了大臣还政的请求。但是，由于英宗进

---

[1] 《传家集》卷二七。

入宫中不久,即位数日就染上了疾病,不能处理国务,又对宦官缺少恩礼,因此宫中之人多向着太后,说了英宗很多坏话。两宫矛盾逐渐公开,太后每每有不平之语。六月初,英宗听政一月有余,又因病不出,情绪恶劣至拒绝服药。在此情势下,司马光再次进呈《上两宫疏》,在疏中,他说:"恭惟先帝属籍之亲,凡数百人,独以天下之业传于圣明。皇太后承顾命之际,镇抚中外,决定大策,其恩德隆厚,逾于天地,何可胜言!"再次提醒英宗不要忘记仁宗夫妇的大恩大德。接着他又提醒太后,"皇帝圣体平宁之时,奉事皇太后承顺颜色,宜无不如礼。若药石未效,而定省温清有不能周备者,亦皇太后所宜容也"。母子"骨肉至亲,止当以恩意相厚,不当较锱铢之是非"。自古以来,"君仁而臣忠,父慈而子孝,兄爱而弟恭",则"上下之情通,内外之志和,国以之治,家以之安"。若"君不仁,臣不忠,父不慈,子不孝,兄不爱,弟不恭",则"上下之情塞,内外之志乖,国以之乱,家以之危"。因此,孝慈是治天下之道。就今日而言,"皇帝非皇太后无以君天下,皇太后非皇帝无以安天下,两宫相恃,犹头目之与心腹也"。最后,司马光点明宫中有"奸邪之人,专窥主意,苟有衅隙,则因而乘之。于是离间人君臣,交构人父子,使之上下相疾,内外相疑,已然后得奋其诈谋,以盗其大权,私其重利。自古以来,丧国败家,未有不由此者也"①。不点名地指向大宦官任守忠,指出了他对国家的严重危害。

但是,两宫之间的猜疑有增无已。一日,太后竟问韩琦,汉代昌邑王事如何,明有废立之意。英宗也对韩琦说:"太后待我少恩!"七月半,身体平复之后,竟然意气用事,不接见西夏入吊使节,不裁决国务,不出席送葬、招魂等重大典礼。为此,司马光又奏上《言遣奠

---

① 《传家集》卷二八。

札子》《论虞祭札子》等奏疏。好言相劝于前,严词指责于后,然而,英宗竟然置若罔闻,不顾大局,九次虞祭典礼连一次也未出席,以致太后有请韩琦"为孀妇作主之语"。从稳定国家的大局出发,司马光在两宫之间做了大量的调停工作。他写了两封长长的奏议给太后和英宗。在《上皇太后疏》中,他希望太后能效法东汉明德马皇后,爱养贾贵人之子如己子,"尽心抚育,劳瘁过于所生"。当思英宗即位之初、无病之时的"孝谨温仁,动由礼法",不当"责有疾之人,以无疾之礼"。皇帝既是仁宗堂兄之子,又是太后的姨侄女婿,自幼抚育长大,仁宗亲立为太子,因此,要看在仁宗的面子上,包容其过失。目前"天下大势,危于累卵",不当"效常人之家,争语言细故,使有丝毫之隙,以为宗庙社稷之忧"。在《上皇帝疏》中,他谆谆告诫英宗,生育之恩大,养育之恩更大。他希望英宗能像东汉章帝那样"孝性淳笃",像孝顺亲生父母那样孝顺太后。亲自到太后住处,"克己自责,以谢前失。温恭朝夕,侍养左右。先意承志,动无违礼"[1]。用自己的实际行动来消除"纷纷籍籍"的"道路之言"。欧阳修话语说得更婉转恳切,他对太后说:"当年仁宗宠妃温成是如何的骄恣,太后都能心平气和地容忍。这是天下人都知道的。今天母子之间反而不能忍吗?"又说:"先帝在位日久,有恩于天下,故一旦逝世,天下人拥戴新帝,不敢怀有他意。今日太后一妇人,臣等五六书生,如非先帝遗意,天下人谁肯听从!"太后听了,长时间里都沉默不语。韩琦作为顾命重臣言语就直率多了,他对太后说:"臣等只能在外面见得皇上,里边保护全在太后。皇上若失照管,太后也未得安稳。"又说:"太后照管皇上,众人自然照管皇上。"对英宗,韩琦说:"陛下今日,皆太后力,恩不可不报。然既非天属之亲,愿加意奉承,便自无事。"

---

[1] 《传家集》卷二九。

又说:"自古圣帝明君不算少,但独称舜为大孝,这是为何呢?父母慈而子孝,这是常人都能做到的,不值得称道。唯有父母不慈而子能尽孝道,这才值得称道。只恐陛下尚未做到这一点,父母岂有不慈爱子女的!"这一席话,说得英宗大为感悟,从此以后不再说太后的不是。加之,韩琦面对流言蜚语屹然不动,众人知韩琦一心拥戴英宗,谣言也就渐渐地少了。

为了进一步弥合两宫感情上的裂缝,十二月,司马光又向英宗连上三疏,认为太后于英宗有三德。"先帝立陛下为嗣,皇太后有居中之助,一也。及先帝晏驾之夜,皇太后决定大策,迎立圣明,二也。陛下践祚数日而得疾,不省人事,中外众心,惶惑失措,皇太后为陛下摄理万几,镇安中外,以俟痊复,三也。"①这是陛下子子孙孙都报之不尽的大德,希望英宗能侍奉太后,不但尽礼而且要尽诚尽意,"承颜顺意,曲尽欢心"。稍后,他又对英宗说:"古语道'大德灭小怨',先帝擢陛下于众人之中,自防御使升为天子,唯以一后数公主属于陛下,而梓宫在殡已失皇太后之欢心。长公主数人皆屏居闲宫,希曾省见。臣请以小喻大,设有闾里之民,家有一妻数女,及有数亩之田,一金之产,老而无子,养同宗之子以为后。其人既没,其子得田产而有之,遂疏母弃妹,使之愁愤怨叹,则邻里乡党之人谓其子为何如人哉?以匹夫而为此行,犹见贬于乡里,况以天子之尊,为四海所瞻仰哉!"②

次年五月,英宗完全康复,在韩琦等人的劝说下,太后决定撤帘还政于英宗。两宫之间的隔阂并没有彻底消除,仍然是面和心不和。英宗虽然流放了大宦官任守忠,但待太后也稍嫌刻薄,不尽如人意。尽管如此,但是最高统治阶层没有分裂,国家是稳定的,社会

---

① 《传家集》卷三〇《言奉养上殿札子》。
② 《传家集》卷三六《上皇帝疏》。

是稳定的，人民生活生产秩序未受到任何影响。因此，仍然可以说，司马光等人在这次政权交替中，所做的努力"于国有功，为不浅矣"[①]！

## 十二　尊无二上，至孝在诚

英宗亲政半个月后，宰相韩琦等人就向英宗提议，请求有关部门讨论英宗生父"濮安懿王及谯国太夫人王氏、襄国太夫人韩氏、仙游县君任氏合行典礼"。当时仁宗逝世仅十四个月，英宗批示"候过仁宗皇帝大祥别取旨"。也就是待到满二十四个月时再说。治平二年（公元1065年）四月九日，韩琦等再次提出请求，议案送至太常礼院，交两制以上讨论。由此引发了一场持续十八个月的论战，这就是北宋史上有名的"濮议"。

早在英宗即位之初，司马光就预料到英宗会有追崇亲生父母之举，为了防止英宗做出违犯春秋大义、损害儒家礼法之事，司马光在嘉祐八年（公元1063年）四月二十七日进呈的《上皇帝疏》中，就依据儒家礼法提出了"重于大宗，则宜降其小宗"的建议。他说："汉宣帝自以为昭帝后，终不敢加尊号于卫太子、史皇孙。光武起于布衣，亲冒矢石以得天下，自以为元帝后，亦不敢加尊号于钜鹿都尉、南顿君。此皆徇大义，明至公，当时归美，后世颂圣。至于哀、安、桓、灵，或自旁亲入继大统，皆追尊其祖、父，此不足为孝，而适足犯义侵礼，取讥当时，见非后世。臣愿陛下深以为鉴，杜绝此议，勿复听也。"[②]当英宗将濮议交付讨论后，由于事关重大，翰林学士王珪等人相互

---

[①] ［宋］欧阳修《文忠集》卷一一四《荐司马光札子》，四库全书本。
[②] 《传家集》卷二七。

观望，谁也不肯率先发表自己的看法，而司马光此时却没有考虑这么多，他奋笔疾书，无所畏惧地亮明了自己的观点。六月，王珪以司马光手稿为基础提出了讨论方案。该方案大略如下：

> 为人后者为之子，不敢复顾私亲。圣人制礼，尊无二上。若恭爱之心分施于彼，则不得专壹于此故也。是以秦汉以来，帝王有自旁支入承大统者，或推尊父母以为帝后，皆见非当时，取讥后世，臣等不敢引以为圣朝法。况前代入继者，多宫车晏驾之后，援立之策，或出母后，或出臣下，非如仁宗皇帝，年龄未衰，深惟宗庙之重，祗承天地之意，于宗室众多之中，简拔圣明，授以大业。陛下亲为先帝之子，然后继体承祧，光有天下。濮安懿王虽于陛下有天性之亲，顾复之恩，然陛下所以负扆端冕，富有四海，子子孙孙，万世相承者，皆先帝之德也。臣等愚浅，不达古今。窃以谓今日所以崇奉濮安懿王典礼，宜一准先朝封赠期亲尊属故事，高官大国，极其尊荣。谯国太夫人、襄国太夫人、仙游县君亦改封大国太夫人，考之古今，实为宜称。①

方案报上后，宰执们认为尚欠具体，未明言濮王当称何亲，名与不名。王珪等再进补充意见，认为濮王于仁宗为兄，皇帝应称皇伯而不名，如仁宗对待楚王元佐、泾王元俨那样。但是，宰执们的意见是，据《仪礼》等经典及国家条令，"为人后者为其父母报""为人后者为其所后父母斩衰三年，为人后者为其父母齐衰期"。那么，出继之子于所继、所生父母，应都称父母。再者，汉宣帝、光武均称其父为皇考。因而王珪等人定称皇伯的方案，是缺乏典据的。他们请求英

---

① 《传家集》卷三五《与翰林学士王珪等议濮安懿王典礼状》。

## 第四章 谏院五载

宗将两种方案,提交百官讨论。宰执原以为百官中一定会有人迎合他们的意图,谁知情况恰恰相反,百官对此反应极其强烈,台谏官一致赞同两制提案,一时间议论纷纷。就在这个当口,太后也闻讯,亲自起草了诏书,严厉指责韩琦等不当称濮王为皇考。韩琦一见太后表了态,事态不妙,当即以王珪方案缺乏依据为由,请求暂缓其事,等太后回心转意再说。英宗也认为需要等待时机,同意了韩琦的意见,暂不讨论。他下令太常寺先从礼经中"博求典故"再说。

谁知此时主管太常寺的是翰林学士范镇,他很快搜集到《仪礼》、汉儒议论和魏明帝诏书共五篇奏上,支持司马光的方案。这下子弄得宰执们很狼狈。而御史台自中丞贾黯以下也全台支持司马光。侍御史知杂事吕诲还专章批驳了宰执的论点,他说,出继之子于所生、所继皆称父母,这是不错的,但是在属籍上是有所除附的。由此可见,条令的倾向是很清楚的。再者,本朝有真宗称元佐为皇兄、仁宗称元俨为皇叔等实例,又怎能说是无典据呢?时京城淫雨为灾,"地涌水,坏官私庐舍,漂杀人民畜产,不可胜数",甚至宫殿也被冲毁不少。英宗诏求直言。一时群臣纷纷上书,认为"推原咎征,在濮王议"。司马光认为,王珪二十余人两次会议无一人异议,英宗应当接受大家的意见,宰执的论点是站不住脚的。司马光指出,出继之子于所继、所生皆称父母,那是因为《仪礼》、令文等"必须指事立文,使人晓解。今欲言为人后者为其父母之服,若不谓之父母,不知如何立文"。这是宰执蔑视天下人,认为他们均"不识文理"。又说,汉宣帝、光武帝均称其父为皇考,那是因为宣帝继昭帝之后,是以孙继祖,所以才尊其父为皇考。但他不敢尊其祖为皇祖考,因为其祖与昭帝同一辈。至于光武帝,他南征北战,白手起家,统一天下,名为中兴,其实创业。他即使自立七庙也不为过分,何况仅尊称其父为皇考呢?司马光不客气地质问英宗:"今陛下亲为仁宗之子,

141

以承大业。《传》曰,'国无二君,家无二尊'。若复尊濮王为皇考,则置仁宗于何地乎?"又问:"设使仁宗尚御天下,濮王亦万福,当是之时,命陛下为皇子,则不知谓濮王为父为伯。若先帝在则称伯,没则称父,臣计陛下必不为此行也。以此言之,濮王当称皇伯,又何疑矣。"①对于两制、台谏的攻击,宰执保持着沉默。十二月,知杂吕诲在连上十一章无效的情况下,遂对韩琦进行了弹劾。次年正月,全台又两次对韩琦、欧阳修进行弹劾。并声称与宰执"议既不一,理难并立"。他们以去就为辞,逼英宗、宰执表态。在御史台的猛烈攻击之下,宰执不得不摊牌。他们认为称濮王为皇伯在经史之中找不到依据,皇考不过是双亲的又一称谓而已。过继之子,不再归本宗,不再侍奉亲生父母,死后仅为之服齐衰期服,这是据大义做出的决断,是毋庸置疑的。但是,不能改变对他亲生父母的称谓,如果改变就是上欺天、下欺人。为此,宰执明确表态,皇伯决不可称,但要明确对濮王的称谓。此时,宰执们也意识到要想取得这场论战的胜利,太后是关键,只有争取太后改变态度,釜底抽薪,才能给两制、台谏以致命的一击。于是,他们密谋,"欲令皇太后下手书尊濮安懿王为皇,夫人为后,皇帝称亲。又令上下诏谦让不受尊号,但称亲,即园立庙,以示非上意,且欲为异日推崇之渐"②。太后的工作,交给宦官高居简、苏利涉去做。不久,事态完全按照韩琦等人所预计的那样发展了,当太后手书送到政事堂时,他们不禁得意地相视而笑起来。当司马光等得知消息后,再行反对,已无济于事。数日后,英宗下诏停止讨论。濮安懿王称亲,以茔为园,即园立庙。并避濮安懿王名下一字"让"。御史台官员吕诲、范纯仁、吕大防全被撤职外放。英宗的这项决

---

① 《传家集》卷三六《言濮王典礼札子》。
② 《长编》卷二〇七治平三年正月癸酉。

## 第四章 谏院五载

定遭到了坚决的抵制,知制诰韩维拒绝推荐新御史的人选,同知谏院傅尧俞拒绝改任侍御史知杂事,与侍御史赵鼎、赵瞻请求同贬,台谏为之一空。司马光也请求与诸人同贬,但未获准,在他的力请之下,英宗才免去了他的谏职,晋升为龙图阁直学士,改任侍读官。在濮议之争中,英宗、韩琦、欧阳修虽取得了胜利,但是他们很孤立。英宗在濮邸时的僚友王猎、蔡抗均反对称亲之举,这是英宗万万没想到的。在严厉处分吕诲等人的同时,英宗又不得不拉拢反对派的主要人物王珪,许以执政相待。以软硬兼施的手段,压制了持不同政见者的反抗。

在"濮议"中,宰执韩琦、欧阳修等人坚持认为父子这种人伦关系是与生俱来的,是无法改变的。当儿子过继后,"亲不可降,降者,降其外物尔,丧服是也"。而司马光等人则认为"至孝之道,不必徇于己、私于亲,唯其诚而已矣"。怎样才能做到至孝在诚呢?对于英宗来讲,那就是"克谨政理,继志述事"①,治理好国家来表示对濮王的孝。司马光在《论追尊濮安懿王为安懿皇札子》中,就是这样向英宗进言的,他说:"夫生育之恩,昊天罔极,谁能忘之?陛下不忘濮王之恩,在陛下之中心,不在此外饰虚名也。孝子爱亲,则祭之以礼。今以非礼之虚名加于濮王而祭之,其于濮王果有何益乎?"②当然"濮议"并非单纯的礼法之争。司马光等人坚持尊无二上,是希望英宗能以此收拾天下人心,维护统治集团的团结。而韩琦、欧阳修等人则深知仁宗已死,太后已无能为力,考虑问题更现实。而且政治手腕更胜司马光等人一筹。比如,治平元年,韩琦最初的提案就是司马光起草的,故后来英宗在诏书中指责两制、台谏派"前后之言,自相抵牾"。司马光从一开始就中了韩琦的圈套。从两宫之隙、濮议

---

① 《长编》卷二〇五治平二年六月甲寅。
② 《传家集》卷三七。

之争等事件来看,英宗是个不识大体的君主,既平庸,又刚愎自用。治平三年(公元1065年)四月,英宗下诏为其生父建庙。十月,下诏为其生母建园。诸事刚刚安排就绪,当月自己就已有疾,四年正月一命呜呼。因此,英宗在位四年,实无所作为,于国于民无丝毫之益。凡此种种,正像司马光所批评的那样,天下对英宗失望了。英宗时各种社会弊端依然存在,有些甚至变得更为严重。仁宗末年开始的改革未能继续进行下去,光阴白白地浪费了。

## 十三　辞谏院之职,获"四友"之誉

濮议之争对司马光影响很大。加之五年来所谏诸事朝廷多未采纳,治平二年(公元1065年)十月,司马光终于辞去了知谏院之职。当年他接受这一职务时,对此寄予厚望,希望借此一展平生所学,为赵宋王朝的长治久安竭尽绵薄之力。当时,他还担心自己能否胜任。在《又和并寄杨乐道》这首诗中写道:"所惭群臣愚,无以称开延""顽石不可炼,安能补高天"①,就是这一心情的真实写照。可是,五年的谏官生活使他看透了许多东西,也真正认识到谏官的作用。在反对刺陕西义勇失败后,他说:"今国家凡有大政,惟两府大臣数人相与议论,深严秘密,外廷之臣无一人知者。及诏敕已下,然后台谏之官始得与知。或事有未当,须至论列,又云命令已行,难以更改。则是国家凡有失政,皆不可复救也。如此岂惟愚臣一人无用于时,谏诤之官皆可废也。"②因此,他愤慨莫名,不得不痛心地承认自任谏职以来,"国家纲纪,寖以隳紊。百姓困穷,衣食日蹙。戎狄

---

① 《传家集》卷三。
② 《传家集》卷三四《乞罢刺陕西义勇第六札子》。

## 第四章 谏院五载

悖慢,军旅骄惰。比于臣未作谏官之时,未见有分毫之胜"。既然无助于国家和人民,又怎敢"窃禄偷安,虚损岁月"①呢?

从嘉祐六年(公元1061年)到治平二年(公元1065年)这五年,司马光第一次与闻国政。谏官的职责是规正得失,司马光在这短短的五年时间里递进了一百七十余篇谏章,在许多重大问题上,他不避斧钺之诛,勇敢地阐述了自己的观点。司马光在《谏院题名记》中写道:"古者谏无官,自公卿、大夫至于工商,无不得谏者。汉兴以来,始置官。夫以天下之政、四海之众,得失利病萃于一官,使言之,其为任亦重矣!居是官者,当志其大、舍其细,先其急、后其缓,专利国家而不为身谋。彼汲汲于名者,犹汲汲于利也,其间相去何远哉!"②回顾司马光的所言所行,又何尝不是这样的呢?司马光在建储时,支持英宗入继大统。在濮议中,反对英宗称亲之举。而在行明堂大典前,则又反对绌祖进父,反对以仁宗配天代替真宗。从表面上看,司马光在这些事件中态度变幻不定,不可捉摸。其实,万变不离其宗,司马光在众多事件中不变的仅有一条,那就是维护儒学的纲常名教,维护宋王朝的长治久安,这是他行事的基本原则。

在这五年里,司马光除了担任谏官外,还曾受命出使辽国及任知制诰。但司马光仅接受了知谏院之职,其他两职他都辞让了。司马光认为人臣陈力就列,不能者止。因此,当朝廷任命他为谏官时,他认为这是一个展示自幼所学先王之道的机会,就无"一言辞让"地接受了。对于使辽,他认为自己"资性拙讷",非专对之才,"恐辱王命",就恳辞了。知制诰,即唐代中书舍人,职掌诏令起草之事。向来由"文士之高选,儒林之极致"者充任,晋升尤速。但这项工作要求任职者才思敏捷,有倚马之才,如"非文辞高妙、殊众绝伦者,固不

---

① 《传家集》卷三四《乞降黜上殿札子》、卷三六《辞龙图阁直学士第二状》。
② 《传家集》卷七一。

可为"①。司马光认为自己"文字恶陋,又不敏速,若除拜稍多,诏令填委,必阁笔拱手,不能供给。纵复牵合,鄙拙尤甚,暴之四远,为人指笑。又贻圣朝愧耻,谓之乏贤。故为公家之谋,则莫若用其所长;营一身之私,则莫若避其所短"。在接受一项新职务之前,司马光既考虑国家的利益,又考虑自己的能力,非常实事求是。司马光不接受知制诰,还出于这样一种考虑:在任谏职之初,他曾主张"度材而授任,量能而试职",百官人人"皆守一官,终身不易"。而今自己历官不久,就因"资途相值,循例序进",那么,自己就不成了"但能讥评他人旷官窃位而受爵不让,至于己斯亡"的无耻之徒了吗?言必行,行必果。一切从我做起,司马光就是这样的严于律己。司马光是个非常诚恳的人,他在《辞知制诰第六状》中说:"臣自胜冠以来,投牒应举,入朝求仕,岂偃蹇山林、不求闻达之人邪?顾力有所不任,则不敢盗国家禄位,恐职事废阙,陷于刑辟耳。故自度才分,可以策励,虽高位不敢辞;不可强勉,虽小官不敢受。"②可见,司马光辞让知制诰完全是"出于赤诚",他是用严肃负责的态度来对待每一项任命的。

　　司马光公而忘私,国而忘家的精神,以诚待人,以诚处事的态度,赢得了大家的尊重。嘉祐时,他与吕公著、韩维、王安石齐名,有"嘉祐四友"③之美称。欧阳修在任参知政事时一次推荐了三位可为宰相的人选,这就是吕公著、王安石、司马光。由此可见,仁英之际司马光已具有相当高的政治威望了。

　　在谏院的五年里,司马光不少亲朋故旧相继亡故离去。嘉祐七年(公元1062年),本司长官知谏院杨畋去世。杨畋,字乐道,是北宋

---

① 《传家集》卷二二《乞免北使第二状》、卷五九《上始平庞相公述不受知制诰书》。
② 《传家集》卷二四《辞知制诰第三状》《辞知制诰第四状》。
③ [宋]陆游《老学庵笔记·续笔记》。

名将杨业的曾侄孙,文武全才,是与司马光拥立英宗时的同志。他为人老成持重,在谏院,司马光作为其副手受益颇多,司马光对他是非常尊重的。在《又和并寄杨乐道》一诗中,司马光写道:"狂简昧大体,所依官长贤。有如骖之靷,左右随周旋。庶几助山甫,衮职无尤愆。"最让司马光伤怀的,还是嘉祐八年恩相庞籍的逝世。"终始何尝忘教育,高卑曾不间疏亲"。这位老人对于晚辈后进和蔼可亲,平易近人,司马光能成为一位颇具知名度的政治家与庞籍长期以来的关心、培养、保护是分不开的。但令人遗憾的是,为谏官的工作性质所限,司马光有近两年的时间不能去看望这位可敬的老人。"岂意一朝,忽为永诀"①,今后也只能读读他的遗作《清风集》,缅怀他老人家的教诲了。治平元年(公元1064年)十二月,司马光多年的好友钱公辅也离开了京城,被贬往滁州(今安徽滁州市)任团练副使,不签书本州事。当时,英宗任命翰林学士王畴为枢密副使,钱公辅是知制诰,他认为王畴"望轻资浅",不可大用,拒绝起草诏令。钱公辅这样做,本来并未超出职权范围,但是,由于这是英宗亲政后首次任命执政,故大为恼火,重重地处罚了他。治平二年,司马光有十六年未返回故乡了。三月回乡扫墓,谁料想回到家乡后,发现许多亲友都已物故。连康强健壮、超凡脱俗的清逸处士魏闲也离开了人世。"青松敝庐在,白首故人稀"②,物是人非,触目伤情,司马光伤感不已,人事的变化真是太大了!不过,"人事有代谢,往来成古今",难道这一切不又是很正常的吗?在谏院任职期间,司马光又结识了苏轼、苏辙兄弟。嘉祐六年(公元1061年),二苏应贤良方正能直言极谏科,两人文辞、论述均高人一等,司马光作为复试官,主张两人均定为第三等。但是苏辙言辞过激,在对策中毫不忌讳地指责仁宗,自停战以

---

① 《传家集》卷三、卷八《和始平公贻一二宾僚》、卷八〇《祭庞颍公文》。
② 《传家集》卷九《皇祐二年谒告归乡里至治平二年方得再来怆然感怀诗以纪事》。

后,就将边事置诸脑后,再也无"忧惧之心"了。又指责仁宗好色,说:"陛下不要以为好色不影响国家大事。"又说:"宫中赏赐无止境,是冗官、冗兵、岁币之外,又一个无底洞。"因而对他的等级评定就出现了不同的意见,有人甚至主张黜落他。司马光认为,同科之人,独苏辙有"爱国忧君之心,不可不收"。他的意见得到了杨畋的支持,仁宗也认为求直言不可以直言黜落应试者,结果苏辙被定为第四等次。从此,司马光与二苏成为挚友,在政治上得到二苏的支持。在元祐时的对夏战略上,二苏的主张是最符合司马光意图的。

# 第五章 仁宗后期的改革

庆历四年（公元1044年）宋夏战争结束，但全国的形势并未完全稳定下来。河北相继发生保州（今河北保定市）、贝州（今河北清河县旧城）驻军兵变，宋廷派遣新老执政富弼、文彦博统兵，历时数十天，方镇压下去。南方民族地区形势尤其不稳。庆历三年以后，湖南桂阳监（今湖南桂阳县）徭民因贩私盐杀官军而反叛。剽掠湖广两路桂阳（今湖南桂阳县）、衡（今湖南衡阳市）、永（今湖南永州市）、道（今湖南道县）、英（今广东英德市）、韶（今广东韶关市）、贺（今广西贺州市）等地，所杀不可胜计，持续七年之久。四年，广西宜州（今广西河池市宜州区）蛮区希范反叛。区希范曾从宋军平定宜州羁縻安化州（今广西环江县东北小环江西），自谓有功，又曾参加宋进士科礼部试，请求宋廷录用，遭拒，愤而反宋，欲割据广西，建立大唐国。宋历时一年有余方才平定。从庆历四年起，泸南淯井监（今四川州珙县东）夷屡攻边寨，造成这一带水陆不通，宋调发官军及少数民族民兵白芳子弟近两万人讨伐，士兵战死者很多，饥死者又有千余人。皇祐元年（公元1049年）七月始平定。最严重的还是广西侬智高叛乱。广西左右江地区广源州蛮侬智高请求内附，但宋顾忌与交趾的关系，一再拒绝，从皇祐元年起，侬智高不断进犯广西重镇邕州（今广西南宁市南）。四年，侬智高攻克邕州后，乘胜连下横（今广西

149

横县)、贵(今广西贵港市)、龚(今广西平南县)、藤(今广西藤县东北)、梧(今广西梧州市)、封(今广东封开县东南封川)、康(今广东德庆县)、端(今广东肇庆市)八州,并包围广州。宋连连调兵换将,最后启用名将、枢密副使狄青,配备西北骑兵万人,才平定了侬智高之乱。至和二年(公元1055年),又发生湖北五溪(今湖南湘西一带)蛮彭仕羲之乱,直至嘉祐三年(公元1058年)因其归降始平息。此时,全国局势渐趋稳定,庆历新政的主要领导者富弼、韩琦先后拜相,改革弊政又重新提上议事日程。与庆历新政大张旗鼓运动式的改革不同,这次的改革很低调,侧重于经济和民生。这与富、韩此时的政治理念有关,富弼认为对于积弊,"须以渐厘改"[1],持之以恒。

## 一 解盐通商

改革首先从推行解盐通商开始。宋夏战争时期,为应付战争的需要,商人提供战备物资,诸如羽毛、筋角、胶漆、铁炭、瓦木之类,一切以解盐偿付。奸商乘机牟利,与官府猾吏表里为奸。以致交纳橡木两根,估价一贯,给盐二百二十斤,虚耗解盐不可胜计。解盐大量流入市场,价格越来越低,推销困难,公私均无利可图。政府又强征百姓,用推车将盐运往各地,服役者耗尽家产,往往弃田地,抛妻子,逃亡他乡。役使的士卒,寒暑往来,未尝暂息,关内由此动荡不安。国家为了鼓励商人运送战备物资到边地,使用虚估,由此导致国库空虚。庆历四年(公元1044年),关中人范祥深知其弊,提出解盐通

---

[1] 《长编》卷二〇一治平元年四月辛亥。

商的建议,得到了枢密副使韩琦的支持。但范祥与陕西转运使意见不一,加之范祥此时须服丧,解盐的改革不得不暂时中止。八年(公元1048年),范祥复出,解盐全部实行通商。由于战争已经结束,故沿边秦(今甘肃天水市)、延(今陕西延安市)、环(今甘肃环县)、庆(今甘肃庆阳市)、渭(今甘肃平凉市)、原(今甘肃镇原县)、保安(今陕西志丹县)、镇戎(今宁夏固原市)、德顺(今宁夏隆德县东北)九州军不再接受刍粟,改令商人运送实钱,而以解盐优润相酬。运往东盐区和南盐区①的解盐,允许运送实钱至永兴军(今陕西西安市)、凤翔府(今陕西宝鸡市凤翔区)、河中府(今山西永济市蒲州镇)。商人凭券取盐,不再调发兵民运送解盐。延、环、庆、渭、原、保安、镇戎、德顺八州军,地近西夏乌、白池,乌、白池的青、白盐质优价廉,奸民私以青、白盐入塞,侵夺国家利益,扰乱国家法令。新法规定,募人运送解池盐至边地,加价以解盐相偿。送至边地的解盐由政府出售,严禁私人销售,同时严禁青、白盐流入。沿边地区过去运送铁炭、瓦木之类,现在严令禁止。原先实行虚估而获得的证券,以及商人在旧政时获得的盐尚未销售的,现在一律缴纳亏官钱,方可领盐、销售。解盐所得缗钱,全部上缴国库。范祥的解盐通商法"行之数年,猾商贪贾无所侥幸,关内之民得安其业,公私以为便"。

新法推行后,反对者争言不便。皇祐元年(公元1049年),包拯奉命赴陕西调研,他曾任陕西转运使,深知专卖的危害,力主通商。行前,他说:"法有先利而后害者,有先害而后利者,若复旧日禁榷之法,虽暴得数万缗,而民力日困久而不胜其弊,未免随而更张,是先有小利而终为大害也。若许其通商,虽一二年间课额少亏,渐而行之,必复其旧,又免民力日困,则久而不胜其利,是先有小损而终成

---

① 按:东盐区、南盐区,详见第二章第一节《仁宗天圣、宝元间的改革》相关注文。

大利也。且国家富有天下,当以恤民为本,今虽财用微窘,亦当持经久之计,岂忍争岁入数十万缗,不能更延一二年,以责成效?轻信横议,不惟命令数有改易,无信于下,而又欲复从前弊法,俾关中生灵何以措其手足?臣细详范祥前后所奏,事理颇甚明白,但于转运司微有所损,以致异同耳。臣固非惮其往来之劳,妄有臆说。实亦为国家惜其事体,不欲徇一时之小利而致将来大患。"①起初,范祥预计,实行新法后,国家每年可得缗钱230万。结果,皇祐三年(公元1051年),国家收入221万。四年,215万。以四年数与庆历六年(公元1046年)比较,增68万,比七年,增20万。另外,过去每年榷货务支出缗钱,庆历二年(公元1042年),647万,六年,480万。至此,榷货务钱不再支出。其后,每年收入虽然赢缩不常,但至嘉祐五年(公元1060年)仍达178万。至和元年(公元1054年),为169万。量入计出,边防费用的8/10由此而出。嘉祐五年时,范祥已去世,包拯时为三司使。他认为范祥新法推行10年,"岁减榷货务缗钱四百万"应当表彰,请求授予范祥子孙官职。总之,解盐通商经济和社会效益都是好的。

## 二 改里正衙前为乡户衙前

北宋的积弊,当首推里正衙前。宋初承前朝旧制,在乡设置里正,负责催缴一乡之税及承担州县差役之事,初期号为脂膏,因此要求役满须承担重难衙前,主管官物。但是,年深日久,流弊渐生。按规定,里正由第一等户充当。但官户、形势户除外,又有刁民通过诡名寄产等方式,将田产等放在官户、形势户名下,或与寺庙串通,冒

---

① [宋]包拯《包孝肃奏议集》卷八《言陕西监法第一章》。

充和尚,借此降低户等逃避差役,这样差役就落到了无权势的地主身上。里正催税,遇上蛮横的,有时也难收取。江西浮梁县有个恶霸臧有金,一贯横行乡里,拒不纳税。养了数十条狗,里正近门就放狗咬人。院墙外密密麻麻地种上橘柚,外人不能进入。每年农税,常由里正代缴。后来县里来了位胡县令,亲自派人收税,几次都未收成,于是胡县令下令在臧家的院墙外堆满柴草,点火焚烧,臧家人夺门而逃,胡县令将臧家十六岁以上男子统统抓来打了一顿,这样臧家才一改恶习,每年率先完粮纳税。再者,乡村人不懂官场、江湖规则,甚至发生衙前千里输送金七钱,库吏乘机敲诈勒索,一年多不得还乡之事。故而乡民主管府库,或辇运官物,往往破产。后来韩琦在奏疏里说:"州县生民之苦,无重于里正衙前。自兵兴以来,残剥尤甚,至有孀母改嫁,亲族分居,或弃田与人以免上等,或非命求死以就单丁,规图百端,苟脱沟壑之患,殊可痛伤。"[1]里正衙前这差事,成了北宋近百年来一个严重的社会问题。早在真宗末年就有人要求加以改革,请求废除里正衙前,招募能写会算的人充当。十五年后,仁宗景祐元年(公元1034年),朝廷决计解决这个问题,决定川峡、闽广、吴越诸路仍然实行旧制,其他各路招募有户籍者为衙前,任满三期,不犯徒罪,补三司军将,不再差乡县之人。大约将全国划分成南北两大区,南方仍行差役法,北方则推行募役法。但这个方案是否真正实行,值得怀疑。从至和时韩琦提出的乡户衙前的方案来看,至和前北方地区仍然行用里正衙前。皇祐时(公元1049—1053年),又禁止长期役使乡户为衙前,衙前之事由政府募人承担[2]。

至和二年(公元1055年),知并州(今山西太原市)韩琦作为地方

---

[1] 《长编》卷一七九至和二年四月辛亥。
[2] 《文献通考》卷一二《职役考一》。

行政长官，提出了变里正衙前为乡户衙前的改革方案。他提出将一县各乡第一等户通排，并据此承担衙前之役。避免出现"每乡被差疏密与物力高下不均""富者休息有余，贫者败亡相继"的情况。减轻第一等户数、资产均少的穷乡压力。甚至，一州所辖数县也通排，"若甲县户少而役繁，即权许于乙县户多而役稀处差"。里正不再催税，只承担衙前之役。催缴税赋之事由户长承担，三年一替。乡户衙前在北方的京畿、河北、河东、陕西、京西诸路推行。

与此同时，韩绛、蔡襄依据江南东西、福建路衙前应役不均的问题，也提出了乡户五则法："凡差诸州郡乡户衙前，以产钱与物力从多至少置簿排定户数，分为五则。其重难差遣，亦分等第准此。若第一等重难十处，合用十人，即排定第一等一百户；若有第二等五处，即排定第二等五十户，以备十次之役。其里正更不差人。"此法与韩琦之法大致相同，在淮南、两浙、江南、荆湖、福建南方各路施行。据说乡户衙前实行后"大率得免里正衙前之役，民甚便之"。曾任河北都转运使的包拯依据亲身工作体验对此也予以肯定。他说："如此轮差，委是经久，公私利便，庶几凋残之民，稍获存济。"①

但是，乡户法还是有重大缺陷的。在乡户法推行后三个月，宋廷颁布了一条诏书，诏书说："如闻河东户役惟课桑，以定物力之差，故农人不敢植桑而蚕益薄。其令转运使劝植之，仍自今毋得以桑数定户等。"②这或许就与乡户衙前法有关。嘉祐七年（公元1062年），司马光对役法改革提出了自己的主张。他主张采用募役法："凡农民租税之外，宜无所预，衙前当募人为之，以优重相补，不足则以坊郭上户为之。彼坊郭之民部送纲运典领仓库不费二三，而农民常废

---

① ［宋］包拯《包孝肃奏议集》卷七《请罢里正只差衙前》。
② 《长编》卷一八〇至和二年七月丁巳朔。

第五章 仁宗后期的改革

八九,何则?儇利、戆愚之性不同也。其余轻役,则以农民为之。"坊郭上户,即城区与郊区的富户①。宋元之际的大儒马端临也认为这次改革有失偏颇,他说:"夫均一衙前也,将吏为之则可以占田给复,乡户为之则至于卖产破家。然则非衙前之能为人祸也,盖官吏侵渔之毒可施之于愚戆之乡氓,而不可施之于谙练之将吏故也。韩、蔡诸公所言,固为切当。然过欲验乡之阔狭、役之疏密而均之。且既曰罢里正衙前,而复选赀最高者为乡户衙前,则不过能免里正重复应役之苦,而衙前之弊如故也。此王荆公雇募之法所以不容不行之熙丰欤。"他认为至和里正衙前改革只解决了里正之苦,而忽略了衙前之弊。

其实,制定一部便民良法自然是必不可少的。但是仅有良法,而无忠实执法的良吏,非但不能便民,甚至还可能害民。衙前募役法早在康定时(公元1040—1041年)就已实行过,当时,荆湖南路转运使王逵"在湖南率民输钱免役,得缗钱三十万,进为羡余,蒙奖诏。由是它路竞为掊克,欲以市恩"②。王逵推行募役法,"以免役诱民而取其钱,及得钱则以给他用而役如故"。重复取赋的结果,使得湖南等路的农户,"至破产不能偿所负"。王逵改革,目的不在便民,而在于为仕途钻营,制造政绩。他不惜残民以逞,祸害所及,至湖南数路。宋代小吏无俸禄,以索贿、敲诈维持生计,乡户充当衙前遭受勒索,是不可避免的。因此,一项改革应是一项复杂的系统工程,必须设计周延,各项措施严密配合。吏治是关键,吏治腐败,一部好经用歪嘴和尚念,把好经也念歪了。做官是为黎民苍生,还是为升官发财?可惜绝大多数的官员,是为了那十万雪花银。宋代高层曾哀叹全国十八路,转运使仅数十人,能胜任者都难以寻找,更何况成百上千的州县官了。

---

① 《传家集》卷二五《论财利疏》。
② 《长编》卷一三三庆历元年八月壬午。

嘉祐时,宋廷多次颁诏,要求各地奏报衙前之役的弊害及除弊措施,设置宽恤民力司,削减了州县力役23622人。

### 三　河北现钱入籴和茶叶通商

嘉祐以前,河北沿边军储依赖商人入中,国家用茶盐、香药、象牙等实物折价支付商贾,称三税法或四税法。推行多年,积弊丛生。由于折价过大,国家岁费钱500万缗,得米粟160万斛,其实才值200万缗,因而每年常虚费300万缗入于商贾蓄贩之家。然而运输米粟到沿边的北商,手中持有的香药、象牙、盐茶等物过多,尤其是香药、象牙这类奢侈品,社会需求量不大,因而也持续贬值。北商持券至京城兑换现金,为南商所压,无利可图,输粟至边的积极性锐减,边地军储难以保证。因此,这种状况不仅使公私两失其利,也严重地影响了国防储备,不得不改。

河北沿边入籴政策,经过皇祐、至和长期反复的讨论,嘉祐初决计改用现钱法。沿边驻军粟米,现钱实价收购,不再用茶盐、香药、象牙等实物向商贾折价购买。米粟不再用商人运输,改由国家在河北内地的澶(今河南濮阳市)、魏(今河北大名县)等州收购,自黄河、御河运至沿边。而用商人运钱河北至沿边,在京城加价付给商人钱帛。嘉祐三年(公元1058年),又规定沿边所需刍、豆的采购,也不再用茶支付。据说,改革后,"边储有备,商旅颇通",利国利民。

国家不用茶作为支付入中河北沿边刍粟的手段后,为茶的通商提供了条件。于是,废除茶叶专卖政策之议,开始在国家高层中酝酿。

仁宗时,茶由国家专卖,百姓私存自贩均不被允许,告发捕捉有赏。然而法网越密，违法越多，每年因此而判刑乃至处死者不可胜数。茶园户受制于专卖政策，收入微薄。加之官吏盘剥，由此获罪破产逃亡者，年年都有不少。国家也因政策屡变，茶利逐年减少。至和时，淮南茶才422万余斤，江南375万余斤，两浙23万余斤，荆湖206万余斤，福建79万余斤。一年卖茶钱连本带息，才167.2万余缗。国家茶叶销售不畅，获利无几，所在陈积，只得焚毁。因此舆论认为应当弛禁通商。

早在天圣时，就有上书者提议茶盐开禁。仁宗倒也开明，他说："茶、盐民所食，而强设法以禁之，致犯者众。顾赡养兵师经费尚广，未能弛禁尔。"他也清楚地了解国家专卖政策之弊，但改革的时机尚不成熟。

嘉祐三年（公元1058年）九月，仁宗终于下决心废除茶的专卖政策了，他下诏在三司设置专门机构讨论此问题。

十月，三司提出了意见，说："茶利每年应收244.8万，嘉祐二年（公元1057年），才达到128万，另外，招募商人运钱，均有虚数，实际仅有86万，这其中39万多是国家预付茶农的本钱，扣除后才得息钱46.9万而已。运费、损耗和押运官吏、兵夫费用尚未计算在内。至于茶园户的困苦、私贩趋利犯法等等，还造成了社会动荡不安。总之，茶叶专卖获利至小，为害甚大，应当予以通商。可将至和之后一年所得茶利息钱平摊到每户茶农，任其买卖，所在征收商税。"在征得了东南六路的同意后，四年二月下诏，决计通商，并将三司让茶农承担的息钱折半，让利于民。自此以后，茶叶除福建腊茶外，其余可在全国自由买卖。治平时，国家茶利达132.2776万缗。

当然，对于茶叶的通商政策还是有不同的声音。但是，富弼主张坚持下去不动摇。他说："近罢榷茶，改一百余年之弊法，不能无些少未便处，须略整齐可矣。譬犹人大病方愈，须用粥食、汤药补理,即渐平复矣。"①嘉祐时,茶叶实行的通商是一次全面、彻底的通商,这次通商一直实行了四十余年。徽宗崇宁元年(公元1102年),蔡京在江淮、两浙、福建、荆湖七路改行禁榷,方才终止。

## 四 仁宗后期的方田均税

田赋不均,宋立国之初就已存在。太宗末年,诏书中说:"户口之数,悉载于版图;军国所资,咸出于租调。近年赋税减耗,簿书纠纷,州县之吏非其人,土地之宜不尽出。小民因以多辟,下吏缘而为奸。乃有匿比舍而称逃亡,挟他名而冒耕垦。征役不均于苦乐,收敛未适于轻重。"②清楚地揭示出赋税减耗、征役不均这个严重的社会问题及其原因所在,奸民和猾吏相勾结。当时,京城开封周边的二三十个州,开垦的田地只占土地的十分之一二,而缴纳的农税还没达到应缴的一半,逃税的问题非常严重。真宗末年全国的垦田数约为525万顷,到仁宗皇祐中,垦田约228万顷,英宗治平中,约440万顷。皇祐、治平相去不及20年,而垦田之数增倍。从真宗末年至英宗治平中长达40余年,是和平发展时期,治平垦田数竟然不及真宗末年,岂非咄咄怪事?其实田亩是有增无减,但是逃税之田远比开垦之田多。故而史臣说,上述各朝垦田数只是国家掌握的田亩,也是可征收赋税的田亩,而偷逃赋税的田亩要占7/10。这样折算下来,全国垦田应有3000余万顷。景祐时,洺州肥乡县(今河北邯郸市肥乡区)田赋不平,长久以来未能解决。河北转运使派郭谘及孙琳去查办。郭谘意气扬扬地说:"这没什么难的,去了立

---

① 《长编》卷一九一嘉祐五年三月己巳。
② 《通考》卷四《田赋考四》。

刻解决!"二人用千步方田法在全县范围内搜查丈量,结果查明了全县田亩数,除去无地之租400家,登记上册无税之地达百家,收到历年欠税80万,经过这次清查,肥乡县田赋公平合理了,流民闻讯后也返回了家乡。为何出现无地之租和无税之地?这多半因为卖田之家遇上天灾人祸,急难之时,无奈地接受买家的不承担赋税的苛刻条件而造成的,宋代称这种现象为"产去税存"。庆历时,国家有意清查全国的田亩。欧阳修认为千步方田法简而易行,提议委派郭、孙二人先往田赋严重不均的蔡州(今河南汝南县)清查。结果在该州上蔡县清查出逃税之田26930余顷,并将全县田赋均摊到这些田地之上。可能是阻力不小吧,清查结束后,郭谘说:"州县多逃田,未可尽查。"此时的郭谘似已无当年的少年锐气。朝廷也担心人心不稳、社会动荡,于是就停止了清查。

庆历以后,赋税不均、赋税减耗的态势持续恶化。皇祐中,天下垦田比景德时增41.7万余顷,而岁入谷物竟减少了71.8万余石,问题如此严重。这引起了朝野人士的反思,认为"朝廷徒恤一时之劳,而失经远之虑",庆历中止均税,是个失策。之后,有田京知沧州(今河北沧县),均无棣田,蔡挺知博州(今山东聊城市)均聊城、高唐田,岁增赋谷帛之类,无棣总计1252顷,聊城、高唐总计14847顷。但不久,有反映说沧州百姓以为不便,朝廷又决定一切依旧。

嘉祐四年,朝廷决定再派遣孙琳、林之纯、席汝言、李凤、高本等分往诸路均田。这次清查还设立了专门机构均税司,持续了两三年时间。但包括欧阳修在内,不少官员认为均田扰民,表示反对。各地出现了百姓惊恐、担心政府借此增税、纷纷砍伐桑柘的现象。河北卫州(今河南卫辉市)、澶州、通利军(今河南浚县)的官员违背清查田亩便民的本意,擅增赋税,消息都传到了京城。甚至还出现了河北百姓千百人来京上访,聚集在三司衙门前的轰动性事件。欧阳修认为,这一切是地方官员"贪功希赏"造成的。他请求朝廷下旨,"令均税所只如朝廷本议,将实权见在税数,量轻重均之,其余生立税数,及远年虚数,却与放免。及未均地分,并且罢均"。官员的素质确是均税成败的关键,司马光也是均税司的一员,他曾请求嘉奖通判德州秦植,因为秦植"均五县税,皆得平允,并无词诉"。当然,均税工作的复杂性,也是其他工作无法比拟的。时人说,均税官员"诚使其覆实无颇,但能知田亩高下尔。至于均税之法,以地肥瘠为差,其勤力从事田亩修治者则赋重自若,其惰窳不事事而田亩荒瘠者因获减赋,然此尚以肥瘠言也。吏非廉明,用心不一,或不能尽知田事,或挟私与夺,上无由察也"①。总之,这次清查只均了几个州的田,并未推行到全国,可能是阻力和困难都太大了。

另外,嘉祐二年(公元1057年),在全国各州设置广惠仓,10万户州储备1万石,以下逐次递减,至万户2000石。以给城里老幼贫弱不能自存者。四年规定,自10月开始,日给米1升,幼儿半升,每3日颁发1次,至次年二月止。

江西虔州(今江西赣州)按规定食用淮东海盐,路途遥远,运卒盗卖海盐而掺以灰土,故淮盐质差而价高,百姓喜食私盐,淮盐不售。虔州与广东相近,而福建汀州(今福建长汀县)也与虔州接壤,故二州百姓多赴广东盗贩私盐。而所到之处,抢夺谷帛、掠人妇女,与巡捕格斗,造成严重的社会治安问题。嘉祐七年(公元1062年),宋用蔡挺为江西提刑治理此事。蔡挺首先令百姓缴出私藏兵器,禁止私贩。旅途携带的盐不许达到20斤,团伙不许达到5人,不许携带武器,过税所纳税,则不逮捕。运淮盐的船队,分12批,每批25只

---

① 《长编》卷一九二嘉祐五年十二月辛巳。

船,船船相锁。运到后,完成数额,多余的给船上的吏卒,然后半价回收。淮盐质量有了保证,又降价出售,结果年销售额比过去增至300余万斤。广州运往英、韶二州的盐也存在淮南同样的问题。挺兄广南东路转运使蔡抗,也采用团纲的方法,10舟为一运,结果当年,盐税增加15万缗。

仁宗时,接近京城地区的淮扬、许昌(今河南许昌市)、汝南(今河南汝南市)等地,人稀土旷,东平(今山东东平县西北)、巨野(今山东巨野县南)、以及彭城(今江苏徐州市),都有许多闲田。国家招辑流亡,鼓励开垦。直至嘉祐时,京西唐(今河南唐河县)、邓(今河南邓州市)二州尚多旷土闲田,其中唐州最多。唐州所收赋税不足以支撑当地财政,当局拟降州为县。知唐州赵尚宽反对,他查阅古地图,找到汉召信臣治水遗址,调发州卒兴修水利,恢复三大陂塘,一大灌溉渠,均是可灌田万顷的大水利工程。他又发动百姓自发地开挖支渠,将水引向各乡村。又计口授以荒地,借贷官钱给百姓买牛。结果,三年后废田尽为膏腴良田,户口增加了万余户。赵尚宽也成了全国安置流民、垦荒复业的代表人物。

以上三件也是有益于国计民生的好事,特附于此。

## 五　裁冗兵、减恩荫

宋夏战争时,宋军规模扩大至125万人。皇祐初,庞籍为枢密使,他力排众议,请淘汰疲老之兵员,他说:"有一人不听命令,臣敢请以身请罪!"仁宗接受了他的建议,裁去了8万人。后来英宗治平时全国兵力为116万,大约就是此时定下的。

至和时,要求省兵减员的呼声又起。知谏院范镇认为"方今官冗兵多,民力不堪",请求裁减。他说:"景德中,契丹内寇,灵、夏不臣,是时兵不满五十万,西备北御,沛然有余。今兵倍之矣,而尚若不足者,臣不识所谓也。敌才遣一介之使,而增益者又数万。及其去也,中外相庆,谓为无事,殊不知新兵之费岁损已百万缗矣,其费一出于民也。方民愁苦之时,又重赋之,以为备御计者,未见其可也。兵不在众,在练之与将何如耳。侬智高寇岭南,前后遣将不知几辈,遣兵不知几万,亡走奔北,不可胜纪。陛下亲遣狄青,然而卒能取胜者,蕃落数百骑尔。此兵不在众,近事之效也。陛下何不持此说以诘大臣之欲益兵者。今夫官所以养民者也,兵所以卫民者也,今养民卫民者反残民矣,而大臣不知救。臣恐朝廷之忧,不在四夷,而在冗兵与穷民也。"条陈之辞,非常剀切,但似乎并未被采纳。

裁军有阻力,原因是多方面的。其中有将官想吃空饷,或想役使士兵为其劳作,制作物品出售赢利。嘉祐末,陕西转运使薛向说:"陕西之兵,厢禁军凡二十五万,其间老弱病患伎巧占破,数乃过半,请下诸路拣其不任征役者汰之,敢占伎巧者论如法。"仁宗接受了他的建议。由此也可以看出宋军的腐败有多么的严重。

至和二年(公元1055年)九月,龙图阁直学士李柬之言:"今文武官三司副使、知杂御史、少监、刺史、阁门使以上,岁任一子,带职员外郎、诸司副使以上,三岁得任一子,文武两班可任者,比之祖宗朝,多逾数倍,遂使绮纨子弟充塞仕途,遭逢子孙皆在仕宦,稚儿外姻并沾簪笏之荣,而又三丞已上致仕者任一子。况七十致仕,古之常制。少登仕宦,晚至三丞,恩惠未见及民,功业未闻及国,至其退罢,更令任子,退一老者进一孺子,甚非国家优贤取士之道也,此所谓任子之恩太广也。"辛辣地讽刺了恩荫制度的荒谬性。大约主政者也感到太荒唐了,嘉祐元年(公元1056年),复定恩荫法,此后,"每岁减

## 第五章 仁宗后期的改革

入流者无虑三百员"①。太宗当年说:"倖门如鼠穴,何可塞之?但去其甚者,斯可矣。"②仁宗后期,裁减冗官、冗兵也只做到这个程度,去其太甚而已,政治改革远比经济改革困难。

仁宗末年,经过多年的论难反复,在西北、西南等地局部的战乱平息后,坚持了以通商为主、有利于国计民生的改革。当时,御史傅尧俞说得好:"今度支岁用不足,诚不可忽,然欲救其弊,在陛下宜自俭刻,身先天下,无夺农时,勿害商旅,如是可矣。不然,徒欲纷更,为之无益,聚敛者用,则天下殆矣。"更重要的是,仁宗在这方面还是个明白人,他说:"山泽之利,当与众共之。"③所以,仁宗末年经济改革能走上通商的正确道路。仁宗之所以谥仁,恐与此不无关系。

---

① 《长编》卷一八一至和二年九月辛巳、卷一八二嘉祐元年四月丙辰。
② [宋]陈均《九朝编年备要》卷五。
③ 《宋史》卷三四一《傅尧俞传》、卷三四〇《吕大防传》。

## 第六章　反对熙丰变法

治平四年(公元1067年)正月初八,英宗逝世,长子赵顼即位,是为神宗。神宗时年二十岁,是位"有气性,好改作"的青年。他对当时内政百事舒缓、积弊丛生的状况极为不满,又见祖宗以来屡败于辽、夏,立志要收复燕云、灵夏故土,雪洗数世之耻。但是,他四顾无人,满朝文武无可寄托。这时,他想起了王安石。王安石,字介甫,抚州临川(今江西抚州市辖区)人。是宋代著名的政治家、思想家、文学家。神宗在藩邸时,久闻其名,想见其人。他那篇有名的《上仁宗皇帝万言书》,主旨就是要造就变法之人,内修政理,外复失土,与神宗的理想不谋而合,正所谓英雄所见略同。于是,闰三月下旬,英宗的丧事稍稍就绪,神宗就起用了正处于冗散之中、待价而沽的王安石,任命他为知江宁府(今江苏南京市)。九月,又召他入京任翰林学士。熙宁元年(公元1068年)四月,王安石入京后首上《本朝百年无事札子》,积极支持神宗变法。不久,他又出任副相参知政事,亲自主持神宗发动的变法运动,而司马光则坚决反对熙丰变法"富国强兵"的政治路线,被王安石目为反对派的"宗主"与"赤帜"。从此时直至熙宁四年司马光拂袖而去赋闲西洛,两人由于政见根本对立,故而"讨论朝政,数相违戾",发生了一系列尖锐、激烈的冲突。

## 一　初任内翰

在闰三月下旬神宗首批的任命中,除了王安石之外,还有两位,这就是"嘉祐四友"中久负盛名的司马光、吕公著。神宗请司马光、吕公著出任翰林学士之职。翰林学士是皇帝的私人秘书,除了负责撰写任免将相,册立皇后、太子,对外宣战等重大诏令外,还是皇帝的最高侍从顾问官,"比于知制诰,职任尤重"①,因而司马光如同辞免知制诰一样,再三恳辞翰林学士,他不希望因自己的能力而给国家造成损失。两次书面报告未获准,二十多天后,司马光又上殿向神宗面辞。神宗问他:"古代的君子,有的有学问但不擅长撰文,有的擅长撰文但学问不深,只有董仲舒、扬雄兼而有之。卿也是一位既有学问又擅长撰文的人,为何还推辞呢?"司马光回答道:"臣不能做四六文。"神宗说:"就如两汉诏令一样也行。"司马光说:"本朝事体不允许。"神宗反问道:"卿能考上进士第一等,还说不能作四六文,这能说得通吗?"司马光一下子被问住了,他一时无言以对,赶紧退下。神宗还是不放过司马光,他派内侍追上来,硬逼着司马光接受委任状,司马光还是不肯接受。正在僵持不下之时,神宗又派内侍前来敦促司马光谢恩,司马光不得已,只得返回。当司马光走到庭院中时,神宗示意内侍将委任状硬塞在司马光的怀中,司马光这才不得不接受了翰林学士之职。翰林学士是唐宋士人所重清要之职,宋代宰执多从翰林学士、御史中丞、三司使、权知开封府中选拔,俗称"四入头",由此可见神宗对司马光倚重之深了。

---

① 《传家集》卷三七《辞翰林学士第一状》。

## 二 在撼韩风波中

韩琦、欧阳修都是两朝顾命大臣,神宗上台后,他俩的日子就不好过了。参知政事欧阳修心直口快,好面折人之短,在濮议中又犯了众怒,台谏时刻想寻衅报复。在英宗服丧期,御史就弹劾他进入福宁殿时丧服下着紫衣。福宁殿是停放英宗灵柩的宫殿,欧阳修这样不检点,自然是大不敬。好在神宗宽宏大量,将御史的奏章压下,只令欧阳修换去紫衣就算了。不久,御史又攻击欧阳修帷薄不修,尽管神宗将御史中丞、侍御史知杂都逐出朝廷,但欧阳修事实上已无法立朝,数日后就上表乞出,三月里,获准,罢政外放知亳州。

同月,神宗起用东宫旧臣王陶为御史中丞。王陶一上任就攻击韩琦,先是算老账。韩琦治平时引用资浅望轻的武臣郭逵为同签书枢密院事,跻入执政。后又同意郭逵以见任执政为陕西宣抚使兼判渭州。五代后汉时,郭威以枢密使坐镇大名,夺取天下,建立后周,因而这样使用郭逵显然是犯忌讳的。王陶认为韩琦"必有奸言,惑乱圣德",否则英宗是不会违反祖制的。接着,王陶又攻击韩琦作为宰相文德殿不押班为跋扈,甚至以两汉时的霍光、梁冀相比喻。其实宰相文德殿不押班,并非自韩琦始,至少真宗末年就不再实行,因为在百官前殿朝见皇帝后,宰相还要赴政事堂举行国务会议,如天天赴文德殿押班,政务就会受到影响。神宗将王陶的弹章批转给了韩琦,韩琦说:"臣非跋扈之人,陛下派遣一名小宦官来,就可以将臣逮捕去了。"神宗听了这话,不禁为之动容。不少大臣也都认为王陶话说得太过分了,是小题大做、诬陷大臣。这样,神宗不得不俯顺舆情,四月二十二日,下诏罢免王陶御史中丞之职,与司马光互易,改

第六章　反对熙丰变法

命为翰林学士。但是参知政事吴奎等不同意王陶任翰林学士,坚请将王陶降职外放,吴奎甚至指斥神宗对王陶的任命为"内批",不具备法律效力,并且称疾请罢政事。神宗一气之下,免去了吴奎的参知政事之职,让他出知青州(今山东青州市)。司马光是很乐意接受这个一般人不愿意担任的御史中丞之职的,不过他希望在宰相押班以后再正式就职。他对神宗说:"近年以来,宰相权重。如今王陶又以弹劾宰相被罢免,这样今后御史中丞就无法行使职权了。请宰相押班以后,我再正式就职吧。"神宗同意了司马光的这个请求。司马光又向神宗建议,只还王陶未作中丞时的旧职,这样保持了宰执的面子,是较为妥当的。否则,即位之初,英宗尚未安葬,"举朝大臣纷纷尽去,则于四方观听,殊似非宜"。神宗接受了司马光的建议,召回了吴奎。不过,此时司马光考虑得更多的是改革。他认为宰相押班不押班,这是无关宏旨的小事。在新政之际,为这样一点小事,宰辅、台谏纷纷相互攻击,分为两党,有如仇敌,而把"革政事之久弊,救百姓之疾苦"置诸脑后,实在该是严加惩戒的。他提请神宗注意:"今灾异屡降,饥馑荐臻,官多而用寡,兵众而不精,冗费日滋,公私困竭,戎狄桀傲,边鄙无备,百姓流亡,盗贼将起,朝廷夙夜所忧,宜以此数者为先,而以余事为后。"①把精力放在改革的大业上来。在神宗即位后的三四个月里,连续发生这一系列事件,并非偶然。九月,英宗安葬后,数日内神宗免去了韩琦、吴奎、郭逵、陈旭四人的宰辅之职,终于清除了韩琦一派在朝廷的势力。几个月来的形势清楚地显示,关于欧阳修的几桩事不过是驱逐韩琦的前奏罢了。应当说,这一切都是神宗事先精心策划好的。神宗少年老成,工于心计,政治斗争手腕娴熟,舒卷自如,轻易地将三朝老臣、两朝顾命,逐出

---

① 《传家集》卷三八《乞罢详定宰臣押班札子》。

了权力中心。在这场斗争中,司马光等人均未看透神宗的心思。王陶虽然知"帝初临御,颇不悦执政之专""必易置大臣,欲自规重任"①,挺身而出,充当打手,但结果重位并未得到,反而成了这场斗争中的牺牲品。鹬蚌相争,得利的是渔翁。

## 三 在役法的讨论中

治平四年(公元1067年)六月,变法的序幕已经拉开。二十五日,神宗下诏"令逐路转运司,遍牒辖下州军,如官吏有知差役利害,可以宽减者,实封条析以闻"。预备在全国范围内讨论役法。宋代对农业危害最大的法令,无过于役法。仁宗时期,多次改革均未奏效。例如,景祐时曾在北方诸路颁布过募役法,庆历至皇祐间在湖南等地还曾实行过免役法。但这不过是重复取赋、揢克民财的花招而已。后来朝廷发现了这个问题,明令制止了。仁宗时,役法最大的一次改革,要数至和二年的乡户衙前法了②。但是,推行十余年后,"民间贫困,愈甚于旧"。神宗颁诏讨论役法,就是要解决这个痼疾。司马光踊跃地参加了这场讨论,进呈了《论衙前札子》③,他认为乡户衙前虽然解决了各乡各县服役不均的问题,并在一定程度上避免了贫富不均,但是乡户衙前法"将一县诸乡混同为一,选物力最高者差充衙前,如此则有物力人户常充重役,自非家计沦落,则永无休息之期"。他说:"置乡户衙前以来,民益困乏,不敢营生,富者反不如贫,贫者不敢求富。臣尝行于村落,见农民生具之微,而问其故,

---

① 《宋史》卷三二九《王陶传》。
② 详见本书第五章第二节。
③ 《传家集》卷四一。

皆言不敢为也。今欲多种一桑、多置一牛，蓄二年之粮，藏十匹之帛，邻里已目为富室，指抉以为衙前矣。况敢益田畴、葺间舍乎？臣闻其事恝焉伤心，安有圣帝在上，四方无事，而立法使民不敢为久生之计乎？"在这里，司马光揭露了乡户衙前法对农村经济发展所起到的阻碍和破坏性作用，这是推行之初所始料不及的。有鉴于此，司马光希望这次变法要更慎重些，要长计却虑。他说："凡为国者，患在见目前之利，不思永久之害。故初置乡户衙前之时，人未见其患，及今然后知之。若因循不改，日益久则患益深矣！"不过，此时司马光的思想似乎已倾向于里正衙前，他认为"里正止管催税，人所愿为。衙前所管官物，乃有破坏家产者。然则民之所苦在于衙前，不在里正。今废里正而存衙前，是废其所乐而存其所苦也"。他认为里正衙前的劳逸不均之弊，在于"衙前一概差遣，不以家业所直为准，若使直千贯者应副十分重难，直百贯者应副一分重难，则自然均平"。他主张工作做得深入细致一些，将衙前各役与服役户的资产均分为若干等级，使负担更趋于合理。因而，他请求神宗将里正衙前与乡户衙前都交与大家讨论，"务令百姓敢营生计"，以至家给人足。需要说明的是，此时司马光还有这样一种考虑，他认为"一州一县，利害各殊。今一概立法，未能尽善"，不主张推出关于役法的全国性法规。

## 四　反对招纳横山之众

治平四年（公元1067年）六月，鄜延路边防要塞青涧城的知城种谔招纳到西夏横山地区一位颇具实力的酋长朱陵归附。此事得到了陕西转运副使薛向的支持，薛向给了朱陵田地十顷、住宅一套，并请示神宗授予朱陵一名武职,以便招纳到横山更多的羌人内附。薛向的这个方案得到了神宗的全力支持。薛向在对西夏关系上是主战派,他在英宗朝曾上疏陈述《御边五利》,主张精选将帅,专用陕西土兵,蓄积财力、充分准备,使府库充轫。对西夏则在政治上实施反间之计,在军事上实施声东击西、犄角声援、浅攻的战术,在经济上实施断绝岁赐和互市的政策,置西夏于死地。神宗尚是皇子时,就非常赏识薛向。这次接到薛向的奏章后,他立即召薛向进京面陈方略,两次赐金给薛向,并嘱咐薛向对宰执保密,对横山事务则由他下达手诏亲自指挥。不久,一个新的图谋逐渐酝酿成熟。时西夏欲将横山部落内迁至其首都兴州(今宁夏银川市)附近。横山部落怀土重迁,不愿离去。神宗认为打击西夏的时机已经来临,他计划策反部落在故绥州(今陕西绥德县)的嵬名山部,以夷制夷,进而消灭西夏。谁知没有多久,此事让司马光知道了,作为中丞,对于这种关系国家安危的大事,自然要尽言责,不可置身事外。九月,司马光连上三疏,加以劝阻。神宗见状,十分恼火,他怀疑是枢密使文彦博泄漏出去的。薛向的《御边五利》,神宗当时只给枢密使文彦博看过,并征求过他的意见。文彦博是位睿智的老政治家,庆历中与范仲淹同在陕西,先后承担泾原、秦凤方面的防务,庆历末出任宰执,是皇祐初年的首相。他认为薛向的《御边五利》中,积蓄力量是当今至切之务,其他方略亦多可取,但用兵是大事,岂可轻言,应当慎重,话说得非常得体。司马光是怎么知道此事的,已不得而知。或许是文彦博不想自讨没趣,于有意无意之中,让司马光得知此事,这也未可知。因为他知道,司马光倘若获悉,是一定会面折廷争的。仁宗晚年有病,政事多不置可否,大臣于是得以专政。王广渊是英宗藩邸旧僚,英、神两朝,他力主削相权,收回主权,但司马光认为他是个小人,连章弹劾。在招纳嵬名山部这件事上,神宗就认为司马光"淳儒少智,未必不为人阴使"。在《论横山疏》①中,司马光着重以本朝的正反两方面的教训告诫神宗这位年轻的皇帝。他说:"国朝以太宗之英武,北举河东,南取闽浙,若拾地芥。加之猛将如云,谋臣如雨,天下新平,民未忘战。当是之时,继迁背诞,太宗以郑文宝为陕西转运使,用其计策,假之威权以讨之,十有余年,卒不能克。发关中之民,飞刍挽粟,以馈灵州及清远军(今宁夏同心县东),为虏所钞略,及经沙碛,饥渴死者什七八,白骨蔽野,号哭满道,长老至今言之,犹歔欷酸鼻。及真宗即位,会继迁为罗潘友所杀,真宗因洗涤其罪,吊抚其孤,赐之节钺,使长不毛之地,讫于天圣、明道,四十余年,为不侵不叛之臣。关中户口滋息,农桑丰富,由是观之,征伐之与怀柔,利害易见矣。及元昊背恩,国家发兵调赋以供边役,关中既竭,延及四方,东自海岱,南逾江淮,占籍之民,无不萧然,苦于科敛。自其始叛,以至纳款,才五年耳,天下困弊,至今未复。仁宗屈己,赐以誓诰,册为国主,岁与之物,凡二十五万,岂以其罪不足诛而功可赏哉,计不得已也!"因此,中国对待夷狄的基本原则与传统政策是"或怀之以德,或震之以威,要在使之不犯边境,中国获安则善矣。不必以逾葱岭,诛大宛,绝沙漠,禽颉利,然后为快也"。司马光反对神宗招纳横山之众,是因为西夏此时尚称臣奉贡,神宗既接见其使者,又诱其叛臣,完全丧失了信义,与大国皇帝的身份是极不相称的。况且,招纳未必成功,成功未必有利,也很难说这不是西夏为重开战端而实施的阴谋。更重要的是,神宗即位尚未满一年,国穷民贫,军政未修,灭西夏的时机远未成熟。因此,司马光向神宗建请,"为今之计,莫若收拔贤俊,随材受任,以举百职。有功必赏,有罪必罚,以修庶政。慎择监司,澄清守令,以安百姓。屏绝浮费,沙汰冗食,以实仓

---

① 《传家集》卷四一。

库。询访智略,察验武勇,以选将帅。申明阶级,剪戮桀黠,以立军法。料简骁锐,罢去赢老,以练士卒。完整犀利,变更苦窳,以精器械"。在这八个方面的条件都具备后,再考虑用兵西夏,否则必将重蹈覆辙,如以往那样"忍耻以招之,卑辞以谕之,尊其名以悦之,增其赂以求之"。二十七日,司马光又上殿进谏,他逐个地点了参与招纳的边将姓名,在言之凿凿的情况下神宗还是矢口否认。他认为司马光的态度极为"忿躁",想重重地处罚他,他开始嫌司马光碍事了。事后,神宗想想司马光还是个正直的人,只不过行事太迂阔罢了。司马光道德学问为世所重,置于左右,朝夕讨论治国之道,拾遗补阙、讲论经史,还是非常合适的。于是,第二天他解除了司马光的中丞之职,让他重新去做了名翰林学士。

这年十月,种谔等在神宗的默许下,长途奔袭,一举夺取了西夏横山地区的绥、银(今陕西榆林市横山区党岔镇附近大寨梁)二州,接受了嵬名山的投降。但不久,西夏也诱杀了宋边将多人,以示报复。由于绥州之役是神宗背着陕西沿边各路经略安抚司发动的,因而陕西丝毫未做战备。所需大批钱帛、粮草、兵马、战具均严重缺乏。城寨没有修筑,险要没有布防,如何接纳归附蕃族也没有考虑。更为糟糕的是,指挥紊乱,一时间,"诸将得邻帅或监司移文即领兵入西界,纷乱无节制"。另外,朝堂在要不要招纳横山及具体做法上的认识也很不一致。打了胜仗,政事堂下令奖赏,枢密院下令警告。进筑堡寨,枢密院追查责任,政事堂通令嘉奖。神宗这时不得不起用衣锦还乡的韩琦,出镇长安,统一指挥,整饬纪律,收拾乱局。所幸的是,年底夏国主谅祚病故,事态才未急遽恶化。

早在神宗即位的第三天,翰林学士承旨张方平等人就提醒神宗,对西夏战争后,国家"百年之积,惟存空簿",加之四年之内两经大丧,国家财力已濒临危困,因而他希望神宗能爱惜民力、财力,节约办事。数月之后,在上疏论国计时,他又请神宗实行改革,革除冗兵、冗官、宗室诸弊。后来苏辙也持相同的观点。他在总结绥州之役的经验教训时,指出当务之急在于丰财。"所谓丰财者,非求财而益之也,去事之所以害财者而已矣"。"事之害财者三,一曰冗吏,二曰冗兵,三曰冗费"。只有先去此三冗,才能丰财。只有丰财,才能保证战争得以进行。因而,从这个意义上来讲,革除"三冗",改善国家财政状况,是国家的先务,"至于鞭笞四夷,臣服异类,是极治之余功,而太平之粉饰也"①。他批评神宗轻率地发动绥州之役,是不知轻重缓急,弄错了先后次序。由此看来,熙丰变法从一开始就存在着两种尖锐对立的指导思想,从一开始就发生了方向性的错误,变法不是为了医治战争的创伤,促进社会经济的发展,而是为了支持战争,把国家拖入战争的深渊。绥州一役,宋耗资六十亿,战争给国家带来多么沉重的负担。治平四年(公元1067年)底,神宗与西夏议和。但他并未接受绥州之役的教训,他将司马光等人的忠告置诸脑后,一心在寻找时机,准备再度发动战争。

## 五 在阿云案上的分歧

熙宁元年(公元1068年),登州(今山东烟台市蓬莱区)发生了一起年轻女子阿云谋杀未婚夫致残的命案。在复议这起命案时,司马光与王安石对此案发表了截然相反的意见,这是他俩在思想、政治上的首次冲突。事情经过是这样的:

登州女子阿云,在服母丧期中,被许配给韦阿大。她嫌未婚夫

---

① [宋]苏辙《栾城集》卷二一《上皇帝书》。

相貌丑陋,竟趁阿大在田中熟睡之际,向他砍了十来刀,并剁去阿大一个手指,造成重伤。事发后,阿云作为嫌犯被传讯,她害怕用刑,就如实招认了犯罪事实。知州许遵认为阿云一问即招,符合敕文"因疑被执,招承减等"的规定,即以谋杀已伤按问欲举自首,从谋杀减二等定罪。案件报到朝廷后,审刑院、大理寺和刑部三个司法部门按"谋杀已伤"改定为绞刑,又援"违律为婚"的条款,最终定为编管。许遵不服,他认为阿云一问即招,应免所因之罪,今三法司弃敕不用,恐绝今后犯罪自首之路。神宗将案件交给了王安石、司马光两位翰林学士研究解决。谁知二人意见也不一致,王安石认为许遵对,司马光认为三法司对。争论的焦点在于谋杀这种杀伤性案件是否可免所因之罪,以及免罪后所造成的社会效果如何。

司马光的观点集中地体现在《议谋杀已伤案问欲举而自首状》[①]这篇奏疏之中。他认为法律规定的"因犯杀伤而自首者,得免所因之罪,仍从故杀伤法",是指这样一类杀伤案件,即罪犯因犯诸如劫囚、略人等罪,本无杀伤之意,事不得已,致有杀伤。审理这类案件时,劫囚、略人等导致杀伤他人的罪行,可因罪犯的自首而免去,但杀伤之罪不可因自首而免去。此外,因强盗而杀伤他人,即使自首也不可免去强盗之罪。而所谓的故杀是指罪犯因一时冲动、失去控制、公然杀害他人。这种犯罪既无所因而情节又较轻,故凡自首而免所因之罪者,皆按故杀伤法定罪。至于谋杀,则是蓄意杀伤他人的一种犯罪行为。平时只有杀人念头,但未杀人,这算何罪,也无从自首免罪。因此,"谋"字只是在发生了杀人的行为后,才有意义,它不是造成杀人这种罪行的其他一种罪行。因而不可将"谋"与"杀"分为两事,使"谋"成为"杀"之所因之罪。如"谋"与"杀"可分为两

---

① 《传家集》卷四〇。

## 第六章　反对熙丰变法

事,则"故"与"杀"也就可以分为两事。司马光还举了一个浅近的例子来说明这样断案的荒谬,他说:"今若使谋杀已伤者得自首,从故杀伤法。假有甲乙二人,甲因斗殴人鼻中血出,既而自首,犹科杖六十罪。乙有怨仇,欲致其人于死地,暮夜伺便推落河井,偶得不死,又不见血,若来自首,止科杖七十罪。二人所犯绝殊,而得罪相垺,果然如此,岂不长奸?"司马光认为如照许遵所断,恐不足劝善,也无从惩恶。结果是坏人得志,好人受害。

王安石则认为强盗与谋杀之罪皆可因自首而免所因之罪。"谋"即是所因之罪。他认为"律谋杀人者徒三年,已伤者绞,已杀者斩。谋杀与已伤、已杀自为三等刑名。因有谋杀徒三年之犯,然后有已伤、已杀绞斩之刑名,岂得称别无所因之罪?今法寺、刑部乃以法得首免之谋杀与法不得首免之已伤合为一罪,其失律意明甚"。又认为"因盗伤人者斩,尚得免所因之罪。谋杀伤人者绞,绞轻于斩,则其得免所因之罪可知也"①。

后来上至宰辅富弼、文彦博、唐介,下至台谏、三法司官员都卷入了这场争论之中,他们有的支持王安石,有的支持司马光。熙宁二年(公元1069年)二月,王安石升任参知政事。八月,神宗采纳了王安石的意见,支持司马光观点的官员多受到了贬官外放的严厉处分。司马光对王安石这样处理持不同政见者非常愤慨,他提醒神宗说:"臣不胜拳拳,窃恐来者侧目箝口,以言为讳,威福移于臣下,聪明有所壅蔽,非国家之福也。"②并且,他认为作为君主与宰辅不当留意"谋杀为一事、为二事,谋为所因,不为所因",这是司法人员的事,君相之事在于"原情制义","分争辨讼,非礼不决。礼之所去,刑之所取也"③。原

---

① [元]马端临《文献通考》卷一七〇《刑九》。
② 《传家集》卷四二《论责降刘述等札子》。
③ 《传家集》卷四三《上体要疏》。

来支持王安石的人认为设首免之律，不仅可以开改恶从善之路，而且可以避免罪犯在自首不免后怙恶不悛，以致犯下必死之罪。但是，从后来的事实看，阿云案所造成的社会效应是很不好的。过去犯人一问不承，后虽自言，皆不得算按问。受阿云案影响，后来，即使是累问不承，也作按问处理。另外，两人同时为盗，法官先问甲犯，则甲犯作按问定罪，先问乙犯，则乙犯作按问定罪，断案不根据盗窃时所犯的罪行，而只依据审问的先后。为何出现这种情况呢？大概是经办案件的官员从阿云案中接受了教训吧，他们不想因断案而受到贬官的处分。天下人对此颇多非议。

## 六　修二股河的异同

嘉祐五年（公元1060年），黄河冲决大名府（今河北大名县）第六埽，形成一条流经大名、恩州（今河北清河县）、博州（今山东聊城市）、德州（今山东德州市陵城区），自沧州（今河北沧州市）入海的新河道，这样，黄河从大名以下形成两股河道。旧河道流经恩州、冀州（今河北衡水市冀州区），自乾宁军（今河北青县）入海，为黄河北流。新河道则称之为黄河东流，又称二股河。

熙宁元年（公元1068年）六月，黄河在恩、冀、瀛州（今河北河间市）多处决口，神宗为之不安。他召集司马光及都水监官员共同商讨对策。都水监丞李立之建议在恩、冀、深（今河北深州市南）、瀛等州修筑新堤367里。但是，由于工程浩大，又值灾年，河北转运司不赞同李立之的方案。另一位都水监丞宋昌言则建议在二股河口西岸新河滩上修筑土约，深入河身，使河水北流受阻转向东流，让御河、胡卢河复归故道，从而缓解四州的水患。都水监认为宋昌言的

第六章　反对熙丰变法

方案可行，便将两种方案都呈报了神宗。不过，宋昌言的方案也不是没有反对者，提举河渠事王亚等人就认为宋辽间界河河水湍急，河面开阔，是宋朝防御辽国的天然屏障，如果塞断北流，界河就失去了主要的水源，也就失去了国防上的防御功能。神宗一时无法决断，十一月，他下诏命司马光与宦官张茂则一道赴河北视察，看看究竟哪种方案可行。司马光不赞同王亚的观点，他的《长垣道中作》这首诗就是驳斥这种观点的。诗云：

极目王畿四坦然，方舆如地盖如天。始知恃险不如德，去杀胜残已百年。

司马光以宋朝建都于四战之地无险可守的开封、立国已百余年的史实驳斥了王亚等人的论点。二年正月复命时，他请神宗实行宋昌言的方案。他还提醒神宗要尊重客观规律，治理黄河一定要根据地形水势，不能蛮干。若强行引水就高，硬立堤坝，一旦溃决，不仅治河无功，而且要毁坏以往的水利设施。也不能急于求成，见四成河水东流就赶紧塞断北流，这也是要出大乱子的。必须要到八成河水东流，方才可以截断北流。要达到这个目标，至少需要二三年，甚至四五年的时间。开工后不久，知大名府韩琦怀疑二股河工程在冒进、蛮干。上下两土约深入河床，将1100步的河床截去了800余步，河水只能在200余步的河道内流行。而二股河下游德州至沧州间没有堤坝，至于恩州至深州的新堤则更危险，它背腹两面都要同时承受黄河与太行山之水。万一上流水大，必然要冲决堤岸造成水患。他将这一情况汇报给神宗，四月，神宗再命司马光与张茂则等出使视察二股河工程。司马光受命后，立即起程。四五月，天气已经相当热了，为了躲避长途中酷热的暑气，司马光率领一行人马昼伏夜

177

行,考察了上约,又渡过黄河,考察下约。为了国家,他甘愿奔波,不辞劳苦,欣然写下了《再使河北》这首诗:

　　桑麦青青四月初,皇华使者又脂车。为臣岂得辞王事,只向金銮坐读书?

司马光在实地踏勘以后,综合了集体的意见,提出了二股河的修改方案。这项方案包括,上土约退后二十步,并外作蛾眉埽加以保护,修葺沧、德州古遥堤,加固恩、深二州新堤等几点内容。在二股河工程上,王安石与司马光的意见基本是一致的,他也认为李立之的方案只能是徒劳无益。但他颇不以韩琦所言为意,认为韩琦等持有异议,都是不了解实情。

六月,神宗拟派司马光全面负责二股河工程,但是,吕公著认为这样做对儒臣是不尊重的,故而司马光未能成行。七月间,二股河的流量越来越大,北流水量逐渐减少。都水监负责人张巩认为,上约累经大水冲击,与下约均未出现险情,东流河水越流越快,越流越顺畅,已经可以闭塞北流了。北流早一天闭塞,可以早一天免除恩、冀、深、瀛、永静(今河北东光县)、乾宁等州军水患,使流民早一天返回家乡。也可以使御河、胡卢河下流早一天各归故道,使漕运、邮传早一天通畅,进而保证塘泊不淤浅,有利于国防安全。他提请神宗讨论这一问题。于是,神宗又命司马光、张茂则等出使,考察能否闭塞北流。八月五日,司马光入辞,他对神宗谈了自己的看法。他说:"东流河道尚浅狭,堤岸也不完整,闭塞北流,肯定会发生溃决,这样就是将西边水患移到东边。不如等三二年,东流河道深阔,堤岸逐渐坚固,北流逐渐浅涸,薪刍等物资齐备,再塞为好。"这时,河水东流水量已及六成,张巩等主张闭塞北流。而司马光坚持主张必须到八成才可，并要顺其自然，不可强行截流。这时，神宗与王安石是倾向于张巩的。王安石认为，司马光议事多与他人不合，让他视察河情，如以后不按他的意见办，反而让他不安。于是，第二天，只派了张茂则。张茂则去了后，汇报说东流已及八成。十四日，就闭塞了北流。但是，没有多少天，河水从许家港处决口，淹没了东部大名、恩、德、沧、永静等五州军，冲毁了许多农田房舍。尽管河北西部地区从北流闭塞中获得了不少利益，但东部地区却蒙受了本可避免的损失。事实证明司马光的主张是英明的，从修筑二股河这件事上，也可看出司马光虑事缜密，处事沉稳，而王安石则急于求成，有失浮躁。

## 七　理财之争

国家财力不足，这是北宋群臣长期以来较为一致的看法，但在如何解决这一问题上，却存在着不同的认识，有着不同的做法。

熙宁元年（公元1068年）六月下旬，神宗准备设置一个机构，专门负责裁减国用。这个机构拟由司马光来领导，但司马光没有接受这一职务。对于如何解决财政困难，司马光有自己的看法。他认为目前国家财政困难，原因在于用度太奢，赏赐不节，宗室繁多，官职冗滥，军旅不精。要彻底革除这些弊端，需要神宗与宰辅及主管财政的三司官员"深思其患，力救其弊，积以岁月，庶几有效"[①]。并不需要另设一个专门机构，也绝非自己一朝一夕所能裁减得了的。神宗认为司马光的话很有道理，就打消了差官置局专领裁减国用事务

---

[①]　《传家集》卷四二《辞免裁减国用札子》。

的念头。

熙宁元年（公元1068年）是南郊祭祀之年，每次礼毕，照例都要赐予陪祀官员若干银绢。宰相曾公亮认为今年二股河决口，河北水灾严重，赐予应有所裁节。宰辅平时俸禄丰厚，赏赍频繁，南郊礼毕，请不再赐予。神宗将曾公亮的札子批转给翰林学士院，他责成学士院提出一个处理意见。对于这个问题，学士院里有人认为宰辅所赐不多，即使不赐，国家财政也不会宽裕，相反，对待大臣之礼过薄，却有损国体。这人是谁？不得而知，但是从后面发生的争论来看，很有可能就是王安石。司马光对此大不以为然，他认为如果大臣有大功于天下，即使赐之山川、土田，甚至封邦建国也未尝不可。如果止因郊礼陪位，而受数百万之赏，那就有所不妥了。什么叫"赏赐无节"？这就叫"赏赐无节"！像这种费用，即使大臣不辞也应裁减。何况大臣已提出辞免，那么还迟疑什么呢？他心情沉痛地说："傥若但务因循，姑息度日，欲裁损乘舆供奉之物，则曰减于制度，大为削弱，非所以华国。欲裁损大臣无功之赏，则曰所减无多，亏伤大体，非所以养贤。欲裁损群下浮冗之费，则曰人情不悦，恐致生事，非所以安众。如此则国用永无可省之日，下民永无苏息之期，必至于涸竭穷极然后止也。"[①]尽管南郊赐予宰辅的银绢仅仅两万匹两，省之不足以救灾，更不能使国家富裕起来，但是希望国家从此以后渐思节省不必要的开支，以此作为一个良好的开端。为此，司马光主张神宗接受曾公亮等人的请求，允许他们辞免郊赐。其实，这是司马光的一贯主张，早在仁、英二帝逝世时，司马光就曾请求将所赐遗留物等退还国库。在累章不允后，他将部分所得赠送谏院作办公费使用。

几天后，在学士院的这场争论又转移到了延和殿。八月十一

---

① 《传家集》卷四二《乞听宰臣等辞免郊赐札子》。

日,司马光在迩英阁为神宗讲读经史结束后,与翰林学士王珪、王安石一同到延和殿将曾公亮的札子进呈给神宗。当着神宗的面,司马光与王安石争执了起来。

光言:"方今国用不足,灾害荐臻,节省冗费,当自贵近为始,宜听两府辞赏为便。"

介甫曰:"国家富有四海,大臣郊赉所费无几,而惜不之与,未足富国,徒伤大体。昔常衮①辞赐馔,时议以为衮自知不能,当辞禄。今两府辞郊赉,正与此同耳。且国用不足,非方今之急务也。"

光曰:"常衮辞禄位,犹知廉耻。与夫固位且贪禄者,不犹愈乎？国家自真庙之末,用度不足,近岁尤甚,何得言非急务邪？"

介甫曰:"国用不足,由未得善理财之人故也。"

光曰:"善理财之人,不过头会箕敛以尽民财,如此则百姓困穷流离为盗,岂国家之利耶？"

介甫曰:"此非善理财者也。善理财者,民不加赋而国用饶。"

光曰:"此乃桑羊②欺汉武帝之言,司马迁书之以讥武帝之不明耳。天地所生货财百物,止有此数,不在民间则在公家。桑羊能致国用之饶,不取于民,将焉取之？果如所言,武帝末年

---

① 常衮(公元729—783年),唐京兆(今陕西西安市)人,代宗大历时相,以清俭自重。旧例,宫中每日出御厨饮食以赐宰相,可供十余人食。常衮请罢之,遂成定制。
② 桑羊(公元前152—公元前80年),即桑弘羊,或避宋讳删"弘"字。西汉洛阳人。武帝时,任治粟都尉,领大司农。主张重农抑商,推行盐铁酒类的国家专卖政策,支持武帝的对外开边。

安得群盗蜂起、遣绣衣使者逐捕之乎?非民疲极而为盗邪?此言岂可据以为实!"

介甫曰:"太祖时,赵普等为相,赏赉或以万数。今郊赉匹两不过三千,岂足为多?"

光曰:"普等运筹帷幄,平定诸国,赏以万数,不亦宜乎?今两府助祭,不过奏中严外,办沃盥,奉悦巾,有何功勤,而得比普等乎?"①

这场争论时间很长,在这场争论中,司马光动了感情,他声色俱厉地批驳了王安石的理财观。作为一名历史学家,他敏锐地意识到王安石解决财政困难的方法是什么了。因为历史上任何一次理财,无一例外,都是一次聚敛。在加强国家财政的同时,也加重了对百姓的搜刮。

熙宁二年(公元1069年),原先已不准备差官置局的神宗,在变法派的影响下,又改变了主意,先后设立了制置三司条例司、提举常平司等推行变法的新机构。对此,司马光坚决反对。他坚持自己的观点,认为要改善国家的财政状况,不必于常设机构外再另设一套班子。八月五日,他进呈《上体要疏》②,详细地阐明了自己的这一观点。司马光认为君主治理国家应当"为政有体,治事有要"。何谓"为政有体"?司马光说:"古之王者,设三公、九卿、二十七大夫、八十一元士,以纲纪其内。设方伯、州牧、卒正、连帅、属长,以纲纪其外。尊卑有叙,若身之使臂,臂之使指,莫不率从,此为政之体也。"就本朝而言,祖宗设置了中书③、枢密院、御史台、三司、审官院、审刑

---

① 《传家集》卷四二《迩英奏对》。
② 《传家集》卷四三。
③ 中书:唐宋两朝宰相商讨国务之处,即政事堂。又称中书门下,简称中书。

院等一系列中央的政府机构，又设置了转运使、知州、知县等一整套完备的地方行政监察体制，作为后世子孙应当维护这套体制的完整性与严肃性，保持臂指之势、委任责成就可以了。不必设置三司条例司来取代三司。至于国家财政拮据这个问题，只要能精选通晓经济、忧公忘私之人出任三司官员和转运使，"各使久于其任，以尽其能，有功则进，无功则退，名不能乱实，伪不能掩真，安民勿扰，使之自富，处之有道，用之有节，何患财利之不丰哉！"要改善财政，不是将三司撇置一边，"别置一局，聚文士数人"，谋议改更所能做到的。也不必另设使者取代地方将帅、监司、守宰。首先，因为这些地方文武官员"久任其位，识其人情，知其物宜"。而这些使者"不免临时询采于人，所询者或遇公明忠信之人，犹仅能得其一二，或遇私暗奸险之人，则是非为之倒置矣。此二者交集于前，而使者不能猝辨也。是以往往害事，而少能为益。非将帅、监司、守宰皆贤，而使者皆愚也。累岁之讲求与一朝之议论，积久之采察与目前之毁誉，精粗详略，其势不同故也"。其次，"庸人之情，苟策非己出，则媚嫉沮坏，惟恐其成。官吏若是者，十常五六。借使使者所规画，曲尽其宜。在彼之日，其当职之人已怏怏不悦，不肯同心以助其谋，协力以成其事，曰：'朝廷自遣专使治之，我何敢与知！'及返命之日，彼必败之于后，曰：'使者既谋而授我，我今竭力而成之，功悉归于首谋之人，我何有哉！'此所以谓不若毋遣使者而属任当职之人为愈也"。那么，何谓治事之要呢？司马光认为"王者之职，在于量才任人，赏功罚罪而已。苟能谨择公卿、牧伯而属任之，则其余不待择而精矣。谨察公卿、牧伯之贤愚善恶而进退诛赏之，则其余不待进退诛赏而治矣。然则王者所择之人不为多，所察之事不为烦，此治事之要也"。为此，国家大事，君主应当与公卿讨论。四方之事，君主应当委托牧伯考察，而不当使左右小臣参与决策或私查暗访。如果公卿、牧伯尚且选择不到贤明之人，那么左右小臣之中反倒能有贤明之人吗？问题的关键是要选择光明正大、忠诚可靠的人为公卿、牧伯，任何决策都要公议于朝，并以先王之道作为判别是非的标准。

总而言之，司马光与王安石在改善国家财政状况方面有许多相同点，也有许多不同点。在革除三冗之上，他俩基本是一致的。司马光没有反对且积极支持熙宁初的限制任子入仕、裁定宗室月俸、简并军队等措施就是明证。但司马光反对于常设机构之外另设班子进行改革，主张在日常工作中，从一点一滴做起，持之以恒、为之以渐地革除积弊。这也许是他从古往今来的成功变革中总结的一条经验吧。他还主张官员久任，尤其经济部门和地方官员，认为这是富国、富民之本。反对国家不适当地干扰社会经济，国家经济政策应当是"安民勿扰，使之自富，处之有道，取之有节"，是"养其本原而徐取之"。而王安石则主张理财，又主张"惟王不会"，这些正是司马光所激烈反对的。

## 八　青苗之争

熙宁二年（公元1069年）九月，青苗法开始推行。它当即遭到群臣的反对。刚刚离任的宰相、判亳州富弼认为"如是则财聚于上，人散于下"，拒不执行。前执政、知青州欧阳修也"请止散青苗钱"。翰林学士范镇则认为"青苗行于唐之衰世，不足法"。十一月，司马光在进读《资治通鉴》后，也向神宗谈了自己对青苗法的看法，由此与变法派吕惠卿展开了一场辩论。这场辩论较完整地保存在《宋会要辑稿·食货》四之十八里：

## 第六章 反对熙丰变法

光曰:"朝廷散青苗,兹事非便。今闾里富民乘贫者乏无之际,出息钱以贷之,俟其收获,责以谷麦。贫者寒耕热耘,仅得斗斛之收,未离场圃,已尽为富室夺去。彼皆编户齐民,非有上下之势、刑罚之威,徒以富有之故,尚能蚕食细民,使之困瘁,况县官督责之严乎?臣恐细民将不聊生矣。"

吕惠卿曰:"光不知,此事彼富室为之,则害民;今县官为之,乃所以利民也。昨者青苗钱令民愿取者则与之,不愿者不强焉。收获之际,令以中价折纳谷麦,此所以救贫者之无、息富人之贪暴也。今常平仓元价甚贵,经十余年乃一籴(按:当作'粜'),或腐朽以害主吏,或价贵人不能籴,故不若散青苗钱之为利也。"

光曰:"愚民知取债之利,不知还债之害。非独县官不强,富民亦不强也。臣闻作法于凉,其弊犹贪;作法于贪,弊将若何?彼常平仓者,谷贱不伤农,谷贵不伤民,公私俱利,法之至善者乎。及其弊也,吏不得人,谷贱不籴,谷贵不粜,反为民害。况青苗钱之法不及常平远乎?昔太宗平河东,轻民租税,而戍兵甚众,命和籴粮草以给之。当是时,人希物贱,米一斗十余钱,草一围八钱,民皆乐与官为市,不以为病。其后,人益众,物益贵,而转运司常守旧价不肯复增。或更折以茶、布,或复支移、折变,岁饥租税皆免,而和籴不免,至今为膏肓之疾。朝廷虽知其害民,而用度乏,不能救也。臣恐异日之青苗之害亦如河东之和籴也。"

上曰:"闻陕西先已行之久矣,民不以为病也。"

光曰:"家臣陕西,有自乡里来者,皆言去岁转运司擅散青苗钱与民,今夏麦不甚熟,而督责严急,民不胜愁苦。况今朝廷明有指挥,彼得公然行之乎!转运司本以聚敛为职,取之无名,犹欲掊克,况今取之有名乎?彼干当青苗钱者,至陛下前云,百姓欣然赖此钱以为生者,皆由其口所言耳,臣所闻者民间实事也。"

惠卿曰:"光所言者,皆吏不得人,故为民害耳。若使转运司、州县皆得其人,安有此弊?"

光曰:"如惠卿之言,乃臣前日所谓有治人无治法,国家当急于求人、缓于立法者也。"①

司马光太熟悉专制主义国家贪婪的本性了,在青苗法实行之初,他就预计到青苗法在全国推行必将产生与河东和籴、陕西青苗法同样的流弊,诸如督责、聚敛等等。这一点,不久就得到证实。熙宁三年正月二十一日,神宗的诏书不得不承认官吏"追呼、均配、抑勒、翻成骚扰"②的事实。二月初一,三朝宰相、河北四路安抚使韩琦也上书神宗,披露了河北在推行青苗法时所存在的严重问题:第一,官府规定了乡村五等户所借青苗钱数,并且户等越高借钱越多。最可笑的是,官府还将青苗钱借给了坊郭上户,这些人户原来都是放贷者,现在却要被迫接受官府的青苗钱并付出利息。官府如不抑配,他们是决不会自愿请领的。第二,提举常平司要求各县在人户不愿请领青苗钱时,必须结罪申报,由提举司派员劝说,如劝说后有愿请者,则知县等就要受到处分。韩琦认为这样地方官怕担干系,势必要强行发放青苗钱。第三,官吏还将有物力人与近下贫户编为一保,并以前者为甲头。这样,在贫下户不能归还青苗钱时,甲头免不了要代赔。第四,青苗利息也绝非原定的二分,而是三分。第五,

---

① 按:本节据《增广司马温公全集》卷一《吕惠卿讲咸有一德录》、[宋]范祖禹《帝学》卷八补正。

② [宋]王偁《东都事略》卷八。

## 第六章 反对熙丰变法

青苗钱是夏秋两次发放、送纳,如果夏秋连续受灾,农民无力偿还,贷款势必无法收回,国有资产就必将流失。凡此种种,都违反了青苗法的本旨,即"使农人有以赴时趋事,而兼并不得乘其急。凡此皆以为民,而公家无所利其入"的精神。韩琦所反映的问题,引起了神宗的重视,次日,他把奏疏交给宰辅们传阅,并对他们说:"琦真忠臣,虽在外,不忘王室。朕始谓可以利民,不意乃害民如此!出令不可不审,且坊郭安得青苗,而使者亦强与之乎?"神宗的动摇,对王安石的打击是很大的,次日,他便"称疾家居"。此时,神宗指示宰辅废除青苗法,宰相曾公亮、陈升之欲立即执行,而副相参知政事赵抃却想等王安石复出后,让他自己废除,连日来为此争论难决。王安石听说要废除青苗法,便愤然上书辞职。神宗并无罢免王安石之意,他让翰林学士司马光连写两道答诏,挽留王安石。在第二道答诏中,有"士夫沸腾,黎民骚动"之语,王安石见状大怒,上章自辩。而神宗此时派出去了解青苗法的两名宦官回来说,百姓愿请青苗钱,又无抑配的现象,神宗轻信宦官所言,立场又倒向变法派。在变法派人物韩绛、吕惠卿的劝说下,神宗亲自起草诏书,向王安石道歉,请王安石复出主持新政。

二十日,司马光为了挽回局势,向神宗呈上了《乞罢条例司常平使疏》①,在疏中,司马光说:"彼言青苗钱不便者,大率但知所遣使者,或年少位卑,倚势作威,陵轹州县,摇扰百姓,止论今日之害耳。臣所忧者,乃在十年之后,非今日也。"司马光为何这样说呢?他认为青苗法随户等抑配,又令贫富相兼,编为保甲,一有歉收,贫户二税尚且无法缴纳,更不要说偿还青苗钱的利息了。这样,富户要代偿同甲数家欠负。春债未毕,秋债复来。结果是贫者既尽,富者亦

---

① 《传家集》卷四四。

贫,十年之后,富者也不会有几家了。司马光担心这样下去,万一爆发战争,所需粟帛军需从何而取。其次,司马光认为常平仓能确保"谷贱不伤农,谷贵不伤民。民赖其食,而官收其利",是保证社会稳定的良法。当时全国常平仓有钱谷一千余万贯石,如变法派一旦将它作为青苗钱放散尽净,那么,如有丰年,将用何钱平籴;如有灾年,将用何谷救济?因而,司马光认为"散青苗钱之害尤小,而坏常平仓之害尤大"。最后,司马光认为内库是"祖宗累世之所蓄聚,以备军旅非常之用"的,推行均输法已调拨了三百万缗,散青苗又动用数千万缗,还有其他的新法,如果这样动用下去,内库总有一天要空。十年之后,富室既尽,常平已坏,内库又空,万一内忧外患并至迭来,后果就不堪设想了。因此,司马光请撤销条例司,废除提举常平之职,恢复常平法。青苗钱已散出去的,于丰收之年追回本钱,不取利息。但是,此时神宗已听不进司马光的意见。次日,让王安石复出主持新政。并且将韩琦的奏章交付制置条例司,令曾布撰文逐条加以批驳,布告天下。韩琦以言不见听,上疏请求解除河北四路安抚使之职,只领大名府路。王安石为了打击他,立即批准。此时司马光与宰相曾公亮、陈升之也纷纷称病求退。

尽管司马光等人未能阻止青苗法的推行,但是,常平仓法由于司马光等人的力争还是保存下来了。在熙宁三年五月丁未颁布的诏令中,神宗要求各地除了做好青苗钱的发放外,还要"每年相度留钱谷,以备非时赈济出粜"。因而,熙丰变法时期所实行的是常平仓法与青苗法并存的政策,这是司马光等人努力的结果。但是,由于官员观望风旨,谁人肯于此时卖力地推行常平仓法呢?因而,并行之旨不过是具文而已。

## 第六章　反对熙丰变法

### 九　迩英之争

熙宁二年（公元1069年），变法运动已进入第三个年头。均输法、青苗法、农田水利法在这一年陆续颁布，其他新法也在酝酿之中。十一月，司马光在迩英阁与变法派干将、号称"护法善神"的吕惠卿进行了一场激烈的论战，在这场论战中，司马光彻底表明自己反对熙丰变法的政治立场。十七日，也就是论战前两天，司马光在迩英阁为神宗讲读《资治通鉴》，并就此与神宗讨论起了祖宗之法可不可变这个敏感的课题。据司马光退朝后所作的《日记》[①]记载，君臣二人当时讨论的情况是这样的：

> 迩英殿读《资治通鉴》，至曹参代萧何为相国，一遵何故规，光因言："曹参以无事，镇抚海内，得持盈守成之道，故孝惠、高后之时，天下晏然，衣食滋殖。"
> 上曰："使汉常守萧何之法，久而不变，可乎？"
> 光曰："岂独汉也！夫道者，万世无弊，夏、商、周之子孙，苟能常守禹、汤、文、武之法，何衰乱之有乎？故武王克商，曰：'乃反商政，政由旧。'然则，虽周室亦用商之旧政也。《书》曰：'毋作聪明，乱旧章。'《诗》曰：'不愆不忘，率由旧章。'然则祖宗旧法，何可废也？汉武帝用张汤之言，多改旧法，汲黯面责汤，徒取高皇帝约束纷更之。至晚年，盗贼并起，由法令之烦也。宣帝用高祖旧法，但择良二千石使治民，而天下大治。元帝初元，用群

---
[①] 《增广司马温公全集》卷一《手录·迩英读资治通鉴录》。

下之言,颇改宣帝之政。丞相(匡)衡上疏言:'窃恨国家释乐成之业,虚为此纷纷也。'陛下视宣帝、元帝之为政,谁则为优?荀子曰:'有治人,无治法。'故为治在得人,不在变法也。"

上曰:"人与法亦相表里耳。"

光曰:"苟得其人,则无患法之不善。不得其人,虽有善法,失先后之施矣。故当急于求人,而缓于立法也。"

司马光与神宗的谈话内容,很快被吕惠卿知悉。此时,吕惠卿也是神宗的讲读官,他主讲《尚书》。十九日,当他与司马光、王珪等同为神宗讲读时,他便在进讲《尚书·咸有一德》时,针对前日司马光的观点做了批驳,由此引发起一场激烈的思想交锋。这场交锋也保存在《日记》的《吕惠卿讲咸有一德录》中:

> 吕惠卿于迩英殿讲咸有一德,因言:"法不可不变,先王之法,有一岁一变者,'正月始和,垂于象魏①'者是也;有五岁一变者,'五载一巡狩','考制度于方岳'是也;有一世一变者,'刑罚世轻世重'是也。有百世不变者,'父慈、子孝、兄友、弟恭'是也。前日,司马光言汉守萧何之法则治,变之则乱,臣窃以为不然。惠帝除三族罪、妖言令、挟书律,文帝除收孥令,安得谓之不变哉?武帝以穷兵黩武,奢淫厚敛,而盗贼起;宣帝以(综)核名实,而天下治;元帝以任用恭、显②,杀萧望之,而汉道衰。皆非由变法与不变法也。夫弊则必变,安得坐视其弊而不变也?《书》所谓'无作聪明,乱旧章',谓实非聪明而强作之,非谓旧章不可变

---

① 象魏:宫廷外的阙门,是悬挂文告的地方。
② 恭、显:即弘恭、石显,西汉宦官。汉宣帝、元帝时先后为中书令,权倾朝野,迫使大臣萧望之自杀。事见《汉书》卷九三《佞幸传》。

也。光之措意,盖不徒然,必以国家近日多更张旧政,因此规讽。又以臣制置三司条例及看详中书条例,故发此论也。臣愿陛下深察光言,苟光言为是,则当从之。若光言为非,陛下亦当播告之,修不匿厥旨,召光诘问,使议论归一。"

上召光,谓曰:"卿闻吕惠卿之言乎?惠卿之言如何?"

光对曰:"惠卿之言,有是有非。惠卿言汉惠、文、武、宣、元治乱之体是也。言先王之法,有一岁一变、五岁一变①、一世一变则非也。《周礼》所谓正月始和、垂于象魏者,乃旧章也,非一岁一变也。亦犹州长、党正、族师于岁首、四时之首属民而读邦法也,岂得为时变邪②?天子恐诸侯变礼、易乐、坏旧章,故五载一巡狩,以考察之,有变乱旧章者,则削黜之,非谓五岁一变法也。刑罚世轻世重者,盖新国、乱国、平国,随时而用,非谓一世一变也。且臣所谓率由旧章者,非谓坐视旧法之弊而不变也。臣前日固云:道者,万世无弊,禹、汤、文、武之法,皆合于道,后世子孙稍稍变易,遂至失道,及遇中兴之君,必当变,后世之所变者,以复禹、汤、文、武之治,求合于道而止耳,此所谓率由旧章也。若夫挟书、妖言之律,又安可守而不变耶?故变法者,变以从是也,旧法非则变之,是则不变也。若夫无是无非,一皆变之,以示聪明,此所谓'作聪明,乱旧章'也。譬之于宅,居之既久,屋瓦漏则整之,圬墁缺则补之,梁柱倾则正之,亦可居也。苟非大坏,岂必尽毁而更造哉?苟欲更造,必得良匠,又得良材,然后可为也。今既无良匠,又无良材,徒以少许之缺漏,乃欲尽毁之,更欲造之,臣恐其无所庇风雨也。且变法岂其易哉!在《周易·革》:'已日乃孚,元亨利贞,悔亡。'元者,善之长

---

① 五岁一变:原无,据《宋朝事实类苑》卷一五补。
② 岂得为时变邪:原无,据《宋朝事实类苑》卷一五补。

也;亨者,嘉之会也;利者,义之和也;贞者,事之干也。具此四德,然后革而悔亡。苟或不具,则夫(按:当作"未")尝无悔也。虽具四德,亦当革之以渐,久而后民从之也。汉元帝数更法令,随辄复改者,不能无悔故也。臣承乏经筵,惟知读经史,经史有圣贤事业,可以裨益圣德者,臣则委曲发明之,以助万分,本实无意讥惠卿制置三司条例及看详中书条例也。惠卿乃以臣为讥之,臣非敢私有言也。今经筵之官及左右之臣皆在此,乞陛下询之,不知此二局者,果为当置耶?不当置耶?国家设三司,掌天下财利,傥不任职,则当黜而去之,更得贤者,使代其位,不当夺其职业,使两府主之也。今于两府各取一人,引设寮属,以制置三司条例,则是三司条例为皆无所用也。中书,政事之所从出,当以道佐人主,用区区之条例,而更委官看详,苟事事皆检条例而行之,则胥吏可为耳,何必更择贤才以为宰相也。然则二局者不当置,在理甚明,而臣前日之论,则诚无意讥惠卿也。

惠卿曰:"司马光备位侍从,见朝廷事有未便,即当论列。有官守者,不得其守则去;有言责者,不得其言则去,岂可但已!"

光曰:"前者,诏书责侍从之臣言事,臣尝上疏,指陈当今得失,如制置条例司之类,尽在其中,未审得达圣听否?"

上曰:"见之。"

光曰:"然则臣不为不言也。至于言不用而不去,此则实是臣之罪也。惠卿责臣,实当其罪,臣不敢逃。"

上曰:"相与讲论是非耳,何至乃尔?"

正(当作"王")禹玉进曰:"司马光所言,盖以朝廷所更之事,或为利甚小,为害甚多者,亦不必更耳。"因目光令退。

第六章　反对熙丰变法

从辩论中,我们可以看出,司马光并不是一概地反对变法。他的所谓率由旧章,并非坐视旧法之弊不变,而是要自始至终地维护禹、汤、文、武之法,因为他们的法"皆合于道",而道是"万世无弊"的。其实,司马光的这一思想与王安石的"法先王之意"的精神实质是并无二致的。衡量一场变法的是非与有无必要,就要看这场变法是"变以从是",还是"变以从非",是"合于道",还是"失道"。不能无是无非,一概变之。司马光认为即便是变法的时机成熟了,条件具备了,"亦当革之以渐,久而后民从也",不能操之过急。问题的关键在于,这场争辩并非泛泛而论,而是在熙丰变法正在急遽发展的情况下展开的,它是有很强的现实性和针对性的。正像吕惠卿一针见血指出的那样,"光之措意,盖不徒然,必以国家近日多更张旧政,因此规讽"。司马光认为北宋王朝并未达到"大坏"的程度,因而不需要"尽毁而更造"。表明了他对熙丰变法彻底的否定态度,在司马光看来,有治人,无治法。人是第一位的,法是第二位的。当务之急是选拔奉公守法、勤政爱民的官吏,而非变更法令制度。司马光的这个见解虽然不免有失偏颇,但在北宋中期吏治腐败的情况下,仍不失为一种针砭时弊的方法。当然,吕惠卿挑起论战也是有目的的,他企图以此钳制反对派,"使议论归一"。

## 十　对"三不足"发难

与司马光对宋王朝的估计正好相反,王安石对宋王朝的法令制度与当时的官僚集团持基本否定的立场。熙宁二年(公元1069年)二月,王安石出任参知政事,此前不久,他在与神宗交谈之中说:"臣所以来事陛下,固愿助陛下有所为。然天下风俗、法度一切颓坏。

在廷少善人、君子,庸人则安常习故而无所知,奸人则恶直丑正而有所忌。有所忌者,倡之于前,无所知者,和之于后。虽有昭然独见,恐未及效功而为异论所胜。陛下诚欲用臣,恐不宜遽谓,宜先讲学,使于臣所学本末不疑然后用之,庶几能粗有所成。"①因此,他认为变风俗、立法度为方今当务之急。这样,王安石于执政之初就将自己置于满朝文武的对立面,也就不可避免地招致了举朝上下的纷纷诘难与反对。约略同时,据说王安石还在神宗面前说过"灾异皆天数,非人事所致"这样的话。这样,熙宁二三年间,在士大夫中间一时盛传王安石在神宗面前说过"天命不足畏,祖宗不足法,流俗不足恤"的话,也就是所谓的"三不足"之说。

在古代,国君、权臣的权力缺乏有效的制约机制。于是,儒家不得不在人世之外寻找制约的力量,这就是天命论及其以后的天人感应学说。历代儒学的信奉者以此恐吓无道的国君、专恣的权臣和愚昧的百姓,"略以助政",以神权作为政权的助手,这就是神道设教。其实,他们对于天命是既不确信其有,又不确信其无的,采取的是一种很通达的态度。他们往往依据所处时代的需要,或宣扬天命,或提倡人事。天命论成了他们达到政治目的、攻击政敌的一种精神武器。作为政治家的司马光与王安石也不例外。为了阻止王安石实行变法,熙宁三年三月,司马光在意识形态领域向王安石发起攻击。时翰林学士院策试李清臣等,司马光作为翰林学士负责拟定策问,他便将王安石的"三不足"之说作为试题。在试题中,司马光问道:

> 今之论者,或曰:"天地与人了不相关,薄食、震摇,皆有常数,不足畏忌。祖宗之法未必尽善,可革则革,不足循守。庸人

---

① [宋]杨仲良《续资治通鉴长编纪事本末》卷五九《王安石事迹上》。

## 第六章　反对熙丰变法

之情,喜因循而惮改为,可与乐成,难与虑始,纷纭之议,不足听采。"……愿闻所以辨之①。

司马光的用意很清楚,就是要应试者在对策时对"三不足"之说加以批判。因为儒家虽然向来重人事,但对天命还是敬畏的。如果一个人连天命也无所畏惧,那就太可怕了,后果也不堪设想。熙宁二年,当富弼听到王安石有关天命的那段言论后,说了这样一段话,叹道:"人君所畏惟天,若不畏天,何事不可为者?去乱亡无几矣!此必奸臣欲进邪说,故先导上以无所畏,使辅弼、谏诤之臣无所复施。"②富弼有所怀疑,忧心有忡,原因就在于此。但是,当司马光把这道策问送请神宗审阅时,神宗却叫人用纸把它贴了起来,并批示"别出试目,试清臣等"。次日,神宗问王安石:"听说'三不足'之说否?"王安石回答:"未听说。"神宗便告诉他:"陈荐说:'外间传说,如今朝廷以为天变不足惧,人言不足恤,祖宗之法不足守。'昨学士院送进的策问也专以此三事为题,这是何缘故?朝廷何尝有此说法?已另拟策问了。"王安石听后当即予以反驳,他对神宗说:"陛下躬亲庶政,无流连之乐,荒亡之行,每事惟恐伤民,此即是畏天变。陛下询纳人言,无小大惟言是从,岂不是恤人言?然人言固有不足恤者。苟当于义理,则人言何足恤?故《传》称:'礼义不愆,何恤于人言!'郑庄公以'人之多言,亦足畏矣',故小不忍致大乱,乃诗人所刺,则以人言为不足恤,未过也。至于祖宗之法不足守,则固当如此。且仁宗在位四十年,凡数次修敕,若法一定,子孙当世世守之,则祖宗何故屡自改变?"在此,王安石对"人言不足恤,祖宗不足法"的肯定气势颇为充畅。但对"天变不足畏"一句,却没有断然地做出

---
① 《传家集》卷七五《学士院试李清臣等策问一首》。
② 《九朝编年备要》卷一八。

肯定或否定的回答。其实,尽管王安石讲过"灾异皆天数,非人事所致"的话,但这并不等于王安石就不敬畏天命了。他在所作《洪范传》中较完整地阐述了自己对天命所持的态度。他设问道:

然则世之言灾异者,非乎?

曰:人君固辅相天地以理万物者也。天地万物不得其常,则恐惧修省固亦其宜也。

今或以为天有是变,必由我有是罪以致之。或以为灾异自天事耳,何豫于我?我知修人事而已。盖由前之说,则蔽而葸。由后之说,则固而怠。不蔽不葸、不固不怠者,亦以天变为己惧。不曰天之有某变,必以我为某事而至也,亦以天下之正理考吾之失而已矣。

由是观之,王安石在所列三种对待天变的人中,是以第三种人自居的。但是,学术归学术,政治归政治。他在变法运动中未必持此不偏不倚的立场。这次司马光以"三不足"向王安石发难,企图迫使王安石在政治上陷于被动,是很厉害的一着。但是,由于神宗另拟他题,司马光的发难扑空了。在神宗的保护下,王安石有惊无险地度过了这一关。

## 十一　坚辞枢副

司马光为人方正、忠直,尽管他坚决反对新法,但神宗仍然很敬重他,以为"汲黯在庭,淮南寝谋",对他评价极高,并早就想用他参决大政。当然,也许神宗还有这样的意图:为了防止"一言堂",而起

## 第六章　反对熙丰变法

用司马光。宋朝政治有这样一个传统，提倡"异论相搅"，用政见不同者，以广视听、相互牵制。但是，王安石坚决不同意，他说："光外托劘上之名，内怀附下之实，所言者尽害政之事，所与者尽害政之人，彼得高位，则怀陛下眷遇，将革心易虑，助陛下所为乎，将因陛下权宠，构合交党，以济忿欲之私，而沮陛下所为乎？臣以既然之事观之，其沮陛下所为必矣！"①熙宁三年（公元1070年）二月，神宗因韩琦上书而怀疑青苗法，王安石一气之下，"称疾家居"，以示抗议，神宗遂于十一日任命司马光为枢密副使。神宗的这一决定深得人心，据说当时"士大夫交口相庆，称为得人，至于坊市细民，莫不欢喜"。但是，诏下第二天，司马光就递进了《辞枢密副使札子》，之后半个月内，又连续递进五道札子，请求辞免。司马光是位讲原则的人，如果不听其言，不用其道，他是不愿尸位素餐、盗窃名器以私其身的。因此，他请求神宗下诏废除制置三司条例司及提举常平使者。他说："陛下果能行此，胜于用臣为两府。臣若得此言果行，胜于居两府之位。倘或所言皆无可采，臣独何颜敢当重任？"但是神宗执意要司马光出任枢密副使，他通过传达圣旨的宦官告诉司马光："枢密院本兵之地，各有职分，不当更引他事为辞。"但是，司马光坚持己见，于是他又再写补充意见答复神宗。他说："臣今若已受枢密副使勅告，即诚如圣旨，不敢更言职外之事。今未受恩命，犹是侍从之臣，于朝廷阙失无不可言者。所以区区贪进小忠，庶几少补圣政之万一。况所言二事并是去年已曾上言，以其无效，所以不敢当今日新恩，非为侵官。"②此时政治局势正处于微妙的时刻，三朝宰相韩琦这时正在大名，他是位富有政治斗争经验的老政治家，当他听到司马光坚辞枢

---

① 《长编纪事本末》卷六三《王安石毁去正臣》。
② 《传家集》卷四三《辞枢密副使第五札子》。

密副使不受的消息后,立即写了封亲笔信,派人专程送给司马光,勉励司马光说:"主上倚重之厚,庶几行道。道或不行,然后去之可也,似不须坚让。"但是,司马光认为这样做是违背原则的,他说:"自古被这般官爵引得坏了名节,为不少矣!"①坚决不同意。这时,司马光右膝生了个疮,不能起拜,便请了病假。二十一日,王安石复出执政,政局急遽变化。他坚决反对用司马光为枢密副使,向神宗进言道:"光虽好为异论,然其才岂能害政?但如光者,异论之人倚以为重。今擢在高位,则是为异论之人立赤帜也。"②于是,二十八日,神宗下诏允许司马光辞免枢密副使的新职。时翰林学士范镇主管通进银台司,该司的职能是"封驳制旨,省审章奏",与唐门下省的给事中职能相类。范镇是司马光好友,也是新法的反对者,他封还了神宗的新命,支持司马光出任枢密副使。应当说,神宗是真诚地希望司马光出来辅佐他的。后来他在与人论及副相人选时,他认为司马光肯在仁、英两朝出任谏诤侍从之职,未尝有所推辞。而今却不肯出任执政,为己所用,是"待朕薄",就很能说明问题。于是,三月八日,神宗再派人请司马光上朝。在崇政殿,他亲自动员司马光出任枢密副使,于是君臣二人在殿上又争论起来。

  上曰:"此命尚未罢也。朕特加卿,卿何为抗命不受?"
  光曰:"臣自知无力于朝廷,故不敢受。抗命之罪小,尸禄之罪大故也。"
  上曰:"卿受之而振职,则不为尸禄矣。"
  光曰:"今朝廷所行皆与臣言相反,臣安得免为尸禄之人?"

---

① [宋]朱熹《宋名臣言行录·后集》卷七。
② 《长编纪事本末》卷六三《王安石毁去正臣》。

## 第六章 反对熙丰变法

上曰:"相反者何事?"

光曰:"臣言条例司不当置,又言不宜多遣使者外挠监司,又言放青苗钱害民,岂非相反?"

上曰:"今士大夫汹汹皆为此言,卿为侍从臣,闻之不得不言于朕耳。"

光曰:"不然。向者初议,臣在经筵,与吕惠卿争议论,以为果行之,必致天下汹汹。当时士大夫往往未知,百姓则固未知,非迫于浮议而言也。"

上曰:"言者皆云,法非不善,但所遣非其人耳。"

光曰:"以臣观之,法亦不善,所遣亦非其人也。"

上曰:"卿见元敕否?"

光曰:"不见。"

上曰:"元敕不令抑勒。宿州(今安徽宿州市)强以陈小麦配民,卫州(今河南卫辉市西南)留滞不散,朝廷已令取勘。违敕强民者,朝廷固不容也。"

光曰:"敕虽不令抑勒,而所遣使者皆讽令抑配。如开封府界十七县,惟陈留(今属河南开封市)姜潜张敕榜县门及四门,听民自来,请则给之,卒无一人来请。以此观之,十六县恐皆不免于抑勒也。"

上曰:"卿告敕尚在禁中,朕欲再降出,卿当受之,勿复辞也。"

光曰:"陛下果能行臣之言,臣不敢不受。不能行臣之言,臣以死守之,必不敢受。且诏令数下,而臣数拒违,于臣之罪益重,于陛下威令亦为不行,上下俱有所损,愿陛下勿降出也。"

上曰:"卿何必如此,专徇虚名。"

光对曰:"凡群臣得为两府,何异自地升天? 臣与其徇虚

199

名,孰若享实利?顾不敢无功而受禄耳。"

上曰:"卿所言皆非卿之职也。"

光对曰:"臣惟恐受敕告,则不能言职外之事。今者不受,为贪陈国家之急务耳,非为身也!"

上敦谕再三,光再拜固辞。

上曰:"当更思之!"①

事已至此,神宗只得再次下达免职之命,但这次还是被范镇驳回了。神宗迫不得已,只好违反常规,将诏命直接交给司马光,而不经过通进银台司。范镇认为自己未能尽职,又逼得神宗破坏了朝廷的规章制度,于是,他愤然辞去了职务。

司马光为了保持名节,坚持自己的政治主张,不为高官所惑的精神,赢得了士大夫的尊重,枢密使文彦博在给韩琦的信中说:"君实作事,今人所不可及,须求之古人。"韩琦在给司马光的信中写道:"多病浸剧,阙于修问。但闻执事以宗社生灵为意,屡以直言正论开悟上听,恳辞枢弼,必冀感动,大忠大义,充塞天地,横绝古今,固与天下之人叹服归仰之不暇,非于纸笔一二可言也。"又说:"音问罕逢,阙于致问。但与天下之人钦企高谊,同有执鞭忻慕之意,未尝少忘也。"司马光的高风亮节也给神宗留下了深刻的印象。七月,枢密使空缺待补,有人又提及司马光,虽然这次也被王安石否决了,但是,从神宗的言谈之中可知,神宗对司马光是很器重的,他认为司马光可与汉武帝时的金日䃅相比,有变能立大节,可托幼主,是社稷之臣。元丰(公元1078—1085年)中,尚书左丞蒲宗孟攻击司马光,说:"人才半为司马光邪说所坏。"神宗听后不语,正视蒲宗孟半晌,蒲宗

---

① 《长编纪事本末》卷六八《司马光辞枢密》。

孟顿时局促不安、手足无措起来。神宗方说:"蒲宗孟乃不取司马光耶! 未论别事,只辞枢密一节,朕自即位以来,惟见此一人。他人,则虽迫之使去,亦不肯矣。"①蒲宗孟又惭又惧,无地自容。

## 十二　三致意王安石

为了阻止新法的推行,熙宁三年(公元1070年)二三月间,司马光连给王安石写了三封信。由于神宗"亲重介甫,中外群臣无能及者,动静取舍,唯介甫之为信",因此,要想废除新法,只有转变王安石的思想观念才行。两年来,尽管司马光与王安石多次意见相左,但是,司马光对王安石的基本评价还是好的,并无恶感。他认为王安石诚然是位贤者,缺点在于"性不晓事而复执拗"②。天下人认为王安石是奸邪,那是他信任吕惠卿,用其为谋主之故。吕惠卿才是真正的奸邪。有一次,司马光为神宗讲《通鉴》,吕惠卿也在座,就被司马光斥为利口覆邦家之啬夫。可见司马光对王、吕二人的态度是根本不同的。司马光与王安石嘉祐中相识,两人有十多年的交谊,因此,他决定以一个老朋友的身份向王安石坦诚进言。二月二十七日,他给王安石写了一封长达三千余字的信,这就是《与王介甫书》③。在信中,司马光谈了自己对王安石的看法。他认为王安石作为一名"独负天下大名三十余年"的大贤,执政一年,未能立致太平之业,却招致天下非议,原因在于"用心太过,自信太厚"。司马光认为自古以来治理国家的方法不过使百官各称其职、委任责成而已;使农民

---

① 《宋史》卷三二八《蒲宗孟传》。
② 《增广司马温公全集》卷一《手录·迩英留对录》。
③ 《传家集》卷六〇。

休养生息的方法不过是轻徭薄赋、蠲免欠负而已。而这些王安石都鄙之为腐儒常谈,不屑一顾。反而别出心裁,更立制置三司条例司、提举常平使者,推行青苗、免役诸法。司马光在信中批评王安石,说:"侵官,乱政也,介甫更以为治术而先施之。贷息钱,鄙事也,介甫更以为王政而力行之。徭役自古皆从民出,介甫更欲敛民钱、顾市佣而使之。此三者,常人皆知其不可,而介甫独以为可。非介甫之智不及常人也,直欲求非常之功,而忽常人之所知耳。"过犹不及,过之失与不及之患是同样的,因此,王安石推行新法是"用心太过"。其次,司马光认为人非圣贤,孰能无过,从谏纳善,也不仅仅是君主之事。但是,王安石却缺乏这方面的修养,"每议事于人主前,如与朋友争辩于私室,不少降辞气,视斧钺鼎镬无如也。及宾客僚属谒见论事。则唯希意迎合、曲从如流者。亲而礼之。或所见小异、微言新令之不便者,介甫辄艴然加怒,或诟詈以辱之,或言于上而逐之,不待其辞之毕也"。司马光认为王安石这样对待持不同政见者,是"自信太厚"。其三,司马光认为王安石青年时特好孟子、老子之道,而孟子、老子之道的精髓是仁义与无为。王安石推行新法大讲财利之事,尽夺商贾之利,是违背了孟子之道。"尽变更祖宗旧法,先者后之,上者下之,右者左之,成者毁之,矻矻焉,穷日力,继之以夜而不得息。使上自朝廷,下及田野,内起京师,外周四海,士吏兵农工商僧道,无一人得袭故而守常者,纷纷扰扰,莫安其居",也不符合老子的思想。因此,司马光在信中责问王安石:"何介甫总角读书,白头秉政,乃尽弃其所学,而从今世浅丈夫之谋乎?"司马光还劝告王安石要听从大多数人的意见,"自古立功立事,未有专欲违众而能有济者也"。他警告王安石要提防谄谀之人。他谆谆告诫道:"彼忠信之士,于介甫当路之时,或龃龉可憎,及失势之后,必徐得其力。谄谀之士,于介甫当路之时,诚有顺适

## 第六章 反对熙丰变法

之快,一旦失势,必有卖介甫以自售者矣!"后来吕惠卿为了取代王安石,果然大打出手,无所不用其极,造成了变法派的分裂。王安石晚年为此悔恨不已。

三月初,王安石复信司马光,认为自己所行符合孟子的仁义学说。三日,司马光又写了《与王介甫第二书》①。他认为孟子的仁义学说明白易晓,王安石"更有他解,亦恐似用心太过",对于王安石的强辩给了委婉但又毫不留情的批评。司马光认为新法之弊不在目前,而在数年之后,常平法被破坏,内藏库空虚,民产既竭,万一有水旱之灾,那时问题便会暴露,社会矛盾必将激化。他希望王安石到那时不要归罪于自然灾害。

王安石收到司马光的第二封信后,又一封短信,断然拒绝了司马光的批评意见,这就是著名的《答司马谏议书》。为此,司马光又写下了《与王介甫第三书》②对王安石就"侵官、生事、征利、拒谏"等为自己辩护与剖析。司马光写道:

> 夫议法度以授有司,此诚执政事也。然当举其大而略其细,存其善而革其弊,不当无大无小,尽变旧法,以为新奇也。且人存则政举,介甫诚能择良有司而任之,弊法自去。苟有司非其人,虽日授以善法,终无益也。
>
> 介甫所谓先王之政者,岂非泉府赊贷之事乎?窃观其意,似与今日散青苗之意异也。且先王之善政多矣,顾以此独为先务乎?
>
> 今之散青苗钱者,无问民之贫富,愿与不愿,强抑与之,岁收其什四之息,谓之不征利,光不信也。

---

① 《传家集》卷六〇。
② 《传家集》卷六〇。

至于辟邪说、难壬人,果能如是,乃国家生民之福也。但恐介甫之座,日相与变法而讲利者,邪说、壬人为不少矣。彼颂德赞功、希意迎合者,皆是也。介甫偶未之察耳。

……盘庚遇水灾而迁都,臣民有从者,有违者,盘庚不忍胁以威刑,故勤劳晓解。其卒也,皆化而从之。非谓废弃天下人之言而独行己志也。

光岂劝介甫不恤国事,而同俗自媚哉?盖谓天下异同之议,亦当少垂意采察而已。

通过摆事实、讲道理的方式,司马光讲清了自己的观点与立场,也表明了自己与人为善的态度。通过书信的往返,司马光对王安石执意推行新法的政治立场和强硬态度也有了进一步的了解,从此以后,他不再对王安石抱有任何幻想。

## 十三　愤然离京

熙宁三年(公元1070年)四月,京城内政治形势变得极为严峻起来,连续发生一系列耐人寻味的事件。八日,御史中丞吕公著被撤销职务,黜知颍州(今安徽阜阳市),据说他在朝见神宗时,批评青苗法,认为这样做失天下人心。并且认为将批驳韩琦的奏疏布告全国这种做法是错误的,他说:"韩琦乞罢青苗钱,数为执事者所沮,将兴晋阳之甲以除君侧之恶。"[1]司马光对此深表怀疑,他认为吕公著平时与同僚说话犹三思而发,不可能在神宗面前言谈如此轻率。况

---

[1] [宋]邵伯温《邵氏闻见录》卷一二。

## 第六章 反对熙丰变法

且,吕公著与韩琦是姻亲,按情理,他也是不会如此中伤韩琦的。其实此话是知审官院孙觉在神宗面前讲的。他在吕公著与神宗谈话的前两天朝见了神宗,发表了类似的意见。两人都长了一副好胡须,神宗就误记为是吕公著了。吕公著与王安石旧交甚深,王安石曾言:"吕十六不作相,天下不太平。"又曰:"晦叔作相,吾辈可以言仕矣。"可见他是非常推重吕公著的。吕公著做御史中丞就是他引荐的,他希望吕公著能协助他推行新法。可是,吕公著任中丞后却反对新法,又反对王安石用吕惠卿为御史,因而王安石认为吕公著背叛了自己,遂谓吕公著"有驩兜、共工之奸"。王安石已有逐吕公著之意,自然也就不会为他剖白,吕公著获罪被逐,也就是很自然的了。城门失火,殃及池鱼。这事传出后,弄得韩琦也很紧张。他原来是打算从大名回家乡相州(今河南安阳市)当一任清闲的地方官的,可是相州素屯重兵,为了避嫌,他只好改请徐州(今江苏徐州市)了。不过,事情到此并未结束,形势还在继续恶化。

四月十九日,神宗任命李定为监察御史里行。李定早年是王安石的学生,也是新法的拥护者,王安石召其入京,想超擢他为知谏院。但是他资格太浅,来京前仅是秀州(今浙江嘉兴市)军事判官,连当监察御史的资格都不够,因而被宰相曾公亮、陈升之否决。王安石遂升其阶官,改命他为监察御史里行。但是,知制诰宋敏求认为李定擢升后的官阶仍然不符合当御史的资格,拒不起草李定的任命。于是,王安石不顾曾公亮的反对,撤销了宋敏求的职务。其实宋敏求这样做是在行使其职权,是完全正当的,无懈可击。宋敏求被罢免后,知制诰李大临、苏颂也相继因同样的原因被撤职,这就是北宋史上有名的"熙宁三舍人"。为一名低级官员的任命而罢免三位高级官员,况且李定还是个隐瞒生母丧不服的名教罪人,这就不

免有点蹊跷了。但是,如果听一听神宗与王安石的一段对话就不难发现问题的症结所在了:

> 先是,安石独对,问上曰:"陛下知今日所以纷纷否?"
> 上曰:"此由朕置台谏非其人。"
> 安石曰:"陛下遇群臣无术,数失事机。别置台谏官,恐但如今日措置,亦不能免其纷纷也。"①

由此可见,王安石罢黜吕公著、宋敏求等人,任用李定是为了夺取台谏,控制言路,为变法清除障碍。吕公著、李定事件可以说是台谏大改组、大换班的信号。两天后,王安石的姻亲、新党谢景温被任命为负责御史台日常工作的侍御史知杂。随之而来的则是对台谏中旧党人物的驱逐,在四至六月,被撤换的台谏有监察御史里行程颐、张戬、王子韶,侍御史知杂陈襄,知谏院李常、胡宗愈。经过数月的努力,王安石终于控制了代表舆论、影响朝政的台谏。基本上实现了他就任参知政事时"长君子,消小人,变风俗,立法度,一道德"、方今所急的预期目标。九月里,他对神宗分析形势时说:"陛下观今秋人情已与春时不类,即可以知其渐变甚明。"②此时免役法、将兵法已陆续出台,司马光深知形势已无法挽回。他与王安石"犹冰炭之不可共器,若寒暑之不可同时"。道不同不相与谋,司马光决定投闲置散,离开京城。八月,他正式向神宗提出了自己的请求。据《长编》卷二一四记载:

> 乙丑,司马光对垂拱殿,乞知许州(今河南许昌市)或西京

---
① 《长编》卷二一○熙宁三年四月辛巳。
② 《长编》卷二一五熙宁三年九月己丑。

(今河南洛阳市)留司御史台、国子监。

上曰:"卿何得出外,朕欲申卿前命,卿且受之。"

光曰:"臣旧职且不能供,况当进用?"

上曰:"何故?"

光曰:"臣必不敢留。"

上沉吟久之,曰:"王安石素与卿善,何自疑?"

光曰:"臣素与安石善,但自其执政,违迕甚多。今迕安石者,如苏轼辈皆毁其素履,中以危法。臣不敢避削黜,但欲苟全素履。臣善安石,岂如吕公著?安石初举公著云何,后毁之云何,彼一人之身,何前是而后非?必有不信者矣。"

上曰:"安石与公著如胶漆,及其有罪不敢隐,乃安石之至公也。"

上又曰:"青苗已有显效。"

光曰:"兹事天下知其非,独安石之党以为是尔。"

上又曰:"苏轼非佳士,卿误知之。鲜于侁在远,轼以奏稿传之。韩琦赠银三百两而不受,乃贩盐及苏木、瓷器。"

光曰:"凡责人当察其情,轼贩鬻之利,岂能及所赠之银乎?安石素恶轼,陛下岂不知?以姻家谢景温为鹰犬,使攻之。臣岂能自保?不可不去也。且轼虽不佳,岂不贤于李定不服母丧,禽兽之不如,安石喜之,乃欲用为台官。"

九月,司马光再次请求,于是获准。十月十九日,遂以端明殿学士知永兴军(今陕西西安市),离开了工作和生活了十四年之久的京城开封,希望远嫌避祸,不愿同流合污,是司马光此时的真实思想。在《秋怀呈范景仁》[①]中,他对老友范镇表明了自己的心迹:

---

① 《传家集》卷三。

畴昔共登仕,尔来三十秋。常晞丝绳直,窃耻鸱夷柔。蹄
涔学巨海,蚁垤依崇丘。行之不自疑,亲寡憎怨稠。于今不亟
去,沦胥恐同流。努力买良田,远追沮溺游。

## 十四　在永兴军

熙宁三年(公元1070年)十月十九日,司马光在崇政殿向神宗辞行,君臣之间一场交谈不免耐人寻味:

> 上谕光曰:"今委卿长安,边鄙动静皆以闻。"
> 光曰:"臣守长安,安知边鄙?"
> 上曰:"先帝时,王陶在长安,夏人犯大顺,赖陶得其实。"
> 光曰:"陶耳目心力过人,臣不敢知职外事。"
> 上曰:"本路民间利病当以闻。"
> 光曰:"谨奉诏。"光言青苗、助役为陕西之患。
> 上曰:"助役惟行京东、两浙耳。雇人充役,越州已行矣。"[①]

不难看出,这场谈话的气氛颇为沉闷,也不和谐。司马光关心的是青苗法、免役法给陕西百姓带来的或即将带来的沉重负担。其实,这点他早在十月二日就向神宗进呈了奏疏,申请免除永兴军路的苗役钱,这就是《乞免永兴军路苗役钱札子》。该札子主要反对将刚试行的助役法推广到永兴军路去。司马光认为自绥州(今陕西绥

---

① 《长编》卷二一五熙宁三年九月癸丑。

德县）战役以来，陕西百姓由于供应各种名目的摊派、运送所纳钱粮到前方、旱灾歉收等原因，已有不少人户流亡他乡。像这样饱受战争、自然灾害等严重摧残的经济凋敝地区，不能再行助役法。因为助役法"人户均定免役钱，随二税送纳，乃至单丁、女户、客户、寺观等并令均出"。司马光认为"若果行此法，其为害必又甚于青苗钱。何则？上等人户自来更互充役，有时休息，今岁岁出钱，是常无休息之期也。下等人户及单丁、女户等从来无役，今尽使之出钱，是孤贫鳏寡之人俱不免役也"。这样，陕西百姓"横出数倍之税，民安有不困蹙者哉"！为此，司马光请求免去永兴军一路的青苗、助役钱。与此同时，司马光在临行前还递上了《乞不令陕西义勇戍边及刺充正兵札子》和《乞留诸州屯兵札子》①。他坚持义勇无用、徒使百姓愁苦的观点。认为"国家既重赋敛以尽其财，又逼之战斗以绝其命，是驱良民使为盗贼"。作为永兴军一路的兵马都总管、安抚使对于本路十州的防务、治安负有责任，但是，近里州军的兵马已全被抽调至沿边，各州实际是全无武备，司马光担心的是"逐州皆有军资甲仗、市邑民居，万一犬羊奔突，间谍内应，或盗贼乘虚，奸人窃发"，无兵可调，如何是好。

与司马光相反，神宗关心的是如何打击、削弱西夏。此时，神宗正在密谋攻占西夏的横山地区。他计划由绥州进兵，夺取横山腹地的啰兀，然后进筑堡寨，括地数百里，接通河东路西北部的麟府路，使鄜延、河东连成一片，相互声援，更有效地打击西夏。

九月，神宗任命副相韩绛为陕西、河东宣抚使，十月，召种谔进京，都是为了这件事。其实自绥州之役后，神宗一刻也未放弃对夏作战的意图。熙宁元年（公元1068年），他在接见前首相富弼时问及

---

① 《传家集》卷四四。

边事,富弼当即看穿他的心事,回答道:"陛下临御未久,当布德行惠,愿二十年口不言兵。"①神宗碰了个不软不硬的钉子,便沉默不语。但是,神宗并没有停止经略西夏。镇戎军(今宁夏固原市)的熙宁寨、秦州(今甘肃天水市)的甘谷城等战略要地就是此时修筑的。英宗治平四年(公元1067年)底,西夏主谅祚去世,其子秉常七岁即位。神宗谋图趁西夏主少国疑之际,册封西夏的大首领,以分裂西夏。后此计被识破,未能成功。加之,西夏也缺乏和谈诚意,原先商定以宋故地安远、塞门二寨交换为宋新占领的绥州,可是,到交换前夕,西夏却玩弄宋朝,只肯归还二寨,不肯归还二寨所辖地界。结果,宋廷决定不再提出收复二寨,遂城绥州,更名为绥德城。表明了加强对西夏东部地区的进攻态势。同时,任命王韶为管干秦凤经略司机宜文字,经略熙河,以断西夏右臂。为此,熙宁二年六月,司马光上书神宗,反对进取横山,他认为绥州之役得不偿失,如果继续下去,"兵连祸结,不可救解;公私困竭,盗贼将生,此乃社稷之忧,非独边鄙之患也"。②

西夏不甘心失去绥州,熙宁三年四月,在绥德地区进攻失败后,转而深入宋庆州(今甘肃庆阳市)地区二十里地,进筑闹讹堡,将战事转移至这一地区。八月,西夏倾国入侵,宋军惨败,关中大震,宋遂任命韩绛经略横山。故而,神宗于司马光临行前提醒他关注边事。但是,他也深知司马光反对对西夏开战,因而只淡淡地提了这么一句,便不再多言。话不投机半句多嘛。

司马光到任后,见到的情况比在京城开封听到的要严重得多。宋夏战争之后,原本富庶的关中,如经"冰消火燎,十不存三四"。加之又连遭水旱之灾,社会残破,经济凋敝。这一切都反映在司马光

① 《宋史》卷三一三《富弼传》。
② 《传家集》卷四二《论召陕西边臣札子》。

## 第六章 反对熙丰变法

十一月十四日作的《知永兴军谢上表》①里,表称:"惟此咸秦,昔为畿甸。山川美秀,土地膏腴。论其平时,诚为乐土。在于今日,适值凶年。经夏亢阳,苗青干而不秀;涉秋淫雨,穗腐黑而无收。廪食一空。家乏盖藏之粟;襁负相属,道有流离之人。老弱怀沟壑之忧,奸猾蓄萑蒲之志。"司马光认为正确的对策应当是"正宜安静,不可动摇。譬诸烹鱼,勿烦扰则免于糜烂;如彼种木,任生殖则自然蕃滋"。但是,十一月,陕西已被战争的阴云笼罩,已开始调动陕西义勇赴沿边战守。司马光很快就意识到自己无法适应这个环境了,因为这个环境太压抑了,连一丝缝隙、一缕光线也没有。他于是写下了《登长安见山楼》②这首诗,以表达自己郁闷、沉重的心情。诗曰:

到官今十日,才得一朝闲。岁晚愁云合,登楼不见山。

但是,作为一位忧国忧民的士大夫,司马光目睹现状,犹如骨鲠在喉,不得不发。于是,数日后,司马光不顾个人安危,毅然草就《谏西征疏》,他认为现在关中饥馑,十室九空,盗贼四起,国库空虚,发动对西夏战争是非常危险的。他警告神宗:"夫兵者凶器,圣人不得已而用之。自古以来,国家富强,将良卒精,因人主好战不已以致危乱者多矣!况今公私困竭,将愚卒懦,乃欲驱之塞外,以捕狡悍之虏,其无功必矣。岂惟无功,兼后患甚多,不可尽言也。"③他希望神宗能爱惜国库所储,将用于战争的物资,转而用于春深救济饥民。此时,宣抚司要求内地也同边地一样增修城墙,司马光认为这是无

---

① 《传家集》卷一七。
② 《传家集》卷九。
③ 《传家集》卷四五。

211

益的浪费,上奏请求不执行。宣抚司又要各地制造干粮炒饭,司马光认为过去造过,但后来无用变质全扔掉了,民力可惜。宣抚司还要求在长安等地添屯兵马,司马光认为灾年饥馑,百姓缺食,恐无法供应,请求不增。为了百姓,为了国家,司马光以实际行动抵制了这场无谓的战争。

深入横山、进筑啰兀城之役,不仅司马光反对,而且在陕西沿边长期负责边防事务的官员如判延州郭逵、提点陕西刑狱权宣抚判官赵卨也反对。郭逵对韩绛说:"谔,狂生耳。朝廷以家世用之,过矣。他日败国事,必此人也!"他认为城啰兀"不惟无功,恐别生他变,贻朝廷忧"①。赵卨也认为:"啰兀城孤绝,亡水草,粮道阻绝,不早弃,徒资寇耳!"②

但是,此时神宗已听不进任何反对意见。他将老将郭逵调离延州,命令陕西沿边四路经略司都不得干预种谔城啰兀的军事行动。四年正月,种谔领兵二万先城啰兀,随后又进筑永乐川、赏逋岭、抚宁三寨。在这次战役中,河东路除了修筑荒堆三泉等四寨与陕西声气相接外,还要发兵二万穿越敌境为种谔输送军需粮草。由于调发仓促,雪中行动,民力不堪,结果"关陕骚然,河东尤甚"。而且,种谔行事鲁莽、胆大妄为,为了修筑啰兀城,竟然背着经略司将其他堡寨拆毁。因而赵卨再度上言反对,认为啰兀城孤远终难保守。这样神宗不得不派员视察。视察官员完全同意赵卨的意见,也认为"啰兀城距绥德百余里,邈然孤城,凿井无水,无可守之理"。而且,"百姓憔悴,师旅咨嗟",人心不稳,应当停止行动。派往河东的官员也认为这次战役"于边防有小利,于国计有大害。小利者,使绥、麟、府路通,内省沿河屯守之备,外收西贼所恃茶山、铁

---

① 《长编》卷二一七熙宁三年十一月乙卯。
② 《长编》卷二一八熙宁三年十二月丙子。

## 第六章　反对熙丰变法

冶、竹箭财用之府"。大害则是民不堪命，为河东万世之害。加之西夏丧失战略要地，必竭力死争，战争将从此连绵不断。二月，正当宋廷议论分歧、举棋不定之时，西夏已大举反攻。而此时种谔却失去了往昔的胆略和勇气，他惊慌失措，涕泗横流，执笔手颤，应变无策，竟不知如何调动军队。在联络啰兀、绥德两城的抚宁失守后，宋军不得不放弃啰兀城。这次战役，宋军伤亡惨重，将士千余人阵亡，新筑诸堡均相继失陷。就在西夏围攻啰兀城之际，庆州兵马由于频频出征，人不堪命，也发生了哗变。司马光目睹这一切，悲愤莫名。

司马光来永兴军虽然只有二三个月，但是，他很快就发现了新法在推行中所暴露出的严重问题。此时，陕西提举常平司官员通过反复纽折的手法，盘剥农民，使得农民借陈米一斗，到期就要缴纳小麦一斗八升七合五勺或粟三斗。司马光认为兼并之家收取利息也不至于如此之重。这迫使农民"不问岁丰岁俭，常受饥寒，显见所散青苗钱大为民害"①。他请求第四等以下农民借贷青苗钱更不取利息，如不行，也只能让农民纳一斗二升。同时，他还请求连续受灾两次的地区所欠青苗钱，可以连续几次暂欠不缴。他还指示所部八州军，不得执行司农寺文件，催促农民缴纳青苗钱。结果，这些都被朝廷否定了。

凡此种种，使司马光清楚地意识到自己的政治主张与朝廷格格不入，无法实现。不能总是这样各吹各的号、各唱各的调吧，于是司马光决定乞闲弃官，两次申请判西京留司御史台。熙宁四年二月，他上书神宗说：

---

① 《传家集》卷四六《奏为乞不将米折青苗钱状》。

臣之不才,最出群臣之下。先见不如吕诲,公直不如范纯仁、程颢,敢言不如苏轼、孔文仲,勇决不如范镇。诲于安石始知政事之时,已言安石为奸邪,谓其必败乱天下。臣以谓安石止于不晓事与狠愎尔,不至如诲所言。今观安石引援亲党,盘据津要,挤排异己,占固权宠,常自以己意阴赞陛下内出手诏,以决外廷之事,使天下之威福在己,而谤议悉归于陛下。臣乃自知先见不如诲远矣!纯仁与颢皆与安石素厚,安石拔于庶僚之中,超处清要。纯仁与颢睹安石所为,不敢顾私恩废公义,极言其短。臣与安石南北异乡,取舍异道,臣接安石素疏,安石待臣素薄,徒以屡尝同僚之故,私心眷眷,不忍轻绝而预言之,因循以至今日,是臣不负安石而负陛下甚多。此其不如纯仁与颢远矣!臣承乏两制,逮事三朝,于国家义则君臣,恩犹骨肉,睹安石专逞其狂愚,使天下生民被荼毒之苦,宗庙社稷有累卵之危,臣畏懦惜身,不早为陛下别白言之。轼与文仲皆疏远小臣,乃敢不避陛下雷霆之威,安石虎狼之怒,上书对策,指陈其失,黩官获谴,无所顾虑。此臣不如轼与文仲远矣!人情谁不贪富贵恋俸禄,镇睹安石荧惑陛下,以佞为忠,以忠为佞,以是为非,以非为是,不胜愤懑,抗章极言,自乞致仕,甘受丑诋,杜门家居。臣顾惜禄位,为妻子计,包羞忍耻,尚居方镇,此臣不如镇远矣!

臣闻居其位者必忧其事,食其禄者必任其患。苟或不然,是为盗窃。臣虽无似,尝受教于君子,不忍以身为盗窃之行。今陛下惟安石之言是信,安石以为贤则贤,以为愚则愚,以为是则是,以为非则非,谄附安石者谓之忠良,攻难安石者谓之谗慝。臣之才识固安石之所愚,臣之议论固安石之所非,今日所言,陛下之所谓谗慝者也!伏望陛下圣恩裁处其罪,若臣罪与

## 第六章 反对熙丰变法

范镇同,乞即依范镇例致仕,若罪重于镇,或窜或诛,所不敢逃。①

尽管司马光反对新法、反对用兵,但神宗对司马光依然眷礼不衰。他决定让司马光改知许州,赴任经过京城时,召司马光入见。此时有人对神宗说:"陛下不能用光言,光必不来。"神宗回答道:"未论用其言与否,如光者常在左右,人主自可无过矣。"果然不出所料,司马光坚辞许州,一再请求西京留台。经过七十余天的僵持,四月十八日,终于获准。从此,司马光"绝口不复论新法"。行前,他写了《到任明年旨罢官有作》②这首诗,诗曰:

恍然如一梦,分竹守长安。去日冰犹壮,归时花未阑。风光经目少,惠爱及民难。可惜终南色,临行仔细看。

此时,司马光唯一感到不安的是,长安一任未给陕西的父老百姓带来实惠。对官职、对政治上的失意倒并不萦怀,他是抱着一种淡然物外的态度对待这一切的。此时,他渴望的是回归到大自然中去。

---

① 《长编》卷二二〇熙宁四年二月辛酉。
② 《传家集》卷六。

# 第七章　新法全面展开

自司马光外放后,宰相大换班,推行新法不力、依违两可的曾公亮奉祠,五日一奉朝请,陈升之丁忧返乡。变法派韩绛、王安石则自参知政事升任宰相,由此掌握变法的主导权,新法自此进入全面推行时期。

## 一　重复取赋的役法改革

新法中,民生方面的变法,以免役法最为重要。熙宁二年(公元1069年)提出讨论,至四年冬始推行。免役法规定:乡户依据产业、家资分为五等,每年夏秋两季按户等缴纳免役钱。乡户自四等、坊郭户自六等以下免缴纳。未成丁、单丁、女户、寺观、品官之家,过去不服差役,现今减半缴纳,名助役钱。各州县地方政府用此钱招募服役人员。各地缴纳的数额,由地方政府依据需用雇值多少,随户等均取。再据其数,增取二分,不得超过此限,用以备水旱欠缺,称作免役宽剩钱。招募费用,除此三项来源外,原来官府召人承包的一些小规模的酒税等各种坊店场务,现今收回,官府用实封投状的方式重新招人承包,此钱也用于招募之用。城镇上的场务不许出卖,用作"投名衙前"的服役者的酬奖。

免役法推行后,对各州县差役重新审核评估,大幅精简。仅开封一府精简衙前830人,畿县也精简乡役数千个。哲宗即位之初,中书舍人范百禄说:"熙宁免役法行,百禄为咸平县。开封罢遣衙前数百人,民皆欣幸。其后,有司求羡余,务刻剥,乃以法为病。"范百禄是元祐党人,所言平允,当为信史。韩琦在梓州路转运使任上,也重新裁定所属各州衙簿,紧缩编制,减少了一些不必要的差役。衙前承担的一项繁重差役,就是押送纲运。韩琦"首建并纲减役之制,纲以数计者百二十有八,衙前以人计者二百八十有三,省役人五百"。免役法推行后,各地启用军校、卸任官员代替衙前。京西路提举常平陈知俭在许州(今河南许昌市)不用衙前管理公使库,而代之以军校。过去各州差衙前管理公使库,多所赔费,以至于破家荡产。自许州改革后,全国各地普遍使用军校管理公使库,人人都认为如此公私两便。江西也招募受代官押送钱帛纲上京,不差乡户衙前,费用"十减五六"。过去使用衙前,押钱帛纲入京,每万贯匹,须费钱5百贯足,赔费多,乡户均不愿服役。而使用受代文武官员管押后,绸绢每万匹只用钱100贯足,钱万贯只用70贯足。因此,司农寺认为"自募役法行,在公之人冗占浮费,十去八九。牙前裁损尤多,不惟革除重难破产之害,且旧令圆融科配赔费之物,因此并从官给"[1],革除了差役法的弊害。

免役法实行后,给国家带来了巨大的收益。熙宁九年(公元1076年),全国所收免役钱达10414553贯石匹两,元丰七年(公元1084年)增至18729300贯匹石两。八年,免役法差不多已推行十六七年,国库积累之数已有3000余万贯石之巨。元祐元年(公元1086

---

[1] 《长编》卷二六八熙宁八年九月癸酉。

年),户部尚书李常说,"见今常平、坊场、免役积剩钱共五千余万贯"。免役钱成为国家财政收入的重要来源。

但在这巨大的财政收入背后,隐藏着许许多多违规的征收手段。免役法推行之初,开封府东明县成百上千名县民,到开封府状告司农寺超升户等,征收助役钱。开封府推说未得到朝旨及司农寺关报,不肯接状。县民又冲入相府,宰相王安石说,根本不知升户等之事,不过我会指示司农寺,不得超升等第。但是,此后并无消息。于是,县民又来到御史台。御史台以无此惯例,也不接受诉状,要求县民散去。事后,御史台了解到司农寺确有超升等第之事。如酸枣县第一等,原申报130户,司农寺下达指标却是204户,一下升起74户。第二等户原申报260户,司农寺却定为306户,于是升起46户。第三等原申339户,司农寺却定为459户,竟升起120户。司农寺不用旧簿,而是依据要完成的指标数,制定各等户数,下达各县依数定簿征收。而不是依据百姓家产高下,由里正、户长询问乡众,自里正、户长、州县,自下而上,逐级上报,制定户等,这样县民怎能心甘情愿呢?当时,监察御史刘挚看到了这一点。就一针见血地指出"新法之所以在确定户等时不用旧簿,就是想多征役钱。担心上户少,故临时升降,增加高等,以保证完成定额"。各地小吏在点阅民田庐舍、牛具、畜产、桑枣杂木确定户等时,刻薄异常,"乃至寒瘁小家,农器、舂磨、铚釜、犬豕,凡什物估千输十、估万输百,食土之毛者,莫得免焉"①。

在征收免役钱的过程中,还出现违规扩大征收范围的情况。如,当初规定,两浙坊郭户,家产不及200贯,乡村户不及50贯,勿输役钱。不久,乡户不及50贯者,也不免输。新法实施之初,两浙就出

---

① [宋]吕祖谦编:《宋文鉴》卷四七张方平《论免役钱》。

现征收免役钱超出一倍之事,或许就是此类违规征收所致。免役法规定宽剩钱不过二分,但在执行过程中,多地出现了征及三四分以上的情况。元丰八年(公元1085年),苏轼上奏说:"臣窃见先帝初行役法,取宽剩钱不得过二,以备灾伤,而有司奉行过当,通计天下,乃十四五。"同年,户部得旨,"令所留宽剩不得过二分,余并减。其元不及二分处,依旧"。这些都说明多征宽剩是一个十余年来长期存在的现象。熙宁七年(公元1074年),又增收免役头子钱,役钱每贯别纳头子5钱。过去修官舍、作官府常用大小器具、夫力辇载之类的费用,政府通过向"役人圆融"获得,现在,工程费用均用此头子钱。

总之,违规多征的现象,从立法之初就已出现。熙宁四年(公元1071年),两浙路提点刑狱王庭老、提举常平张靓摊派一路役钱至70万贯,缴纳多的,一户至300贯。同年,利州路役钱岁用不足10万贯,而转运使李瑜欲征40万贯。转运判官鲜于侁说:"利路民贫,20万足矣!"李瑜不听,超征至33万多贯。

另外,还出现了名目繁多的相关杂税。如在立法的当年,下诏承包酒曲诸坊场缴纳的钱,每贯另纳税钱50,另立户头,用作胥吏的俸禄。熙宁末,知彭州(今四川彭州市)吕陶上《奏为役钱乞桩二分准备支用状》[1],在状中,吕陶陈述道:

> 臣伏睹近制,役钱宽剩不过二分,此朝廷抚惠元元之意最为深厚。然于法禁有所未尽,不免重敛。盖有司奉法太过,条目滋蔓,于雇役钱外,尚有数等。如耆户长不雇而敛,则有桩留钱。桥道、廨舍之类,数年一修,而逐年计费。知县、簿尉三年一替,而每岁计署中什物,则有费用钱。非泛差出役人及起发

---

[1] [宋]吕陶《净德集》卷一。

雇人,则有准备钱。此外,方始谓之宽剩。且如成都一路,每岁只合支募役雇食钱四十万六千二十四贯,又桩留耆、壮钱五万七千六十二贯,又桩杂支钱二万二千九百八十六贯,又桩起雇人钱一千贯外,更有宽剩一十二万八千六百余贯。

其双流一县,每岁只合支雇役钱九千三百二十余贯,更桩费用钱二千三百七十余贯外,方有宽剩钱二千八百九十余贯。以此考究,则虽云宽剩不过二分,其实不止于二分矣。臣愚,伏乞圣慈指挥诸路提举司,除实支雇役钱外,更出二分桩为宽剩,应系准备费用等钱,并于宽剩二分内支破。如此,则朝廷实惠均及生灵,有司奉法,不敢重敛。

贴黄:华阳县升仙桥一所,役法估计,每修一次敛钱一百贯。十二年中偶有损坏,支三十贯修葺,则是一千一百七十贯虚敛入官,皆为宽剩。推之他处,计亦如此多矣。

从上述揭露出的事实看来,熙丰时期的执政者,从上到下,都在借变法之名搜括民财。实际上,在推行免役法之前,宋代的差役经过历次的改革,已发生了很大的变化。熙宁四年(公元1071年)七月,曾布在驳斥反对者时说:"凡州县之役,无不可募人之理。今投名衙前半天下,未尝不典主仓库、场务、纲运,而承符、手力之类,旧法皆许雇人,行之久矣。惟耆长、壮丁,以今所措置,最为轻役,故但轮差乡户,不复募人。"元祐初,右正言王觌亦言,衙前一役,熙宁前,"旧法许人投名,故诸处多是投名,與乡差人相兼祗应,亦甚有州郡全是投名人之处,如或以少得投名之人,方始兼用乡差之法"[①]。曾布是变法派,王觌是反对派,但对役法现状的认识相同,这说明募役

————————
① 《通考》卷一二《职役考一》以及《长编》卷三六七元祐元年二月丁亥。

在变法以前已占相当的比例。元祐元年(公元1086年),苏辙在奏议中说:"今略计天下坊场钱,一岁可得四百二十余万。若立定中价,不许添划,三分减一,尚有二百八十余万贯。而衙前支费及召募非泛纲运,一岁共不过一百五十余万缗,则是坊场之直自可了办衙前百费。"可见,若只雇用衙前,仅坊场钱一项即可解决而有余裕,是不需要巧立名目、横征暴敛,收取如此之多的免役钱的。熙宁九年(公元1076年),收到免役钱10414553贯石匹两,仅支用6487688贯石匹两,结余有3926865贯石匹两,结余率高达37.7%。蒲宗孟巡视荆湖路,也认为南北"两路元敷役钱太重,以一岁较其入出而宽剩数多"。蒲宗孟是变法派、是出名的酷吏,他也如此说,可见免役法征敛过重是确凿无疑的了。

搜括时巧立名目、千方百计,不嫌其多。付役钱时吝啬莫名,则唯恐其多。政府用军校代衙前押纲运,付30贯,而乡户押纲只付一半15贯。熙宁九年,侍御史周尹批评说:州县"广敷民钱,至减省役额,克损雇直,而民间输数一切如旧。宽剩数已倍多而募直太轻,仓法又重,役人多不愿就募"。

其实,从立法之初,熙丰时期的执政者就准备将役钱用于其他的用途。马端临在编纂熙丰役法时总结说:"盖熙宁之征免役钱也,非专为供乡户募人充役之用而已,官府之需用,吏胥之廪给,皆出于此。"情况也的确如此,过去"内外胥吏素不赋禄,惟以受赇为生"。实行免役法后,用役钱发放胥吏的俸禄。又以宽剩钱发放取息,添支吏人餐钱。此外,役钱还被用于兴修水利,备水旱灾害,甚至用于接待进奉蛮人役使人马之费上。

更有甚者,不久役法发生了全然出人意料的变化,役钱不再用于雇役,各种差役却改差保甲大小头目充当,而役钱则封存于司农、市易等司,另作他用。熙宁"六年行保甲法,置保正副、大小保长,讥察盗贼。七年,轮保丁充甲头催税,罢募户长、壮丁。八年,罢耆长,令保正、大保长管干。别立庸直,雇承帖人隶其下"。八年,下诏,"其坊场钱,令司农寺下诸路,岁发百万缗于市易务封纪,仍许变易物货至京"。九年,"宽剩役钱及买扑坊场钱,更不以给役人,岁具羡数上之司农"。十年,募耆户长、壮丁之雇钱,由司农寺桩管,不得动用。这种食言而肥的做法,连神宗也看不下去,就在差保甲服役的当年,他说:"已令出钱免役,又排甲使为保丁,责之催科,失信于民。又,保正本令习兵,何可更供二役?"元丰八年(公元1085年),知吉州安福县上官公颖也质疑此做法,他说:"臣窃怪耆壮户长,法之始行也,皆出于雇,及其既久也,耆壮之役则归于保甲之正长,户长之役则归于催税甲头。往日所募之钱,系承帖人及刑法司人吏许用,而其余一切封桩。若以为耆壮户长诚可以废罢,即所用之钱自当百姓均减元额。今则钱不为之减,又使保正长为耆壮之事,催税甲头任户长之责,是何异使民出钱免役而又使之执役也。"对此,马端临深有感触地说:"熙宁之征免役钱……及其久也,则官吏可以破用,而役人未尝支给。是假免役之名以取之,而复他作名色以役之也。为法之弊,一至此哉!"①

为何从朝廷到地方,出现如此疯狂聚敛民财的行为呢?第一,从官员的素质来看,追求政绩,为加官晋爵,逐级迎合上级的意图,而残民以逞,"广敷民钱",是极自然的事。事实也的确如此,王庭老、张靓在两浙路征役钱,"供一岁役之外,剩数几半"。百姓都认为搜刮民财的王庭老、张靓必有升擢。果然,三个月后,王庭老由权同两浙提刑兼常平事,升为权发遣两浙转运副使,仍兼领常平。当时,州县迎合一路提举常平司,提举常平司迎合司农寺,司农寺迎合新

---

① [宋]陈均《九朝编年备要》卷一,《长编》卷二六八熙宁八年九月癸酉,《通考》卷一二《职役考一》,[宋]陈傅良《止斋集》卷二一《转对论役法札子》。

## 第七章 新法全面展开

政的制定者,全国刮起一股搜刮风。三朝老臣张方平说:"陛下圣旨一出,执政奉行稍已增益,至于有司苛细甚矣。颁下诸路,职司之官各出所见,展转交害,本同而末异,朝行而夕改,郡县承用,以至不胜其敝。"[1]熙宁中,苏轼自安置地黄州(今湖北黄冈市)赴常州(今江苏常州市),路过金陵(今江苏南京市),拜访王安石。他劝王安石向神宗进言,中止"大兵、大狱"。王安石很是赞同,说:"人须是知行一不义,杀一不辜,得天下弗为,乃可。"苏轼戏言道:"今之君子,争减半年磨勘,虽杀人亦为之。"[2]虽是戏言,却道出了官员心理的龃龉和官场的险恶。第二,神宗立志要收复汉唐故疆。他曾两度赋诗言志:"五季失图,猃狁孔炽。艺祖造邦,思有惩艾。爰设内府,基以募士。曾孙保之,敢忘厥志。""每虔夕惕心,妄意遵遗业。顾予不武姿,何日成戎捷?"[3]神宗的战略意图是,先夺取河湟,断西夏右臂。再灭西夏,最后灭辽。故新法推行不久,即停发雇役钱,以保甲正长代替耆户长、壮丁,役钱由司农寺桩管。这些桩管的钱财,转而用于战争。元丰初,建元丰库。将新法推行以来所获役钱以及茶盐、矿冶、绝户没官、禁军阙额之类钱财,皆号朝廷封桩,纳入该库。元年(公元1078年)有百万坊场钱贮入。五年,从京东、淮浙、江湖、福建十二路,发常平钱800万缗输入。八年,苏轼说:"见在宽剩钱,虽有三千万贯石,而兵兴以来,借支几半。"都反映了这个事实。史官说,这些钱财存于元丰库,以待非常之用。所谓非常之用,除了用于收复河湟、消灭西夏外,更多的是贮备起来用于将来对辽国的战争。只是壮志未酬,赍志以没而已。靖康城破,全便宜了女真人。

熙丰变法的根本目的,是要改善国家财政状况,增加收入,为了

---

[1] [宋]吕祖谦编《宋文鉴》卷四七《论免役钱》。
[2] 《宋史》卷三三八《苏轼传》。
[3] 《宋史》卷一七九《食货下一·会计》。

贯彻"富国强兵"的政治路线,消灭辽、夏,收复汉唐故疆,而非减轻民生疾苦,故举国上下疯狂聚敛,以致最终免役法变了质。还是马端临总结得好,他说:"雇役,熙宁之法也,其弊也,庸钱白输,苦役如故。"变法十余年,差役还是差役,只是换了个名称,而且百姓遭受了重复取赋之苦,负担比变法前还要沉重。

## 二 误国殃民的青苗法

熙宁二年(公元1069年)初,正当青苗法的争议胶着之时,京东转运使王广渊提议,初春农民缺乏资金投入春耕,兼并之家将乘机放债。请留本路钱帛50万贷给贫民,一年国家可获利25万。此议正合王安石之意,于是,九月青苗法正式颁行,以常平、广惠仓钱米1500万贯石为本运营。初议先试行于京东、河北、淮南三路,但不久就将青苗法推广至全国,包括川蜀、广南等路在内。这年,王广渊之弟、提举河北常平等事王广廉在河北推行青苗法,按户等高下相配,第一等给15贯,第二等10贯,第三等5贯,第四等1.5贯,第五等1贯,利息不得过3分。又令贫富搭配,10人相保,以第三等以上有物力户充甲头。如青苗钱尚有剩余,第三等以上人户,可于定额以外,再行借贷。坊郭户愿借青苗钱,有资产可以抵押,也可借贷,所借不得过资产之半,仍须五家相保。所有这些措施表明,青苗法从一开始就是图利、摊派、强行发放。

三年三月,司马光的挚友、翰林学士范镇设身处地说:"青苗法十家相保,以第三等户以上为保首。就算臣为富家,使臣担保九家下户,令官中取债,则臣实不愿。以臣之心,观天下之心,恐不相远。"又说:"陛下初诏云,公家无所利其入。今河北提举司乃自第一等给钱有差,皆令出三分利,岂为公家无所利其入乎?又云不愿者不得抑配,今上等人户既令出息,又令保任贫户,岂不为抑配乎?"①四月,知杭州郑獬在《乞罢青苗法状》中说:"臣窃见青苗之法,朝廷非不丁宁,不欲强民,而使其自便也。故臣奉行亦不敢强以率民,榜于诸邑,召其所愿请,至于累月而无一人至者,此其所以不愿也明矣。常、润(今江苏镇江市)、苏、秀(今浙江嘉兴市),类皆如此。近自提举官入境,所过诸郡,方以次支散。且将及杭州,杭民闻之,皆相告以为忧。张榜累月,而无一人愿请,一日提举官入境,则郡县更相希合,举民以与之,此非强民而何?是岂朝廷立法之意?"②在实际发行过程中,各路提举常平官,多不执行旨意,"凭借事权,陵压州县,却以青苗之法,取民利息二分,等第之家,不问其愿与不愿,一例抑配"。说不执行旨意,是给朝廷留面子。其实朝廷是想以此充实国家财政,是图利的。因此,出现"诸路所差官吏,为见朝廷属意财利,莫不望风希旨,务为诛剥,以觊幸酬赏苟免黜责。或以三分取息,或将陈怯之物纽作贵价兑换支散,或不以民之贫富一例抑配"③之事。同知礼院刘攽在给王安石的信中就说得更直白,当时朝廷是以青苗钱为官吏政绩的首要考核标准的。他说:"今郡县之吏率以青苗钱为殿最,又青苗钱未足,未得催二税。郡县吏惧其黜免,思自救解。其材者犹能小为方略以强民,其下者直以威力刑罚督迫之,如此民安得不请,安得不纳?而谓其愿而不可止者,吾谁欺,欺天乎?"④当时"提举等官以不能催促尽数散俵为失职,州县之吏亦以俵

---

① [宋]赵汝愚《宋名臣奏议》卷一一一范镇《上神宗封还罢司马光副枢札子》、卷一〇二《上神宗论新法》。
② [宋]郑獬《郧溪集》卷一二。
③ [宋]陈襄《古灵集》卷三《论散青苗不便乞住支状》《论青苗钱第二状》。
④ [宋]刘攽《彭城集》卷二六《与王介甫书》。

钱不尽为弛慢不才",趋利避害,是人之常情。官吏"惟务增羡",非唯避害,亦可趋利。知彭州吕陶揭露说:"俵散多,则管勾官有食钱,提举官有升陟。"朝廷认为这样的官吏方为称职。他还揭露出推行青苗法过程中的种种弊端,他说:"虽云出息不过二分,而节目颇多,督责愈峻。盖有诡名冒请,卖榜予散甲状,支交子折足钱(原注:川中支交子一贯,折为足钱,民间只换得九百二三十文)除头子钱,减克升合,量收出剩,并书手、保正、甲头识认等事,费耗不一。或请时谷贱,纳时米贵,所出息数约三四分。及至敛纳,官有期限,吏有责罚,使者竞为风采,逼迫所部郡县,主者各怀畏恐,务于办事。稽迟则追呼,差误则取抄。枷锢笞棰,道路相望,鸡犬牛羊贱鬻于市。甚者彻屋卖田,以偿其欠。仓官受入,又增斗面。百端侵扰,难以悉数。朝廷虽切防察,终难尽除其弊。"[1]更有甚者,催纳之时,督索不得,"勒干系书手、典押、耆户长同保人等均陪"[2]。诸人之言,非为耸人听闻、罔顾事实,推行青苗法苛酷与不力而受到处分的官员大有人在。熙宁七年(公元1074年),知永兴军鄠县(今陕西西安市鄠邑区)薛固,因"枷锢青苗户,及用木夹升民户等,致吏受赇",停职。办案过程中,受贿的县吏韩仲戡等5人,刺配500里外。八年,开封府祥符县知县李孝纯,因"欠青苗钱缓急等钱甚多","先次差替"。执行过程中,已出现强征、升户等、百姓无力偿还青苗钱等现象。实际上,熙宁三年变法之初,王安石的学生陆佃应举入京,王安石问及新法的社会反应,他回答道:"法非不善,但推行不能如初意,还为扰民,如青苗是也。"但是王安石听不进去。

青苗法在强力推行之下,熙宁七年,收息达300万贯。但此时青苗钱已发放过多,超过7成。违背了当初制定的"半为夏料,半为秋料,使仓储不空,以备非常"的发放原则。时诸路灾伤,常平司无钱

---

[1] [宋]吕陶《净德集》卷三《奏乞权罢俵散青苗一年以宽民力状》。
[2] [宋]赵汝愚《宋名臣奏议》卷一一一,韩琦《上神宗乞罢青苗及诸路提举官》。

谷赈灾。神宗指示,今后常留一半外,方得给散。但是,有令不行,有禁不止,神宗的指示并未得到贯彻。九年,发放依然如故,常平钱谷十有七八散在民间。加之连岁灾伤,近半数的借贷户拖欠不还。神宗批评官吏"只务多给,计息为功,不计督索艰难,亏损国有资产"的不负责任的恶劣作风,认为这必将导致"百姓被鞭挞必众"、激化社会矛盾的后果。十年,提举两浙路常平言:"灾伤累年,丁口减耗。凡九年以前逃绝户,已请青苗钱斛,见户有合摊填者,乞需丰熟日理纳外,更有全甲户绝输偿不足,或同甲内死绝,止存一二贫户,难以摊纳者。"情况更趋严重。元丰三年(公元1080年),青苗钱散13186114贯石匹两,收15000422贯石匹两,获息13.76%。四年,青苗钱散13837736贯石匹两,收11978994贯石匹两,亏本钱1858742贯石匹两。两年均远未达到指标要求。情况果不出韩琦、司马光等人的预料。但是,元丰六年,却制定出青苗钱散敛年额,散11037772贯石匹两,收13965459贯石匹两,要求利息达到26.5%。急征暴敛已如坂上走丸,不可制止。青苗法规定,借贷本息随夏秋二税归还。这就出现了"秋放之月,与夏敛之期等,夏放之月与秋敛之期等,不过展转计息,以给为纳"的现象。百姓不能偿还时,就借新债还旧债,结果旧债才清,新债又出。常平钱谷"倚阁殆半",国家未获实利。而百姓则"终身以及世世,每岁两输息钱,无有穷已。是别为一赋,以敝海内"[①]。

### 三 无益于国,有害于民的市易法

熙宁之初,当时高层决策者认为,京城商业为豪商大贾垄断,另

---

[①] 《宋史》卷三三一《陈舜俞传》。

外,国家的商业机构榷货务运营也不如人意,钱币、货物多有积压,不能及时变转盈利,平衡市场各方利益。于是,五年(公元1072年)三月,决定推行常平市易法。诏令说:"天下商旅物货至京,多为兼并之家所困,往往折阅(折价销售)失业。至于行铺裨贩,亦为取利致多穷窘。"并对榷货务的工作提出了批评:"榷货务自近岁以来,钱货实多余积,而典领之官但拘常制,不务以变易、平均为事。"决定从国家储备战略物资的内藏库调拨钱帛100万缗及动用榷货务积压之钱,另设常平市易司,大力推行国营商业运营。要求市易司"审知市物之贵贱,贱则少增价取之,令不至于伤商。贵则少损价出之,令不至于害民"。保护买卖双方的利益,维持物价的稳定,不至于飞涨,并在运营之中,为国家赢得利润。确保"开阖敛散之权不移于富民,商旅以通,黎民以遂,国用以足"①。六年以后,市易务及其下属机构抵当所陆续在各地设立,遍及通邑大都与偏远的镇寨,一个遍布全国的国营商业网络基本形成。

王安石推行市易法,确实打击了豪商大贾的兼并行为。推行市易法前,京城茶行十余家大商户把持着定价权,各地茶商来京卖茶,必须先馈献宴请,请求大商户定价,这十余户所买茶,是不敢考虑利润的。只要能定下高价,就可以从小茶商那里加倍获取利润,以补偿在定价商那里遭受的损失。市易法实行后,定价权为市易司所有,这十余家大茶商丧失了原有的特权,只能与下户一样做买卖。当然其他行业也是如此。后族向经一向控制包庇行人,侍中曹佾赊买木料不付钱,新法推行后,也触及了他们这些权贵的既得利益。熙宁八年(公元1075年),京城大姓当铺多已关闭,王安石认为,"市易摧兼并之效似可见"。京城中工商、服务行业历来有行,官府置办

---

① 《长编》卷二三一熙宁五年三月丙午。

物品,往往令有关行业的店家轮流代办,类似乡村中的差役,称为"行户祗应"。宋代官府中的小吏,素无俸禄,购物之时免不了乘机敲诈勒索,行户因此"陪纳猥多,而赍操输送之费复不在是,下逮稗贩贫民,亦多以故失职"。如某三司副使因所买靴皮革质量不良,打了行户二十杖。甚至还出现了行户无力应付差事而自杀的事。如米行曾有曹赟,因官府需要糯米五百石,不能供应,自经而死。因此,同年决定,行户缴纳免行钱,作为官府小吏的俸禄,同时免去行户祗应官府差事。从此以后,宫中所需都到市易司下属的杂卖场、杂买务购买。王安石认为这样做,阻止了兼并游手好闲之徒和皇亲国戚、官府小吏侵牟正当经营、出卖劳力之人的不法行为,是为天下立法,均天下之利。

市易司垄断百货,经营范围极广,几乎无所不包,触角深入到社会的各个角落。对公而言,如边防储备、茶盐专卖、境外贸易,市易司无不参与。熙宁八年(公元1075年),以运米百万石至河北澶州、大名,运费昂贵,拨给市易司米盐钱钞共60万贯石,预付给当地农民,至收成时,就地收缴或运至沿边州军封存。同年,市易司以结籴的方式,购得7万余石谷物,运至熙河路作为军粮存储。又派遣官员到麟府路购买耕牛,给借环庆、熙河路蕃部弓箭手。市易司甚至参与运送物资至边境的运输活动,元丰四年(公元1084年),发往鄜延、环庆、泾原三路经略司绢17.5万匹,市易司承担了其中的15.5万匹的运输任务。除了指定任务外,市易司还做"贩粟塞下"的生意。朝廷禁止此类贸易,熙宁七年五月,派员追回市易司派遣官员。熙宁九年,市易司更是拨付金6000两应付对安南的战争。

市易司还参与盐茶专卖。熙宁七年十月,借给市易司200万缗内藏库钱,"令市易司选能干之人,分往四路,入中算请盐引及乘贱计置籴买"粮食。解盐东盐区及解州、河中府本属于通商地区。九年二月,应三司、市易司的请求,开封府界阳武、酸枣、封丘、考城、东明、白马、中牟、陈留、长垣、胙城、韦城县,曹、濮、澶、怀、济、单、解州,河中府等州县官场开始销售解盐。十年,知彭州吕陶反映市易务设在彭州的茶场司利用专卖权违法牟取暴利的事实。他说:"国家置市易司,笼制百货,岁出息钱不过二分,须以一年为率。盖为今年支出官本一百万贯,至年终要见息钱二十万贯。即不是早买一百贯物,晚卖一百二十贯钱。今来茶场司却不以一年为率,务重行立法,尽榷民间茶货入官,旋买旋卖,取利三分。或今日买十贯之茶,明日便作十三贯卖与客旅。或朝买一贯,暮作一贯三百文出卖。日逐将官本变转,殊不休已。"①此外,市易司还参与绸绢的收购。八年,市易司请求以出卖东南末盐钞的钱,以每匹一贯的价格,在袁州(今江西宜春市)收购绸绢。元丰元年(公元1078年),市易司请求,在三司和预买绸绢任务完成后,以现钱在河北出丝蚕州县,以和买方式继续收购。市易司的营运还涉及边关对外贸易领域。如榷场贸易,熙宁八年(公元1075年),市易司获准借内库价值20万缗的象牙、犀角、真珠,赴榷场交易。七年(公元1074年),广南东路提举司奉旨弹劾,"广州市易务勾当公事吕邈擅入市舶司拘拦蕃商物",此后,广州市舶司才不再隶属广州市易务。

市易司的生意,还进入了百姓的日用品领域。市易司零售熟药。熙丰时,太医局卖熟药,而市易司出钱收购,再去零卖。当时,国家每年给地方政府制药钱,大郡200贯,小郡100贯。市易司请求以其中的一半购买市易务的药,其余听由州府自己制药。熙宁九年(公元1076年),江浙因连年灾荒,米价飞涨。市易司又选派官员往产地预贷钱给农民,到秋收时回收稻米,以此保证京城酒户年30

---

① 《长编》卷二八二熙宁十年五月庚午。

万石的需求量。元丰五年（公元1082年），根据市易司的提议，江西景德镇设立了瓷窑博易务，出售景德镇瓷器。另外，如"麻苘、竹篾之类"这样利润微薄的生活用品，市易司也买卖。京城里，凡出城门之人，但凡一二顶头巾、十数枚木梳、五七尺布料，如此之类，无不先赴市易务纳税盖印，方才给引出门。一日之内，有数百起，出门不过收三五文税钱，都必须如此办理，否则守城门者即被扣分，实在是很可笑的。可谓无孔不入，计及毫厘。熙宁八年（公元1075年），韩琦言："市易务尽笼天下商旅之货，官自取利，主以得利为功，锥刀必取，小商细民遂无所措手。"[①]并非虚言妄语。

市易司的专卖活动严重地干扰破坏了正常的市场经济。熙宁十年，诏令今后客盐进入京城，必须全部卖给市易务，市易务依市价收买。京城内外各地贩卖盐商，向市易务申请贩卖许可证方可运营。同年，市易司向内库借钱20万贯，收买东南盐钞，在京城地区设置7家盐场贩盐。又将陕西解盐新钞卖给盐商，让其于解州领盐销售。如私自买卖，许人告发，盐没收充公。由于市易司执行专卖政策，导致外商不至，广州市舶司每年亏损20万贯。元丰初年，商人运至熙河路的匹帛被市易司强行收购。戎人在边地交易，货物除按法定比例卖给官府的外，其余都允许在市场上自由交易，但是，二年，并令全部卖给市易司，"一切禁其私市，戎人甚不乐"。出现牙人引导蕃部由小路进入秦州（今甘肃天水市）逃避抽税的情况。宋方获悉后，令熙河路五市易务，招募牙人，引导蕃货赴市易务出售。并张贴告示，许人告发，货物价值一贯，官给赏钱两贯。熙宁时，京城里酒家酿酒所用糯米，一直由市易司贷给。后来米商因市易司收购价低不至京城，又遇上灾年，京城糯米少，米价更高，利润丰厚。市易

---

① 《长编》卷二六二熙宁八年四月丙寅。

司因此严令,米商如私自卖米给酒商,告发者可获300贯重奖,米没收入官。熙丰时,酒曲也由市易司专卖,京城酒户年年完不成定额,还欠下白糟糯米钱数10万,不能偿还。元丰二年(公元1079年),市易司削减曲额,均给各店,如每月缴纳不如规定,就加倍罚款。如使用私曲,告发有赏。自市易法实行后,外地商贩都不来京城做生意,竞相从都城外直接过汴河而去,西北的客商到东南也是如此。因为市易司指示各城门,"如有商货入城,必须全部押至市易司官卖"。国家商税因此大亏。

情况正如熙宁七年(公元1074年)曾布向神宗汇报所说的那样:"(吕)嘉问等务多收息以干赏,凡商旅所有,必卖于市易,或市肆所无,必买于市易。而本务率皆贱买贵卖,重入轻出,广收赢余。诚如继宗(商业官营的倡议人魏继宗)所言,是挟官府之势而为兼并之事。"由于市易司垄断市场、苛税搜刮,一切都违背了立法时的意图,居于深宫的神宗也得知"颇妨细民经营"。①一切正如司马光所言:"置市易司,强市榷取,坐列贩卖,增商税色件,下及菜果,而商贾始贫困矣。"②

免行钱征收之始就出现了太重过宽等问题。市易法刚公布,就出布告:"元不系行之人,不得在街市卖易,与纳免行钱人争利。仰各自诣官,投充行人,纳免行钱,方得在市卖易。不赴官自投行者有罪,告者有赏。"结果,十余天之内,京城里,如街市上提瓶者必投充茶行,负水担粥以至卖麻鞋、假发之类,无敢不投行。熙宁七年,神宗问王安石:"纳免行钱如何,或云提汤瓶人亦令出钱,有之乎?"又问:"见说匹帛行旧有手下抱缊角人,今亦尽收入行。"连卖热水的小贩、缝补旧棉袄的女红也征税,滴水不漏,细大不捐,免行钱收得也

---

① 《长编》卷二五一熙宁七年三月癸丑、戊午、丁巳、辛酉。
② 《长编》卷三六三元丰八年十二月己丑。

未免太宽泛了。元丰三年(公元1080年),都提举市易司王居卿的一份请示报告,证实神宗获悉的情报是真实的,很能说明问题。他说:"免行所月纳或季纳见钱,官为雇人代役使,此朝廷立法之意,欲以宽恤下民也。然有其名而无其实,盖建法之始,失以贫富为较,但以其人作业为等,纳钱轻重不一。虽贫者至轻,而日不自给,何暇输官?催理科较,或至禁锢,诚可矜恻。臣窃详元定免行租(祖)额钱三万四千八百余缗,每岁额外常有增羡。今且以杂贩破铁、小贩绳索等贫下行人,共八千六百五十四人,月纳自一百以下至三文二文,计岁纳钱四千三百余缗。其所出至微,犹常不足,故贫者私不足以养,公不足以输。欲乞将额外增羡以补旧额,其贫下户并与除放。庶几小民实免行役,均被朝廷之恩。如将来旧额却有亏损不及,下户所放之数,即乞于本司市利或息钱内拨填。"①

与免行钱相伴随的还有市例钱。市易司规定,商贩每纳税钱100文,另收市例钱6文,以给专拦等餐费。后来擅增,不及10文亦收10文。如苎麻、文山荁根1斤都收5文,却向小商小贩要市例钱10文。以致小商小贩为市例钱,多次与专拦拖拽死争,质问:"我税钱10文纳了,你却问我要甚市例钱?"专拦必须拿出文件反复解释,才忿忿地扔下钱离去。

市易司除了贸易百货之外,它还有一项重要的业务,就是赊贷抵当。市易司"听人赊钱,以田宅或金银为抵当,无抵当者,三人相保则给之。皆出息十分之二,过期不输息外,每月更罚钱百分之二"。②但是,市易司推行计息理赏法,官员为图政绩,毫无责任心,"一切赊贷",发放过量。借贷者十有四五无力偿还,利息、罚款越来

---

① 《长编》卷三〇八元丰三年九月甲子。
② 《长编》卷二九六元丰二年正月己卯。

越多,因此而遭囚禁的为数不少,欠户借新还旧,国家盈利只表现在账面上,虚数而已,贷款其实收不回。于是元丰二年(公元1079年)提出种种对策,如依据法令抵押的房产、田地,政府可以重新估价当卖。在欠户未缴钱款期间,政府出租抵当物,收缴租钱。这样欠户可免禁锢,公家也可享实利。又停止无抵当用保人借贷这种方式,以田宅金帛抵当者减其息。并要求"民户逋负数多州县,毋得给钱"。但是一切并未见起色,元丰四年统计,欠款已达9215900余贯。五年,因赊贷人户所欠太多,又准许推迟三年催纳。至元祐元年(公元1086年)初,"除放免息钱,支拨皇亲、公人旧欠外,纳未及其半"。京城及各地因此家破人亡的不可胜数。同年,苏辙上奏请求免去百姓市易欠钱时说:"市易司前后发放市易本钱共计1226万余贯,已拨还内藏库等处共计530万余贯,朝廷支用384万余贯,尚余353万余贯。三项合计达1267万余贯,已经还足本钱,现在人户所欠都属利息。见今欠钱人共计27155户,共欠钱237万余贯。其中欠钱小户为27093户,共欠钱83万余贯。平均每户只欠30贯。如果将欠200贯以下人户除放,共放25353户,免去钱466200贯,这是小户中的小户,平均每户只欠18.4贯,但所免放的人户却占欠户的九分以上,而所免放的钱正好是他们借市易钱应缴纳的利息二分。"他又说:"元丰时,朝廷催理欠钱极为严厉急切,但是一年所收不过三万贯。近来朝廷行事宽容,所催不多,今年至七月只收到六七千贯。如果以一年收缴三万贯来计算,须七十多年才可完全收回。这样催缴,欠款的小户就有可能逃难死亡,而国家每年得失之间仅有六千贯,这对国家而言,如九牛一毛,可忽略不计,但是,这笔欠款对于两万余家小户来讲,则为害至大。"苏辙的奏议,全面地反映了市易法所造成的社会危害。市易法,元丰八年(公元1085年)废除,绍圣时(公元1094—1097年)恢复。崇宁二年(公元1103年),

户部说："苏州人户旧欠市易官本钱米，系熙宁、元丰时所欠，至今已二十多年。元符元年（公元1098年）赦免诏令允许延期三年，分为十二次缴纳。未缴完的，提举司请再延期两年分八次缴纳。"其他各地情况类似，市易法的流毒可谓至深且远。元祐初，谏官交章弹劾，认为市易法为害之广，遍布全国。市易本钱大略有一千二百万贯，以利息二分计算，十五年间，连本带息，应有数倍于此之多。但是，现在所有仅够本钱。问题出在市易司官员于进货之初，尚未出售就先计息领赏。至于货物粗制滥造、质量低劣，则上下相瞒不问。以致亏折日益严重，徒有虚名而已。市易法无益于国，有害于民，昭然若揭。

## 四　神宗时期的开疆拓土

早在治平四年（公元1067年）神宗即位之初，知青涧城种谔在神宗授意下，袭取了西夏绥州，由此挑起宋夏间新一轮冲突。不久，宋将归顺的嵬名山部改编，并将绥州川内膏腴空闲及两不耕之地分给该部，用以守边。熙宁二年（公元1069年）十月，绥州更名为绥德城，成为宋对西夏的前沿要塞。无定河以东满堂、铁箭平一带，是西夏东南地区的膏腴之地，西夏赖以立国。自修绥德城后，西夏人不敢在此耕垦，处境极为困扰，西夏始终不甘心，图谋收复。四年初，狂妄的种谔又深入横山腹地，进筑啰兀、永乐川、赏逋岭、抚宁诸城寨，但这次种谔惨败，"新筑诸堡悉陷，将士千余人皆没"。此后，宋决定改变策略，夺取河湟、西蕃诸部之地，切断西夏右臂，以形成对西夏迂回包抄之势。

熙宁四年八月，宋起用王韶，置洮河安抚司，经略秦州（今甘肃天水市)以西,自古渭寨(今甘肃陇西县)至青唐武胜军(今甘肃临洮县)蕃部。蕃部俞龙珂是青唐最大的一股势力。王韶以巡视边境的名义,带着几名骑兵直接造访俞龙珂的大帐,畅谈通宵,晓以形势。第二天,俞龙珂就派人随王韶东回。十二月,俞龙珂率所属十二万口内附,赐名包顺。

五年(公元1072年)五月,宋升古渭寨为通远军,以王韶兼知军。古渭寨是唐渭州,唐肃宗至德时(公元756—757年)陷于吐蕃。宋仁宗皇祐四年(公元1052年)收复,建为寨。通远军的建立,标志着神宗收复河湟的大业正式开始。

七月,王韶率兵西进,建渭源堡(今甘肃渭源县)。又连破数族,挺进至抹邦山。时洮水以东的蕃部居高恃险,占据了有利地形。王韶置兵死地,逼近蕃部布阵,蕃兵居高下冲,宋军抵挡不住,开始退却。王韶身先士卒,率亲兵反击,蕃兵惊溃,王韶俘获"首虏器甲,焚其族帐",首战告捷,洮西大震。随后,洮西蕃部木征,率部东渡洮水驰援,溃散蕃部复集于抹邦山,寻求决战。王韶只留下少量疑兵,虚张声势,亲率主力直趋武胜军。途中击破来敌,据守武胜军的蕃部瞎药等闻讯弃城夜遁,余部出降。八月,改武胜军为镇洮军。十月,升为熙州,以熙河(今甘肃临夏市)、洮(今甘肃临潭县)、岷州(今甘肃岷县)、通远军为一路。六年二月,王韶攻克河州,斩千余级,木征遁逃,妻子被擒。此后,宋、蕃兵力在洮西一带激战多次,河州城得而复失。此时,王韶正率兵穿越露骨山,向南进入洮州界,洮州道路狭隘崎岖,只能释马步行。在洮州,王韶击破木征弟巴毡角军,尽逐南山诸羌。木征闻讯震恐,留兵守河州,自将精锐尾随宋军,伺机出击。八月,王韶一面派兵佯攻河州城,一面侦察木征兵力集结地,率主力与之决战。在击溃木征后,才进抵河州,守河州的蕃部见来军非木征所部,知大势已去,遂出城投降。九月,王韶进入岷州,岷州蕃部瞎吴叱及木令征投降。王韶又相继攻克宕州（今甘肃舟曲县西北）、叠州（今甘肃迭部县）、洮州，木征弟巴毡角以其族归顺。木征则于七年以洮、河二州来降。这次军事行动，历时五十四日，跋涉一千八百里，收复五州，辟地自南之岷州临江寨（今甘肃宕昌县临江铺镇），至北之河州安乡城，东西千里。史云，新辟疆土"西直黄河，南通巴蜀，北接皋兰（今甘肃兰州市），幅员逾三千里"①。

七年二月，就在王韶回京述职之际，河州被蕃部董毡所部攻陷。此前董毡所部大将鬼章常来骚扰、诱胁河州归顺蕃部，杀害河州军官和采木士兵。投书河州守将，言语不逊，河州守将不能容忍，遂率汉蕃兵六千人进攻踏白城（今甘肃临夏县西北）。鬼章率两万多兵力，包围河州兵，双方自清晨至午后血战十个回合，宋军不支溃败，主将战死，河州、岷州危急，熙河形势逆转。此时王韶已从京城返回，到达永兴军兴平县（今陕西兴平市）时，获悉河州主将阵亡消息，于是星夜兼程，奔赴熙州，与军队会合。在熙州，王韶选精兵两万，避其锋锐，不趋河州，直扑定羌城（今甘肃广河县）。三月，渡过洮河，击破结河川蕃部，切断其通往西夏的道路。再进兵宁河寨（今甘肃和政县），分兵进入南山，鬼章所部既无援兵，又恐归路被切断，于是拔寨遁去，退保踏白城西。四月，王韶在肃清外围之敌后，率兵进入踏白城，埋葬祭奠阵亡将士，然后回师河州。鬼章此时羽翼翦灭，穷途末路，不得不率酋长八十余人，至军门投降。

河湟地区是吐蕃唃厮罗的势力范围，唃厮罗有三子，瞎毡、磨毡角、董毡，分布于熙、河、洮、岷等地。熙宁七年，瞎毡诸子木征等、董毡及其手下大将鬼章都已臣服于宋，河湟地区吐蕃唃厮罗势力范围大为缩小。宋虽然尚未对西夏形成迂回包抄之势，但不可否认在河

---

① 《长编》卷二四七熙宁六年十月庚辰。

湟地区军事上确实取得了重大胜利。不过,宋也由此也背负了沉重的包袱。自开战以来,熙河路岁费四百万缗,后略有减少,也在三百六七十万之间。宋人算了一笔账,"北边自增岁赐以来,绵絮金币不过七十万,是一岁开边五倍之"。又说,"自开熙河以来,陕西民日困,朝廷财用益耗,独岷州白石大潭、秦州属县有赋税,余无斗粟尺布,惟仰陕西州郡及朝廷帑藏供给耳"。八年四月,神宗也承认熙河路全乏钱粮,恐误边计,批示可速议经画①。

神宗时期,可谓烽烟遍地,四郊多垒。在对西夏、吐蕃作战的同时,又与交趾开战,并征服荆湖、梓夔等路的少数民族,在这些地区建立郡县,实行直接统治。

由于边臣的生事和交趾的侵扰,宋与交趾的冲突日益尖锐。熙宁八年(公元1075年)十一月,交趾大举入侵,连续攻陷钦(今广西灵山县灵城镇)、廉(今广西浦北县西南旧州)二州及左右江边防要塞太平、永平、迁隆、古万四寨,并长围广西边防重镇邕州(今广西南宁市)达四十二日,最终邕州失陷,守将纵火自焚。九年二月,宋调兵夫三十万人,水陆并进,予以反击。富良江一战,大败交趾,得苏茂、思琅、门、谅、广源五州及桄榔一县之地。但是宋军死亡过半,存者皆病。南征之役,"凡费钱帛金银粮草五百一十九万贯匹两石束,二广之民,自此大困"②。元丰二年(公元1079年),以荒远之地得之无益、戍军罹瘴雾多病没,五州一县并予交趾。

宋代,荆湖路是多民族居住的地区,湖北的澧(今湖南澧县)、鼎(今湖南常德市)、辰(今湖南沅陵县)、峡(今湖北宜昌市)四州与"湖南九郡皆接溪峒"。对于这一地区的溪洞蛮夷,宋朝一贯采取的是

---

① [宋]朱弁《曲洧旧闻》卷六,《长编》卷二五三熙宁七年五月甲辰,卷二六二熙宁八年四月癸酉。

② [宋]彭百川《太平治迹统类》卷一七《神宗平交趾》。

剿抚并用、以抚为主的政策。即以蛮夷治蛮夷的羁縻策略。熙宁时,政策发生变化,先后开梅山、经制南北江,在上述地区建立郡县,实现直接统治。

梅山"东接潭(今湖南长沙市),南接邵(今湖南邵阳市),其西则辰,其北则鼎、澧",方千余里,分为上、下梅山。熙宁五年(公元1072年),始议经制南北江,王安石认为,"梅山事未了,便要了辰州事不得。梅山不难了,既了梅山,然后到辰州,即先声足以振动两江,两江亦易了也"[①]。于是,始有开梅山之举。十一月,宋派员招谕,"得其地,东起宁乡县司徒岭,西抵邵阳白沙砦,北界益阳四里河,南止湘乡佛子岭。籍其民,得主、客万四千八百九十户,万九千八十九丁。田二十六万四百三十六亩,均定其税,使岁一输。乃筑武阳、关硖二城",以上梅山置新化县,属邵州。六年,又以下梅山置潭州安化县。从此,鼎、澧南至邵州的道路被打通,无复阻隔。

熙宁六年,章惇经制南北江。所谓南北江,指的是宋荆湖北路五溪地区。唐五代以来,在此设立辰、溪(今湖南古丈县东北)、锦(今湖南麻阳县西南锦和西)、奖(今湖南新晃县东)、叙(今湖南洪江市西南黔城)五州,以酉、辰、巫、武、沅五溪流经,世称五溪地区。唐末,为五溪蛮所分据,为羁縻之地。宋初收湖南,辰州为内郡。而其他地区五溪蛮经历五代纷纷自立,一时羁縻州林立。

北江以下溪州彭氏势力最为强大,为北江二十州都誓主,即盟主。章惇经制南北江,北江誓下州洞蛮各以其地归顺宋,并出兵进攻彭氏,彭氏不得不投降,于是宋在下溪州筑会溪城、黔安寨戍守。

南江诸蛮,分布在自辰州达于长沙、邵阳间辽阔的地域内,熙宁六年,在力量对比极其悬殊的情况下,富州向永晤、峡州舒光秀、中

---

[①] 《长编》卷二三八熙宁五年九月丁卯。

胜州舒光银相继归顺。独懿、洽州蛮酋田元猛桀骜难制，多次侵夺舒、向二族地，又杀害宋官，拒绝归附，宋军遂三路进兵，攻占懿州，并进而收复溪洞黔、衡、古、显、叙、羸、绣、允、云、洽、俄、奖、晃、波、宜等州。七年，遂建沅州（今湖南芷江县）。九年，收复溪洞诚州，元丰四年（公元1081年），置正州诚州（今湖南靖州县）。均隶属于湖北。同年，又以溪洞徽州为莳竹县（今湖南通道县东北临口镇），隶湖南邵州。至此，宋在南江建立了二州一县。内附的酋首被授予武阶，羁縻州洞呈报户口，缴纳课米，宋则以盐酬之。但仍然有一些羁縻州洞酋首"不愿补班行，依旧进奉"。同时也有一些官员头脑清醒，明智地反对尽籍"瑶人为民"。认为"广无赋之地，籍不使之民，而大农之费累百巨万。愿界上之郡县羁縻之，不以累中国"①。因此，在熙丰经制后，南江地区并未完全成为省地。

但是，章惇经制梅山、南北江，两年之间，死伤凡二十万。大兵所至，大肆诛戮，无辜死者亦十八九，荆湖两路为之空竭，当地人民的生命财产损失严重。

在梓、夔及成都府路，熙宁时，由于对汉夷之间及蛮夷内部的矛盾处置不当，不尊重少数民族的习俗，不恰当地运用汉法及武力介入，引发了一系列大规模的冲突。

渝州（今重庆市）南，有熟夷李光吉、王衮、梁承秀三族，横行当地，他们修筑城堡，缮修器甲，藏匿亡命，不纳赋税，威胁屠戮汉户，强占田地，抢劫边民。熙宁三年（公元1070年），宋调兵平定三族，以其地建隆化县（今重庆市南川区）隶涪州（今重庆市涪陵区）。其后，其他部族屡屡侵扰汉地，八年平定，建立南平军。

六年，因宋盐业政策的变动，泸南夷失业，不能再卖柴茅给盐

---

① 《长编》卷二七一熙宁八年十二月庚子、卷三二四元丰五年三月庚子、《西台集》卷一三《孙公墓志铭》。

井,又令夷人缴税,改作纳米折茅,夷人不满,聚众二千人,洗劫过往船只。又攻击官军,杀死官兵近三百人。七年,宋调兵五千,才将这场民变镇压下去。事后,宋以乌蛮首领甫望个恕知羁縻归徕州,其子乞弟与另一首领晏子之子沙取禄路并为把截将、西南夷部巡检,以抚定该地区。元丰初,发生罗苟村夷"作过"事件。在事变中,乞弟允诺管控所部诸夷,不助罗苟夷。但是,事后宋地方当局食言,并未兑现承诺,给予所许之物。又未在控扼乌蛮进入汉地的罗苟村设寨。不久,乞弟率五六千人,一路烧杀抢掠,直逼泸州江安城(今四川江安县)下,索取所许之物。三年(公元1080年),乞弟围攻罗个牟村索取旧债,宋军介入,攻打乞弟,结果,这一仗,宋军主将阵亡,官兵死亡近八百人。随后,宋历时两年,用兵夫十万,深入至赤水河以北,即今四川叙永、古蔺一带,至五年二月,方才捣毁乞弟巢穴。这一仗,宋军伤亡惨重,行军途中,天寒地冻,"兵夫冻堕指者十二三,疾病死亡不可胜数,往往取僵尸脔割食之"。战后,宋鞭长莫及,无力控制羁縻归徕州,不得不将其授予后蕃羁縻姚州(今贵州织金县北)罗氏鬼主。不久,神宗提起此役,颇为伤痛,他说:"向者郭逵安南与昨来西师,兵夫死伤皆不下二十万。有司失入一死罪,其责不轻。今无罪置数十万人于死地,朝廷不得不任其咎。如泸州乞弟,其初但为索罗个牟囤骨价,复私怨尔,王宣过分往救之,为乞弟所杀,事遂张大。比及事平,公私萧然,劳费天下。大事盖常起于至细。"①

成都府路茂州(今四川茂县),领羁縻九州,州无外城,内城之外,蕃、汉杂居。蕃部常深夜潜入汉民家剽掠人畜,索取赎金,汉民异常苦恼。熙宁八年(公元1075年)七月,茂州获准修筑外城。但城基侵占了蕃民租种的田地,遭到蕃部的抗议,知茂州范百常援引八

---

① 《长编》卷三二七元丰五年六月壬申。

十多年前太宗淳化中的誓书界至为据,不予采纳,用大棍驱散了蕃部民众。开工时,数百蕃民又在酋长的带领下蜂拥而至,范百常以少击众,打死蕃民数人,蕃民才散去。范百常同时也将汉民迁至内城。次日,蕃民数千人"四面大至,悉焚鹿角及百姓庐舍,引梯冲攻牙城,矢石如雨"。激战五天后,酋长两人被滚木擂石击毙,蕃民才退。后来屡攻不克,但是游骑绕城,城中人不敢出。茂州与外界的道路为蕃部控制,只得投告急木牌数百于江求援。九年四月,派来的两路援军都大败,死伤惨重。六月,宋选募陕兵数千人,再援茂州,才将这场动乱平定下来。

在夺得熙河地区及南方诸地战事结束后,元丰四年(公元1081年)夏,传来西夏国主秉常被囚遇弑的消息。宋朝君臣认为西夏内部分裂、政局动荡,灭夏时机成熟,于是以讨伐夏逆臣为借口,兴师问罪。从麟府、鄜延、环庆、泾原、熙河五路出兵,进攻西夏腹地灵州、兴州,欲一战灭亡西夏。神宗指令宦官王中正提兵六万出麟州,种谔将鄜延及禁军九万三千出绥德城,两军于夏州会合。种谔部初战告捷,攻克米脂。又攻克石州(今陕西米脂县西北)、夏州、银州。但王中正部出麟州才数里,即奏已入西夏境,屯白草平九日不进。在种谔部攻克石州后,河东军渡过无定河,沿水北行,沙地潮湿,人马陷没难行。等赶到夏州,夏州已是一座空城,百姓因躲避种谔军早已四处逃散,河东军一无所获。转移至宥州奈王井,粮尽,士卒死亡已达两万,于是,余部退还河东。此时,种谔军也无粮了,又遇上大雪,冻死饿死数万,于是全军溃散,进入边塞时才剩三万人。熙河军由宦官李宪统率,自熙州出发,攻克兰州,进至天都。焚烧了西夏南牟的宫殿和馆库。追袭其统军仁多唛丁,在生擒百人后也草草班师。三路军均未能实现战略目标,攻至灵、兴城下。环庆经略使高遵裕将步骑八万七千、泾原总管刘昌祚将卒五万出庆州。泾原军战绩最出色,行进至磨脐隘与西夏军遭遇,西夏军以二三万兵力阻止宋军前进。泾原帅刘昌祚分兵渡过葫芦河,夺下关隘,又大败统军国母弟梁大王。挺进至鸣沙川,在获取西夏窖藏粟米后,乘胜攻至灵州城下。时灵州城门未闭,泾原军先锋夺门,几乎就要冲入。高遵裕派遣使节骑马赶到予以制止。刘昌祚以遵裕为本路统帅,为避争功之嫌,遂放弃攻城。但等到环庆军赶到,围城十八天不能下,宋军困于城下。此时,西夏人决开七级渠以黄河水灌宋营,宋军溃败南还。泾原军殿后,昌祚持剑水上,等待全军上岸后才撤退。在打退追上的西夏军后,撤至渭州。此时全军粮尽,士兵争先恐后地奔进城门,已溃不成军。此时,环庆军运输线也被西夏军切断,士卒冻死溺死七万多,余兵只有一万多人。

这次军事行动出师前,神宗明知无胜任五路统帅的人选,最后竟然想以宦官李宪充当。遭到知枢密院孙固的反对,同知枢密院吕公著甚至说出"既无其人,不若且已"[①]的话,明确表示反对举兵。后来的事实也表明,这次军行动节制不明,并多次更改。各路军以邻为壑,相互猜忌,不能配合。泾原、环庆军逾期两旬尚未出界,晚于鄜延、麟府之兵,违背诸道之师"同驱并进"的原议。河东、鄜延、熙河军进入西夏境后,绕道不前,未至灵、兴,就溃散返师。而西夏则坚壁清野,任由宋军深入,西夏聚集劲兵于灵、夏的同时,派遣轻骑抄绝宋军的后勤运输,结果宋军因乏食而溃败。

元丰五年(公元1082年),神宗又发起新的军事行动,命徐禧于银、夏之界筑永乐城。永乐依山无水泉,连种谔也反对修筑。新建的永乐城,命名为银川砦。银川砦地接宥州,接近横山,是西夏人的必争之地。城修好后的第九天,西夏人来攻,由于徐禧指挥失误,城

---

① 《长编》卷三一三元丰四年六月甲申。

被重重包围,达数里之厚。城中乏水,渴死者大半。永乐之役,宋军死亡将校数百人,士卒役夫二十余万,西夏人在米脂城下阅兵后,意气扬扬班师而还。

对于熙丰时期宋对西夏发动的数次战役,史官总结说:"宋自熙宁用兵以来,凡得葭芦、吴保、义合、米脂、浮图、塞门六堡,而灵州、永乐之役,官军、熟羌、义保死者六十万人,钱粟银绢以万数者不可胜计。"神宗得报,"涕泣悲愤,为之不食。早朝对辅臣恸哭,莫敢仰视"①,由此染疾,两年后辞世。

熙丰变法以富国强兵、收复汉唐故疆为最高政治目标,所有经济改革都是为了充实国库,整军备战。故而青苗、免役、市易诸法,蜕变为搜刮、聚敛之术。神宗时,财政收入达六千余万,远超仁宗末年的三千六百余万。宋人说,推行新法十余年"国帑日丰,民用日蹙"②,大量的财物囤积在国库,新法并未惠及民生。这数以万计的财富,神宗欲以待非常之用。神宗攻取熙河,以断西夏右臂;又欲取灵武,以断辽人右臂。为了备战,国家推行专卖政策,变民营为国营,造成社会经济凋敝。元祐六年(公元1091年)初,苏轼知杭州,他说:"臣窃见浙中州县,市井人烟比二十年前不及四五,所在酒税课利亏欠。只如杭州酒务课利,昔年三十余万贯,今来只及二十余万贯,其他大率类此。朝廷力行仁政,不为不久,而公私凋耗,终不少苏,盖是商贾物货元未通行故也。自来民间买卖例少见钱,惟藉所在有富实人户可倚信者赊买而去,岁岁往来,常买新货,却索旧钱,以此行商坐贾,两获其利。今浙中州县所理私债大半系欠官钱人户,官钱尚不能足,私债更无由催,以此商旅不行,公私受害。"③杭州

---

① 《长编纪事本末》卷八九《徐禧永乐之败》。
② 《长编》三八一元祐元年六月乙卯。
③ [宋]苏轼《东坡全集》卷五八《缴进应诏所论四事状》。

如此，其他地区恐更严重。国家干预经济、推行战争政策的结果，造成了社会经济的凋敝。国家空有千斯仓万斯箱，靖康之变全为金人所有。还是唐初马周说得好："往者贞观之初，率土荒俭，一匹绢才得粟一斗，而天下帖然，百姓知陛下甚忧怜之，故人人自安，曾无谤讟。自五六年来，频岁丰稔，一匹绢得十余石粟，而百姓皆以陛下不忧怜之，咸有怨言，以今所营为者颇多不急之务故也。自古以来，国之兴亡不由蓄积多少，唯在百姓苦乐。且以近事验之，隋家贮洛口仓而李密因之，东都积布帛王世充据之，西京府库亦为国家之用，至今未尽。向使洛口、东都无粟帛，即世充、李密未必能聚大众。但贮积者固是国之常事，要当人有余力而后收之，若人劳而强敛之，竟以资寇，积之无益也。"①

---

① ［唐］吴兢《贞观政要》卷六《奢纵第二十五》。

# 第八章　西洛十五载(一):优游议论

司马光回到洛阳后,"六任冗官",投闲置散十五年。虽然是脱尽羁绊,与诸老放浪形骸,纵情于山林之间,但其实并未能忘情于物外。十五年间,司马光由壮夫而为老叟,虽参透物理,久知"言而无益,不如勿言;为而无益,不如勿为",但亦自知"病未能行"[①]因此,他抑郁愤懑之情充塞胸臆之间,是可想见的。但十五年来,脱离官场,摆脱人事纷扰,能静心静意致力于学问,则又未尝不是一件好事。在洛阳的十五年,是司马光一生创作力最旺盛的时期。他的主要著作《资治通鉴》《通鉴目录》《通鉴考异》《稽古录》《百官公卿年表》《迂书》《疑孟》《法言集注》《集注太玄经》《致知在格物论》《葬论》《中和论》《潜虚》《书仪》《徽言》等都是在这一时期内完成的,由此奠定了他在中国学术史上的崇高地位。

## 一　初到洛中

初到洛阳,司马光感慨万千,久久不能平静,心情是极其复杂的。他深深庆幸自己未被风涛险恶的宦海所吞没,不再忧谗畏讥,

---

① 《传家集》卷七四《迂书·无益》。

## 第八章　西洛十五载(一):优游议论

能像平民百姓一样生活,这已是非常的满足了。《初到洛中书怀》[1]便是这种心情的真实写照:

> 三十余年西复东,劳生薄宦等飞蓬。所存旧业惟清白,不负明君有朴忠。早避喧烦真得策,未逢危辱好收功。太平触处农桑满,赢取闾阎鹤发翁。

当然作为一个有理想、有抱负的士大夫,正值壮年,便投闲置散,年华虚度,事业未成,也不能说不是一种悲哀。洛阳是司马光青少年时期生活多年的地方,故地重游,触景生情,感慨系之,于是,他又写下了"铜驼陌上桃花红,洛阳无处无春风。重来羞见水中影,鬓毛萧飒如秋蓬"[2]这首诗。所幸的是,故人在司马光失意时并未嫌弃他,连远在陕西的老友阎询也致函问候,以诗相赠。这又不能不使司马光感到人生的美好,从消沉中重新振作起来。在《酬终南阎谏议(询)见寄》[3]这首诗里,司马光写道:

> 齿衰心力耗,揣分乞西台。微禄供多病,闲官养不才。敝庐容啸傲,清洛伴归来。故友犹相念,寒光生死灰。

西京留台是个闲官,并无实职性事务。到洛阳不久,司马光就返回了故里夏县。年底,又回到了初仕的华州。物是人非,不禁又是一番感叹。于是,他写下了《重过华下》[4]这首诗:

---

[1] 《传家集》卷九。
[2] 《传家集》卷四《康定中予过洛桥南得诗两句于今三十二年矣再过其处足成一章》。
[3] 《传家集》卷九。
[4] 《传家集》卷九。

> 昔辞莲幕去,三十四炎凉。旧物三峰雪,新悲一镊霜。云低秦野阔,木落渭川长。欲问当时事,无人独叹伤。

司马光从小崇尚自然,一直希望能与林泉相伴。在西京留台衙署的东边,有一座小园。园内无亭台楼榭。司马光因陋就简,插上竹片,搭起木架,在架旁种上了酴醾、蔷薇和牵牛、扁豆。夏秋之际,木架上爬满了藤蔓,布满了浓密的枝叶,开满了五彩缤纷的花朵,司马光称之为"花庵"。公余之暇,司马光就在花庵下小憩,独自欣赏这简陋但又美丽的景色。他对花庵是很满意的,为花庵他写下了不少首诗:

> 谁谓花庵小,才容三两人。君看宾席上,经月有凝尘。

> 谁谓花庵陋,徒为见者嗤。此中胜广厦,人自不能知。[1]

> 荒园才一亩,意足已为多。虽不居丘壑,常如隐薜萝。忘机林鸟下,极目塞鸿过。为问市朝客,红尘深几何?[2]

但是,闲官尚有羁绊,毕竟不如山村野夫自由自在。"犹恨簪绅未离俗,荷衣蕙带始相宜。"[3]对于司马光来讲,最为惬意的时光是徜徉于洛水之滨。熙宁五年(公元1072年)正月,书局从开封迁至洛阳,就设在洛水之滨的崇德寺内。司马光从西台归来,总要一人去水边散步,这是他心情最舒畅、最欢欣的时候,也是他最闲适自在的

---

[1] 《传家集》卷九《花庵二首》。
[2] 《传家集》卷九《花庵独坐》。
[3] 《传家集》卷四《花庵诗寄邵尧夫》。

## 第八章 西洛十五载(一):优游议论

时候。《独步至洛滨二首》①将司马光的这种心态揭示得淋漓尽致:

> 拜表归来抵寺居,解鞍纵马罢传呼。紫衣金带尽脱去,便是林间一野夫。

> 草软波清沙径微,手携筇竹着深衣。白鸥不信忘机久,见我犹穿岸柳飞。

在这安逸静谧的环境中,物我相忘,亦相融为一体了。

不久,司马光在瀍、洛之间购置了一座不大的新宅。在迁入新宅后不久的一天,司马光绕宅而行,见墙外暗埋竹签数十根,不知作何之用。家仆告诉他,这里无人行走,是用来防盗的。司马光听后,忙命撤掉,他说:"我箧中能有几何?况且窃贼也是人,怎可如此布防?"据南宋人庞文英说:"公居洛,在陋巷,所居才能庇风雨。"如果说这所住宅尚有什么与众不同地方的话,那就是司马光在宅内打了一个"地室",深丈余。夏日避暑,常常读书其中。

唐宋时,洛阳多名园。熙宁六年(公元1073年),司马光也有了一处自己的小园。小园面积二十亩,在尊贤坊北,国子监旁。园正中处是读书堂,藏书五千卷,是司马光平日读书之处。堂南是弄水轩,建在水池之上,四周流水环绕。堂北有池,池中有岛,岛上植竹,揽结竹杪,如渔人之庐,故谓之钓鱼庵。池北是种竹斋,有小屋六间,是清凉避暑之所。池东是采药圃,圃内有一百二十多畦地,尽种各种草药。圃南是浇花亭,亭南种芍药、牡丹、杂花各两栅栏。每种花只种两株,为认识、辨别而已,并不求多。为了便于远眺,园中还

---

① 《传家集》卷一〇。

筑有高台,命之为见山台。司马光常常登临远眺万安山、镮辕山和中岳嵩山。司马光给这座小园起名为独乐园。为何起名"独乐"呢?司马光在《独乐园记》①中有这样一番解释。他说:"孟子曰:'独乐乐,不如与人乐乐。与少乐乐,不如与众乐乐。'此王公大人之乐,非贫贱者所及也。孔子曰:'饭蔬食饮水,曲肱而枕之,乐亦在其中矣。颜子一箪食,一瓢饮,不改其乐。'此圣贤之乐,非愚者所及也。若夫鹪鹩巢林,不过一枝。鼹鼠饮河,不过满腹。各尽其分而安之,此乃迂叟之所乐也。"又说:"迂叟平日多处堂中读书,上师圣人,下友群贤,窥仁义之原,探礼乐之绪,自未始有形之前,暨四达无穷之外,事物之理,举集目前。所病者,学之未至。夫又何求于人,何待于外哉!志倦体疲,则投竿取鱼,执衽采药,决渠灌花,操斧剖竹,濯热盥手,临高纵目,逍遥徜徉,唯意所适。明月时至,清风自来,行无所牵,止无所柅,耳目肺肠悉为己有,踽踽焉,洋洋焉,不知天壤之间复有何乐可以代此也,因合而命之曰独乐园。或咎迂叟曰:'吾闻君子所乐必与人共之,今吾子独取足于己,不以及人,其可乎?'迂叟谢曰:'叟愚,何得比君子。自乐恐不足,安能及人?况叟之所乐者,薄陋鄙野,皆世之所弃也。虽推以与人,人且不取,岂得强之乎?必也,有人肯同此乐,则再拜而献之矣,安敢专之哉!'"

司马光的高足刘安世曾对"独乐"之意有所诠释,他说:"老先生于国子监之侧得营地,创独乐园,自伤不得与众同也。以当时君子自比伊、周、孔、孟,公乃行种竹浇花等事,自比唐、晋间人,以救其敝也。"②司马光有《独乐园七咏》,他以董仲舒、严子陵、韩伯休、陶渊明、杜牧之、王子猷、白乐天等七人相期许。意在讥诮王安石,誓不

---

① 《传家集》卷七一。
② [宋]马永卿编、[明]王崇庆解《元城语录解》卷中。

同其道,是对新法的又一次抗争,只不过表现的形式与前不同罢了。

## 二 山林闾阎之乐与洛社士夫雅兴

司马光有一首著名的《自题写真》①诗,他在诗中是这样描绘自己的:

> 黄面霜须细瘦身,从来未识漫相亲。居然不可市朝住,骨相天生林野人。

在洛阳周围有众多的风景区,白马寺、故洛阳城、嵩山、少林寺、石淙、天津桥、鸣皋山、超化寺、安国寺和原本是白居易故居的普明寺等等,都是司马光远足常去的地方。司马光不喜坐轿,行山中也骑马,遇到险恶的路段,就策杖而行。那段意味深长的名句:"登山有道,徐行则不困,措足于平稳之地则不跌,慎之哉!"就是他游嵩山时题的。但是,司马光最喜爱的还是位于洛阳城南三十里的伊阙和距洛阳西南有七十里之遥的寿安县(今河南宜阳县),这里充满了山林野趣。伊阙有白居易、郭子仪等名人的遗迹,龙门石窟更是驰名天下,但一近黄昏,"万佛龛苔老,一灯林霭昏。渔梁杳相望,石濑夜声喧"②,这静谧之美却鲜为人知。寿安县名气不如伊阙大,但也有众多的名胜古迹,如喷玉泉、神林谷、灵山寺、藏珠石、叠石溪等。司马光最喜爱东山下的叠石溪,多次与好友范镇前去游玩。后来他终于在这两处买下了山庄,作为游玩时的休息之所。范祖禹在《春日有怀仆射

---

① 《传家集》卷一一。
② 《传家集》卷一〇《和张文裕初寒十首》。

相公洛阳园》①里写道:

> 阙塞当门外,伊流绕舍西。松筠不改色,桃李自成蹊。稚笋穿阶进,珍禽拂面栖。公归卧林壑,好作钓璜溪。

至于后者,司马光径命之为叠石溪山庄。在《新买叠石溪庄再用前韵招景仁》②这首诗里,司马光写下了自己在这里的生活情景:

> 一溪清水珮声寒,两岸莓苔锦绣斑。三径谁来卜邻舍,千峰我已作家山。鹿裘藜杖偏宜老,紫陌红尘不称闲。早挈琴书远相就,放歌烂醉白云间。

北宋时,洛阳是座繁荣的都市,一年四季鲜花盛开,因而又是一座花城。清明、谷雨之间的半个月里,是洛阳最热闹的季节。先是倾城而出,赴洛水之滨踏青、洗濯、祓除不祥,后是牡丹盛开。那时节,不要说西街、安国寺、老君庙的名品供人观赏,即便是私家花园也都全部对外开放,故而洛阳城内万人空巷,"车如流水马如龙,花市相逢咽不通"③,喧闹异常。此时,司马光也和闾阎市民一样兴致勃勃、争先恐后地游玩观赏,从事后写下的诗篇里,我们可以感受到当时节日的盛况、同享节日的欢乐。如《其日雨中闻姚黄开戏成诗二章呈子骏尧夫》④:

---

① [宋]范祖禹《范太史集》卷二。按:此洛阳园,疑即《传家集》中屡屡出现的南园,在今洛阳市南北临伊水的司马村。
② 《传家集》卷一〇。
③ 《传家集》卷一一《次韵和宋复古春日五绝句》。
④ 《传家集》卷一二。

## 第八章　西洛十五载(一):优游议论

谷雨后来花更浓,前时已是玉玲珑。客来更说姚黄发,只在街西相第东。

小雨留春春未归,好花虽有恐行稀。劝君披取鱼蓑去,走看姚黄判湿衣。

又如《和君贶清明与上巳日泛舟洛川十韵》①:

繁华两佳节,邂逅适同时。雅俗共为乐,风光如有期。晓烟新里巷,春服满津涯。已散汉宫烛,仍浮洛水卮。占花分设席,爱柳就张帷。华毂争门去,轻帘夹路垂。一川云锦烂,四座玉山欹。迭鼓传遥吹,轻桡破直漪。清谈何衮衮,和气益熙熙。想见周南俗,当年播逸诗。

司马光此时与闾阎市民共同享受着节日的快乐,真是有点"若将终身焉"的味道了。

洛阳城是一座历史悠久的名城,唐、宋两朝均为陪都,是人文荟萃之地,自唐以来为故老罢政游宴之所。唐代白居易晚年退居洛阳,与胡杲等八位高年致仕之人,结为九老尚齿会,影响甚广。元丰五年(公元1082年)正月,前相文彦博为西京留守,羡慕白居易等志趣的风流高雅,亦将在洛阳七旬以上的致仕官与祠禄官召集起来,在富弼家中举办了宴会。出席这次宴会的除文、富二人以外,还有席汝言、王尚恭、赵丙、刘几、冯行己、楚建中、王慎言、

---

① 《传家集》卷一一。

张问、张焘，共十一人。不久，又请当时著名的画家郑奂画像于妙觉僧舍，按洛阳"尚齿不尚官"的习俗，依年龄大小为序将画像排列起来。聚会的事传开后，洛人美其名为洛阳耆英会。北京留守王拱辰在大名府听到此事后，歆羡不已，以己家在洛阳，年已七十一为由，也请求入会。司马光时年六十四，但以名节素为文彦博等敬重，也被邀入会。而司马光却以晚进为由，一再推辞。于是，文彦博援引唐狄兼谟年未满七十而入九老会的先例，破格吸收司马光为耆英会的成员，并命郑奂于幕后偷偷地画下司马光的像，然后又到大名给王拱辰画了像。因此，耆英会实有十三人。洛阳多名园古刹，又有水竹林亭等风景之胜，诸老须眉皓白，衣冠楚楚，每次宴会都引起轰动，有许多人尾随聚观，洛阳城里一时传为佳话。

大约是嫌文彦博操办宴会过于奢侈吧，第二年春季，司马光与兄长旦、范纯仁、鲜于侁、宋道及耆英会中的楚建中、王尚恭、席汝言、王慎言相约，又成立了真率会。每家轮流做东，相会于城中的名园古寺之中。会约是：一、序齿不序官；二、宴会务必简素；三、每次食品不过五味；四、下酒菜肴各不过三十器；五、酒巡无算，深浅自斟，主人不劝，客亦不辞；六、召客只用一张请柬，客注来否于名下；七、赴会要早，不待敦促；八、违约者，罚一大杯。会约这样定，司马光是有过考虑的，他认为"俭则易供，简则易继"，这样才符合"真率"的精神。但是，这点有时也不易坚持。不久，文彦博闻知后，也要参加，司马光没有同意。文彦博不甘心，有一次他打听到真率会的地址后，带着丰盛的酒馔直闯了进来。司马光无可奈何，只得让他参加，笑着说："落俗套了！"事后，司马光颇后悔，给文彦博这么一搅和，以后就难以为继了。他对人说，真不该放此老进来。并写诗纪念了此事，这就是《和

## 第八章 西洛十五载(一):优游议论

潞公真率会诗》①:

> 洛下衣冠爱惜春,相从小饮任天真。随家所有自可乐,为具更微谁笑贫。不待珍馐方下箸,只将佳景便娱宾。庾公此兴知非浅,藜藿终难继主人。

在会上,老人们过得非常开心、自在。但是,从下列司马光所写的诗中,不难看出,他胸中是有牢骚的,大有借杯中之物浇心中块垒的味道:

> 经春无事连翩醉,彼此往来能几家?切莫辞斟十分酒,尽从他笑满头花。

> 坐中七叟推年纪,比较前人少几多。花似锦红头雪白,不游不饮欲如何?②

但是如果认为司马光已经消沉、已经颓放,那就大错特错了。纵情山水、流连春光,那仅仅是司马光在洛阳生活的一个侧面。正像司马光在《和邵尧夫安乐窝中职事吟》中所表露的那样,"我以著书为职业,为君偷暇上高楼"③。著书寻求学问,才是司马光在洛阳生活的主要方面。在春日满城寻欢作乐之时,司马光多半是在伏案阅读,奋笔疾书。在《次韵和宋复古春日五绝句》④中,司马光这样写道:

---

① 《传家集》卷一一。
② 《传家集》卷一一。
③ 《传家集》卷一〇。
④ 《传家集》卷一一。

255

东城丝网蹴红球,北里琼楼唱《石州》。堪笑迂儒竹斋里,眼昏逼纸看蝇头。

相比之下,独乐园中,关闭、空寂的日子更为多些。

独乐园中客,朝朝常闭门。端居无一事,今日又黄昏。

客到暂冠带,客归还上关。朱门客如市,岂得似林间。

这《独乐园二首》①使我们对园主的生活有了更全面的了解。司马光的再传弟子马永卿曾为夏县令,据他的回忆,司马光在夏县老家时,常常宿于赐书阁东边的小阁内。"侍吏唯一老仆,一更二点,即令老仆先睡。看书至夜分,乃自篝火灭烛而睡,至五更初,公即自起发烛,点灯著述,夜夜如此"②。司马光在删订唐五代长编时,把"草卷每四丈截为一卷,自课三日删一卷,有事故妨废则追补"③。为了完成《资治通鉴》,司马光"日力不足,继之以夜",甚至自制圆木警枕,以防多睡。《通鉴》二百九十四卷,自《晋纪》以下二百一十六卷是在洛阳期间完成的,仅此一点就足以说明一切。后人分析司马光完成《通鉴》这部史学名著的原因时,曾说过这样的话,"所谓君子乐得其道,故老而不为疲也,亦只为精神不在嗜好上分去耳"④。是非常中肯而符合事实的。当然,人非圣贤,孰能无过?过而能改,也就无

---

① 《传家集》卷一一。
② [宋]马永卿《懒真子》卷五。
③ 《文献通考》卷一九三。
④ [明]陈继儒《安得长者言》。

可厚非了。有一年春天,司马光来到独乐园,园丁望着司马光叹息。司马光大惑不解,问其缘故,哪知园丁答道:"方花木盛时,公一出数十日,不惟老却春色,亦不曾看一行书,可惜澜(连)浪却相公也。"①司马光非常惭愧,于是策马还家,誓不复出。老友再来相邀,都被司马光用园丁之语谢绝了。

## 三 与学者名士的交谊

洛阳居天下之中,四方道里均,五方所荟萃,是天下的交通枢纽,更是天下的文枢。熙丰时,一流学者如邵雍、程颢、程颐和名臣范镇、范纯仁、韩维等多聚集于此,司马光居洛与他们切磋学问,过从甚密,结下了深厚的友谊。

邵雍是先天象数学的创立人,有《皇极经世》《伊川击壤集》等著作传世。嘉祐七年(公元1062年),自卫州共城(今河南辉县市)移居洛阳。借住于天津桥南的一座官宅,躬耕自给。熙宁初,实行买官田法,邵雍所居也在出售之列。于是,司马光等在洛诸公筹钱,为邵雍买下了这座住宅。邵雍遂名其居为"安乐窝",并自号安乐先生。

司马光对邵雍的道德学问是非常尊重的,在交往中以兄礼待之。他曾对邵雍说:"某陕人,先生卫人,今同居洛,即乡人也。有如先生道学之尊,当以年德为贵,官职不足道也。"②

司马光喜仿古代士大夫着深衣、冠簪、幅巾、缙带。外出时则穿

---

① [宋]吴坰《五总志》。
② [宋]邵伯温《闻见录》卷一八。

朝服乘马,而将深衣等装入皮匣内随身携带着,到独乐园就穿上。有一次他问邵雍说:"先生可穿深衣吗?"邵雍答道:"某为今人,当服今时之衣。"对司马光的迂阔做了委婉的批评,司马光深服其言合理。

司马光在撰写《通鉴》中历代史论时,对曹操的历史功绩曾有这样的评价,他认为曹操统一北方,"是夺之于盗手,非取之于汉室也"①。邵雍不同意司马光的观点。《通鉴》成书后,无此论,可见司马光是接受了邵雍的意见。

反过来,邵雍对司马光也是非常敬重的。他认为司马光是位脚踏实地的人,是"九分人",司马光深以为知言。司马光曾经这样评价自己,"光视地然后敢行,顿足然后敢立"。

两人道德高尚、纯粹,为乡里所重。人们时常告诫自己的子弟:"毋为不善,恐司马端明、邵先生知。"②

植根于道德文章上的友谊是深厚的。《邵尧夫许来石阁久待不至》③这首诗写得平淡而深沉,足以见他俩的交契之深:

> 淡日浓云合复开,碧嵩清洛远萦回。林端高阁望已久,花外小车犹未来。

熙宁十年(公元1077年)夏,邵雍染小疾,久卧不起,体力日益损耗,神志却异常清醒。他笑着对司马光说:"某欲观化一巡,如何?"光说:"先生未应至此。"邵雍坦然地说:"死生常事耳!"庄子将死生作为万物变化之一,他认为当死亡降临时,应坦然地面对它。邵雍

---

① [宋]邵伯温《闻见录》卷九。
② 《宋史》卷四二七《邵雍传》。
③ 《传家集》卷一〇。

也是持这种态度,他能将自己的病况及时地告诉司马光,可见他是非常自信及信任司马光的。自此以后直至七月邵雍逝世,司马光与张载、程颢、程颐一直是朝夕守候在他榻前。邵雍逝后,司马光又作《邵尧夫先生哀辞二首》,表达了自己的哀思和对邵雍的敬仰之意,后人由此亦可见二人相知之深:

蔽藋一箪乐,蒿莱三亩宽。蒲轮不能起,瓮牖有余安。高节去圭角,久要敦岁寒。今朝郊外客,谁免涕汍澜?

慕德闻风久,论交倾盖新。何须半面旧,不待一言亲。讲道切磋直,忘怀笑语真。重言蒙跖实,佩服敢书绅!

在洛阳,司马光与程颢、程颐兄弟的友情也是极深的。他们常常在一起研讨经史,议论时局,相互诘难。

在司马光编写《通鉴·唐纪》时,程颐向司马光提出了两个问题。第一,如何评价唐太宗、唐肃宗,他们是否篡位?第二,魏徵在玄武门事变后,改事李世民,有没有罪?程颐认为:"魏徵事皇太子,太子死,遂忘戴天之仇而反事之,此王法所当诛。后世特以其后来立朝风节而掩其罪。有善有恶,安得相掩?"① 在第一个问题上,司马光同意程颐的观点,认为二帝是篡位。在第二个问题上,他不同意程颐的观点,认为魏徵并没有什么罪过。他认为魏徵的行为,其性质与管仲是一样的。管仲于公子纠死后,未如匹夫匹妇殉难,反而改佐小白,外攘夷狄,内修霸业,是完全正确的,是值得肯定的。程颐认为魏徵不能与管仲相比。因为"小白长而当立",公子纠与他争

---

① [宋]朱熹《二程遗书》卷二上。

夺继承权是"以少犯长","义已不顺"。不言而喻,李世民也是"以少犯长"。既然李世民是篡位,魏徵既不能死难,又辅佐篡位之人,当然是有罪过的。不难看出,程颐评价历史人物的标准是儒家的君臣大义和宗法伦理思想。而司马光更多的是从是否有利于社会历史发展来衡量一个人物。既然齐桓公的霸业是有历史进步意义的,那么,管仲不死公子纠之难也是无可非议的。同样,既然魏徵所参与缔造的贞观之治是值得肯定的,那么,魏徵不死太子建成之难、改事李世民也是无罪的。司马光在评价历史人物时摆脱了一家一姓、大宗小宗等儒家宗法思想的羁绊,眼光的确高出程颐一筹。

司马光作《中庸解》,有疑则阙。如"人莫不饮食,鲜能知味"及"强哉矫"之类,程颢对司马光的学术思想有深刻的了解,所以他知道后笑着说:"我将谓从天命之谓性,便疑了。"确实司马光对性命等问题的研究是相对薄弱一些。

司马光对礼法方面的造诣很深,这是当时公认的。张载逝世后,其门人议加私谥,请程颢定夺,程颢不敢做主。程颢的女婿周全伯嫡母死后,生母又去世,如何服丧,程颐不能决定,最后皆就正于司马光。可见,他们对司马光在学术上的长短优劣也是很清楚的。二程对司马光的学问很佩服,他们曾经说过这样的话:"某接人多矣,不杂者三人,张子厚、邵尧夫、司马君实。"

二程对于司马光的了解,不仅在学术方面,在个性、政治才干等方面也是知之颇深的。二程与司马光论难时,出现分歧,是决不放过司马光的,因为他们知道司马光与别人不一样,"能受尽人言,尽人忤逆,更不怒"。元丰八年(公元1085年),神宗逝世的消息传到洛阳后,程颢就知道司马光、吕公著要出任宰相了。但是,他却不无忧虑,为何呢?他认为"元丰大臣皆嗜利者,若使自变已甚害民之法则善矣。不然,衣冠之祸未艾也。君实忠直,难与议,晦叔解事,恐力不足耳"①。应当承认这个担心是有一定道理的。有人曾问韩琦:"司马光、吕公著为天下属望,他时大用当何如?"韩琦答道:"才偏,规模小。"②司马光逝世后,有人这样评价他,认为"三代以下,宰相、学术,司马文正一人而已"。但是,他的高足刘安世并不这样认为,他说:"学术固也。如宰相之才,可以图回四海者,未敢以为第一。盖元祐大臣类丰于德而廉于才智也。先人亦云,司马公所谓惟大人能格君心之非者,以御史大夫、谏大夫执法殿中、劝讲经幄用,则前无古人矣。"③司马光也认为自己如人参、甘草,"病未甚时可用也,病甚则非所能及"。他对自己的政治才干很清楚,很有自知之明。

反之,司马光对于二程的学识也是极钦佩的。他执政后,立即起用程颢,召为宗正丞。可惜程颢未克成行就溘然长逝了。于是,他又与吕公著联名推荐程颐,荐章中说:"伏见河南府处士程颐,力学好古,安贫守节,言必忠信,动遵礼法,年逾五十,不求仕进,真儒者之高蹈,圣世之逸民。望擢以不次,使士类有所矜式。"于是,程颐由一介布衣而被擢用为崇政殿说书,成为哲宗的老师,肩负起教育哲宗的重担。

范镇,字景仁,是司马光的同年、至交。当年科举考试,范镇在尚书省礼部考试是第一名,即省元。按惯例,殿试发榜,唱名时,如前三名无省元,省元可以出列,高声自陈。一般都会置于第一甲中。如吴育、欧阳修,以正直名,但也随俗出列申明,列于甲科。可是这次,范镇的表现却异乎寻常,同列几次提醒他,他都不为所动。直到第七十九名报到他,他才平静地出列,平静地谢恩,平静地就

---

① [宋]邵伯温《闻见录》卷一三。
② [宋]朱熹《宋名臣言行录·后集》卷一。
③ [宋]邵博《闻见后录》卷二〇。

列,未多说一句。他在名利前表现出来的淡泊恬退,赢得了在场所有人的敬重,从此以后科场的风气也为之改变。也就是这一刻起,范镇与司马光结为生死至交。后来,在议温成礼、建储、濮议及变法等重大问题上,两人的立场、观点是完全一致的。两人交谊,诚如苏轼所言:"熙宁、元丰间,士大夫论天下贤者,必曰君实、景仁。其道德风流足以师表当世,其议论可否足以荣辱天下。二公盖相得欢甚,皆自以为莫及。……盖二公用舍大节,皆不谋而同。……其言若出一人,相先后如左右手。"司马光自己后来也曾对人说:"吾与景仁,兄弟也,但姓不同耳!"①

熙宁中,范镇反对王安石变法,六十三岁就退休,移居许昌。对于这一点,司马光不能释怀。原来不久前范镇还答应移居洛阳的,而今食言了。为此,司马光在《和景仁卜居许下》②这首诗里"颇致其怨",诗是这样写的:

> 壮齿相知约岁寒,索居今日鬓俱斑。拂衣已解虞卿印,筑室何须谢傅山。许下田园虽有素,洛中花卉足供闲。他年决意归何处,便见交情厚薄间。

或许是为了弥补自己的"过失"吧,范镇时常来洛阳看望司马光。两人一同游玩名山大川,我们至今还可以在《渑水燕谈录》等笔记中窥见他俩的游踪:

> 元丰中,秋,(司马温公)与乐令子访亲洛汭,并辔过韩城,抵

---

① [宋]朱熹《宋名臣言行录·后集》卷五。
② 《传家集》卷一〇。

登封,憩峻极下院。趋嵩阳,造崇福宫、紫极观,至紫虚谷,寻会善寺,过辕辕,遽达西洛。少留广度寺,历龙门,至伊阳,以访奉先寺,登华严阁,观千佛岩,蹑山径,瞻高公真堂,步潜溪,还保应,观文、富二公庵,之广化寺,拜汾阳祠。下涉伊水,登香山,到白公影堂,诣黄龛院,倚石楼,临八节滩,还伊口。凡所经游,发为咏歌,归叙之,以为《洛游录》,士大夫争传之。

在山路攀援、溪涧跋涉之时,"景仁年长力更孱,牵衣执手幸不颠"①,年长司马光十一岁的范镇,总是得到司马光的照顾。有一次两人同游嵩山,各自携带了些茶。司马光的茶是用纸包着的,范镇的则是用一个小黑木盒盛着。司马光见了,大吃一惊,说:"景仁竟然有茶器!"范镇听后,便把盒子留给了寺僧。事情虽小,但亦可见司马光之俭,范镇之从善如流,与他俩亲密无间的关系。

在一起的时间毕竟是短暂的。范镇走后,司马光时时怀念自己的这位老友。司马光平日游园常策的筇杖和秋后使用的貂褥都是范镇赠送的,睹物思人,情不能已,司马光挥笔写下了怀念友人的诗篇:

　　筇杖携已久,貂褥展犹新。渐染岷山雪,拂除京国尘。危扶醉归路,稳称病来身。赖此斋中物,时如见故人。

司马光日常使用的布衾也是范镇赠送的。范纯仁有一篇以俭为德、以奢为戒的《布衾铭》,铭云:"藜藿之甘,绨布之温。名教之乐,德义之尊,求之孔易,享之常安;绮绣之奢,膏粱之珍,权宠之盛,

---

① 《传家集》卷一〇《和范景仁》。

利欲之繁,苦难其得,危辱旋臻。取易舍难,去危就安,至愚且智,宁不其然。颜乐一箪,万世师模;纣居琼室,死为独夫。君子以俭为德,小人以侈丧躯。然则斯衾之陋,其可忽诸。"①司马光将《布衾铭》一笔不苟、恭恭敬敬地写在衾头之上,时时告诫自己。他去世时,就是用这床布衾覆盖在身上的。司马光与范镇就是这样终身"以善道相与,以忠告相益"。

数十年来,司马光与范镇智识、谈论、趣向无所不同。但是,唯在制作古乐这件事上却始终水火不能相容。范镇频频来洛,原因之一也是为了继续他俩之间自皇祐时以来关于古乐的讨论。熙宁时,司马光任留台,两人争论数夜,不能决。又决定像皇祐时那样投壶定胜负。这次范镇输了,司马光快乐得像小孩似的欢呼起来:"大乐还魂啦!"看来他对皇祐那次弈棋输给范镇还耿耿于怀。但是,范镇并未就此罢休,他坚信周之釜、汉之斛其法具存,并且乐此不疲,在许昌城里如痴如醉地进行研制。元丰中,他宣称已仿制成功,邀请司马光赴许昌观看,被司马光婉言谢绝了。这时,司马光在这个问题上的认识已很通达,不再纠缠于细枝末节。他认为讨论礼乐应当掌握礼乐的本原,注重礼乐的社会功能。他说:"乐之用不过于和,礼之用不过于顺,二者非徒宜于治民,乃兼所以养生也。"至于"较竹管之短长,计黍粒之多寡,竞于无形之域,讼于无证之庭"②,不过是徒劳无益而已,而且也未抓住礼乐的要领。他在《又云新铸釜斛与今太府寺尺及权衡若合符契复次前韵》③这首诗中,讥讽了范镇的迂阔和执迷不悟:

裁筩累黍久研精,况复新修釜斛成。岂校忽微争口语,本

---

① [宋]胡仔《苕溪渔隐丛话·后集》卷二二。
② 《传家集》卷六二《答范景仁书》。
③ 《传家集》卷一一。

期淳古变人情。既言乐律符今尺,但恐箫韶似郑声。若欲世人俱信服,凤凰再集颍川城。

凤凰本是虚构之物,当然无法出现在许昌城。范镇所制的乐器,自然也奏不出古乐来。

在《和韩秉国招范景仁饮景仁不至云方作书与光论乐》①这首诗里,司马光就北宋数十年间制礼作乐之举发表了自己的看法:

小桃佳李实如拳,西湖尽眼铺芳莲。景仁不从乡贤饮,为此乐论方穷研。周衰官失畴人散,钟律要眇谁能传。近人欺众出私意,最可闵笑房生颠。如光初不辨宫羽,是非得失安敢专?每烦教谕累百纸,顽如铁石不可镂。王李阮胡相诋毁,各执所学何妨偏。景仁家居铸釜斛,欲除民瘼恐未然。要须中和育万物,始见大乐之功全。

挚友间在学术上的讨论是坦诚的、严肃的、认真的。有一次,范镇将所著《正书》送给司马光,请他于"未安处便与点窜"。司马光"伏案累日",在复信中畅谈了自己的看法。他说,"《关雎》以兴淑女非兴后妃""三年之丧不应二十七月,众子在嫡孙亦应传重"等一系列问题,平素揣摩有得,但不敢自信。今日与范镇观点一致,更加坚信自己是正确的了。"至于解利贞者,情性也。四海困穷、柔远能迩。皆先儒研思所未到,不胜叹服。其间亦有愚昧所未谕者十余条,或一字笔误,无不签出,以俟稍暇,得侍函丈,请益卒业"。并请范镇对自己的《易说》《系辞注》《续诗话》等,"痛为锄治其芜秽,明示

---

① 《传家集》卷四。

以坦途,使识所之诣"①。

司马光与范镇曾相约,"生则互为传,死则作铭"。熙宁三年(公元1070年),范镇痛斥王安石后引退,司马光如约作《范景仁传》,盛赞范镇的勇决。司马光去世后,范镇也如约撰成《司马文正公墓志铭》。在铭文中,范镇直斥王安石,说:"而熙宁初,奸小淫纵,以朋以比,以闭以壅。乃于黎民,诞为愚弄。人不聊生,天下汹汹。险陂恔猾,唱和雷同。谓天不足畏,谓众不足从,谓祖宗不足法,而敢为诞谩不恭"。当司马康将此铭文送给苏轼请他书写于石上时,苏轼以为言辞过激,未为妥当。他理智地对司马康说:"轼不辞书此,恐非三家之福!"②范镇冷静下来后,才做了改写。范镇未列入元祐党禁之中,应当说与此有很大的关系。

司马光于缁黄之中亦多至友,如西京的僧官绍鉴、嵩山法化庵的僧平、钱塘僧惠思、华严真师、赵道士与司马光之间都有着亲密无间的友谊。在《送惠思归钱塘》这首诗里,司马光写道:

孤岫平湖外,禅房老柏阴。倦游谙浊世,独往遂初心。夜雨灯窗迥,秋苔屐齿深。勿锄山径草,便有俗人寻。③

这既体现了他们之间的情谊,又反映了司马光崇尚因任自然的思想。在一封回友人的书信中,他将这种思想表达得更为明白,他说:"草妨步则薙之,木碍冠则芟之,其他任其自然。相与同生天地间,亦各欲遂其生耳。"④据说有一年,自号参寥子的高僧道潜赴洛,

---

① 《传家集》卷六一《与范景仁问〈正书〉所疑书》。
② [宋]杜大珪编《名臣碑传琬琰之集中》卷一八《司马文正公光墓志铭》。
③ 《传家集》卷一四。
④ [宋]王暐《道山清话》。

到独乐园来拜访司马光。园中有地高而平,并无枯木,但地上却长了二十余株芝兰,参寥子对老园丁说:"为何不灌溉,让它长得茂盛些?"哪知园丁答道:"天生灵物,不假人力。"参寥子不禁叹道:"真是温公的仆人啊!"①受司马光思想熏陶,连一般的老仆也颇具见识。在思想上,司马光与他们有交流,也有交锋,在《示道人》这首诗中,司马光辛辣地讽刺了道教长生久视的胡说,诗云:

天覆地载如洪炉,万物死生同一途。其中松柏与龟鹤,得年稍久终摧枯。借令真有蓬莱山,未免亦居天地间。君不见太上老君头似雪,世人浪说驻童颜。②

## 四 朴儒之道与诚一之德

洛中十余年,司马光每年春夏在洛阳,秋冬在夏县,年年如此。在老家,司马光还有位长兄叫司马旦,他比司马光大十三岁。兄弟二人始终友爱,司马光每年回夏县看望长兄,司马旦也不时到洛阳看看兄弟。司马光非常地尊重、关心自己年近八旬的长兄,"奉之如严父,保之如婴儿"。每顿饭后不久就问:"饥不饥?"天稍稍变冷,就抚摸他的背,问:"衣服薄不薄?"在洛阳买的园宅,户主还是兄长司马旦。

在夏县家中,也有园沼胜概,也名为独乐园。在园中,司马光除了读书、写作外,还开始收集整理父亲的遗作。古人认为父死不能读父之书,因为这是父亲的手迹。当时一般人也是以供奉先人遗像的方式来寄托哀思。司马光不赞成这么做,他认为收集整理父亲的

---

① [宋]陈师道《后山谈丛》卷四。
② 《传家集》卷四。

遗作,是纪念父亲最好的方式,比供奉遗像要好。因为画像仅见外貌,而遗作则保存了父亲的手迹和思想。

司马光是个喜爱旅游的人,陕州(今河南三门峡市)一带又多名山、古迹,他兴之所至,有时能远赴华山、荆山游玩。荆山,又名覆釜山,相传为黄帝铸鼎之处,在今河南灵宝市南。

更多的时间,司马光则是在县里为后生讲学。他在讲学时,用一大竹筒,筒中放满竹签,上面写着学生的姓名。第二天,就令学生抽签自讲。谁讲不通,他就态度温和地批评谁。每五天安排一次酒食,慰劳听课的学生,酒食并不丰盛,肉、菜、饭、面、酒各一而已。

司马光家的祖坟在鸣条山,坟旁有座余庆寺,是为他家守坟的。有一次,司马光去省视祖坟,事后在寺中歇脚。有乡亲五六人来拜见司马光,并献上了礼物,所谓礼物只不过是瓦盆瓦罐盛的小米饭和菜羹罢了。司马光吃得有滋有味,就像是在享用太牢似的。用完饭后,乡亲们才道明来意,原来他们想听司马光讲课。司马光在县里讲课,他们无法去听。司马光欣然应允,当即取纸写下《孝经·庶人章》开讲。讲完后,乡亲们提了个问题请教,说:"自《天子章》以下,各有毛诗两句,为何此独无?"司马光沉思了一会儿,表示歉意地说:"我平素未想过这个问题,回去后考虑考虑,再作答复。如何?"乡亲们笑着走了,逢人便得意地说:"我在听司马端明讲书时曾难倒过他。"司马光得知后,也不介意。

司马光是位很注意思想教育的人,很善于从日常生活小事入手,进行思想教育,于细微处见精神。夏县有位医助教刘太,父死,三年不饮酒食,这在当年是非常难能可贵的孝行。刘太的弟弟永一更是位品德高尚的人。有一年,水淹夏县城,淹死的人数以百计。永一拿着一根竹竿站在门口,有他人之物漂入家门,就挑出去。有

## 第八章 西洛十五载(一):优游议论

位僧人曾将数万钱寄存在他家,不久,僧人自经身亡,永一立即赴县自陈,将钱还给了寺院。乡亲欠债久不还的,永一就撕毁借条,以愧其心。夏县还有位周文粲,其兄是个酒鬼,靠文粲养活,还时常发酒疯打他。邻居打抱不平,出来主持公道,文粲矢口否认,还请邻居不要离间他们兄弟。又有位苏庆文,极孝顺继母。他告诫妻子说:"你如稍对继母不孝,我就休掉你。"继母年轻守寡,又无亲生儿女,是苏庆文养老送终的。台亨是夏县的画匠,在开封修景灵宫时被评为第一,可以留在翰林院供职,但他却以父老辞去了官职。司马光认为近代以来史家专取高官为之作传,忽略了闾阎隐微之善人,有失片面。他将上述五人的善行写了出来,希望"传于世,庶几使为善者不以隐微而自懈"①。这一时期,他还写了《张行婆传》《猫虪传》②,都是宣扬忠义、仁恕、守节、廉让的作品,主人公则是一名普普通通的老婆婆与两只家猫。

应当承认,司马光本人在这方面做得就很出色。他曾经这样评价自己:"吾无过人者,但平生所为,未尝有不可对人言者耳。"③有一天,司马光让勤务老兵卖所乘马,行前,他叮嘱说:"此马夏季有肺病,先要与买主讲明。"据说,司马光有个生活习惯,每天夜里要焚香告诉天地:"司马光今日不做欺心事。"他这样做是要坚持时时事事警策自己。他是位很谦逊的人。在西京留台时,每逢外出,前导不过三节。后来改奉祠禄,乘马常常不张盖,自持扇遮日,他并不想让市人认出。每次往来陕、洛之间,随从只有二三人,骑驴道上,行人都不知道他是司马光。每经过一地,也决不惊动地方州县,不搞送往迎来的俗套事。司马光自律甚严,他反对居官自傲、妄自尊大。

---

① 《传家集》卷七一《序赙礼》。
② 《传家集》卷七二。
③ 《宋史》卷三三六《司马光传》。

这已是他当宰相时的事了。有一次，一名军官在宫中申诉，声音很大，态度凶狠，韩维大怒，叱责道："大臣在此，不得无礼！"司马光听了，惶恐不安地说："我们冒居高位，并不称职，怎可以大臣自居呢？秉国此言不妥，甚失我望！"韩维愧叹不已。由此可见，司马光是何等谦虚谨慎了。

司马光当宰相后，推荐自己的得意门生刘安世任秘书省正字。他问刘安世："你知道我为何推荐你吗？"刘安世说："因为我是您多年的学生吧。"司马光说："错了，我赋闲时，你四时八节都来看望我。我任宰相后，你却一封书信也没有，这才是我推荐你的原因。"其实，司马光本人也是这样。吕公著在河阳时，司马光越邙山、渡黄河去看他。吕公著出任执政后，时常来信问候，司马光连一封信也不回。他希望吕公著能发挥作用纠正新法，还是通过他人间接致意的。

司马光在《答怀州许奉世秀才书》①中说："光性愚鲁，自幼诵诸经，读注疏，以求圣人之道，直取其合人情物理、目前可用者而从之。前贤高奇之论，皆如面墙，亦不知其有内外中间、为古为今也，比老止成一朴儒而已。"这段话很能反映司马光的治学特点和学术风格，但确实也是自谦之语。司马光曾写过一篇《四言铭系述》②他认为人应当具备才、行、德、道。但四者又非等量齐观。对于任何一个人来讲，行比才重要，德比行重要，道比德重要。当一个人具有聪明壮勇之才、忠信孝友之行、正直中和之德后，如果他还"执其近小而遗其远大，守其卑浅而忘其高深，是犹不免为小人焉"。此时就需要将"德"扩大，这样才能成为一个得道的君子。司马光认为只有道

---

① 《传家集》卷六三。
② 《传家集》卷六七。

才是深远高大的,"君子好学不厌,自强不息,推之使远,廓之使大,耸之使高,研之使深,发于心,形于身,裕于家,施于国,格于上下,被于四表",这才算是获得了"道"。斥言之,就是要将上述种种美德发扬光大。坚持实践,用之于个人,用之于家庭,用之于国家,用之于天下。

司马光本人就是这样做的。投壶是一种游戏,司马光认为旧的计算法则不利于思想教育,他又重新做了规定,以精密为上,偶中为下,使游戏者无法投机取巧、侥幸取胜,注意在游戏时寓教于乐。乡人刘太的父亲逝世时,他与弟兄们给刘太送去了千钱。他认为凡人有丧,他人应当相助。礼不须厚,薄些人人都拿得出,长期坚持下去,就可以形成一种节约办事、睦邻友好的社会风尚。司马光这样做是有感而发的,当时的社会风气很不好,操办丧事铺张浪费。又是大办宴席,吃吃喝喝;又是以鼓乐导丧车,吹吹打打。甚至伤风败俗,因丧纳妇。相沿成习,大家都恬然不以为怪。司马光、刘太就是要率先树立起一个榜样,然后"广其传,由吾乡以及邻县,由邻县以达四方,使民间皆去弊俗而入于礼"①。司马光坚信,这样做于移风易俗绝非小补。他也是这样要求学生的。刘安世向他请教治学之要,司马光回答说:"应当是诚吧!"又问从何处入手,司马光说:"自不妄语始。"这话起初并未引起刘安世的重视,但是,不久刘安世反躬自省,发现自己言行自相矛盾之处很多。于是,他老老实实地遵循先生的教导,认认真真地对照自己的言行,经过七年不懈的努力,做到了言行一致、表里相应,遇事坦然,常有余裕。司马光逝世后,苏轼在为他撰写的神道碑中,将司马光一生的品德归结为两个字,这就是"诚""一",应当说抓住了司马光精神的精髓。

---

① 《传家集》卷六九《序赗礼》。

# 第九章　西洛十五载(二):《资治通鉴》的编纂

纵情山林、间阎之间,过着闲适自在的生活,并不是司马光在洛中十五年的生活基调。正如他本人所写的那样,"我以著书为职业""眼昏逼纸看蝇头",在洛期间,司马光将主要精力投入《资治通鉴》这部巨著的编纂之中。

## 一　《资治通鉴》的酝酿

司马光酝酿撰写一部编年体的史书,应是仁宗在位时的事了。仁宗时,科举制度已经非常完善了,为了尽可能地网罗人才、巩固统治,一场科举考试有时录取多达数百上千人。这与唐代科举考试每次录取数人或数十人相比,是非常可观的。为了笼络人心,当时还有这样的政策,凡十五次未中者也予录取,谓之"恩科"。也就是说,以科举为职业,总归是有前途的。据说真宗尝撰《劝学文》云:"书中自有黄金屋,书中自有千钟粟,书中车马多如簇,书中有女颜如玉。"[①]统治者导向如此,那么当时读书人对科举趋之若鹜也就是很自然的事了。

---

① ［明］高拱《本语》卷六。

## 第九章 西洛十五载(二):《资治通鉴》的编纂

那时科举考试最重进士科,进士科主要考写诗作赋,还考儒家经典著作,但不考历史。只有三史科考历史,但这是小科,录取人少,前程远不如进士科。这个政策导向一旦确定,读书人认为史书"于科举非所急",也就多不去读它。

自汉代司马迁的《史记》和班固的《汉书》问世后,纪传体备受重视,被尊之为"正史"。自此以后,代有佳作,盛行数百年,至宋初已有"十七史"之称,这尚不包括《东观汉记》等九部失传之作。如果再加上欧阳修等编撰的《新唐书》《新五代史》,仁宗时就共有十九部正史。这十九部正史,记载了上自黄帝下迄五代三千年左右的历史,累计一千六百余卷,三千余万字。由于纪传体史书卷帙过巨、脉络欠明,当时号称"博览者"也只是读读《史记》《汉书》《后汉书》这些古代史学名著。对近代有兴趣的,才多少看看两《唐书》。至于三国至隋以及五代历史,大家都是"懵然莫识"。司马光和当时有名的历史学家刘恕等人清醒地意识到史学受到了冷遇。不过平心而论,年轻人在几年时间内是无论如何也读不完这些史书的,终身也难以把握数千年的历史脉络。作为一国君主也就更不用说了,要他在日理万机的同时观古知今,以史为鉴,就更不是件易事了。有鉴于此,司马光把目光由纪传体转向了编年体。

编年体这种体裁,由春秋时左丘明编写《左传》而创立,而后成为先秦时期史书的主要表现形式。与纪传体相比,编年体脉络分明,语无重出,文字简洁,主线突出。东汉时,荀悦编了一部《汉纪》,这部书也是记述西汉一代历史的。它的史料几乎完全出自《汉书》,但《汉书》字数多达八十余万,而《汉纪》篇幅仅八万字有余,叙事简明扼要,为历代所称。对于编年体的优点,司马光是有亲身体会的。他小时候涉猎群史,其中唐朝人高峻所编《高氏小史》给他留下了终生难忘的印象。这部书六十卷,却包容了从《史记》到《隋书》十五部正史所涵盖的内容。少年司马光借助这部简明通史,对隋以前的历史有了大概的了解。为了满足人们了解历史、学习历史的需要,同时也为了助统治者"圣明之鉴",司马光决心编一部简明扼要、贯穿古今的编年体通史,名字就叫作《通志》。

## 二 《资治通鉴》的筹备

治平元年(公元1064年),司马光写成了一部《历年图》,进呈给英宗皇帝。这部书记载了自战国以来至五代后周间一千三百六十二年的历史,每年为一行,六十年为一重,五重为一卷,共五卷。其起讫年代和编纂体例颇类二十余年后成书的《资治通鉴》,很可能就是《资治通鉴》的编纂提纲。司马光能在短时间里编好《历年图》,得力于仁宗时期一位了不起的天文学家刘羲叟。刘羲叟编写的《长历》把每年的节气、星象、朔闰等逐一排定,为司马光编写《历年图》考定年、月、日,记载准确可信打下了坚实的基础。也为日后《资治通鉴》的编纂做了一个良好的开端。

两年以后,也就是治平三年,司马光依据《史记》,参以他书,写成了《通志》的前八卷。它上自周威烈王二十三年(公元前403年)三家分晋,下至秦二世三年(公元前207年)秦朝灭亡,记载了两个世纪以来战国七雄盛衰兴亡的历史。这应是后来《资治通鉴》中的前八卷,《周纪》五卷和《秦纪》三卷。

四月,《通志》前八卷进呈,得到英宗的认可,他鼓励司马光继续编写下去。等书成之后,再颁赐新名。还同意了司马光的请求,允许他自己选聘助手并组织编写历代君臣事迹的机构——书局。批准书局设在崇文院内,允许借调龙图阁、天章阁、昭文馆、史馆、集贤

## 第九章 西洛十五载(二):《资治通鉴》的编纂

院、秘阁书籍。崇文院是北宋时皇家图书馆,下设秘阁与三馆,即昭文馆、史馆、贤集院,这些都是皇家藏书之处。其中秘阁所藏最多精品,有从三馆挑选出的万余卷真本书以及皇帝收藏的古画、墨迹。《崇文总目》是北宋时编制的一部重要的目录学著作,在目录学史上也占有一定的地位,它所著录的三万余卷图书就是崇文院所藏之书。龙图阁、天章阁则是太宗、真宗的纪念馆,所藏除二人真迹、文集外,还有图书、典籍等重要文物。不仅如此,英宗还批准提供皇帝专用的笔墨、缯帛,划拨皇帝专用款供给书局人员水果、糕点,并调宦官做服务工作。英宗的批示极大地改善了司马光编修史书的条件,本来"私家力薄,无由可成"的宏伟事业,一下有了坚实的后盾。

英宗允许司马光自聘助手后,司马光立即聘请了两位当时深孚众望的史学家刘恕和赵君锡为助手。可惜的是,不久赵君锡的父亲去世,他必须辞职回乡服丧。在这种情况下,司马光又选聘了当时的汉史专家刘攽。刘恕和刘攽是书局成立之初司马光的两位重要助手。十八日,司马光奉诏于秘阁与刘恕、刘攽续修历代君臣事迹。

刘恕(公元1032—1078年),字道原,筠州(今江西高安市)人。十八岁考中进士,在这次考试中,刘恕各门成绩都名列前茅,在儒经的考试中表现尤为突出,两次名列第一,因而在京城开封上流社会中引起了轰动。司马光也是在这时结识刘恕的,他作为"贡院属官",对刘恕的了解当然就更直接、具体,印象也就更深刻了。刘恕的才能是多方面的,但最爱好的则是史学。从《史记》到野史、笔记小说,他无所不读,又具有惊人的记忆力,从三皇五帝到宋朝开国,谈起历史来如长江大河,滔滔不绝。上下数千年之间,事无巨细,了如指掌,都有根有据,可以验证,令人不由心服。有一次,刘恕与司马光一同出游,道旁有一块墓碑,是为一位五代时不知名的将领立的。但刘恕却能把这位将领的生平都讲出来,司马光回家后查阅史书,果然如刘恕所言。司马光非常赏识刘恕的才华,成立书局时,就首先推荐了他。司马光对英宗说:"馆阁文学之士诚多,至于专精史学,臣得而知者,唯刘恕耳。"①

刘攽(公元1023—1089年),字贡父,号公非先生,临江新喻(今江西新余市)人,仁宗庆历六年(公元1046年)进士。才学为欧阳修、王安石所赏识,与王安石是"忘形论交"的契友。刘攽学问渊博,文章、政事均有过人之处,而史学造诣尤为深邃。《汉书》文字艰深,非常难懂,刘攽与其兄刘敞、侄刘奉世合作,著《汉书标注》,时称"三刘《汉书》之学"。刘攽又独力完成《东汉刊误》,书出,为人所称。

## 三 《资治通鉴》的成书

治平三年(公元1066年),刘恕加入书局后,深受司马光的器重,《资治通鉴》全书的编纂体例就是他俩共同讨论后确定的。在编修过程中,遇到历史事件纷繁复杂难以处理时,司马光往往委任责成,交给刘恕去解决,因而刘恕实际上是全书的副主编。就《资治通鉴》全书而言,刘恕主要承担了魏、晋、南北朝至隋代这部分的起草工作。另外,五代十国时期,群雄割据,社会动荡,历史事件错综复杂,加之史籍残缺,记载讹误,其他人难以胜任,所以这一部分的起草工作,也一度交给刘恕去做。

刘攽专擅汉史,因而入局后主要承担两汉部分的起草工作。他

---

① 《宋史》卷四四四《刘恕传》。

## 第九章 西洛十五载(二):《资治通鉴》的编纂

虽与王安石私交甚深,但在政见上反对变法,"贻书论新法不便",熙宁三年(公元1070年),被王安石贬为泰州(今江苏泰州市)通判。次年二月,离开了书局。

治平四年正月,英宗病逝,神宗即位。年仅二十岁的神宗对司马光的人品、学识都很器重。对《通志》的编纂也很重视。不久,就交给司马光一项进读《通志》的任务,而此时《通志》才编至西汉,卷帙尚少,须加快编修。十月,司马光开始为神宗进读,讲的就是周威烈王二十三年(公元前403年)三家分晋这一重大的历史事件。神宗听完后称赞不已,觉得历史的经验太重要了,非常有助于国家的治理,当即将这部书命名为《资治通鉴》,并赐予序文。不久,又将自己做皇子时府中所藏之书两千四百余卷送给司马光,表示对司马光编纂工作的全力支持。

英宗、神宗对《资治通鉴》编纂的重视与支持,对司马光是一种莫大的鞭策与鼓励。至熙宁三年(公元1070年),司马光等人又先后完成了《后汉纪》三十卷、《魏纪》十卷。

熙宁三年刘攽走后,司马光又聘请了一位助手,即范祖禹。范祖禹(公元1041—1098年),字淳夫,一字梦得,华阳(今四川成都市)人。从熙宁三年四月至元祐元年(公元1086年),范祖禹一直追随司马光,从事《资治通鉴》的编纂,是在书局最久、承担任务最多的一位助手。在书局中,范祖禹主要承担唐代部分的起草工作。

四年四月,司马光因反对变法改任权判西京留守司御史台,不久,书局也随之迁至洛阳。从此以后,司马光绝口不言国事,专心致志地从事《资治通鉴》的编纂工作。

这年夏季,刘恕因母老请调,回到江西老家,做监南康军(今江西庐山市)酒税去了。不过他还是书局人员,在南康军继续编修《资治通鉴》。书局迁到洛阳后,范祖禹是唯一在司马光身边的助手,因而书局的日常事务全部由他承担。事无大小,司马光必与范祖禹商议。书局迁到洛阳后,最终完成了《通鉴》自《晋纪》以下部分,共二百一十六卷。

《资治通鉴》是一部卷帙浩繁的史学巨著,网罗无遗,繁简得体,没有一个周密的考虑,不确定一套科学的编纂方法和步骤是无法做到的。在编纂《资治通鉴》的过程中,司马光和他的助手们严格地按照制作丛目、编修长编、删改定稿这三大步骤进行,从而确保了全书的质量。

制作丛目,就是由每位助手将收集到的资料按时间顺序进行编排,归纳于逐年逐月逐日之下。无日期者,附于当月之末,称"是月"。无月份者,附于当年之末,称"是岁"。连何年也不载者,就附于相关事件的前后。如无处可附,那就要对史料进行分析,做出推断,附于某年之后。制作丛目一条最基本的要求就是要尽最大可能将史料收集完备。史书、笔记小说以致文集,只要与时事稍有关系的,都要附于相应的时间之下,并要注明所征引之书的篇目、卷数,这样便于日后复核。在收集史料的过程中,如果遇到不属于自己承担范围内的史料,还要另纸抄出,转给有关的助手。

编修长编,就是各位助手对各事目之下所附史料,进行筛选,决定取舍。编修长编的原则是"宁失于繁,毋失于略"。凡是事同文异的,就采用其中明白详备一些的。凡是互有详略的,就各取所长,加以综合,并在文字上稍做修整。若彼此时间、事迹有出入,就选择其中证据分明、近于情理的做正文,其余的做注文附于其下,并且说明理由。若实无法判断其虚实与是非,则两存其说。由此观之,所谓长编实际上就是对原始史料进行初步甄别、整理、加工后的初稿。

最后是删改定稿阶段,这项工作主要由主编司马光完成。在这一阶段,司马光要审查助手对史料的弃取是否恰当,考证是否精确,体例是否一致等等,然后再进行删削,并做文字上的加工、润色,统一文字的风格。这是一项异常艰巨、细致的工作。就唐代而言,长编有六七百卷之多,经司马光删削后仅存八十一卷。这工作不是一次就可以完成的,其间要经过粗删、细删等阶段。据司马光自己讲,仅唐代部分的定稿工作就用去了他三四年的时间。

元丰七年(公元1084年)十一月,一部三百万字二百九十四卷的《资治通鉴》修成呈上。与此同时,还完成了《通鉴目录》三十卷、《通鉴考异》三十卷。全书进呈后,神宗特别高兴,下令嘉奖,赏赐银绢、衣带、马匹,又对宰执大臣等夸道:"前代未尝有此书,过荀悦《汉纪》远矣!"八年九月,《资治通鉴》做了刻版前的最后校定。元祐元年(公元1086年)十月,国子监获准在杭州刻版。七年,《资治通鉴》版成,这部不朽的史学名著终于问世。

## 四　君子乐其道

《资治通鉴》的编纂,从书局设立算起,已有十九年的时间,如加上司马光筹划及编制《历年图》这些前期工作,恐怕要达三十年之久。在这漫长的岁月里,司马光和他的助手们表现出来的高度事业心、责任感、忘我的献身精神,是可歌可泣的。

刘恕对学术的追求异常执着,甚于不惜生命追求自己的事业。为了寻找一本书,他往往跋涉几百里,得到后,边读边抄,几乎到了废寝忘食的地步。更有意思的是,有一次,刘恕去藏书家宋敏求家看书,宋敏求天天设宴招待他,谁知刘恕不领情,他说:"此非吾所为来也,殊废吾事,悉去之。"于是,他闭门读书,口诵手抄,昼夜不息。十几天的时间看完所有要看的书,眼睛都看坏了。熙宁九年(公元1076年),刘恕从江西南康军赴洛与司马光讨论编修过程中出现的问题,在洛阳逗留数月。归途之中,刘恕不幸中风,右手右足不能动弹。但是刘恕苦学如故,"每呻吟之隙,辄取书修之",精神非常感人。两年后,也就是元丰元年(公元1078年),刘恕病逝,终年四十七岁。这位才华横溢又富于事业心的史学家,没有能看到他倾注十二年心血的《资治通鉴》问世。他的遗著有《十国纪年》《疑年谱》《年谱略》《通鉴外纪》及《目录》等。

书局迁到洛阳后,范祖禹是唯一跟随司马光的助手。司马光晚年身体状况欠佳,元丰五年(公元1082年),患轻度中风,于是预作《遗表》,以防不测,从此也就更加倚重范祖禹。好多工作,例如唐、五代部分的修订,都由范祖禹代做。范祖禹在书局十五年,在这样长的时间里能安心于下位不求升迁,默默无闻,全身心地投入《资治通鉴》一书的编纂之中,这种精神确实是难能可贵的。元祐元年(公元1086年),范祖禹在编纂《资治通鉴·唐纪》的基础上写成《唐鉴》一书。这本书对唐代三百年间的兴亡得失做出了深刻分析,为学者所推崇,因此范祖禹也被称作"唐鉴公"。

司马光的儿子司马康,元丰初也参加了书局的工作,担任"检阅文字",也就是校对工作。耳闻目睹,对助手们的奉献精神和业绩是非常了解的,他对人说:"《资治通鉴》之成书,盖得人焉。"[1]

司马光在删定唐五代长编时,把"草卷每四丈截为一卷,自课三日删一卷,有事故妨废则追补"[2]。为了完成《资治通鉴》,司马光"研精极虑,穷竭所有,日力不足,继之以夜",甚至自制圆木警枕,以防多睡。后人分析司马光完成《通鉴》这部史学名著的原因时,曾说过这样的话,"所谓君子乐得其道,故老而不为疲也,亦只为精神不在嗜好上分去耳"[3]。是非常中肯而符合事实的。《资治通鉴》之所以能

---

[1] [宋]晁说之《景迂生集》卷七《送王性之序》。
[2] 《文献通考》卷一九三。
[3] [明]陈继儒《安得长者言》。

成为一部"网罗宏富,体大思精"的编年体巨著,与司马光和他的助手们的一丝不苟、千锤百炼的治学态度是分不开的。司马光编纂《资治通鉴》长达三十年之久,他所倾注的心血是可以想见的。在《进资治通鉴表》中,司马光这样说:"臣今筋骸癯瘁,目视昏近,齿牙无几,神识衰耗,目前所为,旋踵遗忘,臣之精力,尽于此书。"情况也确实如此,书成之后不到两年,司马光就溘然长逝了。不过,他为我们中华民族的文化宝库增添了一块光彩夺目、震古烁今的瑰宝,他的功绩是永远不会磨灭的。

## 五 《资治通鉴》的派生书

尽管司马光删繁取要,以三百万字的篇幅包容了十九部正史在内三千万字的内容,已是极精炼、简洁的了,但《通鉴》仍然是一部卷帙浩繁的书。司马光曾经对人说过,《通鉴》编成以后,只有一位名叫王益柔的人通读过一遍,其他人往往读不上几卷,就倦然思睡。为此,司马光约略于编写《资治通鉴》的同时,又写成了九部与《通鉴》相关之书,与其相辅而行。这就是《通鉴考异》《通鉴目录》《通鉴举要历》《通鉴节文》《通鉴释例》《历年图》《国朝百官公卿表》《稽古录》《涑水记闻》。其中,《通鉴举要历》《通鉴节文》今已亡佚。下面对这九部书做一简要的介绍。

《通鉴考异》三十卷,元丰七年(公元1084年)十一月,随《资治通鉴》一同进呈。是司马光编写《通鉴》的副产品,记载了司马光参考群书,详其异同,决定取舍的理由。《考异》原单独行世,宋末元初人胡三省将其散入《通鉴》正文之下,与《通鉴》并行于世。

《通鉴目录》三十卷,也于《通鉴》书成之日一同进呈。司马光借用年表的形式，将千余年史事摘要列于表中。在表格的顶端采用《史记·历书》的星岁法纪年，在中间的边栏里又列出与该年相应的朝代名称、帝王庙号、名讳、年号、年数和日、月、金、木、水、火、土的天气变化。《通鉴》除记日食外，其他天文现象不备书，《通鉴目录》在这方面弥补了《通鉴》的不足。《通鉴目录》又以年为经，以国为纬。于统一时代，年系一国；于并列政权时代，每国一格，各标纪年，每国史事，分行记载。错综复杂的历史现象，于是一目了然，颇便检寻。由于年表对千余年史实做了高度的概括，《通鉴目录》的篇幅仅及《通鉴》的五分之一，实际上成了千余载历史的一个大事年表。

《通鉴举要历》八十卷，据宋人陈振孙言，是司马光感到《通鉴》卷帙过巨，难以领略，而《通鉴目录》的篇幅叙事无首尾，为便于读者而编写出的一部繁简适中之作。

《通鉴节文》六十卷，也是司马光出于同一目的所作，但对此书尚有不同的看法，今已无从判断。

《历年图》七卷、《国朝百官公卿表》十卷，两书单行本今已亡佚，但尚保存在《稽古录》中。

《稽古录》二十卷，由《稽古录》《历年图》《国朝百官公卿表》三部史书组成，是一部适合当时少年儿童阅读的简明历史读本。《稽古录》前半部分，自卷一至卷十一，记伏羲氏至周威烈王二十二年（公元前404年）间事，书成于司马光做宰相后。后半部分是进呈《稽古录》全书时现补的，时司马光生命垂危，可能为黄庭坚代作。《历年图》自卷十一后半部分起，至卷十五止。记载周威烈王二十三年（公元前403年）至后周显德六年（公元959年）间事。起讫时间与《通鉴》相同，是编年体。有以"臣光曰"为发端的司马光的历史评论，附于各朝各国亡国之时。与《通鉴》中的附论不同的是，这些评论不是就人就事而"论"，而是针对各朝各国兴亡立"论"。卷十六是《〈历年

永昌元年春正月乙卯改元。王敦既集將作亂謂
長史謝鯤曰體戊辰既稱臣輒退沈充
乙亥詔親帥六軍以誅大逆敦兄
侯正當討之卓不從使人死矣然得史問計
小悝々曰郡奉兵討敦於是說甘卓共討敦參
軍李梁說卓曰昔福將軍但代之甕謂梁曰舊
融於天下未寧之時故得以支服天子非今比也使大
將辛且正逆說卓曰王氏乃露討廣州
刺史陶嬰城固守甘卓遺丞書許以兵出

图〉后序》,即全书的总论。英宗治平元年(公元1064年)成书。《国朝百官公卿表》自卷十七至卷二十,记载宋太祖建隆元年(公元960年)至治平四年(公元1067年)间的大事。它是宋初百余年历史的第一手资料,史料价值颇高。神宗即位后进呈。

《稽古录》一书是由体例不同的三部书组成,记叙了自上古以来至英宗治平四年(公元1067年)间的重大历史事件,又有许多精辟的论断,因而是一部极简明的颇有影响的历史著作。

《涑水记闻》系未成稿之书,经传写者随意编录,所以自宋以来,无一定卷数。清四库馆臣定为十五卷,补遗一卷,共十六卷。该书收录了宋初至神宗时事,是为作《〈资治通鉴〉后纪》而准备的史料汇编。每条皆注述说之人,因此叫"纪闻"。也有数条不注,总注于最后一条的,当然被传抄者脱佚这种情况也不能排除。如偶忘述说者姓名,则记"不记所传"。

《通鉴释例》一卷,为司马光修《通鉴》时所定凡例。由司马光曾孙司马伋收集散佚手稿整理而成。

## 六 司马光的史学成就

《资治通鉴》是一部简明翔实的编年史,民国初年,梁启超认为司马光编纂《资治通鉴》,"繁简得宜,很有分寸,文章技术,不在司马迁之下"[①],可并称为我国史学界的前后"两司马"。《通鉴》在历史编纂学方面取得了许多重要的成果,为后世史学家提供了宝贵的典范。

**旁绍远求,细大不遗。**《资治通鉴》一向以史料充实、考证精详而

---

① 梁启超《中国历史研究法》(补编)。

著称。司马光在《进资治通鉴表》中说,他"遍阅旧史,旁采小说,简牍盈积,浩如烟海"。可见,凡是当时能收集到的图书资料,他都尽量找来参考。南宋时人高似孙曾对《通鉴》引证书目做过一个专门的统计,他认为《通鉴》采用的书,除了正史以外,仅杂史就有二百二十二种之多。但是后人的考证不断地突破这个数字,多数学者认为达三百余种,字数约为三千万。其实《通鉴》所征引的书籍远不止这个数字,因为《通鉴》行文,例不记出处,只在记事互有出入时,才备列众说,择其可信者从之,因而有许多书目我们今天已无法得知了。

最早谈论《资治通鉴》取材所自的是司马康,他说:"除了十九部正史之外,编写楚汉时期历史,引用过荀悦的《汉纪》、袁宏的《后汉纪》、司马彪的《续汉书》。编写南北朝时,引用过北魏崔鸿的《十六国春秋》、梁朝萧方等《三十国春秋》及萧韶《太清纪》、唐许嵩《建康实录》等书。"唐代以后,保存下来的史料越来越丰富,对稗官野史、各家谱录、正集别集、墓志碑碣、行状别传也不敢稍有忽视。其中最看重柳芳的《唐历》,此书记叙了隋恭帝义宁元年(公元617年)至唐代宗大历十四年(公元779年)这段历史,司马光将其撷取殆尽。后来南宋著名学者洪迈也说,就唐一代而言,《通鉴》叙述隋末王世充、李密事用《河洛记》,魏徵谏争用《谏录》,李绛议奏用《李司空论事》,叙安史之乱中张巡等坚守睢阳用《张中丞传》,李愬平淮西用郑澥《凉公平蔡录》,李泌事用《邺侯家传》,李德裕处理太原、泽潞、回纥事用《两朝献替记》,大中时吐蕃尚婢婢之事用林恩《后史补》,韩偓凤翔谋画用《金銮密记》,平徐州用《彭门纪乱》,讨浙江裘甫用《平剡录》,记扬州毕师铎、吕用之事用《广陵妖乱志》。这些杂史、琐说、家传叙事完备清楚,司马光比较后采用。其实,早在编纂之初,司马光就明确指示助手们,国家编写或认可的"实录""正史",未必皆可据,民间流传的杂史、小说亦未必皆无凭,应当择善而从。正因为如此,所以《资治通鉴》向以取材广泛、网罗宏富见称。《崇文总目》，北宋仁宗时成书，是当时最权威的目录书，收书之全，无任何目录书可比。但是，《通鉴》所征引的书，有相当一部分是《崇文总目》所未著录的。《资治通鉴》取材广泛这一特点，年代越往后也越明显。如果说《通鉴》中的秦汉纪部分看不到任何新史料，魏晋南北朝部分所用的史料约有十分之一左右不见于现存其他史书，那么，唐五代部分的史料，便有半数左右仅见于《通鉴》。而被他征引的这些书籍今天多已亡佚，这样《资治通鉴》一书所保存的史料就格外珍贵了。

**考证精当，启迪后学。**《通鉴》取材广泛，对于叙述同一历史事件的数种史料，在编纂前，必须考证异同，去伪存真。《通鉴》记叙安史之乱中颜杲卿倡义河北一事，全文不过四百余字，而引用包谞《河洛春秋》、殷亮《颜杲卿传》《玄宗实录》《肃宗实录》《唐历》《旧唐书》、殷仲容《颜氏行状》等史书凡七种，考辨颜杲卿起兵反抗安禄山的史实，全文长达两千五百七十三字。此外，王世充巩北之败，安禄山丧师之赦，李仲言之见用，杨嗣复、李珏等之贬，司马光所作考证文字也都在千字以上。有学者曾对《通鉴》进行深入细致的研究，发现司马光根据实录和杂史诸书指出《旧唐书》不妥之处有三百七十八处，《新唐书》不妥之处有一百九十七处，用《长历》纠正"正史"年月日错误八十余处，用《唐历》纠正"正史"不妥之处也不下七十余处。司马光将这些成果汇总，编写成《通鉴考异》一书，这也是前所未有的事情。由此可见，司马光为了确保《通鉴》取材精当、记事翔实，确实做到"抉摘幽隐，校计毫厘"了。因此，《资治通鉴》的史料比起十七史来更为可靠。前人早已说过这样的话："不熟读正史，未易决《通鉴》之优劣。"这样中肯的评价，对于《资治通鉴》来讲，是最恰当不过的了。

对文献的真伪有怀疑而作考证异同的工作，并不始于司马光。早在春秋时期，孔子一位颇有名气的学生子贡就怀疑过历史文献的真实性,他认为纣不像文献记载的那样罪大恶极。孟子也说过"尽信"书",则不如无"书""这样的话。到司马迁作《史记》时,他已经提出了"考信于六艺"的原则,也就是对儒家奉若神明的经典持怀疑的态度,要做一番去伪存真的考证工作。南北朝时,裴松之为《三国志》作注,除广泛收集史料以补遗阙以备异闻外,对于"纰缪显然,言不附理"的记载也都有所论辨,并加以矫正。唐代杜佑编纂《通典》,往往在小注里考订史料的真伪。但这些都不可以与司马光的考异工作相提并论。我国历史学方面真正严格意义上的考异法是由司马光创立的。他的《通鉴考异》一书是我国第一部考史专著,书中所载的考证方法对后代历史学家产生了深远的影响。南宋李焘的《续资治通鉴长编》、李心传的《建炎以来系年要录》、清代徐学乾的《资治通鉴后编》、毕沅的《续资治通鉴》、夏燮的《明通鉴》等编年体著作大都采用考异的方法,订正史事,虽然成就各异,但都有创获。清代盛极一时的乾嘉学派也以考据见长,其代表人物钱大昕、王鸣盛、赵翼所作《二十二史考异》《十七史商榷》《廿二史札记》都是考据学的名作。

**秉笔直书,叙事平实。**《资治通鉴》的长处还在于它能比较客观地记述历史事件。以往的历史学家出于维护伦理道德与统治的需要,在编写历史时,往往为尊者讳,为亲者讳,任情褒贬。又硬将一些王朝定为正统,一些王朝定为僭伪。司马光对此大不以为然。他认为一名对历史负责的史学家,态度应超脱一些,应"据其功业之实而言之"。主张历史学家在编写历史时应止"叙国家之兴衰,著生民之休戚,使观者自择其善恶得失,以为劝戒"。"无所抑扬,庶几不诬事实,近于至公"[1]。

---

[1] 《资治通鉴》卷六九魏黄初二年。

## 第九章 西洛十五载(二):《资治通鉴》的编纂

《资治通鉴》是一部为统治者提供借鉴的书,为了对他们有所"劝戒",不至于重蹈前人的覆辙,司马光在此书中对历史上统治集团的残暴与骄奢淫逸做了大量的揭露。

司马光在《通鉴》里写了许多昏君,唐中宗就是其中的一个。他是武则天的第三子,是个昏庸无能的皇帝。有一次,御史弹劾权奸宗楚客等人里通外国、收受贿赂,导致边患。宗楚客非但不反省思过,反而怒形于色,在朝堂上大声为自己辩护,自称忠直,为人诬陷。中宗竟然也不予追究,他命那位御史与宗楚客结为兄弟,和解了事。中宗也因此被人称作是"和事天子"。武三思与韦皇后、上官婕妤私通,被人告发,中宗却将告发人斩了。皇帝昏庸,大臣更无耻,御史大夫窦从一就是这方面的典型。景龙二年(公元708年)除夕夜,宴会上,中宗要为"久无伉俪"的御史大夫娶妻,当场将韦皇后的老乳母嫁给他。当时的习俗,称乳母之夫为"阿𤞤",从此以后,窦从一每次进见及进表状就自称"翊圣皇后阿𤞤"。当时人戏称他为"国𤞤",窦从一听后,不以为耻,反以为荣,"欣然有自负之色"。

君臣如此昏庸,政由贿成,当然是不可避免的了。当时上自皇亲国戚、大臣,下至宫女、女巫个个收受贿赂,卖官鬻爵。不管是屠夫、酒家,还是奴婢,只要花上三十万钱,就可以做官,花上三万就可以剃度为僧尼。当时超编的官员多达数千人,被称作"墨敕斜封官"。安乐公主是中宗的爱女,公然将委任状拟好,掩住人名,让中宗签字。中宗笑笑,看也不看,也就签了。分管吏部的宰相名叫崔湜,贪赃枉法,名声狼藉,常数外留人,名额不足,就提前动用后三年的编制。《通鉴》也记载了一桩与崔湜相关的受贿事。崔湜父时为太学司业,受一任满想调动的小官的钱,湜不知,未授予该官新职。该官上诉说:"公的亲人受某赂,为何不给某官?"湜大怒,质问:"你说的亲人是谁? 当抓来乱棍打死!"该官说:"公不能打死他,打死他,公要解官服丧的。"湜一听这话,非常尴尬、惭愧。统治集团是这样的腐败,为了满足他们荒淫无耻的生活,势必要残酷地压榨平民百姓,在中宗统治的六年里,出现府库空虚、人多流亡的惨景。这样的统治集团已成为社会发展的障碍,中宗死后不久,韦武集团就被李隆基发动兵变消灭。李隆基力革弊政,唐王朝很快地就进入了"开元盛世"。

对古代那些最杰出的帝王,《通鉴》在肯定他们的历史功绩的同时,也毫不留情地指出他们的过失。以汉武帝而言,司马光在评论中就指出汉武帝穷奢极欲、刑法严酷、赋税沉重,对内大修宫殿、对外发动战争,迷信神怪、巡游无度,是造成百姓穷困潦倒、纷纷起来成为"盗贼"的原因。又指出汉武帝之所以能避免马上灭亡,主要是他能"晚而改过"。如果我们将司马光的这篇评论与班固为汉武帝写的《赞》相比,就会发现司马光对汉武帝的批评要比班固严厉得多了。

同样,对于历代人民的反抗斗争,司马光也是据实直书,无所讳避。唐末黄巢起义,历时十年,席卷大半个中国,是中国历史上不多见的一次大规模的农民反抗斗争。《通鉴》关于黄巢起义的记载,远胜过新、旧《唐书》的《黄巢传》。在《通鉴》里,司马光记叙了黄巢起义军严明的军纪。如记广明元年(公元880年)九月,起义军顺利地渡过淮水后,"所过不虏掠,惟取丁壮以益兵"。攻下洛阳后,"巢入城,劳问而已,闾里晏然"。《通鉴》还记叙了起义军壮观的军容。如起义军在接近洛阳时,警告唐朝各支堵截军队"各宜守垒,勿犯吾锋,吾将入东都,即至京邑,自欲问罪,无预众人"。记潼关之役,"黄巢前锋军抵关下,白旗满野,不见其际","举军大呼,声振河、华"。将起义军锐不可当的气势、浩大的声势,写得颇有生气。写黄巢进入长安那一刻,给人的印象简直是像在记叙农民起义军的盛大节

## 第九章 西洛十五载(二):《资治通鉴》的编纂

曰:"巢乘金装肩舆,其徒皆被发,约以红缯,衣锦绣,执兵以从,甲骑如流,辎重塞途,千里络绎不绝。民夹道聚观,尚让历谕之曰:'黄王起兵,本为百姓。非如李氏不爱汝曹,汝曹但安居无恐。'"尚让的号召道出了农民武装起义的原因和宗旨。《通鉴》还记叙了起义军在长安城里对官僚地主阶级的严厉镇压,"庚寅,黄巢杀唐宗室在长安者无遗类","居数日,各出大掠,焚市肆,杀人满街,巢不能禁。尤憎官吏,得者皆杀之"。当时有人在尚书省门上写诗嘲讽义军,于是,"尚让怒,应在省官及门卒悉抉目倒悬之。大索城中能为诗者,尽杀之,识字者给贱役,凡杀三千余人"。《通鉴》还分析了黄巢起义的原因,指出唐朝后期统治集团日益奢侈、连年对外用兵,是起义的根本原因。加之,当时关东年年旱灾,民不聊生,朝廷停征余税的诏令,州县拒不执行。"百姓实无生计"。而统治集团中,皇帝年幼,政出臣下。朝官集团与宦官集团争权夺利,互相倾轧。州县兵少,太平日久,人不习战,一旦爆发起义,官军多败。社会总危机爆发的条件已经完全成熟。唐王朝在农民起义的打击下,风雨飘摇、日趋灭亡的结局,给赵宋王朝的教训是深刻的,它影响了宋王朝整整一代的国策。这也许就是司马光不厌其烦地记叙黄巢起义的原因吧。

我们说司马光能客观地记叙历史事实,还在于司马光对奇行异节、不合常情之事,一概不取。例如《史记》称苏秦合纵,"秦兵不敢窥函谷关十五年",称鲁仲连义不帝秦,"秦将闻之,为却军五十里"。司马光认为这些都是游谈之士的夸饰之辞,与事实不符。《史记》又称汉高祖欲废太子而立赵王如意,张良为太子礼致商山"四皓"。高祖破黥布返京后设庆功宴,在太子席后,四人侍立着。高祖见状不解,问"四皓","四皓"盛称太子仁孝,故愿追随他。高祖素来敬重四人,曾请四人出山,但被拒绝。他知道太子羽翼已成,也就不再打算废黜太子。司马光认为"四皓"在汉初的政局中起不了这么大的作用。这些都未收入《通鉴》之中。凡此种种,都显示出《通鉴》平实的文风。《通鉴》所叙述的历史也较其他史书可信。

**长于叙事,文字洗练。**善于叙事,长于剪裁,文字简洁,语言生动传神,是《通鉴》的又一长处。就拿大家熟悉的赤壁之战来说吧,这是我国古代一次决定历史发展进程的大战役。事件本身错综复杂,而关于这次战役的记载,却散见于范晔《后汉书》、陈寿《三国志》、习凿齿《汉晋春秋》、虞溥《江表传》、韦昭《吴书》、乐资《山阳公载记》等书中。我们即使将这些史料通读一遍,乃至数遍,也未必能对赤壁之战有个完整、明晰的印象。司马光将涉及这场战争的全部史料集中起来,置于《通鉴》第六十五卷建安十三年十月这条之下,加以整理、穿插、剪裁、润色,仅用两千余字就完整地记叙了赤壁之战的全过程。不仅把威武雄壮的战争场面写得有声有色,而且把众多英雄人物也写得栩栩如生、跃然纸上,成为千古传诵的名篇,文字十分精炼简洁。

《通鉴》是史学名著,但读起来却不枯燥无味,许多篇章的语言生动传神,情节引人入胜。如卷一写韩、赵、魏三家灭智氏这件事。《史记》记载颇为简略,司马光笔酣墨饱,以四倍于司马迁的文字加以描述,让数千年的历史人物鲜活地呈现在我们面前。晋国的智氏比韩、赵、魏三家强大,智伯仗势欺人,先后向三家索要疆土。韩、魏两家采取避其锋芒、坐以观变与欲擒故纵的策略,都割让了很大一块土地给智氏,而赵氏态度强硬,坚持不割。智氏胁迫韩、魏两家与其一同进攻赵氏,决水浸灌晋阳城(今属山西太原市)。就在赵氏危在旦夕之时,智伯沿河巡视,韩康子、魏桓子两人随行,智伯不无自得地对两人说:"吾乃今知水可以亡人国也!"此言一出,"桓子肘康子,康子履桓子之跗(脚趾)"。原来汾水也可以灌魏都安邑(今山西运城市),绛水也可以灌韩都平阳(今山西临汾市)。两家为智氏胁

## 第九章 西洛十五载(二):《资治通鉴》的编纂

迫而来,同床异梦,在赵氏灭亡有日,瓜分在即的时刻,无胜利的喜悦,却有唇亡齿寒、物伤其类之情,一个"肘"字,一个"履"字,将韩康子、魏桓子的复杂心态表露得非常充分。这正所谓于细微处见精神。

又如,淝水之战前,谢安在众人前镇定如常,稳定人心。胜利消息传来,喜不外露。散会后,返回内室,"过户限,心喜甚,不觉屐齿之折"。写其"矫情镇物"之态,曲折细致入微。描写安史之乱中坚守睢阳(今河阳商丘市睢阳区)、城陷被俘、英勇就义的张巡也是非常成功。张巡等人忠心报国、胸怀大局、志吞叛贼、视死如归的英雄形象活生生地展现在我们面前,千载而下犹能感受到英雄们的勃勃英气。

文字风格前后一致、通俗流畅,是《通鉴》的又一特色。司马光旁绍远求、博采群书,而成一家之言,所取文字先秦钩章棘句,两汉雄健醇厚,六朝纤靡淫丽,唐宋宏肆峻洁,但经司马光锤炼熔冶,"皆以今字代之",文字自然平易,醇厚质朴,有如行云流水,丝毫不见雕琢的痕迹。

从战国以来,至五代结束,前后长达一千三百余年,记载这漫长历史的史书,仅正史一项就有十九种,合计起来就有一千五六百万字,加上其他史料,不下三千万字。所以,古人曾有"一部十七史,不知从何说起"之叹。而《通鉴》熔诸史于一炉,仅以二百九十四卷三百万字的篇幅就包容了这一切,不仅记叙历代的重大历史事件,而且还记叙了有关天文、地理、礼乐、兵刑、官制、财赋、土地制度等方面的情况。基本上做到了详而不芜、疏而不漏。例如,司马光在《贻刘道原》书中交代:"后魏《释老志》取其要用者,附于《崔浩传》后,《官氏志》中氏族附于宗室及代初功臣传后,如此则南北史更无遗事矣。"至于南北朝时其他各史,则要求刘恕"存录其律历、礼乐、职官、地理、食货、刑法之大要"。所以,胡三省曾称:"读《通鉴》者,如饮河之鼠,各充其量而已。"当然也有不少人认为《通鉴》关于经济、文化等方面的史实相对而言记载得少了一些。我们认为这种批评是非常中肯的,但《通鉴》毕竟是一部编年体的政治史,从司马光编纂动机与采用的体裁来考虑,司马光这样处理还是比较恰当的。

## 七 《资治通鉴》历史地位和影响

司马光编成《资治通鉴》,在我国古代史学发展史上是一件划时代的大事。在我国史学史上,先秦时期盛行《左传》式的早期编年体史书,至汉唐转而盛行纪传体。但这种纪传体也吸收了早期编年体重视时间次序、脉络清晰的优点,书首皆设"本纪"一体,采用编年法,凡一朝政治、军事、经济诸方面的重大事件、重要制度皆用简约文辞依次胪列。《通鉴》问世后,两宋又盛行编年体。但与早期编年体又不同,《通鉴》式的编年体已经吸收了纪传体以"列传"叙述人物平生事迹本末,以"书"或"志"叙述制度兴废演变本末的优点,在时间本位与事件本位相矛盾的情况下,不拘泥"以事系日"、严格按照时间顺序逐条排列史事的程式,而采用以事件为线索组织材料的写法,表现出突破编年体的趋势。此外,司马光在编写《通鉴》的同时,还围绕《通鉴》编写了一系列派生之书。这些书籍之中,《历年图》可看作《通鉴》年表与写作提纲,《通鉴释例》可看作《通鉴》凡例或导言,《通鉴考异》可看作《通鉴》注文兼史料补编,《通鉴目录》可看作《通鉴》简编。它们联为一体,自成系统,互相阐发,互相补充,这是史书编纂体例上的一大创造,对后世产生了深远的影响,把我国编年体史籍的编纂推进到一个新的水平。

## 第九章 西洛十五载(二):《资治通鉴》的编纂

《资治通鉴》的问世,推动了编年体史书的复兴。清代学者王鸣盛说:"编年一体,唐以前无足观。至宋有《通鉴》,始赫然与正史并列。"编年体能形成与纪传体分庭抗礼的局面,这应归功于司马光。

受《资治通鉴》的影响,续其作的有:南宋李焘的《续资治通鉴长编》九百八十卷,续北宋一朝史事,已残缺,今有辑本五百二十卷行世。南宋李心传的《建炎以来系年要录》二百卷,与李焘书相接,记高宗一朝三十六年史事。南宋刘时举的《续宋中兴编年资治通鉴》十五卷,始于高宗建炎元年(公元1127年),迄于宁宗嘉定十七年(公元1224年)。以上为续《通鉴》之作。前续者有《通鉴外纪》十卷、目录五卷,司马光助手刘恕撰,始于周共和元年(公元前841年),终于周威烈王二十二年(公元前404年)。又有南宋金履祥的《通鉴前编》十八卷,也是一部记周威烈王以前史事的史书。此外,记载宋元两朝史事的有明薛应旂的《宋元资治通鉴》一百五十七卷,明王宗沐的《宋元资治通鉴》六十四卷,清徐乾学的《资治通鉴后编》一百八十四卷,清毕沅的《续资治通鉴》二百二十卷,毕书后来居上,超过徐乾学诸家。记载明朝一代的编年体著作,有明谈迁的《国榷》一百零八卷,清陈鹤的《明纪》六十卷,清夏燮的《明通鉴》九十卷。由此可见,《资治通鉴》成书后,代有续其作者,逐渐形成一套贯穿古今的编年体史书。在纪传体"二十四史"之外,又形成了一个新体系。

《通鉴》因其卷帙浩繁,南宋时就有人改编它,改编者以两种方式进行:一种是将其改编成纲目体,一种是将其改编成纪事本末体。

所谓纲目体,就是叙事首列标题,大字书写,又于标题之下,详述历史事件,对标题加以说明,小字书写。这样提纲挈领,眉目清楚,也节省篇幅,可以说是《通鉴》的简编本。做这种尝试的是南宋著名的理学家朱熹,改编后的书名《通鉴纲目》五十九卷。此书对后世影响很大,明代时续《纲目》之书比续《通鉴》还盛,有陈桱的《通鉴续编》、胡粹中的《元史续编》、许诰的《通鉴纲目前编》、商辂的《续通鉴纲目》等。

编年体史书记事,一事往往分记在数卷之内,首尾难寻。南宋时,袁枢喜读《通鉴》,于此感触颇深,他将《通鉴》所载历史事件归纳为二百三十九个题目,然后将分散的相关史料集中起来,依时间顺序加以整辑排比,稍作剪裁,连缀成篇,名之为《通鉴纪事本末》。《通鉴纪事本末》四十二卷,分量约为《通鉴》的二分之一。但它囊括了《通鉴》正文中的主要内容。在编年体和纪传体之外,另辟蹊径,因事命篇,创立了我国古代史书编纂的新体裁纪事本末体。这种体裁"文省于纪传,事豁于编年",史学界公认它最接近于现代史书的编纂体裁。受其影响,南宋时,杨仲良将《续资治通鉴长编》改编为《皇宋通鉴长编纪事本末》。到了明清两代作纪事本末者接踵而出,宋、辽、金、元、明诸史及《左传》均被改编成纪事本末体。

总的来说,两种改编《通鉴》编年体的新体裁,都形成了贯穿古今的新体系。

《通鉴》自问世后,就受到邻国的重视。元符二年(公元1099年),高丽使者来华,就提出购买《通鉴》的请求,可能是出于国家安全利益的考虑,宋朝没有同意。大约在两宋之际,《通鉴》传至日本等东亚国家,对这些国家的史学、思想产生了极其深远的影响。

日本历代统治集团都非常重视《通鉴》。上至天皇、幕府,下至诸藩及其子弟,都会把它作为学习的重要内容。幕府末期,还专门成立了"通鉴会",《通鉴》在日本成了培养统治人才的教科书。明治天皇即位后,酷爱汉学和历史,《资治通鉴》是他必读之书,每月定时讲习,对他加强统治和进行维新无疑是有裨益的。

《通鉴》问世后约半个世纪,日本相继编纂成了编年体史书《大镜》《今镜》《水镜》《增镜》。这四部史书与成书于镰仓时代以后、在日本史学史中占有重要地位的四部著名史书《吾妻镜》(即《东鉴》)、《神皇正统记》《本朝通鉴》《大日本史》均在不同方面、程度不等地受到了《通鉴》的影响。这些史书所提倡的大义名分和忠君思想,在当时的历史条件下,对于加强中央集权、维护日本统一,具有一定的进步作用。并且还为明治维新的"尊王倒幕""尊王攘夷"做了思想准备,对日本社会的变革起到了一种特殊的作用。

另外,十二世纪朝鲜半岛高丽王朝金宽毅编纂的《编年通录》、李朝时期成书的《东国通鉴》,公元1510年越南武琼编写的《大越通鉴通考》亦当是受到《通鉴》影响的产物。

# 第十章　西洛十五载(三)：旨在国家和平、社会稳定的思想

在洛阳的十五年，司马光完成了《资治通鉴》等一系列的史学著作，同时还完成了《迂书》《疑孟》《法言集注》《集注太玄经》《致知在格物论》《葬论》《中和论》《潜虚》《书仪》《徽言》等哲学、社会学方面的著作。司马光将以孔子为代表的儒学思想作为自己的主要思想来源，对包括孟、荀在内的北宋以前的诸子百家加以扬弃，从而创立起颇具特色的思想体系。在儒学阵营中，司马光最推崇荀子、扬雄，他继承了荀子"隆礼明分"和"天人相分"等思想，肯定了荀子"虚静定"的修养方式，"得中而近道"。①接受了扬雄的人性论、中和论，并像扬雄一样，摄取《周易》《老子》的天道观，糅合儒、道，建立起自己的自然观。至于孟子，司马光虽然对其颇多诘难，但对他的主要思想义利观、民本思想并不反对，并在与王安石的论战中，维护并发扬了这一思想。儒学阵营之外，司马光则推崇老子、管仲。他充分肯定了老子清静无为、自然因循的思想，这在《与王介甫书》《迂书》的《老释》和《凿龙门》中都有所反映。他的"为政在顺民心，苟民之所欲者与之，所恶者去之"的思想实渊源于管仲。据司马迁所言，管仲

---

① 《传家集》卷六二《答韩秉国书》。

治理齐国,"下令如流水之原,令顺民心,故论卑而易行。俗之所欲,因而予之。俗之所否,因而去之"①。二者无论在思想内容上,还是语言形式上都极其酷似。司马光哲学思想的核心是"中和之道",而礼治思想、民本思想和维护和平、华夷两安的思想则是司马光政治思想的三大支柱,四者从理论上对宋王朝的"守内虚外"的基本国策进行了充分的论证。

## 第一节 治国思想

### 一 以礼治国,宽猛相济

司马光的治国思想的核心是"礼治"思想,他认为"人有礼则生,无礼则死。礼者,人所履之常也"。他说:"夫民生有欲,喜进务得,而不可厌者也。不以礼节之,则贪淫侈溢而无穷也。是故先王作为礼以治之,使尊卑有等,长幼有伦,内外有别,亲疏有序,然后上下各安其分,而无觊觎之心,此先王制世御民之方也。"②因此,维护专制主义国家的"礼治"是司马光始终不渝的信念。在《资治通鉴》的卷首,司马光开宗明义亮明了自己的观点,他说:"臣闻天子之职莫大于礼,礼莫大于分,分莫大于名。"③由此揭示了贯穿全书的主旨。

那么,什么是"礼"呢?司马光认为"礼"就是"纪纲",就是"天子统三公,三公率诸侯,诸侯制卿大夫,卿大夫治士庶人"。一句话,

---

① [汉]司马迁《史记》卷六二《管晏列传》。
② [宋]司马光《易说》卷一《履》。
③ 《资治通鉴》卷一,周威烈王二十三年。

"礼者,上下之分是也"①。在古代等级制度的社会里,等级间的互相关系与作用是"贵以临贱,贱以承贵"。在司马光看来,地位高贵的君临地位低下的,好比心腹指挥手足,根茎控制枝叶;反之,地位低下的服从地位高贵的,好比手足护卫心腹,枝叶荫庇根茎,是天经地义的。只有这样,才能做到"上下相保而国家治安"。司马光在《扬子法言》中理直气壮地反问道:"天子为四方之纲,诸侯为一国之纲,卿、大夫、士各纪其职,乱何自生?"司马光反复叮咛告诫人们的只有一点,即"礼治"是国家长治久安的关键所在。天子的最基本职能就是维护"礼治"。

维护"礼治"的关键点何在?在维护"名",确保君臣之间的界限截然不可逾越,神圣不可侵犯。殷商之世,帝乙诸子,微子最贤,帝乙欲立为太子,但是最终还是立了纣。因为微子是妾所生,而纣是妻所生。春秋时,吴王寿梦有四子,四子季札最贤,吴王欲传位给他,季札一再辞让,最终逃离吴国。结果,商亡于纣,而吴亡于夫差。二人为何这样做呢?因为这里存在着一个森严的"立嫡以长"的宗法制度,存在着一个君臣名分问题。所以"以微子而代纣则成汤配天矣,以季札而君吴则太伯血食矣,然二子宁亡国而不为者,诚以礼之大节不可乱也"。尽管司马光充分肯定了武王伐纣是正义的,是"有道天子诛一乱政之匹夫"②。但是,这样的现象应是极其罕见的。不是天命转移,三灵改卜,君臣是不可互易其位的。孟子主张宗卿可以取代大过拒谏之君,就遭到司马光的严词指责。他认为:"人臣之义,谏于君而不听,去之可也,死之可也,若之何其以贵戚之故敢易位而处也?"孟子之言"适足以为篡乱之资"③!从而,向

---

① 《传家集》卷三三《言阶级札子》。
② 《传家集》卷六五《龚君宾论》。
③ 《传家集》卷七三《疑孟·齐宣王问卿》。

人们提出了"忠臣不事二君"①绝对忠君的要求。

如何维护"礼治"？司马光认为要珍惜名器,要防微杜渐,要在日常的政治生活中注意抓小事。在小事上,要强调君君臣臣,上下尊卑。他很同意孔子的看法。春秋时,卫国有人立了军功,卫君赐给他土地,他不要,却想要"繁缨"与"曲县",卫君同意了。孔子认为卫君的做法不当,应当多赐些土地,而不应赐给"繁缨"与"曲县"。"繁缨"是马腹带饰,"曲县"是乐器,这两者只有诸侯才能使用。立军功者不应当享受这种待遇。给了他们,他们就会产生觊觎之心、僭越之行,最终导致礼崩乐坏、国家危亡。而在日常的社会、家庭生活中,则天天讲、月月讲、年年讲"孝慈、仁义、忠信、礼乐"②,使之沦于骨髓、浃于人心,最终达到"求忠臣于孝子之门"的目的。

不仅如此,为了维护这等级制度,为了防止三家分晋、方镇之乱之类的历史悲剧重演,司马光还非常重视君主集权制下的"法治"建设。他说："若以刑名为非道,则何以能禁民使自然而止？"③"若杀人者不死,伤人者不刑,虽尧舜不能以致治。"④又主张在军中"申明阶级之法",使"一阶一级全归伏事之仪,敢有违犯,罪至于死"。以最终达到"刑期于无刑"⑤的目的。当然,司马光对礼与法的作用不是等量齐观的。他认为两者相比,礼居于主导地位,刑居于从属地位。"礼乐可以安固万世,所用者大。刑名可以输劫一时,所用者小。其自然之道则同,其为奸正则异矣"⑥。他是反对"专任刑罚亦足为治"⑦的。认

---

① 《资治通鉴》卷二九一后周太祖显德元年。
② 《传家集》卷七四《迂书·辨庸》。
③ [宋]司马光《扬子法言》卷三《问道篇》。
④ 《传家集》卷四八《乞不贷故斗杀札子》。
⑤ 《传家集》卷三三《言阶级札子》。
⑥ [宋]司马光《扬子法言》卷三《问道篇》。
⑦ 《传家集》卷七一《闻喜县修文宣王庙记》。

为"用秦之法以求治,犹冬而望生,春而望获,之燕而南,适楚而北,终不能致"①。

总之,"礼治"思想是司马光政治思想的核心,是他对先秦以来历史和本朝政治长期研究、深入探索而得出的结论,是他为当世和后世帝王维系王朝长治久安而开出的灵丹妙药。他说:"礼之为物大矣!用之于身,则动静有法而百行备焉;用之于家,则内外有别而九族睦焉;用之于乡,则长幼有伦而俗化美焉;用之于国,则君臣有叙而政治成焉;用之于天下,则诸侯顺服而纪纲正焉。"②一言以蔽之,司马光认为"治礼义则余无不治"③。毋庸讳言,司马光强调"礼治",是为了维护宋王朝的长治久安。但是,在漫长的古代社会里,乱世多,治世少,在动乱的年代里,许多王朝固然"无不泯灭",但是"生民之类"也多"糜灭几尽",每次大的动乱给生产力都造成了巨大的破坏。重视"礼治",在一定的历史发展阶段上,对于维护社会秩序的稳定,恢复和发展生产也是有利的,因此,司马光的"礼治"思想有它合理、积极的一面。

## 二 立身主于为民,为政在顺民心

民本思想是司马光思想体系中最辉煌之处。司马光认为国家必须以民为本,百姓是一个国家的基础,"国以民为本","民者,国之堂基也"④。因而,他对人民,尤其是农民寄予深切的同情,他认为农

---

① [宋]司马光《扬子法言》卷三《寡见篇》。
② 《资治通鉴》卷一一汉高帝七年。
③ [宋]司马光《扬子法言》卷六《五百篇》。
④ 《传家集》卷三三《言蓄积札子》、卷二一《进五规状·惜时》。

民是四民中最苦的。他在《资治通鉴》中记载了这样一件事：

> 唐德宗贞元三年（公元787年）十二月庚辰，上畋于新店，入民赵光奇家，问："百姓乐乎？"对曰："不乐。"上曰："今岁颇稔，何为不乐？"对曰："诏令不信。前云两税之外悉无他徭，今非税而诛求者殆过于税。后又云和籴，而实强取之，曾不识一钱。始云所籴粟麦纳于道次，今则遣致京西行营，动数百里，车摧马毙，破产不能支。愁苦如此，何乐之有？每有诏书优恤，徒空文耳！恐圣主深居九重，皆未知之也。"上命复其家。

对唐德宗的德行，司马光发表了自己的看法。他认为唐德宗能到农民家里，正好赵光奇也敢于诉说民间的疾苦，这是千载难逢的机会。唐德宗应当以此为契机，严惩那些抵制诏令、横征暴敛、浮夸不实、残害百姓的官员，改革弊政，可是，德宗并没有这样做，仅免除了赵光奇一家的赋役。四海之大，民众之多，怎能人人向皇帝诉苦，户户都得蠲免呢！司马光认为上情不能下达，下情不能上通，"民愁怨于下而君不知"，最终将导致"离叛危亡"。唐德宗坐失千载难逢的良机，漠视广大农民的疾苦而无动于衷，对于这样一个昏君，司马光喟然长叹道："甚矣，唐德宗之难寤也！"

司马光是我国古代的一位史学家，在他笔下，起义的农民都是"盗贼"。但是，司马光对于这些苦难深重的农民，表示了颇多的理解。西汉末年，发生绿林、赤眉起义，司马光认为这是"饥寒穷怨"所致，他们起初并无意攻城略地，"常思岁熟得归乡里"，最终与官军对抗，完全是"官逼民反"的结果。

从民本思想出发，司马光认为无论是士大夫，还是国家政权，立

身行事的目的,都是为了民众。在《与薛子立秀才书》①中,司马光说:

> 士之读书者,岂专为禄利而已哉?求得位而行其道,以利斯民也。国家所以求士者,岂徒用印绶、粟帛富宠其人哉?亦欲得其道以利民也。故上之所以求下,下之所以求上,皆非顾其私,主于民而已矣!

故而,司马光常常责难君臣,希望他们反躬自省,"视天下有一事不治以为己过,有一民失所以为己忧"②。在《通鉴》一书中,他常常以这一思想来衡量、评判历史人物和国家政权。他说:"天生烝民,其势不能自治,必相与戴君以治之。苟能禁暴除害以保全其生,赏善罚恶,使不至于乱,斯可谓之君矣。"③

他对曹操的谋臣荀彧的评价就非常高,认为不亚于春秋时的管仲。管仲"辅佐齐桓,大济生民",因而,孔子"独称管仲之仁"。但是,齐桓之时,周室虽衰,不如东汉末年之甚。东汉末年"四海荡覆,尺土一民,皆非汉有。荀彧佐魏武而兴之,举贤用能,训卒厉兵,决机发策,征伐四克,遂能以弱为强,化乱为治,十分天下而有其八,其功岂在管仲之后乎"!司马光之所以给予荀彧这样高的评价,就是因为荀彧能辅佐曹操变天下大乱为天下大治,脱生民于水深火热之中。对一个政权的存在是否合理、合法,司马光也是这样看的,就看其是否能"使九州合为一统",否则就是"皆有天子之名而无其实"④。

---

① 《传家集》卷五八。
② 《传家集》卷三〇《言奉养上殿第三札子》。
③ 《资治通鉴》卷六九魏文帝黄初二年四月丙午。
④ 《资治通鉴》卷六六汉献帝建安十七年十月、卷六九魏文帝黄初二年四月丙午。

不管这个政权是华夏政权还是夷狄政权,是仁政还是暴政,是强大还是弱小的,都不能称其为正统,而将其余诸国称之为僭伪政权。司马光认为只有这样持论才算得上是"大公之通论"。

但是,最为可贵的是,司马光民本思想并没有停留于此,其深刻之处在于,他在垂暮之年已深刻地认识到民心所向关系到国家的安危、社会历史发展的方向。这集中地体现在他晚年的两篇奏疏之中,他说:

> 夫为政在顺民心,民之所欲者行之,所恶者去之,则何患号令不行、民心不附、国家不安、名誉不荣哉!

> 夫为政在顺民心,苟民之所欲者与之,所恶者去之。如决水于高原之上,以注川谷,无不行者。苟或不然,如逆阪走丸,虽竭力以进之,其复走而下,可必也。[①]

应当承认,司马光晚年已敏锐地意识到人民群众在推动历史进程中所起的作用了。基于此,我们说民本思想是司马光思想中最可宝贵的思想。尽管这种思想的出发点和归宿都是出于维护专制主义国家的长治久安,但它在革命条件尚未形成之前,对于社会矛盾的缓和,对于生产力的发展,对于人民群众的利益,无疑是有益的。

## 三 维护和平,华夷两安

北宋王朝建立后,进行了二十年的统一战争,结束了五代十国

---

[①] 《传家集》卷四八《乞降封事签帖札子》、卷四六《乞去新法之病民伤国者疏》。

分裂割据的局面。真宗即位后，又相继与西夏、辽缔结和约。这样，自澶渊之盟后，宋、辽、西夏各方都进入了一个长期和平发展的新的历史时期。司马光政治思想中重要的一点，就是一贯珍惜这个来之不易的政治局面，因为它是继安史之乱以来二百五十余年战乱不已之后出现的人民渴望已久的大好的政治局面。这样的政治局面，在中华民族的历史上也是极其罕见的。司马光一生曾多次阐述他的这一思想，其中，嘉祐六年（公元1061年）他初任谏官时，在《进五规状·保业》中的论述最为详尽：

> 臣窃观自周室东迁以来，王政不行，诸侯并僭，分崩离析，不可胜纪，凡五百有五十年而合于秦。秦虐用其民，十有一年而天下乱，又八年而合于汉。汉为天子二百有六年而失其柄，王莽盗之，十有七年而复为汉。更始不能自保，光武诛除僭伪，凡十有四年，然后能一之。又一百五十有三年，董卓擅朝，州郡瓦解，更相吞噬，至于魏氏，海内三分，凡九十有一年而合于晋。晋得天下才二十年，惠帝昏愚，宗室皆构难，群胡乘衅，浊乱中原，散为六七，聚为二三，凡二百八十有八年而合于隋。隋得天下才二十有八年，炀帝无道，九州幅裂，八年而天下合于唐。唐得天下一百有三十年，明皇恃其承平，荒于酒色，养其疽囊，以为子孙不治之疾，于是渔阳窃发，而四海横流矣！肃、代以降，方镇跋扈，号令不从，朝贡不至，名为君臣，实为仇敌。陵夷衰微，至于五代，三纲颓绝，五常殄灭，怀玺未暖，处宫未安，朝成夕败，有如逆旅，祸乱相寻，战争不息，流血成川泽，聚骸成丘陵，生民之类，其不尽者无几矣！于是，太祖皇帝受命于上帝，起而拯之，躬擐甲胄，栉风沐雨，东征西伐，扫除海内。当是之时，食不暇饱，寝不遑安，以为子孙建太平之基。大勋未集，

## 第十章 西洛十五载(三):旨在国家和平、社会稳定的思想

太宗皇帝嗣而成之,凡二百二十有五年,然后大禹之迹复混而为一,黎民遗种始有所息肩矣!由是观之,上下一千七百余年,天下一统者五百余年而已。其间时时小有祸乱,不可悉数。国家自平河东以来,八十余年内外无事,然则三代以来,治平之世,未有若今之盛者也。今民有十金之产,犹以为先人所营,苦身劳志,谨而守之,不敢失坠,况于承祖宗光美之业,奄有四海,传祚万世,可不重哉!可不慎哉!①

此时,司马光蒿目远望,以一个历史学家深邃的目光审视中华民族一千七百余年的历史,希望仁宗能"援古以鉴今,知太平之世难得而易失",把握住这个难得的历史机遇。

从秦汉、隋唐亡国的教训来看,这些强盛的王朝之所以倾覆,主要是统治者"穷奢极欲,繁刑重敛,内侈宫室,外事四夷"所致。北宋诸帝自太祖、太宗至于神、哲,均"不治宫室,不事游幸",无逸乐之弊。但是,北宋处于一个民族矛盾极其尖锐的时代,契丹、党项族先后崛起,建立起一个又一个拥有强大军事力量的政权,犄角攻宋。因此,宋王朝欲维护长期和平发展的政治局面,主要问题是如何处理民族矛盾。是深入进讨,消灭辽、西夏,收复汉、唐故疆,还是抓住机遇,和平共处,恢复并进而发展经济?在这样两种截然对立的对外政策面前,司马光一生致力于贯彻后一种主张。

早在皇祐元年(公元1049年),司马光年仅三十岁时,这一思想就已形成。当时,他的两位同年李绚、吕溱奉命出使辽国,他在《送二同年使北》②这首诗中写道:"何必燕然刻,苍生肝脑涂。"明确地表

---

① 《传家集》卷二一。
② 《传家集》卷一三。

达了他反对外事四夷、反对战争的思想。

嘉祐六年（公元1061年），司马光上章请求处理轻慢辽使的边臣时，言及澶渊之盟，他说："窃以景德以前，契丹未和亲之时，戎车岁驾，疆埸日骇，乘舆暴露于澶渊，敌骑凭陵于齐（今山东济南市）、郓（今山东东平县），两河之间，暴骨如莽。先帝深惟安危之大体、得失之至计，亲屈帝王之尊，与之约为兄弟，岁捐金帛以饵之，聘问往来，待以敌国之礼。陛下承统，一遵故约。夫岂以此为不辱哉？志存生民故也。是以兵革不用，百姓阜安垂六十年。"①高度地评价了澶渊之盟维护和平、发展经济的历史功绩。

治平四年（公元1067年），神宗欲招纳绥州（今陕西绥德县）的嵬名山部，进而夺取西夏的战略要地横山。此时身为御史中丞的司马光连上数章，在《论横山疏》中，司马光着重以本朝的正反两方面的教训告诫神宗这位年轻的皇帝。②

熙宁三年（公元1070年），当时，变法机构相继成立，新法陆续颁行，司马光坚决反对新党的聚敛政策，他认为这将激化社会矛盾，为此，他再次提醒神宗要珍惜来之不易的大好局面，他规劝神宗说："陛下试取臣所进《历年图》观之，自周末以来，至于国初，一千三百六十有二年，其间乱离板荡，则固多矣。至于中外无事，不见兵革，百有余年，如国朝之盛者，岂易得乎？"③

元丰五年（公元1082年），司马光轻度中风，他恐朝夕发作，猝然去世，于是，预作《遗表》，在《遗表》中，他反对神宗"从事于四夷"，规劝神宗说："借使能逾葱岭，绝大漠，尘皋兰，焚龙庭，又何足贵哉！自古人主喜于用兵，疲弊百姓，致内盗蜂起，或外寇觊觎者多矣！申

---

① 《传家集》卷二八《言赵滋第二札子》。
② 详见本书第六章《反对招纳横山之众》一节。
③ 《传家集》卷四四《乞罢条例司常平使疏》。

## 第十章 西洛十五载(三):旨在国家和平、社会稳定的思想

屠刚曰:'未至豫言,固常为虚,及其已至,又无所及。'必若待四方糜沸,如秦、汉、隋、唐之季,然后悔之,固已晚矣!"①

元丰八年,在《请革弊札子》中,他一针见血地指出,"今日公私耗竭,远近疲弊,其原大概出于用兵"②。指明神宗的开边政策是一切聚敛政策的总根源,是激化国内社会矛盾的总根源。

元祐元年(公元1086年),在生命最后的日子里,他与两府宰执谈了自己的对西夏方针,告诫他们:"不和西戎,中国终不得安枕。"③坚请放弃神宗朝强占的西夏六寨之地。

据司马光高足刘安世回忆和司马光给吕公著的信简,司马光在熙宁、元祐之初曾两次上札谈及宋夏关系,有所谓的"富家之喻"。司马光用这个比喻生动地阐述了他的和平外交思想的依据。他说:"中国与夷狄为邻,正如富人与贫人邻居,待之以礼,结之以恩,高其墙垣,威其刑法。待之以礼,则国家每有使命往来,有立定条贯礼数束缚之也。结之以恩,则岁时尝以遗余之物厌饱之也。高其墙垣,则平日讲和而不失边备也。威以刑法,待其先犯边,然后当用兵也。今乃不用,是富者爱邻家贫民些小财物,开门延入而与之博。若胜焉,则所得者,皆微细弃贱之物,不足为富人财用多寡。若不胜焉,则富人屋宇、田宅、财物,皆贫家所有矣。又况博弈者,贫人日用为之,乃所工也,而富人之所短。贫人日夜专望富人与之博,但无路尔,今乃自家先引而呼之,贫人亦何幸哉!且富人之待贫人,至于用刑法,则是人官府也,至是无术矣!若不至于入官府处,则为善矣。且官吏之清严者,常云富人胁势以陵贫民,故贫民往往得理。今既用兵,则中国、夷狄用兵之胜负,系之于天,岂知天之心不若清严官

---

① 《传家集》卷一七。
② 《传家集》卷四九。
③ 《传家集》卷六三《与三省密院论西事简》。

吏心乎？又况边隅无隙而己为兵首,乃最古今之大忌,则官中所谓先下拳者也,其败必矣！"①

司马光的这番言论,其语虽俚,其义颇深。立国于陕陇宁蒙青之间的西夏地瘠民贫,对于宋而言,的确恰如一个贫穷的邻居,其价廉物美的青白盐又被禁运,不得进入陕西内地销售,因此,它的财政不得不陷于困境之中。虽然它时时入侵。但纵观北宋一朝,却从未深入至陕西内地,这其中固然是有孤军深入之忌,虑宋军断其后路,但料其本心,恐亦无拓境开疆之意。它只不过是以武力为手段,取得财货、互市之利,以改善财政状况和人民生活,因此,在这种情况下,宋如果内修政理,国治兵强,并有限度地开通互市、给予岁赐,不能说不是一种有效的羁縻政策。不能想象当一个贫穷邻国处于难以生存之中时,富国能相安无事。尽管推行羁縻政策后,宋夏间小规模的冲突还会不时发生,但两国间的和平基本上是可以维持的。澶渊之盟后,宋辽两国之间一直保持和平友好关系,即是明证。神宗以后,宋夏间的战争主要是宋方发动的。玩火者必自焚,故司马光断言其必败无疑。迄今为止,一般认为司马光对外执行的是屈辱忍让的方针政策,其实这完全是一种误解和歪曲。司马光历来主张"国治兵强""不避强,不凌弱"②。他临终前不久就曾严厉批评朝廷在处理辽方侵占河东火山军(今山西河曲县东南)一事上态度太软弱,他说:"土地者,国之本。若虏惟意所欲,无问多少,要取便取,成何国家？"③即是明证。

司马光以史为镜,并审时度势,从当时各方力量对比的实际出发,提出了和平共处、华夷两安的外交方针,并终身为之奋斗不已,

---

① [宋]马永卿编、[明]王崇庆解《元城语录解》卷中。
② 《传家集》卷三三《言备边札子》。
③ 《传家集》卷六三《密院咨目》。

无论是从历代的兴亡盛衰来看,还是从宋朝的历史和现实来看,都是明智而正确的。从我国历史发展的大势来看,七至十三世纪是我国又一个由统一到分裂、到再统一的历史阶段。而宋王朝正处于这个历史阶段的分裂时期,准确地说,是分裂的后半期,即局部统一阶段。在这个阶段上,一个最基本的事实是,经历了二百五十余年的战乱后,人民要和平,经济要恢复、要发展。因而,评论宋朝的历史地位,评价其各项政策,都不能脱离这个历史大背景,这是个大前提,是个大道理,一切政策正确与否,都应置于它的面前加以衡量。从这个大道理出发,来评判司马光维护和平、华夷两安的政治主张,我们认为它是完全符合宋朝的国家利益的,也是完全符合当时人民最根本的利益的,因而是正确的。凡是与这个大道理相悖的小道理,都是不能成立的,因而也都是错误的。

## 四 与民共利,从谏如流

如果一个当权者不能体现广大人民群众的愿望,不能代表本集团的利益,他也就不能依旧地统治下去。司马光从"同人之利"[①]和民本思想出发,主张在处理一切事务时要与"民""众"共其道、共其功、共其名、共其利,并以此为标准来区分君子与小人。他说:

> 天下之事,未尝不败于专而成于共,专则隘,隘则瞆,瞆则穷;共则博,博则通,通则成。故君子修身治心,则与人共其道;兴事立业,则与人共其功;道隆功著,则与人共其名;志得欲从,

---

① [宋]司马光《易说》卷二。

则与人共其利。是以道无不明,功无不成,名无不荣,利无不长。小人则不然,专己之道而不能从善服义以自广也,专己之功而不能任贤与能以自大也,专己之名而日恐人之胜之也,专己之利而不欲人之有之也。是以道不免于蔽,文不免于楛,名不免于辱,利不免于亡。此二者,君子小人之大分也。①

在政治活动中,司马光以这一思想为准则指导自己的政治实践,主张集思广益,倾听"民""众"的意见。在"濮议"中,他向英宗进谏说:"臣闻圣人举事,与众同欲,故能下协人心,上顺天意。《洪范》曰:'三人占,从二人言。'盖国有大疑,则决之于众,自上世而然矣。"②希望英宗能接受两制、台谏的意见,不尊亲父为皇,只赠高官大国。在元丰八年(公元1085年)向太皇太后言及"更化"时,也说:"国家政事,欲有所改更,必先谋于众人,所言皆同,然后行之,则无失也。"又说:"自古立功立事,未有专欲违众而能有济者也。"③毫无疑问,这里的"众",不仅指的是公卿大臣,而且在许多场合下,指的是士农工商等"四民",指的是城乡的主、客户。

基于上述思想,司马光非常重视纳谏,认为这是关系国家生死存亡的大事。他认为即便如周公、孔子这样的大圣也"未尝无过,未尝无师"。人有过失并不可怕,如果乐于闻过,过而能改,坏事未必不能转变为好事。他说:"过者,人之所必不免也,惟圣贤为能知而改之。古之圣王,患其有过而不自知也,故设诽谤之木,置敢谏之鼓,岂畏百姓之闻其过哉!是以仲虺美成汤曰:'改过不吝。'傅说戒高宗曰:'无耻过作非。'由是观之,则为人君者,固不以无过为贤,而

---

① 《传家集》卷六九《张共字大成序》。
② 《传家集》卷三六《言濮王典礼札子》。
③ 《传家集》卷四七《看阅吕公著所陈利害札子》、卷六〇《与王介甫书》。

## 第十章 西洛十五载(三):旨在国家和平、社会稳定的思想

以改过为美也。"[1]他赞扬汉武帝晚年的改过之举,认为这是汉武帝"有亡秦之失,而免亡秦之祸"的原因。他指责梁武帝拒绝切中时弊意见的行为,认为这是最终导致国破家亡,身死台城、为千古所笑的缘由。因此,从某种意义上说,"切直之言,非人臣之利,乃国家之福也"。[2]

司马光认为"从谏纳善,不独人君为美也,于人臣亦然"。只要是当权者,不论地位高低,都应做到这一点。他赞美子产不毁乡校的做法,子路闻过则喜的精神,赵简子、诸葛亮、吕岱等人视谏者为"益友"的雅量,认为"此数君子者,所以能功名成立,皆由乐闻直谏,不讳过失故也"[3]。司马光特别推崇孟尝君不计较纳谏人的动机而采纳其意见的做法。有一次孟尝君出访楚国,楚王送他一张象牙床,派登徒直送去。登徒直想推辞,因为象牙床很贵重,稍有损伤,即使卖掉妻儿也无法赔偿。他请孟尝君的随从公孙戌给他想个办法,送了一柄家传宝剑作为酬谢,公孙戌答应了。公孙戌劝说孟尝君不要接受象牙床,这样会影响自己的威望,孟尝君同意了。尽管孟尝君随即就发现了公孙戌受贿的隐私,但他并没有因此而改变态度,反而公开号召大家向自己提意见。只求意见有利于自己改正错误、发扬成绩,不问提意见者是否受贿,动机是否纯正。司马光认为孟尝君的态度是可取的,纳谏人就应当是这样,而且对于那些尽忠无私者的意见更要虚心采纳。

君明臣直,关键在于君主。司马光在《通鉴》里记载了这样一个人物,他就是隋末唐初的裴矩。裴矩在隋朝先后做过吏部与民部侍郎,还兼管过兵部的事,在隋朝他的权力和地位都很高。隋炀帝是

---

[1] 《资治通鉴》卷一二汉惠帝四年。
[2] 《资治通鉴》卷四三汉光武帝建武十五年。
[3] 《传家集》卷六〇《与王介甫书》。

一个听不得不同意见的皇帝,他对臣下说:"我性不喜人谏,若位望通显而谏以求名,弥所不耐。至于卑贱之士,虽少宽假,然卒不置之地上。"①因此,裴矩在隋朝极尽阿谀奉承之能事,屡次得到隋炀帝的褒奖。隋炀帝说:"裴矩大识朕意,凡所陈奏,皆朕之成算。未发之顷,矩辄以闻。自非奉国尽心,孰能若是?"不管隋炀帝怎样纵情声色、穷奢极欲,裴矩都不规劝,一心只想保持隋炀帝对自己的宠信,保住自己的乌纱帽。隋炀帝被杀后,裴矩投降了唐朝。唐太宗为解决贪官污吏的问题,暗中指使左右亲信向某些官吏行贿。刑部的一个小吏接受了一匹绢的贿赂,唐太宗要拿他开刀,问成死罪。这次裴矩却站了出来,当场表示反对,他认为唐太宗这样做是设圈套诱导人犯法,违反了国家以道德来引导人们,以礼仪来规范人们的原则。唐太宗听了以后非常高兴,对着高级官员们说:"裴矩能当官力争,不阳奉阴违,如每事都能如此,还愁天下不治!"针对裴矩这个典型的事例,司马光发表了评论,他说,古人有言,君明臣直,裴矩就是个例子。裴矩在隋朝是个察言观色、苟合取容的小人,在唐朝却表现得很忠直,他的本性并没有改变,问题的关键在于君主的态度,是拒谏饰非还是闻过则喜。是前者,臣下就由"忠化为佞";是后者,臣下就由"佞化为忠"。君主好比是测量日影的标杆,臣子好比标杆的投影,标杆移动了,影子也会随之移动。

在强调君主应当"从谏如流"的同时,司马光还希望人臣进谏时应着眼于重大问题,着眼于人君的短处和难以做到的事,注意进谏的效果。

---

① 《资治通鉴》卷一八二隋炀帝大业九年。

第十章 西洛十五载(三):旨在国家和平、社会稳定的思想

## 五 任人唯贤,人存政举

人治思想是司马光政治思想的重要组成部分,他一生曾多次加以阐述。在《潜虚·行图》中,他对位于五十五名之首的"元"作阐述时,就提出了"任人,治乱之始"的观点。在《知人论》中,他明言"人君之事守,莫大于知人"①。他认为"人君明,则百官得其人;百官得其人,则众事无不美"②。在《议贡举状》中,他说:"欲立强于天下者,无如得人。得人而任之以事,则四方斯顺之矣。"③在《三勤论》④中,他又提出人君者谨于择吏、吏良则民斯逸的观点。其实道理极明白易了,"察目睫者不能见百步",以天下之广,兆民之众、万机之繁,人君必不能以一人治之。如果人君事必躬亲,不能群策群力,那么,必然是"元首丛脞哉,股肱惰哉,万事堕哉"。因此,人君能否知人善任,是"治乱之至要",关乎国家之盛衰、生民之休戚。一言以蔽之,司马光认为人存政举,为政之要"在于择人,不在立法"⑤。他说:"忠信,礼之本也。守其文,忘其本,则巧伪横生矣。"⑥东汉灵帝时,立三互之法,婚姻之家及两州人士,不得对相监临。对此,司马光在《通鉴》中予以猛烈的抨击:

叔向有言,"国将亡,必多制"。明王之政,谨择忠贤而任

---

① 《传家集》卷六五。
② 《传家集》卷二八《乞简省细务不必尽关圣览上殿札子》。
③ 《传家集》卷四〇。
④ 《传家集》卷六五。
⑤ 《传家集》卷二五《论财利疏》。
⑥ [宋]司马光《道德真经论》卷三。

313

之，凡中外之臣，有功则赏，有罪则诛，无所阿私，法制不烦而天下大治。所以然者，何哉？执其本故也。及其衰也，百官之任不能择人，而禁令益多，防闲益密，有功者以闕文不赏，为奸者以巧法免诛，上下劳扰而天下大乱。所以然者，何哉？逐其末故也。孝灵之时，刺史、二千石贪如豺虎，暴殄烝民，而朝廷方守三互之禁，以今视之，岂不适足为笑而深可为戒哉！

司马光这一思想无疑是正确的，在国家大政方针确定以后，官员的素质是一个决定性的因素。因为再好的法令，如无人忠实地贯彻执行，那也只是一纸空文。如果所用非人，则必将出现有令不行、有禁不止，上有政策、下有对策，法令滋彰、盗贼多有的状况。人治与法治并不完全排斥，它们之间还有相互依存的一面。为此，司马光极力主张推行一条彻底的任人唯贤的组织路线。他说："臣闻用人者，无亲疏、新故之殊，惟贤、不肖之为察。其人未必贤也，以亲故而取之，固非公也；苟贤矣，以亲故而舍之，亦非公也。"[①]至于门第、资历、年龄这些，统统不应作为用人的主要标准。

那么什么是贤呢？司马光认为德才兼备的人才能称得上贤。他还进一步地论证了德与才的关系，认为"才者德之资也，德者才之帅也"，德与才两者之间是统帅与被统帅的关系。其中，"德"统帅"才"，"德"是第一位的。完美的人才应是德才兼备的，在司马光眼里，这种人是"圣人"。而既无才又无德的人则是"愚人"。介于两者之中，"德胜才谓之'君子'，才胜德谓之'小人'"。司马光主张"凡取人之术，苟不得圣人、君子而与之，与其得小人，不若得愚人"。这是为何呢？因为"君子挟才以为善，小人挟才以为恶。挟才以为善者，

---

[①] 《资治通鉴》卷二二五唐代宗大历十四年。

善无不至矣;挟才以为恶者,恶亦无不至矣。愚者虽欲为不善,智不能周,力不能胜,譬如乳狗搏人,人得而制之。小人智足以遂其奸,勇足以决其暴,是虎而翼者也,其为害岂不多哉"①?而且小人具有极大欺骗性,这种人极善于伪装,他们"炫奇以哗众,养交以市誉","又往往有才,而才者人之所爱","察者多蔽于才而遗于德",更增添了人们识破小人真面目的难度,增添了君子战胜小人的难度。因此,这种人最危险,自古以来因之亡国覆家者比比皆是。司马光认为对这种人应特别痛恨,他说:"夫不善之人,天下皆知其不善,斯不足疾也。惟众人谓之贤而实不肖者,君子疾之。"②如果说在战争时期,不用有才无行之人就不能取得成功的话,那么在和平时期,就没有理由不用有德之士了,否则国家就不可能长治久安。在《才德论》里,司马光说:"魏国置相而用田文,吴起不悦,与之论功。田文曰:'我战斗、治民皆不如子,若主幼国危,大臣未附,百姓不信,当是时,属之子乎?属之我乎?'吴起乃谢曰:'属之子矣!'此言田文无他技能,唯忠厚可信也。夫有德者必不反其君,故可以托六尺之孤,寄百里之命,为社稷臣。有才者不必忠信,故以羁策御之而为德者役也。"③再一次重申了他重德轻才的人才思想。

不仅如此,在司马光的人才观里,学术纯正与否也是一条基本的衡量标准。他完全赞同孟子、扬雄的观点,认为张仪、苏秦根本称不上"大丈夫",而是应当远斥的壬人。尽管他们"安中国者各十余年",确实有才干,但这种才,"非吾徒之才"④,而是异端邪学,所以应当排斥。从这点出发,司马光认为朋党无世无之,要在人君明察。

---

① 《资治通鉴》卷一周威烈王二十三年。
② 《传家集》卷二三《言张田第二状》。
③ 《传家集》卷六四《才德论》。
④ 《资治通鉴》卷三周赧王五年。

从道德、学术等方面去鉴别。司马光认为唐亡于朋党之祸,而朋党之祸起于文宗之不明,文宗才是"坏唐"的祸首。因此,司马光认为治理国家的首务,在于明才德之分,在于进贤退不肖。

司马光认为一个人是不是贤才,还要看其是否利国、利民。如果不能"上以事君,中以利国,下以养民"①,那也是不值得称道的。在评价张巡时,他深刻地论述说:"精敏辩博,拳捷趫勇,非才也;驱市井数千之众,摧敌人百万之师,战则不可胜,守则不可拔,斯可谓之才矣。死党友,存孤儿,非义也;明君臣之大分,识天下之大义,守死而不变,斯可谓之义矣。攻城拔邑之众,斩首捕虏之多,非功也;控扼天下之咽喉,蔽全天下之大半,使其国家定于已倾,存于既亡,斯可谓之功矣。"②也就是说,一个人才干与事业只有与国家人民的利益联系在一起时,才有意义,才能称之为才干,才能称之为功绩。

怎样选拔人才呢?司马光认为,要通过工作实践去物色和考察。他说:"欲知治经之士,则视其记览博洽,讲论精通,斯为善治经矣;欲知治狱之士,则视其曲尽情伪,无所冤抑,斯为善治狱矣;欲知治财之士,则视其仓库盈实,百姓富给,斯为善治财矣;欲知治兵之士,则视其战胜攻取,敌人畏服,斯为善治兵矣。"③不仅如此,司马光还认为选拔与使用人之际还必须广泛地听取意见,"举之以众,取之以公。众曰贤矣,己虽不知其详,姑用之,待其无功,然后退之,有功则进之;所举得其人则赏之,非其人则罚之。进退赏罚,皆众人所共然也,己不置毫发之私于其间"④。同时,还必须对一个人进行长期的、全面的考察,通过对一个人平素的交往、志趣、取舍来了解他。

---

① 《传家集》卷六五《四豪论》。
② 《传家集》卷六七《张巡》。
③ 《资治通鉴》卷七三魏明帝景初元年。
④ 《资治通鉴》卷二二五唐代宗大历十四年。

即"居视其所亲,富视其所与,达视其所举,穷视其所不为,贫视其所不取"①。司马光认为用人时还要坚持"疑则勿任,任则勿疑"的原则。这意味着摒斥小人不用,在司马光看来,并用小人也是用人不专的一种表现。他说:"任之专者,勿使邪愚之人败之也。苟知其贤,虽愚者日非之而不顾;苟知其正,虽邪者日毁之而不听,则大功无不成矣。"②否则会给国家带来不可弥补的损失。因而,司马光认为从某种意义上来说,"人臣未尝有功,其有功者,皆君之功也"③。

## 六 信赏必罚,亲疏如一

信赏必罚是司马光一项基本的治国思想。他认为为政之要不外乎赏善罚恶与用人而已。如果"三者之得,则远近禽然,向风从化,可以不劳而成,无为而治;三者之失,则流闻四方,莫不解体,纲纪不立,万事隳颓。治乱之原,安危之机尽在于是"④。

他认为治国必用贤能之士,因为"彼贤能者,众民之所服从也。犹草木之有根柢也,得其根柢则其枝叶安适哉!故圣王所以能兼制兆民、包举宇内而无不听从者,此也"⑤。

治国必用才智之士,在《圉人传》⑥中,司马光将才智之士比作悍马,他说:"夫才智之士,治国者之悍马也。舍之则不能以兴功业,御之不以道,则不获其利,而桀黠不可制。"

---

① 《传家集》卷六五《知人论》。
② [宋]司马光《稽古录》卷一六。
③ 《传家集》卷六四《功名论》。
④ 《传家集》卷二七《上皇帝疏》。
⑤ [宋]司马光《稽古录》卷一六。
⑥ 《传家集》卷七二。

制御贤能、才智之士,只有爵禄赏罚、生杀予夺,这是人君驭臣之大柄。司马光认为"爵太高则骄,禄太丰则堕。骄堕之臣,虽有智力,君不得而使也。制之急,则不得尽其能;制之缓,则不肯宣其用。不任恩渥,一驱之以威,则愁怨而离心。故明君者,节其爵禄,裁其缓急,恩泽足以结其心,威严足以服其志,则士生死贵贱之命在于君矣"。

因此,司马光认为刑赏是维持专制政权的基本手段,包括君主在内的任何人都不应滥用。汉武帝出于私心,视国家安危、将士生死为儿戏,以宠妃李夫人之兄李广利为将,远征西域的大宛(今乌兹别克斯坦费尔干纳),借此使李广利取军功封侯。对此,司马光做了严厉的谴责。他认为汉武帝这样做,不过是名为守高祖"非功不侯"的家法,而实为"私其所爱",是最卑劣不过的了,还不如无功而封李广利为侯。

司马光对统治者刑赏不明、同罪异罚的做法也深致不满。西晋初年,司隶校尉李憙弹劾故立进令刘友、前尚书山涛、中山王司马睦、尚书仆射武陔霸占农田。晋武帝下诏杀掉刘友而置山涛等不问。司马光批评道:"政之大本,在于刑赏。刑赏不明,政何以成!晋武帝赦山涛而褒李憙,其于刑赏两失之。使憙所言为是,则涛不可赦;所言为非,则憙不足褒。褒之使言,言而不用,怨结于下,威玩于上,将安用之!且四臣同罪,刘友伏诛而涛等不问,避贵施贱,可谓政乎?"[①]

司马光认为"爵禄者,天下之爵禄,非以厚人君之所喜也;刑罚者,天下之刑罚,非以快人君之所怒也。是故古者爵人于朝,与士共之;刑人于市,与众弃之。明不敢以己之私心,盖天下之公议也"。

---

① 《资治通鉴》卷七九晋武帝泰始三年。

如果"有才德高茂合于人望者进之,虽宿昔怨仇勿弃也;有器识庸下无补于时者退之,虽亲昵姻娅勿取也。有励行立功为世所推者赏之,虽意之所憎勿废也;有怀奸犯禁为众所疾者罚之,虽意之所爱勿赦也。如此则野无遗贤,朝无旷官。为善者劝,为恶者惧,上下悦服,朝廷大治,百姓蒙福,社稷永安"①。司马光认为在这方面战国前期的韩昭侯和三国时的诸葛亮堪称榜样。韩昭侯坚持"赏功罚罪"的原则,他连一条穿旧了的"弊绔"也不随便赏赐给臣下,而是"必待有功者"。申不害是这一时期的著名法家人物,被韩昭侯起用为相,他内修政令,外抗诸侯,十五年间,韩国"国治兵强",成为一个强大的国家。但就是这样一位既有功劳又有地位的人物,当他提出了不恰当的请求,韩昭侯也不批准。有一次,申不害为他的堂兄谋求一个职务。昭侯未同意,申不害面带不满。昭侯对他说:"所为学于子者,欲以治国也。今将听子之谒而废子之术乎? 已其行子之术而废子之请乎? 子尝教寡人修功劳,视次第,今有所私求,我将奚听乎?"②韩昭侯的一席话,掷地有声,振聋发聩,申不害不得不退下请罪。对诸葛亮,司马光则引用陈寿的评语,纵情地赞美道:"诸葛亮之为相国也,抚百姓,示仪轨,约官职,从权制,开诚心,布公道。尽忠益时者,虽仇必赏;犯法怠慢者,虽亲必罚;服罪输情者,虽重必释;游辞巧饰者,虽轻必戮。善无微而不赏,恶无纤而不贬。庶事精练,物理其本。循名责实,虚伪不齿。终于邦域之内,咸畏而爱之,刑政虽峻而无怨者,以其用心平而劝戒明也。可谓识治之良才,管、萧之亚匹矣。"③司马光认为国家要实现大治,统治者必须秉公执法,亲疏如一,才能使人畏服。法令体现了国家的最大利益,不可轻易更改,也不应以皇帝的敕令

---

① 《传家集》卷三一《言为治所先上殿札子》。
② 《资治通鉴》卷二周显王十八年。
③ 《资治通鉴》卷七二魏明帝青龙二年。

319

随意冲改。如果人君要改变现行法令对有地位或曾有功劳的罪犯进行宽赦的话,不应采取直接赦免的方法,而应效法先王之制,让公卿大臣"议于槐棘之下",酌情从轻处罚。使君王既达到施恩于人的目的,又不因擅改法令而损害威信,同时受恩的罪臣又得以免罪而知戒惧。

### 七 交邻以信,华夷如一

交邻以信,华夷如一,是司马光治国安邦的基本原则之一。自古以来,中国就是一个统一的多民族的国家。如何看待、处理民族问题,是关系到每一个王朝生死存亡的大事。作为北宋时期重要的政治家,司马光的民族观是怎样的呢?首先,他基本上肯定了少数民族与汉族一样也是人,一样拥有生存权。他说:"夫蛮夷戎狄,气类虽殊,其就利避害,乐生恶死,亦与人同耳。"司马光的民本思想里的"民",也包含着各少数民族人民。他在《通鉴》中,多次揭示出各族人民起来反抗专制政权残暴统治的原因,基本上肯定了他们反抗斗争的合理性。他说:"羌之所以叛者,为郡县所侵冤故也。"又说:"御之不得其道,虽华夏之民亦将蜂起而为寇,又可尽诛邪?"[1]西晋末,官僚、地主多以少数民族为奴婢、佃客,民族矛盾激化,司马光不惮笔墨,连篇累牍地援引江统《徙戎论》说:"士庶玩习,侮其轻弱,使其怨恨之气毒于骨髓……以贪悍之性,挟愤怒之情,候隙乘便,辄为横逆……故能为祸滋蔓,暴害不测,此必然之势,已验之事也。"[2]

---

[1] 《资治通鉴》卷五六汉灵帝建宁二年七月。
[2] 《资治通鉴》卷八三晋惠帝元康九年正月。

## 第十章　西洛十五载（三）：旨在国家和平、社会稳定的思想

在生命最后的日子里，他曾亲笔起草了一篇《抚纳西人诏意》，文中，司马光提出了"靡间华夷，视之如一"的民族平等思想。他希望从今以后宋夏之间"桴鼓不鸣，烽燧无警，彼此之民，早眠晏起，同底太宁，不亦休哉"！

基于民本思想，基于华夷如一的思想，司马光在《通鉴》里，对于中华民族分裂时期"夷狄"所建立的政权，不呼其为"夷狄"，不冠以"僭伪"等字样，而是将其与汉族政权同等对待，"皆以列国之制处之"。他说："虽华夏（夷）仁暴，大小强弱，或时不同，要皆与古之列国无异，岂得独尊奖一国谓之正统，而其余皆为僭伪哉！"①不仅如此，司马光在《通鉴》里还多次肯定推行汉化政策的北魏孝文帝为"魏之贤君"。热情赞颂他说："帝好读书，手不释卷，在舆据鞍，不忘讲道。善属文，多于马上口占，既成，不更一字。……好贤乐善，情如饥渴，所与游接，常寄以布素之意。……制礼作乐，郁然可观，有太平之风焉。"②高度评价了孝文用夏变夷的历史功绩。

司马光治国思想中重要的一点就是主张坚守信义，在与邻国或少数民族的交往中，尤其要信守诺言。他说："夫信者，人君之大宝也。"又说："古之王者不欺四海，霸者不欺四邻。"认为"王者所以服四夷，威信而已。"③为此，他坚决反对在与邻国交往中的欺诈行为，他认为傅介子诱杀楼兰王，是"为盗贼之谋于蛮夷"，李德裕纳吐蕃叛臣所献维州是"徇利而忘义"，唐太宗弃信悔婚薛延陀，唐玄宗欺诳渤海国，皆是"可羞"的行为。

当然作为中国古代的一位政治家，司马光不可能没有大汉族主义思想。比如，他完全赞同江统的《徙戎论》，反对"四夷交侵，与中

---

① 《资治通鉴》卷六九魏文帝黄初二年。
② 《资治通鉴》卷一四〇齐明帝建武二年八月乙巳。
③ 《资治通鉴》卷二周显王十年、卷二一三唐玄宗开元十四年。

国错居"的做法,主张"叛则讨之,服则怀之,处之四裔,不使乱礼义之邦"①。但是,应当看到在他的民族观中,交邻以信、华夷如一的思想始终居于主导的地位。他主张给予各少数民族政权以合法的历史地位,高度评价其杰出人物的历史作用,对纠正大汉族主义、维护中华民族大家庭的团结,是有一定的贡献的。

## 八 开源节流,富国安民

作为一名务实的政治家,司马光非常重视经济和财政工作,他认为食货乃"国之大政",对于国民经济的发展和国家财政管理有自己一套完整的思想主张,这就是增殖财富、节制费用两者并重。

司马光认为农业、手工业、商业都是生产和交流社会财富的部门。他说:"夫农工商贾者,财之所自来也。农尽力,则田善收而谷有余矣;工尽巧,则器斯坚而用有余矣;商贾流通,则有无交而货有余矣。"因此,司马光极力主张"务农通商,以蕃息财物"②。

首先,司马光把农业放在国民经济的首位。他认为"食者,生民之大本,为政之首务也。饥馑之世,珠玉金银等于粪土,惟谷之为宝,不可一日无也"。为此,他一贯主张重谷、平籴、轻徭薄赋、与民休息。他认为自古圣贤"所以养民者,不过轻租税,薄赋敛,已逋责也"③,因此,他一贯反对巧立名目盘剥农民。治平元年(公元1064年),陕西刺义勇,司马光认为这是"于常时色役之外,添此一种科徭也"。他义正词严地指出:"况陕西于庆历年中,民家已各丧一丁,刺

---

① 《资治通鉴》卷五六汉灵帝建宁二年七月。
② 《传家集》卷二五《论财利疏》、卷二六《乞施行制国用上殿札子》。
③ 《传家集》卷二二《劝农札子》、卷六〇《与王介甫书》。

## 第十章 西洛十五载(三):旨在国家和平、社会稳定的思想

充保捷,流落不归。今又取其次丁,刺充义勇,不亦甚乎!"①熙宁中,朝廷与西夏争夺横山地区,修筑绥德城。这场战争给陕西人民又带来了无穷无尽的灾难。司马光上书神宗道:"臣窃见陕西百姓,自城绥州以来,供应诸般科配及支移税赋往近边州军,日近复有环庆事宜。加之今年亢旱,五稼不熟,人户流移者,已闻不少。国家所宜汲汲存恤,使人户安集。"②衙前之役常使应役者倾家荡产,司马光主张实行改革,他希望"凡农民租税之外,宜无有所预。衙前当募人为之,以优重相补。不足,则以坊郭上户为之"③。他极力反对王安石将募役之费转嫁给农民,使有役无役之人尽行出钱。司马光认为"农家所有不过谷帛与力","农民之役不出出力,税不过谷帛",免役诸法均要输钱,结果,"丰岁则农夫粜谷,十不得四五之价;凶年则屠牛卖肉、伐桑卖薪以输钱于官"④,无形之中,又加重了农民的赋役负担。在推行新法的过程中,朝廷将军费开支转嫁到人民的头上,在免役的幌子下,收取百姓免役钱后,又以其他役名强制百姓重新服役。剥削之重,令人发指。故司马光主政的当年,就取消了免役法重复取赋的弊政,废除有息借贷的青苗法,恢复无息借贷的常平法,多少减轻了人民的沉重负担。

司马光多次上书指出:"国家近岁以来,官中及民间皆不务蓄积。官中仓廪大率无三年之储,乡村农民少有半年之食。是以小有水旱,则公私穷匮,无以相救,流移转徙,盗贼并兴。"⑤农民无蓄积,主要是慑于衙前之役。给宋代人民造成深重灾难的衙前役,按规定

---

① 《传家集》卷三四《乞罢刺陕西义勇第四札子》。
② 《传家集》卷四四《乞免永兴军路苗役钱札子》。
③ 《传家集》卷二五《论财利疏》。
④ 《传家集》卷五六《乞趁时收籴常平斛斗白札子》。
⑤ 《传家集》卷三三《言蓄积札子》。

由第一等户充当。而户等的划分,则主要依据税钱和家业钱的多少。于是,这就造成了"民无敢力田积谷,求致厚产"的反常现象。因为"今欲多种一桑,多置一牛,蓄二年之粮,藏十匹之帛,邻里已目为富室,指抉以为衙前矣"。至于"益田畴,葺庐舍",就更不可能了。司马光认为这是极不正常的,他说:"安有圣帝在上,四方无事,而立法使民不敢为久生之计乎?"因此,他多次主张"民能力田积谷者,不以为家赀数","务令百姓敢营生计,则家给人足,庶几可望矣"[1]。

长期以来,由于地方官员的偷安懒政,各地官仓也皆无蓄积。结果,一遇水旱灾害,即出现"骨肉相食,积尸满野"的惨绝人寰的现象。灾民求生者,"遂伐其桑枣,撤其庐舍,杀其耕牛,委其良田",逃往他乡。"累世之业,一朝破之",灾区经济遭到严重的破坏。因此,司马光力主切实推行平籴之法,"必谨视年之上下,故大熟则上籴三而舍一,中熟则籴二,下熟则籴一,使民适足、价平则止。小饥则发小熟之所敛,中饥则发中熟之所敛,大饥则发大熟之所敛而粜之,所以取有余补不足也"[2]。加上动员富室借贷、调运外地钱粮支援灾区等措施,就地解决问题,确保灾民"不弃旧定,浮游外乡,居者既安,行者思返",切实减轻自然灾害所造成的严重后果。

应当承认司马光轻徭薄赋、重谷、平籴的主张,并无多少新意可言,甚至,他反对输钱坚持实物乃至劳役地租形态的主张,在经济思想上,也是相对保守落后的,但是,他的这些主张却适合于当时的经济状况。宋代剥削量之大,增长之快,是举世公认的。宋太宗自己就承认"国家岁入财赋,两倍于唐室"。北宋末年,有人甚至认为"本朝二税之数,视唐增至七倍"[3]。因此,司马光的这些主张如切实贯彻,无

---

[1] 《传家集》卷四一《论衙前札子》、卷二二《劝农上殿札子》。
[2] 《传家集》卷三九《言赈赡流民札子》、卷三三《言蓄积札子》。
[3] 《长编》卷三七至道元年五月丁卯、《宋史》卷一七三《食货上一》。

## 第十章　西洛十五载(三):旨在国家和平、社会稳定的思想

疑对于当时的生产力和社会是会起到某种程度保护和稳定的作用的。

其次,对于工商末业,司马光认为它也是社会生活中不可缺少的生产部门。他主张在"尊农卑商"的大前提下,"疏原道委,上下均利"①。只有实行通商,才能做到"有无交而货有余"。如果国家只从眼前利益出发,行禁榷权宜之计,那么,这只能带来"茶盐捐弃,征税损耗"的不良后果。他极力反对均输、市易诸法,认为这是"与细民争利"。他说:"置市易司,强市榷取,坐列贩卖,增商税色件及菜果,而商贾始贫困矣。……又增茶盐之额,贱买贵卖,强以配民,食用不尽,迫以威刑,破产输钱。"②因此,他主张"公家之利,舍其细而取其大,散诸近而取诸远,则商贾流通矣"。也就是说,对于商业利润,国家不应全部垄断,而应按适当的比例让给商贾,以保证商业的正常发展。总之,司马光认为"农工商贾皆乐其业而安其富,则公家何求而不获乎"。他是主张"养其本原而徐取之"③的。司马光早年曾写过一首诗:"士本学先王,所求谊与仁。农当服稼穑,昏作畎亩勤。百工备用器,不治刺绣文。万商迁有无,不通珠翠珍。四业既交修,坐令风化纯。人和衣食丰,天应殊祥臻。"④凝练地道出了司马光的经济思想和社会理想。

宋代赋入数倍于唐代,然而终宋之世举朝上下常以用度不足为急,乃至被认为是一个"积贫"的王朝。这是何缘故呢?司马光认为"方今国用所以不足者,在于用度太奢,赏赐不节,宗室繁多,官职冗滥,军旅不精"⑤。这些弊端的存在,使得宋朝的财政出现严重的赤字,就像一只罅隙遍体的漏卮永远也填不满。还是谚语说得好,"多

---

① [宋]司马光《潜虚·资》。
② 《传家集》卷四九《请革弊札子》。
③ 《传家集》卷二五《论财利疏》。
④ 《传家集》卷五《景福殿东厢诗·赐书》。
⑤ 《传家集》卷四二《辞免裁减国用札子》。

求不如省费"。司马光认为"省息诸事,减节用度,则租税自轻,徭役自少,逋负自宽,科率自止"①。为此,司马光在《论财利疏》中系统地提出革弊主张,他说:"臣愚伏愿陛下观今日之弊,思将来之患。深自抑损,先由近始。凡宗室、外戚、后宫、内臣,以至外廷之臣,俸给赐予皆循祖宗旧规,勿复得援用近岁侥幸之例。其逾越常分,妄有干求者,一皆塞绝,分毫勿许。若祈请不已者,宜严加惩谴,以警其余。凡文思院、后苑作所为奇巧珍玩之物,不急而无用者,一皆罢省。内自妃嫔,外及宗戚,下至臣庶之家,敢以奢丽之物夸眩相高,及贡献赂遗以求悦媚者,亦明治其罪,而焚毁其物于四达之衢,专用朴素以率先天下,矫正风俗。然后登用廉良,诛退贪残,保佑公直,消除奸蠹,澄清庶官,选练战士,不禄无功,不食无用,如此行之,久而不懈,臣见御府之财将朽蠹而无所容贮,太仓之粟将弥漫而不可盖藏,农夫弃粮于畎亩,商贾让财于道路矣。孰与今日汲汲以应目前之求,懔懔以忧将来之困乎?"应当承认司马光提出的节用主张,在经济思想上也不是什么创新,但是它在北宋时期同样是有其现实意义的,是针对性很强的改革主张。这种主张从节用入手,试图由此减轻农工商贾超负荷的负担,保证其从事再生产所必需的基本的生活和生产资料。这对于解放生产力,无疑是有益的。因而它并不是消极的而是有很强积极意义的思想主张。

需要指出的是,司马光的"节用"主张,不仅仅停留在分析财政窘乏原因和提倡节俭之上,为了消除宋代财权分散、财政官员委任不专不久、财政管理混乱等弊病,他还提出了相关的财政管理设想。这就是"复置总计使之官,使宰相领之。凡天下金帛、钱谷隶于

---

① 《传家集》卷四五《谏西征疏》。

三司及不隶三司如内藏库、奉宸库之类,总计使皆统之"①。对于熙丰之后而言,这应包括尚书省五曹所属、户部右曹及各路提举常平司所管钱物。对于财政官员,无论是中央三司以及后来的户部官员,还是地方转运使副、判官,均要选择通晓钱谷的官员久于其任,以加强对财政工作的研究和管理。

司马光的经济思想归结到一点,就是儒家的富民思想。他主张藏富于民,排除一切干扰经济发展的因素,鼓励农民发展生产,敢于求富。他重农但不抑末,反对国家过多地干预商品经济,主张"安民勿扰,使之自富"②。当然,毋庸讳言,这种经济政策在客观上对兼并势力会起到放纵的作用,但这种兼并势力较之管榷制度下的官商垄断而言,对商品经济的危害要小得多。司马光坚信在农工商贾获得正常发展的情况下,国家如果"处之有道,取之有节",那么,"何患财利之不丰哉"!

## 第二节　伦理道德思想

### 一　以礼治家,瑕瑜互见

家庭是组成社会的一个最基本的单元,作为一位务实的政治家、思想家,司马光非常重视家庭伦理道德的建设。他认为"治国必先齐家""其家不可教而能教人者无之,故君子不出家而成教于国。

---

① 《传家集》卷二五《论财利疏》。
② 《传家集》卷四三《上体要疏》。

孝者所以事君也,弟者所以事长也,慈者所以使众也。……其为父子、兄弟足法,而后民法之也,此谓治国在齐其家"①。

至于如何齐家,他认为"治家莫如礼"。具体地说,就是"父慈而教,子孝而箴,兄爱而友,弟敬而顺,夫和而义,妻柔而正,姑慈而从,妇听而婉",而最为重要的,应放在首位的,则是男女之别,他认为这是"礼之大节","治家者必以为先礼"②。从而明确了古代社会家庭及其成员间的伦理关系和道德义务。从这点出发,司马光对男女之别提出了许多严厉苛刻的规定,制定了许多繁文缛节。他要求"凡为宫室,必辨内外,深宫固门,内外不共井,不共浴堂,不共厕。男治外事,女治内事。男子昼无故不处私室,妇人无故不窥中门,有故出中门,必拥蔽其面,男子夜行以烛。男仆非有缮修,及有大故,亦必以袖遮其面。女仆无故不出中门,有故出中门,亦必拥蔽其面。铃下苍头但主通内外之言,转致内外之物,毋得辄升堂室,入庖厨"③。

"治身莫先于孝"④,至于父子、长幼之间,司马光主张:"凡诸卑幼,事无大小,毋得专行,必咨禀于家长。""凡为人子弟者,不敢以富贵加于父兄、宗族。凡为人子者,出必告,反必面。有宾客,不敢坐于正厅,升降不敢由东阶,上下马不敢当厅。凡事不敢自拟于其父。""凡子事父母,乐其心,不违其志,乐其耳目,安其寝处,以其饮食奉养之。幼事长,贱事贵,皆仿此。"甚至要做到"凡子事父母,父母所爱亦当爱之,所敬亦当敬之,至于犬马尽然"⑤。

当父母犯有过失,儿子应该怎么办？司马光赞同儒经"贵于谏

---

① [宋]司马光《家范》卷一。
② [宋]司马光《家范》卷一。
③ [宋]司马光《司马氏书仪》卷四《居家杂仪》。
④ 《传家集》卷三一《言为治所先上殿札子》。
⑤ [宋]司马光《司马氏书仪》卷四《居家杂仪》。

## 第十章　西洛十五载(三)：旨在国家和平、社会稳定的思想

争"的精神,他说:"谏者,为救过也。亲之命可从而不从是悖戾也,不可从而从之则陷亲于大恶。然而不谏是路人,故当不义则不可不争也。……争者顺而止之,志在必于从也。"要做到"顺而止之",这里就有个方式、方法问题,有个态度问题。司马光说,按照礼的要求,"父母有过,下气怡色,柔声以谏"①。如果父母拒绝,那子女就要更恭敬更孝顺。父母心情好了,再劝说。父母不高兴,仍然拒绝,那与其得罪于乡党、州间,宁可反复劝说。父母发怒不悦,鞭挞流血,也不敢怨恨,要更加恭敬孝顺。多次劝说后,父母仍然不听,子女只能痛哭屈从父母。司马光提倡"孝不失谏",其谏争是在"孝"的前提下进行的,如果劝谏无效,最终还得屈从父母的意志。尽管如此,它要比孟子所倡导的"父子之间不责善"要开明得多。同时,这也意味着在父母死后,子女可以按照自己的意愿修正父母的错误。元祐时,司马光辅佐哲宗,对新法多所废弛,大概就是基于这种思想吧!

至于夫妻之间,他认为应当男尊女卑。他说:"夫天也,妻地也;夫日也,妻月也;夫阳也,妻阴也;天尊而处上,地卑而处下。日无盈亏,月有圆缺"。②与此同时,他又要求妇人从一而终,做到"正女不从二夫""妇之从夫,终身不改"③。他在《家范》中树立了许多以死殉清白的节妇、贞女典型。凡此种种,无不显示了儒家礼教森严的等级制度,无不浸透了礼教禁欲主义的色彩,从而成为专制主义统治者维护其统治的有效思想武器。

但必须指出的是,在司马光的伦理说教之中,除了一些糟粕外,还蕴藏着许多中华民族的传统美德,它是我们民族优秀文化遗产的

---

① ［宋］司马光《家范》卷五。
② ［宋］司马光《家范》卷八。
③ 《资治通鉴》卷二九一后周太祖显德元年四月庚申。

329

重要组成部分。

比如,在《家范·治家》中,司马光着重地宣扬了爱祖、爱父、爱兄弟、亲睦九族的思想。他认为正是"群聚以御外患"才是使得"爪牙之利不及虎豹,膂力之强不及熊罴,奔走之疾不及麋鹿,飞扬之高不及燕雀"的人类战胜大自然、得以生存繁衍生息的原因之所在。为了阐明这一思想,他举了一个吐谷浑酋长阿豺临终前教育儿子们的故事:

吐谷浑阿豺有子二十人,病且死,谓曰:"汝等各奉吾一只箭将玩之。"俄而,命母弟慕利延曰:"汝取一只箭折之。"慕利延折之。又曰:"汝取十九只箭折之。"慕利延不能折。阿豺曰:"汝曹知否?单者易折,众者难摧。戮力一心,然后社稷可固!"言终而死。

如果撇开司马光"亲睦九族"的伦理思想,这则故事不正是宣扬团结就是力量的一个生动教材吗?

司马光非常重视对下代的教育,认为幼成若天性,习惯如自然。幼儿时期是教育的一个重要阶段。如果这时忽视了对孩子的教育,"使之不知尊卑长幼之礼,遂至侮詈父母,驱击兄姊,父母不知诃禁,反笑而奖之。彼既未辨好恶,谓礼当然。及其既长,习已成性,乃怒而禁之,不可复制"。结果,"溺于小慈,养成其恶"。为此司马光主张奶妈一定要选择"良家妇人稍温谨者"[1],否则不仅坏了家法,也带坏了孩子。

在婚姻上,司马光有许多观点至今仍然是可取的。他反对社会

---

[1] [宋]司马光《司马氏书仪》卷四《居家杂仪》。

## 第十章　西洛十五载(三):旨在国家和平、社会稳定的思想

上早婚这个不良习俗,尤其反对定娃娃亲,他认为这样会造成许多社会问题。他说:"世俗好于襁褓、童幼之时轻许为婚,亦有指腹为婚者。及其既长,或不肖无赖,或身有恶疾,或家贫冻馁,或丧服相仍,或从宦远方,遂至弃信负约,速狱致讼者多矣!"在婚姻选择上,司马光主张"当先察其婿与妇之性行及家法何如,勿苟慕其富贵"。他说:"婿苟贤矣,今虽贫贱,安知异时不富贵乎?苟为不肖,今虽富盛,安知异时不贫贱乎?"他极力反对婚娶论财,反对世俗"将娶妇,先问资装之厚薄。将嫁女,先问聘财之多少。至于立契约云某物若干、某物若干,以求售某女者,亦有既嫁而复欺给负约者"。他认为这样做,完全是"驵侩鬻奴卖婢之法",是造成许多家庭婚姻悲剧的根源。因此,司马光坚决主张"议婚姻有及于财者,皆勿与为婚姻可也"①。

司马光主张夫妻之间应建立一种相敬相爱的关系,"为夫者,相敬而不悖礼;为妻者,谦顺而守节"。认为"夫妻不相安谐,则使之离绝"②,以夫妻情感的融合与否作为离合的前提。尽管这种相敬相爱的夫妻关系是建立在男尊女卑、夫主妻从的基础上的,尽管可否离合的前提主要是"义",但是,毕竟有体现夫妻间平等关系的内容,注意到了夫妻间的情感交融,这在当时礼教日趋森严的情况下,还是难能可贵的。

给子孙留什么样的遗产?在这个问题上,司马光是旗帜鲜明的。他主张遗子孙以德、以礼、以廉、以俭,反对遗留田产、金帛。但是世俗之人多"不知以义方训其子,以礼法齐其家",结果道德沦丧,出现许多丑恶的社会现象。司马光沉痛地指出,这些人"自于数十

---

① [宋]司马光《司马氏书仪》卷三《婚仪》。
② 《传家集》卷二六《言陈烈札子》。

年中,勤身苦体以聚之,而子孙于时岁之间,奢靡游荡以散之,反笑其祖考之愚,不知自娱,又怨其吝啬无恩于我,而厉虐之也。始则欺绐攘窃以充其欲,不足则立券举债于人,俟其死而偿之。观其意,惟患其考之寿也。甚者,至于有疾不疗,阴行酖毒亦有之矣。然则向之所以利后世者,适足以长子孙之恶而为身祸也"[①]。

司马光在《家范》等书中记载了自古以来许多严父、良母、孝子、贤妻动人的事迹,其中不乏寓意深远、可为今日借鉴的。

如汉代的疏广,他在退休返乡前,日日设宴款待族人、故旧、宾客,将皇帝所赐、太子所赠之金七十斤挥霍殆尽。他这样解释说:"吾岂老悖不念子孙哉!顾自有旧田庐,令子孙勤力其中,足以共衣食与凡人齐。今复增益之,以为赢余,但教子孙怠惰耳。贤而多财则损其志,愚而多财则益其过。且夫,富者众之怨也。吾既亡以教化子孙,不欲益其过而生怨。"

宋仁宗时的宰相张知白,所居宅院不蔽风雨,服用饮膳与初官节镇幕僚时无异。他在解释时感慨系之地说:"以吾今日之禄,虽侯服、王食何忧不足?然人情由俭入奢则易,由奢入俭则难。此禄安能常恃,一旦失之,家人既习于奢,不能顿俭,必至失所。曷若无失其常,吾虽违世,家人犹如今日乎!"原来他为子孙思虑得很深远。

唐代宰相韦玄晖,为库部员外郎时,母亲告诫他:"吾尝闻姨兄辛玄驭云:'儿子从官于外,有人来言其贫窭不能自存,此吉语也。言其富足,车马轻肥,此恶语也。'吾尝重其言。比见中表仕宦者多以金帛献遗其父母,父母但知忻悦,不问金帛所从来。若以非道得之,此乃为盗而未发者耳,安得不忧而更喜乎?汝今坐食俸禄,苟不

---

[①] [宋]司马光《家范》卷五。

## 第十章 西洛十五载(三):旨在国家和平、社会稳定的思想

能忠清,虽日杀三牲,吾犹食之不下咽也。"①韦玄晖因此以廉洁、奉公守法而著名于世。

东晋时的沈劲,因父亲沈充参与王敦之乱而被禁锢,三十多岁尚未能进入仕途。但他无怨无悔,立志报效国家,立功雪耻。在燕军逼近洛阳的情况下,他主动请缨参加洛阳保卫战。在战斗中,他多次以少击众,打退燕军的进攻。但是,此时洛阳城粮尽援绝,守兵不过三千人。在主将临阵脱逃带走主力的情况下,他以五百人坚守孤城,决心誓死报效国家。第二年,城陷被俘,沈劲临刑前神气自若,毫不畏惧。司马光认为沈劲称得上是个孝子,因为他"耻父之恶,致死以涤之,变凶逆之族为忠义之门"②。

东汉时的乐羊子,年轻时,有一次在路上拾到一块金,他将金交给妻子。妻子责备道:"妾闻志士不饮盗泉之水,廉者不受嗟来之食,况拾遗求利,不污其行乎?"乐羊子非常惭愧,于是,他将金扔到野外,并决定远行求学。一年之后,乐羊子回到家中,妻子跪着问他为何返乡,乐羊子答道:"日久想家,无其他缘故。"妻子于是拿了一把刀走到织机旁说:"此织生自蚕茧,成于机杼。一丝而累,以至于寸;累寸不已,遂成丈匹。今若断斯织也,则捐失成功,稽废时月。夫子积学,当日知其所亡以就懿德。若中道而归,何异断斯织乎?"③乐羊子为妻子所言感动,于是,他立即离开家乡,继续他的学业,七年不回家。妻子则操持家务,赡养婆婆,提供乐羊子的各种费用。乐羊子终于完成了学业,后来成为一位名将。

当君臣、父子、兄弟、夫妇、朋友这五伦之间发生冲突时怎么办?司马光同意班固的意见,认为"父子、朋友各有其伦,为人臣子

---

① [宋]司马光《家范》卷三。
② 《资治通鉴》卷一〇一晋哀帝兴宁三年。
③ [宋]司马光《家范》卷九。

者当知缓急先后"。"孝不失谏"的主张和对沈劲的表彰,就体现了司马光将君臣大义置于其他关系之上的思想,将国家利益置于其他利益之上的思想。汉文帝时,郦寄被人目为卖友,司马光对此持不同看法。他认为郦寄在父亲郦商被周勃劫持作为人质的情况下,诱杀好友吕禄,平定诸吕之乱,以安汉家社稷,不是见利忘义出卖朋友,而是"谊存君亲"①。因此,不能指责郦寄是出卖朋友的小人。

司马光的家庭伦理思想对后世影响甚大。《书仪》问世后,缙绅之家争相传抄珍藏。北宋末,陆九渊之父陆贺在家中就采用司马光制定的冠婚丧祭诸仪。光宗时(公元1190—1194年),朱熹弟子黄灏也曾请取司马光《书仪》等书参订冠婚丧葬诸仪,以完备当时的"礼教"。尤其值得称道的是,司马光的家庭伦理思想对理学集大成者朱熹影响甚大。朱熹非常推崇《书仪》这部书,他认为"二程与横渠多是古礼,温公则大抵本《仪礼》而参以今之所可行者。要之,温公较稳,其中与古不甚远,是七分好"②。因此,朱熹在编纂《家礼》这部中国古代社会后期的民间通用礼书时,就是以《书仪》为蓝本,参考诸家之书,裁订增损而成的。其中,冠礼部分主要采用《书仪》,居家杂仪则直接予以照搬,祭仪稍有增损,婚礼、丧礼参用不一。据统计,《家礼》一半以上的文字出自《书仪》。而所立影堂制度,则直接启发《家礼》创设祠堂制度。因此,可以说《书仪》是《家礼》的雏形,《家礼》以《书仪》为基础,才使士庶通礼在形式和内容两方面臻于完善。宋初,宗法关系松弛,"礼义亡阙",司马光作《书仪》《家范》《古文孝经指解》,都是有为而作。他所确定的日用伦常和礼节制度,实际上为宋代家族组织确定了一套长幼有序、贵贱有等的符合古代社

---

① 《资治通鉴》卷一三汉高后八年九月庚申。
② 《司马氏书仪·提要》。

会礼教标准的生活方式,人们言行举止各从规矩,冠婚丧祭皆有定式,从而为宋以后的家族建设确定了一个基本的框架。因此,可以说司马光是宋元以后家庭伦理思想和家族建设方式的创始巨擘。

## 二 崇俭戒奢,劳谦终吉

崇俭戒奢,劳谦终吉的思想,是司马光人生观的重要组成部分。西汉初年,萧何在长安修造了宏伟壮丽的未央宫。对这件事,司马光发表了自己的看法,他认为当时天下未定,统治者应当克己节用,急民所急,而不应以宫室为先。针对萧何所谓"天子以四海为家,非壮丽无以重威,且无令后世有以加"的谬论,他做了针锋相对的驳斥:"王者以仁义为丽、道德为威,未闻其以宫室镇服天下也。"[①]并且认为后来汉武帝大兴土木修建宫殿,造成社会凋敝,未必不是受萧何奢靡作风的影响。司马光认为唐玄宗晚年爆发安史之乱也是穷奢极欲招致的。他说:"明皇恃其承平,不思后患,殚耳目之玩,穷声技之巧,自谓帝王富贵皆不我如,欲使前莫能及,后无以逾,非徒娱己,亦以夸人。岂知大盗在旁,已有窥窬之心,卒致銮舆播越,生民涂炭。乃知人君崇华靡以示人,适足为大盗之招也。"[②]明皇初年,励精为治,以风俗奢靡,曾下令毁金银器玩,焚珠玉锦绣。又令罢两京织锦坊,后妃、命妇不得服珠玉锦绣,旧有锦绣皆染为黑色。但其晚年犹以奢败,可见"奢靡之易于溺人",反奢侈、反腐蚀的斗争是多么艰巨,要做到善始善终是多么不容易!为此,他对功成不居、

---

① 《资治通鉴》卷一一汉高帝七年。
② 《资治通鉴》卷二一八唐肃宗至德元载。

战胜不奢的北周高祖宇文邕赞不绝口。北周建德六年（公元577年），宇文邕消灭北齐统一北方之际，下诏撤毁北方所有"堂殿壮丽者"，"雕斫之物，并赐贫民"。他认为"周高祖可谓善处胜矣！他人胜则益奢，高祖胜而愈俭"①。他非常赏识南朝宋文帝有意识让诸子受饥饿之苦、知节俭处世的做法，认为"侈兴于有余，俭生于不足。欲其隐约，莫若贫贱"②。受道家思想影响，他甚至主张在生活中、在社会上，有意识地让自身处于卑弱的地位，以便时刻保持警惕，防止自己走向反面。道理很简单："'贫不学，俭；卑不学，恭'。非人性分殊也，势使然耳。"③

基于同样的道理，司马光在生活中，提倡谦恭，反对骄泰。在《易说·系辞上》中，他说："劳谦君子有终吉。虽有功勤，不谦则不能保其终。德言盛，礼言恭。德愈盛，礼愈恭。致恭以存其位，保其富贵。"在这里，司马光提出了一个如何对待成功、对待自己的问题。以前秦苻坚为例，司马光认为"坚之所以亡，由骤胜而骄故也"。因为"数战则民疲，数胜则主骄，以骄主御疲民，未有不亡者也"④。相反，司马师于初承父业之际，大臣未附之时，能主动承担两次失败的责任，引咎自责，结果笼络了人心，巩固了自己的地位。

司马光在《进五规状·惜时》中，说："夏至，阳之极也，而一阴生。冬至，阴之极也，而一阳生。故盛衰之相承，治乱之相生，天地之常经，自然之至数也。其在《周易》，泰极则否，否极则泰，丰亨宜日中。孔子传之曰，日中则昃，月盈则食，天地盈虚，与时消息。而况于人乎？况于鬼神乎？"司马光的这段话充满了辩证的思想，是我

---

① 《资治通鉴》卷一七三陈宣帝太建九年。
② 《资治通鉴》卷一二四宋文帝元嘉二十二年。
③ 《资治通鉴》卷六九魏文帝黄初元年。
④ 《资治通鉴》卷一〇六晋孝武帝太元十年。

们民族智慧的结晶,于今也是极其有教益的。

## 第三节 社会历史观

### 一 群居御患,制礼明分

作为一名杰出的历史学家,司马光在《稽古录》等论著中,粗略地描述了人类进入社会和国家的历史进程,比较客观地揭示了人类社会及国家的起源。他说:"上古之民,处于草野,未知农桑,但逐捕禽兽,食其肉,衣其皮。禽兽飞走,非人所及,制之甚难,无以御饥寒。故太昊教之为罟网以罗禽兽、漉水物,又教民豢养六畜马、牛、羊、豕、犬、鸡,无逐捕之劳,可以充庖,且以为牺牲享神祇,故号伏羲氏,亦号庖牺氏。"人类社会进一步发展,"民益多,禽兽益少。炎帝乃教民播种百谷,斫木为耜,揉木为耒,春耕夏耘,秋获冬藏,民食以充,故号神农氏。炎帝以一人所为不足以自养,必通功易事,贸迁有无,乃教民日中为市,致天下之民,聚天下之货,交易而退,各得其所"。待到进入黄帝时代,"黄帝以民生有欲,衣食虽备,苟无礼义,则强凌弱,众暴寡,智欺愚,勇苦怯,于是,始制轩冕,垂衣裳,贵有常尊,贱有等威,使上下有序,各安其分,而天下大治。作舟楫以济不通,服牛乘马,引重致远,正名百物,天下有不顺者征之,平者去之"。到其孙高阳氏时代,人们认识自然、征服自然的能力极大地提高了。人们对大自然的崇拜逐渐淡薄,对人事逐渐重视,反映到社会组织方面,就出现了"先是,帝王皆以天瑞为官师之名,至高阳氏,始为民师,而命以民事"的巨大转变。我们先民的活动范围此时已经"北至幽陵,南暨交趾,西蹈流沙,东极蟠木"①。在此,司马光简要地记叙了人类社会由渔猎经济向畜牧经济、农耕经济发展的历史过程;记叙了人类在生活资料有了初步的积累之后出现的商业性的经济活动,出现的社会大分工;记叙了贫富出现后氏族成员的分化,出现的贵贱有等的身份性差别。应当承认,司马光对上古时代历史的勾勒是基本符合人类历史发展规律的。

司马光对于人类社会发展的认识,还不仅于此,他又进一步地揭示了人类社会和国家产生的原因。他说:"夫爪牙之利不及虎豹,膂力之强不及熊罴,奔走之疾不及麋鹿,飞扬之高不及燕雀,苟非群聚以御外患,则反为异类食矣。是故圣人教之以礼,使人……更相依庇,以扞外患。"②他认为"古之人食鸟兽之肉、草木之实,而衣其皮。鸟兽日益殚,草木日益稀,人日益众,物日益寡,视此或不足,视彼或有余,能相与守死而勿争乎?争而不已,相贼伤,相灭亡,人之类盖可计日而尽也。圣人者愍其然,于是作而治之,择其贤智而君长之,分其土田而疆域之,聚其父子、兄弟、夫妇而赡养之,施其礼乐政令而纲纪之,明其道德、仁义、孝慈、忠信、廉让而教导之。犹有狂愚傲狠之民悖戾而不从者,于是鞭朴以威之,铁钺以戮之,甲兵以殄之,是以民相与安分而保常,养生而送终,繁衍而久长也"③。这样,司马光紧扣人类群居社会性,人口与生活资料的关系,深刻地揭示人类社会与国家产生的历史条件,揭示出经济与政治、道德之间的相互制约关系,从而从根本上否定了天命论,否定了"君权神授"之说。

那么,如何看待司马光众多的论著中出现的"圣人立教"一类的

---

① [宋]司马光《稽古录》卷一。
② [宋]司马光《家范》卷一。
③ 《传家集》卷七一《闻喜县修文宣王庙记》。

观点？笔者认为上古时代所谓的圣人，如伏羲氏、神农氏、炎帝、黄帝等人，其寿命长达百余岁，多半是虚构的人物，是上古时代众多杰出人物的集中体现和化身而已。古代社会的政治家、思想家宣扬"圣人立教"的观点，只不过是"神道设教"思想的一种体现而已，目的是给世俗的、赤裸裸的专制统治加上一顶神圣的冠冕，披上一层朦胧神秘的面纱，使人民敬畏、屈服，以便更有效地维护其统治而已。其信仰程度、真与假，则因人而异，司马光也只不过习惯性地加以沿用罢了。总之，在对人类社会历史发展的认识上，司马光达到了他那个时代所能达到的高度。

## 二 本仁祖义，王霸无异

王霸之辩，自孟、荀以来就是历代儒家争论的焦点。北宋时，伊洛诸人为了论证宋王朝建立的合理性，为了寻求国家长治久安的办法，都纷纷总结历史，发表了各自的历史观。比如邵雍，他把中国历史上出现的王朝分为皇、帝、王、霸四种类型。皇道推行的是无为政治，帝道推行的是恩信政治，王道推行的是公正政治，霸道推行的是智力政治。他认为"三皇之世如春，五帝之世如夏，三王之世如秋，五伯之世如冬"。他提出皇帝王霸之说的目的很清楚，就是要论证宋王朝统治的合理性。他认为五代也是霸道政治，正当末运，是"日未出之星"[1]。这就为宋王朝应运而生、正当盛世，进行了论证。二程也是这样，他们认为"三代之治顺理者也，两汉以下皆把持天下者也"[2]。他

---

[1] [宋]邵雍《皇极经世书》卷一二《观物篇五九》《观物篇六〇》。
[2] [宋]朱熹《二程遗书》卷一一。

们从纲常之"理"来衡量,宋朝"大纲甚正",因此,宋代度越汉唐。不管是邵雍,还是二程,他们区别王霸的异同,主要是以动机为标准。这点,二程在《论王霸札子》中说得很清楚,他们认为"得天理之正、极人伦之至者,尧舜之道也;用其私心、依仁义之偏者,霸者之事也。王道如砥,本乎人情,出乎礼义,若履大路而行,无复回曲。霸者崎岖反侧于曲径之中,而卒不可与入尧舜之道。故诚心而王则王矣,假之而霸则霸矣。二者其道不同,在审其初而已"①。

作为宋代杰出的历史学家,司马光也参与了这场讨论。他承认历史上由于政治力量对比的不同,在不同的历史时期,权力结构所表现出的形式也会有所不同。这种不同,人们加以区别,于是有王道、霸道之别。他说:

> 天生蒸民,其势不能自治,必相与戴君以治之。苟能禁暴除害以保全其生,赏善罚恶使不至于乱,斯可谓之君矣。是以三代之前,海内诸侯,何啻万国。有民人、社稷者,通谓之君。合万国而君之,立法度,班号令,而天下莫敢违者,乃谓之王。王德既衰,强大之国能帅诸侯以尊天子者,则谓之霸。②

但是,王道、霸道并无实质性的差别。两者"皆本仁祖义,任贤使能,赏善罚恶,禁暴诛乱"。差别仅表现在"名位有尊卑,德泽有深浅,功业有巨细,政令有广狭耳,非若白黑、甘苦之相反也"。司马光认为自人类社会形成、国家机器产生以来,任何一个王朝,任何一个政权,要想实行治理,都不能不"本仁祖义,任贤使能,赏善罚恶,禁暴诛乱",这是天经地义之举。否则,这个政权就不能继续存在下

---

① [宋]程颢《二程文集》卷二。
② 《资治通鉴》卷六九魏文帝黄初二年三月。

## 第十章 西洛十五载(三):旨在国家和平、社会稳定的思想

去。因此,司马光认为仁义、德刑是一个政权的软硬两手,是一个事物的两个方面,它们相反相成,殊途同归,共同达到一个目的,那就是国家治平。他说:"礼乐可以安固万世,所用者大;刑名可以输劫一时,所用者小。其自然之道则同。"①正是基于这样的思想,司马光认为"王霸无异道"②。由此,他针对孟子所谓"尧舜性之也,汤武身之也,五霸假之也"的高论进行了批判:"所谓性之者,天与之也;身之者,亲行之也;假之者,外有之而内实亡也。尧、舜、汤、武之于仁义也,皆性得而身行之也,五霸则强焉而已。夫仁义者,所以治国家而服诸侯也。皇、帝、王、霸皆用之,顾其所以殊者,大小、高下、远近、多寡之间耳。假者,文具而实不从之谓也。文具而实不从,其国家且不可保,况能霸乎?"③辛辣地嘲讽了孟子的迂阔和其理论的荒谬。

事实胜于雄辩。司马光以秦孝公、商鞅信守徙木之赏等事为例,证明霸主也要取信于民,不可假仁假义。而最有说服力的例子,莫过于管仲了。管仲辅佐桓公完成霸业,结束了内外战争,捍卫了华夏文明,连孔子也连连赞许他,说:"微管仲,吾其被发左衽矣。如其仁,如其仁!"可见霸道也是要行仁义的。司马光说:"孔子之言仁也重矣。自子路、冉求、公西赤,门人之高第;令尹子文、陈文子,诸侯之贤大夫,皆不足以当之。而独称管仲之仁,岂非以其辅佐齐桓,大济生民乎!"④他认为孟、荀二人漠视管仲的功业,却说什么"仲尼之门,五尺之童羞称五伯",是既可笑又可悲的。他认为如以"孟、荀氏之道概诸孔子,其隘甚矣"⑤。从而不点名地批评了邵雍、二程等

---

① [宋]司马光等注《扬子法言》卷三。
② 《资治通鉴》卷二七汉宣帝甘露元年。
③ 《传家集》卷七三《疑孟》。
④ 《资治通鉴》卷六六汉献帝建安十七年十月。
⑤ 《传家集》卷七四《迂书·毋我知》。

人的唯动机论。

应当说,司马光在王霸之争上,与伊洛诸人并无本质上的差别,他们都是想通过自己的理论来论证儒家的道德纲常是永恒的真理,是放之四海而皆准的。但是,司马光作为一名杰出的历史学家和务实的政治家,在历史观上始终坚持以德业、事功为评判标准,反对唯动机论。他的历史观较之邵、程诸人,也更符合历史的本来面目。他不信"先王之道不可复行后世",坚信在现实政治中如坚持"德刑治国"的方针,是完全可以恢复三代之治的。

## 三 民生有欲,义以制利

作为一名务实的政治家和明于治乱的历史学家,司马光深深懂得功利对维护国家统治的重要性。他在《潜虚·行图》中解释"资"时说:"资,用也。何以临人,曰位;何以聚民,曰财。有位无财,斯民不来。"所以《洪范·八政》中有:"食货惟先,天子四民,农商居半。"深刻地论述了"财""用"对于一个政权存在的重要作用。早在仁宗末年,他就提出当今之急务在于"务农通商,以蕃息财物"等四条理财方针。同时,司马光还认为"天生万物,各有所食,苟不得其所食,则不能全其生。人为万物之灵,兼蔬谷酒肉而食之,乃其常性也"[①]。清醒地认识到生活资料即"生生之资,固人所不能无",因此,司马光非常注重农民与工商业者的基本生存权,维护百姓的正当利益,主张"以利悦小人",承认"彼商贾者,志于利"是正当的行为。

仁宗末年,他尖锐地指出,当时存在着的严重的社会对立,一方

---

[①] 《传家集》卷二六《乞施行制国用疏上殿札子》、卷六一《答李大卿孝基书》。

## 第十章 西洛十五载（三）：旨在国家和平、社会稳定的思想

面是统治阶级大肆挥霍人民所创造的财富，而另一方面是"百姓困穷之弊，钧于秦汉"。他痛心地说："夫府库金帛，皆生民之膏血。州县之吏鞭挞其丁壮，冻馁其老弱，铢铢寸寸而诛之。今以富大之州，终岁之积，输之京师，适足以供陛下一朝恩泽之赐，贵臣一日饮宴之费，陛下何独不忍于目前之群臣，而忍之于天下之百姓乎？"①在英宗初年，他提醒英宗注意，认为"当今切务，汲汲于富国安民"。在神宗初年，他指出"置乡户衙前以来，民益困乏，不敢营生"的严峻现实，希望实行改革，"务令百姓敢营生计"，使"家给人足，庶几可望"②。在熙宁中，他又严厉批评朝廷在陕西强征平民入伍的做法，指出"国家既重赋敛以尽其财，又逼之战斗以绝其命，是驱良民使为盗贼"③。因而，司马光与其他思想家不一样，他清醒地认识到利于国计民生的重要作用。在《潜虚·行图·宜》中，他以"利以制事"这样精辟的语言，充分地肯定了利的作用。

司马光在肯定利的作用的同时，也看到了利所带来的负面效应。他在《潜虚》中进一步解释"资"时指出，"衣食货赂，生养之具，争怨之府"，并提出了解决这一矛盾的办法，即"争怨之府，当以义治"的思想。他说："求利所以养生也，而民常以利丧其生。"④又说："夫民生有欲，喜进务得，而不可厌者也。不以礼节之，则贪淫侈溢而无穷也。是故先王作为礼以治之，使尊卑有等，长幼有伦，内外有别，亲疏有序，然后上下各安其分，而无觊觎之心，此先王制世御民之方也。"⑤主张明确并维护各阶层之间的利益分配，从而维护国家的长治久安。至于国家与各阶层人民之间利益分配，司马光主张公

---

① 《传家集》卷二五《论财利疏》。
② 《传家集》卷四一《论衙前札子》。
③ 《传家集》卷四四《乞不令陕西义勇戍边及刺充正兵札子》。
④ ［宋］司马光《道德真经论》卷四。
⑤ ［宋］司马光《易说》卷一《履》。

343

家之利当"舍其细而取大,散诸近而收诸远"。他认为:"农工商贾皆乐其业而安其富,则公家何求而不获乎?"这就与伐薪一样,"伐薪者刈其条枚,养其本根,则薪不绝矣。若并本根而伐之,其得薪岂不多哉?后无继矣。是非难知之道也"①。从而揭示出圣人"爱利天下""利人为仁"的本质之所在。所以司马光在《通鉴》中意味深长地说:"夫唯仁者为知仁义之为利,不仁者不知也"②。他主张"因民所利而利之"。他警告统治者"财聚则民散,下怨则上危",他在不同时期多次呼吁说:"秦之陈胜、吴广,汉之赤眉、黄巾,唐之黄巢,皆穷民之所为也。大势既去,虽有智者,不能善其后矣!"希望统治者接受历代王朝覆灭的教训,"宽恤民力"。义与利是矛盾统一体的两个方面,既相互对立,又相互依存,相互联系。在一定条件下,它们之间是会互相转化的。所以司马光在《易说·乾》中说:"利者义之和也,利物足以和义。仁者,圣人不裁之义,则事失其宜,人丧其利,故君子以义制仁,政然后和。"精辟地论证了义利之间的辩证关系。

## 四  国之治乱,尽在人君

司马光在不同时期所撰述的论著中曾多次提出了"国之治乱,尽在人君"③的观点。如在嘉祐时所作的《功名论》中,他说:"自古人臣有功者谁哉?愚以为人臣未尝有功,其有功者,皆君之功也。何以言之?夫地有草木,天不雨露之,则不能以生;月有光华,日不照望之,则不能以明;臣有事业,君不信任之,则不能以成,此自然之道

---

① 《传家集》卷二五《论财利疏》。
② 《资治通鉴》卷二周显王三十三元年。
③ [宋]司马光《稽古录》卷一六。

也。"在《朋党论》中,他指出:"治乱之世,未尝无朋党。尧舜聪明,故能别白善恶而德业昌明;桀纣昏乱,故不能区处是非而邦家覆亡。由是言之,兴亡不在朋党而在昏明矣!"①元丰八年(公元1085年),他在《进修心治国之要札子状》中向哲宗进言,强调"治乱安危存亡之本源,皆在人君之心"②。对于司马光的这一观点,如果简单地斥之为英雄史观,那就是历史虚无主义的一种表现。马克思主义经典作家认为作为上层建筑的国家政权对社会经济及其他方面起着极大的阻碍或促进作用。恩格斯在《致约·布洛赫》的一封信中明确指出:"我们自己创造着我们的历史,但是,第一,我们是在十分确定的前提和条件下进行创造的。其中经济的前提和条件归根到底是决定性的。但是,政治等等的前提和条件,甚至那些存在于人们头脑中的传统,也起着一定的作用,虽然不是决定性的作用。"恩格斯还承认,在创造历史的过程中,"个人的意志"在互相冲突的条件下也往往形成为"一个总的合力"③,而这种"总的合力"对历史的创造和发展也同样起过作用,必须加以注意。历史上不乏这样的事例。据说贯泽之会,齐桓公有忧中国之心,江、黄之人不召而至;葵丘之会,桓公妄自尊大,九国之人发生叛离。三国鼎立的一个重要原因就是,曹操藐视西川特使张松,结果张松愤愤而归,力主联备抗操。因此,应当承认"国之治乱,尽在人君"的思想,是客观世界在司马光头脑中的正确反映。尤其是在古代社会,君主拥有至高无上的权力,而政治体制又缺乏有效的约束机制,君主的个人意志对于历史的发展是会产生巨大的阻碍或促进作用的。如果孤立地看司马光的某些言论,他确有过分强调君主作用、将其绝对化的倾向,不免有英雄

---

① 《传家集》卷六四。
② 《传家集》卷四六。
③ 《马克思恩格斯选集》第四卷,第477—479页。

史观之嫌。如他在《扬子法言·孝至篇》中,谈论天地、君民之间的制约关系时这样说:"天地因人而成功,故天地之所以得其道者,在民也;民之所以得其道者,在君也;君之所以得其道者,在心也。"但是,如果联系到他的民本思想,完整地、全面地来加以考察,那么,我们就毫无理由怀疑他的历史观了。

## 第四节　哲学思想

### 一　穷造化之原,立虚气之说

作为道学的早期代表人物之一,司马光为了弘扬儒术,力辟佛老,积极参与了关于世界本原、万物化生等问题的探讨。其思想集中地体现在《易说》《集注太玄经》《道德真经论》《潜虚》等著作之中。

在《潜虚》中,司马光开宗明义,提出了他哲学思想的基本框架,表明了自己对世界本原的看法。他说:"万物皆祖于虚,生于气。气以成体,体以受性,性以辨名,名以立行,行以俟命。故虚者,物之府也;气者,生之户也;体者,质之具也;性者,神之赋也;名者,事之分也;行者,人之务也;命者,时之遇也。"在这段论述中,司马光提出了万物最高的本体是"虚"和"气"这两个范畴。司马光在探讨"世界本原"这一命题时显然受到了老子的影响。"虚"与"气"这两个范畴的提出,是受到老子"无""有"这两个范畴的启发。"气"不待言,是物质的。"虚者,物之府也",而所谓的微观"质性"之物,司马光则一循老子之说称之为"朴"。这表明在司马光那里,所谓的"虚",也是充满

第十章　西洛十五载(三):旨在国家和平、社会稳定的思想

"质性"的客观物质世界。这表明了司马光在自然观方面是气本原论者。但是,在"虚""气"关系上,他却未置一辞。不过,从他以"自无入有"来诠释"道生一",以及他在《答韩秉国书》中批驳王弼"虚无为本"论时所言"夫万物之有,诚皆出于无,然既有则不可以无治之矣"云云,则可以推断他是认为气自虚出的。并且,虚、气二者并存,缺一不可,这点也可从他论述无、有两者的关系中窥见。他在诠释"常无,欲以观其妙;常有,欲以观其徼"时,做了如下发挥:"万物既有,则彼无者,宜若无所用矣,然圣人常存无不去,欲以穷神化之微妙也。无既可贵,则彼有者,宜若无所用矣,然圣人常存有而不去,欲以立万事之边际也。苟专用无而弃有,则荡然流散无复边际。所谓有之以为利,无之以为用也。"①此论有、无不可偏废,然鉴于魏晋玄学虚无之弊,故强调"有"。司马光的这一思想,基本同于班固。班固对于道家末流"欲绝去礼学,兼弃仁义,曰独任清虚可以为治"的观点,就是持否定的态度。但是,司马光在《易说·系辞上》中,则着重论证了"无"的重要作用。认为有形之常道,未足以穷无形之神理,欲穷理尽性,以至于命,就必须"立有于无,统众于寡"。与司马光同时代的张载,也是一位气本论者,但他对司马光的论点大不以为然。他说:"太虚不能无气,气不能不聚而为万物,万物不能不散而为太虚。"他认为"太虚即气",太虚只是散而未聚之气,是"虚""气"一体论者。张载站在自己的立场上,对"有""无"持批判的态度,他说:"大《易》不言有无,言有无,诸子之陋也。"②南宋末年,朱熹弟子陈淳囿于门户之见,也讥评司马光说:"所谓虚者,不免于老氏之归。"③

---

① [宋]司马光《道德真经论》卷一。
② [宋]张载《张子全书》卷二《正蒙·太和篇第一》、卷三《正蒙·大易篇第一四》。
③ [宋]司马光《潜虚·提要》。

347

司马光多次谈及宇宙万物的生成变化。他在《易说·系辞上》中说："易有太极，一之谓也。分而为阴阳，阴阳之间，必有中和。"在《道德真经论》中诠释"道生一，一生二，二生三，三生万物。万物负阴而抱阳，冲气以为和"时，又说："自无入有，分阴分阳，济以中和。""万物莫不以阴阳为体，以冲气为用。"①如果将这两段文字及《潜虚》的概论与周敦颐的《太极图说》相比，就不难看出，司马光所谓的"虚"，相当于"无极而太极"中的"无极"。"生于气"，相当于"太极动而生阳，动极而静，静而生阴，静极复动。一动一静，互为其根。分阴分阳，两仪立焉。阳变阴合，而生水、火、木、金、土"。"气以成体，体以受性"，相当于"五气顺布，四时行焉。五行，一阴阳也。阴阳，一太极也。太极，本无极也。五行之生也，各一其性"。但是，周敦颐对宇宙万物生成变化的描述，相比之下要细密、系统得多。朱熹"于涑水微嫌其格物之未精"，或许这是一个重要的原因吧。因此，还是四库馆臣说得中肯，其谓温公之说为"有得之言，要如布帛菽粟之切于日用"。司马光不论是注疏《易经》《太玄》《道德经》，还是编纂《潜虚》，其重点所在，都是在阐述人事，论证道德仁义礼万世不可废弃，论证纲常等级制度永恒合理。这一点只要一打开司马光相关著作，即会留下难忘的印象。司马光嘉祐中推荐并州盂县主簿郑扬庭所撰《易测》，言其"不泥阴阳，不涉怪妄，专用人事，指明六爻"②，这又何尝不是其自况，不是其治学之宗旨呢？

---

① ［宋］司马光《道德真经论》卷三。
② 《传家集》卷二〇《荐郑扬庭札子》。

## 二　论中和之道,述和合之旨

中和之道是司马光哲学思想的精髓。司马光认为任何事物的发生发展都必须遵循中和之道。所谓"中和",与"中庸""中正"等内涵大体一致,它们的主要含义都是强调适中、用中或执中,"动静云为,无过与不及也"①。

司马光认为修心养性、安身立命与治国安邦均离不开中和之道。以养生、治病为例,熙宁中,友人李孝基抱病,司马光认为病由阴阳失调所致。李孝基食素数十年,致患冷疾,既患之后,又以热药去病,过冷过热,两失中和。因此,司马光劝他"罢素膳,屏热药",饮食起居,不离中和。他坚信试行旬日,必然见效。

司马光认为士大夫当"以中正为心"。"邦有道则见,邦无道则隐。可以进而进,可以退而退,不失其时"。在欲退不能之时,则更要"履中守正,和而不流,执志之坚,人不能夺"。司马光认为"刚,阳德也,君子所尚也。然刚而不中则亢,刚而不正则戾,亢则人疾之,戾则人违之,故刚遇中正,然后可以大行于天下也"②。因此,司马光认为"正直非中和不行,中和非正直不立,若寒暑之相济,阴阳之相成也"③。正直、中和,相辅相成,方始为美德。

司马光认为成就事业也离不开"中"。他说:"能济难者存乎中,能有功者存乎时。时未可往,而用之太速则不达;时可以往,而应之太缓则无功。故上六藏器于身,待时而动,君子韪之。"④进一步发挥

---

① 《传家集》卷六三《答秉国第二书》。
② [宋]司马光《易说》卷三《遘》《姤》。
③ 《传家集》卷六七《四言铭系述》。
④ [宋]司马光《易说》卷三《解》。

了儒家一向提倡的"时中"思想。

司马光认为作为领袖,必须具备明察的本领。但"明者常失于察。察之甚者,或入于邪。是以圣人重明以丽乎正,乃能化成天下"。作为一国之君,尽管他已拥有九五"至贵之位",但是他要团结人民,增强国家的凝聚力,做到天下归心,也必须遵守中和之道,不阿不私,"从命者赏,违命者诛。善善恶恶,而不在于私,用中正以求比者也"①。

司马光认为无论是"兼济",还是"独善",首要的是"治心"。他说:"君子从学贵于博,求道贵于要。道之要,在治方寸之地而已。《大禹谟》曰:'人心惟危,道心惟微,惟精惟一,允执厥中。'危则难安,微则难明,精之所以明其微也,一之所以安其危也,要在执中而已。"这个"中",在《答韩秉国书》②中,司马光明确指出,是《大学》所言伦理道德,即"为人君止于仁,为人臣止于敬,为人子止于孝,为人父止于慈,与国人交止于信"。他认为如《大学》与荀卿之言,则得中而近道矣"。如是,则道义充盈体内,"沛然不息,确然不动,挺然不屈","至大至刚"的浩然之气就形成了,一个顶天立地的大丈夫也便造就了。

在司马光看来,所谓的"礼"是"中和之法",所谓的"仁"是"中和之行",而乐则以中和为本,政则以中和为美,刑则以中和为贵。至于"孔颜乐处",则是由于"圣贤内守中和"的缘故。仁者寿,则是君子以中和为节,饮食起居,咸得其宜,阴阳不能病,天地不能夭,虽不导引服饵,亦不失其寿。他坚信"夫和者,大则天地,中则帝王,下则匹夫,细则昆虫草木,皆不可须臾离者也"。"中和之道,崇深闳远,无

---

① [宋]司马光《易说》卷二《离》、卷一《比》。
② 《传家集》卷六四《中和论》、卷六三《答韩秉国书》。

## 第十章　西洛十五载(三):旨在国家和平、社会稳定的思想

所不周,无所不容。人从之者如鸟兽依林,去之者如鱼虾出水,得失在此"①。因此,中和之道无时不在、无地不在、无物不在,万事万物莫不受其制约、支配,是宇宙一切事物形成发展的根本规律。

司马光认为太极"分而为阴阳,阴阳之间,必有中和"②。在一切事物中,矛盾对立的双方阴与阳互相作用,所达到的平衡、协调、融合的状态也就是中和,司马光把这种中和状态又称作"冲气",他认为"万物莫不以阴阳为体,以冲气为用"③。只有当事物内部矛盾对立的双方阴阳处于中和状态时,这一事物才能产生并生存发展下去。故而"天地相友,万汇以生;日月相友,群伦以明;风雨相友,草木以荣;君子相友,道德以成"。相反,如果矛盾对立的双方不协调、不平衡、不和谐,那么该矛盾统一体就不能产生发展,就要走向其反面。故司马光说:"阴阳不中,则物不生;血气不中,则体不平;刚柔不中,则德不成;宽猛不中,则政不行。"④事物发展的不平衡性是绝对的,对此,司马光是有清醒认识的。他说:"凡事有形迹者,必不可齐,不齐则争,争则乱,乱则穷,故圣人不贵。"⑤此时圣人所贵和应致力的,是调整阴阳关系,"损之益之,不失中和,以生成万物"⑥。司马光的中和思想无疑是正确的,因为它符合对立统一规律。世界上任何事物都是对立面的统一,而"辩证法是一种学说,它研究对立面怎样才能够同一,是怎样(怎样成为)同一的"⑦。同时马克思主义的一条重要原理,就是要求把历史事件和历史人物放在一定的历史范围

---

① 《传家集》卷六二《与范景仁论中和书》。
② [宋]司马光《易说》卷五《系辞上·第八章》。
③ [宋]司马光《道德真经论》卷三。
④ [宋]司马光《潜虚》中《丑》《齐》篇。
⑤ [宋]司马光《道德真经论》卷一。
⑥ 《传家集》卷二七《上皇太后疏》。
⑦ 《列宁全集》第三八卷,第111页。

里去考察。司马光所处的时代,是由安史之乱开始,经历了二百五十余年的动乱后,初步稳定下来的时代,是由唐帝国土崩瓦解到宋辽夏南北对峙的时代,是元代大一统前的酝酿,当时的社会正处于突变后的渐变阶段。因此,司马光大力提倡中和之道,提倡和合精神,对促进当时社会各个矛盾统一体中对立的双方保持最佳的统一状态无疑是有益的。因为任何事物只有处于统一、协调的状态之中,其内部对立的双方才能相互合作,相互促进、吸引、融合,才能使事物保持发展的势头。中和之道强调"无过与不及",强调执其两端用其中,它有利于社会的稳定,有利于社会经济、文化与科学技术的发展,也合乎当时人心思安的心理,合乎历史发展的潮流,因此,中和之道应当是那个时代精神的主旋律。当然,在揭示这些积极意义的同时,我们并不讳言司马光的中和思想是有明显的阶级与时代的烙印的。这点,司马光在《投壶新格》一文中讲得很清楚,他说:"中正,道之根柢也。圣人作礼乐,修刑政,立教化,垂典谟,凡所施为,不啻万端,要在纳民心于中正而已。"[①]

司马光推崇中和之道,重视矛盾的统一性,维持矛盾的平衡、协调、和谐、融合,但这并不意味着他否认矛盾的差异性。他认为"数之踦赢,虽天地不能齐也。夫惟不齐,乃能变化,生生无穷"。由此,他承认"凡物极则反,自始以来,阴阳之相生,昼夜之相成,善恶之相倾,治乱之相仍,得失之相乘,吉凶之相承,皆天人自然之理"[②]。在事物对立统一性全面认识的基础上,他提出了因革思想,他认为"前人所为,是则因之,否则变之,无常道"。他全盘接受了扬雄的观点,"夫道有因有循,有革有化。因而循之,与道神之;革而化之,与时宜之。故因而能革,天道乃得;革而能因,天道乃驯。夫物不因不生,

---

[①] 《传家集》卷七五。
[②] [宋]司马光《集注太玄经》卷六。

## 第十章 西洛十五载（三）：旨在国家和平、社会稳定的思想

不革不成。故知因而不知革，物失其则；知革而不知因，物失其均。革之匪时，物失其基；因之匪理，物丧其纪。因革乎因革，国家之矩范也。矩范之动，成败之效也"①，全面而深刻地阐述他的富于辩证精神的因循变革思想。司马光具有丰富的历史经验和人生阅历，因而他能正视"法久必弊，为民厌倦"的事实，主张"通其变，使民不倦"②。但是，他是反对变革"道"的。他说："古之天地有以异于今乎？古之万物有以异于今乎？古之性情有以异于今乎？天地不易也，日月无变也，万物自若也，性情如故也，道何为而独变哉？"③那么，司马光心目中的"道"是什么呢？我们认为是道德仁义。司马光认为道德仁义是"人道之常"，是"天性自然，不可增损"。那么，应当而且可以增损的又是什么呢？司马光认为是"礼乐刑政"，"礼乐刑政"应时而造，故其"损益可知也"④。以此之故，夏商周三代忠质文的递变是合乎天道、顺乎人情的。由此看来，司马光坚持"圣人守道不守法"⑤的观点，是无可厚非的。对于礼乐刑政的改革，司马光主张要把握好"度"，他认为"礼虽先王有未至，可以义起也"⑥。这里的"义"，就是"宜"。他强调"事无常时，务在得宜。知宜而通，惟义之功"⑦。强调改革正确与否，要看与现实是否相协调，是否处于无过与不及的中和状态之中。因此，司马光决不是泥古不变的顽固派，而是一位坚持儒家基本原则、稳健通变的改革家。

---

① [宋]司马光等《扬子法言》卷三。
② [宋]司马光《易说》卷六《系辞下·第二章》。
③ 《传家集》卷七四《迂书·辨庸》。
④ [宋]司马光等《扬子法言》卷三《问道篇》、卷四《问神篇》。
⑤ [宋]司马光《易说》卷六。
⑥ [宋]司马光等《扬子法言》卷三《问道篇》。
⑦ [宋]司马光《潜虚·宜》。

## 三　敬天爱民，慎修人事

在司马光思想里，"天"的含义是丰富而复杂的，他在"天命"这个问题上的态度也是颇为微妙的。从本质上来讲，他是不信天命的。他认为"天地，有形之大者也"，与"血气之类皆营为以求生"的万物不一样，"天地无为而自生"①。因此，天地只不过是自然界中最大的物体罢了，它们是无意志的。他的这一认识在《迂书·天人二则》②里表露得最为显豁。他说：

天力之所不及者，人也，故有耕耘敛藏；人力之所不及者，天也，故有水旱螟蝗。

天之所不能为而人能之者，人也；人之所不能为而天能之者，天也。稼穑，人也；丰歉，天也。

这里的"天"，无疑指的是自然的天。天与人的功能、作用各不相同，体现了司马光天人相分的思想。如果只看这两段文字，似乎在司马光的思想意识之中，人类在天的面前、在水旱螟蝗面前是无能为力的。其实不然，司马光是主张人定胜天的。他多次阐述了自己的这一思想，他坚信，如果"以道莅天下"，那么，"寒暑风雨，变化生成""物各得其所，无妖灾"。他认为"圣人与鬼神合其吉凶"，"民，神之主也。圣人不伤人，则神亦不伤矣"③。由此可见，妖灾是否形

---
① ［宋］司马光《道德真经论》卷一。
② 《传家集》卷七四。
③ ［宋］司马光《道德真经论》卷四。

成,关键在圣人是否按客观规律决策行事。至于个人是否能保持健康,关键也在于自己能否行中和之道,"养备而动时"。

但是人类认识自然、征服自然的能力毕竟是有限的。"人定胜天",也只能在一定范围内才能显示它的威力,这也许才是《天人二则》所要表达的思想。仰望冥冥青天,作为一位严谨、审慎的思想家,司马光产生"天之祸福,必因人事之得失;人之成败,必待天命之与夺"的思想应当说是完全合乎逻辑的事。不仅如此,司马光进而提出"天人互助"的思想,他说:"天者不为而自成,人者为之然后成,而同其际,使之无间隙,皆圣人神心之所为也。"①主张充分发挥人的主观能动性,协调天人关系,使之达到最佳状态,以取得最佳效果。这样,司马光不仅继承了刘禹锡"天人相胜"的思想,而且还提出了"天人共济"的思想,从而完善并发展了荀子在天道观上的"天人相分"的思想。

那么,司马光的思想里有没有"天命论"的成分呢?从"天命论"产生的思想认识根源上来看,它是人类对高深莫测的大自然、对不可抗拒的自然灾害、对变化纷纭奇偶不定的人事现象无法做出令人信服的解答时,产生的一种心理和观念。处于十一世纪的司马光不可能完全彻底地摆脱这样的思想观念。有一次他牙痛不已,通宵不寐,呻吟之声达于四邻。恰好此时有位道士经过,道士告诉他:"病来于天,天且取子之齿,以食食骨之虫,而子拒之,是违天也。夫天者,子之所受命也,若之何拒之?其必与之!"司马光听从了道士的意见,一觉醒来,牙痛不治而止。这看来似乎宣扬的是天命论,但是,又有一次,司马光被蚤螫痛了手,痛苦不亚于牙病,祝师要他从精神上藐视蚤虫,结果也解脱了痛苦。随后,司马光问祝师,祝师

---

① [宋]司马光等《扬子法言》卷七《重黎篇》、卷四《问神篇》。

说:"蛊不汝毒也,汝自召之。余不汝攘也,汝自攘之。夫召与攘皆非我术之所能及也,子自为之也。"司马光听后,恍然大悟,说了段颇耐人寻味的话:"嘻!利害忧乐之毒人也,岂直蛊尾而已哉?人自召之,人自攘之,亦若是而已矣!"①因此,司马光这里的思想与其说是天命论,毋宁说是对利害、忧乐的一种超脱更为恰当一些。司马光在他生命的最后日子里,躬亲庶务,不舍昼夜。宾客见他身体虚弱,举诸葛亮食少事烦之例为戒,司马光应之以"死生,命也",工作越发努力。直至病危,失去知觉,喃喃所语皆是国家大事。这当然就更不能视之为天命论了。它恰恰显示了司马光那种为国家、为事业奋不顾身、死生以之的高尚情怀。在《葬论》中,司马光说过"人之贵贱、贫富、寿夭系于天",但这不过是为了揭穿阴阳风水之说而运用人们已习惯、能接受的一种说法而已。在《扬子法言·学行篇》中,他说:"死生有命,富贵在天。好学者修己之道,无羡于彼;有羡者,皆非好学者也。"应当说,这才是他对生死富贵的真实立场。司马光对天命的态度,基本未脱离孔子重人事、轻天命的立场,与孔子对天命存而不论的审慎态度是一致的。在《邴吉论》中,司马光以矫健、犀利的笔锋严厉批驳了邴吉为自己不问治安、但问牛喘的行为狡辩的谬论。他说:"当邴吉为政之时,政治之不得,刑罚之失中,不肖之未去,忠贤之未进,可胜纪哉?释此不虑,而虑于牛喘,以求阴阳,不亦疏乎?且京邑之内,盗贼纵横,政之不行,孰甚于此?《诗》云:'商邑翼翼,四方之极。'近不能正,如远人何?若曰守令之职,守令不贤,当责何人?非执政者之过,而又谁欤?……若盗贼不禁,而曰长安令之职;风俗不和,而曰三老之职;刑罚不当,而曰廷尉之职;衣食不足,而曰司农之职。推而演之,天下之事,各有其官,则宰相居于其

---

① 《传家集》卷七四《蛊书》,《齿》《蛊祝》。

间,悉无所与,而曰主调阴阳,阴阳固可坐而调耶?"①强烈地表达了他努力人事的思想。他认为这是一个人立身于不败之地的正道,也是圣人取得成功的原因。

但是,在中国古代社会,权力缺乏有效的制约机制,人们不得不借助天命论、天人感应的学说"略以助政",在《迂书·士则》中,司马光说:"天者,万物之父也。父之命,子不敢逆;君之言,臣不敢违。父曰前,子不敢不前;父曰止,子不敢不止。臣之于君亦然。故违君之言,臣不顺也;逆父之命,子不孝也。不顺不孝者,人得而刑之;顺且孝者,人得而赏之。违天之命者,天得而刑之;顺天之命者,天得而赏之。"又说:"智愚勇怯,贵贱贫富,天之分也;君明臣忠,父慈子孝,人之分也。僭天之分,必有天灾;失人之分,必有人殃。尧舜禹汤文武勤劳天下,周公辅相致太平,孔子以诗书礼乐教洙泗,颜渊箪食瓢饮,安于陋巷,虽德业异守、出处异趣,如此其远也,何尝舍其分而妄为哉?"在此,司马光大谈特谈天命、天分、人分,目的很清楚,就是要各阶层的人们,上至君主,下至臣民,修省恐惧,安分守己,按照儒家论证的伦理秩序来调整君臣、父子关系,以维护专制主义王朝的长治久安。

中国古代的统治者都不惮繁文缛节以文饰政治,但是一旦繁文缛节疲弊百姓,危及邦本,与本固邦宁的原则主张相冲突,贤士大夫就会挺身而出,大声疾呼,提出"事天者,贵于内诚而贱外物"的思想主张。司马光也是这样的。英宗即位后,连年大灾。治平二年(公元1065年),行南郊大礼,司马光主张"国有凶荒则杀礼""固不可与庸俗之人执文泥例者谋之",请求英宗"侧身克己,痛自节约",否则就"无以应答天意,感慰民心,使昏垫者忘其悲愁,馁死者无所怨

---

① 《传家集》卷六五、六七。

嗟"。他认为一切祸福都以人道为转移,所谓"灾异之来,不在于佗,苟人心和悦,则天道无不顺矣"①。"灾异应时君之德,故以德为本,异为末"。故而,他鄙薄商纣王。商末,纣淫虐将亡,灾异并臻,但纣王却口出狂言说:"我生不有命在天!"司马光认为这是"废人事而任天命,得凶而以为吉也"。司马光敬重楚庄王以无灾为惧,楚庄王说:"天岂弃忘寡人乎?"司马光认为这是"得吉犹以为凶也"②。司马光认为对待天命的态度应是"知命乐天,无忧则贤;乐天知命,有忧则圣。若夫涉世应事,则有常理:始于忧勤,终于逸乐,人无远虑,必有近忧"③。也就是说,假借天命,让自己始终保持警惕,谦虚谨慎,戒骄戒躁,兢兢业业。总而言之,司马光对天命论的基本观点是天人相分,但也不乏天人合一的成分。在中和思想指导下,他对天人相分的思想有所发展完善,使之更为全面。

## 四 其微不出吾书,其诞吾不之信

司马光是宋代杰出的无神论者,他对神鬼怪异之说、谶纬符瑞之举,一概予以排斥、予以反对。对佛道之说也进行了严格的批判,他认为"物有始必有终,人有生必有死"。又说:"夫生之有死,譬犹夜旦之必然。自古及今,固未有超然而独存者也。"④至于人们为何相信神鬼怪异,司马光认为这主要由于人们对于客观事物知之甚少、甚浅所至。他说:"有兹事必有兹理,无兹理必无兹事。世人之

---

① 《传家集》卷三六《乞节用上殿札子》《上皇帝疏》。
② [宋]司马光等《扬子法言》卷一〇《孝至篇》、卷五《问明篇》。
③ [宋]司马光《潜虚·羼》。
④ [宋]司马光《易说》卷五《第四章》以及《资治通鉴》卷一一汉高帝五年。

怪,怪所希见。由明者视之,天下无可怪之事。"还说:"妖不自兴,由人反德为愚也者,心之疾也。"①基于此,司马光在《通鉴》编纂工作刚刚开始时,就要求助手们,除了一些可以起着警戒作用的妖异之事外,其他有关神鬼怪异的记载,一概直删不妨。因此,我们在《通鉴》中基本看不到灾异、符瑞、图谶、占卜之类的记载。司马光在《通鉴》中记载了这样一件事,南朝宋明帝是个荒淫无耻、暴虐无道的昏君。华林园竹林堂是他游嬉之所,他曾威逼宫人裸体追逐,有一宫女拒不从命当场被杀。夜间明帝梦见在竹林堂有一女子诅咒他,宣称他活不到明年收庄稼之时。他醒后又在宫中搜查,杀掉一个长相似梦中女子的宫女。后来他又梦见第二位被害者,宣称已告到上帝那里去了。他请来巫师,巫师认为竹林堂里有鬼。不久,明帝被政敌杀死在竹林堂内。这是《通鉴》中屈指可数的有关鬼怪的记载。后人认为司马光书此,是明示人不可妄杀,以明帝身死人手的下场警告后世的暴君。

在《通鉴》唐玄宗开元二年,司马光还记载了这样一件事。有位官员献上武则天为后时所作的一篇《豫州鼎铭》,铭文末有这样两句话:"上玄降鉴,方建隆基"。"隆基"二字,正好是玄宗的名字,那位官员认为这是玄宗受命于天的符瑞。玄宗今天能称帝,上天早在则天时就有所暗示。宰相姚崇也上表祝贺,并请宣示百官,颁布中外。司马光对此发表了评论,他认为将偶然巧合之文作为符命,是小臣向皇帝献媚取宠,而宰相这样做则是在侮辱他的君王。唐明皇早期是位励精图治的明君,姚崇是开元盛世的名相,明君贤相仍不能免俗,岂不令人惋惜!

在中国古代,阴阳迷信十分盛行,凡是丧葬,必定要请风水先生

---

① 《传家集》卷七四《迁书·无怪》、[宋]司马光《集注太玄经》卷五。

择地卜日,因为按照迷信的说法,地形的好坏、时日的吉凶,都会直接影响到后世子孙的祸福。为了破除迷信,司马光在《通鉴》里,记叙了梁昭明太子为葬母而求吉地这样一件事。南朝梁普通七年(公元526年),昭明太子母去世,他选择了一块吉地安葬了母亲,但不久有位道士对他说墓地于你不利,如果用物压一压,或可稍微好些。于是,昭明太子将腊鹅等物埋在墓地里,谁知此事被人告发,诬蔑昭明太子欲以此谋害皇帝。皇帝与昭明太子一样也信这一套。虽然后来只处死了道士,但是昭明太子蒙冤不白,又愧又恨,数年而卒,连自己的孩子也受到了牵连,不能继承皇位。司马光通过昭明太子求吉得凶这件事指出阴阳风水之说为无稽之谈,他谆谆告诫人们应当远离"诡诞之士,奇邪之术",要谨守正道。

为了进一步破除阴阳风水之说,司马光还特著《葬论》,以自家为例,现身说法。在安葬其祖时,其兄已选定了"岁月日时及圹之浅深广狭、道路所从出,皆取便于事者"。但是族人却一致要求请葬师选择风水之地。其兄无奈,只得以重金买通葬师,请他按己意确定葬时、葬地。结果,家族从仕者二十余人,其兄年七十九以列卿致仕,己则位致侍从。家族成员的禄、寿均未受到丝毫的影响,由此可见葬书之不可信。

司马光认为"葬者,藏也",无地不可葬。古人之所以要在选择葬地时做占卜,主要是防止墓葬天长日久有非常之变及崩坏,因而要选择一块土厚水深高敞坚定之处安葬祖考的遗体。而世俗信为"子孙贫富、贵贱、贤愚、寿夭,尽系于此",则是极其荒诞可笑的。他认为一家一国的兴衰,不在葬地、时日的吉凶,而在于"德之美恶",在于是否爱养民力。仁宗去世后,朝廷拘于阴阳之说欲于永安县皇陵之外选择吉地,司马光极力反对,他立即奏上《言山陵择地札子》,陈说利害道:"国家自宣祖以来,葬于永安百有余年,官司储偫,素皆有备。今改卜他所，不惟县邑官司更须创置，亦恐大行皇帝神灵眷恋祖宗，未肯即安于新陵也。凡科率之物，期日远，则民力宽而事易办；期日近，则费愈多而事不集。砖石之类，体重难移，若山陵之处，不使豫先知之，则有司何以供办？百姓何以输纳？至时暴加迫趣，则一钱之物必直十钱，疲羸之民，将不胜其弊矣！"①为此，他请求只在旧陵附近择址安葬仁宗以宽民力。

司马光对佛道两教则未取简单排斥的态度。他曾认真地阅读过佛教经典著作《心经》，经反复体味，他认为"佛书之要，尽于一空字而已"，而这"空"字则是可取的。有人责难道："空则人不为善……奈何！"司马光认为不能这样理解："空取其无利欲之心，善则死而不朽，非空矣！"由此他对恬然于物的僧绍鉴极为激赏，认为"倘不知事物之空，能如是乎？"对汲汲于名利的僧若讷，则提醒他要牢记仁宗题师号"安净"之旨，他说："安净，德之美者也。既曰安矣，则于物宜无求；既曰净矣，则物不得而间之。是故安如磐石，虽加减万钧不为之低昂；净如清水，有一毫入之则累矣！"②当时士大夫多信佛，往往作偈，发挥禅理，又故弄玄虚，迷妄世人。司马光有鉴于此，也作解禅偈六首，来揭示禅理，而实以儒家思想改造之。他说：

忿怒如烈火，利欲如铦锋。终朝长戚戚，是名阿鼻狱。

颜回甘陋巷，孟轲安自然。富贵如浮云，是名极乐国。

孝弟通神明，忠信行蛮貊。积善来百祥，是名作因果。

---

① 《传家集》卷二七。
② 《传家集》卷六七《书心经后赠绍鉴》《谕若讷》，卷七四《迂书·老释》。

仁人之安宅,义人之正路。行之诚且久,是名不坏身。

　　道德修一身,功德被万物。为贤为大圣,是名菩萨佛。

　　言为百世师,行为天下法。久久不可捄,是名光明藏。①

　　总之,司马光是站在儒家的立场上,对佛教采取"取其精华,弃其糟粕"的态度。在《还陈殿丞〈原人论〉》这首诗中,司马光写道:

　　品物芸芸游太虚,不知谁氏宰洪炉。一株花落分荣辱,万窍风号见有无。觉后共占犹是梦,衣中所得亦非珠。何如鼓瑟浴沂水,春服成时咏舞雩。

　　这表明司马光所向往的是儒家的理想境界,他认为这一境界比佛学的境界更为高尚现实。对于道教,司马光也持同样的态度。

　　司马光不信释老迷信,认为这些无益于世,只能与国家争夺人力,减少国家税收,耗费社会财富。在《通鉴》里,他借唐中宗时李邕的话表达了自己的看法,说:"若有神仙能令人不死,则秦始皇、汉武帝得之矣;佛能为人福利,则梁武帝得之矣。尧、舜所以为帝王首者,亦修人事而已。尊宠此属,何补于国!"在唐玄宗开元二年(公元714年),他又摘引了姚崇反对剃度僧人的奏章,说:"佛图澄不能存赵,鸠摩罗什不能存秦,齐襄、梁武未免祸殃。但使苍生安乐,即是福身;何用妄度奸人,使坏正法。"由此可以看出,司马光对宗教迷

---

① [宋]王辟之《渑水燕谈录》卷三。

信之说的批判是何等的深刻、鞭辟入里。周世宗是中国古代四位发动灭佛运动的皇帝之一,后周显德二年(公元955年),他下令民间将铜器、佛像在五十天内全部上缴国家,以供铸造钱币之用。同时他又对近臣说:"卿辈勿以毁佛为疑。夫佛以善道化人,苟志于善,斯奉佛矣。彼铜像岂所谓佛邪?且吾闻佛在利人,虽头目犹舍以布施。若朕身可以济民,亦非所惜也!"司马光就此发表评论:"若周世宗可谓仁矣,不爱其身而爱民;若周世宗可谓明矣,不以无益废有益。"①这在《资治通鉴》中可以说是仅见的,连一向被公认是中国古代最杰出的帝王唐太宗,司马光也未给予如此高的评价和赞誉。由此可见司马光对宗教所持的态度了。

不过,在日常生活中,司马光对佛教活动并不是一概反对的。他对在宫廷中做佛事追荐亡灵的做法深不以为然,认为"鄙俚无稽,不合礼典""黩嫚威神,莫甚于此",希望朝廷能严格地按照儒家的丧礼办理。但是,鉴于"释老积弊已深,不可猝除",因而在民间不妨因势利导,对于"臣僚之家无人守坟,乃于坟侧置寺,啖以微利,使之守护种植"②的做法,司马光并不表示反对,并且从俗,自家也是这样处理的。

总之,司马光对佛、道两教所采取的态度,还是用他曾说过的一句话来概括:"不喜释老,曰:'其微言不能出吾书,其诞吾不信。'"③


## 五 善恶相混之性,格致正诚之道

对于"人性论"这个历代儒家争论不休的人生哲学中的重要课

---

① 《资治通鉴》卷二〇八唐中宗神龙元年四月、卷二一一唐玄宗开元二年正月、卷二九二后周世宗显德二年九月。
② 《传家集》卷二八《乞撤去福宁殿前尼女札子》、卷三〇《言永昭陵建寺札子》。
③ 《传家集·附录·司马文正公行状》。

题,司马光做出了自己的回答。他既不同意孟子的性善论,也不同意荀子的性恶论,更不同意告子的性无善无不善论。他认为"孟子以为人性善,其不善者,外物诱之也;荀子以为人性恶,其善者,圣人教之也,是皆得其一偏而遗其大体"。他说:"孟子以为仁义礼智,皆出乎性者也,是岂可谓之不然乎?然不知暴慢贪惑亦出乎性也。是知稻粱之生于田,而不知藜莠之亦生于田也。荀子以为争夺残贼之心,人之所生而有也,不以师法礼义正之,则悖乱而不治,是岂可谓之不然乎?然殊不知慈爱羞愧之心亦生而有也,是知藜莠之生于田而不知稻粱之亦生于田也。"告子认为"性之无分于善不善,犹水之无分于东西",这也同样是错误的。司马光针对告子之言批判道:"水之无分于东西,谓平地也。使其地东高而西下,西高而东下,岂决导所能致乎?"他以"瞽瞍生舜,舜生商均"这个确凿史实,来驳斥告子,瞽瞍一家三代,生活环境完全一样,但舜性善,而瞽瞍及商均性恶。瞽瞍未能影响舜、改变舜,舜也未能影响商均、改造商均。这就反证了人性善恶的差异,是先天就存在的。在批驳诸子的人性论之后,司马光亮明了自己的观点,他认为在人性论上扬子的主张"人之性,善恶混"最全面:"夫性者,人之所受于天以生者也,善与恶必兼有之。是故虽圣人不能无恶,虽愚人不能无善。其所受多少之间则殊矣。善至多而恶至少,则为圣人;恶至多而善至少,则为愚人;善恶相半,则为中人。圣人之恶不能胜其善,愚人之善不能胜其恶,不胜则从而亡矣。故曰:惟上智与下愚不移。"[①]

司马光认为"性者,人之所受于天以生者也"。这里的"天"是物质的,而非精神的。司马光在《扬子法言·问道篇》中已明确指出,"天地之理,人物之性,皆生于自然,不可强变"。不错,刚刚出生的

---

[①]《传家集》卷六六《性辩》、卷七三《性犹湛水》。

## 第十章 西洛十五载(三):旨在国家和平、社会稳定的思想

婴儿是没有善恶等社会属性的,但是,他有这方面先天的潜在素质,否则婴儿就不会接受社会的影响而带上社会的属性。"人非木石,孰能无情"这句话说明人异于木石是有情的。这个情就是社会属性。这种先天的社会属性的潜在素质,开始并不表现为社会属性,只是有接受社会影响发展为社会属性的可能。人为什么会有这种素质呢?应该说这是人类在形成发展的过程中逐步形成的。人生活在社会中,受社会影响而有了人的社会属性。人的社会属性是后天获得的。根据遗传学原理,后天获得属性,经过长期反复的过程,也会遗传给后代。由于社会是有善恶的,因而人性所携带的社会信息也是有善有恶的。司马光的人性论基本客观地体现了人类个体的差异性,因而它是正确的。

在司马光的人性论中,无论是圣人、中人,还是愚人,其性中善、恶都是并存的。这就内在地给每一个人提出了一个通过学习改造自己的任务。故司马光质问道:"必曰圣人无恶,则安用学矣?必曰愚人无善,则安用教矣?"尽管司马光认为"惟上智与下愚不移",但是他认为"不学则善日消而恶日滋,学焉则恶日消而善日滋"[1]。如果坚持学习改造自己,那么,"贤者学以成德,愚者学以寡过,岂得谓之无益也"。同时由于司马光第一次提出了"虽圣人不能无恶"的观点,这就在一定程度上抹去了圣人头上神圣的光环。在《答秉国第二书》中,司马光精辟透彻、淋漓尽致地阐述了他的这一思想,他说:"圣人亦人耳,非生而圣也。虽聪明睿智过绝于人,未有不好学从谏以求道之极致,由贤以入于圣者也。故孔子曰:'我非生而知之,好古敏以求之者也。'又曰:'吾十有五而志于学,至于七十,然后从心所欲,不逾矩。'以孔子之德性,犹力学五十有五年,乃能成其圣,况他

---

[1] 《传家集》卷六六《性辩》。

人不学而能之乎？若谓圣人生知自天，必不可及，则颜子何为欲罢不能，孟子何为自比于舜哉？舜戒群臣曰：'予违汝弼，汝无面从。'使舜生而圣，不勉而中，不思而得，夫又何弼哉？"这样，在司马光心目中，所谓"不勉而中，不思而得，从容中道"的"圣德之已成者"，在现实生活中是不存在的，自古以来就没有过，这种圣人仅存在于理想之中，仅具有理论意义。现实中，仅有"择善而固执之，博学、审问、慎思、明辨、笃行"的"贤人之好学者"，与勤以补拙、"人一能之，己百之"的"愚者之求益者"。他认为现实生活中"至愚之难值，亦犹至圣之不世出也。故短长杂者，举世比肩是也"①。由此看来，司马光实际上是性一品论者。总而言之，在司马光看来，只要人们致力于修身养性，致力于仁义礼智信，那么，人皆可为尧舜。因而，在客观上，司马光的这一思想对中华民族道德品质的提高，无疑是有促进作用的。

但是，在现实生活中，"人皆可以为尧舜"的理想人格却很难实现。司马光认为这主要是因为绝大多数人被利欲之心迷惑了。在《致知在格物论》中，他笔锋犀利地剖析了古往今来的众生相，深刻地揭示了造成这种社会现象的原因之所在，他说："人之情莫不好善而恶恶，慕是而羞非，然善且是者盖寡，恶且非者实多，何哉？皆物诱之也，物迫之也。"但是，少数"好学君子"却能达到理想境界，这主要是因为"好学君子"能安贫乐道。他们一旦认识到"己之道诚善也、是也，虽茹之以藜藿如梁肉，临之以鼎镬如茵席。诚恶也、非也，虽位之以公相如途泥，赂之以万金如粪壤"。由于他们能正确对待名利，因此他们"视天下之事，善恶是非，如数一二，如辨黑白；如日之出，无所不照；如风之入，无所不通，洞然四达。安有不知者哉？

---

① 《传家集》卷六三、卷七〇《送李揆之序》。

## 第十章 西洛十五载(三):旨在国家和平、社会稳定的思想

所以然者,物莫之蔽故也"。在对两类人做了如上分析比较之后,问题就很清楚了。人们能否正确地认识客观世界,实现自我人格的完善,关键在于能否抵制外物的诱惑,能否遵循仁义礼智信等儒家的人格理想。如果能"依仁以为宅,遵义以为路,诚意以行之,正心以处之",也就是说能动静语默、饮食起居都念念不忘仁义,能以此"扞御外物",那么就"能知至道矣"。如果能"修身以帅之",能修己化人,那么,"天下国家何为而不治哉"①? 从而最终实现儒家追求的格致正诚、修齐治平的人生最高价值,实现儒家"内圣外王"的人格理想与政治理想。

"曲木为轮","性可揉也"。司马光坚信人性是可以改造的,"中人"是可以成为"圣贤"的。但是,他从丰富的人生阅历中,深深体会到完善自身理想人格之难。如果人能战胜自己,那他就没有什么艰难险阻不可以战胜了。他说:"胜人易,胜己难。胜己之私以从于道,则人无不胜矣。"②"胜己之私"的关键最终在于什么? 司马光认为在于人自身。他说:"去恶而从善,舍非而从是,人或知之而不能徙,以为如制悍马,如斡磻石之难也。静而思之,在我而已,如转户枢,何难之有?"③

尽管司马光提出了抵制"欲心""利心"的要求,但他并不否认人的正当情欲。他认为:"情与道一体也,何尝相离哉?"情欲与道德规范是有一致性的。圣人制礼,"皆顺人情而为之也"。"先王之礼,其于君臣之际,虽不失尊严而和乐存焉",由此可见,礼与情是相辅相成的。总而言之,他认为情与道的关系就像流水与堤防、奔马与缰绳一样。他说:"夫情者,水也;道者,防也。情者,马也;道者,御

---

① 《传家集》卷六五。
② [宋]司马光等《扬子法言》卷四《问神篇》。
③ 《传家集》卷七四《迂书·回心》。

也。水不防,则泛溢荡潏,无所不败也;马不御,则腾突奔放,无所不之也。防之,御之,然后洋洋焉注夫海,骎骎焉就夫道。"①他主张将人的情欲纳入道德规范的堤防之中。并在《潜虚·湛》中,进一步阐述其在这一问题上的苦乐观:"以欲忘道,惑而不乐。以道制欲,乐而不乱。去欲从道,其乐也诚。""形苦心愉,内自适也。"

## 六 循理求知,行贵于知

司马光是反对生而知之的,他认为无论是圣人、帝王,还是"中人",要获得知识,都必须通过后天切身的闻见学问。他认为三皇五帝三王之道,亦非三皇五帝三王"取诸己也",而是他们"钩探天地之道"的结果。孟子认为《尚书》"舛驳",曾宣称"尽信《书》,不如无《书》"。《尚书》是否"舛驳"如孟子所言?司马光主张学者还是通过钻研《尚书》来解决认识问题。他反对学者那种"随风而呼,顺流而攘。未有能排其门,上其堂,探其室,哜其炙,而徒披猖横骛乎藩篱之外"的不良学风,认为这样"又乌知甘酸之正味邪?乃欲信孟子而非《书》"②?他认为人们对客观世界的认识有一个由浅入深、由表入里、循序渐进的过程,他说:"不历块坤,不能登山;不沿江河,不能至海。圣人亦人耳,非生而圣也。虽聪明睿智,过绝于人,未有不好学从谏,以求道之极致,由贤以入于圣者也。"③他认为客观世界是可以认知的,他说:"夫以天地之广大而人心可测知之,则心之为用也神矣!"又说:"君子之心可以钩深致远,仰穷天神,俯究地灵,天地且不

---

① [宋]司马光等《扬子法言》卷四《问神篇》以及《传家集》卷六六《情辩》。
② 《传家集》卷七五《进士策问十五首》。
③ 《传家集》卷六二《答秉国第二书》。

## 第十章 西洛十五载(三):旨在国家和平、社会稳定的思想

能隐其情,况万类乎?"他认为从本质上讲,先王之法度、《易经》等都是伟大的先民认识客观世界、依据客观规律而制定的。他说:"君子之法度,非取法心也,乃观象于天以垂范于世。故曰:'天示象,垂其范。'《易》曰:'天垂象,圣人则之。'"又说:"圣人上观于天,下观于地,中观万物,而作《易》也。"①

司马光认为人是能够认识客观世界的,但由于主客观条件的限制,人的认识能力又是有限的。他说:"凡人,墙之外,目不见也;里之前,耳不闻也。"又说:"夫人智有分,而力有涯,以一人之智力,兼天下之众务,欲物物而知之,日亦不给矣。"因此,他认为"必资天下之耳目思虑,然后能曲尽其理"②。主张集思广益,变有限的认识能力为无限的认识能力。

司马光是位脚踏实地的人,他主张学以致用。他认为"学者贵于行之,而不贵于知之;贵于有用,而不贵于无用"。他完全赞同孔子、曾参的观点,这就是:"诵《诗》三百,授之以政不达,使于四方不能专对,虽多,亦奚以为?""尊其所闻,则高明矣;行其所知,则光大矣③!"因此,他认为"行"贵于"知",如果知而不行,那么,"知"也就变得毫无意义了。

司马光强调实践,但他所强调的实践是精神指导下的实践,是在认识合乎客观规律的基础上的实践。他说:"内心不明,则视外物亦不审矣;故不明于道而恃外察无益也。"他认为自然之道是客观的,"天地之理,人物之性,皆生于自然,不可强变"。"苟或恃其智巧,欲用所不可用,益所不可益,譬如人之形体,益之则赘,损之则亏

---

① [宋]司马光《集注太玄经》卷一《中》、卷四《度》,[宋]司马光《易说·系辞上·第一章》。
② 《传家集》卷三〇《乞延访群臣第二札子》、卷四三《上体要疏》、卷三六《上皇帝疏》。
③ 《传家集》卷六〇《答孔司户文仲书》。

矣"。也好像"为川者知防而不知浚,则横溃而不禁"。因此,"善为川者,相高下而导之",这样"为者逸而从者易,物遂性而功速成也"①。因此,人们的行为是否遵循客观规律,其效果是不可同日而语的。

人的认识正确与否,评判的标准是什么？司马光认为"求之空言,不若验之实事"。在《答秉国第二书》中,他说:"今有人馈食于吾二人者,吾二人未尝而先争之,一人曰咸,一人曰酸,曷若相与共尝,则知其味矣。又有馈药于吾二人者,吾二人未服而先争之,一人曰寒,一人曰温,曷若相与共服,则知其验矣。"但是,司马光并未局限于此,他的检验标准是十分丰富而完整的。早在嘉祐二年(公元1057年),他在《答陈秘校充书》中说:"学者苟志于道,则莫若本之于天地,考之于先王,质之于孔子,验之于当今,四者皆冥合无间,然后勉而进之,则其智之所及,力之所胜,虽或近或远,或小或大,要为不失其正焉。舍是而求之,有害无益矣。"在此,司马光提出了检验人们思想认识的四条标准,即客观的"天地之道"、当今实际和被奉为普遍真理的先王之道、孔子思想。在元祐元年(公元1086年)的《起请科场札子》中,他又发表了类似的观点,说:"凡谋度国事,当守公论,不可希时,又不可徇俗,宜校是非之小大,利害之多少,使质诸圣人而不谬,酌于人情而皆通,稽于上古而克合,施之当世而可行,然后为善也。"②由此可见,司马光是一贯主张以综合标准来判断人们的思想认识的,他的这一思想完全符合认识论的基本观点,因此应予肯定。

---

① [宋]司马光《集注太玄经》卷二《达》、[宋]司马光《扬子法言》卷三、《传家集》卷七一《闻喜县修文宣王庙记》。
② 《传家集》卷六三《答韩秉国书》、卷五九、卷五四。

## 七　平实之朴儒,道学之偏师

司马光是宋代一位学识渊博的学者。他"世家相承,习尚儒素",自六岁启蒙,探颐六经,泛滥诸家,笃学力行六十余年。他潜心于《易经》、扬雄《太玄经》、老子《道德经》和思孟学派的重要著作《大学》《中庸》数十年,在自然观、认识论等方面,提出了独具特色的虚气说、中和论、格物致知论,为道学初期的创建做出了贡献,故而被推为北宋道学六先生之一,与周敦颐、邵雍、张载、程颢、程颐并列。但是在学术上,他与北宋五子尤其是与二程存在着重大的分歧,故后来朱熹在编纂《近思录》时,就不再选录他与邵雍之作。

在道统问题上,司马光推崇荀子、扬雄,而对孟子多致诘难。他早在皇祐二年(公元1050年)就提出印行《荀子》《扬子法言》的请求。他认为"战国以降,百家蜂起,先王之道,荒塞不通,独荀卿、扬雄排攘众流,张大正术,使后世学者坦知去从",突出了荀、扬二人在儒学道统承传中的历史作用。他特别推崇扬雄,认为扬雄与孟、荀相比,三人术有专攻,学有所长,"然扬子之生最后,监于二子,而折衷于圣人,潜心以求道之极致,至于白首,然后著书,故其所得为多,后之立言者莫能加也。虽未能无小疵,然其所潜最深矣"!他崇拜扬雄,五体投地,赞颂道:"呜呼!扬子云真大儒者邪!孔子既没,知圣人之道者,非子云而谁?孟与荀殆不足拟,况其余乎!"[1]把扬雄看成是孔子以后的第一大儒。在司马光的哲学思想中,处处可以发现扬雄思想的痕迹,以致南宋时王应麟称"温公之学,子云之学也"[2]。

---

[1]　《传家集》卷一八《乞印行荀子扬子法言状》、卷六七《说玄》。
[2]　[宋]王应麟《困学纪闻》卷九。

但是,北宋五子以及朱熹等都竭力推崇孟子而贬抑荀、扬。如张载认为"古之学者便立天理,孔、孟而后,其心不传,如荀、扬皆不能知"。程颐认为"孟子言人性善,是也。虽荀、杨亦不知性。孟子所以独出诸儒者,以能明性也。性无不善,而有不善者,才也。性即是理,理则自尧、舜至于途人一也。才禀于气,气有清浊,禀其清者为贤,禀其浊者为愚"①。

在哲学基本范畴方面,司马光也与二程等大异其趣。虚气说、中和论、格物致知论等是温公之学心学部分的核心思想。张载不同意司马光的虚气说,认为不免有"诸子之陋"。而程颐也认为"虚""皆是理,安得谓之虚!天下无实于理者"。对于中和之论,小程子也是不甚赞同的。他说:"君实自谓'吾得术矣,只管念个中字',此则又为中系缚。"②影响所及,清人全祖望在编纂《宋元学案·百泉学案》时,也对《潜虚》不甚称许,他说:"康节之学,别为一家。或谓《皇极经世》只是京、焦末流,然康节之可以列圣门者,正不在此。亦犹温公之造九分者,不在《潜虚》。"大约千年而下,至于今日,学术界多以为司马光在哲学思想上未能构成比较完整的理论体系,却公认司马光以史学名家传世。而司马光对于当时高谈性命义理之风也是深致不满的,他说:"《易》曰,'穷理尽性,以至于命'。世之高论者,竞为幽僻之语以欺人,使人企悬而不可及,愦瞀而不能知,则尽而舍之,其实奚远哉!是不是,理也;才不才,性也;遇不遇,命也。"③以简洁朴实的语言,一语道破被二程诸人弄得玄远深奥的"理"。真可谓言简意赅,发蒙振聩。在格物致知上,司马光也与二程意见相左。他认为"格物",就是"扞御外物",就是抵御外物的诱惑,从而达到

---

① [宋]张载《张子全书》卷六、[宋]朱熹《二程遗书》卷一八。
② [宋]朱熹《二程遗书》卷三、卷二下。
③ 《传家集》卷二七《迂书·理性》。

## 第十章　西洛十五载(三)：旨在国家和平、社会稳定的思想

"正心"的目的。而二程则不是这样理解的,他们认为"格物"就是"至物",也就是"穷理",他们说："须是今日格一件,明日又格一件,积习既多,然后脱然自有贯通处。"①主张人们去接触外在事物以认识其中之理,并进而认识具有普遍意义的"圣理"。另外,如前所述,司马光与北宋五子在王霸之道、人性论等重大问题上也都存在着严重的对立。

司马光自称"视地然后敢行,顿足然后敢立"②,因而,在治学上他深恶痛绝浮华不实之风。孔子的高足宰我就有这种陋习。有一次,鲁哀公问宰我,社主用什么木做。宰我答道："周代用栗木,意思是使百姓害怕,战战栗栗。"孔子对宰我这种强不知以为知、穿凿附会的学风深为不满,不许他以后再犯。两汉以来的今文经学派也是如此,这一学派治学"旁贯曲取,纡辞蔓说。至有依声袭韵,强为立理,诚可闵笑者"。司马光对这种学风是甚为鄙薄的,他说："此非宰我栗社之比邪！"当时有一本孙氏《释名》,也是这种极不严肃负责的作品。司马光认为一字虽小,但关系甚大,它是一切学问、工作的基础。"名不正则言不顺,言不顺则事不成,乃至于百姓无所措手足"③。但是,这种学风当时已蔓延开了,司马光心情沉重地指出："窃见近岁公卿大夫,好为高奇之论,喜诵老、庄之言,流及科场,亦相习尚。新进后生,未知臧否,口传耳剽,翕然成风。至有读《易》未识卦爻,已谓《十翼》非孔子之言；读《礼》未知篇数,已谓《周官》为战国之书；读《诗》未尽《周南》《召南》,已谓毛、郑为章句之学；读《春秋》未知十二公,已谓三传可束之高阁。循守注疏者,谓之腐儒；穿凿臆说者,谓之精义。且性者,子贡之所不及；命者,孔子之所罕言。今之举人,发口

---

① [宋]朱熹《二程遗书》卷一八。
② 《传家集》卷五九《答刘贤良蒙书》。
③ 《传家集》卷六八《名苑序》。

秉笔,先论性命,乃至流荡忘返,遂入老、庄。纵虚无之谈,骋荒唐之辞。以此欺惑考官,猎取名第。禄利所在,众心所趋,如水赴壑,不可禁遏。"①司马光治学向以严谨著称,他是不能容忍这种极不严肃的学风、这种市侩行径的。在原则问题上,司马光从不妥协。有一次,他还为此当着程颐的面训斥了他的高足畅大隐,据晁说之的回忆,畅大隐年轻时随其师拜会司马光。会谈中,当论题转至性善恶混时,他大谈特谈起来,司马光异常生气,训斥了他一通,说:"颜状未离于婴孩,高谈已至于性命。"②程颐在一旁,笑了笑。司马光也疑古惑经,但从以上两件事可以看出,他与那些读书未竟、高论已发之辈,是迥然不同的。

　　学风不同,治学方法自然也不同。二程认为当时学术界有三弊,其中一弊就是"牵于训诂",而司马光早年作《名苑》,就是依据《说文解字》等书,运用训诂、考据等法编纂而成的。司马光编纂《资治通鉴》运用的是考据之法,他研究《易经》等哲学著作,运用的是注疏之法和象数之学。甚至在经书底本这个问题上,他也倾向于古文经。《孝经》这部书有今、古文两种底本。《古文孝经》是西汉鲁恭王为扩建王宫拆毁孔子旧宅时发现的,有二十二章,用先秦篆文书写,与当时盛行的《今文孝经》不同。后者十八章,用当时流行的隶书书写。今文经学派为了保持自己的利禄与地位,极力排斥古文经。因而在西汉一代古文经被视为伪书,得不到国家的承认,只能在民间传播。《古文孝经》出世后,孔安国以古文当时无人读懂,就用隶书抄写出来,并作了注,这就是孔传《古文孝经》。此书南朝梁乱亡佚,隋时刘炫得之,但被当时学术界认为是刘炫的伪作,非孔旧本。司马光认为《古文孝经》是真的,非刘炫伪作,而且价值远在《今文孝经》

---

① 《传家集》卷四二《论风俗札子》。
② [宋]晁说之《晁氏客语》。

第十章　西洛十五载(三):旨在国家和平、社会稳定的思想

之上。他说:"秦世科斗之书,废绝已久。又始皇三十四年始下焚书之令,距汉兴才七年耳,孔氏子孙岂容悉无知者,必待恭王然后乃出?盖始藏之时,去圣未远,其书最真,与夫他国之人转相传授历世疏远者诚不侔矣。"①

司马光极力主张学以致用。他说:"学者,所以求治心也。学虽多而心不治,安以学为?"②他主张以道德仁义学说来改造思想、武装思想,并以经为指南,指导自己的行动。他坚决反对形式主义,认为"治迹""治心"是小人与君子在学风上的分水岭。在这种思想指导下,他编纂《书仪》时,既注意依据《仪礼》,又注意"参以今之所可行者",因而,这部书比二程、张载所编的要好。后者多用古礼,完全脱离了现实。他非常重视《孝经》《论语》,认为这两部经籍"其文虽不多,而立身治国之道,尽在其中"③,不仅如此,而且还易习,极便推广,有益治道。所编《家范》,自《治家》至《乳母》共十九篇,收录自古以来严父、良母、孝子、贤妻、烈妇感人的实例,朱熹认为皆"切于日用,简而不烦,实足为儒者治行之要"。在北宋诸子中,司马光重视理论的可行性、实用性这一点是极其突出的,朱熹赞誉道:"敏德以为行本,司马温公以之。"④司马光晚年回顾一生治学思想时说:"光性愚鲁,自幼诵诸经,读注疏,以求圣人之道,直取其合人情物理目前可用者而从之,前贤高奇之论,皆如面墙,亦不知其有内外中间,为古为今也,比老止成一朴儒而已。"⑤。因此,司马光与北宋五子相比,更重视道德仁义,重视齐家、治国、平天下,重视"外王"之道。南

---

① 《传家集》卷六八《古文孝经指解序》。
② 《传家集》卷七四《学要》。
③ 《传家集》卷四二《再乞资荫人试经义札子》。
④ [宋]司马光《家范·提要》。
⑤ 《传家集》卷六三《答怀州许奉世秀才书》。

宋人张敦实可谓司马光的知音，他在《潜虚总论》中说："《诗》三百篇，而圣人蔽之以一言。若道极于微妙而不见于日用之间，则亦何贵于道哉？是故《易》之所谓人道者，不过乎仁义；《玄》之所谓太训者，不过乎忠孝；《虚》之所谓人之务者，不过乎五十五行。仰而推之，以配三百六十五度，日月不能越一度以周天，人不能越一行以全德，兹又述作之深意也。学者以是求之，思过半矣！若夫大衍、五行、律历之至数，又何患其难知焉。"

因此，司马光无论是在学术渊源上，还是在学术风格、学术思想上，都与道学正统派之间存在着一定的差距，他对性命义理之学始终持审慎的态度，因而这方面也就不免显得单薄、粗浅些，始终未能形成自己的哲学思想体系。司马光以诚实不欺赢得了世人的尊重，但亦恐以此之故，而不足以与二程等抗衡，因为统治者神道设教，需要一个新的更精致、更具有迷惑力的理论。

# 第十一章　西洛十五载(四)：司马相公

从熙宁四年(公元1071年)起,司马光赋闲西洛,似乎已脱离了政治,他本人也一再表示要"自放于丰草长林之间"①。心境好时,他甚至以调皮的鹦鹉自况,表示无意于政治。在《放鹦鹉二首》②里他说：

野性思归久,笼樊今始开。虽知主恩厚,何日肯重来。

虽道长安乐,争如在陇头？林间祝圣主,万岁复千秋。

其实他的心境并非一直是冲和平淡的。有时由极度消沉竟转而为激愤,出现在我们面前的是外表颓放、内心激越的嵇康式的人物。他一反常态,替屈原惋惜,为何不沉醉于酒中,为何要做一个独醒人,甚至于瞬间接受了佛教的色空思想。司马光这些异常的思想情绪表现在《醉》《呈乐道》③这两首诗里：

厚于太古暖于春,耳目无营见道真。果使屈原知醉趣,当

---

① 《传家集》卷六一《答陈监簿(师仲)书》。
② 《传家集》卷一一。
③ 《传家集》卷九、《传家集》卷一一。

年不作独醒人。

欢迎俯仰皆陈迹,薄宦须臾即色空。试忆昔年双桂会,只如前日梦魂中。

可见,司马光并未忘情于政治,十五年间,他与当时的政治斗争是息息相通的。熙宁四年(公元1071年)四月十八日,他改任西京留台。五月十日,其志同道合的好友吕诲在洛阳故去了。吕诲原为御史中丞,他是因为坚决反对王安石而被罢官的。司马光对他的这位好友非常敬重,他接受了吕诲临终前的委托,为他写了墓志铭。在墓志铭中,司马光不避忌讳,不顾个人安危,奋笔写下了吕诲与王安石斗争的历程:

今上即位……素闻其强直,擢为天章阁待制,复知谏院,迁谏议大夫,权御史中丞。是时,有侍臣弃官家居者,朝野称其材,以为古今少伦。天子引参大政,众皆喜于得人,献可独以为不然,众莫不怪之。居无何,新为政者,恃其材,弃众任己,厌常为奇,多变更祖宗法,专汲汲敛民财,所爱信引拔,时或非其人,天下大失望。献可屡争不能得,乃抗章悉条其过失,且曰:"误天下苍生必此人。如久居庙堂,必无安静之理。"又曰:"天下本无事,但庸人扰之。"上遣使谕解,献可执之愈坚,乃罢中丞,出知邓州。[1]

对于吕诲的早逝,司马光是非常痛心的。他在《吕献可章奏集序》[2]中,表示了自己的敬仰之意,肯定了吕诲一生努力奋斗的价值:

---

[1] 《传家集》卷七六《右谏议大夫吕府君墓志铭》。
[2] 《传家集》卷六九。

## 第十一章 西洛十五载(四):司马相公

呜呼!献可以直道自立,始终无缺,而官止于谏议大夫,年止五十八。彼不以其道得者,或位极将相,寿及胡耇。从愚者视之,则可为愤邑。从贤者视之,以此况彼,所得所失,孰为多少邪?后之人得是书者,宜宝蓄之,当官事君,苟能效其一二,斯为伟人矣!

熙宁以来,神宗锐意开边。继取横山地区绥州、啰兀等处后,又开拓熙河(辖境在今青海、甘肃境内)、平渝州(今四川重庆市)南川獠,经制梅山(今湖南新化、安化县),措置泸州淯井监(今四州珙县东)夷,招纳融州(今广西融水苗族自治县)蛮,经制南北江(今湖南沅陵、古丈、麻阳、芷江、新晃县一带)蛮,受衡(今湖南衡阳市)、永(今湖南零陵县)等州徭人纳土,挑起与交趾(今越南)的争端。一时间,民族矛盾、"国际"冲突异常尖锐。为了支持战争,茶、盐、酒等厉行专卖,青苗、免役、市易、免行等聚敛过重之弊也已逐渐暴露。加之,熙宁六年(公元1073年)以来,年年蝗旱为灾,灾民流离失所,社会矛盾有激化的可能。次年二月,神宗诏求直言。司马光读诏泣下,于四月十八日,上《应诏言朝政阙失状》①控诉新党党同伐异、控制言路、以使者胁迫州县、潜遣逻卒、立榜告赏、钳制舆论、壅蔽下情之罪,并痛陈新法之大弊六端,以为"六者之中,青苗、免役钱为害尤大"。希望神宗能像汉武帝那样幡然悔悟,结束战争,"禁苛暴,止擅赋,力本农",使"天下复安"。并最后在状中恳请神宗:

陛下诚能垂日月之明,奋乾刚之断;放远阿谀,勿使壅蔽;自择忠谠为台谏官,收还威福之柄,悉从己出;诏天下青苗钱勿

---

① 《传家集》卷四五。

复散,其见在民间逋欠者,计从初官本,分作数年催纳,更不收利息;其免役钱尽除放,差役并依旧法;罢市易务,其所积货物,依元买价出卖,所欠官钱亦除利催本;罢拓土开境之兵,先阜安中国,然后征伐四夷;罢保甲教阅,使服田力穑;所兴修水利,委州县相度,凡利少害多者,悉罢之。如此,则中外欢呼,上下感悦,和气薰蒸,雨必沾洽矣!彼阿谀之人、附会执政者,皆缘新法以得富贵,若陛下以为非而舍之,彼如鱼之失水,必力争固执而不肯移,愿陛下勿问之也。臣窃闻陛下以旱暵之故,避殿撤膳,其焦劳至矣,而民终不预其泽,不若罢此六者,立有溥博之德,及于四海也。

神宗出于稳定政权这样一种考虑,暂时停止了方田均税法,青苗、免役钱并许免息和暂时搁置不征,同时又免去了王安石的相职。但是,神宗无意废除新法,决策人物仍是新党中坚人物韩绛、吕惠卿,时号韩绛为"传法沙门",吕惠卿为"护法善神"。一切表明神宗所为不过是缓和社会矛盾的弛张之术而已。不久,神宗又继续推行战争政策,欲以战胜之兵,气吞西夏。战争继续向熙河以西、泸州以南、南北江地区推进,接收浉井监周边夷人十州之地,设置沅州(今湖南芷江县)、诚州(今湖南靖州苗族侗族自治县),并在辰州(今湖南沅陵县)境内以西的羁縻州县,建立县、城、寨、堡。又讨茂州(今四川茂县)蕃族。向交趾宣战,将兵锋一直推进至富良江(今越南河内附近的红河),迫使交趾投降。与此同时,国内旱蝗、冰雹灾害年年不断,决策集团内部也发生了严重的分裂。为缓和矛盾,神宗再度调整政策,并又一次免去王安石的相职,起用中立不倚的吴充、王珪为相,引用态度温和的反对派孙固、吕公著等执政,组成新的决策集团。吴充想做较大幅度的变革,他请求召还司马光、韩维、

## 第十一章 西洛十五载(四):司马相公

苏颂等人,并又向神宗推荐了孙觉、李常、程颐等数十人。在此情况下,熙宁十年(公元1077年)四月,司马光忧国忧民,又给吴充写了封亲笔信《与吴丞相充书》,在信中,他说:"自新法之行,中外汹汹。民困于烦苛,迫于诛敛,愁怨流离,转死沟壑。日夜引领,冀朝廷觉悟,一变敝法,几年于兹矣。今日救天下之急,苟不罢青苗、免役、保甲、市易,息征伐之谋,而欲期成效,犹恶汤之沸而益薪鼓橐也。欲去此五者,必先别利害,以悟人主之心。欲悟人主之心,必先开言路。今病虽已深,犹未至膏肓,失今不治,遂为痼疾矣!"①但是,最高决策权在神宗手里,岂是吴充所能左右的?何况此时王珪与吴充不睦,议事决策往往阴掣其肘。而新党后起的中坚人物蔡确也正在炮制冤狱,逮捕其子,欲进而打倒吴充。吴充自顾尚且不暇,又哪里能谈得上改革呢?因此,司马光的希望只能是一个泡影。

元丰二年(公元1079年)七月,苏轼因以诗托讽、讪谤朝政被捕,下御史台狱。囚禁百日后,被贬为黄州团练副使,本州安置。司马光等一大批新法反对派也因收受苏轼讥讽新法文字被处以罚铜之责。这就是北宋史上著名的"乌台诗案"。

对于苏轼的不幸,司马光充满了同情。他在无故受牵连之后,不顾个人安危,于次年春、苏轼离京赴黄州的前夕,请范镇给苏轼捎去了《超然台诗寄子瞻学士》②及《独乐园记》,诗中肯定了苏轼的所作所为,赞美了他威武不能屈、富贵不能淫、贫贱不能移的高贵品质和"无往而不乐"的乐观主义精神,鄙薄了自吹自擂的政敌,也说了些宽慰苏轼的话。诗是这样写的:

使君仁智心,济以忠义胆。婴儿手自抚,猛虎须可揽。出

---

① 《宋史》卷三一二《吴充传》。
② 《传家集》卷五。

牧为龚、黄,廷议乃陵、黯。万钟何所加,担石何所减。用此始优游,当官免阿谀。向时守高密,民安吏手敛。投闲为小台,节物得周览。容膝常有余,纵目皆不掩。山川远布张,花卉近缀点。筵宾肴核旅,燕居兵卫俨。比之在陋巷,为乐亦何歉。可笑夸者愚,中天犹惨惨。

苏轼到达黄州后,复信并撰写《司马君实独乐园》①诗寄给司马光,诗中写道:

青山在屋上,流水在屋下。中有五亩园,花竹秀而野。花香袭杖履,竹色浸盏斝。樽酒乐余春,棋局消长夏。洛阳古多士,风俗犹尔雅。先生卧不出,冠盖倾洛社。虽云与众乐,中有独乐者。才全德不形,所贵知我寡。先生独何事,四海望陶冶。儿童诵君实,走卒知司马。持此欲安归,造物不我舍。名声逐吾辈,此病天所赭。抚掌笑先生,年来效喑哑。

苏轼委婉地责备司马光此时此际不当作一个"独乐者",而应当挺身而出,不辜负"儿童""走卒"们的期望,责无旁贷地去大声疾呼。应当承认此时司马光在人们的心目中威望是很高的,据说王安石第一次罢相时,百姓相传朝廷要召韩琦、司马光为相,韩琦以疾辞,司马光两下诏命不肯成行。其实当时神宗并无此意图。时人王辟之也曾记载了这样一件他亲身经历的事,熙宁末,他在青州(今山东青州市)郊外赶路,见村民百余人欢呼跳跃地从北而南跑过来,他迎上去,好奇地问他们,村民告诉他:"据说司马光当宰相了。"可见,

---

① [宋]苏轼《东坡全集》卷八。

## 第十一章 西洛十五载(四):司马相公

百姓们平素爱戴、敬仰的是谁了。元丰五年(公元1082年),神宗改革中央官制,拟用司马光为御史中丞,由于新党的反对未能实现。与此约略同时,宋军五路深入进讨,顿兵灵州坚城之下,溃败而归,不久,永乐城失陷,两次战役均以宋军惨败而告终。神宗精神上受到很大的打击,渐渐染病,他又准备立太子后,用司马光、吕公著为师、傅,为托孤顾命之臣。

这年真是多事之秋,年初,司马光的夫人张氏不幸病逝。不久,司马光怀着沉痛的心情写了《叙清河郡君》①这篇短文来寄托对亡妻的哀思,琐细之事,娓娓道来,于字里行间流露出了对妻子的无限深情。叙文是这样写的:

> 君性和柔敦实。自始嫁至于瞑目,未尝见其有忿懥之色、矫妄之言。人虽以非意侵加,默而受之,终不与之辨曲直,己亦不复贮于怀也。上承舅姑,旁接娣姒,下抚甥侄,莫不悦而安之。御婢妾宽而知其劳苦,无妒忌心。尝夜濯足,婢误以汤沃之,烂其一足,君批其颊数下而止,病足月余方愈。故其没也,自族姻至于厮养,无亲疏大小,哭之极哀,久而不衰,咸出于恻怛,非外饰也,内外无一人私议其短者,兹岂声音笑貌之所能致邪?平居谨于财,不妄用,自奉甚约。及余,用之以赒亲戚之急,亦未尝吝也。始余为学官,笥中衣无几,一夕盗入室尽卷以去。时天向寒,衾无纩絮,客至无衫可见之,余不能不叹嗟。君笑曰:"但愿身安,财须复有。"余贤其言,为之释然。

妻子的死,对司马光的打击是很大的,忽然间影只身单,形影相

---

① 《传家集》卷七八。

吊,一切都变得趣味索然,家也不成其为家了。这年初夏,他独游南园,老病交加,内心惆怅不已,写下《初夏独游南园二首》①:

取醉非无酒,忘忧亦有花。暂来疑是客,归去不成家。

桃李都无日,梧桐半死身。那堪衰病意,更作独游人。

秋天,司马光忽然感到语言艰涩,他怀疑这是中风病的征兆,担心朝夕发作,猝不及救。于是,决定先将《遗表》写好,置于卧室之中,在临终前,委托范纯仁、范祖禹将它呈上。《表》的内容大约与前述《书》《状》相同,而情感则更加深沉,令人感动。谁知神宗于元丰八年(公元1085年)三月初病逝,这是司马光万万未料到的。三月中旬,他赶赴开封奔丧。谁知上殿时卫士见到司马光,个个以手加额,庆幸地说:"此司马相公也!"消息传开后,百姓们也蜂拥而至,奔向通往皇宫的街道,堵住去路,高声呼道:"公无归洛,留相天子,活百姓!"②所到之处,被数以千计的人围观,以致马匹无法行进,人们都希望他出任宰相。他去相府拜会王珪、蔡确等,市民有的爬上高树,有的登上屋顶看他。相府的人想驱逐这些围观者,谁知市民们说:"我们不想看你家的相爷,只是想一睹司马相公的风采。"无论怎样呵叱也不走,屋顶上的瓦也踩碎了,树枝也攀折了,司马光就是这样的深得民心。人臣有这样高的威望,有时也并非好事,司马光害怕了。正好朝廷免去入京官员进宫辞行的礼节,于是,司马光就直接回洛阳了。

---

① 《传家集》卷一一。
② 《长编》卷三五三元丰八年三月壬戌。

## 第十一章 西洛十五载(四):司马相公

此时,神宗的长子只有九岁,于是,百官请太皇太后高氏垂帘听政,同小皇帝一道主持国务。高氏一贯反对新法,她听政后,立即派遣使者赶赴洛阳看望"清德雅望、贤愚同敬"的司马光,请司马光出知陈州(今河南淮阳县),经过京城时,入朝参见。此时,司马光脱离政坛已有二十五年之久了,他早已无意再进入权力中心。但是,颁诏的使者络绎不绝地从开封奔赴洛阳,一再请司马光出山。太皇太后屡赐手诏责备司马光,说:"先帝新弃天下,天子幼冲,此何时而君辞位耶!"①启用司马光,可能也是神宗的意思。据说元丰七年(公元1084年)神宗在病中曾对宰辅说:"来春建储,以司马光、吕公著为师、保。"只是八年三月,未及立太子,神宗就去世了。长兄司马旦此时也晓以大义,说:"生平诵尧舜之道,思致其君,今时可而违,非进退之正也。"②本来赋闲西洛并非司马光的本愿,就这样,"从来好与天争力"的他,接受了亲友们的忠告,带着他们的期望,义无反顾、毅然决然地离开了生活十五年之久的洛阳,重新投身于激烈的政治斗争中去了。在洛阳,他发愤著述,完成了包括《资治通鉴》在内的许多学术著作,从而奠定了他在中国学术史上的地位。今天他又要奔赴京城,接受一个伟大的使命,去实现自己的政治理想。

---

① 《传家集·附录·司马文正公行状》。
② 《宋史》卷二九八《司马旦传》。

# 第十二章 元祐更化

元丰八年(公元1085年)五月,司马光复出,至元祐元年(公元1086年)九月病逝,在短短的十五个月中,司马光以病弱之躯主持元祐更化,他拨乱反正,力挽狂澜,对新法多所废改,将国家由战时体制转变到和平发展的轨道上来。司马光在他生命最后的日子里,致力于缓和宋夏关系,消除了给国家、人民带来深重灾难的总根源。他在太皇太后高氏的支持下,不仅废除了给农民造成沉重负担的青苗法、免役法、保甲法、保马法、户马法,还废除了严重阻碍工商业发展的市易法和茶、盐等方面的专卖制度,恢复通商;同时,还对上层建筑的各领域进行了一系列的改革。

## 一 首开言路

神宗时期,为了推行新法,压制不同的意见,严禁诽谤,人人以言为讳。因此,要否定新法,首先就要广开言路,鼓励大家冲破思想的牢笼,上书言事,反映民间疾苦。元丰八年三月,司马光刚到开封,太皇太后就派人致意,诚恳地对他说:"邦家不幸,大行升遐,嗣君冲幼,同摄国政。公历事累朝,忠亮显著。毋惜奏章,赞予不逮。"

## 第十二章 元祐更化

司马光非常感动,他肯定太皇太后于"听政之初,首开言路"是对的,是"宗庙、社稷之灵,四海群生之福"。[1]并且于数日后,又递上《乞开言路札子》对此做了进一步的阐述。他说:"君降心以访问,臣竭诚以献替,则庶政修治,邦家乂安。君恶逆耳之言,臣营便身之计,则下情壅蔽,众心离叛。自生民以来,未有不由斯道者也。"他还提出了具体的建议:

> 臣愚以为,今日所宜先者,莫若明下诏书,广开言路,不以有官无官之人,应有知朝政阙失及民间疾苦者,并许进实封状,尽情极言。仍颁下诸路州军,于所在要闹处,出榜晓示,在京则于鼓院、检院投下,委主判官画时进入。在外则于州军投下,委长吏即日附递奏闻。皆不得取责副本,强有抑退。其百姓无产业人,虑有奸诈,则责保知在,奏取指挥,放令逐便。然后陛下于听政之暇,略赐省览。其义理精当者,即施行其言,而显擢其人。其次取其所长,舍其所短。其狂愚鄙陋,无可采取者,报闻罢去,亦不加罪。如此,则嘉言日进,群情无隐,陛下虽深居九重,四海之事如指诸掌。举措施为,惟陛下所欲。

司马非常重视舆论的先导作用,他认为"斯乃治安之源、太平之基也"。新党当然也明白舆论的威力,于是,四月,时任首相的蔡确背着太皇太后,下诏威胁臣民,如果对于新法"敢有弗钦,必底厥罪,仍仰御史台察访弹劾以闻",妄图禁止人们对新法的怀疑和否定。并且从颁诏的次日起,就连续处罚了越职言事的太府少卿宋彭年、

---

[1] 《传家集》卷一七《元丰八年三月奔国丧太皇太后遣入内供奉官梁惟简宣谕》《谢宣谕表》。

水部员外郎王谔,杀鸡给猴看,企图吓倒反对派。此时,司马光已受命知陈州,但尚在洛阳未起程,他闻讯后莫名愤慨,立即上书太皇太后谈了自己对此事的看法,他说:"陛下临政之初,而二臣首以言事获罪,臣恐中外闻之,忠臣解体,直士挫气,欲仕者敛冠藏之,欲谏者咋舌相戒,则上之聪明,犹有所不照,下之情伪,犹有所不达,太平之功尚未可期也。"①他说:"古代置谏鼓,设谤木,问于刍荛之人,未曾听说朝臣言事有越职之罪。如果在其位的不肯言,不在其位的又不能言,那么,陛下怎么了解天下的利病?"司马光又说,我如今已是知陈州,照此办理,我于本州之外言及他事,也是越职。他一针见血地指出,人人敢怒不敢言,这只能是对大臣有利,对国家是绝对不利的。因此,他希望太皇太后能采纳自己的建议,立即颁诏天下,广开言路。

四月中旬,他还向太皇太后进言,以为帝王之术,不过用人、赏罚而已。但当之与否则关系到国家的治安与乱亡。能否得当,关键在于至明,而能否至明,关键又在于至公。就目前而言,要做到至公至明,就必须下诏书,开言路。

五月初,诏书终于颁布,但蔡确等已在这份诏书里塞进了自己的私货。诏书说:

盖闻为治之要,纳谏为先。朕思闻谠言,虚己以听。凡内外之臣,有能以正论启沃者,岂特受之而已,固且不爱高爵厚禄,以奖其忠。设其言不当于理,不切于事,虽拂心逆耳,亦将欣然容之,无所拒也。若乃阴有所怀,犯非其分,或扇摇机事之重,或迎合已行之令,上则观望朝廷之意以徼幸希进,下则眩惑流俗之情以干取虚誉,审出于此而不惩艾,必能乱俗害治。然

---

① 《传家集》卷四六。

## 第十二章　元祐更化

则黜罚之行,是亦不得已也。顾以即政之初,恐群臣未能遍晓,凡列位之士,宜悉此心,务自竭尽,朝政阙失,当悉献所闻,以辅不逮。宜令御史台出榜朝堂。①

此诏一出,舆论大哗。司马光连上两章,无情地揭露了蔡确等人的险恶用心。他说,《求谏诏》所列六种情况,人不上言则已,如上言即获罪。为何这样讲呢？司马光说,如"其所言或于群臣有所褒贬,则可以谓之阴有所怀。本职之外微有所涉,则可以谓之犯非其分。陈国家安危大计,则可以谓之扇摇机事之重。或与朝旨暗合,则可以谓之迎合已行之令。言新法之不便当改,则可以谓之观望朝廷之意。言民间之愁苦可闵,则可以谓之眩惑流俗之情。然则天下之事,无复可言者矣。是诏书始于求谏,而终于拒谏也。臣恐天下之士益箝口结舌,非国家之福也②。"而且诏书仅榜于朝堂,这样,广大无资格入朝的官民是无法得见此诏的。为此,司马光坚请删去中间一节,并且颁布全国。此时,韩维也被召进京,他也指出诏书前后矛盾,请另撰诏文,颁布天下。这样,在司马光等人的敦请之下,太皇太后终于在六月二十五日重新颁布求谏诏书,并责成司马光等执政官负责审阅吏民所上封事,蔡确等所设重重堤防此时终于被冲开,"四方吏民言新法不便者数千人",从此,纠正新法的斗争逐渐展开。

### 二　母改子政,何惮不为

早在四月里,太皇太后即撇开宰执,亲颁诏书,开始着手纠正新

---

① 《长编》卷三五六元丰八年五月乙未。
② 《传家集》卷四七《乞改求谏诏书札子》。

法。她遣散了修京城的役夫,停止了御前造作,撤销了监视吏民的诇逻之卒,驱逐了内侍中的权势小人,废除了导洛司物货场及在开封府界,京东西路,河北、河东、陕西三路推行的户马法,放宽了京东、京西两路收买保马的期限,减免了市易、常平、免役息钱,免去了买扑场务、佃赁田宅空地出限当罚等钱及元丰六年(公元1083年)以前积欠二税及沿纳钱物等,减轻了急征暴敛给人民所带来的沉重负担和政治上长期以来所形成的高压。这样的改革,人民是欢迎的,据说颁行以后,"京城之人已自欢跃""四方之人,无不鼓舞""颂叹之声,如出一口,溢于四表"。但是,新党对此极为不满,除了颁诏恫吓之外,又开始制造舆论,说什么"'三年无改于父之道,可谓孝矣'。今先帝陵土未干,即议变更,得为孝乎"[1]? 变得热衷于维护祖宗之法了,这是个颇具讽刺意味的变化。新法能不能改动,成为摆在人们面前一个亟待解决的严重问题。如果这个问题不解决,就无法纠正新法中存在的弊端,也无法将改革深入进行下去。此时,司马光尚在洛阳,有鉴于此,他立即撰写了《乞去新法之病民伤国者疏》[2],在疏中,司马光首先策略地将神宗与新党区分开来,他肯定了神宗励精求治、变法图强、欲致太平的主观愿望是好的,但是,不幸所任非人,轻变祖宗之法,因而有罪的是新党,而神宗并无什么过错。接着,他痛陈了新法"病民伤国"之罪,说:

> 作青苗、免役、市易、赊贷等法,以聚敛相尚,以苛刻相驱,生此厉阶,迄今为梗。又有边鄙之臣,行险徼幸,大言面欺,轻动干戈,妄扰蛮夷。夫兵者,国之大事,废兴存亡,于是乎在。而其人苟荣一身之官赏,不顾百姓之死亡、国家之利病,轻虑浅

---

[1] 《宋史》卷三五一《张商英传》。
[2] 《传家集》卷四六。

## 第十二章 元祐更化

谋,发于造次。御军无法,仅同儿戏。深入敌境,坐守孤城,粮运既竭,狼狈奔溃。筑寨极边,功犹未毕,轻敌不备,阖城涂地。使兵夫数十万,暴骸于旷野;资仗巨亿,弃捐于异域。又有生事之臣,欲乘时干进,建议置保甲、户马、保马,以资武备。变茶、盐、铁冶等法,增家业、侵街、商税等钱,以供军需。遂使九土之民,失业穷困,如在汤火。

新法流弊既然如此严重,那又有何理由不能厘革呢?随后,司马光针对新党散布的"三年无改于父之道,可谓孝矣"的观点进行了批评。司马光认为父之道究竟能否厘改,主要看它的社会效果。古人讲"三年无改于父之道,可谓孝矣",是指"无害于民,无损于国者,不必以己意遽改耳。必若病民伤国,岂可坐视而不改哉"?接着,司马光又引《易经》为证。古代圣贤对于父辈的错误,有两种态度,一种是"干父之蛊",一种是"裕父之蛊"。古人认为前者尽管"迹似相违",但却"成父之美",后者看似不忍违背父志,但却是"益父之过"。司马光又引证历代子改父政而当的事例,如汉景帝即位之初改文帝的刑律,汉昭帝罢武帝盐铁、榷酤、均输等法,唐德宗禁止代宗放纵宦官敲诈勒索平民的做法,唐顺宗即位废除宫市、五坊小儿、羡余之弊,这些在当时均未遭到人们的非议而为后世称道,那么,子改父政又有何不可呢?何况,太皇太后是神宗的母亲,今天对于军国之事有权同行处分之权,改革新法,乃是母改子之政,而非子改父之道。五月,司马光到京后不久,又上《请更张新法札子》[①],敦促太皇太后深入改革。对于新法,当时有些人主张"稍损其甚者,毛举数事,以塞人言",对更化采取敷衍搪塞的态度。某些人主张"革弊不

---

① 《传家集》卷四七。

可仓猝,当徐徐有渐"。针对这样两种思想,司马光做了极其尖锐的批判,他打了一个生动的比喻,说:"譬如有人误饮毒药,致成大疾,苟知其毒,斯勿饮而已矣,岂可云姑少少减之,俟积以岁月,然后尽舍之哉!"这样做只能对医生有利,对病人是毫无利益可言的,因此是完全不可取的。当务之急,当对新法之弊痛加厘革。这样就极大地解放了人们的思想,为纠正新法之弊铺平了道路。两篇文章发表后,"众议乃定",统一了人们对改革新法的思想认识。司马光在文章中还提出了"择新法之便民益国者存之,病民伤国者悉去之"的指导思想,为元祐更化定下了基调。后来改元"元祐",含义就是要并用元丰、嘉祐新旧之政,各取所长。

### 三 驱逐"三奸"

神宗去世后,所留宰执,尽为新党人物。元丰八年(公元1085年)四月,司马光受命为知陈州,三天后,他就上书幼帝和太皇太后,这就是《进修心治国之要札子状》。他提出能否做好一个帝王,最根本的一条在于用人,这是一个国家治乱安危存亡的本源。五月到京后,他受命为门下侍郎,不久,好友吕公著出任尚书左丞,但八名宰执中,有六名是新党人物,力量对比颇为悬殊,斗争也是异常激烈的。此时司马光的心情并不轻松,正如他在这一时期给亲友所写的书信中反复提及的那样,"朝中士大夫百人中,所识不过三四。如一黄叶在烈风中,几何其不危坠也"[①]。因此,他受命以来,"有惧无喜",清苦如常。

---

[①] 《传家集》卷六〇《与范尧夫经略龙图第二书》。

## 第十二章　元祐更化

　　太皇太后对司马光非常信任，言听计从。六月下旬，她请司马光推荐一批职卑而堪大任的人才。司马光首荐刘挚、赵彦若、傅尧俞、范纯仁、唐淑问、范祖禹六人为台谏、侍讲和侍读官。同章又推荐了一批文学、行义为世所重的官员，如吕大防、王存、李常、孙觉、胡宗愈、韩宗道、梁焘、赵君锡、王岩叟、晏知止、范纯礼、苏轼、苏辙、朱光庭等。至于文彦博、吕公著、冯京、孙固、韩维，司马光认为他们都是"国之老成"，是完全可以信赖的。后来，这些人或为台谏、讲读，或任两省给舍，或为宰执，都成为元祐更化的中坚。

　　这些职任的重要性，新党是非常清楚的。十月，在任命范纯仁、唐淑问、朱光庭、苏辙、范祖禹为台谏官时，遭到新党领袖知枢密院章惇的反对，二范因与吕公著、司马光等有亲嫌，不合祖制而被改任他职。随后，御史刘挚、王岩叟连章弹劾章惇违法侵犯三省职权，干预罢免新党人物陆佃侍讲之职，干涉太皇太后任命台谏官，"是不欲威权在人主、端良入朝廷"。由此展开了台谏官持续半年之久的驱逐"三奸"的斗争，所谓"三奸"，就是宰相蔡确、韩缜、知枢密院章惇。与此同时，司马光也连上两章，他认为在目前"群臣有所见不同，势均力敌，莫能相一"的情况下，如果太皇太后事无大小，皆委执政，而不决其是非，那么，虽有求治之心，事功也是无时而成的。因此，他请求太皇太后不必宽仁、谦让，而应作福作威，审察是非，明示好恶，"不可使用人、赏罚之柄，尽归执政，人主一不得而专也"[①]。元祐元年（公元1086年）闰二月，太皇太后终于消除顾虑，下定决心，改组宰执，罢免了蔡确、章惇，同时，任命司马光为首相、吕大防为右丞、范纯仁为同知枢密院事。四月，又罢免了韩缜，任命吕公著为次相、文彦博为平章军国重事、韩维为门下侍郎，改变了宰执集团中新

---

[①] 《传家集》卷四八《乞裁断政事札子》。

旧两党的力量对比,为更化做好了组织上的准备。

## 四　渐废保甲

神宗仰慕唐玄宗,念念不忘鞭笞四夷、收复汉唐故疆,欲复府兵旧制,以保甲取代禁军。殊不知,唐代杨炎以两税法取代租庸调,农民是因纳税方才获得免役的。神宗看来是忘了这一点,他以保甲取代正规军,是将兵役负担重新加在农民的身上,是重复取赋,是双重剥削。神宗又废监牧,令百姓养保马、户马,又将沉重的军备负担转嫁给人民。后期又于开封府界,河北、河东、陕西三路贯彻团教之法,一年四季,不分春夏秋冬,不论农忙农闲,规定保丁每五日集中训练一次,因而这些地方的人民受苦最深。元丰八年(公元1085年)四月,司马光首上《乞罢保甲状》,请率先废除保甲法。司马光认为:一、保甲法规定每家两丁抽一,但一丁受训,需要一丁供应饮食。虽然规定五天培训一次,但保丁如不贿赂保正长就不能回家,因此团教严重地妨碍了府界、三路的农业生产。二、保甲司官员等勒索贿赂,中下之家罄其所有也难填欲壑,只有流亡四方。三、朝廷不时派遣特使检查保甲,所至犒赏,动以万计,耗费了国家大量的资财。四、农民半为保甲,以之维护地方治安嫌多,以之征伐四方,与征战为俗的"戎狄之民"作战,无异于"驱群羊而战豺狼",既迫使百姓无辜送死,也贻误了国家的大事。五、保甲法推行后,以保丁取代了巡检兵和县弓手,巡检同时兼管检查督促保甲训练,因而无暇顾及本职工作,维持乡村治安。因此,司马光认为保甲法对于人民而言,是"夺其衣食,使无以为生,是驱民为盗也。使比屋习战,劝以官赏,是教民为盗也。又撤去捕盗之人,是纵民

## 第十二章　元祐更化

为盗也"①。有鉴于此,他坚决主张彻底废除保甲法。他认为既然国家已摒弃了战争政策,保甲法就毫无存在的必要。他请求让所有保丁归农,撤销保甲司,恢复巡检兵、县弓手、耆长、壮丁,以维持地方治安。对于弓手队伍的建设,司马光提出了有异于旧制的新设想。他主张每五十户置弓手一人,依沿边弓箭手法,授田二顷,税役全免。弓手招募本县乡村有勇力武艺者投充,鼓励竞争,不断地选优汰劣。不足,则权差乡户。并且改进奖惩方式,由提点刑狱司监督,以有效地维护治安。

但是,太皇太后并未采纳司马光的意见,而是采取了一种更为稳妥的方式,仅下令府界、三路保甲的训练由每五日一次改变为每月集中训练二三日,又允许矮小、病弱的保丁回乡务农。司马光对此持不同的意见,他认为这样做是极不彻底的,于是,又呈上《乞罢保甲札子》,坚持自己的主张。此时,韩维、吕公著、范纯仁则主张仍保留保甲,改每月训练二三日为冬季农闲之时轮训一月,不妨农时即可。司马光认为保甲既然无益于国,有害于民,就应当彻底废除,不必再进行训练。但是,由于枢密院此时尚控制在新党手中,他们抢先一步颁布了保甲于农隙教习的诏令,故司马光的意见被搁置一旁。不过,到年底前后,提举官、监教官已全部罢免,训练器械也下令收缴,严禁私藏,保马法也废除了,现存保马或退还监牧,或配给诸军。元祐元年(公元1086年),司马光又论冬教,对于这种无异于"珍兄臂而谕以徐,日攘鸡而易以月"的做法,是不能容忍的。但是,他的意见仍然未被接受。直至五年八月,事情才出现转机。由于苏辙、王岩叟等人的一再陈请,朝廷才免去京畿地区的冬教。三路与辽、西夏接壤,推行保甲法前,就有义勇组织,有冬训一月的传统,故

---

① 《传家集》卷四六《乞罢保甲状》。

而没有废除。因此,可以说,保甲法至此才被废除尽净,司马光的遗愿此时才得以实现。

## 五 去重复取赋之弊,用差雇并行之法

熙宁以来,新党在役法上改差为雇,但是推行不久,为了支持战争,王安石等力主升户等,重敛免役钱,加收头子钱,免役宽剩钱横征至四分左右。他们将役钱封存起来,用于修军营、筑城墙、练保甲等等,雇役之钱或给或否,并进而强迫保正长、承帖人代行耆长、壮丁之职,催税甲头而为户长之事。使百姓"庸钱白输,苦役如故"。有鉴于此,司马光于元丰八年(公元1085年)四月,赴京之前,就在洛阳奋笔疾书《乞罢免役钱状》①在状中,他痛陈免役之弊。首先,他指出以往差役皆是上等户之事,下等、单丁、女户及官户、僧道本来无役,而免役法则规定他们一律要缴纳助役钱。推行免役法,对于这些阶层的人而言,赋税负担不是减轻了而是加重了。因而可以说,"自行免役法以来,富室差得自宽,而贫者困穷日甚",违背了免役法"抑兼并,哀茕独,均赋役"的本旨。其次,地方各级官员为谋图奖赏、升迁,多取免役宽剩钱,"不顾为民世世之患"。复次,差役所用均为有庄田、家属的青苗户,而雇役之人多为"浮浪之人",一旦劣迹败露,就只身逃窜,政府也无如之何。最后,纳税以钱,使谷贱伤农、钱重物轻的情况更加严重,社会日趋贫困。司马光还分析了熙宁前推行差役法时各种职役对服役户造成的负担,他认为散从、承符、弓手、手力、耆户长、壮丁,并无因服役而破产之事。衙前是最重的职

---

① 《传家集》卷四七。

## 第十二章 元祐更化

役,但它对服役户的影响也是因人而异的,一般地说,乡户充当衙前往往破产,这是因为"山野愚戆之人,不能干事,使之主管官物,或因水火损败,或为上下侵欺,是致欠折,备偿不足,有破产者"。至于长期充当衙前的人,他们"久在公庭,勾当精熟,每经重难差遣,积累分数,别得优轻场务酬奖,往往致富,何破产之有"? 因而,他请求"悉罢免役钱。其州县诸色役人,并依旧制,委本县令佐揭簿定差,替见雇役人。其衙前,先招募人投充长名,招募不足,然后差乡村人户。每经历重难差遣,依旧以优轻场务充酬奖。所有见在免役钱拨充州县常平本钱,以户口为率,常存三年之蓄,有余则归转运司"。对役法,司马光提出了差雇并行的改革方案。担任副相的第三天,他又再上《请更张新法札子》,在札子中,他将免役法等新法比成毒药,再次敦促哲宗与太皇太后更张新法。这样,有关役法的政令终于在八、九月份相继颁布。政令规定,各地宽剩钱只能占役钱总额的二成,超过二成的要裁减,从下等户开始。而向来不及二成之处则依旧。这样就解决了熙丰以来免役宽剩钱过重的弊端,但对雇役法未做丝毫的触动。十月,又下诏废除了熙丰时期以"保正代耆长,催税甲头代户长,承帖人代壮丁",而将雇耆户长、壮丁的钱封存起来的弊政。明令招募耆户长、壮丁,合支雇钱先从宽剩钱内支付,而封存之钱随后拨入役钱之内。十二月,这项政策又推广至城市,废除了轮差坊郭户充当甲头、并以甲头取代坊正的错误做法,恢复了坊正之职,并采用雇募的方法。总之,元丰八年(公元1085年),元祐党人在役法上并无大的动作,主要纠正了新党在役法上以免役的名义收取百姓代役钱,而又以其他役名强制百姓重新服役的残酷剥削行为,在一定程度上,减轻了人民的沉重负担。因而可以说,这一年是元祐党人改正役法的第一个阶段。

元祐元年(公元1086年)正月,司马光此时已患病,但他仍然力疾入朝,向宰执们提出了自己在役法上的主张。他仍然主张恢复差役法,认为役法如不坚决改正,"恐异日遂为万世膏肓之疾"①。应当承认司马光在这一点上看得是很深远的,并非过虑。历史上,仁宗朝王逵的免役法掊克荆湖百姓就是前车之鉴。熙丰时,重复取赋的祸胎已经形成,已经是既成的事实。聚敛于民,铁证如山,新党是不能辞其咎的。此时提出取消免役法,实际上是取消国家强加于人民的一重新的剥削。免役法实际在熙丰时就为新党自己否定了。司马光早在仁英之世就注意到了役法的地区差异,因此,此时他提出在全国实行差役的大前提下,因地制宜,另立一州一县敕施行。由于提举常平司是因推行新法而设立的,因而这一机构及其官员,必然要竭力地反对废除免役法。因此,司马光极力主张不可让提举常平司参与讨论。不久,他又正式陈请,上《乞罢免役钱依旧差役札子》②,极陈实行免役法后造成的五害:第一,上户年年出钱,所出之钱超过了差役所赔之数。第二,原本无差役的下户,如今一例出钱免役,剥肤椎髓,苦不堪言。第三,浮浪之弊。第四,出钱谷贱之弊。第五,宽剩过重之弊。为此,他提出了修改役法的原则主张,这就是"应天下免役钱一切并罢,其诸色役人,并依熙宁元年(公元1068年)以前旧法人数"定差。至于衙前,他认为这是差役中最为难之役。实行差役法时,乡户有因重难而破产的,它是神宗时议行免役法的动因。但多年以来,为了纠正衙前所造成的社会问题,除了实行招募外,更多的是使用军员管理公使库,聘用卸任官员等押解钱帛纲入京,在很大程度上,解决了衙前这个老大难问题,据说从此以后,"衙前苦无差遣,不闻更有破产之人"。因此,在衙前差役为

---

① 《传家集》卷六三《三省咨目》。
② 《传家集》卷四九。

## 第十二章 元祐更化

数已大减的情况下,司马光预计衙前实行差役,垫赔之费应少于往日,不致造成破产。如果认为衙前仍需国家补贴,可依旧官户、僧道、单丁、女户有房产收入月及十五贯、农田收入一般年成达百石以上者中,分等出助役钱,以此钱支付。在札子中,司马光提出了各县在敕令到达后的五日内将本县役法规划上报到州,州于一月之内上报到转运司,转运司限一季上报朝廷,朝廷再根据各地情况,颁布一路、一州、一县敕施行,一定要做到因地施宜。当天司马光的意见被批准,役法改雇为差,差雇并行。

应当承认,司马光的建请有不少疏略之处,如浮浪之弊不如所言那么严重,评论免役对上户的作用欠缜密、周备,限定各县五日内上报役法规划过于急促。由他提出的出助役钱的新标准,无法贯彻。主张按照熙宁元年(公元1068年)以前的差役数量定差,也是完全脱离当时实际的。因为服役人数经新党精简后已较前减少三分之一,而这一编制相对而言要比仁、英时期合理些。之所以出现这些问题,主要是司马光自熙宁四年以来长期脱离实际工作,和这之前他也很少担任经济、地方工作所致。但是,司马光鉴于历代聚敛手段对国家和人民所造成的危害而提出的原则大纲则无疑是正确的。就连新党首领章惇也不得不承认,司马光所言下户无役纳钱及出钱以致谷贱,是击中了免役法的要害。由于司马光的札子考虑欠周,遭到章惇措辞尖锐的抨击。于是,太皇太后决定成立役法所,研究制定役法细则,以便实施。闰二月四日,颁诏申明差役法原则不变,但将各级政府讨论役法方案的时间放宽了,"令州县及转运、提举司各递与限两月"①,完成这项工作。十四日,详定所明确了差募并行的原则。衙前之役除长名衙

---

① [宋]徐松《宋会要辑稿·食货》六五之四一。

前外,乡户衙前也改行招募,不足方许定差。州县典吏、书手历来多采用招募的,如今也是招募不足再定差。各地服役人数不再按熙宁以前的编制安排。这样就给司马光的建议增添了可行的成分。三月,明令夏季役钱及官户等助役钱停征。由于役法的复杂性,元祐党人对役法的主张分歧很大,以致苏轼与司马光曾为此争得不欢而散,回家宽衣解带后,大呼数声"司马牛,司马牛"以泄愤。役法直至司马光逝世后也未稳定下来,元祐七年(公元1092年)九月,才有了关于役法的完备的法令。应当指出的是,司马光关于役法改革的思路前后基本是一致的,元祐初提出的方案,与嘉祐七年(公元1062年)在《论财利疏》中所论述的精神并无差异,尽管中间一度有所动摇。

## 六　罢青苗,复常平

　　青苗法实行后,也出现了与免役法类似的弊病,国家为了进行战争,官员利于恩赏,在发放青苗钱时出现了"强散重敛,给陈纳新"等问题。元丰时期,国家将青苗赢利用于支付军费和拨给市易司经营,也违背了青苗法"助农事、抑兼并"的本旨。农民在借贷青苗钱的过程中,要扣除头子钱,还要受到保长、甲头、书手、主库等人的层层盘剥。到期不能偿付,还要招待、贿赂小吏,农民并未从青苗法中受到多少实惠。因此,早在洛阳时,司马光就请求废除青苗法。元丰八年(公元1085年)八月,纠正青苗法的举措出台,诏给散青苗钱,不许抑勒,也不立定额。但是,这项诏令并未得到忠实的执行。司马光认为诏令废格不行,提举常平司是问题的症结所在。因为直到元祐元年(公元1086年)初春,各路提举官还在"抑配

## 第十二章 元祐更化

青苗钱,勒百姓供情愿状"①。有鉴于此,司马光尖锐地指出"提举官者乃病民之本原",如果想使百姓安居乐业,就必须"尽罢诸路提举官"。闰二月底,太皇太后终于采纳了司马光的意见,撤销了提举常平司。

二月里,恢复常平旧法的诏令刚刚颁布,就遭到以范纯仁为首的一批官员的反对,他们以国家经费不足为由,主张复行青苗法。受此影响,四月,太皇太后同意将常平钱谷按青苗法发放,恢复了熙宁时的常平政策。而司马光此时的态度也有所软化,不再坚持废除青苗法,只是请求朝廷下诏严禁官吏强行发放,必须是百姓自愿申请结保,方得支给。四月的诏令遭到了台谏、两制的激烈反对,右正言王觌对熙宁时的常平政策做了深刻的剖析,他说:

> 臣窃惟先帝存留常平一半钱斛,以行旧法,诚务在于平谷价矣。然今天下郡县,犹不免乐岁粒米狼戾,价甚贱而不售,凶年谷价腾踊,民阻饥而死亡者,何邪?盖郡县之吏,妄意朝廷之法,惟急于为利,故于青苗新令,则竞务力行,于粜籴旧条,则仅同虚设。而又常平钱斛既分以为青苗之本,则可充粜籴者,自已不多,是以谷价低昂而终未见其平也。②

因此,王觌坚决请求贯彻二月敕令,施行旧常平仓法。司马光的请求虽然被太皇太后批准了,但是,中书舍人苏轼坚决抵制不肯起草诏令。紧接着,御史中丞刘挚,谏官王岩叟、苏辙、朱光庭、王觌相继上章论谏,病卧在家的司马光终于恍然大悟,他力疾入朝,质问

---

① 《传家集》卷五〇《乞罢提举官札子》。
② 《长编》卷三八〇元祐元年六月甲辰。

太皇太后:"不知是何奸邪劝陛下复行此事!"范纯仁大惊失色,连退数步,不敢言语。司马光请求实行常平旧法,百姓原欠青苗息钱全部蠲免,本钱则责成提点刑狱司根据所欠多少分成数次随税送纳。八月六日,青苗法终于废除。

在怎样扶助农民这个问题上,司马光有自己的一贯主张,这就是实行常平法和赈济。司马光认为"旧常平仓法,以丰岁谷贱伤农,故官中比在市添价收籴,使蓄积之家无由抑塞农夫,须令贱粜。凶岁谷贵伤民,故官中比在市减价出粜,使蓄积之家无由邀勒贫民,须令贵籴。物价常平,公私两利,此乃三代之良法也"①。但是,由于官府缺乏常平籴本,丰年无法收购,加之官吏的消极怠工和官商内外勾结,通同作弊,当收成刚刚开始之时,农民要钱急于出售粮食,而他们却将官价压低,使官仓收不到粮食,粮食尽入商家,待到商家粮仓已满,方才抬高官价购粮入库。因此,农民卖粮只得低价,官中籴粮常用高价。丰厚的利润全归商家所有。另外,官府收购需层层申报,等到批复已经过时。这样常平仓粮食售价始终比进价低,卖了亏本,不卖则堆积腐烂。因此,常平仓法本身是好的,问题出在执行之中。有鉴于此,司马光提出根据近十年来的粮价,定出三等价格,在丰年粮价低于下等价时,官府以高于此价的价格购进粮食,灾年则以低于市价的价格出售粮食。又请修订官员考核奖惩条例,目的是要保证州县皆有储备,官粮不致积压损坏,粮价平稳,百姓受益。后来,司马光的这些意见都以诏令的形式颁行全国。

司马光一贯重视赈济工作,认为及时颁发赈济至关重要。在《论赈济札子》②等章疏中,他说:"凡人情恋土,各愿安居。苟非无以

---

① 《传家集》卷五六《乞趁时收籴常平斛斗白札子》。
② 《传家集》卷五二。

自存,岂愿流移他境？国家若于未流移之前,早行赈济,使粮食相接,不至失业,则比屋安堵,官中所费少,而民间实受赐。若于既流移之后,方散米煮粥,以有限之储蓄待无穷之流民,徒更聚而饿死,官中所费多而民实无所济。"他主张赈济一直发到夏秋成熟之际,所借粮食随税送纳,不取利息,这才是加惠于民的仁政。

## 七 力主和戎,以安中国

司马光在复出后短短的十五个月里,以惊人的毅力写出了百余篇奏疏,其中于元丰八年(公元1085年)十二月四日所上的《请革弊札子》①是最为重要的一篇纲领性的文献。司马光在该札子中,对熙丰变法做了全面而深刻的批判,并极其尖锐地指出"今日公私耗竭,远近疲弊,其原大概出于用兵",这就指明了神宗及变法派所推行的战争政策是这场灾难的根源。在该札子中,司马光沉痛地说:

> 及神宗继统,材雄气英,以幽、蓟、云、朔沦于契丹,灵夏、河西专于拓跋,交趾、日南制于李氏,不得悉张置官吏,收籍赋役,比于汉唐之境,犹有未完,深用为耻,遂慨然有征伐开拓之志。于是,边鄙武夫,窥伺小利,敢肆大言,只知邀功,不顾国患,争贾余勇,自谓卫、霍不死;白面书生,披文按图,玩习陈迹,不知合变,竞献奇策,自谓良、平更生;聚敛之臣,掊拾财利,剖析秋毫,以供军费,专务市恩,不恤残民,各陈遗利,自谓研、桑复出。相与误惑先帝,自求荣位。于是,置提举官,强配青苗,多

---

① 《传家集》卷四九。

收免役,以聚货泉。又驱畎亩之人为保甲,使舍耒耜、习弓矢。又置都作院,调筋皮角木,以多造器甲。又养保马,使卖耕牛、市驵骏,而农民始愁苦矣。部分诸军,无问边州、内地,各置将官以领之,自知州军、总管、钤辖、都监、监押皆不得关预;舍祖宗教阅旧制,诵射法,效胡服,机械、陈图,竞为新奇,朝晡上场,罕得休息,而士卒始怨嗟矣。置市易司,强市榷取,坐列贩卖,增商税色件,(下)及菜果,而商贾始贫困矣。又立赊贷之法,诱不肖子弟破其家,又令民封状增价,以买坊场,致其子孙、邻保籍没赀产,不能备偿。又增茶盐之额,贱买贵卖,强以配民,食用不尽,迫以威刑,破产输钱。又设措置河北籴便司,广积粮谷于临流州县,以备馈运。教兵既久,积财既多,然后用之;而承平日久,人已忘战,将帅愚懦,行伍骄惰,加以运筹决胜者,乃浮躁巧伪之士,不知彼己,妄动轻举;是以顿兵灵武,力疲食尽,自溃而归,执兵之士,荷粮之夫,暴骨塞外且数十万;筑堡永乐,息忽无备,纵寇延敌,阖城之人翦为鱼肉。曾未足以威服戎狄,而中国先自困矣!先帝深悔其然,厌截截谝言,思番番良士,及下哀痛之诏,息兵富民,奄弃天下,此臣所为痛心疾首而泣血追伤者也!

既然熙丰变法对社会经济生活各方面的摧残是如此的严重,对西夏的开拓又是一场屡战屡偾、毫无胜算的战争,那么,又有何理由强迫各阶层人民继续做出无谓的牺牲呢?元丰八年(公元1085年),神宗逝世后,宋朝与辽、西夏、交趾等国使节友好往来,长期敌对、紧张的关系有所缓和,宋朝对外贯彻"华夷两安"的友好方针已经确立,司马光认为与西夏缔结和约的时机已经来临,元祐元年(公元1086年)二月三日,他决心把握时机,主动改善宋夏关系,铲除给国

## 第十二章 元祐更化

家和人民带来沉重灾难的祸根。于是,他呈上《论西夏札子》[1],毫不客气地批评了神宗,指出为发动对西夏战争所寻找的理由是完全站不住脚的。神宗发动战争前,声称西夏国内发生政变,国主秉常被软禁,发动战争是为了拯救秉常,并非贪其疆土。攻占了米脂、义合、浮图、葭芦、吴堡、安疆诸寨后,又说占领这些边城是聊示削罚,西夏不应再要求归还。司马光说:"朝旨首尾已自相违,又兴师本为振拔秉常,拒命者,国人之罪,岂可更削秉常之地?于理差似未安。王者以大信御四海,羌戎虽微,恐未易以文辞欺也。"司马光认为这六寨之地远离宋境、深入西夏地,对于宋方来讲,难于应援。田不肥沃,不可以耕垦;地非险要,不足以守御。宋方得之,无拓土辟境之实,有久戍远输之劳。对于西夏而言则不然,由于数寨深入其腹地,西夏常虑宋方据以深入袭击,因此是其必争之地。司马光认为和戎的关键是归还这些堡寨。为此,他献上两条处理西夏关系的对策,一是返其侵疆,二是禁其私市。所谓返其侵疆,就是乘目前改元元祐之际,及时对西夏颁诏,对其累年不派遣使节来贺正旦、生辰及登位的失礼行为严加指责;对其近日派遣使节吊慰、祭奠神宗逝世及报其国母之丧、进献遗物的殷勤之意表示赞赏。然后尽赦其罪,从今以后,恢复岁赐,恢复两国间的贡赐贸易,归还六寨,凡是原属西夏的土地悉数归还。但定西城(今甘肃定西市境内)、兰州(今甘肃兰州市)不在归还之列,因为这原是花麻之地,赵元昊将女儿嫁给他,从而与西夏才有了羁縻关系。至于禁其私市,则是不接纳西夏使节,严词指责其多年无礼的行为,严禁两国公私间的贸易,俟以岁月,待西夏社会经济受到沉重的打击,国力、民力都陷入困境后,必然会辞恭礼逊主动请求和谈。但是,断绝双方民间贸易难度很大,

---

[1] 《传家集》卷五〇。

必须订立严刑重法,犯者必死无赦,边防官兵失察撤职刺配,并重奖告发之人。如果各路这样严厉处理一二人,则可以做到令行禁止,人不敢犯。人存政举,关键在于各路安抚使要得人,才能做得到。否则走私猖獗,西夏即使不获岁赐之物,也能够做到物资充沛,公私不乏,这样也就不会臣服。因此,司马光认为"此法恐未易可行,不若前策道大体正,万全无失"。接着,司马光又在《与三省密院论西事简》①中,与两府宰执谈了自己的看法,告诫他们,"不和西戎,中国终不得高枕",请行前策,六寨之地可先搁置不议。择祸莫若轻,愿算其多者。但是,十一日,朝廷最终采取了司马光的后策,下诏严禁私市。司马光大失所望,他于十二日、十六日连上两章。他认为禁私市,如立法不严、边帅不才,获一漏百,私市滔滔如故,或此禁彼放,于事无补,适足以激怒西夏,不肯屈服,如果发生冲突,就很难处理。他希望朝廷能行前策,牵制西夏,缓和矛盾,获得数年的时间,以休养生息,增强国力,确立优势的战略地位,然后以武力讨伐来犯的国家,以利益笼络友好的邻邦,无所不可。但是,此时宰执中变法派尚占优势,司马光的意见未被采纳。在禁私市已成事实后,司马光不得不予赞同,退而求其次。在与知枢密院事章惇的公函中,他请于严禁数年之后,归还西夏六寨,恢复岁赐。三月与六月,西夏两次派遣使节来贺哲宗登位和进贡,司马光都及时地进呈章疏,希望朝廷不失时机地改善与西夏关系,使"华夷两安"②。六月,时机已失,为了达成宋夏双方的和解,司马光仍然坚持归还六寨之地。他认为:"灵夏之役本由我起,新开数寨,皆是彼田,今既许其内附,岂可犹靳所侵地而不与彼?"③由于司马光、苏辙等人的努力,元祐二年(公元1087年)三月,双方终于达成了以土

---

① 《传家集》卷六三。
② 《传家集》卷五二《乞抚纳西人札子》。
③ 《传家集》卷五三《乞不拒绝西人请地札子》。

## 第十二章 元祐更化

地换战俘的决议,并付诸实施。当然这已是司马光去世半年后的事了。

要对西夏作战,就不能不放宽对将帅的限制、约束,给予将帅一定的机动权力,王安石推行将兵法就是出于这样一种考虑。因此,在置将官后,将兵之事,各州总管、钤辖、都监、监押以及知州、知县都不能过问,如有差使,则只能量留老弱兵员充当。其余兵马全部由将官统率,专门从事军事训练。这样,就严重地冲击了宋朝建国以来所确立的统兵体制和以文制武的基本原则。宋朝为了防止地方分裂割据、重蹈唐王朝的覆辙,立国以来就为建立地方统兵系统绞尽了脑汁,在唐末、五代的基础之上,经过数十年的努力,终于在地方各级确立了"置总管、钤辖、都监、监押为将帅之官,凡州县有兵马者,其长吏未尝不兼同管辖"①的体制,成功地防止了国家的分裂,有效地保证了社会经济的发展。由于司马光与王安石在对外关系上持完全相反的立场,在基本国策上,他坚决反对对外开拓,主张守内虚外,因此,他坚决地主张取消将兵法。早在元丰八年(公元1085年)五月就任副相的第三天,他就在《请更张新法札子》②中说道:"将官专制军政,州县无权,无以备仓猝。万一饥馑,盗贼群起,国家可忧!"由于元祐时期宋夏间并未缔结和约,局部战争不时发生,所以司马光的这个意见并未被完全接受,将兵始终未被取消,只是稍稍将统兵官做了些裁减,加强了对军队的监督,恢复了以文制武的传统体制。但直至徽宗即位之时,对于将兵仍无定制。各地情况不一,大约沿边和军事要害地区为了增重事权,都、副总管有权"节制诸将"。其他地区一路统兵官如兼将官,则可以"管辖本将军马"③及不隶属于将兵的兵马,而不兼将官者,则只能管辖后者了。

---

① 《传家集》卷四八《乞罢将官状》。
② 《传家集》卷四七。
③ 《宋会要辑稿·职官》四八之一一三。

## 八　弛张政典

司马光主政时,在上层建筑领域内的改革,除了将兵法之外,还涉及政治体制、科举制度、法律等领域。就科举制度而言,他认为熙丰变法时期科举改革得失相半,王安石"悉罢赋诗及经学诸科,专以经义、论、策试进士,此乃革历代之积弊,复先王之令典,百世不易之法也。但王安石不当以一家私学,欲盖掩先儒,令天下学官讲解。及科场程试,同己者取,异己者黜,使圣人坦明之言,转而陷于奇僻;先王中正之道,流而入于异端。若己论果是,先儒果非,何患学者不弃彼而从此?何必以利害诱胁,如此其急也"①。他特别注重对儒家学说的融会贯通,一贯提倡学术民主,提倡学术争鸣,反对"一道德"。早在皇祐初,他就说过:"圣人之经,高深幽远,固非一人所能独了。是以前世并存百家之说,使明者择焉。所以广思虑、重经术也。"又说:"经犹的也,一人射之,不若众人射之,其为取中多也。"②这些言论都是他提倡百家争鸣思想的体现。因此,元祐时期,王学并未被废黜,而是与诸儒之学兼行并存。他特别重视士大夫的德行,强调"取士之道,当以德行为先,文学为后"。把德行摆在比经术更为重要的位置上。因此,他主张设立经明行修科,及第者获得的功名比进士科更为优异。使选拔出来的人才,"既有行义,又能明道,又能博学,又知从政"。但他反对设立明法科,认为"礼之所去,刑之所取,为士者果能知道义,自与法律冥合。若其不知,但日诵

---

① 《传家集》卷五四《起请科场札子》。
② 《传家集》卷六八《古文孝经指解序》。

## 第十二章　元祐更化

徒、流、绞、斩之书,习锻炼文致之事,为士已成刻薄,从政岂有循良？非所以长育人材,敦厚风俗也"①。

司马光目睹熙丰变法造成的严重后果,严厉地批评了变法派破格使用年少资浅轻俊之士充当提举常平使者、强行推动新法的做法。他认为"年少则历事未多,资浅则众所不服,轻俊则举措率易。历事未多,故措置百事往往乖方。众所不服,故依势立威以行号令。举措率易,故虑事不熟坏法害民。又利禄诱于前,罪戾俟于后,由是往往上不顾国家事体,下不恤百姓怨咨,止务希合,以图进取。致今日天下籍籍如此,皆由此来也"②。在经历了熙丰变法之后,司马光修正了自己破格用人的思想,他认为对知州军以下宋代所谓的"常调之人不可不为之立资格,以抑躁进,塞幸门。若果有贤才,朝廷自当不次迁擢"。相对而言,"年高资深之人虽未必尽贤,然累任亲民,历事颇多,知在下艰难,比于元不历亲民便任监司者,必小胜矣"③。为了确保官员的素质,在选拔官员时,他非常注意发挥举主的作用,在宋朝固有的措施之上,他提出了十科举士的办法,主张侍从以上高级官员每年可于十科之中共举荐三名有官无官之人备国家选拔使用。他还制定了举荐、按察八条规定,注意发挥监司、知州、通判对各级官员的监察、推荐作用。

在政治体制方面,司马光也提出了不少切中时弊、行之有效的好建议。他批评了元丰改制时生搬硬套《唐六典》,将中书(政事堂)分为中书、门下、尚书三省的做法,因为改制以来的实践表明,这完全是不切实际的向壁虚构。他请求恢复建国以来的中书、枢密院并立的两府制,合中书、门下两省为一,以尚书省都堂为政事堂,使"政

---

① 《传家集》卷五四《起请科场札子》。
② 《传家集》卷五〇《乞罢提举官札子》。
③ 《传家集》卷五六《论监司守资格任举主札子》。

事归一,吏员不冗,文书不繁,行遣径直"①,既消除了臃肿的机构,又提高了办事效率。

北宋时期的三司,是一个权力广泛、地位崇高的中央财政机构,它兼管唐代户部所不掌管的修造事务和与财政相关的监察事务。熙丰变法时期,改三司为尚书省户部,将与青苗法等新法有关的经济事务划归司农司,将三司胄案事务划归军器监,三司修造事务划归将作监,三司推勘司事务划归大理寺,三司账司、理欠司事务划归刑部比部司,三司衙司事务划归刑部都官司,三司铁案主管的坑冶事务划归工部虞部司。这样,三司主管事务仅限于纯粹的财政管理,而原先的修造与监察职能则分属于户部以外的五部及若干寺监主管。不仅如此,户部内还分设左右曹,而主管新法所得赋入的右曹尚不隶属于户部尚书,出现天下之财分而为二的状况。而且五部也都有权支用钱物,这样作为财政主管部门的户部就无法总揽天下财赋,也无法量入为出。因此,司马光请求让尚书兼领左右曹,但右曹所管钱物,尚书在没有奏准的情况下,不能擅自动用。而五部、寺监欲动用钱物,则都必须通报户部,经户部批准后方可动用。将划归五部、寺监的事权全部收归户部,使财权统一起来。司马光还对尚书省的建设提了不少很好的建议,如明确尚书、左右丞、左右仆射的权限,将左右仆射从烦琐的常程事务中解脱出来,集中精力,思考国家的大政方针和长远规划。他还主张删削烦琐的条文,使法令简要易行。反对以例破条,维护法令的严肃性、稳定性。在刑法上,他一反熙丰时的做法,反对官员为逃避失入之罪,而滥用情理可悯、刑名可疑等条款,宽贷凶犯,主张犯者重置典宪,维护了社会的稳定。他主政时,全国刑事案件相对而言是比较少的,大概与此有关。

---

① 《传家集》卷五七《乞合两省为一札子》。

第十二章 元祐更化

## 九 其生也荣,其死也哀

元丰七年(公元1084年)《资治通鉴》撰成后,司马光的健康状况已严重受损。他在进《〈资治通鉴〉表》①中谈到了自己的身体状况说:"臣今筋骸癯瘁,目视昏近,齿牙无几,神识衰耗,目前所为,旋踵遗忘。臣之精力,尽于此书。"因此,司马光复出主持"元祐更化",是以衰残之年、羸弱之躯,任天下之责,挽狂澜于既倒,做最后的一搏。八年五月二十六日,他出任副相门下侍郎后,忘我地工作,"欲以身徇社稷,躬亲庶务,不舍昼夜。宾客见其体羸,举诸葛亮食少事烦以为戒,光曰:'死生,命也。'为之益力"②。应当承认此时新旧两党之间的斗争是异常激烈的,而且在最高决策集团之中,元祐党人尚处于劣势,司马光本人就常常受到章惇的困辱。烈风黄叶之感,正是这种残酷斗争的反映。对司马光这样彻底革除熙丰弊政的做法,不少人是有疑虑的。邢恕曾劝吕公著、司马光说:"今日之改革,虽是太皇太后的主意,但却是子改父之法令,皇上成年后会如何作想,相公不为日后考虑考虑吗?"吕公著是位口风很严的人,他未作答。司马光则答道:"他日之事,吾岂不知?顾为赵氏虑,当如此耳!"邢恕也激动起来了,反问道:"赵氏安矣,司马氏岂不危乎?"司马光毅然不顾地说:"光之心本为赵氏,如其言不行,赵氏且未可知,司马氏何足道哉!"③还有人好心地对司马光说:"熙丰旧臣,多憸巧小人,他日有以父子义间上,则祸作矣!"司马光义正词严地答道:

---

① 《传家集》卷一七。
② 《宋史》卷三三六《司马光传》。
③ [宋]朱弁《曲洧旧闻》卷六。

411

"天若祚宗社,必无此事!"①元祐元年(公元1086年)正月,司马光终于病倒了,当时青苗、免役、将官等法尚未废除,对西夏的决策也未确定,大概他此时已有力不从心之感,但他并不甘心,也决不听从命运的安排,他感慨万千地说:"四患未除,我死不瞑目啊!"老友吕公著时也为执政,他为人谨慎、言辞简约。司马光卧病在家后,恐一病不起,就给他写了一封信,将改革的重任托付于他。司马光在信中语重心长地说:"光自病以来,悉以身付医,家事付康,惟国事未有所付,今日属于晦叔矣!"他坦诚地责备吕公著说:"晦叔自结发至仕学,而行之端方忠厚,天下仰服。垂老乃得秉国政,平生所蕴不施于今日,将何俟乎?比日以来,物论颇讥晦叔慎嘿太过,若此际不廷争,国事蹉跌,则入彼朋矣。愿慎哉,慎哉!"②

司马光一度急于废除新法,甚至误将蔡京当作最支持他推行"更化"的人,是不无原因的。因为官僚的通病是观望风旨,如不明示所向,"更化"是很难推动的。矫枉必须过正,不过正则不能矫枉。加之,此时司马光的身体状况急遽恶化,变法派冷眼旁观,采取拖延战术,时间似乎对他们更有利些。对自己的病况,司马光当然也很清楚,所以他一再请求起用已退休多年,年至八旬,然而身体却很康强的前宰相文彦博为平章军国重事,同时以吕公著为次相,以保证政策的延续性。

司马光卧病在床一百三十余天,至五月十二日方入朝处理国务。但此时大病初愈,身体并未完全康复。虽然饮食如故,但两足无力、足疮未愈,步履艰难,无法行跪拜之礼。为此,太皇太后恩准允许他三日一至政事堂与宰执们共商国计。这种状况大约一直维

---

① 《宋史》卷三三六《司马光传》。
② 《传家集》卷六三《与吕晦叔简》。

## 第十二章 元祐更化

持到八月,其中虽有一段时间筋力略有增添,如有人扶他一把,自觉连跪拜也不成问题,但这其实是回光返照。十二日,司马光的病复发,从此再也未能入朝。就是在这种情况下,司马光还关心着官员的家庭生活。有人见状不理解,他说:"倘衣食不足,安肯为朝廷而轻去就邪?"从这件事上,我们就可以看出司马光的工作作风是多么踏实、深入、细致。

他在工作中,尊重职能部门的意见。有关选拔考核官员的事与吏部商量,有关财政方面的事务与户部商量,便者存之,不便者去之,因而所决定的事切实可行,人受实惠。

司马光是位谦虚好学的人。宾客之中,不问长幼贤愚,有疑难之事,就请教他们。座位旁总是放着几个本子,如有可取之处,就当场一笔不苟地记录下来。

司马光又是一位极讲原则的人。他执政后,亲笔写下了一篇文字贴在会客厅里,上面写道:

访及诸君,若睹朝政阙遗、庶民疾苦,欲进忠言者,请以奏牍闻于朝廷。光得与同僚商议,择可行者,进呈取旨行之。若但以私书宠谕,终无所益。

若光身有过失,欲赐规正,即以通封书简,吩付吏人令传入,光得内自省讼,佩服改行。

至于整会官职差遣、理雪罪名,凡干身计,并请一面进状,光得与朝省众官共议施行。若在私第垂访,不请语及。某再拜咨白。①

司马光在工作中能严格要求自己,以身作则。他认为孙准品行

---

① [宋]洪迈《容斋随笔》卷四《温公客位榜》。

完美,曾予推荐。但后来孙准参与了一场家庭纠纷,司马光认为家庭不和睦,应是品行有缺,自己应负推荐不当之责降官示罚,否则就不能服人;不能要求别人,也就起不到教育百官的作用。他连上两章,弹劾了自己的失察之罪。

司马光自奉节俭,日常生活之中,"食不敢常有肉,衣不敢纯衣帛"①,陕、洛一带,受其影响,民风都很简朴。他不像当时的官僚那样经商逐利,洛中所居,仅足以庇风挡雨。有田三顷,但为安葬夫人也抵押了出去。因此,苏轼称他"于财利纷华如恶恶臭",并非溢美之词。

由于司马光力主"华夷两安"和平共处的外交方针,因此,他在辽、夏等国的威望也是很高的。两国的使节到京,或宋使出访,都要询问司马光安否。司马光为相后,两国均约束边防人员说:"中国相司马矣,慎勿生事,开边隙!"

元祐元年(公元1086年)四月六日,王安石病故。司马光时在病中,闻讯后立即写信给吕公著说:"介甫文章、节义过人处甚多,但性不晓事,而喜遂非,致忠直疏远,谗佞辐辏,败坏百度,以至于此!今方矫其失,革其弊,不幸介甫谢世,反复之徒必诋毁百端,光意以谓朝廷特宜优加厚礼,以振起浮薄之风。"②应当说他对王安石的评价是公允的,显示了一个政治家的宽容大度。

司马光一直工作到他生命的最后一刻。元祐元年(公元1086年)九月初一,司马光与世长辞,享年六十八岁。临终时,他的病床上空空荡荡,唯有《役书》一卷。家人在整理遗物时,找到八页他未来得及上奏的手稿,所论也均是当世之务。临终前他神志已不清醒,连说话的力气也没有了,他喃喃自语,如说梦话,但所言均是国

---

① 《传家集》卷五九《答刘贤良(蒙)书》。
② 《传家集》卷六三《与吕晦叔第二简》。

### 第十二章 元祐更化

家大事。当他的死讯传开后,京城里成千上万的人罢市去吊唁他,买祭品来祭奠他,夹道哭送丧车离去。据护送丧车返乡的官员说,沿途百姓痛哭流涕,如丧考妣。四方奔赴夏县会葬的有数万人之多。京城画工画他的像,翻印出卖,家家购置一幅,饮食之前,都要先祝告一番。四方派人来争购,画工有因此而致富的。就连远在广南东路的封州(今广东封开县),人们也不约而同地祭奠他。有的甚至作佛事祭祀他,拈香于手,注香于顶,追悼他的就有百余人。

苏轼为司马光撰写神道碑时,提出了这样一连串耐人寻思的问题,他说:"公以文章名于世,而以忠义自结人主,朝廷知之可也,四方之人,何自知之?士大夫知之可也,农商、走卒何自知之?中国知之可也,九夷、八蛮何自知之?方其退居于洛,眇然如颜子之在陋巷,累然如屈原之在陂泽,其与民相忘也久矣,而名震天下,如雷霆,如河汉,如家至而日见之。闻其名者,虽愚无知如妇人、孺子,勇悍难化如军伍、夷狄,以至于奸邪小人,虽恶其害己、仇而疾之者,莫不敛衽变色,咨嗟太息,或至于流涕也。"①这是何缘故呢?苏轼认为是司马光有诚一之德,也就是表里如一、始终如一的美德,感动了天下之人、中外之人。司马光的高足范祖禹也持有同感,他说:"公于物淡无所好,唯于德义若利欲,其清如水而澄之不已,其直如矢而端之不止。故其居处必有法,动作必有礼,其被服如陋巷之士,一室萧然,图书盈几,终日静坐泊如也。又以圆木为警枕,小睡则枕转而觉,乃起读书。盖恭俭勤礼出于天性,自以为适,不勉而能。……观公大节与其细行,虽不可遽数,然本于至诚无欲,天下信之,故能奋然有为,超绝古今。居洛十五年,若将终身焉,一起而功被天下,内之婴童、妇女,外之蛮夷、戎狄,莫不敬其德、服其名,

---

① 《东坡全集》卷八六《司马温公神道碑》。

415

唯至诚故也。"

司马光逝世时,正值朝廷举行明堂大典,典礼一结束,太皇太后就与哲宗一道赶赴司马光家中祭奠致哀,停止上朝处理国务。追赠司马光太师、温国公,赐以"文正"的谥号和一品礼服安葬,给予司马光最高的礼遇和最高的评价。"文正"这个谥号,北宋一代,只有三人获得,这就是王曾、范仲淹、司马光,由此亦可见"文正"这个谥号是多么的难得而弥足珍贵了。第二年,在安放司马光神道碑时,哲宗还亲自用篆文题写了碑额"忠清粹德之碑"。

司马光是北宋时期杰出的政治家,同时也是位我国古代杰出的思想家和伟大的历史学家。他学识渊博,在史学、经学、诸子学、文字学、音韵学等研究领域卓有建树,自成一家。《资治通鉴》一书使他在史学这一领域获得了无可争辩的历史地位,与司马迁双峰并峙,后人誉之为史界"两司马"。在哲学思想领域,他与周敦颐、邵雍、张载、程颐、程颢齐名,合称北宋道学"六先生"。他一生著述宏富,他的许多著作是中华民族优秀文化遗产的一部分。留传至今的作品有《资治通鉴》《通鉴考异》《通鉴释例》《通鉴目录》《稽古录》《历年图》《温公易说》《切韵指掌图》《类篇》《集韵》《古文孝经指解》《老子道德经注》《书仪》《家范》《法言集注》《集注太玄经》《潜虚》《涑水记闻》《温公琐语》《续诗话》《徽言》文集[①]等。

---

[①] 司马光的文集流传至今的有三种版本。一种是《温国文正司马公文集》,为南宋绍兴年间福建路提点刑狱公事刘峤所刻。一种是《司马文正公传家集》,为南宋嘉定年间刻本。两集均为八十卷。一种是《增广司马温公全集》,1992年,山西大学李裕民先生在日本内阁文库发现此书。全书共一百一十六卷,现仅存九十五卷,该集保存有早已亡佚的《日录》三卷、《手录》五卷(已佚三卷)。该书奏疏部分大体以类相从,但文章时序排列颠倒紊乱,殊草草。李裕民先生推测此书可能是宋元之际流入日本的。

# 尾　声

　　司马光去世后，纠正熙丰之法的工作仍在继续进行着，但是，要想以数年的时间改革已推行了近三十年的政治、经济体制亦并非是件易事。而且，无论新党还是旧党，他们都是地主阶级的政治集团，尽管他们政见有分歧，有时甚至是很大的分歧、难以调和的分歧，但是，他们基本的阶级立场是一致的，根本的利益也是一致的。出于统治集团的贪婪本质，他们也是不肯轻易地放弃已攫取到手的经济利益的。元祐时，范纯仁主张继续发放青苗钱就是一个极好的例子。司马光后来也主张收助役钱，这就更耐人寻味了。元祐臣僚不肯动用熙丰时期搜刮来的大量免役、助役钱，并且免役钱在元祐时期也基本上未废除。役法差募并行之后，暴露出来的问题也不少，差徭轻重失当，或令服役人垫赔，或占留役钱过多，不完全用于招募，以致差役频繁，凡此种种，不一而足。元祐时期宽缓不治，政令不畅，官员在执行中采取敷衍塞责、观望风旨、阳奉阴违的官僚主义态度，虽三令五申，明示赏罚，亦未见有多少起色。元祐八年（公元1093年）时，尚追以息为本的市易欠款，就是一个典型的例子。地方官史抵制一再颁布的市易欠户除放法，想借此鱼肉百姓，让广大工商业者成为满足自己贪欲的"食邑户"。

　　最令人遗憾的是，元祐中宋夏时战时和，冲突不断。七年，西夏屡屡侵犯宋熙河、鄜延、泾原、麟府诸路,宋也断绝岁赐,并运用浅攻的战术,不时派出轻兵进攻西夏边境地区。由于西夏的强硬立场,元祐党人中以吕大防、王岩叟、刘挚为代表的主战派在与苏辙、范纯仁、韩忠彦等主和派的斗争中渐占上风,在对外方针上,完全违背了宋朝历代确立的基本国策,也违背了司马光的意愿。八年九月,太皇太后高氏病逝,哲宗亲政,章惇复出,从此以后开始大规模的浅攻进筑军事行动。

从绍圣三年(公元1096年)始,至元符二年(公元1099年)止,宋破西夏洪州(治今陕西靖边县西南)、盐州(今陕西定边县),收复宥州(治今内蒙古鄂托克旗城川镇古城)、会州(今甘肃靖远县),建西安州(治今宁夏海原县西)、晋宁军(今陕西佳县)、绥德军(今陕西绥德县)。至此,各路所筑城寨达四五十座之多,宋军完全占有横山,以横山北之沙漠及黄河与西夏为界。"横山延袤千里,多马宜稼,人物劲悍善战,且有盐铁之利,夏人恃以为生。其城垒皆控险,足以守御"。宋占领横山后,"则横山强兵战马、山泽之利尽归中国。其势居高,俯视兴、灵,可以直覆巢穴"。①而西夏不能如往日那样,每每在横山聚兵就粮,乘势犯塞,稍稍进入宋境就必有所获,这正是西夏在对宋战争时屡屡获胜的重要原因。失去横山后,西夏"无聚兵就粮之地,其欲犯塞难矣"②。丧失横山,西夏也丧失了赖以耕牧的良田牧场、膏腴之地。西夏人语:"唱歌作乐田地,都被汉家占却,又云夺我饭碗。"③西夏从此一蹶不振,不得不主动请和,宋在元祐末年开启的对西夏战争中,运用浅攻进筑的战略战术取得了胜利,解除了百余年来西夏对西北边境地区的侵扰。

---

① 《宋史》卷三三五《种谔传》。
② 《长编》卷五〇〇元符元年七月甲子。
③ 《长编》卷四八五绍圣四年四月壬辰。

## 尾声

但是，宋也付出了沉重的代价。宋君臣上下不得不承认国力、民力已困。元符元年（公元1098年）七月，朝会时，"上屡顾执政，曰：'民力已困。'众皆曰：'然。'布曰：'何止民力，公家之力且无以继矣！'主张"休兵息民，以图安静"①。因此，可以说横山之争宋夏双方是两败俱伤。泾原路经略使章楶，是这一时期对西夏实行浅攻进筑战功卓著的名将，他也说："臣闻夷狄，天之一气，从古无灭绝之理。"②他在元符二年（公元1099年）十一月的奏章中具体地揭露了陕西财政空虚、军队疲于奔命、死伤逃亡的严重状况：

今来自关以西，以至沿边鄜延、环庆、泾原、秦凤路，连值夏秋不熟，斛斗不收，价比旧日三四倍高贵。人民饥饿，不免流移，渐有遗弃儿女，道路之间往往有之。虽有常平仓斛斗，又缘军粮乏绝，须趁急且兑那支遣，以此多不得全充赈济之用。今更开拓疆境，用兵不已，臣窃为陛下忧之。

臣昨赴泾原，朝辞登对之日，亲闻陛下圣语，戒臣谨重，言至数次，则知陛下谨于用兵，爱惜财用，凡遣师征讨，实不得已而为之也。伏见兴师以来，陕西府库仓廪储蓄，内外一空，前后那内藏库金帛不知其几千万数。而陕西目今处处无不阙乏粮草，转运司计亦无所出，惟是行移公文，指空画空。郡县差衙前往指定处般运，多是空回。臣窃恐内藏库金帛数亦有限，苟迁延岁月，亦虑支那将尽。今日收复青唐等处，大兴工役，缮全城郭，恐非陛下本意，必有大臣误陛下者。况诸路进兵攻讨，建筑城寨，弥满于夏贼境中，贼心恐惧，款塞请和。臣窃观祖宗以来，能制西夏之命，使之束手破胆，未有如今日，则陛下圣功神

---

① 《长编》卷五〇〇元符元年七月甲子。
② 《长编》卷五〇四元符元年十二月己卯。

德可以夸示万世。今来正是休兵息民、清心省事之时,惟望陛下深察愚臣之言,断自宸衷,裁决此事。若更询问主议大臣,窃恐却将朝夕已在陛下前讲论策画,专务兴师不已之说,遂非掩过,上误圣聪,愿陛下深察。

自绍圣四年以后,诸路兴兵进讨,更出迭入,修筑城寨,未尝休息。臣不能尽知他路事体,且以本路今年言之,开春即经营进筑,三月末调发兵马,四月初筑西安州天都、临羌等寨,至五月半间分屯,六月又调发兵马进筑定戎寨,七月初下手,工役未了间,又移兵应副进筑会州,至八月二十间方回,其间空阙月日,又修置正原等处堡子,及日近添筑烽台,移置堡铺,拍立界候。连绵兴役,未尝休息。今又差发五千人赴熙河救援。臣勘会,每一出师,士卒病患死损,及将带衣甲逃走,数目不少。此事臣身为将帅,实难言之。然其间自系边防安危利害,愿陛下深察。

黄贴子:臣状内所陈,每一出师,士卒病患死损及逃走数目不少。且如京西第三将下,因屯戍回日,勘会到军前带器甲逃走共一百八十二人,其因病患死损及逃亡已获之人不在此数。又如本路第一将,且只会到在渭州四指挥,逃走及死亡共一百一人。第二将只会到在渭州三指挥,逃走及死亡共二百七十五人。以此可见,因逐次兴举,死伤损失人数甚多。今若连绵兴举不已,更恐逃亡死损加倍于日前。伏望圣慈矜察。①

可是,此时以章惇为首的一派却对此视而不见,穷兵黩武,主张西夺青唐(今青海西宁市)、邈川(今青海海东市乐都区),创置郡县,

---

① 《长编》卷五一八元符二年十一月辛未。

## 尾声

再北渡黄河,消灭西夏。不久,哲宗去世,徽宗即位,蔡京等"六贼"当道,竟然派兵远征,在荒无人烟之地,先后建立积石军(今青海贵德县西)和震武军(今青海西宁市东北)。积石军本吐蕃溪哥城,童贯派兵收复时,城主出降,全城连老弱妇女才二十八人,根本就无武装力量。为掩盖事实,夸大战功,"金纸糊桶为头冠,木椅为胡床,浅红绢为伞",凡此种种,伪造城主礼仪法物,夸大其实力,以显示战功,蒙蔽朝廷。更有甚者,边将为增秩赐金,加官晋爵,置国家安全于不顾,视边防建设为儿戏。徽宗初年,权吏部侍郎张舜民上章揭露说:

> 今则轻师潜入三五十里,以至百里,乘敌人未觉之时,数日之间,苟修草创,亟闻朝廷,盗取功赏。然自城门之外,依然贼境,以一径内通,昼日挟兵张弓,非百十人不敢行,是真谓之城乎?其初,帅司制置经画,每一寨屯三千人守御,计置粮草,厚破公使,以来吏民。不旬月间,人兵复抽去,草粮未尽计置,公使亦遂裁减。其已居官吏人民日夕忧恐,不成家计。亦有修筑逾年,至今未有人居止者。其兵将吏民,彼此相谕,本不为修筑开边,止为沽将帅之赏而已。以致工作苦痡,守御缪悠,若夏人一来,不攻自破,此皆边人之语也。①

崇宁五年(公元1106年)七月,知凤翔府(今陕西宝鸡市凤翔区)冯澥也上章言开拓之祸,他说:

> 臣切以湟(今青海海东市乐都区)、廓(今青海尖扎县北)、西宁(今青海西宁市)三州,本不毛小聚,大河之外,天所限隔。

---

① [宋]赵汝愚《宋名臣奏议》卷一四〇《上徽宗论进筑非便》。

陛下空数路,耗内帑,竭生灵膏血而取之。收复以来,何尝得一金一缕入府库,一甲一马备行阵?而三州岁用以亿万计。仰于官也,而帑藏已空;取之民也,而膏血已竭。有司束手莫知为计。塞下无十日之积,战士饥馁,人有菜色。今残寇游魂,未即归顺,黠羌阻命,公为唇齿,窥伺间隙,忽肆奸侮,则兵将复用,役必再籍。残弊之后,尚安可堪!陛下以四海九州之大,德被万方,威震四夷,奈何以二三小聚,困弊关陕一方生灵,长为朝廷西顾无穷之忧乎?

徽宗末年,对外开边达到疯狂、荒诞的地步,为了收复燕云十六州,竟然联合金人灭辽,将自身极度虚弱、腐朽、不堪一击的一面,暴露在新兴的金国面前,从而加速了自己的灭亡。辽亡一年有余,北宋也随之覆灭。正应验了《左传》所谓"兵犹火也,弗戢将自焚"的告诫。

变法派上台后,对政敌立即施行报复。绍圣元年(公元1094年)七月,下诏剥夺司马光的谥、告、赠典及所赠碑额,磨去碑文,砸毁碑身,甚至一度欲掘司马光的坟墓,斫棺暴尸。尚在位的元祐党人吕大防、范纯仁、刘挚、苏辙、梁焘、刘奉世、刘安世等此时也相继被驱逐出京。绍圣末,又欲毁《资治通鉴》之版,只是慑于《通鉴》是神宗肯定之书,有神宗亲笔撰写的序文,才未敢下手。徽宗上台后,奸贼蔡京变本加厉,又大搞党禁,在全国各地树立"元祐党人碑",严禁党人子弟在中央及京城地区任职、居住,严禁宗室与党人子弟及五服以内亲属结婚等等。又不许私下讲授元祐政事、学术,厉行思想禁锢政策。对元祐党人的迫害,达到登峰造极的地步。

在树元祐党人碑时,还发生这样一件事。长安有名石匠叫常安民被征,他推辞说:"我是一个无知识的人,不懂得朝廷立碑之意,但元祐大臣司马光,天下人都认为他正直,今天指他为奸邪,我不忍心镌刻。"官府要治他的罪,他说:"被征不敢推辞,请不刻'安民'二字于碑上,恐被后人指责。"从这件事可以看出,司马光在百姓心目中的威信是何等崇高。崇宁末,发生星变,于是大赦天下,除去有关党人的一切禁令,但是真正解禁已是二十年以后的事了。靖康元年,金人兵临城下。当时抗金名臣李纲,由于陈东为首的太学生和开封人民的示威请愿,重新执政。他认为"元祐大臣,持正论如司马光之流,皆社稷之臣也,而群柱嫉之,指为奸党,颠倒是非,政事大坏,驯致靖康之变,非偶然也"[①]。在他的主持下,司马光的名誉、被剥夺的赠典得以恢复,元祐党籍、学术之禁也被除去。建炎元年(公元1127年),为了收拾天下人心,高宗下诏以司马光取代蔡确配享哲宗庙廷。不久,又取消王安石配享神宗的资格,重新以富弼配享。理宗宝庆二年(公元1226年),建功臣阁,司马光作为宋朝的功臣,他的画像也悬挂在阁中。度宗咸淳三年(公元1267年),司马光从祀孔子庙,获得了与七十二贤人及历代名贤相等的地位。被砸毁的神道碑,经历了金、元、明三代的找寻、复制之后,也终于在明朝嘉靖元年(公元1522年)完全恢复了原貌。《诗》曰:"哲人云亡,邦国殄瘁。"司马光一身的进退存亡,对宋王朝的影响确实是深远的,也是难以估量的。

---

[①] 《宋史》卷三五九《李纲传》。

# 余 论

拙作杀青之际,掩卷而思,司马光及其所处的时代能给我们那些启示呢?

靖康元年(公元1126年),兵部尚书孙傅回顾北宋一代的治国方针,将北宋国策的演变划分为三个阶段,他认为"祖宗法惠民,熙丰法惠国,崇观法惠奸"[①],为拯救国家,他请求恢复祖宗法度,是颇耐人回味的。这当然是相比较而言。宋初立国创法,作法于凉,留有余地,轻徭薄赋,剥削较轻。真、仁时期,与辽、夏签立和约,结束战争状态,和平共处。并在若干经济领域内采取通商政策,有利于民营经济的发展,社会繁荣、稳定。与熙丰以后相比,人民安居乐业,父子夫妻团聚,获得的实惠确实较多一些。由此可见,和平与发展是一个国家、一个民族生存、稳定的不二法则。

宋代尤其是北宋时期,物质文明和精神文明所达到的高度,在整个中国古代社会时期内,可以说是空前的。南宋末年人方回和元人郝经都认为宋王朝堪与汉、唐媲美,而艳称之为"后三代",是我国古代社会的重要发展时期。宋代的中国,在当时的世界上也是处于遥遥领先的地位。仅就科技而言,四大发明中的活字印刷术、火药

---

① 《宋史》卷三五三《孙傅传》。

和指南针，在宋代得到了前所未有的发展和运用。仁宗庆历时，毕昇在雕版印刷术的基础上发明的活字印刷术，成为文化传播的巨大推动力。火药此时已普遍地应用于军事上，从兵器发展史来看，宋代是一个由冷武器向热武器转化的时代。指南针在宋代已经广泛运用于航海业，促进了海外贸易与文化的交流。世界著名的科技史专家李约瑟说，"在11、12世纪，中国的科学发展到了它的顶峰"，从而进入了"成熟时期"，"保持一个西方所望尘莫及的科学知识水平"。中国的科技发明像奔流的潮水涌进欧洲，改变了整个世界的面貌，"要是没有这种贡献，就不可能有我们西方文明的整个发展历程。因为如果没有火药、纸、印刷术和磁针，欧洲封建主义的消失，就是一件难以想象的事"。由此可见，和平与发展是一个国家、一个民族在政治、社会经济、文化、科学技术，都达到世界领先水平，引领、影响那个时代的必要前提。

长期和平的环境下，军队忘战、战备松弛，边将多为庸将。加之，前代边塞险要尽在敌国之境，边境无险可守，还有对武将的防范、消极防御的指导思想，所以虽无战事，但守边兵员并未减少。庞大的军队使得军费开支居高不下，占据了国家预算的六七成。官员的队伍和各类费用也越来越庞大。统治者想精兵简政、节省开支，结果却是稍减复增、不减反增。这就迫使国家财政不得不依赖于专卖所得，极大地妨碍了通商政策的实施和商品经济的发展、社会经济的繁荣。

十至十三世纪，是北方少数民族风起云涌、相继兴起的时期。契丹族、党项族建立的国家，与北宋相始终，南北对峙一百六十六年之久。在战略上，辽、西夏互为掎角之势，共同对付宋朝。宋"西伐则北动，北静则西动"，"两下牵制，困我中国"。因而，名为三国鼎立，实为南北对峙。并且在这种对峙的格局中，宋朝常常处于劣势之中。从我国历史发展的大势来看,这是秦汉以来又一个南北朝时期。这次南北对峙,是安史之乱以来中国大分裂至元代大统一间的战略相持阶段,也是局部统一阶段,是元代大统一前的酝酿时期,这是历史的必然。北宋王朝处于这样一个时代,处于这样一个外部环境之中,正确的对策应当是厚培国力,观衅而动,为统一准备条件。在辽、西夏内部没有出现内乱、没有出现严重分裂的情况下,贸然出兵,不顾实际力量对比,只能是屡战屡偾,加剧国内的阶级矛盾,造成社会动荡不安。两宋时期,每次北伐都归于失败,雄辩地证明了这一点。

宋代长期以来国家经费短缺,但这不表明宋代财政确实困难。细绎宋朝财政制度,除三司主管国家日常经费外,还有地方经费系统和内库系统。内库系统由皇帝亲自掌握,"其籍秘严,虽大臣及主计者,莫得知其详实"[①],这是战略后备金,在宋代财政中起着主导作用。至于地方经费,财力也颇为雄厚,以致宋人认为直至仁宗末年,"天下财物,皆藏州郡"。另外,宋王朝一方面通过二税附加等剥削手段,对农民阶级"重率暴敛","诛求于民无纪极",通过增加商税、酒、盐和买绢的征收,在真、仁之际短短的四十年间,将剥削量翻了三倍有余。而另一方面则对地主阶级采取宽容政策,天下田亩"赋租所不加者十居其七""二十税一者有之,三十税一者有之"。农民阶级所创造的物质财富,大部分不是作为赋税流入国库,而是作为地租为地主阶级所攫取。总而言之,由于宋代统治集团大肆挥霍浪费、财政管理分散,对地主阶级实行宽厚的"富民"政策,宋朝一代呈现出"积贫"的假象。从某些方面来看,宋朝一代的国势大似东汉王朝,其经济的发展,没有表现为地主阶级国家的强大,而是表现为地主阶级国家的贫弱。

---

① [宋]赵汝愚《宋名臣奏议》卷一〇七《上英宗乞今后奉宸诸库宜谨出入》。

# 附录

## 司马光简谱

**一岁　真宗天禧三年（公元1019年）**

　　是年，司马光之父池知光山县。

　　十月十八日，光出生于县官舍。

　　是年，司马池拜秘书省著作佐郎，监安丰县酒税。

**四岁　乾兴元年（公元1022年）**

　　是年，司马池以秘书丞知遂州小溪县。

　　是年，父兄教光读书。

**七岁　天圣三年（公元1025年）**

　　是年，刘烨以龙图阁直学士知河南府兼留守事，辟司马池为河南府司录参军事。岁余，通判留守司。数日，改任群牧判官，赴京。光始读《左氏春秋》，又破缸救出落水小朋友，京城开封、洛阳一带传为佳话。

**十一岁　天圣七年（公元1029年）**

　　是年，司马池仍为群牧判官。

**十二岁　天圣八年（公元1030年）**

　　是年，司马池因得罪宦官皇甫继明，出知耀州。

十三岁　天圣九年（公元1031年）

是年，司马池出任利州路转运使，光随父在利州游览南岩，池题名于壁，末云"群实捧砚"。

十五岁　明道二年（公元1033年）

是年，司马池已为兵部员外郎、知凤翔府。光随侍，以父荫补为郊庙斋郎，数年后，升将作监主簿。光此时于"书无所不通，文辞醇深，有西汉风"，又赴华州访其敬仰终身的孙之翰。

十六岁　景祐元年（公元1034年）

是年二月，司马池加直史馆，依旧知凤翔府。

十八岁　景祐三年（公元1036年）

是年三月，司马池已在京，出任侍御史知杂事。

十九岁　景祐四年（公元1037年）

是年，司马池与张存同为三司副使，光随侍在京，与张存女订婚。

光作《铁界方铭》《勇箴》等文。

二十岁　宝元元年（公元1038年）

是年四月，光中进士甲科第六名，以奉礼郎出任华州判官。同年有吕溱、李绚、祖无择、石扬休、王异、范镇、吴充、孟翱、郎景微、聂之美、张师奭、庞之道、张周辅、周源、邵必、李汝臣、吴中复、李尧夫、叶纡、张伯常、王瑾、王景阳、刘航、吴执中等。

十月，司马池自盐铁副使升天章阁待制、知河中府，道改同州。光以公务时赴同州，就便看望父亲及与同年同州推官石扬休游处。

是夏，作《送同年郎景微归会稽荣觐序》。

是年，光娶夫人张氏。

二十一岁　宝元二年（公元1039年）

八月，司马池知杭州。

是年，光作《颜太初杂文序》《冯亚诗集后序》。

二十二岁　康定元年(公元1040年)

将作监主簿、签书平江军(苏州)节度判官公事。

是春，光请求签书平江军节度判官，以便照应父亲。到任后，母聂氏病故，光辞职服丧。

九月九日，天章阁待制、知杭州司马池降知虢州。

是年，光代父作《论两浙不宜添置弓手状》。

二十三岁　庆历元年(公元1041年)

将作监主簿签书平江军节度判官公事。

十二月，司马池病故于晋州任上。光辞官回乡服丧。

二十四岁　庆历二年(公元1042年)

八月，光葬父母于涑水南原之晁村。

是年，光作《十哲论》《四豪论》《苏骐骥墓碣铭》。

二十五岁　庆历三年(公元1043年)

是年，作《贾生论》。

二十六岁　庆历四年(公元1044年)

签书武成军判官。

是春，光服丧期满，赴延州，追随知延州庞籍。是秋，尚在延州经略司幕府。不久，签书武成军(滑州)判官。五年正月，庞籍升任枢密副使。

二十七岁　庆历五年(公元1045年)

改宣德郎，以武成军判官权知滑州韦城县事。

六月十六日，光自宣德郎授行大理评事。

是年，作《蓤龙庙祈雨文》《机权论》《才德论》《廉蔺论》《龚君宾论》《不以卑临尊议》《河间献王赞》《史评十八首》《述国语》

《送李撰之序》《囷人传》《答胙城郭大丞书》。

**二十八岁　庆历六年（公元1046年）**

自大理评事迁本寺丞,为国子直讲,凡三年。

是年,与李子仪同官太学,朝夕相处,讲道甚乐。为枢密副使庞籍荐充馆阁,未获准。

**二十九岁　庆历七年（公元1047年）**

是年,作《上许州吴给事书》《上庞枢密论贝州事宜书》《上宋侍读书》。

**三十岁　庆历八年（公元1048年）**

大理寺丞、国子直讲、馆阁校勘。

十一月十七日,以参知政事庞籍推荐,光召试学士院,授馆阁校勘,候二年除校理。

是年,作《谢校勘启》《又谢庞参政启》。

**三十一岁　皇祐元年（公元1049年）**

馆阁校勘。

八月,与范镇同为贡院点检试卷官,取筠州进士刘恕第一,光因此与之相识。是月,又参与策试贤良方正及武举。

是年,作《古文孝经指解》一卷、《进古文孝经指解表》《名苑并序》《送丁浦江序》。

**三十二岁　皇祐二年（公元1050年）**

馆阁校勘、同知太常礼院。

是年,告假返乡。侄司马康生。

作《论麦允言给卤簿状》（九月十四日）、《论张尧佐除宣徽使状》（十二月）、《诸兄子字序》《乞印行〈荀子〉〈扬子法言〉状》。

**三十三岁　皇祐三年（公元1051年）**

同知礼院,迁殿中丞,除史馆检讨,改集贤校理。

七月,光为史馆检讨,修《日历》。

十月,改集贤校理。

是年,作《修筑皇地祇坛状》(五月)、《论刘平招魂葬状》(八月)、《奏乞移高禖坛状》(十二月)、《送孟翱宰宜君序》《送李之仪序》《谢检讨启》。

**三十四岁　皇祐四年(公元1052年)**

殿中丞、集贤校理、同知礼院。

是年,作《祭郭侍读文》(五月)、《论夏竦谥状》《论夏竦谥第二状》(七月)、《与景仁论乐书》《再与景仁书》(九月)、《论周琰事乞不坐冯浩状》(十二月八日)、《秀州真如院法堂记》《贤良策问一首》《龙图阁直学士李公(绚)墓志铭》《祭范尚书文》。

**三十五岁　皇祐五年(公元1053年)**

殿中丞、集贤校理、郓州通判。

闰七月五日,同中书门下平章事庞籍罢知郓州。

辟光通判郓州,兼典州学事。

是年,作《右班殿直傅君(尧俞父)墓志铭》《缙云县尉张君(仲倩)墓志铭》。

**三十六岁　至和元年(公元1054年)**

殿中丞、集贤校理、通判郓州。

十二月,光上《古文孝经》。

是年,作《玉城县君杨氏墓志铭》(三月)、《祭黄石公文》(冬)、《王内翰赠商雒庞主簿诗后序》。

**三十七岁　至和二年(公元1055年)**

殿中丞、集贤校理、并州通判。

六月,观文殿大学士、知郓州庞籍为昭德军节度使、知并州,辟光通判并州。

431

是年,《与东阿张主簿书》(正月二十四日)。

### 三十八岁　嘉祐元年(公元1056年)

殿中丞、集贤校理、并州通判。

正月一日,仁宗不豫。自六月始,光连上三书,请立国嗣。

九月,光因公事至绛州,私归拜坟,但未至夏县。

是年,作《请建储副或进用宗室第一状》(六月十九日)、《请建储副或进用第二状》(八月一日)、《请建储副或进用第三状》(九月三日)、《与范景仁书》(九月二十六日)、《答范景仁书》《与李子仪书》《张巡》《原命》《张共字大成序》《答闻喜县马寺丞(中庸)书》《闻喜县修文宣王庙记》《题绛州鼓堆祠》。

### 三十九岁　嘉祐二年(公元1057年)

太常博士、祠部员外郎、直秘阁、判吏部南曹。

五月五日,河东麟府路宋兵为西夏所败。

是夏,光奉调回京。

十一月,知并州庞籍罢节度使改知青州。

是年,作《并州学规后序》《迁书序》《答明太祝(端)书》(六月二十四日)、《与夏秘丞(倚)别纸》(夏)、《答陈秘校(充)书》(九月二十四日)、《论屈野河西修堡状》《论屈野河西第二状》《府州判官杜君(陟)墓志铭》《功名论》《知人论》。

### 四十岁　嘉祐三年(公元1058年)

直秘阁、开封府推官,赐五品服。

十月,提点江南东路刑狱王安石为度支判官。

是年,作《乞虢州第一状》《朋党论》(五月二十三日)、《交趾献奇兽赋》(八月二十七日)、《进交趾献奇兽赋表》(九月三日)、《知非》《与夏秘丞(倚)书》。

### 四十一岁　嘉祐四年(公元1059年)

度支员外郎、直秘阁、判度支勾院。

是年,作《乞虢州第二状》《乞虢州第三状》《石昌言哀辞》《送胡完夫序》《与魏处士(闲)书》(十二月十一日)。

**四十二岁　嘉祐五年(公元1060年)**

度支员外郎、直秘阁、判度支勾院。

十一月,光同修起居注。

是年,作《辞修起居注状》(共五状)、《赠太常博士吴君墓志铭》《彭城县君刘氏墓志铭》《故处士赠都官郎中司马君(沂)行状》。

**四十三岁　嘉祐六年(公元1061年)**

迁起居舍人,同修起居注、同判尚书礼部、同知谏院、判检院、权判国子监。

六月,以光同知谏院。

七月,同修起居注、同知谏院司马光同详定均税。

八月,光与范镇于崇政殿策试贤良方正能直言极谏苏轼、苏辙等人。

闰八月,光与陈洙同详定行户利害。

是年,作《日食遇阴云不见乞不称贺状》(五月二十八日)、《陈三德上殿札子》《言御臣上殿札子》《言拣兵上殿札子》(以上三札子并在七月二十三日)、《论赦及疏决状》(八月十五日)、《荐郑扬庭札子》《荐刘庠札子》《进五规状》(八月十七日)、《论举选状》(八月二十一日)、《论移张叔詹知蔡州不当状》(八月下旬)、《乞免北使状》(闰八月六日)、《第二状》《乞分十二等以进退群臣上殿札子》(闰八月八日)、《论制策等第状》(闰八月九日)、《乞建储上殿札子》(闰八月二十六日)、《乞建储上殿第二札子》《论两府迁官状》(八月下旬)、《论夜开宫门状》《论荒政上殿札子》(闰八月二十九日)、《论劝农上殿札子》《论公主宅内臣状》《乞施行制策札子》《乞矜恤陈洙遗孤状》《言赵滋札子》(九月二十三日)、《言赵滋第二札子》《论臣寮上殿屏人札子》(九月二十八日)、《论燕饮状》《论环州事宜状》(十月一日)、《论苏安静状》(十月二日)、《论张方平状》(十一月十四日)、《论张方平第二状》(十一月)、《乞惩劝均税官吏状》(十一月二十五日)、《论复置丰州札子》(十二月十四日)、《赠都官郎中司马君(沂)墓志铭》《郓州处士王君墓志铭》《答刘太博(忱)书》。

**四十四岁　嘉祐七年(公元1062年)**

　　天章阁待制、起居舍人、知谏院兼侍讲,赐三品服。

　　三月二十五日,光坚辞不受知制诰,改命天章阁待制兼侍讲。

　　五月一日,仍知谏院。

　　是年,作《论张方平第三状》《论上元游幸札子》(正月十二日)、《论以公使酒食遗人刑名状》(正月十九日)、《论诸科试官状》《论上元令妇人相扑状》(正月二十八日)、《盘水铭》(二月一日)、《论正家上殿札子》(二月四日)、《言张田状》(二月八日)、《言张田第二状》(二月二十日)、《论李玮知卫州状》(二月二十八日)、《辞知制诰状》(共九状,并在三月)、《上始平庞相公述不受知制诰书》《除待制举官自代状》(五月)、《上殿谢官札子》(五月十一日)、《上谨习疏》(六月二十九日)、《论覃恩札子》(七月五日)、《论因差遣例除监司札子》(七月九日)、《论财利疏》(七月)、《乞施行制国用疏上殿札子》《乞召皇侄就职上殿札子》(七月二十七日)、《论仪鸾失火札子》(八月十一日)、《请早令皇子入内札子》(八月二十七日)、《乞直讲不限年及出身札子》(九月一日)、《乞复夏倚差遣札子》(九月十七日)、《乞推恩老臣札子》(九月十九日)、《论董淑妃谥议策礼札子》(九月二十三日)、《论寺额札子》(十月四日)、《言贾黯札子》(十月十二日)、《言王逵札子》(十月十九日)、《言王逵第二札子》《论赦札子》(十月二十七日)、《言寿星观御容札子》(十二月三日)、《论皇城司巡察亲事官札子》(十二月九日)、《言陈烈札子》(十二月十八日)、《论后妃封赠札子》(十二月二十二日)、《乞优老上殿札子》。

**四十五岁　嘉祐八年(公元1063年)**

天章阁待制兼侍讲、知谏院。

正月,与翰林学士范镇同知贡举。

三月,仁宗病逝,故相庞籍卒。

四月,英宗即位。

是年,作《乞以假日入问圣体札子》(三月二十一日)、《乞遣告哀使札子》(四月九日)、《上皇太后疏》(四月十三日)、《言遗赐札子》(四月十五日)、《言遗赐第二札子》(四月二十一日)、《上皇帝疏》(四月二十七日)、《言山陵择地札子》《乞令皇子伴读官提举皇子左右人札子》(五月九日)、《论御药寄资札子》(五月二十一日)、《祔庙议》(六月一日)、《上两宫疏》(六月二十二日)、《论夏国入吊札子》(七月十四日)、《论进贺表恩泽札子》(七月二十六日)、《乞简省细务不必尽关圣览上殿札子》《乞裁决机务上殿札子》(八月二十七日)、《言医官札子》(九月一日)、《乞体量京西陕西灾伤札子》(九月十二日)、《论皇地祇札子》(九月十九日)、《乞撤去福宁殿前尼女札子》(九月二十九日)、《言遣奠札子》《论后殿起居札子》《论虞祭札子》(十一月三日)、《论虞祭第二札子》《言张茂则札子》《乞放宫人札子》(十一月七日)、《上皇太后疏》《上皇帝疏》(十一月二十六日)、《乞开讲筵札子》(十一月二十七日)、《言程戬札子》(十一月三十日)、《言程戡第二札子》《言后宫等级札子》(十二月二日)、《乞延访群臣上殿札子》(十二月十五日)、《言奉养上殿札子》(十二月,共三状)、《祭庞颖公文》(五月)、《太子太保庞公墓志铭》《大理寺丞庞之道墓志铭》《清逸处士魏君墓志铭》《送通山令郝戬序》《谏院题名记》《回状元第二第三先辈书》。

**四十六岁　英宗治平元年(公元1064年)**

吏部郎中、天章阁待制兼侍讲、知谏院。

是年,作《配天议》《言永昭陵建寺札子》(三月二十七日)、《贡院定夺科场不用诗赋状》(四月十四日)、《乞车驾早出祈雨札子》(四月十七日)、《乞今后有犯恶逆不令长官自劾札子》(四月二十四日)、《乞延访群臣第二札子》(五月)、《乞延访群臣第三札子》《言为治所先上殿札子》(五月十八日)、《论皇太后取索札子》(五月十九日)、《乞后族不推恩札子》《为宰相韩琦等议濮安懿王合行典礼状》(五月二十五日)、《上皇太后疏》(五月二十八日)、《言两府迁官札子》(闰五月四日)、《言两府迁官第二札子》《乞罢修感慈塔札子》(闰五月十五日)、《乞罢近臣恩命上殿札子》《陈治要上殿札子》(七月十八日)、《言任守忠札子》(共三札子,自七月十八日至二十日)、《言程戡施昌言札子》(七月二十八日)、《乞延访群臣第四札子》(八月七日)、《言奉养上殿第四札子》(八月二十三日)、《言讲筵札子》(九月三日)、《言除盗札子》(十月十日)、《言备边札子》《言蓄积札子》《言阶级札子》(十一月十五日)、《乞罢陕西义勇札子》(共六札子,自十一月二十二日始)、《言举官上殿札子》(十一月二十五日)、《乞降黜第一状》(共五状,自十二月五日始)、《乞讲尚书札子》《言内侍差遣上殿札子》《贡院乞逐路取人状》《议系宫亲人锁应状》《仁宗赐张公御书记》《历年图》。

**四十七岁　治平二年(公元1065年)**

龙图阁直学士、右谏议大夫、判流内铨兼侍读。

三月,回陕州祭坟。

十月四日,改右谏议大夫,为龙图阁直学士兼侍读,判流内铨,免谏职。

是年,作《乞降黜上殿札子》(正月九日)、《言陈述古札子》(正月十日)、《言皮公弼札子》(正月十一日)、《言皮公弼第二札子》《言王广渊札子》(正月十三日,共两札子)、《言招军札子》(二月三日)、《言钱粮上殿札子》(四月十九日)、《言西边上殿札子》《论修造札子》(五月十一日)、《言孙长卿札子》(五月十二日,共两札子)、《与翰林学士王珪等议濮安懿王典礼状》(六月二十六日)、《言北边上殿札子》(六月二十八日)、《上皇帝疏》(八月十一日)、《乞节用上殿札子》(八月十四日)、《乞令朝臣转对札子》《言濮王典礼札子》(八月十七日)、《乞改郊礼札子》(八月)、《乞不受尊号札子》(九月五日)、《辞龙图阁直学士状》(十月六日,共三札子)、《乞经筵访问上殿札子》(十月)、《乞令选人试经义上殿札子》(十二月十七日)。

**四十八岁　治平三年(公元1066年)**

龙图阁直学士、右谏议大夫兼侍讲。

二月,奉敕修《类篇》。

四月,进《通志》八卷。十八日,奉诏于秘阁与刘恕、刘攽续修历代君臣事迹。

是年,作《性辩》(正月二十日)、《论追尊濮安懿王为安懿皇札子》(正月二十三日)、《留吕诲等札子》《留傅尧俞等札子》(三月八日)、《乞与傅尧俞等同责降上殿札子》(三月十一日)、《乞责降第二札子》(三月十四日)、《乞责降第三札子》《乞责降第四札子》《请不受尊号札子》(十一月十七日)、《太常少卿司马府君墓志铭》《程夫人墓志铭》《进通志表》。

四十九岁　治平四年(公元1067年)

右谏议大夫、翰林学士、知制诰兼侍读学士。

正月八日,英宗病逝,神宗即位。二十五日,光权知贡举。

四月十三日,任翰林学士。二十六日,权御史中丞。是月,进《前汉纪》三十卷。

九月二十三日,王安石任翰林学士。二十八日,光复为翰林学士兼侍读学士。

十月二日,受命进读《资治通鉴》。九日,赴迩英殿,始进读《资治通鉴》,神宗面赐序文,又赐颍邸旧书两千四百零二卷。

十二月,上《类篇》四十五卷。

是年,作《议祧迁状》(闰三月)、《辞翰林学士第一状》(闰三月二十九日)、《辞免翰林学士第二状》《辞免翰林学士上殿札子》(四月十三日)、《乞王陶只除旧职札子》(四月二十二日)、《留吴奎札子》(四月二十四日)、《初除中丞上殿札子》《乞罢详定宰臣押班札子》《留韩维吕景札子》(五月十二日)、《乞御殿札子》(五月十五日)、《乞访四方雨水札子》(五月十九日)、《乞简省举御史条约上殿札子》(五月二十二日)、《上听断书》(五月二十四日)、《乞更不责降王陶札子》《言王广渊札子》(六月三日,共三札子)、《言郭昭选札子》《言高居简札子》(共五札子,自六月十一日始)、《言赈赡流民札子》《言施行封事上殿札子》(六月十七日)、《送李公明序》(夏)、《辞赐金札子》(七月二十日)、《言王中正札子》(七月二十七日,共三札)、《辞赐金第二札子》(八月二日)、《纳赐金札子》《言石椁札子》(九月八日)、《论衙前札子》(九月)、《言横山札子》(九月十七日)、《论横山疏》(九月二十四日)、《言横山上殿札子》《论不得言赦前事上殿札子》《言张方平札子》(九月二十七日)、《言张方平第二札子》(十月一日)、《除兼侍读学士乞先次上殿札子》《乞免翰林学士札子》(十月二日)、《告题祭版文》(十月)、《谢赐资治通鉴序表》(十一月)、《户部侍郎周公(沆)神道碑》《答刘贤良(蒙)书》。

**五十岁　熙宁元年(公元1068年)**

右谏议大夫、翰林学士、知制诰兼翰林侍读学士、权知审官院、提举司天监。

六月十一日,颁诏令诸路兴修水利。二十六日,命司马光等裁定国用。二十七日,诏提举司天监司马光劾翰林天文院等官测验异同以闻。

十一月,奉敕相度二股河。

是年,作《辞免馆伴札子》(二月二十一日)、《议谋杀已伤案问欲举而自首状》《辞免裁减国用札子》(四月三日)、《请不受尊号札子》(七月十七日)、《乞听宰臣等辞免郊赐札子》(八月九日)、《举谏官札子》、《迩英奏对》(八月十一日)。

**五十一岁　熙宁二年(公元1069年)**

右谏议大夫、翰林学士、知制诰兼翰林侍读学士、史馆修撰、权知审官院、提举司天监。

二月,王安石为参知政事,创置制置三司条例司,议行新法。

六月,吕诲以论王安石罢御史中丞,以吕公著代之。

七月,制定淮、浙、江、湖六路均输法。

八月,侍御史刘琦、御史里行钱𫖮、殿中侍御史孙昌龄、侍御史知杂事刘述、同知谏院范纯仁以论王安石变法及他事并罢。

九月四日,制定青苗法。二十九日,以吕惠卿为崇政殿说书。

十一月,颁行农田水利法。

闰十一月，设立交子务，并于各路置提举常平司。

是年，作《议贡举状》（五月）、《论召陕西边臣札子》《论风俗札子》（六月）、《上体要疏》（八月五日）、《论责降刘述等札子》（九月十一日）、《再举谏官札子》《乞优赏宋昌言札子》（十月七日）、《宗室袭封议》（闰十一月）、《虞部郎中李君墓志铭》《华阴侯仲连墓志铭》《右屯卫大将军令邦墓志铭》《仁和县君潘氏墓志铭》《皇从侄右屯卫大将军士虬墓记》。

**五十二岁　熙宁三年（公元1070年）**

翰林学士、侍读学士、右谏议大夫、知制诰、史馆修撰、权知审官院、御史中丞。

正月，子司马康以明经登上第。

二月十一日，为枢密副使，九辞不受诏命。

三月十七日，范镇罢通进银台司。二十五日，孙觉罢右正言。

四月八日，吕公著罢御史中丞，光暂代。台谏官程颢、李常、张戬、王子韶、陈襄相继罢去。

六月十九日，范祖禹参与《资治通鉴》的编纂。

九月二十六日，以端明殿学士兼翰林侍读学士、集贤殿修撰知永兴军。

十一月二日，朝辞进对。

十二月三日，修订诸路更戍法。九日，制定保甲法。十一日，王安石同中书门下平章事。二十二日，颁行免役法。

是年，刘恕在京编纂《资治通鉴》。光知永兴军后，恕即请调任南康军监酒。光上《后汉纪》三十卷、《魏纪》十卷。又作《再乞资荫人试经义札子》（二月六日）、《乞不拣退军置淮南札子》（二月十一日）、《辞枢密副使札子》（共六札子，自二月十日至二十七日)《乞罢条例司常平使疏》(二月二十日)、《与王介甫书》(二月二十六日)、《与王介甫第二书》(三月三日)、《与王介甫第三书》《学士院试李清臣等策问一首》(三月二十八日)、《请自择台谏札子》(四月十六日)、《论李定札子》(五月二日)、《四言铭》(五月二十一日)、《赠比部郎中司马君墓表》《奏弹王安石表》《乞免永兴军路苗役钱札子》(十一月二日)、《乞不令陕西义勇戍边及刺充正兵札子》(十一月)、《乞留诸州屯兵札子》《知永兴军谢上表》《申宣抚权住制造干粮炒饭状》(十二月一日)、《范景仁(镇)传》。

**五十三岁　熙宁四年(公元1071年)**

端明殿学士兼翰林侍读学士、集贤殿修撰、右谏议大夫、知永兴军。

二月,改革科举制止度,废明经诸科,进士科考试改诗赋为经义、论策。

四月十八日,端明殿学士兼翰林侍读学士、右谏议大夫司马光权判西京留司御史台。

十月一日,罢差役法,行免役法。十七日,立太学内、外、上舍法。

是年,作《谏西征疏》(正月一日)、《乞罢修腹内城壁楼橹及器械状》(正月三日)、《乞不添屯军马》(正月八日)、《奏乞所欠青苗钱许重迭倚阁状》《奏为乞不将米折青苗钱状》(正月)、《奏乞兵官与赵瑜同训练驻泊兵士状》(正月十九日)、《礼部尚书张公(存)墓志铭》《右谏议大夫吕府君(诲)墓志铭》《祭张尚书文》《祭吕献可文》《张尚书葬祭文》(八月)、《答范梦得》。

**五十四岁　熙宁五年(公元1072年)**

端明殿学士兼翰林侍读学士、集贤殿修撰、右谏议大夫、判西京留台。

正月,书局迁至洛阳,范祖禹随局来洛。

三月,颁行市易法。

五月,颁行保马法。

八月,颁方田均税法。

十月,置熙河路。

是年,作《答李大卿(孝基)书》(正月十三日)、《殿中丞薛府君墓志铭》《吕献可章奏集序》(八月二十九日)、《答吕由庚推官手书》《投壶新格》。

**五十五岁　熙宁六年(公元1073年)**

端明殿学士兼翰林侍读学士、集贤殿修撰、右谏议大夫、判西京留台。

是年,作《赠卫尉少卿司马府君墓表》(五月)、《祭钱君倚文》(七月)、《独乐园记》《谕若讷》(冬)。

**五十六岁　熙宁七年(公元1074年)**

端明殿学士兼翰林侍读学士、集贤殿修撰、右谏议大夫、判西京留台。

三月,行方田法。

四月,王安石罢知江宁府,韩绛、吕惠卿为宰执。

九月,于京畿、河北、京东西地区贯彻将兵法。

是年,作《天人》(三月十六日)、《应诏言朝政阙失状》(四月十八日)。

**五十七岁　熙宁八年(公元1075年)**

端明殿学士兼翰林侍读学士、右谏议大夫充集贤殿修撰、提举西京嵩山崇福宫。

二月,王安石复相。

闰四月六日,以端明殿学士兼翰林侍读学士、权判西京留司御史台司马光提举西京嵩山崇福宫。

**五十八岁　熙宁九年（公元1076年）**

端明殿学士兼翰林侍读学士、提举西京嵩山崇福宫。

十月，王安石再次罢判江宁府。刘恕来洛，同光议修史事。

是年，作《驾部员外郎司马府君（宣）墓志铭》。修成《晋纪》四十卷、《宋纪》十六卷、《梁纪》二十二卷、《陈纪》十卷、《隋纪》八卷，计一百零六卷。

**五十九岁　熙宁十年（公元1077年）**

端明殿学士兼翰林侍读学士、提举西京嵩山崇福宫。

是年，作《与吴丞相充书》（四月）、《邵尧夫先生哀辞二首》（九月）。

**六十岁　元丰元年（公元1078年）**

端明殿学士兼翰林侍读学士、提举西京嵩山崇福宫。

九月二十七日，刘恕卒于南康军。

十月十四日，康充编修《资治通鉴》所检阅文字。

是年，作《答程伯淳书》（正月十六日）、《刘道原〈十国纪年〉序》。

**六十一岁　元丰二年（公元1079年）**

端明殿学士兼翰林侍读学士、提举西京嵩山崇福宫。

二月十三日，同编修《资治通鉴》范祖禹改京官留任。

十二月二十六日，知湖州苏轼作诗讥讽新法获罪入狱，司马光受牵连罚铜二十斤。

是年，作《四言铭系述》（五月十七日）、《答孙长官（察）书》（十一月二十七日）、《书孙之翰墓志后》（十二月）、《书孙之翰〈唐史记〉后》《理性命》。

**六十二岁　元丰三年（公元1080年）**

端明殿学士兼翰林侍读学士、提举西京嵩山崇福宫。

是年，作《先公遗文记》（三月十日）、《与王乐道书》（八月）、

《河东节度使守太尉开府仪同三司潞国公文公先庙碑》(秋)。

**六十三岁　元丰四年（公元1081年）**

端明殿学士兼翰林侍读学士、提举西京嵩山崇福宫。

是年，作《事神》(正月十六日)、《事亲》《百官表总序》(八月二十七日)、《百官公卿年表》(八月二十七日，与赵彦若同修)、《宽猛》(十月)、《法言集注》《书仪》。

**六十四岁　元丰五年（公元1082年）**

端明殿学士兼翰林侍读学士、提举西京嵩山崇福宫。

正月，作洛阳耆英会。三十日，夫人张氏终于洛阳。

二月二十九日，张氏葬于涑水先茔。

九月，永乐城陷。

是秋，忽得语涩之疾，疑为中风之兆，于是预作《遗表》。

是年，《孟子将朝王》(正月二十七日)、《沈同问伐燕》(正月二十八日)、《洛阳耆英会序》(正月)、《集注太玄经》(六月)、《书心经后赠绍鉴》《遗表》(秋)、《伯夷隘柳下惠不恭》《父子之间不责善》。

**六十五岁　元丰六年（公元1083年）**

端明殿学士兼翰林侍读学士、提举西京嵩山崇福宫。

是年，光与范纯仁相率为真率会。

是年，作《致知在格物论》《河南志序》《序赙礼》(十一月一日)、《伫瞻堂记》《无益》《学要》《治心》《文害》《道大》《道同》《绝四》《求用》《叙清河郡君》。

**六十六岁　元丰七年（公元1084年）**

端明殿学士兼翰林侍读学士、太中大夫、提举西京嵩山崇福宫。

十二月三日，为资政殿学士，以修《资治通鉴》书成。

是年，修成《唐纪》八十一卷、《后梁纪》六卷、《后唐纪》八卷、《后晋纪》六卷、《后汉纪》四卷、《后周纪》五卷、《目录》三十卷、《考异》三十卷，计一百七十卷。至此，《资治通鉴》全书修成，十一月呈上。又作《答范景仁书》《与范景仁第四书》（二月十六日）、《与景仁第五书》《与范景仁论中和书》《与景仁再论中和书》《与范景仁第八书》《与范景仁第九书》《与景仁论积黍书》《中和论》《奠李夫人文》（十月三日）、《进资治通鉴表》（十一月）、《荐范祖禹状》（十二月）、《葬论》《韩魏公祠堂记》《猫虪传》《羡厌》（三月十五日）、《负恩》（四月二十八日）、《老释》（十二月三日）、《凿龙门辨》（十二月二日）、《答两浙提举赵宣德岘书》。

## 六十七岁　元丰八年（公元1085年）

资政殿学士、太中大夫、提举西京嵩山崇福宫。

三月五日，神宗病逝，哲宗即位。

四月十六日，光以资政殿学士、太中大夫知陈州。

五月三日，诏新知陈州司马光过阙入见。二十三日，到京。二十六日，以资政殿学士、通议大夫、录门下侍郎。

六月二十五日，诏中外臣民直言朝政阙失、民间疾苦。

七月二日，罢诸镇、寨市易、抵当。六日，府界、三路保甲罢团教，依义勇旧法，每岁冬教一月。

八月八日，罢州县市易、县镇抵当。

十月二十五日，罢方田。

是年，作《无为赞》（正月十九日）、《答韩秉国书》（二月二十九日）、《再乞西京留台状》（二月）、《赵朝议（丙）文稿集》（三月十一日）、《薛密学（田）诗集序》（三月十四日）、《答韩秉国第二书》（三月十五日）、《乞奔神宗皇帝丧状》（三月十七日）、《答孔司户文仲书》（三月二十日）、《谢宣谕表》（三月二十三日）、《乞开言路札子》（三月三十日）、《进修心治国之要札子状》（四月十九日)、《乞去新法之病民伤国者疏》(四月二十七日)、《乞罢保甲状》《乞罢免役钱状》《乞开言路状》《乞罢将官状》(四月)、《答怀州许奉世秀才书》(五月四日)、《谢御前札子催赴阙状》(五月十五日)、《请更张新法札子》《辞门下侍郎札子》《辞门下侍郎第二札子》(五月二十八日)、《乞改求谏诏书札子》(五月)、《乞以除拜先后立班札子》(六月四日)、《乞以除拜先后立班第二札子》(六月五日)、《乞申明求谏诏书札子》(六月十四日)、《举荐刘挚等札子》(六月二十六日)、《与范尧夫经略龙图书》《与范尧夫经略龙图第二书》《答彭朝议(寂)书》《看阅吕公著所陈利害札子》(七月二日)、《乞罢保甲札子》(七月三日)、《乞降臣民奏状札子》(七月十四日)、《乞降封事签帖札子》(八月八日)、《乞不贷故斗杀札子》(八月十四日)、《乞不贷强盗白札子》(八月)、《乞省览农民封事札子》(九月三日)、《与吕公著同举程颐札子》(九月十五日)、《乞裁断政事札子》(十月十七日)、《大辟贷配法草》(十月二十日)、《议可札子》(十月二十四日)、《进孝经指解札子》(十二月二日)、《请革弊札子》(十二月四日)、《辞转官札子》(共五札子,自十二月十二日始)、《性犹湍水》《生之谓性》。

## 六十八岁　元祐元年(公元1086年)

尚书左仆射、门下侍郎。

正月二十日,始请病假。二十八日,从此凡十三旬不能出。

闰二月二日,光为尚书左仆射、门下侍郎。二十八日,罢诸州常平官。

四月六日,王安石病故。

五月十二日,入对于延和殿。

六月十六日,罢市易务。

附录

八月六日，复常平旧法，罢青苗钱。十二日，病复发，于是再度告假，从此未能再入朝。

九月一日，病故。赠太师、温国公，谥文正。明年，哲宗赐手书"忠清粹德"碑额。

十月，国子监奉敕镂刻《资治通鉴》于杭州。

是年，作《乞罢免役钱依旧差役札子》（正月二十二日）、《辞免医官札子》（正月二十三日）、《辞放正谢札子》（共三札子，自正月二十八日至二月）、《审内批指挥札子》（正月二十九日）、《论西夏札子》（正月）、《三省咨目》《密院咨目》《与三省密院论西事简》《乞未禁私市先赦西人札子》（二月十二日）、《乞先赦西人第二札子》（二月十六日）、《乞不改更罢役钱敕札子》（二月十七日）、《乞罢提举官札子》《论钱谷宜归一札子》《随乞宫观表辞位札子》（二月二十五日）、《辞位第二札子》（二月二十六日）、《乞申敕州县依前敕差役札子》（二月二十八日）、《为病未任入谢札子》（闰二月二日）、《乞用旧臣文彦博札子》（闰二月三日）、《辞提举修实录札子》《辞左仆射第一札子》（闰二月六日）、《辞左仆射第二札子》（闰二月二十三日）、《辞左仆射第三札子》（闰二月二十九日）、《起请科场札子》（三月五日）、《乞黄庭坚同校〈资治通鉴〉札子》《乞令校定资治通鉴所写〈稽古录〉札子》（三月十四日）、《乞抚纳西人札子》《论赈济札子》《抚纳西人诏意》（三月）、《乞以文彦博行尚书左仆射札子》《又札子》（四月二日）、《与吕晦叔简》《与吕晦叔第二简》（四月）、《乞以文彦博为正太师平章军国重事札子》《辞接续支俸札子》（四月十六日）、《乞先行经明行修科札子》《答执政就宅咨谋札子》（四月二十日）、《辞三日一至都堂札子》（五月三日）、《辞入对小殿札子》（五月五日）、《辞男康章服札子》（五月十二日）、《乞与诸位往来

447

商量公事札子》(五月十八日)、《乞进呈文字札子》(共四札子,自五月十八日至六月二十日)、《乞赴延和殿起居札子》(六月八日)、《乞罢将官札子》(六月十四日)、《乞不拒绝西人请地札子》(六月十六日)、《申明役法札子》(六月二十八日)、《举张舜民等充馆阁札子》(六月)、《乞官刘恕一子札子》《乞以十科举士札子》(七月六日)、《论监司守资格任举主札子》(八月二日)、《进呈上官均奏乞尚书省事类分轻重某事关尚书某事关二丞某事关仆射白札子》《乞趁时收籴常平斛斗白札子》(八月三日)、《乞约束州县不得抑配青苗钱白札子》《乞罢散青苗钱白札子》(八月四日)、《荐王大临札子》(八月八日)、《乞令六曹删减条贯白札子》(八月十二日)、《所举孙准有罪自劾札子》《所举孙准有罪自劾第二札子》(八月二十六日)、《乞官陈洙一子札子》(八月二十七日)、《辞大礼使札子》(八月)、《乞不帖例贷配札子》(十月二十日)、《辞明堂宿卫札子》《乞罢保甲招置长名弓手札子》《后殿常起居乞拜札子》《谢免北使朝见日起居状》《乞合两省为一札子》《乞令六曹长官专达札子》《乞令三省诸司无条方用例白札子》《乞令监司州县各举按所部官吏白札子》《辞提举修实录札子》《乞申敕州县依前敕差役札子》《再申明役法札子》《徽言》《稽古录》。

# 主要参考文献

[宋]司马光:《司马文正公传家集》,国学基本丛书本,1937年版;《传家集》(台)景印文渊阁四库全书本。

[宋]司马光:《增广司马温公全集》,(日)汲古书院平成五年版。

[宋]司马光:《易说》,中华书局丛书集成本。

[宋]司马光:《潜虚》,中华书局丛书集成本。

[宋]司马光:《司马氏书仪》,中华书局丛书集成本。

[宋]司马光:《道德真经论》,文物出版社《道藏》第12册。

[宋]司马光:《集注太玄经》,文物出版社《道藏》第27册。

[宋]司马光:《扬子法言》,四库全书本。

[宋]司马光:《家范》,四库全书本。

[宋]司马光:《资治通鉴》,中华书局点校本。

[宋]司马光:《稽古录》,四部丛刊本。

[宋]司马光:《司马光奏议》,山西人民出版社1986年版。

[元]脱脱:《宋史》,中华书局1977年版。

[元]马端临:《文献通考》,中华书局2011年版。

[宋]李焘:《续资治通鉴长编》,中华书局点校本。

[清]黄以周:《续资治通鉴长编拾补》,上海古籍出版社1986年版。

[宋]杨仲良:《续资治通鉴长编纪事本末》,北京图书馆出版社2003年版。

［清］徐松辑:《宋会要辑稿》,中华书局1957年版。

［宋］徐梦莘:《三朝北盟会编》,上海古籍出版社1987年版。

［宋］陈均:《九朝编年备要》,四库全书本。

［宋］范仲淹:《范文正奏议》,四库全书本。

［宋］范仲淹:《范文正集》,四库全书本。

［宋］韩琦:《韩魏公集》,中华书局丛书集成本。

［宋］包拯:《包孝肃奏议》,四库全书本。

［宋］曾巩:《曾巩集》,中华书局2004年版。

［宋］苏轼:《苏东坡全集》,北京中国书店1986年版。

［宋］苏辙:《栾城集》,上海古籍出版社1987年版。

［宋］秦观:《淮海集》,四库全书本。

［宋］叶适:《叶适集》,中华书局1961年版。

［宋］陈傅良:《止斋集》,四库全书本。

［宋］吕陶:《净德集》,四库全书本。

［宋］吕祖谦:《宋文鉴》,四库全书本。

［宋］邵伯温:《邵氏闻见录》,中华书局1983年版。

［宋］邵博:《邵氏闻见后录》,中华书局1983年版。

［宋］魏泰:《东轩笔录》,四库全书本。

［宋］马永卿:《懒真子》,四库全书本。

［宋］朱弁:《曲洧旧闻》,四库全书本。

［宋］刘安世:《元城语录解》,中华书局丛书集成本。

［宋］赵汝愚:《宋名臣奏议》,四库全书本。

［明］杨士奇:《历代名臣奏议》,四库全书本。

［宋］朱熹:《四书》,南京大学出版社1993年版。

［宋］朱熹:《朱子语类》,四库全书本。

［宋］李攸:《宋朝事实》,四库全书本。

[宋]江少虞:《宋朝事实类苑》,上海古籍出版社1981年版。

[宋]周辉:《清波别志》,四库全书本。

[汉]桓宽:《盐铁论》,四库全书本。

[唐]吴兢:《贞观政要》,中华书局2003年版。

[明]马峦:《司马温公年谱》,中华书局1990年版。

[清]顾栋高:《司马温公年谱》,中华书局1990年版。

[宋]詹大和:《王安石年谱三种》,中华书局1994年版。

[清]黄宗羲:《宋元学案》,四部备要本。

[清]王梓材:《宋元学案补遗》,四明丛书本。

丁传靖:《宋人轶事汇编》,中华书局1981年版。

尚恒元:《司马光轶事类编》,山西人民出版社1992年版。

李裕民:《司马光日记校注》,中国社会科学出版社1994年版。

蒙文通:《古史甄微·北宋变法论稿》,巴蜀书社1999年版。

邓广铭:《两宋政治经济问题》,知识出版社1988年版。

漆侠:《宋代经济史》,上海人民出版社1988年版。

王曾瑜:《宋朝兵制初探》,中华书局1983年版。

朱瑞熙:《宋代社会研究》,中州书画社1983年版。

傅筑夫:《中国封建社会经济史》第五卷,人民出版社1989年版。

葛金芳:《中国经济通史》第五卷,湖南人民出版社2002年版。

郭正忠:《宋代盐业经济史》,人民出版社1990年版。

陈智超:《中国封建社会经济史》第三卷,齐鲁书社1996年版。

张其凡:《赵普评传》,北京出版社1988年版。

汪圣铎:《两宋财政史》,中华书局1995年版。

李昌宪:《宋代安抚使考》,齐鲁书社1997年版。

李昌宪:《中国行政区划通史》(宋夏卷),复旦大学出版社2007年版。

陈述:《契丹社会经济史稿》,三联书店1963年版。

张正明:《契丹史略》,中华书局1979年版。
吴天墀:《西夏史稿》,四川人民出版社1980年版。
韩儒林:《元朝史》,人民出版社1986年版。
叶坦:《传统经济观大论争》,北京大学出版社1990年版。
叶坦:《富国富民论》,北京出版社1991年版。
张岱年:《中国古典哲学概念范畴要论》,中国社会科学出版社1989年版。
张立文:《宋明理学研究》,中国人民大学出版社1985年版。
祝瑞开:《宋明思想和中华文明》,学术出版社1995年版。
董根洪:《司马光哲学思想述评》,山西人民出版社1993年版。
陈克明:《司马光学述》,湖北人民出版社1990年版。
石训:《北宋哲学史》,河南人民出版社1987年版。
周桂钿:《董仲舒评传》,广西教育出版社1994年版。
宋衍申:《司马光传》,北京出版社1990年版。
顾奎相:《司马光》,黑龙江人民出版社1985年版。
季平:《司马光新论》,西南师范大学出版社1985年版。
梁启超:《王安石》,海南国际新闻出版中心1993年版。
张须:《通鉴学》,安徽人民出版社1981年版。
冯惠民:《司马光和〈资治通鉴〉》,中华书局1981年版。
柴德赓:《〈资治通鉴〉介绍》,北京求实出版社1981年版。
刘乃和:《司马光与〈资治通鉴〉》,吉林文史出版社1986年版。
刘乃和:《〈资治通鉴〉丛论》,河南人民出版社1985年版。
《纪念司马光王安石逝世九百周年学术研讨会论文集》,台北文史哲出版社1986年版。
仓修良:《中国古代史学史简编》,黑龙江人民出版社1983年版。
陈光崇:《中国史学史论丛》,辽宁人民出版社1985年版。

吴怀祺:《宋代史学思想史》,黄山书社1992年版。

徐扬杰:《宋明家族制度史论》,中华书局1995年版。

马正林:《中国历史地理简论》,陕西人民出版社1987年版。

[英]李约瑟:《中国科学技术史》,科学出版社2003年版。

王曾瑜:《王安石变法简论》,《中国社会科学》1980年第3期。

王佩瑶:《司马光故里考》,《晋阳学刊》1986年第5期。

邓广铭:《〈涑水司马氏源充集略〉简介》,《晋阳学刊》1986年第2期。

廖隆盛:《北宋对西夏的和市驭边政策》,《宋史研究集》第14辑。

许惠民:《两宋农业专业户》,《历史研究》1987年第6期。

程民生:《论北宋财政的特点与积贫的假象》,《中国史研究》1984年第3期。

赵吉惠:《评司马光的哲学思想》,《晋阳学刊》1986年第4期。

赵吉惠:《试论司马光的历史哲学》,《中州学刊》1984年第1期。

施丁:《论司马光的史学思想》,《文史哲》1988年第6期。

张知寒:《略论司马光思想中的几个问题》,《中州学刊》1985年第4期。

王明信:《司马光对"五胡"的态度》,《河北师范大学学报》1986年第4期。

王世英:《司马光民族史观述要》,《延边大学学报》1992年第2期。

杨志刚:《〈司马氏书仪〉和〈朱子家礼〉研究》,《浙江学刊》1993年第1期。

李春光:《〈资治通鉴〉传入日本及其影响》,《社会科学研究》1988年第3期。

张邦炜:《王安石的鄞县施政与熙宁变法之异同》,《首都师范大学学报》2016年第1期。